Seit ihrer Kindheit ist die junge Adlige Gisa die Vertraute von Elisabeth, der Landgräfin von Thüringen. Sie weiß, wie zerrissen Elisabeth ist zwischen ihrer Liebe zum machtbewussten Landgrafen Ludwig und ihrer Suche nach einem gottgefälligen, einfachen Leben. Gisa erlebt, wie Elisabeth gegen den Hof aufbegehrt, welche Unruhe ihre Spenden, ihre Fürsorge für die Armen auslöst. Sie sieht auch, wie der jüngere Bruder des Landgrafen mit unzufriedenen Adligen paktiert und sie gegen den Stauferkaiser Friedrich II. aufbringen will. Gisas drückendstes Geheimnis dreht sich um die verbotenen Treffen einer Ketzersekte, die sie belauscht hat. Als Elisabeth 1226 dem fanatischen Inquisitor Konrad von Marburg begegnet und ihr Leben radikal strengsten Glaubensregeln unterwirft, gerät Gisas Welt völlig aus den Fugen. Wie weit kann sie Elisabeth zur Seite stehen, ohne selbst unterzugehen?

»Mitreißend, aufregend, sehr lebendig und absolut überzeugend.«
Arno Udo Pfeiffer, MDR1

»Eine faszinierende Biographie und ein Roman, der beeindruckt.«
Für Sie

»Weigand ist eine begnadete Erzählerin.« *histo-couch*

Sabine Weigand stammt aus Franken. Sie ist Historikerin und arbeitet als Ausstellungsplanerin für Museen. Dokumente aus Nürnberg waren der Ausgangspunkt ihres Romans ›Das Perlenmedaillon‹, das wahre Schicksal einer Osmanin am Hof August des Starken liegt dem Roman ›Die Königsdame‹ zugrunde. In ›Die Seelen im Feuer‹ bilden die Hexenakten von Bamberg die historische Romanvorlage, bei ihrem ersten Roman ›Die Markgräfin‹ war es die reale Geschichte der Plassenburg bei Kulmbach, bei ›Die silberne Burg‹ die Bestallungsurkunde einer jüdischen Ärztin, in ›Die Tore des Himmels‹ das Leben der hl. Elisabeth und in ›Das Buch der Königin‹ das Schicksal der Konstanze von Sizilien.

Weitere Informationen, auch zu E-Book-Ausgaben, finden Sie bei www.fischerverlage.de

Sabine Weigand

Die Tore des Himmels

Ein Roman über
Elisabeth von Thüringen

FISCHER Taschenbuch

Erschienen bei FISCHER Taschenbuch
Frankfurt am Main, Juli 2014

Die Illustrationen vor den drei Büchern stammen aus der
»Cronica sant Elisabet zcu Deutsch«,
Erfurt, Matthes Maler, 1520
Satz: Pinkuin Satz und Datentechnik, Berlin
Druck und Bindung: CPI books GmbH, Leck
Printed in Germany
ISBN 978-3-596-18344-9

Meiner Großmutter,
die mir zum ersten Mal von der heiligen Elisabeth erzählt hat

Prolog: Marburg 1187

Er schrie. Ein dünner, heller Ton, der die Dunkelheit zerschnitt und hinaufstieg bis zum bleichen Mond. Die Tauben, die im Gebälk über der Dachkammer nisteten, schraken hoch und schlugen aufgeregt mit den Flügeln. Dann war wieder Stille. Nur der Hund des Lohgerbers bellte, ein zweiter antwortete, dann ein dritter. Irgendwo ging ein Licht an.

Er schrie noch einmal, verzweifelt, panisch. Warum half ihm nur keiner? Hörte ihn denn niemand? Irgendjemand musste ihn doch retten! Er wusste, er würde nicht mehr lange weiterrennen können, vor lauter Keuchen brannte es ihm wie Feuer in der Brust, jeder Atemzug schmerzte, und in seinen Ohren rauschte das Blut. Hinter sich hörte er das Schnauben und Geifern seines Verfolgers, ihm war, als spüre er schon die sengende Hitze, die von ihm ausging. Da, endlich hatte er die Treppe erreicht! Er stolperte hinauf, musste die Hände zu Hilfe nehmen, um nicht zu fallen. Höher und immer höher taumelte er, dorthin, wo er die Tür wusste. Aber die Treppe nahm kein Ende. Sie hörte einfach nicht auf. Stufe für Stufe kämpfte er sich nach oben, aber da war keine Pforte, kein Licht, keine Rettung. Schon ritzten die Krallen des Teufels seine Haut, zu Hilfe, er packte ihn an! Gleich würde er ihn verschlingen, mit Haut und Haar, ganz und gar, ihn hineinfressen in seinen gierigen Schlund, hinabwürgen in den nimmersatten Bauch. Er kämpfte gegen das Höllentier mit allerletzter Kraft, schlug, strampelte, biss und kratzte.

Plötzlich wurde es hell. Jemand hielt seine Hände mit sanfter Gewalt fest, und dann – der Klang einer vertrauten Stimme, beruhigend und leise. Er hörte auf, sich zu wehren.

»Ruhig, sei ruhig, mein Bub. Es ist ja gut, alles ist gut.«

Die Mutter wiegte ihn in den Armen, tröstete ihn, strich ihm übers schweißnasse Haar. Er ließ sich fallen, entspannte sich und spürte unendliche, unaussprechliche Erleichterung.

»Hat dich wieder ein Alb gedrückt?« Die Mutter sah ihn mitleidig an.

»Der Teufel«, schluchzte er, »der Teufel … er ist … er wollte … es war so schlimm …«

»Mein armer kleiner Liebling«, murmelte die Mutter, »das war ein schlechter Traum. Musst keine Angst mehr haben.«

Er blinzelte mit tränennassen Augen. »Aber der Herr Pfarrer hat gesagt, der Luzifer kommt und holt die bösen Kinder, und er nimmt sie mit in die Hölle.«

»Aber wo. Der Luzifer kann uns gar nichts tun.« Die Mutter streichelte seine Wange. »Wir sind doch alle gute Christenmenschen. Da kann er nichts gegen uns ausrichten.«

»Aber der Herr Pfarrer …«

»Schschscht. Weißt du, was? Wir sagen jetzt miteinander ein Paternoster, und dann schläfst du schön weiter, ja?«

Sie schloss seine gefalteten Hände in ihre und betete mit ihm leise auf Lateinisch. Dann nahm sie ihre Halskette mit dem hübsch geschnitzten elfenbeinernen Kruzifix ab und legte sie ihm um den Hals. »Schau, jetzt kann dir der Luzifer nichts mehr anhaben. Das Kreuz beschützt dich.«

»Aber der Herr Pfarrer …«

Sie schüttelte den Kopf und sah ihrem Sohn fest in die Augen. »Denk nicht mehr an den Herrn Pfarrer. Ich verspreche dir, dass der Teufel nicht die Macht hat, dir auch nur das kleinste bisschen zu schaden. Und jetzt schon gar nicht mehr – du hast ja jetzt mein Kruzifix.«

Er richtete sich auf. »Schwörst du's? Bei allem, was dir heilig ist?«

Sie seufzte und drückte ihn sanft in die Kissen zurück. »So wahr ich deine Mutter bin und lebe«, sagte sie mit fester Stimme. Dann deckte sie ihn zu und küsste seine Stirn. »Schlaf gut«, flüsterte sie, bevor sie wieder zur großen Bettstatt hinüberging, wo ihr Mann leise schnarchend auf dem Bauch lag.

Der Junge schloss folgsam die Augen, und noch bevor seine Mutter das Laken über sich gezogen hatte, war er auch schon eingeschlafen.

Man schrieb das Jahr 1187. Es war Winter.

Zu Marburg gab es nur wenige Steinhäuser. Das kleine Städtchen an der Lahn bestand aus Holz- oder Fachwerkgebäuden, oft noch strohgedeckt, in denen sich als einziger Luxus gerade einmal eine kniehoch gemauerte Herdstelle fand. Hier lebten die einfachen Leute. Die Steinhäuser hingegen gehörten den Burgmannen, allesamt kleinere Ministerialen der Landgrafen von Thüringen und Hessen, die mit ihren Familien das Privileg genossen, herrschaftlich zu wohnen. Als Gegenleistung waren sie zum Burgdienst verpflichtet.

In einem dieser gemauerten Häuser war der kleine, rothaarige Junge aufgewachsen, zusammen mit drei viel älteren Geschwistern. Er war schlank und zart, ein blasses, stilles Kind, aber wen wunderte es? Zu früh hatte ihn der Leib seiner Mutter ausgestoßen, ein Glück war es, dass das arme Wurm überhaupt am Leben geblieben war. Inzwischen schien er aus dem Gröbsten heraus zu sein, auch wenn er irgendwie ein bisschen zu weich und zu ängstlich für einen Buben seines Alters wirkte. Aber gerade weil er nicht so robust und kräftig war wie seine Geschwister, liebte ihn die Mutter abgöttisch und las ihm jeden Wunsch von den Augen ab. Er war das einzige der Kinder, das noch mit in der elterlichen Kammer schlafen durfte, weil er Angst vor der Dunkelheit und oft schlimme Träume hatte. Wenn die Sterne am Himmel standen und der Mond sein fahlweißes Licht über die Stadt hingoss, flackerte meist ein kleines Talglämpchen neben seiner Bettstatt, weil er sonst nicht einschlafen konnte. Albträume hatte er regelmäßig, aber nie war einer so schlimm gewesen. Und als er bald nach Tagesanbruch aufstand, fühlte er sich völlig zerschlagen, als sei er tatsächlich vor dem Teufel geflohen und habe dabei all seine Kräfte aufgebraucht. Aber er glaubte an die Macht des Kruzifixes und daran, dass ihn die Mutter immer beschützen würde.

Zwei Monate später, es ging auf Ostern zu, wachte er in aller Frühe auf und war allein. Das schien ihm merkwürdig, denn sonst war die Mutter am Morgen immer da gewesen, hatte ihm beim Anziehen geholfen und ihm das widerspenstige Haar mit dem beinernen Lausrechen gekämmt. Er schlüpfte aus der Bettstatt, fuhr ungeschickt in Bruoche und Hemdchen und tappte über die schmale

Treppe nach unten, wo der Wohnraum war. Kein Feuer. Niemand im Haus. Wo waren sie nur alle? Ängstlich lief er zur Haustür, hob den Riegel an und trat mit nackten Füßen auf die Gasse hinaus. Er fühlte sich klein und verlassen. Tränen stiegen ihm in die Augen, doch bevor er anfangen konnte zu weinen, rannte schon die Nachbarin auf ihn zu, die Hände über dem Kopf zusammenschlagend. »Achgottachgott, o du lieber Heiland, dich haben sie wohl vergessen«, lamentierte sie. »Du armes Wurm, du.«

Sie legte ihm ihr wollenes Tuch um die Schultern und führte ihn zu sich ins Haus. Dort blieb er den ganzen Tag, bekam warme Milch mit Honig, Gerstenbrei, Schmalzbrot und Küchlein. Die Nachbarskinder spielten mit ihm und erzählten ihm Geschichten, ja, sie schnitzten ihm sogar ein Pferdchen aus Lindenholz. Er spürte, dass etwas nicht stimmte, aber den ganzen Tag über wagte er nicht, auch nur eine einzige Frage zu stellen. Ein böses Gefühl schnürte ihm den Hals zu. Als es Abend wurde, brachte ihn die Nachbarin heim.

Schon an der Tür hörte er merkwürdige Geräusche. Drinnen in der Stube brannten die Talglämpchen, aber das Herdfeuer war aus. Wurde denn nicht zu Abend gegessen? Er trat ein und sah etwas, das seine Angst verstärkte: Der Vater saß am Tisch, den Kopf auf die Arme gelegt, und weinte. Neben ihm die Geschwister, alle kreidebleich, mit großen Augen, stumm. Er schluckte und ging auf sie zu. »Mutter«, wagte er endlich zu fragen, »wo ist die Mutter?«

Mit einem zornigen Schrei, der eher ein Schluchzen war, fuhr der Vater hoch. Er packte den kostbaren grüngläsernen Noppenbecher, der auf dem Tisch gestanden hatte, und warf ihn mit wilder Wucht gegen die Wand, wo er zerbrach. Und er blickte ihn an, mit Augen – rollenden Augen, die einem Tier zu gehören schienen, weit aufgerissen, dass man das Weiße sah, und flackernd vor Hass und Wut. »Die hat der Teufel geholt! Der Teufel!«, brüllte der Vater mit sich überschlagender Stimme. »In der Hölle wird sie schmoren, auf immer und ewig!« Er stieß den Schemel um und packte seinen Jüngsten grob am Arm. »Die kommt nie wieder«, schluchzte er. Es schüttelte ihn, den ganzen großen Kerl. Abrupt ließ er los und stolperte wie von Furien gejagt aus dem Zimmer.

Niemand in der ganzen Stadt sprach je wieder von seiner Mutter. Niemand erzählte ihm, dass sie auf und davon gegangen war, mitten in der Nacht. Auf und davon mit einem Fahrenden, einem aus der vermaledeiten Zigeunerbrut, die den Winter über vor den Toren der Stadt Quartier genommen hatte. Stehen und liegen hatte sie alles lassen, für so einen. Den Mann. Die Kinder. Haus und Hof. Alles.

Der Vater war nie wieder wie früher, vor lauter Kummer und Schande. Er wurde wie ein Stein. Er lachte nicht mehr. Er erzählte nicht mehr. Und die älteren Geschwister taten es ihm gleich, nie wieder erwähnten sie die Mutter.

So wuchs der Bub auf in dem festen Glauben, der Luzifer habe die Mutter mit sich in sein höllisches Reich genommen. Natürlich, sie hatte ja auch nicht mehr ihr Kruzifix getragen, das hing ja um seinen Hals. Seinetwegen hatte sie sich dem Teufel schutzlos ausgeliefert. »So wahr ich lebe«, hatte sie gesagt, »so wahr ich lebe, besitzt der Teufel keine Macht.« Jetzt lebte sie nicht mehr. Luzifer hatte sie bestraft. Er hatte sie statt seiner geholt.

Die Schuld lastete unendlich schwer auf seiner Seele. Sie war zu groß, um sie tragen zu können. In seinem Körper bildete sich etwas Hartes, Festes, ein großer Knoten, der mittendrin saß und ihn mit seiner Schwere ganz ausfüllte. Er konnte nicht mehr essen, nicht schlafen, nicht fühlen. Außer dem Knoten war nichts als Leere, eine merkwürdige Dumpfheit, das Gefühl, die Zeit würde zäh fließen wie Latwerge. Und dann, irgendwann, als man fürchtete, der Bub würde noch verhungern, kam der Pfarrer ins Haus und sprach mit ihm.

Später konnte er sich nicht mehr erinnern, was der Geistliche zu ihm gesagt hatte. Er wusste auch nicht, wie lange der Schwarzgewandete an seinem Bett gesessen hatte. Aber er vergaß ihn sein Leben lang nicht, diesen Augenblick, als der Knoten in seinem Inneren barst. Er zersprang in tausend Splitter, lauter scharfe, spitze Splitter des Hasses. Ja, Hass, unbändiger, wilder, tiefer, schwarzer Hass. Hass auf den Teufel, der ihm die Mutter genommen hatte. Niemals hatte er ein Gefühl mit solcher Heftigkeit empfunden, mit solch ungeheurer Wucht, die ihm fast den Atem nahm und ihm gleichzeitig eine Kraft verlieh, die mit nichts vergleichbar war. Wie Schuppen fiel es ihm von den Augen: Man musste den Luzifer vernichten. Und alle, die ihm dienten. Nie mehr sollte der Bocksfüßige jemandem Böses tun. So klein er war, er wusste genau, dass dies die Aufgabe war, für die ihn Gott ausersehen hatte. Und er schwor sich, er würde diese Aufgabe erfüllen, ihr sein Leben widmen. Allerdings musste er dafür groß werden, und stark. Und er musste lernen und sich, so gut es ging, für den großen Kampf wappnen.

Er begann wieder zu essen. Und als die Ernte eingebracht war, die Schwalben sich für den Zug nach Süden sammelten und die Herbstnebel sich über den Wassern der Lahn drehten, da schickte der Vater Konrad zu den Mönchen.

Genau zwanzig Jahre später, im Morgengrauen eines klaren Oktobertages, sahen Bauern am Himmel über der ungarischen Festung Sárospatak ein überirdisches Leuchten, hell schimmernd und hingegossen wie flüssiges Silber. Es war, als trüge die Burg einen Heiligenschein, und selbst die Tokajer Berge glänzten wie unter einem Kleid aus tausend Edelsteinen. Die Bauern fielen auf die Knie, als plötzlich vom Turm her auch noch helle Fanfaren erklangen. Bunte Fahnen wurden eilig auf den Mauern gehisst. Sie kündeten davon, dass ein königliches Kind aus dem heiligen Geschlecht der Arpaden zur Welt gekommen war: Arpádhazi Erszébet – Elisabeth.

Erstes Buch

Der Schatz aus Ungarland

Burg Tenneberg bei Waltershausen, Sommer 1206

»Gott und König Philipp!«

Die Fußsoldaten mit den langen Leitern stürmten im Laufschritt auf die kleine Festung zu, während ein sirrender Pfeilhagel auf sie niederprasselte. Auf Kommando richteten sie die Leitern auf und lehnten sie gegen die Mauer. Droben auf den Zinnen versuchten die verzweifelten Verteidiger der Burg, die Leitern mit Stangen wegzudrücken, aber es gelang ihnen nicht. Schon kletterten die ersten Ritter mit gezogenen Schwertern hoch, aber nur um mitsamt ihrer Steighilfe doch noch nach hinten zu kippen und in die Tiefe zu stürzen. Triumphgeheul erscholl in der Burg! Aus großen Kesseln goss man heißes Öl auf die Angreifer, zischend versengte es Gesichter und Gliedmaßen. Die Ritter des Königs zogen sich in sichere Entfernung hinter einen kleinen Hügel zurück, von dem aus der König zähneknirschend den fehlgeschlagenen Sturmversuch beobachtet hatte.

Eigentlich hatte Philipp von Schwaben gar nicht vorgehabt, die unbedeutende Tenneburg zu erobern, aber als er am helllichten Tag mit seinem Heer auf der Salzstraße unterhalb der Wehranlage vorbeigezogen war, hatte der Schmied auf der Mauerzinne seinen Kampfesmut nicht bezähmen können und einen vorwitzigen Schuss aus seiner Armbrust abgefeuert. Der Bolzen war eher zufällig – die Schussgenauigkeit einer Armbrust war erfahrungsgemäß nicht sonderlich gut – in den Sattelwulst des königlichen Waffenmeisters gefahren, worauf der Staufer sich geärgert und beschlossen hatte, die unverschämte Festungsbesatzung zu strafen. Jetzt gab er Befehl zur nächsten Angriffswelle. Wieder warfen sich die Kämpfer nach vorn, wieder stießen die Verteidiger die Leitern fort oder empfingen diejenigen, die an den Hakenseilen emporkletterten, mit einem tödlichen Schwerthieb.

Am Ende gab der Tribock den Ausschlag. Das neuartige Riesenkatapult, ungleich schwungkräftiger als die althergebrachten

Pleiden, schleuderte einen Steinbrocken von der Größe eines ausgewachsenen Ochsen gegen die ohnehin baufällige Burgmauer. Durch die entstandene Bresche drangen die Soldaten des Staufer-königs in die kleine Festung ein, mit Geheul stürzten sie sich auf die wenigen Verteidiger: die beiden Torwarte, den Turmwächter, ein paar Wachsoldaten, den Schmied samt Gehilfen und den Burgvogt mit seiner männlichen Verwandtschaft. Mit schwäbischer Gründlichkeit machten die Ritter des Königs alles nieder, was sich ihnen in den Weg stellte. Das Pflaster vor dem Bergfried färbte sich rot und glitschig vom Blut der Burgmannen, die ihre wichtigste Bastion bis zum letzten Atemzug verteidigten. Dann stürmten die Angreifer den Rundturm hinauf. Im dritten Geschoss brachen sie die verrammelte Tür zum Wohngemach der Vogtsfamilie auf, zerrten dann die junge Vögtin und ihre Magd in den Hof, wo man die beiden kurzerhand vergewaltigte und anschließend in der Rossschwemme ertränkte. Dann war alles vorüber.

Als die Soldaten später den Turm nach Plündergut durchstöberten, entdeckten sie in der Kemenate ein Kleinkind friedlich in seiner Wiege. Offensichtlich hatte das Mädchen den gesamten Angriff verschlafen, aber nun wachte es auf und starrte die Eindringlinge stumm an. Die Männer standen da, Waffen in der Hand, aber keiner wollte so recht sein Schwert in den Leib eines wehrlosen Kindes versenken, das zu allem Überfluss mit seinem hellblonden Haar und den großen blauen Augen aussah wie ein Engel. Die tapferen Eroberer blickten sich unschlüssig an, bis das Mädchen unglücklicherweise zu schreien anfing. Da packte einer der Kerle die Kleine, hob sie aus dem Bettchen und warf sie kurzentschlossen zum Fenster hinaus.

Danach bliesen die Businen zum Aufbruch; König Philipp hatte nicht vor, sich mit der unwichtigen kleinen Burg länger aufzuhalten als unbedingt nötig. Sein Heer zog noch am Nachmittag weiter.

Sobald der Feind fort war, kamen die Bewohner des winzigen Fleckens, der später einmal Waltershausen heißen sollte, aus ihren Verstecken und rannten den Weg zur Burg hoch. Sie bargen die Leichen, suchten nach Brauchbarem und schleppten weg, was nicht niet- und nagelfest war. Die bucklige Frau des Korbflechters stopfte gerade beim Pferdestall ein paar Rüben in ihren Mantelsack, als sich im Strohhaufen vor der Sattelkammer etwas bewegte. Und noch während sie sich wunderte, krabbelte aus dem Fressvorrat der Burgklepper ein vielleicht anderthalbjähriges Kind heraus und purzelte dann seitlich den Haufen hinunter, ihr genau vor die Füße.

»Du meine Güte«, murmelte die Alte, »hast dich wohl da drin versteckt?« Sie kam gar nicht auf den abwegigen Gedanken, dass die Kleine von hoch droben aus dem Kemenatenfenster in den genau darunterliegenden Haufen gefallen sein könnte.

Das Mädchen kratzte sich überall, weil der Strohstaub schrecklich juckte. Dann rappelte es sich auf und machte ein paar unsichere Schritte. Es hinkte, und als es den Schmerz in der Hüfte spürte, begann es zu weinen.

Die Korbflechters-Gret ließ ihre Rüben fallen und nahm die Kleine auf den Arm. Dann lief sie mit dem plärrenden Kind, so schnell sie konnte, zu den anderen.

Man beschloss, die einzige Überlebende der Erstürmung erst einmal mit ins Dorf zu nehmen und dem Landgrafen Nachricht über das ganze Unglück zukommen zu lassen. Dabei wusste man nicht einmal, wo sich Hermann I. überhaupt aufhielt. Seit König Philipp in Thüringen eingefallen war, um den abtrünnigen Landgrafen zu strafen, zog dieser von Burg zu Burg, stellte sich aber keiner Schlacht. So kamen die Bauern denn überein, einen der Ihren ins nahe Kloster Reinhardsbrunn zu schicken, um wenigstens dort Bescheid zu geben. Und um zu fragen, was man denn nun mit dem armen kleinen Ding, der Tochter des toten Burgvogts, Gott hab ihn selig, anfangen sollte.

Von Reinhardsbrunn erhielt man zum einen die Zusage, den Landgrafen von dem Debakel zu unterrichten, zum anderen schickte der Abt seinen eigenen Reisewagen, um das Kind des Vogts ins Frauenkloster Allendorf zu bringen, wo es fürs Erste gut aufgehoben sein würde. So trat das kleine Mädchen, von dem niemand im Dorf wusste, wie es hieß, seine erste große Reise an. Inzwischen vermisste es die Mutter schmerzlich, die Hüfte stach und pochte, und es fürchtete sich vor all den fremden Leuten. Die Korbflechters-Gret, die im Wagen mitfuhr, konnte die brüllende

Kleine kaum beruhigen. Erst als die Ordensfrauen das Kind in Empfang nahmen, mit Apfelbrei fütterten und ihm warmen Würzwein mit Eigelb einflößten, wurde das Mädchen still und schlief erschöpft ein.

Zwei Monate später, die militärischen Auseinandersetzungen hatten sich derweil in den Süden des Landes verlagert, erhielt das Nonnenkloster hohen Besuch. Landgräfin Sophia persönlich überbrachte eine Schenkung von beträchtlichem Wert, nämlich zehn Pfund bestes gelbes Bienenwachs für Altarkerzen sowie acht Ballen fein gewebtes niederländisches Tuch für neue Paramente. Außerdem hatte sie vor, einen Jahrtag zu stiften, verbunden mit der flehentlichen Bitte an den himmlischen Herrn, er möge das Land und seine Menschen bald vom Krieg erlösen.

Als die Nonnen ihr nun das unglückliche kleine Mädchen zeigten, das vor kurzem die Eltern verloren hatte, sah sie das Kind mitleidig an.

»Wie heißt sie denn?«, fragte sie die Äbtissin.

»Wir haben herausgefunden, dass sie auf den Namen Gislind getauft wurde«, antwortete die Klosterfrau. »Sie ist so ein liebes Ding. Brav und ruhig. Wer weiß, was sie alles mitansehen musste. Und verletzt war sie auch, sie hinkt immer noch ein wenig.«

Die Landgräfin nahm das Mädchen auf den Arm. Sie war eine achtunggebietende Erscheinung, groß, blond, mit herben, fast männlichen Zügen und dem energischen Kinn der Wittelsbacher, von denen sie abstammte. Nur wenige Menschen wagten in ihrer Gegenwart ein Lächeln. Die Kleine hingegen sah sie ohne jede Angst an, grapschte ihr mit beiden Händen in die Rüschen der Kruselhaube und begann fröhlich zu glucksen, als eine Schleife aufging und darunter eine helle Haarsträhne zum Vorschein kam. Zwei spitze Zähnchen zeigten sich, die so gar nicht in das kleine Engelsgesicht passten. Sophia musste wider Willen lachen. »Hat sie denn keine Verwandten, zu denen man sie bringen könnte?«, erkundigte sie sich.

Die Äbtissin schüttelte den Kopf. »Sie wird wohl ihre Heimat bei uns im Kloster finden müssen«, meinte sie, »Gottes Wille geschehe.«

»Nun«, überlegte Sophia, »vielleicht gibt es noch eine andere Möglichkeit.« Sie dachte an ihr eigenes Töchterchen, gerade einmal ein paar Monate alt. Die kleine Agnes würde weibliche Gesellschaft brauchen; nur mit großen Brüdern aufzuwachsen war nicht gut für ein Mädchen. Und ein Kind aus ordentlichem Ministerialengeschlecht, dessen Eltern noch dazu im Kampf für den Landgrafen ihr Leben gelassen hatten, schien als Spielgefährtin und spätere Zofe mehr als geeignet. Also warum eigentlich nicht, dachte Sophia, die arme Waise in den Landgrafenhaushalt aufnehmen? Sie würde damit ein gottgefälliges Werk tun und gleichzeitig ein Zeichen setzen für den thüringischen Adel. Der Landgraf vergaß die Seinen nicht.

»Macht das Kind reisefertig«, befahl Sophia, setzte die Kleine ab und richtete ihren Kopfputz. »Sie soll am Hof aufwachsen und meiner Tochter eine Gefährtin sein.«

So begab sich das Mädchen auf die zweite lange Fahrt ihres Lebens, diesmal zur Creuzburg an der Werra, wo die landgräfliche Familie sich derzeit aufhielt. Im Frauenzimmer richtete man ihr einen Schlafplatz neben der Wiege der Fürstentochter ein, und von da an war der herrschaftliche Hof ihre Heimat.

Gisas Geschichte, aus der Erinnerung erzählt

Das Erste, woran ich mich erinnere, ist die Musik. Ich muss noch ganz klein gewesen sein, kaum drei Jahre alt, und überall waren Töne. Lautenklänge umschmeichelten mich, Harfengezirp, Flötenspiel und Gesang. Der ganze Hof war erfüllt von Melodien, wie ein sanfter Wind wehten sie leise durch Gänge und Räume. Und alles war bunt. Die Frauen trugen Kleider in schimmernden Farben, schöner als alle Frühlingsblumen. Wandteppiche erzählten ihre Geschichten in Rot, Gelb und Blau, Vorhänge glänzten grünsamten, Kissen und Polster waren golddurchwirkt oder mit Waid gefärbt, und selbst die Gewänder der Dienerschaft leuchteten noch in den thüringischen Farben Blau,

Weiß und Rot. Nichts war grau und langweilig, so wie später. Ich konnte nichts als staunen über die höfische Pracht, die Augen und Ohren weit offen, es war wie im Märchen. Ganz besonders liebte ich den kostbaren Teppich, der in der Kinderstube lag. Er kam aus dem Morgenland; der Landgraf hatte ihn vor etlichen Jahren von der Kreuzfahrt mitgebracht. Leuchtende Muster waren darin eingeknüpft, die ich gern mit den Fingern nachfuhr, und in der Mitte thronte ein brüllender Löwe mit erhobenen Pranken und gestelltem Schweif. Oft legte ich meine Wange an seine, er war mein Freund und Beschützer, und in meiner Phantasie bestand ich mit ihm die herrlichsten Abenteuer.

Damals war der Landgraf noch nicht krank, er liebte das gute Leben und ließ es sich und seinen Gefolgsleuten wohl sein mit Festen und Feiern. Der Adel lebte am Hof wie die Made im Speck, doch es war ein trügerisches Gepränge: Während man auf den Burgen sang und tanzte, brannten überall im Land die Dörfer. Damals wusste ich das natürlich nicht, man hielt solche Dinge von uns Kindern fern, aber der Landgraf war tief in den Thronstreit zwischen den beiden mächtigen Geschlechtern der Staufer und Welfen verstrickt. Hielt er sich zum einen, verwüstete der andere seine Länder und Besitzungen. Schlug er sich auf die Seite des anderen, kam es ebenso. Es herrschte ständig Krieg – und dennoch glänzte der Thüringer Hof in nie gekannter Herrlichkeit, voller Pracht, voller Überfluss und voller Menschen. Kaum ein Tag verging ohne Gastereien, die die ganze Hofhaltung mit ihrem Glanz erfüllten; nächtelang gingen in der Hofstube die Lichter nicht aus. Immer waren Fremde auf der Burg, hohe Frauen und Herren vom Adel, Gesandte von anderen Höfen, Freunde und Verwandte aus weitentfernten Landen, Spielleute, Geschichtenerzähler. Eine Schar fuhr aus, die andere ein. Am liebsten waren dem Landgrafen die Sänger und Dichter. Sie lud er oft auf lange Zeit nach Thüringen ein, gab ihnen Hofkleidung und Deputat, und dafür mussten sie nichts anderes tun als Frohsinn und Kurzweil zu verbreiten.

So viele Menschen brachten uns Kinder manchmal schon durcheinander. Es war ein ständiges Kommen und Gehen. Aber die Freude in unserer Kinderstube war jedes Mal groß, wenn alte Freunde wiederkamen und dann in verzückte Rufe ausbrachen, wie sehr wir doch gewachsen waren und wie hübsch wir geworden seien.

Wenn ich Kinderstube sage, dann meine ich unsere Räume im Frauenzimmer, gemütliche Bohlenstuben, in denen wir uns meistens aufhielten. Wir, das waren Agnes, mit der ich wie eine Schwester aufwuchs, ihr jüngster Bruder Konrad, gerade den Windeln entwachsen, dann der ein Jahr ältere Heinrich Raspe, der, wie es Sitte war, bis zum Alter von sechs Jahren noch mit im Frauenzimmer lebte. Dazu noch Ludwig, der zwar schon bei den Männern wohnte, sich aber immer noch gern mit uns Kleineren abgab. Der vierte und älteste Bruder, Hermann, lebte damals schon nicht mehr am elterlichen Hof. Man hatte ihn zur Erziehung auf die fränkische Plassenburg geschickt, wo seine ältere Halbschwester Hedwig mit dem Grafen von Orlamünde verheiratet war.

Außer uns gab es natürlich noch die Kinderfrauen und Dienerinnen und über allem waltete meine Ziehmutter, die Landgräfin. Sie wachte streng, aber liebevoll über alle ihre Kinder. Noch heute bin ich ihr dankbar, dass sie mich nie spüren ließ, wie tief ich eigentlich im Rang unter den anderen stand. Sie behandelte uns alle gleich. Am wichtigsten war ihr, dass wir im rechten Glauben gut erzogen wurden. Jeden Tag kam der Hofpfaffe und erzählte uns Geschichten aus der Bibel, die liebten wir. Aber er war auch unerbittlich und verlangte uns viel ab. Was mussten wir nicht alles bei ihm auswendig lernen, sogar auf Lateinisch, obwohl wir natürlich kein Wort davon verstanden!

Die Landgräfin ließ es sich nicht nehmen, uns in Glaubensdingen täglich selber zu unterrichten. Mit ihr sangen wir viel, sagten Kindergebete auf und gingen gemeinsam in die Hofkapelle zur Messe. Einmal, ich weiß es noch genau, schwänzte Ludwig die Morgenandacht, weil er unbedingt auf dem Turnieranger beim Aufsatteln der Pferde dabei sein wollte. Die Landgräfin ließ ihn daraufhin drei lange Stunden auf einem Holzscheit knien, und er bekam den ganzen Tag kein Essen. Damals fanden wir Kinder diese Strafe zu hart, aber heute weiß ich, warum Sophia so sehr darauf achtete, dass wir gut christlich erzogen wurden. Sie hatte Angst um uns. Nicht so sehr um die Mädchen, sondern um ihre Söhne, die in Glaubensdingen unter dem Einfluss ihres Vaters standen.

Überhaupt, der Landgraf! Ich lernte ihn erst kennen, als ich fünf Jahre alt war. Wir Mädchen bekamen ihn ja nicht zu Gesicht, sahen ihn höchstens einmal von fern, vom Fenster aus oder auf dem Fürstenstuhl beim Gottesdienst. Er besuchte nie das Frauenzimmer, obwohl er Kinder eigentlich gern mochte – schließlich hatte er genug davon, insgesamt acht. Als ich ihm erstmals gegenüberstand, es muss an Ostern des Jahres 1210 gewesen sein, hatte ich ganz weiche Knie und brachte kaum einen Hofknicks zustande. Er war einfach in die Kinderstube eingetreten. Ich sehe ihn noch vor mir, wie er in den Raum stapfte mit seinem Mantel aus rotem Fuchsfell und den Lederstiefeln. Noch nie war ein Mann in unserem Zimmer gewesen, und wir fürchteten uns. Der kleine Konrad begann sofort zu weinen, Agnes kaute eingeschüchtert an ihrem Zopf, und ich versteckte mich hinter dem Bettvorhang, von wo aus ich meinen Ziehvater neugierig beäugte. Neugier war schon immer eine meiner schlechtesten Eigenschaften, der Herr vergebe mir.

Ludwig, der mit uns gespielt hatte, stellte sich sofort vor seinem Vater auf und versuchte eine seiner ungelenken Verbeugungen. Sein Leben lang blieb er in seinen Bewegungen tapsig wie ein junger Bär, ich erinnere mich, dass er als Kind ständig über die eigenen Füße stolperte. Wir zogen ihn oft damit auf, was er, wie es seine Art war, stets gutmütig ertrug.

Auch Heinrich rannte herbei und machte einen Diener vor dem Landgrafen, und schließlich nahm die Kinderfrau Agnes und den greinenden Konrad bei der Hand und zog sie vor den hohen Besuch hin.

»Brav, ihr habt euch schon aufgestellt, um Euren Vater zu begrüßen.« Das war die Landgräfin, die nun ebenfalls ins Zimmer getreten war. Von meinem Versteck hinter dem Vorhang aus sah ich zu, wie der hohe Herr mit seinen Kindern sprach. Was war er nur für ein vornehmer Mann! Das erkannte man allein schon an seinen edlen Kleidern und dem Schmuck, den er trug: An seinem Tasselband hing eine goldene Agraffe, der Gürtel war aus beschlagenen Silbermünzen, und seine Brust schmückte eine dicke Gliederkette. Am meisten fesselten mich die vielen Ringe, die er an der linken Hand trug, mit funkelnden Steinen in Rot und Grün. An jedem Finger einen! Ich wollte mehr sehen und machte einen vorwitzigen Schritt nach vorne. Zu meinem Unglück trat ich dabei auf das hölzerne Schweinchen, mit dem Konrad gespielt hatte, und weil es auch noch meine schlechte linke Seite war, knickte mein Fuß um. Verzweifelt ruderte ich mit den Armen, aber es half alles nichts, ich konnte das Gleichgewicht nicht halten und fiel hin.

Alle Köpfe fuhren herum. So schnell ich konnte, rappelte ich mich auf und wünschte mir dabei nichts sehnlicher, als unsichtbar zu sein.

»Wen haben wir denn da?«, fragte der Landgraf. Ich wagte nicht, meinen Blick vom Boden zu erheben, sonst hätte ich gesehen, dass er sich ein Lachen verbiss.

»Das ist die Kleine vom Tenneberger Vogt, der damals mit der ganzen Burgbesatzung … Ihr erinnert Euch?«, erklärte die Landgräfin, während sie mich ein Stück weiter zu ihm hinschob. Zum ersten Mal stand ich ihm so gegenüber. Für mich war er damals schon ein alter Mann, mit schütterem Haar, dichten grauen Augenbrauen und fleckigen Händen. Er war viel älter als meine Ziehmutter, aber sie war ja auch seine zweite Frau. Unbeweglich wie ein Fels stand er mitten im Raum und musterte mich scharf. »Sie heißt Gislind«, sagte die Landgräfin knapp.

»Guter alter hessischer Name«, brummte der Landgraf, und ich verstand überhaupt nicht, was er meinte. Erst viel später erfuhr ich von dem Grafengeschlecht in Hessen, das sich nach seinem Leitnamen Giso nannte. Diese Gisonen hatten ihren Stammsitz auf der Burg Hollende bei Wetter gehabt, waren aber damals längst ausgestorben. Meine Familie kam ursprünglich aus dem Oberlahngau, vielleicht war sie sogar entfernt mit den Grafen verwandt, und deshalb hatten sie wohl den altehrwürdigen Namen für mich ausgewählt.

Ich trat verlegen von einem Fuß auf den anderen, weil ich nicht wusste, was ich sagen sollte, und außerdem war mir der Landgraf unheimlich. Wie ein Riese kam er mir damals vor, dabei stimmte das gar nicht, er war ein ganzes Stück kleiner als seine Frau. Aber er wirkte einfach groß durch seine beeindruckende Erscheinung, die Selbstverständlichkeit, mit der er befahl, das Selbstbewusstsein des Herrschenden, das er ausstrahlte. Schließlich war er nach dem König im Rang der zweithöchste Fürst im Reich.

Hermann I. hob mit ausgestrecktem Zeigefinger mein Kinn an, so dass ich ihm in die Augen sehen musste. »Hübsches Ding, das«, sagte er, zu Sophia gewandt. Er sprach über mich als sei ich ein Stück Hausrat. »Bisschen zu blass vielleicht und zu dünn. Na, wird schon noch werden.« Heute ist mir klar, woran er dachte. Er hatte bereits drei Töchter verheiratet, und wenn es um Mädchen in seinem Haushalt ging, auch wenn sie noch so klein waren wie ich, war sein einziger Gedanke, ob sie auch gut unter die Haube zu bringen waren. Auch wenn ich das damals noch gar nicht verstand, wurde ich rot. Immer noch lag des Landgrafen Finger an meiner Kinnspitze, und ich schielte nach unten, um seine geschmückte Hand zu betrachten. Die Ringe waren aber auch gar zu schön mit ihren schillernden Steinen! Nur am Zeigefinger steckte einer, der nicht recht zu den anderen passen wollte: ein einfacher, breiter Reif aus Silber, mit Buchstaben darauf, wie ich sie ähnlich im Psalter meiner Ziehmutter gesehen hatte. Ausgerechnet dieser Ring fesselte nun meine Aufmerksamkeit. Etwas Geheimnisvolles ging von ihm aus, etwas Unheimliches, aber auch Lockendes. Ja, viele Jahre später sollte ich den Grund für diese seltsame Anziehungskraft erfahren – mein Gott, dass ich es damals schon spürte!

Der Landgraf ließ mein Kinn los, und wie es, dem Herrn sei's geklagt, schon immer meine Art war, tat ich etwas völlig Unüberlegtes: Ich streckte einfach die Hand aus und berührte den Ring. Hermann runzelte verblüfft die Stirn, und im selben Augenblick zuckte ich erschrocken zurück. Gleichzeitig zerrte mich Sophia unsanft fort und schob mich zur Tür hinaus, wo sie mir die erste Maulschelle meines Lebens gab. Ich verstand nicht, warum sie so furchtbar böse auf mich war. Offensichtlich hatte ich etwas ganz Schreckliches getan. Ich war völlig durcheinander, die Wange tat mir weh, und in meinem Hals bildete sich ein dicker Kloß.

Aber das Schlimmste, das, was mir wirklich Angst machte, war etwas ganz anderes: Der Ring hatte sich glühend heiß angefühlt! Ich brach in Tränen aus.

Heute scheint mir dies alles wie ein Vorzeichen. Es war, als hätte ich damals schon geahnt, dass dem einfachen silbernen Reif eine tiefe Bedeutung innewohnte. Und als hätte ich damals schon die Glut des Höllenfeuers gespürt, das denjenigen erwartete, der ihn trug.

Gisa

»Sie kommen! Sie kommen!« Die Kinder der Hofdienerschaft verkündeten die Neuigkeit als Erste. Ich drängte mich mit Agnes, Konrad und Heinrich im Steinrahmen der schmalen Fensteröffnung zusammen, um ja nichts zu verpassen. Es muss irgendwann im Spätherbst des Jahres 1211 gewesen sein, das genaue Datum weiß ich nicht mehr, nur, dass die Bäume längst kahl waren und Martini schon vorbei.

Ich schob meine vorwitzige Nasenspitze so weit nach draußen, wie ich konnte. Seit Wochen schon platzte ich vor Neugier, seit meine Ziehmutter Sophia erzählt hatte, dass die zukünftige Landgräfin von Thüringen zu uns unterwegs war. »Freut euch«, hatte sie gelächelt, »die Tochter des ungarischen Königs wird an den Hof kommen. Sie heißt Elisabeth, und es ist ausgemacht, dass sie einmal unseren Hermann heiratet.« Die Landgräfin erklärte uns gleich, dass die kleine Braut natürlich noch viel zu jung zum Heiraten war. »Ihre Eltern schicken sie so früh an den Hof ihres zukünftigen Gatten, damit sie sich an die fremde Sprache, die anderen Sitten und überhaupt an ihr neues Land und seine Menschen gewöhnen kann. Sie soll noch vor der Heirat zu einer rechten Thüringerin werden. Das macht man immer so, es ist nur vernünftig.« Sophia sah Agnes mit ernstem Blick an. »Ich möchte, dass sie dir wie eine Schwester ist. Du bist die Ältere und hier zu Hause, also wirst du dich vor allen anderen um sie kümmern.«

Agnes nickte folgsam, aber ich sah ihren finsteren Blick, als sie sich umdrehte. Nun ja, das hatte ich erwartet. Agnes war immer ein verwöhntes Ding gewesen, eigensinnig und eitel. Wenn sie etwas haben wollte, konnte sie schmeicheln wie ein Kätzchen, aber wehe, sie bekam es nicht. Dann funkelte sie einen mit solcher Wut in den Augen an, dass einem ganz angst und bang wurde. Sie war die Einzige unter den Kindern des Landgrafen, die mich spüren ließ, dass ich eigentlich nicht dazugehörte. Wenn sie böse auf mich war – und das war sie oft –, behandelte sie mich wie eine vom Gesinde, was ich im Grunde genommen ja auch war. Als Spielgefährtin taugte ich, solange ich tat, was sie wollte. Und ich nahm ihre Launen stets hin, was hätte ich auch sonst tun sollen?

Jetzt hörten wir schon von draußen die Rufe der Eisenacher Bürger. Sie jubelten ihrer zukünftigen Landesherrin zu, während die ungarische Reisegesellschaft durch die Gassen des Städtchens fuhr. Unsere Spannung wuchs, bis endlich das Tor aufging und die Ankömmlinge einließ. Voran trabten zwei Herren auf edlen Pferden, deren Schabracken in den Thüringer Farben gehalten waren. Das waren wohl der Ritter Walter von Vargula und der Herr von Schlotheim. Ihre Reisemäntel waren voller Dreckspritzer, die Stiefel durchnässt. Dann kamen zwei schwarzgekleidete Herren, vermutlich ungarische Geistliche, zusammen mit einem Ehepaar mittleren Alters in fremdartiger Tracht. Das Kleid der Frau war vom pelzverbrämten Saum bis zu den Knien klatschnass. Ihnen folgten zwei große, von Planen überspannte Wagen, dann eine bequeme Kutsche und danach ein kleiner, feiner, geschlossener Reisewagen, den zwei hübsche Rotfüchse zogen. Den Schluss bildeten die Bewacher der kostbaren Fracht, wohl an die zwanzig bis an die Zähne bewaffnete Männer aus ungarischem und einheimischem Adel. Drei von ihnen trugen Fahnen, die im Herbstwind flatterten. »Andechs, Ungarn, Thüringen«, flüsterte mir der Hofpfaffe von hinten ins Ohr. Andechs, so dozierte er, hieß das mächtige Geschlecht, aus dem die Mutter der ungarischen Prinzessin stammte, verwandt und verschwägert mit den hervorragendsten Familien in aller Herren Länder, von Frankreich bis Schlesien. Aber ich hörte Meister Igilbert kaum zu, denn jetzt wurde das Türchen des kleinen Reisewagens geöffnet. Eine Amme von beträchtlicher Leibesfülle quälte sich heraus und winkte einen Diener herbei, der sich in die Kutsche beugte und ein vermummtes Etwas herausholte. Das Etwas regte sich nicht. Es war in eine Decke gewickelt, die auch den Kopf verhüllte, der nun an der Schulter des Lakaien lehnte. Ganz offensichtlich schlief die Braut! Wie langweilig! Da kam sie am glorreichen Hof der Landgrafen von Thüringen an, wo ihr Prinz auf sie wartete, und war nicht einmal wach! Der Mann trug seine reglose Last ohne Anstrengung über den Hof. Dabei baumelten zwei Füßchen unter der Decke hervor, die in leuchtendgrünen Schuhen steckten. Dann war die sehnlichst erwartete ungarische Braut auch schon im Eingang zum Herrschaftstrakt verschwunden.

Später, nachdem es früher als sonst die Abendmahlzeit gegeben hatte, rief man uns Kinder hinüber in die Herrenkemenate. Im Gänsemarsch liefen wir über den gepflasterten Hof zum Hauptflügel, Agnes und die Buben voraus, ich wie immer hinterher. Wenn es schnell gehen musste, hinkte ich ja ein bisschen und kam den anderen nicht nach. Da sah ich etwas Buntes in einer Pfütze schimmern. Ich bückte mich – es war eines der winzigen Schühchen, die das ungarische Mädchen getragen hatte. Schnell hob ich es auf und nahm es mit.

In der Hofstube war schon alles versammelt. Vorne saßen und standen die Vornehmen, und hinten drückten und drängelten sich die vom Gesinde. Es roch nach dem nassen Stroh, das den Boden bedeckte, nach Essen und nach den Ausdünstungen der vielen Leute. Man machte uns Platz, als wir, angeführt von der Kinderfrau, durch den Saal gingen. Und vorne, vor dem Kamin, da sahen wir sie endlich! Sie saß aufrecht und steif auf einem Scherenstuhl, ganz still und stumm. Man hatte sie in ein Kleid gesteckt, das zumindest uns Mädchen den Atem raubte: Der Surkot ganz aus golddurchwirktem Stoff, mit glänzenden Edelsteinen bestickt und am Hals mit Perlen umsäumt. Das Unterkleid klatschmohnrot, genau wie die Ärmel. Ein Gürtel raffte alles zusammen, aber was für einer! Lauter viereckige gehämmerte Goldplättchen, jedes mit einem roten Stein in der Mitte, verbunden durch dünne Kettchen! Ich sehe Elisabeth heute noch vor mir, wie sie, geschmückt wie eine große Braut, nur eben ganz winzig, auf dem viel zu hohen Stuhl thronte, die Füße ein ganzes Stück über dem Boden, verlegen an ihren Fingernägeln kauend. Zwei riesige Kerzenleuchter warfen ihr Licht auf die märchenhafte Braut und ließen die Steine an ihren Kleidern glitzern und glänzen. Ich war völlig gefesselt von dieser beinahe unwirklichen Erscheinung, bis mich Agnes unsanft mit dem Ellbogen in die Seite stieß. Und da sah ich der Neuen endlich ins Gesicht. Mir blieb der Mund offen stehen. Lieber Himmel, so hatte ich mir die zukünftige Beherrscherin Thüringens nicht vorgestellt! Ihre Haut war trotz des Kerzenlichts ganz dunkel getönt, die Augen wie Kohle und das Haar schwarz wie die Nacht!

Endlich nahm uns meine Ziehmutter bei den Händen und trat mit uns vor die ungarische Braut. »Das hier«, sagte sie und schob

Agnes ein Stück vor, »ist deine Schwägerin Agnes. Und dies«, damit deutete sie auf mich, »ist Gisa, deine Freundin und Dienerin. Agnes, gib Elisabeth einen Kuss.« Ich konnte mir ein Grinsen nicht verkneifen, denn ein Kuss war bestimmt das Letzte, was Agnes jetzt Vergnügen bereiten würde. Aber sie wagte keinen Widerspruch, trat zu dem fremden Mädchen, kniff die Augen zu und berührte mit spitzen Lippen ihre Wange.

»Brav, meine Kleine«, lobte Sophia. Was die Landgräfin nicht gesehen hatte, war, dass ihre Tochter die zukünftige Schwägerin kräftig in den Arm gezwickt hatte. Agnes war Meisterin im Zwicken; ich konnte ein Liedchen davon singen. Jetzt warf sie mir einen triumphierenden Blick zu. Der Schmerz hatte Elisabeth die Tränen in die Augen getrieben, aber sie beklagte sich nicht. Sie tat mir leid, schließlich war sie ganz fremd und neu, und sie konnte ja nichts dafür, dass sie so schwarz und hässlich war. Ich wollte irgendetwas Freundliches zu ihr sagen, aber mir fiel nichts ein. Schließlich hielt ich ihr wortlos den tropfnassen Schuh hin, den ich im Hof aufgelesen hatte. Verwundert blickte sie mich an mit ihren Kohleaugen, dann nahm sie das grasgrüne Ding und lächelte schüchtern. Wir wussten es damals nicht, aber dies war der Beginn einer Freundschaft, die ein Leben lang halten sollte.

Und schon zog mich die Kinderfrau fort, denn nun kam die wichtigste Sache des Abends. Erst hielt der Landgraf eine Rede, von der ich mir nur merkte, dass er ständig vom »teuren Schatz aus Ungarland« sprach. Dann führte man die kleine Braut feierlich ins Nebenzimmer, wohin auch die Edelleute folgten. Wir Kinder durften ebenfalls hinein, waren wir doch die jüngsten Zeugen. Ich sah ein kostbares, geschnitztes Himmelbett mit zurückgeschlagenen Laken. Davor wartete ein halbwüchsiger, schlaksiger Junge, von dem ich annahm, dass es Hermann war. Der gerade erst aus dem Orlamünderland angekommene Bräutigam! Sein pickeliges Gesicht hatte einen halb mitleidigen, halb verächtlichen Ausdruck – er war schließlich in einem Alter, in dem alle Jungen Mädchen albern fanden. Was sollte er nur mit so einem kleinen Ding anfangen? Aber er kannte seine Rolle. Mit einem gottergebenen Schnaufer legte er sich nun mitsamt seinen Stiefeln ins Bett und verschränkte die Arme über der Brust. Die Landgräfin stupste

Elisabeth aufmunternd an und deutete auf den Platz neben Hermann. Aber die Braut stand stocksteif und rührte sich nicht. Noch einmal stupste Sophia – ihre zukünftige Schwiegertochter bewegte sich nicht. Da hob der Landgraf die verdutzte Kleine kurzerhand hoch und packte sie ins Bett. Jubel brandete auf. Die Verlobung war vollzogen und rechtskräftig.

Danach sahen wir dann den echten »Schatz« aus Ungarland. Man hatte die Mitgift Elisabeths in der Ecke des Schlafzimmers aufgebaut, und nun wurde das Tuch fortgezogen, das die Kostbarkeiten bisher verhüllt hatte. Wir alle hielten den Atem an. Wohl niemand von der ganzen Hofgesellschaft hatte jemals dergleichen gesehen: goldene und silberne Trinkgefäße, Schalen und Teller. Kronen, Ringe, Spangen und Gürtel. Herrliche Gewänder aus Seide und Brokat, golddurchwirkte Stoffe, Baldachine, Tischteppiche. Kassetten mit Schmuckknöpfen und Perlen. Ein Bettchen und ein Badekübel aus purem Silber. Pelze und Bänder. Bettzeug, Hausrat, Edelsteine. Eine Truhe voller Münzen, man raunte, es seien wohl zweitausend Mark feinsten Silbers. Und das sei nur die erste Rate des Brautschatzes. Es war unfassbar. Zum ersten Mal in meinem Leben bekam ich eine Vorstellung davon, was wirklicher Reichtum bedeutete. Und dem Mädchen, dem dies alles gehörte, hatte ich soeben einen nassen Schuh überreicht!

Kaum hatten wir uns sattgesehen an all der Pracht, brachte man uns zu Bett. In der Kinderstube wartete die nächste Überraschung auf uns: Guda. Denn der »ungarische Schatz« war nicht allein gekommen; man hatte ihr eine Freundin mitgegeben, damit sie in ihrer neuen Umgebung nicht so ganz einsam sei. Guda war vielleicht so alt wie Agnes, ein farbloses, unscheinbares Ding und so schüchtern wie ängstlich. Sie stammte, wie sich später herausstellte, aus deutschem Adel in Ungarn; ihre Eltern zählten zu den engsten Vertrauten der Königin Gertrud. Wir bestürmten sie sofort mit Fragen, aber sie sagte kaum etwas, obwohl Deutsch ihre Muttersprache war und sie uns ganz gut verstand.

Am nächsten Morgen wurden wir unsanft aus dem Schlaf gerissen. Alles war in größter Unruhe, offensichtlich wurde gepackt. Natürlich sagte uns niemand etwas, aber ich erfuhr von einem der Stalljungen, dass König Otto der Welfe mit seinen Truppen ins

Land eingefallen war und nun auf Eisenach zumarschierte. Der Landgraf zählte inzwischen zu den Anhängern des Stauferkönigs Friedrich, der, wie wir gehört hatten, zwar weit weg auf Sizilien wohnte, aber auch hierzulande Anspruch auf die Herrschaft erhob. König Otto wollte aber nicht klein beigeben, er kämpfte um die Macht und suchte bei Friedrichs Anhängern Rache, zuallererst bei Landgraf Hermann. Die Hofhaltung musste deshalb so schnell wie möglich auf die Wartburg fliehen, den wohl sichersten Ort in ganz Thüringen. In strömendem Regen zogen wir hinauf zur Burg. Elisabeth saß auf ihrem Platz, mit großen, angstvollen Augen und stumm wie ein Fisch. Seit sie angekommen war, hatte sie noch kein Wort gesprochen.

Zusammen mit der Braut hatte der Krieg Einzug im Land gehalten.

Salza, Spätsommer 1212

Das Dorf brannte. Es war leichte Beute gewesen, die Bauern hatten den armseligen Palisadenzaun keine Stunde verteidigen können. Wie auch, mit nichts als Saufedern, Handsicheln und Dreschflegeln? Nun loderten in Scheunen und Hütten die Feuer, wer Glück hatte, war rechtzeitig in die Wälder geflohen. Viel war nicht zu holen in einem Flecken wie diesem; das Wenige, was die Menschen besaßen, war keinen Pfifferling wert. Die Soldaten waren unzufrieden, denn das Plündergut diente ihnen als Bezahlung. Wer nichts von Wert fand, hatte umsonst gekämpft. Wenigstens war der einzige Bierkeller gut gefüllt, und so wurde immerhin gesoffen, was die Fässer hergaben. Die paar mageren Kühe wurden geschlachtet und gebraten. Und wie es im Krieg immer schon war, hielten sich die Sieger an den Frauen schadlos.

Mechtel drückte sich am Flechtwerkzaun des Schweinekobels entlang. Einen Tag und eine Nacht lang hatte sie sich in der Mehlkammer der Getreidemühle versteckt, starr vor Angst. Sie hatte durch ein Loch in der Wand mitangesehen, wie die fremden Soldaten erst die Familie des Müllers und dann die Knechte und

Mägde umbrachten. Als die Männer am nächsten Morgen endlich gegangen waren, rappelte sich das Mädchen auf und verließ die sichere Kammer. Sie wusste selber nicht, warum oder wohin, das war mit ihr schon immer so gewesen. »Mechtel«, pflegte die alte Müllerin, die nun tot in der Stube lag, zu ihr zu sagen, »du hast zwar nichts als Stroh im Kopf, aber du bist ein braves Ding, und hinlangen kannst du auch.« An ihre Eltern hatte Mechtel kaum eine Erinnerung; der Müller, eine barmherzige Seele, hatte sie als Schweinemagd aufgenommen, noch bevor sie sieben Jahre alt war.

Verstört irrte Mechtel zwischen den brennenden Häusern umher. Als sie einen Brotlaib auf dem Boden entdeckte, hob sie ihn auf und presste ihn an sich. Aus der Richtung, in der die Burg lag, erklangen leise Trommeln. In der Ferne wuchs eine Rauchsäule in den Himmel. Dorthin konnte sie nicht gehen, da waren die Feinde. Also schlug sie blindlings einen anderen Weg ein.

Als sie die Soldaten sah, war es schon zu spät. Es waren vier, die da im Schatten einer großen Buche lagerten, ganz junge Kerle. Sie hatten sich noch vor der Kapitulation der Burg Salza aus dem Staub gemacht und wollten nach Hause, die Lust auf weitere Kämpfe war ihnen abhandengekommen. Jetzt stand einer von ihnen auf. »Wohin des Wegs, meine Schöne?«, grinste er. Mechtel verstand seinen Dialekt nicht, er kam ja auch von weither aus dem Norden. Als er die Hand ausstreckte, ließ sie ihren Brotlaib fallen, drehte sich um und rannte. Nach ein paar Schritten hatte er sie eingeholt und zu Boden gerissen, und dann waren auch die anderen da. Sie wehrte sich stumm, wie ein Tier, biss, trat und kratzte. Aber die Soldaten hielten sie fest. Ihr Hemd zerriss über der Brust, Hände schoben ihre Röcke hoch. Sie taten etwas mit ihr, von dem sie wusste, dass es unrecht war. Der Schmerz ließ sie laut aufschreien. Lass sie doch aufhören, lieber Gott, hilf, dachte sie. Aber der liebe Gott half nicht. Sie hörten nicht auf. Mechtel sah zum Himmel hinauf. Da flatterte ein Vogel, der wollte sie so gern sein. Eine Wolke zog langsam vorbei, die erinnerte an ein Gesicht, hatte Nase, Augen und Ohren. Dann verschwamm alles, löste sich auf, verging. Mechtel verlor das Bewusstsein.

Als sie erwachte, waren die Soldaten fort. Ihr tat alles weh, da unten stach und brannte es wie Feuer. Blut klebte an ihren Oberschenkeln. Mühsam kam sie auf die Knie, stand auf. Es ging schon, wenn sie sich nur langsam bewegte. Der Brotlaib kam ihr in den Sinn, wo war der Brotlaib? Sie fand ihn nicht mehr. Aber beim Suchen fiel ihr endlich ein, wo sie hingehen konnte. Nach Farnroda. Einmal war beim Müller seine Schwester auf Besuch gekommen. So freundlich war die zu ihr gewesen, hatte ihr sogar ein Band geschenkt, eines, wie es die Dorfmädchen für die Haare nahmen. Nach Farnroda habe seine Schwester geheiratet, das hatte der Müller später erzählt. Ja, dachte Mechtel, dorthin würde sie gehen.

Creuzburg, Dezember 1212

Sophia lehnte am Fenster des Palas und beobachtete die spielenden Mädchen. Wie unbeschwert sie im Schnee des Burghofs herumtollten in ihren Fellschuhen und dicken Wollmänteln! Jetzt kam auch noch der kleine Konrad auf seinem Steckenpferd dahergeritten, gefolgt von seinem Erzieher. Ihr jüngster Sohn war seit kurzem aus der gemeinsamen Kinderstube ausgezogen, er war jetzt alt genug, um mit seinen Brüdern unterrichtet zu werden, spielte aber immer noch lieber mit den Mädchen. Die Großen ließen ihn ja auch noch nicht recht mitkommen. Der zwölfjährige Ludwig kümmerte sich noch am ehesten, er war immer der Gutmütige, während Heinrich Raspe mit seinen acht Jahren meist nur Sticheleien für den Jüngsten übrig hatte.

Helles Gelächter drang zur Landgräfin hinauf. Das war Agnes, immer die Lauteste von allen. Die Hände in die Hüften gestützt, stand sie da und schaute zu, wie die anderen einen Schneemann bauten. Gerade steckte die kleine Elisabeth eine Gelberübe mitten in seinen runden Kopf. Die Landgräfin seufzte. Sie hatte das Mädchen liebgewonnen im letzten Jahr. Ein herzgoldiges Ding fürwahr, nur manchmal ein bisschen zu stürmisch und unbändig, aber das war wohl die ungarische Wesensart. Schade, dass sie so fremdländisch aussah, das trug ihr viel Spott von den anderen Kindern ein. »Die Schwarze«, so nannten sie sie oft. Auch ihr Bayrisch, das sie von ihrer Mutter hatte, war oft Anlass für Häme und Gelächter, aber das würde sich schon noch abschleifen.

Es klopfte, und ein Bote trat ein, noch in Reitkleidung und ganz außer Atem. Er überreichte seiner Herrin mit einer tiefen Verbeugung einen Ring – Erkennungszeichen dafür, dass seine Nachricht von Landgraf Hermann selber kam. »Herr Friedrich der Staufer, der zweite seines Namens, ist endlich in Mainz zum König gekrönt worden«, berichtete der Mann. »Euer Gatte, der Euch seinen Gruß entbietet, war dabei. Er ist wohlauf, aber er wird Weihnachten noch nicht zurück in Thüringen sein können, weil der Widerstand des Herrn Otto, der sich immer noch König nennt, erst gebrochen werden muss, was Gott befördern möge. Der Herr schütze Euch und Thüringen. Das war mein Auftrag, Euch zu künden.«

Die Landgräfin nickte und bedeutete dem Boten mit einer Handbewegung zu gehen. Dann beugte sie sich zum Fenster hinaus und rief die Kinder herein.

»Euer Vater hat Nachricht gesandt«, begann sie, als endlich auch Heinrich und Ludwig da waren. »Es gibt große Neuigkeiten: Friedrich der Staufer ist gekrönt, und bald wird mit vereinter Kraft der recht gesinnten Reichsfürsten der Welfe Otto niedergeworfen sein. Der böse Mensch, der unser schönes Land mit Krieg überzogen und so großes Leid über Thüringen gebracht hat, wird mit Gottes Hilfe besiegt werden.«

Die Jungen brachen in Jubelgeschrei aus. »Unser Vater haut den Welfen aufs Haupt!«, brüllte Hermann Raspe und boxte mit geballten Fäusten in die Luft.

Sophia drohte ihm mit dem Finger. »Alles liegt in Gottes Hand, mein Sohn. Dafür wollen wir jetzt alle beten.«

Sie kniete nieder und faltete die Hände. »O Herr, der du Himmel und Erde lenkst, sieh gnädig auf uns, wie wir dich demütig um deine Hilfe bitten. Gib, dass bald Friede einkehrt und dass unser Vater gesund zurückkehrt.«

»Amen«, fielen die Kinder mit ein.

»Jetzt könnt ihr weiterspielen«, lächelte Sophia. »Husch!«

Nachdenklich ging sie hinüber zum großen Lehnstuhl, wo ihre Handarbeit lag, setzte sich und griff zum Stickrahmen. Doch vor dem ersten Stich fiel ihr Blick auf die kleine Gestalt an der Tür. Es war Elisabeth.

»Was willst du denn noch?«, fragte die Landgräfin und ließ die Nadel sinken.

Das Mädchen tippelte zu ihr hin. »Mutter, ich möcht gern mit Euch den Psalter anschauen«, sagte sie in ihrem breiten bayrischen Tonfall.

»Schon wieder?« Sophia schüttelte in gespielter Verzweiflung den Kopf über ihr Ziehkind. Niemand freute sich an dem kostbaren Gebetbuch, das sie in einem niedersächsischen Kloster hatte anfertigen lassen, mehr als Elisabeth. Fast täglich kam die Kleine zu ihr, um am liebsten stundenlang die herrlichen Bilder im Kalendarium zu betrachten und sich vorlesen zu lassen.

»Ei, du bist mir ein wahrhaft frommes Ding«, sagte die Landgräfin. »Komm, lass uns aus dem Psalter ein Gebet aussuchen, das wir für die Seele des Landgrafen sprechen.«

Die beiden gingen gemeinsam in die Schlafkammer der Fürstin, wo auf einem Tischchen das riesige Buch schon aufgeschlagen lag. Elisabeth kletterte auf Sophias Schoß und ließ sich das bunte Bild erklären, das die Krönung Mariens zeigte. Sie durfte ein wenig in dem Prachtband blättern, was sie ganz vorsichtig tat, um nichts zu beschädigen. Schließlich deutete sie auf einige Sätze, die nachträglich von Sophias Hand auf eine Seite geschrieben worden waren. »Was steht da?«, fragte sie.

Die Miene der Landgräfin verdüsterte sich. »Nichts von Bedeutung«, antwortete sie. Wie hätte sie der Kleinen auch vorlesen sollen, was sie da eingetragen hatte. Es war die inständige Bitte an den Herrn im Himmel, ihren Gatten einst zu erlösen, der in so viele Verbrechen und Sünden verstrickt sei. Und damit hatte sie nicht den Kirchenbann gemeint, in dem sich der Landgraf derzeit wegen eines kriegerischen Konflikts mit dem Mainzer Erzbischof befand. Allein das wäre schon schlimm genug gewesen.

Aber Hermann lebte ja in noch viel größerer Sünde. Denn seit der Zeit, die er als junger Mann in Frankreich verbracht hatte, gehörte er einer Gemeinschaft an, die sich Katharoi nannte – die Reinen. Der Papst hatte sie längst als Ketzer verurteilt, und westlich des Rheins waren diese Abtrünnigen blutig mit Feuer und Schwert gerichtet worden. Auch im Reich waren schon die Ketzerjäger unterwegs, angeführt von einem fanatischen Magister aus Marburg, Konrad mit Namen, der Furcht und Schrecken verbreitete. Überall entlarvte er die Irrgläubigen; sie verloren, so sie verstockt waren, ihr Leben, so sie gestanden, all ihr Hab und Gut. Doch noch größer als die Gefahr einer weltlichen Strafe war die Verdammnis der Seele, der Hermann anheimzufallen drohte. Sophia seufzte schwer. Sie hoffte immer noch, dass sich irgendwann einmal alles zum Guten wenden würde. Dies war der Grund gewesen, den teuren Psalter überhaupt anfertigen zu lassen. Ihr war er Trost, und vielleicht lohnte Gott ihr die fromme Tat, indem er den Landgrafen nicht in die tiefsten Tiefen der Hölle verdammte.

Elisabeth riss Sophia aus ihren Gedanken. »Mutter, denkt nur«, sagte sie, »der Herr von Eschenbach hat mir heut auf einem Täfelchen den Heiligen Georg gemalt, und den Drachen! Der war so garstig, dass ich weinen musste. Aber der Georg hat ihn tapfer erstochen mit seinem Spieß, da war ich wieder froh.«

Sophia strich der Kleinen über die widerspenstigen Locken. »Du und deine Heiligen. Weißt du eigentlich, dass auch welche unter deinen Vorfahren sind?«

Elisabeth zog einen Schmollmund. »Der Meister Igilbert hat's erzählt«, murmelte sie. »Aber Agnes hat gesagt, es stimmt nicht.«

»Wohl stimmt es«, entgegnete die Landgräfin. »Die Heiligen Stephan, Ladislaus und Emmerich aus dem berühmten Geschlecht der Arpaden. Emmerich wurde heiliggesprochen, als ich noch ein Kind war, ich erinnere mich noch genau daran, wie es in der Kirchen verkündet wurde. Dein Geschlecht ist ein gesegnetes, Tochter, weil deine Ahnväter von Gott erhoben wurden.«

Elisabeth schien diese Worte in sich aufzusaugen wie ein Schwamm das Wasser. Die beiden lasen noch eine Weile im Psalter, dann schob Sophia die Kleine von ihrem Schoß. »Jetzt ist Schluss, meine Gute, ich habe noch zu tun. Lauf und spiel mit den anderen.«

Elisabeth ging folgsam zur Tür, blieb aber dann auf halbem Weg stehen. »Mutter«, fragte sie, »wie wird man Heiliger?«

Sophia überlegte. »Nun, durch gute Taten oder durch ein Martyrium«, antwortete sie. »Wenn man für den Glauben stirbt, kommt dadurch die Heiligkeit von selber.«

»Dann will ich auch einmal für den Glauben sterben«, versetzte Elisabeth ernst, »damit ich heilig werde.«

»Bist du wohl still«, tadelte die Landgräfin. Wo hatte man so etwas schon einmal gehört? »Das kann man sich nicht einfach so vornehmen, das ist allein Gottes Werk und Entscheidung. Alles andere ist Hoffart.«

Elisabeth stampfte mit dem Fuß auf. Da war es wieder, das ungarische Temperament. »Aber der Hannes kann doch auch sagen, er will Türmer werden, und die Gerswind will einmal Silbermagd sein wie ihre Mutter.«

Die Landgräfin seufzte. Sie wusste schon Bescheid, dass ihre Ziehtochter sich viel zu oft mit den Gesindebälgern herumtrieb, die ihr Flausen in den Kopf setzten. »Was die einfachen Kinder wollen, kann uns ganz gleich sein, Dummchen. Die werden schon ihren Platz im Leben finden. Du aber, du wirst einmal Landgräfin von Thüringen sein. Nur das ist wichtig. Das ist dein Ziel für die Zukunft. Heilig zu werden, das liegt nicht in deiner Hand, wo denkst du hin? Es reicht schon, wenn du gottgefällig lebst und fromme Werke tust. Dann bist du ein gutes Kind und wirst einmal eine wahrhaft christliche Fürstin.«

Elisabeth verließ ein wenig beleidigt die Schlafstube und lief schnurstracks in die Peterskapelle. Vor dem Altar warf sie sich hin, mit ausgebreiteten Armen, wie sie es schon öfters vom Pfarrer gesehen hatte. »Lieber Gott«, bat sie, während die Kälte des Steins durch ihre Kleider drang und sie schaudern ließ, »mach, dass ich einmal heilig werde. Ich will auch immer brav sein.«

Dann sprang sie auf und rannte hinaus in den Burghof.

Gisa

Elisabeth spielte mit Feuereifer »Heilige«. Sie scherte plötzlich aus der Runde aus, wenn wir den Reigen tanzten, und sagte todernst so etwas wie: »Lieber Herrgott, sieh, dass ich mir den Tanz versage zu deinen Ehren.« Oder sie lief mitten während der Blindekuh zur Kapelle, küsste die Pforte und sprach ein Gebet. Manchmal, wenn wir mit Murmeln spielten und sie gewann, schenkte sie ihren Preis einem der ärmeren Kinder von der Dienerschaft. Dabei pflegte sie jedes Mal zum Himmel aufzuschauen und zu sagen: »Herr Jesus, schau, ich gebe freudig den Armen.« Damals gehörten ja zur Hofhaltung bestimmt zwanzig oder mehr Kinder aus der Dienerschaft, von denen etliche in unserem Alter waren, dazu kamen noch so manche Sprösslinge vom Adel, die auch meistens mit am Hof lebten. Wenn wir überlegten, was wir spielen sollten, kamen von ihr Vorschläge wie »das Martyrium der Sankta Antonia« – die war beliebt, weil man sie gegen Zahnweh anrief, und eines von uns hatte bestimmt immer Zahnschmerzen – oder die »Verkündigung Mariens«. Wobei natürlich immer Elisabeth selbst die Hauptperson spielen wollte. Agnes ärgerte sich schwarz und zahlte es der Ungarin auf tausend verschiedene Arten heim. Das wiederum ließ mich Partei für Elisabeth ergreifen, denn sie wollte ja nichts Böses, ganz im Gegenteil, sie war so gut und lieb und fromm, wie wir alle hätten sein sollen. Ich hatte sie einfach gern.

Was mich noch an ihre Seite trieb, war meine böse Hüfte. Im Nachhinein betrachtet, war meine Behinderung gar nicht so schlimm. Wenn ich einfach nur stand oder ging, ohne Eile und ganz ruhig, merkte man so gut wie gar nichts. Anders war es, wenn ich rennen musste, was ich immer vermied, oder aber wenn ich aufgeregt war. Dann humpelte ich deutlich und schämte mich unendlich für meinen Makel. Wenn mich Agnes dann hänselte, stahl ich mich mit brennenden Backen davon, irgendwohin, wo mich keiner sah, und weinte. Elisabeth blieb das natürlich nicht lang verborgen, und ab da gehörte ich zu den Armen und Hilfsbedürftigen, zu denen es sie stets hinzog und denen sie aus Nächstenliebe beistehen wollte. Und mir tat ihre Freundlichkeit so gut. Wenn ich wieder einmal den anderen nicht folgen konnte, die fröhlich vorausliefen, dann blieb sie mit mir zurück. Schimpften mich Agnes und ihre Zofen »Hinkebein«, dann legte sie die Arme um mich und tröstete mich: »Der liebe Gott hat alle Menschen lieb, ob sie gut laufen können oder nicht. Und ich hab dich auch lieb.« Elisabeth war das Beste, was mir geschehen konnte, seit ich am Hof lebte. Wir wurden ein verschworenes Paar – halt, nein, natürlich gehörte noch eine Dritte zu uns: Guda, die brave, einfache Guda, fast hätte ich sie vergessen. Das alleine sagt schon viel aus, denn ich habe ein ausgezeichnetes Gedächtnis. Es war nur so, dass Guda nie auffiel. Sie war Elisabeths Schatten, nie sah man sie alleine. Ein farbloses, langweiliges Ding mit mausfarbenem Haar, wässrigblauen Augen und einem blassen Mondgesicht. Ob sie jemals einen eigenen Gedanken hegte, wage ich zu bezweifeln. Immerhin war sie die Einzige, die sie »Erszi« nennen durfte, als Koseform ihres ungarischen Namens »Erszebet«. Sie waren ja schon in Ungarn zusammen aufgewachsen.

Irgendwann wurde unser Meister Igilbert zu alt und hatte nicht mehr genug Geduld für uns Kinder, also schickte man ihn ins Kloster Reinhardsbrunn. Wir bekamen einen neuen Lehrmeister in Glaubensdingen, Magister Berthold, ach, den liebten wir sehr. Er war jung und nicht so streng; bei ihm gab es keine Schläge auf die Finger und kein Eckenstehen. Er stotterte ein bisschen, aber das machte nichts, selbst Agnes mochte ihn so gern, dass sie ihn nicht verspottete.

Und noch jemand, der uns in Glaubensfragen so manches beibrachte, lebte zu Zeiten am Hof. Wido, so war sein Name. Er erschien oft wie aus dem Nichts, und dann verschwand er nach ein paar Wochen wieder wie ein Geist. Es war fast unheimlich: Niemand wusste, woher er kam, aber plötzlich war er da oder fort. Und doch erfreute dieser Wido sich der besonderen Gunst des Landgrafen, ja er stand bei ihm in so hohem Ansehen, dass er an der Tafel neben ihm sitzen und mit ihm von einem Teller speisen durfte. Dabei sah er aus wie der allerärmste Bettler, mager, in raue Gewänder gekleidet, barfuß. Das verstanden wir nicht. Aber wir Kinder spürten wohl, dass von ihm etwas Besonderes ausging. Er aß kein Fleisch und trank keinen Wein, er verrichtete keine Arbeit.

Jeden Tag saß er lange mit den Landgrafensöhnen zusammen, die ihm mit großer Ehrerbietung begegneten, sogar Heinrich Raspe, der eigentlich vor niemandem Respekt hatte.

Obwohl er uns nicht recht geheuer war, gingen Guda, Elisabeth und ich doch manchmal zu ihm, um seine Geschichten zu hören. Er erzählte so packend, dass man den Blick dabei nicht von ihm abwenden konnte. Einmal war seine Stimme harsch und trocken, dann wieder schmeichelnd und sanft. Manchmal sah er plötzlich böse aus und seine ganze Miene verhärtete sich, dann wieder setzte er ein gütiges Lächeln auf und sprach freundlich und lieb. Etwas an ihm zog uns in seinen Bann, obwohl er uns im Grunde Angst machte. Elisabeth wusste ihr Leben lang nicht, wer er wirklich war, ich habe es ihr nie gesagt. Wenn sie geahnt hätte, dass der Wunsch nach Armut, der sich ihr damals einpflanzte und der ihr ganzes Leben bestimmen sollte, von den Abtrünnigen, Irrgläubigen kam, ich weiß nicht, wie sie damit fertig geworden wäre.

In dieser Zeit jedenfalls zog uns Wido magisch an, und nicht nur uns. Eigentlich war er hässlich, ein Kahlkopf mit dichten hellen Brauen, schmalen Lippen und einer breitgedrückten Nase. Sein Blick hatte etwas Stechendes, Kaltes. Seine rechte Gesichtshälfte war von einer Brandnarbe entstellt, später erfuhr ich, dass ihm jemand mit einer Fackel hineingefahren war. Heute noch sehe ich ihn auf dem Mäuerchen der Wartburger Zisterne sitzen, uns Kinder zu seinen Füßen. »Nur die«, sagte er, »sind wahre Gläubige, die Christus auf seinem Weg folgen und dem Leben der Jünger nacheifern. Sie streben nicht nach den Dingen der Welt, besitzen keine Häuser, Äcker oder Geld, genau wie Christus nichts besaß und seinen Jüngern keinen Besitz erlaubte. Die wahren Gläubigen sind die Armen Christi, haben keine Wohnung, führen ein heiliges und strenges Leben, fasten, beten und erbitten nur das Lebensnotwendige für ihren Unterhalt. Fleischliche Dinge sind des Teufels, deshalb werden die wahren Christen sich nicht im Geschlechtlichen verlieren. Und nur wenn sie, die wir die ›guten Menschen‹ nennen, ein Leben lang gestrebt und nie einen Fehler gemacht haben, dann steigt ihre reine Seele nach ihrem Tod befreit in den Himmel.«

Elisabeth hörte das alles mit offenem Herzen. »Meister Wido«, fragte sie einmal, »aber wenn ich sündig bin, so erlange ich doch trotzdem das ewige Leben, denn ich bin ja getauft, oder?«

Der Alte schüttelte den Kopf. »Wie kann das Sakrament der Taufe etwas nützen, wenn der Getaufte sich nicht freiwillig dazu entschieden hat und als winziger Menschling noch gar nicht weiß, was gut und böse ist? Erst wenn man zu Verstand gekommen ist, sollte man sich bekehren und in die Geheimnisse des Glaubens einweihen lassen. Und auch danach kommt es immer darauf an, wie man lebt.«

Uns fiel damals schon auf, dass dies alles ganz anders klang als die Lehren, die wir im Unterricht hörten. Wido erklärte uns, dass es verschiedene Arten Gläubige gäbe: Die einen erkannten die wahre Lehre, waren aber noch nicht reif für die Aufnahme in die Schar der »Reinen«. Die anderen lebten nach der wahren Lehre, ihre Seelen jedoch waren nach ihrem Tod noch nicht rein genug für die Erlösung. Und die dritten, das waren die Perfekten. Sie aßen niemals Fleisch und auch sonst nichts, was durch Zeugung in die Welt gekommen war. Sie lebten in völliger Armut, waren auf die Gaben angewiesen, die ihnen die Gläubigen darboten. Sie lebten in Enthaltsamkeit, denn alle weltlichen Gelüste waren des Teufels. Nicht einmal berühren durften sie ein Weib. Sie waren wie die Engel. Das, so erklärte Wido, seien die wirklichen Heiligen.

Das mit den Frauen fand ich schon merkwürdig. Aber der alte Mann hielt sich eisern daran. Er vermied es peinlichst, uns Mädchen anzufassen. Einmal legte er uns segnend die Hand auf die Stirn, nicht ohne vorher ein Tuch darübergeworfen zu haben, damit er ja nicht unsere Haut berührte. Das erzählte ich meiner Ziehmutter, die uns daraufhin verbot, mit Wido zu reden. »Er ist böse«, sagte sie, »und ihr haltet euch von ihm fern, bei strengster Strafe, hört ihr?«

Aber da kam zum ersten Mal Elisabeths Eigensinn durch. Sie beugte sich dieser Anordnung nicht, ganz im Gegenteil, sie ging noch häufiger zu Wido, allerdings heimlich. Und wir mit. Jedenfalls so lange, bis der unheimliche alte Mann wieder verschwunden war. Die Landgräfin beobachtete das alles mit großer Sorge, und ich weiß, dass sie den Alten am liebsten des Hofes verwiesen hätte, aber er stand ja unter dem besonderen Schutz ihres Gatten, und da hatte ihre Macht ein Ende. Erst viel später wurde mir klar, wie sehr sie unter all dem litt und wie groß ihre Angst war, dass sein Geheimnis entdeckt würde, dass man ihn als Ketzer verurteilte und er dann auch noch der ewigen Verdammnis anheimfiel.

Aber von all diesen Dingen ahnten wir Kinder damals nichts.

Farnroda, Juli 1213

Das kleine hölzerne Kirchlein lag am Rande des Dorfes, ein windschiefes Gebäude mit Schindeldach und einem niedrigen Glockenturm. Die Bauern waren viel zu arm, als dass sie sich je einen Steinbau hätten leisten können, und ein eigener Pfarrer war auch nicht da, aber jeden zweiten Sonntag kam einer der Eisenacher Stadtpfaffen auf seinem Eselchen herübergeritten, um die Messe zu lesen. Diesmal war die Reihe an Vater Zacharias gewesen, der nun, als die paar Dörfler schon gegangen waren, den gestampften Lehmboden fegte, beobachtet von einem einfach geschnitzten Christus, einer großzügigen Leihgabe aus der Kapelle der Wartburg, die gerade neu ausgestaltet wurde. Schließlich hatte der Landgraf die Rodung und Ansiedlung der Bauern an der alten Handelsstraße unterhalb der Hörselberge vor Jahren gefördert, und man mochte die hart arbeitenden Leute nicht ohne den Trost des Gekreuzigten lassen.

Vater Zacharias blickte auf, als die Kirchentür knarrte. Wer wollte wohl noch etwas von ihm, wo der Gottesdienst längst vorbei war? Ah, jetzt erkannte er eine weibliche Gestalt, ein junges Mädchen, das langsam auf ihn zukam. Das Mädchen ging leicht gebückt, und es trug etwas in den Armen.

»Du kommst zu spät zur Messe, mein Kind«, sagte der Geistliche mit leicht tadelndem Unterton. »Hast das Läuten wohl nicht gehört, hm?« Das Glöckchen war aber auch gar zu klein, und sein dünner Klang trug nicht weit.

Das Mädchen schüttelte leicht den Kopf. Es mochte vielleicht dreizehn oder vierzehn Jahre alt sein, mit braunen Locken, die unter dem schmutzigen Kopftuch hervorlugten, und einigen vom Kratzen entzündeten Flohbissen auf der linken Wange. Ängstlich sah das junge Ding den Pfarrer an, dann streckte es ihm mit einer einfachen Geste entgegen, was es im Arm gehalten hatte. Vater Zacharias kniff die Augen zusammen: Ein Kind, wohl gerade ein paar Wochen alt. Bauern, dachte der Priester verächtlich, pah. Kopulierten wie die Tiere, kaum dass sie den Windeln entwachsen waren. Das kannte man ja. Und die Mädchen waren natürlich besonders unzüchtig, bei den Maibaumtänzen, beim Schafscheren, überhaupt immer. Aber dennoch – waren sie nicht alle Gottes Kinder? Zacharias seufzte und stellte seinen Besen weg. »Das soll ich also taufen, ja?«, brummte er.

Das Mädchen nickte, ihr Kind immer noch in den ausgestreckten Armen.

»Na, dann komm.« Der Priester ging voraus zum Altar, neben dem eine kleine Säule mit einer gedrechselten Holzschüssel darauf stand.

»Bub oder Mädchen?« Vater Zacharias goss Wasser in den Napf.

»Bub«, flüsterte Mechtel.

»Und, wie soll er heißen?«

Sie sah ihn mit großen Augen an. Der Pfarrer tat einen Stoßseufzer. Auch das noch. Dumm wie ein Schaf, dachte er, aber nicht zu dumm, um mit dem nächstbesten geilen Bock ins Heu zu kriechen.

»Weißt du denn keinen Namen, Mädchen?«, versuchte er es noch einmal.

Es kam nur ein Kopfschütteln.

»Hm.« Vater Zacharias zupfte sich am Ohr. »Wie heißt denn der Vater?«

Mechtel zuckte kurz zusammen, dann füllten sich ihre Augen mit Tränen. »Weiß nicht«, flüsterte sie fast unhörbar.

Auch das noch. Lässt sich mit einem ein, dessen Namen sie nicht einmal kennt! Aber an dem Kind konnte man es schließlich nicht auslassen, und der liebe Gott fragte wohl auch nicht danach, ob ein Täufling in Sünde gezeugt war oder nicht. Vater Zacharias sah das schlafende Kind an und überlegte. Bei der zügellosen Geschlechtlichkeit, die die Mutter in ihrem zarten Alter bewiesen hatte, würde der Junge wohl nicht ihr einziges Kind bleiben – wohl aber das erste. Also tunkte er die Finger ins Taufwasser, sprenkelte ein paar Tropfen auf die Stirn des Säuglings und sagte: »Im Namen des Vaters, des Sohnes und des Heiligen Geistes taufe ich dich auf den Namen Primus, Amen.«

»Primus, kannst du dir das merken?«, hatte der Pfarrer gefragt, als sie ihm drei Eier und ein Säckchen Graupen als Altargeld überreicht hatte. Jetzt lief sie den ganzen Weg zurück zum Hof ihrer Hausleute und murmelte mit jedem zweiten Schritt den Namen ihres Sohnes, damit sie ihn ja nicht vergaß. Der Erste, das war die Bedeutung. Sie lächelte, als sie am Flechtwerkzaun des Gemüsegartens vorbeiging. Eigentlich hatte sie ja Glück im Unglück gehabt. Nach längerer Suche war sie tatsächlich auf das Dorf Farnroda gestoßen, und dann hatte die Schwester des Müllers sie aufgenommen. Mitleid hatte sie gehabt mit dem armen Mädchen, so verstört und verlassen und notdürftig, wie sie war. Aber ihr Mann, der Bauer, hatte nur widerstrebend zugestimmt. Einen unnützen Esser mehr konnte der Hof kaum verkraften, da half alle Nächstenliebe nicht.

Als Mechtel nun von der Taufe zurückkam, fiel ihr der Karren gar nicht auf, der neben dem Misthaufen stand. Nichtsahnend betrat sie das Haus. Aber drinnen sah sie die schuldbewusste Miene der Bäuerin und wusste gleich, dass etwas nicht stimmte. In der verräucherten Stube hockte der Bauer mit einem Fremden zusammen, einen Krug Most auf dem Tisch. Der Mann musterte sie und das Kind neugierig, dann grinste er. Er war massig und grobschlächtig, wenn auch nicht hässlich, trug einen fleckigen Kittel, eine Lederkappe und plumpe Holzschuhe. Sein Haar war strähnig, genau wie der dichte Bart, und ihm fehlte ein Stück vom linken Daumen. Mechtel wich bis zur Wand zurück.

»Das ist mein Vetter Eberolf«, sagte der Bauer knapp. »Du kannst bei ihm arbeiten, mitsamt dem Kind. Dafür versorgt er euch beide. Seine Hufe liegt in Stregda, nicht weit von hier. Mach dich fertig.«

Der Fremde stand auf, trat auf sie zu und zwickte sie aufmunternd in die Wange. »Wir werden schon miteinander auskommen, was?«, sagte er. »Solang du mit anpackst. Scheinst ja ganz kräftig beieinander zu sein. Und dein Bankert kriegen wir auch groß.«

Dann langte er in seinen Hosensack und holte zwei, drei Halbpfennige hervor, die er dem Bauern in die Hand drückte.

Damit war die Angelegenheit abgemacht. Mechtel hatte einen Brotherrn bekommen. Und nicht nur das. Zwei Wochen später holte Eberolf sie in sein Bett. Sie wehrte sich nicht. Es war nun einmal das Los der Frau, sich dem Mann zu fügen. Dafür hatten sie und der Kleine wenigstens ein Daheim.

Creuzburg, Sommer 1213

Schon den ganzen Morgen beobachtete der Landgraf seine älteren Söhne beim Schwertkampf auf der Turnierwiese unter der Burg. Der inzwischen sechzehnjährige Hermann war wieder einmal am Hof, er brauchte bis zu seiner Schwertleite in zwei Jahren eine gute ritterliche Ausbildung. Dabei konnte auch der dreizehnjährige Ludwig schon recht ordentlich mitmachen, auch wenn er, wie ganz gut zu erkennen war, nicht das Talent seines Bruders hatte. Der neunjährige Heinrich Raspe war noch zu klein für Kampfübungen; er stand neben seinem Vater und ließ sich die Ausrüstung erklären.

»Ein Ritter braucht ein gepanzertes Kettenhemd, einen Eisenhelm, einen dreieckigen Schild, Schwert, Lanze, Kampfsattel, Steigbügel und Sporen«, dozierte der Landgraf. »Das alles kannst du später sehen, wenn wir in die Waffenkammer gehen. Jetzt, zum Üben, tragen deine Brüder leichtes Zeug. Das andere ist auch viel zu teuer, um es beim Üben herunterzulumpen. Du musst dir vorstellen, allein ein Panzer ist so viel wert wie ein ganzer Bauernhof. Viele vom Adel können sich eine vollständige Ausrüstung gar nicht leisten. Ah, schau, das war ein guter Schlag!«

Der neben ihm stehende Bernhard von Kaulberg, Waffenmeister und Kampflehrer, nickte anerkennend. Der Edelfreie war ein altgedienter Waffengefährte des Landgrafen, seit dreißig Jahren schon. Seit dem Kreuzzug von 1198, bei dem er einen Überfall des heidnischen Feindes quasi im Alleingang abgewehrt hatte, war er so etwas wie eine Legende. Generationen von thüringischen Adelssöhnen hatten bei ihm das Kriegshandwerk erlernt. Mittlerweile hatte er die fünfzig überschritten und beschränkte sich meist aufs Zusehen und Erklären, während sein Sohn Raimund die schweißtreibenden Übungen übernahm. Der junge Kaulberger war schon als Knappe in Akkon dabei gewesen und hatte im Alter von vierzehn Jahren im Heiligen Land seine erste Schlacht geschlagen. Mit Schwert und Lanze war er längst besser als sein Vater, und in nicht allzu ferner Zeit würde er einmal sein würdiger Nachfolger sein. Jetzt gab er mit erhobener Hand das Zeichen zum Aufhören. Die Buben waren müde und verschwitzt und brauchten eine Ruhepause.

Gemeinsam mit dem Landgrafen gingen sie hinauf in den Burghof, um sich vom Kellerknecht einen Krug verdünnten Wein zur Erfrischung bringen zu lassen, doch schon beim Tor wurden sie von einer Abordnung Bauern aufgehalten. Es waren Dorfvorsteher und Grundholde aus der Gegend, die nun auf die Knie fielen, Mützen und Kappen in der Hand. Hermann hob unwillig eine Augenbraue. Bauern waren ihm einfach zuwider. Garstige, dreckbeschmierte Tölpel, die nicht in seine feine höfische Welt passten. Ihre krummen Rücken wölbten sich von der schweren Arbeit, sie hatten verknöcherte, blödsinnige Gesichtszüge wie die Esel, borstige Haare und verlauste Bärte. Sie selbst und ihre Kleider waren übelriechend und widerlich. Aber natürlich, man brauchte sie und war für sie verantwortlich.

»Was wollt ihr?« Hermann sah auf die Ansammlung gebückter Gestalten, die da ängstlich vor ihm kauerte.

»Herr, im Namen Gottes, bitten untertänigst um Vergebung«, sagte ein älterer Mann in der Mitte und hob flehend die Hände. Seine Finger waren verkrümmt und gichtig und schwarz vor Dreck. »Wir leisten schon seit dem Frühjahr Frondienste mit unseren Gespannen und unserer eigenen Hände Arbeit. Unsere Felder haben wir kaum bestellen können, das Vieh kaum versorgen, das Haus nicht richten. Unsere Weiber und Kinder können die Ernte nicht allein einbringen …«

Der Landgraf winkte ab. Das alte Gejammer. Immer, wenn die Bauern fronen mussten, versuchten sie sich herauszureden. Dabei war es gerade jetzt wichtig, dass der Bau vorankam, bevor die Steinmetzen vom Niederrhein im Herbst wieder heimzogen. Hermann öffnete den Mund zu einer schroffen Antwort, als jemand an seinem Ärmel zupfte.

»Ach, lieber Vater, im Namen des Herrn Jesus, gewährt den armen Männern doch Urlaub.« Es war Elisabeth, die zusammen mit den anderen Mädchen ihr Spiel unterbrochen hatte, um den Landgrafen zu begrüßen. Jetzt stand sie mit klopfendem Herzen vor ihm und wartete auf die Ohrfeige, die sie wohl verdiente, weil sie sich eingemischt hatte. Doch bevor der Landgraf noch ausholen konnte, erhielt sie unerwartete Hilfe. Ludwig legte den Arm um sie und sah seinem Vater fest in die Augen. »Sie hat recht«, sagte er mit seiner hellen Knabenstimme. »Außerdem, wenn Ihr die Bauern nicht zur Ernte gehen lasst, dann kommt nicht aller Ertrag von den Feldern in die Scheunen, und die Abgaben an die Landesherrschaft werden geringer. Dann reichen vielleicht die Gülten und Zinsen gar nicht aus, um die Hofhaltung über den Winter zu bringen, und wir müssen zukaufen. Und wenn wir zukaufen müssen, fehlt uns das Geld für die Baulichkeiten im nächsten Jahr.«

Hermann war verblüfft. Solch eine lange Rede hatte er von seinem Zweitgeborenen noch nie gehört. Und vor allen Dingen eine solch klare, kluge, sinnfällige Rede. Er warf einen schnellen Blick auf seinen ältesten Sohn, der sichtlich angestrengt über das eben Gesagte nachdachte. Kämpfen konnte der gut, ja, aber wenn es ums Köpfchen ging, da war ihm Ludwig weit überlegen. Der Junge war wahrlich klug und vernünftig über seine Jahre hinaus. Hermann spürte Stolz in sich aufwallen. Ja, Ludwig, das war ein Kerl, der kam nach seinem Vater! Sei es, sollten die Bauern ein paar Tage auf ihre Höfe zurück und sich um die Ernte kümmern, das war das Beste.

»Nun, wenn zwei meiner Kinder mich für ihre lieben Untertanen so herzlich bitten, dann muss ich wohl großzügig Erlaubnis geben.«

Die Bauern brachen in erleichterte Hochrufe aus, was der Landgraf gar nicht mehr beachtete. Über die Schulter rief er ihnen noch zu: »Fünf Tage. Das muss reichen.« Dann war er im Eingang zur Hofstube verschwunden.

»Danke, Bruder.« Elisabeth war erleichtert. Ohne Ludwig wäre ihre Bitte bestimmt abgewiesen worden.

»Schon gut.« Ludwig schüttelte lächelnd den Kopf. »Aber das nächste Mal bist du gefälligst still, hörst du? Ich kann dich nicht jedes Mal vor einer Maulschelle retten.«

Es stimmte schon, sie hatte sich schon öfters auf ähnliche Weise Ärger eingehandelt. Und dennoch. »Man muss aber doch den Armen beistehen«, meinte Elisabeth. »Das ist Christenpflicht, sagt Magister Berthold.«

»Du und deine Armen.« Ludwig gab seiner Ziehschwester einen freundschaftlichen Knuff. Er mochte die Kleine gern, überhaupt kam er mit den Mädchen gut zurecht, was für einen Dreizehnjährigen gar nicht so selbstverständlich war. Anders als sein Bruder Hermann fühlte er sich wohl in der Rolle des Beschützers und ließ sich noch gern dazu verleiten, bei den Kinderspielen mitzumachen. Gutmütiger Kerl, der er war, hing er sehr an seinen jüngeren Geschwistern.

In diesem Augenblick öffnete sich das Tor, und ein Reiter galoppierte in den Hof. Raimund von Kaulberg, der Sohn des Waffenmeisters. Sein schwarzer Streithengst hatte Schweif und Ohren gestellt, wuchtig donnerten die Hufe auf das Pflaster. Raimund trug leichte Kampfausrüstung: Ein festes Lederkoller, Reitstiefel bis zum Knie, Armschutz und Handschuhe. Sein Schwert hatte er an den Sattelknauf gehängt, den Schild über den Rücken geworfen. Wahrlich ein herrlicher Anblick war das; ein junger Ritter, wie man sich ihn stolzer und stattlicher nicht vorstellen konnte. Er sah aus, als sei er leibhaftig den Versen des Wolfram von Eschenbach entsprungen, als käme er geradewegs von König Artus' sagenumwobenem Hof.

Neben Ludwig zügelte er sein Pferd. »Hol dir später eine leichte Lanze aus der Waffenkammer, Junge«, rief er. »Wir wollen am Nachmittag einen Tjost versuchen!« Dann trabte er weiter zur Pferdetränke vor der Zisterne.

Gisa beobachtete ihn, wie er behände absprang und einem Pferdeburschen die Zügel zuwarf. Solch ein edler, schöner Ritter! Das war einer, der mutig gegen Drachen kämpfte, der für Gott und seinen König stritt, der seiner Dame Ehre machte! Wie Lanzelot oder

Parsival, Gawain oder Keye! Und sie, sie war in ihren Träumen die edle Königin Ginevra oder die holde Herrin vom See, in die sich jeder Ritter verliebte!

Ritter Raimund ging derweil pfeifend an ihr vorbei zum Palas hinüber. Vom Tor her kamen ihm zwei Wäschemägde der Landgräfin mit großen Weidenkörben entgegen, die hellen Röcke wie Segel im Wind gebläht. Raimund machte eine übertriebene Verbeugung, worauf die beiden Mädchen rot anliefen und in albernes Gekicher ausbrachen. Ei, der junge Herr von Kaulberg beeindruckte nicht nur kleine Mädchen wie Gisa. Nein, er spukte in den Köpfen so mancher Hofjungfer herum, seit er mit seinem Vater wieder in Thüringen war. Ein Ritter, wie man ihn sich vollkommener nicht denken konnte, mit kampfgestähltem Körper, breiten Schultern, kräftigen Schenkeln. Das dunkle Haar fiel ihm in leichten Wellen bis auf die Schultern; er trug es länger als üblich, bei den Kampfübungen band er es im Nacken zusammen oder bändigte es mit einem ledernen Stirnriemen. Seine Bewegungen waren geschmeidig und sicher, und wenn er mit seinen Schülern oder mit seinem Vater focht, war es fast wie ein Tanz, voller Kraft und Anmut. Die Männer mochten seine geradlinige, ehrliche Art, und die Frauen erlagen seinem Werben reihenweise. Er musste sie nur ansehen mit seinen blitzenden braunen Augen und dem verschmitzten Lächeln, musste nur eine scherzhafte Bemerkung oder ein kleines Kompliment machen, und schon waren sie ihm verfallen. Unter den adeligen Töchtern am Hof galt er als begehrter Ehekandidat, auch wenn er als Sohn eines jüngeren Sohnes nicht begütert war, er aber flatterte lieber wie ein Schmetterling von Blüte zu Blüte, als sich auf eine Frau festzulegen. Bei keiner seiner Eroberungen blieb er lang, machte niemals Versprechungen.

Niemals? O doch – aber die Einzige, der er sein Wort gegeben hatte, war noch ein Kind. Gisa. Sie war ihm irgendwann einmal nachgelaufen bis zur Turnierwiese. Und weil sie aus Erzählungen wusste, wie es beim Tjost zuging, hatte sie ihren kleinen Ärmel abgenestelt und um den Griff seiner stumpfen Übungslanze geschlungen. »Liebfräulein tun mir große Ehre an«, hatte Raimund gescherzt. Und dann hatte er auf ihre Frage: »Heiratest du mich, wenn ich groß bin, mein Ritter?« mit unterdrücktem Lachen geantwortet: »Ei, wenn Ihr mich dann noch wollt, hübsche Jungfer …«

»Ehrenwort?«

Er hatte ihr zugezwinkert und dabei die Hand aufs Herz gelegt. »Bei meinem Leben.«

Farnroda, August 1215

Der kleine Bauernhof sah sauber und ordentlich aus, fanden der Kastner und seine Gehilfen, als sie durch das einfache Weidentor ritten. Die Umzäunung aus Weidenruten, die Wildschweine und andere Tiere davon abhalten sollte, in Hofreit und Gemüsegarten einzufallen, war schlecht und recht geflickt, und das Dach hätte längst einmal eine neue Strohdeckung gebraucht, aber sonst schien alles in Ordnung zu sein. Nun ja, dachte der Kastner, der für das Eintreiben und Verwahren der herrschaftlichen Steuern, Zinsen und Gülten verantwortlich war, die schlechte Ernte wird sich erst im nächsten Jahr bemerkbar machen. Denn schlecht war sie gewesen, heuer, weil der Frost ausgerechnet im späten Mai noch einmal eingesetzt hatte, und dann war auch noch nach der Schafskälte der große Hagel gekommen und hatte ein Gutteil des Getreides zerschlagen. Nichtsdestotrotz war es die Pflicht des Kastners, jedem einzelnen Bauern, ob frei, grundhold oder leibeigen, am Ende des Sommers abzunehmen, was der Obrigkeit gebührte. Keine angenehme Arbeit, die Eintreiberei, bei Gott. In guten Jahren war es leichter, aber diesmal ging es auf kaum einem Hof ohne Heulen und Zähneklappern ab. Die Bauern kämpften um jeden Scheffel Korn, nun ja, das war zwar lästig, aber verständlich. Dieser hier hieß Eberolf, so las der Kastner in seinem Steuerregister, und bewirtschaftete eine Hufe von fünf Tagwerk. Ein ganz kleiner Hintersasse also, und den letztjährigen Eintragungen nach zu urteilen einer, der von der Hand in den Mund lebte. Immerhin gehörte er zu den Grundholden, war also um etliches bessergestellt als ein Höriger.

»Heda, wer daheim?«, brüllte der berittene Waffenknecht, der zur Sicherheit immer dabei sein musste.

Eberolf bog um die Ecke des Häuschens, ein halbfertiges Hanfseil in der Hand.

»Macht die Scheuer auf, guter Mann, auf dass die Obrigkeit sich ihren Teil der Ernte nehmen kann«, sagte der Kastner. Angewidert registrierte er, dass der Bauer den Hosenlatz offen hatte und ganz erbärmlich nach Schweinepisse stank.

»Bei allen Heiligen«, lamentierte Eberolf und ließ das Seil fallen, »Herr Richwin, Ihr wisst doch, dass uns das Korn verhagelt ist. Was wollt Ihr denn noch holen?«

Der Kastner ließ sich auf nichts ein. »Öffne die Scheuer, Mann. Du bist dem Grundherrn sechs von zehn Teilen von allem schuldig, was deine Hufe abwirft, dazu jährlich ein Fastnachtshuhn und den Kraut- und Rübenzehnt, so steht es geschrieben.«

Eberolf öffnete mit hängendem Kopf das Tor der kleinen Scheune. Drinnen lagerten die Säcke mit dem kostbaren Getreide, viele waren es nicht. Außerdem die Rüben, die Krautsköpfe, Erbsen, Bohnen, Linsen, all das, was der Acker halt hergab. In einer abgeteilten Ecke grunzte aufgeregt die ewig hungrige Sau, einziger Reichtum des kleinen Hofs.

Der Kastner zählte. »Achtundzwanzig Säcke«, bemerkte er resigniert. Das war weiß Gott nicht viel. Trotzdem befahl er seinen Gehilfen anzufangen.

»Das könnt Ihr nicht tun«, protestierte Eberolf mit dem Mut der Verzweiflung. »Ihr wisst doch, der Roggen bringt in guten Jahren nicht mehr als das vierte Korn. Heuer war es grad das zweite. Wenn Ihr uns jetzt die Hälfte nehmt, haben wir kein Saatgetreide mehr. Oder wir hungern.«

»Dann esst Buchweizen.« Richwin, der Kastner, wusste schon, dass es hart war. Die Dreifelderwirtschaft mit Wintergetreide, Sommergetreide und Brache reichte den kleinen Bauern gerade zum Überleben, und das in guten Zeiten. Aber der Mensch hielt so einiges aus, und in schlechten Jahren starben eben die Schwächsten. Das war schon immer so gewesen. Hier im Salbuch stand auch verzeichnet, dass der Eberolf von Farnroda erst vor zwei Jahren das Besthaupt hatte entrichten müssen, die Abgabe, die fällig wurde, wenn der Vorpächter des Hofes starb, vermutlich sein Vater. Jetzt war nirgendwo ein Stück Vieh zu sehen, also hatte sich der Hof davon noch nicht erholt.

Nun kam das Weib des Bauern in den Hof gelaufen, einen kleinen dunkelhaarigen Buben auf der Hüfte. Blutjung, dachte der Kastner, und mit so prallen Brüsten, dass drinnen im Haus bestimmt ein Säugling lag. Die Frau stand stumm und reglos da, während die Männer Sack um Sack auf den großen Karren luden. Gott sei Dank. Es gab nichts, was der Kastner mehr hasste als das Geheule der Weiber. Ganz hübsch war die Kleine, nicht verwachsen, das lange braune Haar zum Zopf gebunden und ein bisschen unordentlich um den Kopf gedreht. Nur das große Muttermal auf der Wange störte. Sie mochte grad mal so alt sein wie seine Tochter, dachte er, heiliger Strohsack, und schon zwei Kinder. Gott verteilte seine Gunst nicht immer gerecht.

Ein Schrei riss Richwin den Kastner aus seinen Gedanken. In der Scheuer gab es offenbar ein Handgemenge. Herr im Himmel, warum begriffen diese schafsköpfigen Bauern einfach nicht, dass sie immer den Kürzeren ziehen würden?

Mechtel und der Kastner kamen gleichzeitig bei der Scheune an. Sie warf sich zwischen ihren Mann und den Waffenknecht, der ihm gerade eine blutige Nase verpasst hatte. Glück gehabt, dachte der Kastner, er hätte auch zum Schwert greifen können.

Eberolf kauerte im Stroh und heulte; Blut troff von seinem Gesicht auf Mechtels Kleider. »Sie dürfen das Schmalz nicht nehmen«, beharrte er trotzig, »es ist kein Ertrag, ich hab's gekauft! Sag's ihnen!«

Mechtel blickte zum Kastner hoch. Sie wagte nicht, den Mund aufzumachen, aber sie nickte.

Richwin gab seinen Männern ein Zeichen. »Genug. Wir sind hier fertig.« Auf seinem Kerbholz schnitzte er mit eingeklemmter Zungenspitze die Anzahl der Getreidesäcke und der Scheffel Hülsenfrüchte ein, dann wandte er sich an Eberolf. »Du hast Glück, Freundchen. Ich werde heute noch einmal Gnade vor Recht ergehen lassen und nicht in meinem Register vermerken, dass du dich geweigert hast, die Abgaben in vollem Umfang zu leisten. Das nächste Mal will ich keinen Ärger mehr, hörst du, sonst schleif ich dich vor den Richter, und du kriegst die Hucke voll Hiebe mit der Dreischwänzigen. Der Landgraf lässt nämlich nicht mit sich spaßen. Hast du mich verstanden, du Eselsgosche?«

Eberolf nickte und hielt sich die gebrochene Nase. Immer noch auf Knien sah er durch das geöffnete Scheunentor zu, wie der kleine Trupp den Hof verließ, auf dem Karren mehr als die Hälfte seiner hart erarbeiteten Ernte. Wut und Hoffnungslosigkeit spiegelten sich in seinen Augen.

Niemand hatte in dem Durcheinander bemerkt, dass sich durch einen Stoß während des Raufhändels der Riegel des Schweinekobels gelockert hatte. Das Türchen war aufgesprungen, und die Sau hatte erst neugierig ihren Rüssel durch den Spalt geschoben, dann mit leisem Quieken und einem Rucken ihres borstigen Kopfes den Verschlag ganz aufgedrückt. Ohne Beachtung zu finden, war sie seelenruhig und mit schlappenden Ohren aus der Scheune getrabt.

Mechtel half ihrem Brotherrn hoch, der sie zum Dank für ihre Hilfe grob wegstieß und laut zu fluchen begann. Während er zum Wasserbottich ging, um sich die Nase zu kühlen, zupfte sie sich niedergeschlagen ein paar Strohhalme vom Rock. Jesus, wie sollten sie nun über den Winter kommen? Freilich, sie hatten immer gewusst, dass der Landgraf seine Abgaben ohne Rücksicht eintreiben ließ, aber irgendwo war da doch die Hoffnung gewesen, die Obrigkeit würde ein Einsehen haben und Milde walten lassen. Umsonst. Und da war jetzt auch noch die Kleine. Mechtel fasste sich unwillkürlich an die Brust. Würde ihr genug Milch zum Stillen bleiben, wenn der Hunger kam? Ach Gott. Suchend schaute sie sich nach Primus um, der in der ganzen Aufregung weggelaufen war. Sie fand ihn, wie er hinter dem Hasenstall heulend im Dreck saß, und wollte ihn gerade hochheben, als sie plötzlich ein leises Wimmern hörte. Es kam vom Haus. Himmel, die Kleine. Sie war gerade dabei gewesen, das Würmchen zu wickeln und aufzubinden, als die Männer gekommen waren. Da hatte sie es einfach in die Wiege gelegt …

Sie ahnte das Unheil, rannte und schrie, rannte und schrie. In der Stube war die Sau. Das Blut pochte in Mechtels Kopf, sie griff sich den Besen und scheuchte das widerspenstige Tier hinaus, immer noch schreiend. Eberolf stürzte herein, hinter ihm kam Primus gewatschelt und greinte gottserbärmlich. Da hatte sie die Kleine schon im Arm. Sie wimmerte nicht mehr. Ein Füßchen war abgefressen, Fleisch hing in Fetzen bis zum Knöchel. Neben der Wiege war Blut. Mechtels Schreie gingen in haltloses Schluchzen über.

Eberolf nahm wortlos die Axt vom Nagel neben der Tür und ging hinaus.

Das Mädchen, das noch keinen Namen hatte, lebte noch einen Tag. Sie begruben es neben dem Friedhofsmäuerchen; für eine Taufe war während der Ernte keine Zeit gewesen, und ohne das Sakrament ließ der Pfarrer niemanden in geweihte Erde. Primus verstand lange nicht, warum die Kleine auf einmal nicht mehr da war, auch nicht, warum sein Vater die kostbare Sau erschlug und sie dann nicht einmal essen wollte. Aber er lernte in diesem Jahr, was Hunger bedeutete. Und später, im Heiligen Land, würde er sich daran erinnern, dass seine erste Schwester im selben Jahr gestorben war, als der Kaiser Friedrich den Kreuzzug gegen die Feinde der Christenheit gelobt hatte. 1215.

Im Getreidekasten von Eisenach, den anderen Städten, Burgen und Fronhöfen Thüringens stapelten sich derweil die Abgaben. Der Landgraf war bei der Rechnungslegung zufrieden, hatte er doch wegen der ungünstigen Witterung mit mehr Ausfällen gerechnet. Er hatte schon an Einschränkungen gedacht, zum Beispiel aus Hessen weniger oder billigeren Wein zu kaufen oder statt des teuren Rindfleisches mehr Hammel auf den Speiseplan setzen zu lassen. Unangenehm wäre das gewesen und hätte seinem Ansehen beim Adel geschadet. Jetzt würde es womöglich genügen, wenn er mit der Hofhaltung ein paar Wochen im Kloster Reinhardsbrunn unterschlüpfte – die Klöster waren ja gottlob zum Unterhalt des Landesherrn verpflichtet, solange er sich mit seinem Gefolge dort einquartierte. Ansonsten sah es so aus, als könne er nun doch wie geplant das angenehme Hofleben fortsetzen. Ah, er könnte den Neithart vom Reuental über den Winter einladen, von dessen Dichtkunst redete ja alle Welt, und vielleicht den jungen Burkart von Hohenfels dazu. Das würde eine kurzweilige Zeit geben, mit Liedern und Geschichten. Und die Sache mit dem Kreuzzug – nun, das musste man nicht allzu ernst nehmen. Er, Hermann, hatte jedenfalls keine Lust, ein zweites Mal für eine Sache in den Krieg zu ziehen, die ohnehin nicht die seine war. Der Papst war ein Niemand, seine Bischöfe und Kardinäle verlorene Seelen. Nur die Reinen würden ewig sein. Was wollte dieser Mensch im fernen Rom, mitsamt seinem Pack an kostümierten Schranzen und Würdenträgern? Sie waren des Teufels, alle, genauso wie der Erzbischof von Mainz, dieser Hundsfott, der es gewagt hatte, über ihn, den Landgrafen von Thüringen, den Kirchenbann zu verhängen! Weißglühende Wut stieg in Hermann auf, machte ihn blind, ließ ihn am ganzen Körper zittern. Der Landgraf schwankte und presste die Fäuste gegen die Schläfen. Irgendetwas war mit seinem Kopf. In seinem Kopf. Hockte da ein Dämon? Ein böser Geist, der ihm wie mit einer Schraubzwinge das Hirn zusammenpresste? Der da drinnen tobte und heulte und wütete? Hermann stöhnte auf. Wollte ihn Gott vernichten oder der Satan?

Gisa

Der Wocken mit den Flachsfasern flog gegen die Wand, und die Spindel hinterher. Guda und ich sahen auf und seufzten, Agnes schnoberte verächtlich durch die Nase. Inzwischen kannten wir Elisabeths Wutausbrüche nur zu gut. Die kleinste Kleinigkeit brachte sie zum Heulen, ließ sie aus der Haut fahren. Meistens lief sie dann weinend weg, aber manchmal gewann auch ihre wilde ungarische Natur die Oberhand, und sie stampfte mit den Füßen auf, warf etwas hin oder schrie herum. So wie jetzt.

»Du hast einfach zwei linke Hände«, pflegte die Landgräfin zu ihr zu sagen, und sie nickte dann schuldbewusst. Beim Wollespinnen machte sich ihre mangelnde Fingerfertigkeit weniger bemerkbar, es ist ja auch viel einfacher. Wir lernten es schon sehr früh, wie alle Mädchen, obwohl es nicht zu den Pflichten einer adeligen Frau gehört. Wolle spannen die armen Weiber – wir hingegen brauchten es lediglich als Vorübung zum Flachsspinnen. Wolle ist ja viel geschmeidiger und leichter zu verarbeiten, und wer mit Wolle nicht zurechtkommt, der braucht sich an die harten Flachsfasern gar nicht erst heranzuwagen. Elisabeth brachte schon beim Wollespinnen kaum einen glatten Faden zustande, im Gegensatz zu Agnes, die eine echte Begabung für alle Handarbeiten hatte. Und wenn es an den Flachs ging, dann war Hopfen und Malz verloren. Ständig riss ihr der Faden, obwohl wir die Faserbündel immer gut wässerten. Es war schon nicht so einfach, die klammen, knapp ellenlangen Strähnen aus dem Wocken zu zupfen und ins Garn hineinzudrehen. Man musste mit nassen Fingern arbeiten, sonst ging es gar nicht. Und man musste ein Gefühl für die Dicke der Faser bekommen, sonst riss sie eben und man musste wieder neu anspinnen. Schon wir anderen Mädchen hatten wenig Spaß dabei, und für Elisabeth bedeutete es eine wirkliche Quälerei.

Aber das Flachsspinnen war es nicht allein. Es gab eigentlich gar nichts, was Elisabeth wirklich gut konnte. Beim Singen traf sie keinen Ton, oft brachte sie mich und Guda heraus, wenn sie bei der Messe zwischen uns mitbrummte. Als wir unser erstes Instrument lernten, die Flöte, trieb sie Herrn Walther, der es uns beibrachte, zur schieren Verzweiflung. Ihre Finger taten einfach nicht das, was sie sollten, legten sich nur halb übers Loch oder über das falsche. Als wir anderen dann an die Laute durften, legte Herr Walther bei der Landgräfin ein gutes Wort für Elisabeth ein, damit sie sich nicht weiterquälen musste. Ähnlich war es auch beim Lesen und Schreiben. Das Lesen ging noch ganz gut, wenn auch mühsam, aber das Schreiben – wenn ich vorhin sagte, Elisabeth habe zwei linke Hände gehabt, muss ich vielleicht noch hinzufügen: Beim Schreiben hatte sie auch noch an jeder Hand fünf Daumen. Sie patzte bei jedem Buchstaben, hatte kein Gefühl dafür, wie schwer sie aufdrücken musste, spaltete dauernd die Federspitze. Agnes sagte immer, sie sei einfach dumm, aber das war es nicht. Vielmehr hatte sie einfach kein Feingefühl in all ihren Bewegungen. Auch später, wenn sie Kranke pflegte, tat sie es oft linkisch und unbeholfen. Aber da bekam sie schon keine Wutanfälle mehr über ihr Ungeschick, da war sie schon glücklich in ihrer Demut und Selbstverleugnung.

Nein, dumm war Elisabeth nicht, auch wenn Agnes sie immer abschätzig so bezeichnete. Sie war nur anders. Alles, was wir Mädchen gerne taten, war für sie nicht wichtig. Während wir uns stundenlang die Haare kämmen, zu immer wieder neuen Haartrachten flechten und stecken konnten, mit Bändern, Nadeln und Netzen, stopfte sie ihre widerspenstigen, krisseligen Locken einfach nur unter ein Kopftuch, damit sie nicht im Wege waren. Einmal, ich weiß es noch wie heute, hatte Agnes ein Paar Prunkärmel aus der Kleiderkammer ihrer Mutter stibitzt. Abwechselnd nestelten wir sie an unsere Gewänder und bewunderten uns gegenseitig. Als wir dasselbe auch mit Elisabeth tun wollten, wurde sie richtig wütend. »Schlecht seid ihr«, rief sie mit rotfleckigen Backen, »eitel und putzsüchtig. Ihr schaut immer bloß auf Kleider und Schmuck. Aber wenn einer außen schön ist, heißt das noch lange nicht, dass er innen auch ein guter Mensch ist.«

Agnes streckte ihr die Zunge heraus. »Bist ja bloß neidisch«, gab sie spitz zurück, »weil du so schwarz und hässlich bist. Dir kann man die schönsten Ärmel der Welt anknüpfen, das macht dich auch nicht hübscher. Mein armer Bruder, der dich mal heiraten muss! Der kann einem leidtun.«

»Wenn Elisabeth erst deinen Bruder geheiratet hat, kannst du einem leidtun! Dann ist sie nämlich Landgräfin, und du bist nichts!« Ich stellte mich an Elisabeths Seite. Wenn sie sich nicht gegen Agnes wehrte, würde ich es eben tun.

Agnes lief rot an. »Halt du den Mund, dumme Gans. Du lebst ja bloß aus Gnaden hier am Hof. Ich muss nur mit meiner Mutter reden, dann schickt sie dich weg!«

Elisabeth ging zwischen uns. »Hört auf zu streiten«, rief sie und schüttelte heftig den Kopf. »Ich will nicht, dass meinetwegen Zwietracht herrscht.«

»Dann lass uns doch in Ruhe und verdirb uns nicht immer den Spaß.« Agnes drehte sich um und rauschte zur Tür hinaus.

Ich war den Tränen nahe. Es stimmte ja, man konnte mich jederzeit fortschicken, ins Kloster oder anderswohin. Elisabeth nahm mich in den Arm. »Nicht weinen«, sagte sie.

»Warum wehrst du dich nicht gegen Agnes?«, fragte ich und schniefte.

»Weil ich nicht bin wie sie.« Elisabeth lächelte. »Es ist mir nicht wichtig.«

Nach dem Mittagsmahl bei der Landgräfin hatte ich wenig Lust, in die Mädchenkammer zurückzukehren. Ich wollte Agnes aus dem Weg gehen, also lief ich erst einmal über den Hof zum Marstall, um nach den Pferden zu schauen. Wir bekamen seit einem Jahr Reitunterricht und hatten dafür einen kleinen hübschen Zelter mit besonders weichem Passgang, den liebte ich. Nachdem ich ihm einen schrumpeligen Apfel gefüttert hatte, machte ich mich auf den Weg zu den Fürstengemächern, hinter denen die Kapelle lag. Ich hoffte, Ludwig und Konrad zu treffen, aber noch mehr wünschte ich mir, meinem Ritter zu begegnen, dem edlen Raimund von Kaulberg.

Die Jungen waren nicht da, aber vor ihrer Studierstube saß Herr Heinrich von Morungen in einer Fensternische und schlug die Harfe. Ich mochte den alten Herrn gern, er war oft bei uns zu Gast und hatte eine besonders helle Stimme, die gut zu fröhlichen Melodien passte. Inzwischen war sie ein wenig brüchig geworden, aber er ließ sich trotzdem nie zweimal um ein Lied bitten. Ich lief zu ihm hin und setzte mich ihm gegenüber auf die Bank.

»Bitte, Herr Heinrich, singt Ihr mir was vor?«

Sein Gesicht legte sich in tausend kleine Fältchen, als er mir zulächelte. Er zupfte ein paar Akkorde an und begann:

»Ich hört auf der Heide
eine Stimm und süßen Klang,
davon ward ich beide
freudenreich und trauerkrank …«

Eine andere Stimme fiel ein, jung und kräftig. Freudig blickte ich aus dem Fenster; es war mein Ritter Raimund, der drunten im Hof mitsang und zu uns heraufwinkte. Das dunkle Haar fiel ihm verwegen in die Stirn, er sah so schön aus! Seit ich denken kann, bin ich in ihn verliebt gewesen, wie ein kleines Mädchen eben in einen erwachsenen Mann verliebt sein kann. Tagsüber dachte ich an ihn, nachts spukte er in meinen Träumen herum. Ach, wie seine Augen blitzten, wenn er vom Turnieranger kam! Wie er lachte, wie wunderbar er sang, mit seiner tiefen, dunklen Stimme. Ich malte mir aus, wie er mich als wunderschöne Braut zum Altar führte. Ich dachte mir Geschichten aus, in denen er mich vor feindlichen Rittern rettete oder vor Drachen und wilden Tieren. Oh, es gab keinen edleren Ritter, keinen schöneren Mann am ganzen Hof. Und er hatte versprochen, mich zu heiraten! Ich hatte dieses Versprechen mit heiligem Ernst in meinem Herzen eingeschlossen, hegte und pflegte es, dachte immerfort daran. Ich konnte es nicht erwarten, bis ich alt genug war, eine Dame. Dann würde er mich auch lieben! Ja, Agnes, die hatte schon kleine Brüste und einen üppigen Hintern, Guda auch. Sogar Elisabeth, die anderthalb Jahre jünger war als ich, bekam schon andeutungsweise weibliche Rundungen. Nur ich sah noch viel zu kindlich aus. Im letzten Jahr hatte Els, die Hühnermagd, einmal erzählt, wenn eine Frau schöne Brüste haben wolle, müsse sie eine halbe Wachteleierschale voll Hühnerdreck machen, hineinspucken und das Ganze dann bei Vollmond in einen Haselbusch hängen. Am nächsten Morgen müsse sie dann den Hühnerdreck in Wein auflösen und alles trinken. Wenn sie dann auch noch einen Tag und eine Nacht lang die Fischblase eines frisch geschlachteten Hechts auf die Brust gewickelt trüge, würde sie einen Busen bekommen, der alle Männer in Entzücken versetzte. Ich hatte neun geschlagene Tage gebraucht, um alles zusammenzuhaben, und dann hatte ich auf Vollmond gewartet. Der Wein mit dem Hühnermist hatte abscheulich geschmeckt, und das Fischding hatte eklig auf meiner Haut geklebt und angefangen zu stinken. Aber – es hatte geholfen! Meine Brüste fingen an zu wachsen, und ich war an den richtigen Stellen üppiger geworden.

Und jetzt stand ich da am Fenster und sah auf meinen Ritter hinunter – da plötzlich durchzuckte mich ein Gefühl, das mit kindlicher Verliebtheit nichts mehr zu tun hatte. Es durchströmte mich warm und köstlich, um sich am Ende an einem Ort zwischen meinen Beinen festzusetzen, der geheim war und verboten. Ich wollte nicht mehr von Raimund aus Gefahr gerettet werden. Ich wollte auch nicht, dass er für mich beim Turnier gewann. Ich wollte nur noch, dass er mich ansah mit diesen Augen, dass er mich berührte mit diesen Händen, dass er mich küsste und begehrte. Ich war kein Kind mehr. Ich war eine Frau und liebte einen Mann. Etwas Neues, etwas Wunderbares hatte begonnen.

Mit klopfendem Herzen und verwirrt von dem, was ich eben empfunden hatte, lief ich hinunter in den Hof. Es zog mich einfach zu ihm, ich wollte ganz in seine Nähe, doch als ich unter dem Fenster ankam, war Raimund fort. Wo konnte er hin sein? Ah, dort hinten bei der rundbogigen kleinen Tür hatte ich eine Bewegung gesehen. Vielleicht war er da hinein in den Westflügel gegangen.

In diesem Teil der Burg war ich noch nie gewesen. Er schien unbewohnt; dem Behau der Steine und der Form der Fenster nach zu urteilen mochte er einmal zum ursprünglichen Kern der alten Wehranlage gehört haben. Der Vorraum war leer bis auf ein paar alte Säcke, die jemand zum Auslüften über ein Reck geworfen hatte. Alles hing voller Spinnweben. Ich trat durch eine schmale Tür in der Ecke und befand mich in einem fensterlosen Gang, der modrig und feucht roch. Aber an der Wand blakte ein Kienspan, also musste ja jemand hier sein. Mich beschlich ein merkwürdiges Gefühl, aber wie immer siegte meine Neugier über die Angst. Also ging ich vorsichtig weiter.

Links und rechts führten Türen in irgendwelche Zimmer, aber sie waren sämtlich verschlossen. Etwas huschte über meine Fußspitze, und ich stieß einen leisen Schrei aus. Hier gab es Ratten! Als ich mich an der Wand entlang weitertastete, griff ich in feuchten, weichen Schimmel. Mich schauderte. Was wollte ich überhaupt hier? Was, wenn man mich entdeckte? Da, da war etwas Riesiges, Schwarzes, es bewegte sich! Meine Kehle war wie zugeschnürt vor Angst – aber dann sah ich: Es war bloß mein Schatten an der Wand! Mein Herz klopfte wild, und ich war schon im Begriff, wieder umzukehren, als ich plötzlich Stimmen hörte. Ich blieb stehen und lauschte. Ja, tatsächlich, da war ein Murmeln, es schien von weither zu kommen. Leise ging ich weiter den Gang entlang, bis auf der linken Seite hinter einem steinernen Bogen eine enge Treppe begann. Auch sie war von einem Kienspan beleuchtet, und hier wurden die Stimmen schon lauter. Was hatte Raimund von Kaulberg hier bloß zu suchen? Ich musste es unbedingt wissen, also nahm ich all meinen Mut zusammen und schlich auf Zehenspitzen die Stufen hinunter, bis zu einer alten Bohlentür mit einem kindskopfgroßen, vergitterten Guckloch, aus dem schräg ein Lichtstrahl fiel. Da drinnen musste

Raimund sein; ich versuchte, aus dem Murmeln seine Stimme herauszuhören.

Das Guckloch war zu hoch für mich, aber ich schaffte es, mich mit beiden Händen am Gitter festzuhalten und meine Füße auf den unteren Querbalken der Tür zu stellen. Jetzt konnte ich geradeso hineinschauen.

Drinnen brannten keine einfachen Kienspäne, sondern schöne, teure Bienenwachskerzen. Unter einem niedrigen Rundbogengewölbe waren vielleicht zehn oder fünfzehn Leute versammelt, manche standen, manche saßen auf einfachen Hockern oder Bänken. Ich erkannte den Landgrafen und seine Söhne, alle bis auf Konrad. Dazu noch drei Herren vom Hofadel und die junge Frau des Ritters von Schlotheim. Die anderen hatte ich noch nie gesehen. Mein Blick suchte Raimund von Kaulberg, aber vergebens – er war nicht dabei. Ich war umsonst gekommen. Schon wollte ich von meinem Balken herunter und gehen, als sich hinten im Raum eine Tür knarrend öffnete und ein Mann in schwarzem Kapuzenmantel hereintrat. Das Gemurmel erstarb, der Mann schob die Kopfbedeckung zurück, und mir stockte der Atem.

Es war Wido! Er blieb neben einer lodernden Wandfackel stehen, die sein Gesicht in gespenstisches gelbliches Licht tauchte. Langsam hob er die Hände, und die Menschen fielen auf die Knie. So hatte ich ihn noch nie gesehen, so würdig, so feierlich und gleichzeitig so furchteinflößend. Er strahlte etwas aus, was ich auf meinem Lauschposten fast körperlich spüren konnte. Etwas Weihevolles, aber gleichzeitig Böses und Unheimliches. Und dann geschah etwas, das ich gar nicht fassen konnte. Der Landgraf trat zu ihm hin und beugte vor ihm das Knie! Als sei Wido ein König oder Kaiser! Und er sagte laut: »Benedicite, parcite nobis!« Dann fügte er hinzu: »Bitte Gott für mich Sünder, dass er mich zum guten Christen mache und zu einem guten Ende führe.«

Wido antwortete feierlich: »Gott segne Euch und sei gebeten, dass er Euch zum guten Christen mache.«

Das Ritual wiederholte sich noch zweimal, dann erhob sich der Landgraf. Nacheinander knieten sich alle vor Wido hin, um immer denselben merkwürdigen Segen zu empfangen. Dann nahmen alle ihre Plätze wieder ein. Der alte Mann holte aus den Tiefen seines Umhangs mehrere beschriebene Pergamentblätter hervor und begann zu lesen. Es war zwar Lateinisch, aber ich glaubte, einige Sätze aus dem Johannesevangelium zu erkennen. Ich war völlig gebannt von dem, was in diesem Raum vorging, ich spürte überhaupt nicht, wie sehr meine Finger schmerzten, mit denen ich mich an das Gitter klammerte. Dies hier war keine christliche Messe, o nein. Etwas Verbotenes ging hier vor sich, etwas Gefährliches. Jetzt steckte Wido die beschriebenen Seiten wieder ein und begann, eine Art von Predigt zu halten.

Ich kann hier nicht mehr genau wiedergeben, was er alles sagte, aber ich schwöre, es ließ mir das Blut in den Adern gefrieren. Er nannte die katholische Kirche die »große Hure der Apokalypse«, ihre Priester seien Sünder und täten Werke des Teufels. Sie trügen goldene Ringe, regierten alles Volk und fluchten den Frommen. Sie seien Prediger in einer Kirche der Übelwollenden. Sie beteten das Kreuz an, das Marterwerkzeug Christi.

Herr im Himmel, was redete Wido da! Mir wurde fast schlecht davon. Das dort drinnen waren leibhaftige Ketzer! Das waren die Menschen, von denen Magister Berthold die schrecklichsten Dinge erzählte, die den wahren Glauben verleugneten, die Gott lästerten! Ich schloss die Augen. Das konnte doch nicht wahr sein!

Ach, und jetzt weiß ich doch alles wieder, höre jedes einzelne Wort, das Wido sagte: »Wir hingegen sind die Armen Christi, haben keinen festen Wohnsitz, fliehen von Stadt zu Stadt; wie Schafe in einem Rudel Wölfe leiden wir Verfolgung mit den Jüngern und den Märtyrern. Wir halten das aus, weil wir nicht von dieser Welt sind. Nur in und durch uns gelangen die Seelen der gefallenen Engel in die ewige Freiheit Gottes. Wir sind die wahren Christen, die guten Menschen, die boni homines.«

Ich hatte inzwischen so viel Angst, dass ich kaum noch atmen konnte. Zum ersten Mal in meinem Leben hörte und sah ich Dinge, die meine Welt in Frage stellten. Ich hatte mich in eine Gefahr begeben, die ungeheuerlich war. Aber – konnte das, was diese Menschen dort drinnen taten, falsch sein? Der Landgraf war doch dabei! Der zweithöchste Fürst im Reich! Höchstselbst war er vor Wido auf den Knien gelegen und hatte ihm gehuldigt! Lieber Gott, war mein Ziehvater ein Ketzer?

Mir schwirrte der Kopf. Meine Finger schmerzten immer mehr, und ich konnte mich kaum noch auf den Zehenspitzen halten, aber ich biss die Zähne zusammen. Wido sprach das Vaterunser mit solch heiligem Nachdruck, wie ich es noch nie gehört hatte. Die anderen beteten nicht mit; erst viel später erfuhr ich, dass nur Wido als Perfekter das Recht hatte, dieses höchste aller Gebete zu sprechen. Danach reichte ihm jemand einen in ein weißes Tuch gehüllten Laib Brot; er brach ihn in Stücke und verteilte an jeden einen Brocken. War dies das Abendmahl? Oder eine Satansmesse? Ich verstand nichts mehr.

Wido sprach weiter, über eine Gemeinde in Köln, der er angehörte, über Luzifer, den er als Gott des Alten Testaments bezeichnete, über das Böse in der Welt, darüber, dass der Mensch entweder Teufel oder Engel sei und die Welt ein Kampfplatz zweier feindlicher Mächte: Gott und Satan. Die Verfolger der »Reinen« seien dem Bösen verfallen. »Selig seid Ihr«, rief er schließlich den anderen zu, »wenn Euch die Menschen hassen.« Seine Augen flackerten, und plötzlich war mir, als wüchsen ihm Hörner aus dem kahlen Schädel, als spräche aus ihm der Teufel selbst.

Ich riss mich aus meiner Angststarre und sprang von meinem Querbalken. Dann rannte ich weg, so schnell mich meine Füße trugen. So voller Furcht und Schrecken war ich, dass ich schlimmer hinkte als je zuvor.

Ich blieb erst stehen, als ich wieder im Burghof war. Mir brannte es in der Brust, und das Herz klopfte mir bis zum Hals. Mein Kopf schmerzte, ich war völlig durcheinander. Ich war Zeugin von etwas geworden, das ich nicht verstand, aber ich wusste, es war etwas Ungeheuerliches. Ich fühlte mich entsetzlich. Was sollte ich tun? Zitternd lief ich den Gang zur Frauenkemenate entlang.

Als ich um die Ecke bog, lief ich geradewegs meiner Ziehmutter in die Hände.

»Ei hoppla«, rief sie fröhlich, »wo bleibst du denn, es ist gleich Bibelstunde!«

Ich stammelte irgendetwas. Sophia stutzte und hob mit der Spitze ihres Zeigefingers mein Kinn an. »Herrje, was ist dir denn, Gisa?«, fragte sie verblüfft. »Du siehst aus, als sei dir ein Geist begegnet.«

»N… nichts, es ist nichts«, log ich.

»Unsinn. Ich sehe doch, dass dir etwas Angst macht.« Sie legte fürsorglich den Arm um meine Schultern.

Da sprudelte es aus mir heraus. Alles, was ich gesehen hatte.

Und dann geschah etwas Unerwartetes. Sophias ganzer Körper versteifte sich, ihr Gesicht wurde hart.

»Nie, nie, niemals bist du dort unten gewesen!« Die Landgräfin packte mich bei den Schultern und schüttelte mich, dass es mir in allen Gliedern weh tat. »Hast du mich verstanden? Du hast nichts gesehen und nichts gehört! Das war nichts als ein böser Traum, eine Phantasterei! Schwör's!«

»Ich schwör's ja!«, weinte ich und streckte Sophia verzweifelt meine Schwurfinger entgegen.

»Du wirst schweigen wie ein Grab! Dein Leben lang wirst du zu niemandem ein Wort sagen. Schwör's!«

»Ich schwöre!« Mir klapperten die Zähne. Die Landgräfin ließ mich los, und ich fiel hin. Schwer atmend stand sie über mir, ihr Gebende hatte sich verschoben, und blonde Haarsträhnen hingen ihr ins Gesicht. Ich starrte sie an, voller Schrecken. So hatte ich sie noch nie gesehen. Sie war ganz weiß um die Nase, ihre Lippen zitterten, ja, sie bebte am ganzen Körper. Und plötzlich wurde mir klar, dass sie Angst hatte, genau wie ich. Leise schluchzend rappelte ich mich auf. Da nahm sie mich in die Arme und streichelte meinen Kopf. »Es tut mir leid, Gisa«, sagte sie und wiegte mich sanft. »Ich wollte dir nicht weh tun. Du kannst schließlich nichts dafür.« Eine Weile standen wir so da, und ich weinte ihr das Kleid nass. »Du musst dich nicht fürchten, meine Kleine«, sagte sie schließlich mit müder Stimme. »Aber du musst vergessen, was du heute gesehen hast.«

Ich nickte heftig. Oh, ich wollte es vergessen, ganz bestimmt. Ganz fest nahm ich mir vor, nie mehr daran zu denken. Es war nur ein schlechter Traum gewesen. Nur ein schlechter Traum. Nur ein Traum.

Aus dem Bericht des Prämonstratensermönchs Everwin von Steinfeld über die »Ketzer von Köln«, gesandt an Bernhard von Clairvaux

... Sie sagen, nur bei ihnen sei Kirche, weil nur sie auf dem Wege Christi folgten und sie echt dem Leben der Jünger beständig folgten. Sie strebten nicht nach den Dingen der Welt, besäßen weder Häuser, Äcker, Geld, genau wie Christus nichts besaß und seinen Jüngern keinen Besitz erlaubte. Ihr dagegen, sagen sie zu uns, verkuppelt Haus zu Haus, Acker zu Acker, jagt nach dem Weltlichen. Selbst die bei Euch als die Vollendetsten gelten, also die Mönche und Kanoniker, auch wenn sie's persönlich nicht besitzen, so besitzen sie's doch als Besitz der Institution.

Sie sagen von sich: Wir sind die Armen Christi. Wir führen ein heiliges und strenges Leben, halten uns im Fasten, halten Tag und Nacht in Gebeten und Anstrengungen durch und erbitten nur das Lebens-Notwendige für unseren Lebensunterhalt. Wir und unsere Vorfahren, aus dem Geschlecht der Jünger, blieben in der Gnade Christi und werden da bleiben bis zum Ende der Welt ...

Beschreibung eines ketzerischen Gottesdienstes durch den Inquisitor Konrad von Marburg, veröffentlicht in der päpstlichen Enzyklika Vox in Rama. Übersetzung aus dem Lateinischen.

... Stets wenn ein Neuling in die Sekte Aufnahme findet, muss er zunächst eine Kröte küssen. Dann tritt er zu einem schwarzen Kater, der eine Säule rückwärts herabklettert; ihn muss er gleichfalls küssen – auf die Hinterbacken. Nach einem Gebet werden die Kerzen gelöscht und in der Dunkelheit finden fleischliche Ausschweifungen statt, auch wider die göttliche Ordnung. Wenn sie genug von dem abscheulichsten aller Verbrechen haben, zünden

sie wieder die Lichter an und dienen einem Mann, der oben herum wie die Sonne hell erstrahlt, unten herum aber struppig wie ein Kater aussieht. … Alle lästern Gott, lassen sich an Ostern das Abendmahl geben, um den Leib des Herrn dann in den Abtritt zu spucken. Am Ende werde der Teufel, ihr Gott, die Herrschaft im Himmel antreten und Gott von dort vertreiben …

Gisa

Ich wollte nicht an die Ketzermesse denken, aber ich musste. Sie ging mir nicht aus dem Kopf, und jedes Mal, wenn ich den Landgrafen sah oder jemand von den anderen Teilnehmern, überlief es mich eiskalt. Ich hatte Angst um meinen Ziehvater, um meine Ziehbrüder Ludwig und Heinrich Raspe. Würde Gott sich nicht an ihnen rächen? Und ich hatte Angst um mich selber. Wenn Wido jemals erführe, dass ich alles beobachtet hatte – würde er mir womöglich etwas antun? Die Landgräfin hatte recht, ich durfte es niemandem sagen, um meiner eigenen Sicherheit willen. Und wem hätte ich es auch erzählen sollen? Agnes? Die wäre vermutlich geradewegs zu ihrem Vater gelaufen und hätte mich verraten. Guda? Die war in solchen Dingen keine Hilfe. Und Elisabeth? Ich hätte ihr nur Angst eingejagt, und in ihrer übertriebenen Frömmigkeit hätte sie bestimmt Magister Berthold brühwarm alles weitergesagt. Also schwieg ich, auch wenn mir das Ganze nicht aus dem Kopf ging. Im Gegenteil, ich machte mir sogar immer schlimmere Sorgen um meinen Ziehvater. Traf ihn wohl schon die Strafe des Allmächtigen?

Denn das war die Zeit, als die Krankheit des Landgrafen offenbar wurde. Vor dem Hofadel und uns Kindern hatte man es so lange wie möglich zu verbergen versucht, aber irgendwann ging es einfach nicht mehr. Wenn der Landgraf seine dunklen Stunden hatte, hörte man ihn heulen und brüllen. Der ganze Hof musste dann still sein, alle waren wie gelähmt, nichts durfte geschehen, was den Kranken hätte aufregen können. Niemand wagte sich zu ihm, wenn er in diesem Zustand war, niemand außer der Landgräfin und dem Arzt. Wir Kinder versteckten uns jedes Mal, wenn es wieder so weit war. Wir hörten, wie er nebenan schrie und tobte, Sachen zertrümmerte, dann wieder schluchzte und jammerte. Es war zum Fürchten. Und auch in den Zeiten vorübergehender Besserung schlich er herum wie ein Geist, düster, in sich gekehrt, die Gedanken ganz woanders. Er magerte ab, wurde bleich, seine Wangen fielen ein, die Augen ruhten tief in den Höhlen. Ich weiß nicht mehr genau, wie lange das so ging, aber eigentlich war er schon ein Jahr vor seinem Ende tot. In seinem Körper hauste statt der Seele ein böser Geist, so redeten die Leute später.

Weil nun der Landgraf schleichend und unaufhaltsam dem Wahnsinn anheimfiel, rief man den ältesten Sohn nach Hause, der gerade zur Vervollkommnung seiner ritterlichen Erziehung am Königshof weilte. Es war absehbar, dass Hermann nicht mehr lang würde regieren können. Sein gleichnamiger Sohn kam denn auch bald in Thüringen an, immer noch dünn und schlaksig, mit strähnigen braunen Haaren, langem Hals und vorstehendem Adamsapfel, der beim Schlucken immer auf und ab wippte.

Äußerlich war der junge Hermann seiner Mutter sehr ähnlich und redete auch so wie sie, aber von der Art her kam er nach seinem Vater. Ich fragte mich, ob er wohl auch diesem bösen Glauben anhing, und wünschte mir, es sei nicht so. Uns kleine Mädchen würdigte er keines Blickes, obwohl doch Elisabeth seine Braut war. Stattdessen stieg er den Mägden vom Gesinde nach, sagte zumindest Els, die Hühnermagd, und dass er sich wohl noch ordentlich die Hörner abstoßen müsse. Ich verstand nicht, was sie meinte, aber das mit den Hörnern machte mir schon wieder Angst, und ich dachte an Wido und die Teufelsmesse.

Ich merkte Elisabeth schon an, dass sie gar nicht froh über die Ankunft ihres zukünftigen Gatten war. Sie konnte Hermann nicht leiden, so wie wir alle. Wir mochten Heinrich Raspe ganz gern, obwohl er manchmal recht überheblich sein konnte. Konrad war unser Nesthäkchen, den beschützten wir. Aber Ludwig, der war uns immer der Liebste. Er behandelte uns nie wie dumme Dinger, half uns, wenn wir ihn brauchten, und war sich nie zu schade, etwas mit uns zu unternehmen, obwohl er ja etliche Jahre älter war. Seine stete, ungezwungene Freundlichkeit machte ihn überall am Hof beliebt, ganz im Gegenteil zu seinem Bruder Hermann, der eine raue, wenig liebenswürdige Art hatte. Einmal hatte er Elisabeth sogar als fette Gans bezeichnet, worauf sie heulend aus der Stube stürzte. Guda und ich rannten hinterher, um sie zu trösten. »Der meint das bestimmt nicht so«, sagte Guda.

»O doch!«, schluchzte Elisabeth.

Ich tupfte ihr mit dem Ärmel meines Surkots die Tränen weg. »Das nächste Mal, wenn er so frech ist, trittst du ihm einfach gegen das Schienbein«, versuchte ich zu scherzen.

»Wie denn!« Elisabeth fuhr hoch. »Ich muss Frieden mit ihm halten. Schließlich soll ich ihn doch heiraten.«

Und dann schluchzte sie auf und warf ihre Arme um mich. »Ach Gisa, ich will ihn nicht!«

Ich drückte sie fest an mich. Guda meinte: »Vielleicht ist er gar nicht so schlimm, wenn ihr erst mal Mann und Frau seid.«

Sie sah uns mit wildem Blick an. »Doch, ich weiß es«, sagte sie. Und dann ballte sie die Fäuste und stieß hervor: »Ich hasse ihn. Ich hasse ihn, ich hasse ihn.«

Wir konnten sie nicht trösten. Mir tat sie so leid, denn ich wusste ja – oder ich glaubte zu wissen –, wie schön es war, einem Mann anverlobt zu sein, den man liebte. Gut, dass keiner von uns damals ahnte, wie grausam die fürstliche Verlobung ein gutes Jahr später enden würde.

Die Landgräfin bestand darauf, dass Elisabeth sonntags neben Hermann in die Kirche einmarschierte. Dafür wurde sie jedes Mal herausgeputzt wie für ein großes Fest, sie verabscheute das. Zwei Stunden vor Beginn der Messe striegelten zwei Zofen ihr die störrischen Haare und bändigten sie mit Nadeln und Schleifen. Dann legten sie ihr schöne Kleider an, feine Ärmel und Handschuhe, ließen sie in unbequeme Schnabelschuhe schlüpfen, und am Schluss setzten sie ihr ein silbernes Schapel auf, das vorn über der Stirn eine riesige, schimmernde Perle hatte. Es war Teil ihres

Brautschatzes, der im Schatzgewölbe lagerte. Wenn Elisabeth in dieser Aufmachung zur Messe schritt, hatte ich jedes Mal das Gefühl, das sei gar nicht sie.

Nach der Messe kam immer das Morgenmahl; wie üblich nahmen es die Männer gemeinsam in der Hofstube ein, während wir Kinder mit den Frauen im Frauenzimmer aßen. Elisabeth war nicht dazu zu bringen, in ihren schönen Kleidern zu essen, sie rannte sofort in die Kinderstube, riss sich alles hastig vom Leib und schlüpfte wieder in die Alltagskotte. So kam sie jedes Mal zu Tisch. Unter Sophias missbilligenden Blicken stopfte sie dann alles in sich hinein, was ihr in die Finger kam. Gierig griff sie in die Schüsseln und Schalen, holte sich Fleischstücke und Fischbrocken, Hühnerbeine und Pasteten. Guda, die mit ihr den Teller teilte, erwischte dabei fast nichts, weil sie so langsam war. Aber sie war das ja gewohnt. Elisabeth hatte schon immer für ihr Leben gern gegessen, darin verstanden sie und ich uns recht gut. Beide waren wir versessen auf Süßigkeiten: Honigstriezel, eingelegte Früchte, Latwerge, Hirsebrei mit Weinbeerlein, Hutzelobst. Aber während Elisabeth davon pummelig wurde und dicke Backen bekam, konnte ich essen und essen und legte doch nicht zu. Sie wuchs immer mehr zu einem großen und massigen Mädchen heran, und ich blieb zu meinem Leidwesen ein dürres kleines Ding, da konnte ich essen, was ich wollte. Wir müssen ein recht unterschiedliches Bild abgegeben haben – sie einen guten Kopf größer als ich, dunkellockig und kräftig gebaut, ich schmal und zierlich, hellhäutig und mit glatten, silberblonden Haaren.

Ja, wer sie später gekannt hat, mag es kaum glauben, aber das Essen war damals ihr größtes Vergnügen – wenn man vom Beten und dem Anhören frommer Geschichten absieht. Sie war immer hungrig, und es gab nichts, was ihr nicht schmeckte. Traurig, wie sich das später ändern sollte. Was muss es sie anfangs Kraft gekostet haben, das Speisegebot einzuhalten, das ihr auferlegt wurde! Aber mit eisernem Willen befolgte sie es, und später konnte sie gar nicht mehr anders. Da war ihr das Körperliche nicht mehr wichtig. Sie wusste nie, wie nahe sie damit den Abtrünnigen wirklich war.

Seit Hermann wieder am Hof lebte, wurden die Kampfübungen der Landgrafensöhne häufiger und härter. Es war beschlossene Sache, dass er als ältester Sohn an seines Vaters Stelle am Kreuzzug teilnehmen sollte. Das war eine große Verantwortung, und es war natürlich auch gefährlich, aber Hermann war trotz seiner Jugend schon ein gefürchteter Kampfgegner bei allen Turnieren.

In diesem Sommer des Jahres 1216 sah ich bei jeder Gelegenheit auf dem Turnieranger zu. Das waren die kostbaren Stunden, in denen ich meinem Geliebten nah sein konnte. Manchmal, und das waren meine schönsten Augenblicke, setzten wir uns mittags in der luftigen Sommerlaube der Neuenburg zusammen, oben auf dem Wohnturm, und er sagte die neuesten Gedichte des Herrn Walther auf, oder ich sang ihm Lieder vor. Ich war ja sehr gut auf der Laute, und meine Stimme klang inzwischen viel fraulicher und nicht mehr so piepsig wie früher. »Gisa«, pflegte er dann zu sagen, »du singst süß wie eine Lerche.« Agnes und Guda saßen meist auch dabei, auch die Kammerjungfern, oft sogar Ludwig und Konrad, nur Elisabeth nicht, die sich wenig aus solcher Kunst machte.

Wenn wir dann so saßen, schmolz ich allein schon beim Anblick meines Ritters dahin. Was war er doch für ein schöner Mann mit seinem sonnengebräunten Gesicht und den dunklen Schatten von Bartwuchs auf Wangen und Kinn. Wie tief und samtig seine Stimme war. Und wie herrlich er erzählen konnte, vom Kreuzzug ins Heilige Land oder von all den Gefahren, die er schon bestanden hatte. Ich versuchte, ganz erwachsen zu wirken, wenn wir zusammen waren, wollte ihn beeindrucken mit klugen Worten. Wie gern hätte ich ihm erzählt von meinem großen Abenteuer – der Teufelsmesse. Aber das durfte ich ja nicht, es war viel zu gefährlich. Dennoch, ich wusste, er würde mich einmal lieben. Schließlich hatte er sich mir anversprochen, damals, ich war seine Dame! Daran glaubte ich ganz fest. Bis zu jenem Abend im Spätsommer, an dem ich im Garten der Neuenburg nach meinem weißen Band suchte.

Es war ein heißer Tag gewesen, und nun wehte ein linder Abendwind von Westen her. Drunten im Tal unter den Weinbergen floss träge die Unstrut. Ich rannte hinüber in den Garten, wo wir noch vor einer Stunde auf der Wiese gesessen hatten. Das weiße Band war mein schönster Haarschmuck, und ich wollte es unbedingt wiederhaben. Auf der Wiese war niemand mehr, alle saßen schon beim Abendmahl. Ich suchte und suchte, aber umsonst. Auch im Kräutergarten fand ich es nicht, nicht bei den Rosen und nicht unterm Quittenbaum. Schließlich ging ich in die äußerste Ecke des Burggartens, dorthin, wo die Himbeeren wuchsen und eine verwilderte alte Hainbuchenhecke stand.

Da sah ich ihn, versteckt hinter grünen Zweigen. Er stand an das hüfthohe Mäuerchen gelehnt, und er war nicht allein. Neben ihm auf dem Mauersims saß eine junge Frau im scharlachroten Kleid. Sie trug das herrliche kastanienbraune Haar aufreizend offen, ganz ohne Band oder Netz fiel es ihr über Brust und Rücken. Ich kannte sie, es war Eilika von Fahner, die Nichte des Kämmerers. Jetzt warf sie den Kopf in den Nacken und lachte, glockenhell und verführerisch. Raimund, mein Raimund, flüsterte ihr etwas ins Ohr, und sie versetzte ihm scherzhaft einen Schlag mit dem Handschuh. Ich stand da wie angewurzelt und konnte keinen Schritt weitergehen. Die beiden hätten mich ganz leicht sehen können, aber sie hatten ja nur Augen füreinander. Und dann küsste er sie, dort beim Mäuerchen. Sie legte die Arme um seinen Hals, er fasste sie um die Hüften. Sie hörten überhaupt nicht mehr auf. Ich hatte das Gefühl, jemand risse mir das Herz aus dem Leib, blutwarm und brennend. Er liebte eine andere! Sein Versprechen, er hatte es gebrochen! Oder hatte er es nie ernst genommen, nie so ernst wie ich? Hatte ich mir nur eingebildet, dass er mich oft minniglich ansah? War es ein Hirngespinst gewesen, dass er sich mir anversprochen hatte? Das hier war jedenfalls kein Hirngespinst: Er streichelte Eilikas Haar, küsste sie in die Halsbeuge, biss ihr ins Ohrläppchen. Ich weiß nicht, wie lange ich da stand und zusah. Irgendwann drehte ich mich um und rannte aus dem Garten, als sei der Leibhaftige hinter mir her.

Im Frauenzimmer warf ich mich aufs Bett und weinte die ganze Nacht. Niemand konnte mich trösten, und ich wollte auch niemandem meinen Kummer erzählen. Tagelang ging ich nicht aus dem Zimmer. Die anderen brachten mir zu essen, aber mir war alles wie zugeschnürt, ich konnte kaum einen Bissen hinunterbekommen.

Herr Walther war es, der mich mit seinen Liedern tröstete. Er fragte mich, warum ich so bleich und still sei, und da gestand ich ihm meinen Schmerz. Lächelnd nahm er mich in den Arm. »Die erste Liebe tut immer am meisten weh«, sagte er leise, und dann sang er:

»Viel minnigliche Minne, du,
durch dich verlor ich meinen Sinn.
Gewaltig bringst du mich um meine Ruh,
wogst mir im Herzen her und hin.
Wer gab dir, Minne, die Gewalt,
dass du so groß und mächtig bist?
Du zwingest beide, Jung und Alt,
dawider gibt es keine List ...«

Die süße Melodie linderte meinen Schmerz nur vorübergehend. Und auch Herrn Walthers Worte halfen nur wenig. »Schau, Gisa«, erklärte er mir, »der Kaulberger, das ist schon ein rechter Prachtkerl, ein Ritter, als käme er geradewegs von König Artus' Hof. Und du bist ein wunderhübsches Fräulein und eine große Liebe wert. Aber überleg einmal: Herr Raimund ist doch viel zu alt für dich. Der braucht ein Weib, das im Alter zu ihm passt, eben so eine wie die Eilika von Fahner. Für dich kommt noch die Zeit, und du wirst den schönsten Ritter weit und breit bekommen, das weiß ich ganz gewiss.«

Meinen Schmerz linderte das nicht.

Und dann, am Tag vor Michaeli, bekam ich letzte Sicherheit von Elisabeth.

»Ich hab grade mit Ludwig gesprochen«, sagte sie. Er war ja immer ihr Lieblingsbruder gewesen, zu dem sie das meiste Vertrauen hatte. »Er hat Herrn Raimund gefragt. Er und die blöde Kuh wollen nächstes Jahr heiraten.«

Primus

Ich bin mit meiner Mutter und meinem Brüderchen Michel im Wald hinter unserem kleinen Acker. Ich sitze im Heidekraut und werfe ein paar trockene Tannenzapfen auf das Bündel, das seit neuestem mein Bruder ist und das ich gar nicht leiden kann. Das Bündel ist ganz fest gewickelt, nur oben schaut der kahle runde Michelkopf heraus, wo vorne ein gelblicher Grind drauf ist. Mutter sagt, sie muss ihn jeden Tag einwickeln, damit die Arme und Beine gerade wachsen, und mich hat sie genauso eingewickelt. Jetzt brüllt er, weil ich ihn am Ohr getroffen habe, und Mutter kommt durchs Unterholz, knack knack machen die Zweige unter ihren Füßen. Sie hebt das Bündel hoch. »Schscht, schscht, hast Hunger, mein Michele, ach, ich weiß schon«, säuselt sie. Dann hockt sie sich auf ein Moosbett, macht den Kittel auf und lässt Michel an ihrer Brust trinken. Ich setze mich neben sie und rümpfe die Nase. »Der stinkt«, sage ich verächtlich. Ich kann schon zum Kacken auf den Misthaufen gehen wie die Großen, aber Michel nicht, und deshalb ist er dauernd in seiner eigenen Scheiße eingewickelt. Die Windel muss Mutter im Eimer waschen, das ist pfuiteufelsaueklig.

Wenn wir heute genug Pilze finden, gibt das ein Abendessen, und was für eins! Mit Zwiebeln und Rüben und Brot, da läuft mir das Wasser im Mund zusammen. Als ich noch kleiner und Michel noch nicht da war, hatten wir kein Brot zu essen. Das war, nachdem meine Schwester gestorben ist. Ein Hungerjahr, sagt der Vater, und dass er alles Korn hat behalten müssen zum Aussäen. Aber jetzt war eine gute Ernte, und wir haben sogar eine Kuh kaufen können, die Braune. Sie glotzt mich mit ihren runden, feuchten Augen an, wenn ich beim Melken dabeistehe. Und dann darf ich immer den ersten Schluck aus dem Eimer haben, schaumige, warme, weiße Milch. Das macht Kraft, sagt Mutter. Und ich bin ja auch kräftig, weil ich kann schon den großen grauen Kater hochheben, aber bloß, wenn er sich mal nicht wehrt.

Wir finden eine Menge Pilze, die Mutter daheim zubereitet, und später gehen wir satt und zufrieden ins Bett. Wir schlafen alle in einem, das hat der Vater aus Holzbrettern gebaut, und unten ist ein Strohsack, damit wir es weich und warm haben. Bis Michel gekommen ist, durfte ich zwischen den Eltern liegen, aber jetzt muss ich auf die Außenseite neben den Vater, da ist es nicht so schön. Wenn er sich umdreht, schmeißt er mich jedes Mal fast aus dem Bett.

In der Nacht wache ich auf, weil es ein Durcheinander gibt. Vater steigt über mich und schlägt am Tisch Feuer, dann flackert der Docht des Talglichts auf. Die Braune brüllt im Stall. »Pass auf das Michele auf«, sagt Mutter und fährt schnell in die Holzschuhe. Dann gehen sie in den Stall. Ich sitze im Bett und langweile mich, weil das Michele schläft. Viel lieber würde ich jetzt hinübergehen und schauen, was mit der Braunen ist. Wenn er schreit, darf ich kommen, hat die Mutter gesagt, also zwicke ich ihn in die Backe, bis er plärrt. Schnell krabble ich aus dem Bett und nehme ihn auf den Arm. Er ist nicht so schwer wie der Kater, und so renne ich mit ihm über den Hof in die Scheune.

Die Braune liegt auf dem Boden, und ihr Bauch ist sooooo groß. Sie muht nicht mehr, sie schnauft und keucht aber laut und verdreht die Augen, dass man das Weiße sieht. Mutter und Vater knien neben ihr und kneten ihren Leib. »Was hat sie denn?«, frage ich neugierig, während mir Mutter den Michel abnimmt. »Sie kann nicht furzen«, erklärt Vater. Ich muss kichern, höre aber gleich wieder auf, weil ich merke, dass das wohl etwas Schlimmes ist. Keiner sagt, dass ich wieder ins Bett soll, also setze ich mich mit Michele ins Stroh, neben den Hackstock mit dem Talglicht, und schaue zu. Vater schwitzt vom Bauchkneten, und Mutter ist ganz weiß im Gesicht, und ich bekomme langsam Angst. Die Braune röchelt bloß noch und zuckt, und dann liegt sie einfach da und macht gar nichts mehr. Vater weint, und ich weine auch, und Michel brüllt, und Mutter legt ihren Kopf auf den Hals der Braunen. Keiner sagt mir was, aber ich glaube, dass die Braune tot ist, tot und weg wie mein Schwesterchen.

Später gehen wir wieder ins Bett, es ist noch dunkel und der Mond glotzt übers Dach. Ich bin steinmüde und mir fallen gleich die Augen zu, aber dann muss ich schon wieder aufwachen. Ein heller Schein fällt durch unser winziges Fenster, aber es ist ein merkwürdiger Schein, nicht so, wie wenn früh die Sonne aufgeht.

Und der Schein wackelt und ist ganz rot. Und es knackt und kracht. Ich ziehe meinen Vater am Ärmel, er knurrt erst, aber dann springt er mit einem Schrei aus dem Bett und ist zur Tür hinaus. Mutter und ich hinterher, und dann stehen wir draußen und sehen, wie's brennt. In der Scheune ist Feuer, ganz großes, heißes Feuer, und es brennt alles, was drin ist, mitsamt der Braunen, bis zum Dach. Die Mutter kniet sich hin, wie in der Kirche, und der Vater hält die Hände vors Gesicht. Er weint schon wieder, dabei sagt er mir immer, große Buben dürfen nicht weinen. Es schüttelt ihn richtig, und ich habe schon wieder Angst. Das Feuer frisst mit seinen gelben Flammenzähnen die ganze Scheune auf, und jetzt fällt mir ein, dass die Kornsäcke ja auch drin waren und die Krautsköpfe und die Zwiebeln und alles. »Was wollen wir denn jetzt essen?«, frage ich, und da weint auch die Mutter.

Wir bleiben da, bis es hell wird, und da ist dann die Scheune weg, nur noch ein Haufen schwarzer Schutt und heiße Asche.

»Herrgott im Himmel«, fragt die Mutter, und ihre Stimme klingt ganz seltsam, »was haben wir verbrochen, dass du uns so strafst?«

Noch vor dem Winter ziehen wir weg. Wir können die Steuer nicht zahlen, sagt Vater, ich hab den Hof hergeben müssen. Das Geld reicht nicht für einen neuen Hof, also bekommen wir einen vom Herrn. Ich finde das freundlich vom Herrn, dass er uns hilft, wo uns doch die Braune gestorben ist und die Scheune abgebrannt. Aber Vater sagt, das ist nicht freundlich, wir sind jetzt keine Grundholden mehr, sondern bloß noch Hörige. Wir sind unfrei, so sagt man. Der Hof gehört uns nicht, wir dürfen nur dort wohnen und müssen noch viel mehr Steuern an den Herrn zahlen. »Wer ist das, der Herr?«, frage ich. Und Mutter sagt: »Der Landgraf. Der wohnt dort droben auf seiner schönen Burg und hat ein feines Leben. Der isst den ganzen Tag gebratene Hühnchen und gesottenen Karpfen und weiches weißes Brot und trinkt nichts als Wein und Honigmilch.«

So ein Landgraf möcht ich auch sein, denke ich. Und mein Magen knurrt dabei, weil wir kaum was zu essen haben.

Der kleine Hof liegt ganz am Rand von Stregda, einem Dorf mit fünf oder sechs Hufen und Selden. Wir stehen vor dem Haus, Vater hat den Karren abgestellt, und gucken es an. Es ist viel kleiner als daheim, bloß Lehm und Fachwerk mit winzigen Fensterlöchern, deren Ränder ausgebröckelt sind. Oben im Strohdach ist ein Loch für den Rauch vom Herdfeuer. Die Tür hängt schief. Mutter sagt: »Ach Gott.«

Wir schleppen den Strohsack hinein und die Töpfe, die Körbe mit unserem bisschen Wäsche und alles, was wir noch haben. Drinnen sind die Wände schwarz vom Rauch, und es riecht wie Räucherschinken, bloß ohne Schinken. Das Bett haben wir nicht mitnehmen können, also schlafen wir in der Ecke mit dem Strohsack auf dem Boden.

Am nächsten Tag gehe ich mit dem Vater in die Stadt, weil dort Markt ist. Von dem Geld, das wir für die Sachen vom alten Hof bekommen haben, kauft Vater eine Ziege, einen Hahn und drei Hennen, dazu so viel Mehl, wie wir bis Weihnachten brauchen, und andere Vorräte auch. Weil, es ist ja alles weg.

Dann ziehen wir unseren Karren in Richtung Nikolaitor. Es wird schon bald dunkel, und mich friert. Auf der Gasse wirbelt ein Windstoß das Laub durcheinander, es fliegt mir um die Ohren, und ich fange mir ein Blatt. Da plötzlich sehe ich vor uns eine merkwürdige Gestalt in einem Toreingang stehen, ganz in bunte Lumpen gehüllt, gelb und grün und blau. Als wir auf die Gestalt zukommen, bewegt sie sich. Das Tuch rutscht ihr vom Kopf und ich sehe, es ist eine alte Frau. Sie hat schlohweißes Haar, und ihr Gesicht ist voller Runzeln und Falten. Aber ihre Augen sind von allerhellstem, gläsernem Blau und leuchten so, als ob in ihnen eine besondere Kraft läge. Mein Vater will den Karren an ihr vorbeiziehen, da hält sie ihn an, mit einer Hand, die aussieht wie ein braun verdorrter Ast.

»Willst du nicht die Zukunft wissen?«, fragt das Weib. Ihre Stimme knarzt wie eine alte, ungeschmierte Tür.

»Meine Zukunft?« Der Vater lacht kurz auf. »Nein, die kenn ich schon, leider.«

»Aber die deines Sohnes, hm?« Die Alte zeigt ein zahnloses Lächeln und deutet auf mich. »Hübscher Bursche, der Kleine.« Sie beugt sich zu mir herunter und streichelt meine Backe, ich rieche Kräuter und Honig. »Nicht dein Einziger«, sagt sie zum Vater und schaut mich mit durchdringendem Blick an. »Du hast noch zwei – halt nein, eins nur, das andere ist im Himmel.«

Der Vater zuckt zusammen, und ich auch. Wie kann sie das wissen?

Vater kramt in seinem Hosensack. »Einen Viertelpfennig hab ich noch.«

Die Alte kichert. »Weil du's bist.« Sie lässt die Münze in ihrem Rock verschwinden. Dann winkt sie mir, und wir setzen uns auf eine Stufe. »Gib mir die Linke, die sagt die Wahrheit«, schnarrt sie. Sie dreht meine Hand um und zieht mit dem schmutzigen Nagel ihres Zeigefingers die Linien nach. »Schau, das ist die Lebenslinie. Die ist lang und gut eingeprägt, das heißt, dir ist ein langes Leben beschieden. Die kleinen Striche zeigen, dass du öfters krank sein wirst oder in Gefahr, aber du wirst alles überstehen. Und hier, ts, ts, ts, dieser Hügel unter dem Mittelfinger, er zeigt an, dass du später einmal Glück haben wirst. Er kann auch Geld bedeuten oder Liebe, das kommt drauf an. Was einer halt so unter Glück versteht. Ah, und was ist wohl das?« Sie bringt ihre Nase ganz nah an meine Handfläche heran und runzelt die Stirn. Wieder kratzt ihr spitzer Nagel auf meiner Haut, malt Kringel und Zeichen. Sie macht kleine Geräusche dabei, die irgendwie aus ihrem Bauch kommen. Sanft wiegt sie ihren Körper hin und her, als bewegte ihn der Wind. Und endlich lässt sie meine Hand sinken. Sie schaut mich an, und ihr Gesicht strahlt, dass es fast schön ist, fast wie das einer jungen Frau. »Ein Engel«, sagt sie und richtet sich auf. Ihre Stimme ist plötzlich ganz klar. »Ein Engel wird über dich wachen. Du wirst Böses sehen, und du wirst Böses tun. Aber du wirst erleben, wie sich die Tore des Himmels öffnen.«

Dann sackt sie in sich zusammen und schließt die Augen.

Ich bin noch ganz verwirrt. Der Vater zieht mich hoch, und wir gehen ganz nachdenklich heim.

»Was bedeutet das, ich werde Böses tun?«, frage ich kleinlaut. »Ich will aber doch gar nichts Böses tun.«

Vater zuckt mit den Schultern. »Ich weiß es nicht, Bub. Aber das Wichtige ist: Du hast einen Engel, der auf dich aufpasst. Der beschützt dich.«

»Und die … Tore des Himmels?«, will ich wissen.

»Das heißt bestimmt, dass du einmal in den Himmel kommst. Und das ist doch schön, oder?«

Ich nicke. Das mit dem Bösen macht mir schon Sorgen, aber ich freue mich über den Engel und das ewige Leben. Wenn es stimmt, was die Wahrsagerin erzählt hat, dann muss mir nicht bange sein.

»Mama, Mama, ich hab einen Engel!«, rufe ich, als wir heimkommen. Wir erklären der Mutter alles, und sie freut sich auch.

Am Abend gibt es bei uns zum ersten Mal wieder satt zu essen. »Auch wenn uns nichts mehr gehört«, seufzt Mutter, »wir werden schon leben können. Der liebe Gott hilft uns bestimmt. Und dein Engel.« Sie fährt mir durchs Haar.

Vater rülpst. Er trinkt etwas aus einem Krug, den er aus Eisenach mitgebracht hat. Dann sagt er undeutlich: »Der liebe Gott, der ist uns was schuldig! Kann der nicht die Dinge auf der Welt gerecht verteilen, anstatt immer bloß uns arme Leute mit Unglück zu schlagen?«

Mutter flüstert: »Versündig dich nicht, Mann.«

In der ersten Nacht kuscheln wir uns ganz nah aneinander.

Eisenach, am Tag vor Weihnachten 1216

Der Festsaal im zweiten Stock des Südflügels war hell erleuchtet. In eisernen Wandringen steckten blakende Fackeln, auf den Tischen brannten alle Dochte der tönernen Talglämpchen und mitten im Raum stand ein riesiger Kandelaber mit vierundzwanzig dicken Wachskerzen. Die Fenster hatte man mit pergamentbespannten Rahmen abgedichtet, damit der kalte Dezemberwind die Festgäste nicht frieren ließ, aber natürlich spürte man überall einen eiskalten Luftzug, das ließ sich im Winter nicht verhindern. Nur unmittelbar neben den glimmenden Kohlebecken war es einigermaßen warm, und vor dem großen Kamin – auf der dem Feuer zugewandten Körperseite.

Eine riesige U-förmige Tafel hatten die Hausknechte aufgebaut und schön mit weißen Tischtüchern abgedeckt, die waren aus feinstem Linnen und reichten bis zum Boden. Auf den Sitzbänken lagen weiche damastene Polster, und die steinernen Fliesen waren mit frischem Stroh bestreut, damit es von unten nicht so kalt aufstieg. Im hinteren Drittel des Saales standen der erste und zweite Gesindetisch, einfache Bänke und Bretter auf Holzböcken. Hier durfte die Dienerschaft am Schmaus teilnehmen – nicht jeder Fürst hätte dies so gehalten, aber Hermann war seit jeher bekannt für seine Großzügigkeit auch dem Hausgesinde gegenüber. Alles war für ein strahlendes Fest gerichtet, ein Fest, wie es der Landgraf sein Leben lang geliebt hatte. Alle waren sie geladen, der Hofadel, die Ministerialen, die Sänger und Dichter. Nur dass sich diesmal niemand so richtig auf die Lustbarkeiten freute.

Sophia hatte die Feier anbefohlen, aus lauter Verzweiflung. Seit Monaten stand es um den Landgrafen schlecht, abwechselnd war er von der Tobsucht und der Melancholie befallen. Der Leibarzt, der sonst doch immer und für alles eine Medizin kannte, hatte am Nikolaustag händeringend erklärt, er wisse sich keinen Rat mehr. Keine Schonkost hatte angeschlagen, keine Medizin geholfen. Nicht die Kräutertränke und nicht die zermörserten, getrockneten jungen Schwalben, kein Purgieren und kein Aderlass. Schon war die Kunde von Hermanns Krankheit im ganzen Land umgegangen. In allen Kirchen Thüringens wurden Bittgottesdienste für des Landgrafen baldige Genesung abgehalten.

Trotz aller dunklen Schatten, die über der Wartburg lagen, hoffte Sophia, die Dinge würden sich zum Besseren wenden. Musik und Gedichte hatten ihren Gatten immer erfreut – vielleicht würde ihn ein kurzweiliger Abend aus seinem Zustand herausreißen. So hatte die Landgräfin nicht nur die Herren Wolfram und Walther geladen, die ohnehin fast das ganze Jahr am Hof lebten, sondern auch weitere Künstler, Tänzer, Musiker und Spaßmacher, sogar einen Tierbändiger mit seinem Bären. Und natürlich mussten alle da sein: die Fahner und die Schlotheimer, die von Eckardsberga, die Treffurter und die Vargula-Brüder, alle mit ihren Familien. Dazu die Burggrafen von Wartberg, die Arnsburger und Ebersburger, die von Furra und Gudensberg, die Nebra und Spatenburg, Heßler, Haldecke, Alsfeld und wie sie alle hießen. Edelfreie, Ministerialen und Vasallen.

Und alle waren sie gekommen, in ihren vornehmsten Hofgewändern und mit sämtlichen Abzeichen ihrer Würde. Die herrlich bunten Farben blendeten einem fast die Augen, und für das Pelzwerk, das an diesem Abend zur Schau gestellt wurde, hatte wohl die Tierwelt eines ganzen Waldes dran glauben müssen. Den schönsten Mantel, gefüttert mit Feh und außen mit rotbraunen Fuchsschwänzen besetzt, trug Hermann von Schlotheim, der Truchsess, der nun mit seinem Stab dreimal aufklopfte. Die Anfangsgespräche der Gesellschaft erstarben, und alle erhoben sich. Zwei Diener öffneten die Türflügel, und herein kam das Landgrafenpaar, gefolgt von sämtlichen Kindern. Sophia trug ein zimtfarbenes Winterkleid aus schwerem Damast und ein dazu passendes Gebende; ein mit goldenen Lilien besticktes Schapel verbarg die Sorgenfalten, die sich in den letzten Monaten auf ihrer Stirn gebildet hatten. Ihr Umhang aus weißem Hermelin fegte raschelnd über das Stroh, während sie durch den Saal schritt. Neben ihr ging der Landgraf, ganz in Rostbraun mit einem Wolfsfell um die Schultern. Ein Barett mit einer seltenen Straußenfeder saß keck auf seinem schütteren Haar, und der Gürtel, der ihm um Bauch und Hüften hing, mochte gut und gern anderthalb Pfund Silber wiegen. Sophia lächelte und grüßte nach allen Seiten, während Hermann mit unbeweglicher Miene geradeaus starrte. Wer darauf achtete, konnte die weißen Fingerknöchel der Landgräfin sehen, so fest war ihr Griff um die Hand des Gatten. Beide ließen sich zusammen auf den Ehrenplätzen der Tafel nieder. Sophia zog den widerstrebenden Ludwig auf den Platz neben seinem Vater und nickte ihm aufmunternd zu. Die Anspannung in der landgräflichen Familie war fast mit Händen zu greifen. Alle Gesichter waren ernst; jeder achtete darauf, ja nichts falsch zu machen. Dieser Abend war so wichtig. Er musste einfach gelingen!

Der Truchsess klopfte ein zweites Mal auf, und das Mahl begann. Zwei Dutzend Aufwarter trugen Doppelschüsseln mit Wildpret auf, Platten mit Rindfleisch und Hammelkarbonaden, Näpfe mit Sülzen, Wachtel- und Hühnerspieße, Gesottenes und Gebratenes, bis sich die Tische bogen. Das Essen war nur noch lauwarm, denn wie überall war der Weg von der Küche bis in den Saal weit – die Burgküchen lagen wegen der Feuergefahr stets möglichst weit weg von den Wohngemächern. Aber so konnte man auch besser zugreifen, ohne sich die Finger zu verbrennen. Mit einer tiefen Verbeugung nahm der Truchsess, wie es von alters her seine Aufgabe war, die erste Fleischschüssel von einem der Aufwarter in Empfang und stellte sie mit elegantem Schwung vor den Landgrafen hin. Hermann dankte mit einem müden Winken der linken Hand. Kindskopfgroße Pokale mit Wein machten die Runde an der Tafel, einer so viel wert wie zehn Tagwerk Land. Rudolf von Vargula kam seinem Hofamt als Mundschenk mit größter Aufmerksamkeit nach. Die Musiker spielten derweil auf Rotte und Zinke, Schalmei und Trommel lustige Melodien, Trink- und Tanzlieder erklangen, und die Stimmung der Gäste wurde langsam gelöster. Man warf immer weniger verstohlene Blicke auf den Landgrafen, der sich zwar kaum am Gespräch beteiligte, aber dem Wein ordentlich zusprach und sich von seiner Frau, wie es bei solchen Anlässen Sitte war, das Fleisch bissenweise in den Mund schieben ließ. Ein Gaukler im Narrengewand hüpfte mit wilden Sprüngen im Zickzack um die Tafelnden, ein Joglar wirbelte erst drei Äpfel in der Luft herum und dann zum Gaudium aller rohe Eier, von denen er eines wie zufällig in den tiefen Ausschnitt einer kreischenden Hofjungfer fallen ließ. An den Gesindetischen begann man übermütig, Rinnen in die Tischplatten zu schnitzen und darin Bier entlanglaufen zu lassen, bis der Truchsess kam und die Übeltäter zur Ordnung rief. Die unvermeidlichen Hunde, denen es immer gelang, zu den Mahlzeiten in den Saal zu schleichen, balgten sich um die Knochen und Fleischabfälle, die jedermann einfach hinter sich warf. Kurzum, alle genossen eines der rauschenden Feste, für die der Landgrafenhof weithin berühmt war.

Der zweite und der dritte Gang der Aufwarter bescherten Fischgerichte und Eierspeisen, und der vierte Gang brachte Platten mit süßen Torten und Pasteten, eingemachten Früchten und Zuckerwerk. Sophia stand nun auf, klatschte in die Hände und rief: »Und nun, ihr guten Herren und edlen Frauen, wollen wir unsere hochverehrten und weitberühmten Dichter, Herrn Walther von der

Vogelweide und Herrn Wolfram von Eschenbach bitten, uns das Vergnügen ihres Vortrags nicht länger vorzuenthalten.«

Unter dem Beifall der ganzen Gesellschaft standen die beiden altgedienten Wortkünstler auf und lieferten sich ein rasches Scheingefecht darum, wer den Anfang machen sollte. Walther von der Vogelweide obsiegte in dem witzigen Streit und stellte sich mit seiner Laute neben dem Kerzenleuchter in Positur. Der gefeierte Poet war in den letzten Jahren recht alt geworden, sein dunkelblondes Haar war inzwischen steingrau und sein Bäuchlein zu einem mächtigen Bauch angewachsen. Wenn er lachte, entblößte er eine erkleckliche Anzahl Zahnlücken. Doch dies alles vergaß man, sobald er anfing zu singen. Er wählte ein beliebtes Maienlied:

»Was wir wagen will gelingen
in der Maienzeit,
lasst uns tanzen, lachen, springen,
doch mit Artigkeit.
Wer wäre wohl nicht froh,
wenn die Stare, Finken, Meisen
proben ihre besten Weisen?
Tun wir auch also!
Wohl dir, Mai, der du entscheidest
alles ohne Hass.
Wie du Wald und Aue kleidest
licht mit Laub und Gras.
War es bunter je?
›Du ein kurzer, ich ein langer‹
eifern Halme auf dem Anger,
Blumen und auch Klee …«

Walthers Stimme klang warm und klar durch den Saal und weckte noch im letzten Gast Frühjahrssehnsüchte. Bei seinem zweiten Lied, einer Liebesweise, begleitete ihn Wolfram von Eschenbach auf der Harfe, und dann übernahm der fränkische Sänger. Lächelnd breitete er die Arme aus.

»Ich will Euch, hohe Herrschaften, heute ein neues Lied zum

Vortrage bringen, das ich eben erst vollendet habe. Es handelt von der treuen Liebe eines Weibes, das …«

Ein merkwürdiges, tiefes Stöhnen ließ den Eschenbacher verstummen. Alle Köpfe fuhren herum, die Leute blickten voller Entsetzen auf den Fürstentisch. Dort saß der Landgraf, beide Hände an die Schläfen gedrückt. Er gab leise, gedehnte Klagelaute von sich wie ein verwundetes Tier. Plötzlich holte er mit dem ganzen Oberkörper aus und schlug mit Wucht seinen Kopf auf die Tischplatte. Dann noch einmal, und wieder und wieder. Seine Stirn platzte auf, dunkelrotes Blut lief ihm über die Augen. Sophia war wie zu Stein erstarrt, ihre Hände krampften sich ins Tischtuch. Ein Gurgeln kam aus des Markgrafen Kehle, als er seinen Kopf in den Nacken legte und neuen Schwung holte.

Da endlich sprang der sechzehnjährige Ludwig auf und packte seinen Vater von hinten an den Schultern. Der Schlotheimer und der von Eckardsberga stürzten herbei und versuchten, den Landgrafen zu beruhigen, doch der riss sich mit einem wilden Fluch von allen Händen los. Unter Gebrüll und Geheul fegte er Schüsseln und Pokale von der Tafel, dann zerrte er das Tischtuch mit einem Ruck weg, mitsamt allem, was auf der Fürstentafel stand. Sophia sprang mit einem lauten Schrei auf, die Hände gegen die Schläfen gepresst; eine ihrer Damen zog sie von dem Tobenden fort.

Hermann wehrte sich mit aller Kraft gegen die Männer, die ihn festhalten wollten. Das Blut lief ihm über Gesicht und Hals, während er kämpfte wie ein Rasender. Schaum trat ihm vor den Mund. Es gelang ihm, den Eckardsberga wegzuschleudern und den von Schlotheim in den Bauch zu treten, der Truchsess krümmte sich auf dem Boden. Ludwig hing ihm am Arm, schrie: »Vater, Vater, ich bin's doch!«

Da legte der Landgraf mit einem irren Lachen beide Hände wie eiserne Krallen um den Hals seines Sohnes und drückte mit aller Kraft zu. Ludwigs Augen traten aus den Höhlen, er wehrte sich verzweifelt, aber dem Landgrafen verlieh der Wahnsinn schier übermenschliche Kräfte. Ludwigs Lippen liefen blau an, seine Füße scharrten hilflos im Stroh. Und dann, endlich, war Raimund von Kaulberg zur Stelle. Mit der Kaltblütigkeit des erfahrenen Kämpfers trat er hinter seinen Herrn und bog ihm beide kleinen

Finger ein Stück nach hinten, um den Würgegriff zu öffnen. Doch Hermann gab nicht auf, er drückte seinem Sohn weiter die Luft ab. Ludwig röchelte. Raimund sah, dass der Junge nicht mehr lange durchhalten würde. Es half nichts, er musste es zu Ende bringen. Mit aller Kraft bog er die Finger des Landgrafen weiter zurück, bis die Gelenke mit einem hässlichen Knacken brachen. Jetzt endlich ließ Hermann los, fiel auf die Knie und wälzte sich vor Schmerz heulend im Stroh, Rotz und Schleim liefen ihm aus Mund und Nase. Er wehrte sich nicht mehr, als vier Diener ihm aufhalfen und ihn mit sanfter Gewalt wegführten.

Das Ganze hatte nur wenige Augenblicke gedauert.

Entsetzen breitete sich im Saal aus. Stumm sahen die Gäste einander an, keiner wagte, etwas zu sagen. Nun war auch dem Letzten klar, dass der Landgraf wahnsinnig war. Der Teufel hatte sich seines Geistes bemächtigt. Es blieb nur noch eines zu tun.

In der Arbeitsstube ihres Mannes versammelten sich nach Mitternacht die engsten Berater aus dem thüringischen Adel um Sophia, die kreidebleich und immer noch zitternd am Fenster stand und in die Nacht hinausstarrte.

»Herrin«, sagte Rudolf von Vargula sanft, »es geht nicht mehr. Wir können so nicht weitermachen.«

Sie drehte sich nicht um.

»Er ist gefährlich für sich und andere«, fügte der von Schlotheim hinzu. »Ihr wart doch dabei! Wir müssen jetzt handeln.«

Immer noch sagte die Landgräfin nichts.

»Seht es doch ein, Frau Sophia. Er kann nicht mehr regieren.« Das war der Fahner. Er legte ihr die Hand auf die Schulter. »Wir müssen an das Land denken.«

Da endlich erwachte sie aus ihrer Starre. »Und wenn er doch wieder gesund wird?«, fragte sie leise.

Die Männer blickten sich an. »Glaubt Ihr wirklich daran?«, fragte Walter von Vargula zurück.

Tränen schossen ihr in die Augen. Sie schüttelte den Kopf.

»Wir müssen auch Schaden von seinem Ruf abwenden, Herrin«, fuhr der von Vargula fort. »Je länger ihn die Leute so sehen, desto mehr Gerüchte gehen um. Man sagt ja schon, er sei …« Er brach ab.

»… vom Teufel besessen, ich weiß.« Müde wischte sich Sophia über die nasse Wange und ließ sich auf einen Scherenstuhl sinken. Sie atmete einmal tief durch, dann straffte sich ihr Rücken.

»Lasst den Landgrafen in seinem Gemach einschließen und stellt Wachen davor auf. Ein Diener soll sich vor der Tür bereithalten, damit es meinem Gatten an nichts mangelt. Und dann: Schickt einen Boten an den König und lasst ihn berichten, der Landgraf werde zu Neujahr Krone und Siegel Thüringens an seinen ältesten Sohn übergeben.« Sie stand auf. »Und sagt die Wildschweinjagd für übermorgen ab. Es ist jetzt nicht die Zeit für Lustbarkeiten.«

Rudolf von Vargula trat zu Sophia. »Vergebt mir, Herrin, aber das wäre ein Fehler. Ihr wisst selber, dass sich die Wildschweine um Eisenach herum in diesem Jahr zur Plage ausgewachsen haben. Und es gehört zu den Verpflichtungen des Adels, seinen Hintersassen durch Abjagen des Schadwilds Erleichterung zu verschaffen. Wenn wir übermorgen nicht ausreiten, wird das im Volk zu Unruhe führen. Man wird sich fragen, warum. Wir sollten den Schein noch so lange wahren, bis Hermann öffentlich die Macht übernommen hat.«

Die Landgräfin hob in einer hilflosen Geste die Arme. »Tut, wie es Euch beliebt, Herr Rudolf.« Das Leben musste schließlich weitergehen.

Im Wald bei Eisenach, zwei Tage später

Es war Stephani, ein herrlicher, gleißendheller Wintertag. Glasigblau spannte sich der Himmel über schneebezuckerten Hügeln, die Kälte hatte glitzerndes Eis über Bäume und Büsche, Wiesen und Felder gezaubert. Der Wald stand dunkel und ruhig, bis die Stimmen und Rufe der Jagdgesellschaft die Stille durchbrachen. Ein Schwarm Raben, der sich im Geäst einer riesigen Eiche niedergelassen hatte, fühlte sich vom lauten Gekläff der Hundemeute gestört und flog mit knatternden Flügeln auf.

Man hatte sich in acht Gruppen geteilt; jede war mit einer Handvoll Sauhunden unterwegs. Die Landgrafensöhne hatten sich als Begleiter Friedrich von Treffurt, Heinrich von Ebersburg, Hermann von Furra und die beiden Edelfreien von Kaulberg gewählt. Der alte Kaulberger führte die Hunde, die er jetzt, unter der großen Eiche, von der Leine ließ. Japsend und kläffend stürmten sie los, die Nasen am Boden. Nach kaum einer halben Stunde hatten sie eine kleine Rotte Wildschweine aufgestöbert, und Hermann von Furra erlegte die erste fette Bache. Es war ein leichtes Spiel gewesen, und spätestens jetzt hatte das Jagdfieber alle gepackt. Bis Mittag waren fünf Bachen und zwei kleine Keiler zur Strecke gebracht, ein achtbares Ergebnis. »Ludwig, jetzt bist du an der Reihe«, meinte Raimund von Kaulberg fröhlich. Der zweitälteste Landgrafensohn hatte zwar schon mehrere Wildschweinjagden mitgemacht, aber bisher immer Pech gehabt. »Die nächste Sau gehört dir!«

Ludwig nickte. Er trug einen dicken Schal um den Hals, der die blauroten Würgemale verbarg; der Schreck des Erlebnisses saß ihm immer noch in den Knochen. Die Ablenkung tut ihm gut, dachte Raimund und klopfte ihm aufmunternd auf die Schulter. Gleich darauf hörten die Männer schon das nächste Grunzen; die Meute trieb ihnen ein neues Opfer entgegen. Ludwig wurde vor Aufregung ganz weiß um die Nase, diesmal wollte er auf keinen Fall leer ausgehen. Er packte seine Saufeder fester und wandte sich an der Spitze der Gruppe in die Richtung, aus der das Grunzen kam. Der Wald war an dieser Stelle dicht; man würde erst spät sehen, woher das Tier kam. Und dann ging alles ganz schnell. Ein Trampeln, Rascheln und Knacken, und der Keiler brach durchs Gebüsch. Es war ein großes, fast schwarzes Exemplar, an die sieben Fuß lang. Ludwig sah den gedrungenen, massiven Körper mit den zottigen Borsten, den keilförmigen Kopf und die fürchterlichen Hauer, die schon manchem Jäger zum Verhängnis geworden waren. In Panik galoppierte der von den Sauhunden getriebene Keiler auf die Männer zu, die jetzt in Formation gingen. Ludwig wusste, was zu tun war. Er stellte sich mit gespreizten Beinen fest auf den Boden, legte sein Körpergewicht möglichst weit nach vorn und streckte seine

Waffe vor. Wenn er so dem Tier entgegentrat, würde es sich selber den Spieß in die Brust rennen. Der Schwarzkittel donnerte heran, die ersten Hunde gleich hinterdrein. Das Vieh war riesig, und es griff in wilder Wut an. Schon sah Ludwig das Weiße in den Augen des Keilers. Er hielt den langen Spieß ganz fest, hörte sich selber schreien, ein Stoß, ein Ruck, und dann war alles vorbei. Der Keiler lag am Boden, die metallene Spitze der Saufeder im Hals.

Ludwig stand schwer atmend da und war einfach nur erleichtert. Die anderen kamen heran, klopften ihm auf die Schulter und beglückwünschten ihn. »Ein Hauptschwein!«, schrie der Treffurter, »Donnerwetter, Junge!«

Sein Bruder Hermann warf ihm eine zweite Saufeder zu. »Immer noch mal aus sicherer Entfernung nachprüfen, ob das Vieh auch wirklich tot ist«, mahnte er. »Du kennst dich ja aus, ein letzter Stich geradewegs ins Herz.«

Ludwig nickte und trat zu dem reglos daliegenden Keiler. Es war wirklich ein prachtvolles Tier. Kopf und Gewaff, wie man die Zähne nannte, waren außergewöhnlich groß. Stolz konnte man sein auf solch eine Beute! Ganz versunken stand Ludwig da, fast ehrfürchtig bewunderte er die Kreatur, die einem noch im Tod Respekt abforderte. Sein kleiner Bruder Heinrich kam hinzu und sah ihn mit neidvollem Blick an. »Bei der nächsten Jagd kriegst du auch einen Spieß«, tröstete Ludwig. Dann warf er sich in die Brust und ging zu den anderen, die ihn hochleben ließen. Ein Kuhhorn mit Wein machte die Runde, Raimund von Kaulberg erzählte einen seiner berüchtigten Jagdwitze, alle waren übermütig und ausgelassen.

»Hast du ihn noch mal gestochen?«, fragte Hermann schließlich und zog sein Jagdmesser, um den Keiler aufzubrechen. »Ja, ja«, winkte Ludwig ab – und im nächsten Augenblick wurde ihm klar, dass er gerade die Unwahrheit gesagt hatte. Heiliger Strohsack, das hatte er im Überschwang seines Glücks ganz vergessen! Aber was sollte schon sein, natürlich war das Vieh tot, was denn sonst? Lag da und rührte sich nicht. Mausetot.

Hermann kniete sich neben den Keiler und setzte das Messer an. Und dann geschah das Unfassbare. Mit einem erschrockenen Quieken fuhr der Keiler plötzlich hoch und warf sich herum. Eine schnelle Kopfbewegung, und ein Eckzahn bohrte sich tief in Hermanns Oberschenkel, dann ein Ruck, ein Quieken, ein Schrei. Der Keiler rappelte sich taumelnd auf und versuchte fortzukommen, aber dann war schon der von Furra zur Stelle und rammte ihm seine Saufeder tief in den Nacken. Wie vom Blitz gefällt brach das Tier zusammen, scharrte noch ein paarmal mit den Hufen, dann war alles vorbei.

Hermann lag zusammengekrümmt am Boden und hielt sich mit beiden Händen das Bein. Der rechte Oberschenkel war von den messerscharfen Hauern des Keilers fast eine Spanne lang aufgerissen.

»Heilige Maria Muttergottes!« Friedrich von Treffurt stürzte herbei, um den Blutfluss zu stoppen; er riss seinen Hemdsärmel ab und presste ihn auf die Wunde. Die anderen sahen wortlos zu. Das Entsetzen stand ihnen ins Gesicht geschrieben. Hermann heulte auf und krümmte sich vor Schmerzen.

Ludwig konnte nicht fassen, was geschehen war. Leichenblass stand er da, den unbenutzten Spieß noch in der Hand. Herr Jesus, es war seine Schuld. Nie, niemals hätte das geschehen dürfen. Warum nur hatte er nicht gesagt, dass er den letzten Stich ins Herz des Keilers vergessen hatte? Niemals hätte er seinen Bruder so an das Tier heranlassen dürfen. Man wusste doch, wie brandgefährlich verletzte Keiler sein konnten. Aber er, er hatte sich vor den anderen nicht lächerlich machen wollen. Und jetzt lag Hermann da, schwer verletzt.

»O Gott, Hermann«, stöhnte er auf. Tränen liefen ihm über die Wangen. »Das ist alles meine Schuld!«

Der Verletzte brachte ein schwaches Grinsen zustande. »Ist nicht so schlimm, Bruderherz«, presste er hervor, »das heilt schon wieder.«

Es heilte nicht. Man hatte Hermann auf einer Trage zurück in den Steinhof gebracht, und der landgräfliche Medicus hatte die Verletzung sorgfältig mit Wein ausgewaschen und vernäht. Zu Anfang sah alles gut aus, doch dann kam das Fieber. Die Wunde eiterte. Am vierten Tag begann Hermann zu phantasieren. Keine Gebete halfen und keine ärztliche Kunst. Der älteste Landgrafensohn starb am letzten Tag des Jahres 1216.

Ludwig schloss sich in einer Kammer des Südflügels ein und wünschte sich, er wäre nie geboren.

Primus

Die Geburt vom Jesulein muss man anständig begehen, sagt Mutter. Also laufen wir den ganzen weiten Weg von daheim nach Eisenach und besuchen die Messe. Das ist schön feierlich, bis auf die Stellen, wo Michel plärrt. Es riecht wundergut nach Weihrauch. Das ist das Geschenk, was die Heiligen drei Könige dem Jesulein gebracht haben, und sie haben es in der Kirche heute auch. Ich glaube, das Jesulein hätte sich vielleicht über eine warme Decke mehr gefreut, weil dann hätte es in der bitterkalten Nacht in Bethlehem im Stall nicht so frieren müssen. Aber Mutter sagt, eine Decke, pah, das soll wohl eine rechte Gabe für den König der Welt sein? Dem gebührt Weihrauch und Gold und Myrrhe. Ich frage sie, was Myrrhe ist, und sie meint, es muss wohl auch so was wie Gold oder Silber sein, ein Geschenk für die Reichen eben. Auf dem Heimweg singen wir Lieder, und als wir auf dem Hof ankommen, ist es fast Nacht.

Die nächsten Tage sind still. Man darf in der Zeit zwischen Weihnachten und dem neuen Jahr keine Wäsche waschen, sagt Mutter, weil sonst liegt bald einer im Leichentuch. Es gibt auch nichts zu arbeiten für den Vater, außer den Rechen heil machen und die Tür am Schuppen in Ordnung bringen. Einmal hören wir eine ordentliche Bellerei und dann noch Stimmen. Der Vater stapft den Weg ein Stück entlang und schaut nach, und als er wiederkommt, sagt er: »Die da droben gehen auf Jagd!« Er sagt immer ›die da droben‹ und rollt dabei mit den Augen, wenn er welche vom Adel meint. Die kann er nämlich nicht ausstehen. Aber diesmal freut er sich. »Ha, das ist gut, immer drauf auf die Scheißviecher.« Die Wildsäue, erklärt er, brechen nämlich in die Felder ein und zerwühlen alles und fressen den armen Leuten alles weg, und die Rehe kommen dauernd in die eingezäunten Gemüsegärten. Nur das Beste schnabulieren die, junge Triebe, die feinsten Blättchen, die kleinsten Böhnchen und Erbsschoten. »Vater, warum jagen wir die Scheißviecher nicht?«, frage ich. »Weil bloß die da droben das Jagdrecht haben«, sagt er. »Alles Wild gehört dem Landgrafen. Wenn einer von uns erwischt wird beim Wildern, den hängen sie am nächsten Baum auf.«

»Das dürfen die so einfach?«

Vater grunzt. »Da kannst du einen drauf lassen«, sagt er.

»Warum?«

Mutter mischt sich ein. »Weil der liebe Gott die Welt so gemacht hat«, sagt sie und strubbelt mir durchs Haar. Das leuchtet mir ein, weil der liebe Gott und das Jesulein sind ja die Könige der Welt, das hat jedenfalls der Pfarrer gesagt. Und als König ist man auch von Adel. Die beiden helfen halt zu ihresgleichen und nicht zu uns.

Kurz vor Neujahr nimmt mich Vater mit in den Wald, Reisig sammeln. Er trägt einen großen Korb auf dem Rücken und hat Schnur dabei, damit wir Bündel machen können. Kalt ist es, und die Lumpen, die Mutter um meine Füße gebunden hat, helfen nicht viel. Meine Zehen sind eisig, aber ich freue mich auf das Feuer, das wir später daheim machen können.

»Das wird noch ein schlimmer Winter«, sagt Vater. »Kalt und lang, ich spür's in meinen Knochen. Der alte Schäfer-Friedel hat's auch gesagt.«

Ich mag den Winter nicht. Den ganzen Tag frieren ist blöd. Und Reisig sammeln ist auch blöd. Ich bleibe einfach stehen, lasse Spucke in den Schnee tropfen und schaue zu, wie sie ein kleines Loch macht. Da höre ich den Vater rufen. Schnell renne ich zu ihm hin, und dann muss ich vor lauter Schreck Mund und Augen aufsperren. Etwas Großes, Dunkles liegt im zertrampelten Schnee, und überall ist Blut. Vater beugt sich über das schwarze Ding, zupft an seinem kaputten Ohr und sagt ungläubig: »Der ist von der Jagd neulich. Das gibt's doch gar nicht. Die müssen ihn vergessen haben.«

»Wen?«, frage ich.

»Na, den Keiler. Schau, hier haben sie ihn mit dem Spieß erwischt, und da.«

»Ist der tot?«, frage ich.

Vater lacht. »Toter geht's nicht. Und gefroren.«

Ich weiß nicht, warum Vater auf einmal so fröhlich ist. »Das wird doch noch ein guter Winter«, sagt er.

Noch am selben Tag haben die Eltern den Keiler an Seilen heimgeschleift, das war eine Schufterei, weil er so groß und schwer war. Gleich neben der Holzlege haben sie ein großes Feuer geschürt, damit er nicht mehr so hart gefroren war, und ihm das Fell abgezogen. So viel Fleisch! Mit dem Beil hat Vater dann alles in Stücke gehauen und das meiste wieder in Schnee gepackt. Einen großen Batzen hat er aber mit ins Haus gebracht. Und dann hat Mutter Stücke daraus geschnitten und auf Spieße gesteckt und im Feuer gebraten. Jetzt sitzen wir an unserem wackligen Tisch. Ich habe noch nie frisches Fleisch von einem so großen Tier gegessen, bloß von Igeln oder Spatzen oder einmal einem Huhn. Es schmeckt so gut, zum Verrücktwerden gut. Das Fett tropft mir von den Fingern und läuft mir übers Kinn, und wir essen und lachen und essen und lachen. »Jetzt wollen wir in Saus und Braus leben bis zum Frühjahr«, ruft Vater. »Wir machen Würste und Salzfleisch und Sülze und Räucherspeck.«

Ich lausche dem Klang dieser Worte nach und bin glücklich. Hei, das wird ein Leben!

»Du darfst zu niemandem ein Sterbenswörtchen sagen, Primus, hörst du?« Vater sieht mir ganz fest in die Augen. Ich schüttle den Kopf. Ich bin ja nicht dumm. Erstens, wem soll ich es denn sagen, zu uns kommt ja nie einer. Und dann würde derjenige bestimmt was abhaben wollen.

Gisa

Herrjesus, das war eine schlimme Zeit. Keiner am Hof hatte Hermann besonders gemocht, aber wer hätte ihm schon den Tod gewünscht? Sophia war nur noch ein Schatten ihrer selbst, das alles war einfach zu viel für sie. Wir Kinder waren bedrückt, die vom Adel niedergeschlagen, und das Gesinde tat nur noch stumm und still seine Arbeit.

Elisabeth befand sich damals in einem schrecklichen Zwiespalt der Gefühle. »Ach Gisa«, sagte sie zu mir, »ich getrau mich's gar nicht zu sagen, aber ich bin so froh! Jetzt muss ich nicht mehr seine Frau werden. Jeden Abend hab ich den lieben Gott angefleht. Mach, dass Hermann eine andere nimmt, hab ich gebetet. Mach, dass er mich nicht will. Mach irgendetwas, damit ich nicht unglücklich werde. Und jetzt ist Hermann tot. Bin ich schuld? Hat Gott mich erhört?«

»Ich glaube nicht, dass der liebe Gott um deinetwillen einen Menschen sterben lässt«, erwiderte ich. »Es war ein Jagdunfall. Du musst dir keine Vorwürfe machen.«

»Ich weiß nicht. Ich habe ein solch schlechtes Gewissen.«

Ich drückte ihre Hand. »Ich kann gut verstehen, dass du jetzt erleichtert bist. Ich hätte Hermann nicht um alles in der Welt heiraten wollen.«

Sie seufzte. »Was soll aber jetzt aus mir werden? Mein Bräutigam ist tot. Ja, ich bin froh – aber ich hab auch Angst. Bis jetzt hab ich immer gewusst, was mir die Zukunft bringt. Und nun fühl ich mich wie … wie ein Blatt im Wind.«

Ich konnte es ihr nachfühlen. »Das musst du nicht«, versuchte ich sie zu trösten. »Du hast doch uns.« Aber ich war selber nicht überzeugt von dem, was ich da sagte.

Nach Hermanns Begräbnis hielt es keiner mehr im Eisenacher Steinhof aus. Die Landgräfin beschloss, die Hofhaltung nach Gotha auf die Burg Grimmenstein zu verlegen, wo wir sonst eigentlich selten hinkamen. Vielleicht genau deswegen – dort gab es wenig Erinnerungen. Der Landgraf – ich bin mir nicht sicher, ob er überhaupt begriff, dass sein Sohn tot war – wurde in einen geschlossenen Wagen gesperrt und den ganzen Weg über nicht herausgelassen. Es war ein trauriger Zug, der da über Land fuhr.

Aber am traurigsten war Ludwig. Er hatte seit Hermanns Tod nicht mehr am Leben teilgenommen, war nicht aus der alten Turmkammer herauszulocken, in der wir als Kinder oft heimlich gespielt hatten. Wie sehr muss er seinen Bruder geliebt haben, dachte ich damals. Erst viel später erzählte mir Elisabeth, in welch schreckliche Schuld er verstrickt war. Es war bezeichnend für sie, dass sie sich in dieser für sie so schwierigen Zeit auch noch Gedanken um Ludwig machte.

Am Tag vor Hermanns Grablege ging sie zu ihm. Alles, was ich hier erzähle, weiß ich von ihr. Sie klopfte an der Kammertür. »Ich bin's, Elisabeth«, flüsterte sie, »mach auf.« Und Ludwig, der bis dahin niemanden eingelassen hatte, öffnete die Tür. Vielleicht, weil er vor Elisabeth keine Angst zu haben brauchte. Oder weil er damals schon spürte, dass sie die beste Trösterin von allen war. Er sah furchtbar aus, hatte wohl in den letzten Tagen weder geschlafen noch etwas zu sich genommen. Elisabeth, die schon immer diese Gabe hatte, Menschen aufzurichten und ihnen Zuneigung zu zeigen, ging einfach auf den sieben Jahre Älteren zu und nahm ihn in die Arme, als sei nicht sie das Kind, sondern er. Und er ließ es geschehen. »Sei nicht traurig«, sagte sie, »der liebe Gott hat es so gewollt.«

»Dein lieber Gott ist nicht lieb«, sagte Ludwig bitter. »Er hat uns alle verlassen. Meinen Vater, meinen Bruder und mich. Auf unserer Familie liegt ein Fluch.«

Sie verstand nicht. »Du kannst doch nichts dafür«, antwortete sie, »und dein Vater auch nicht. Es ist nur so, dass wir manchmal Gottes Wege nicht verstehen. Du musst dich nicht hier drin einsperren.«

Da weinte er, endlich. Die Tränen taten ihm gut, und auch die Gegenwart dieses jungen Mädchens, das so viel Liebe verströmte. Irgendwann setzten sich die beiden auf eine große Schranktruhe. »Es ist meine Schuld«, sagte er leise. Und dann erzählte er, was Elisabeth mir und Guda viele Jahre später unter dem Siegel der Verschwiegenheit anvertraute. Denn die Zeugen des Geschehens sprachen nie über den Unfall, als hätte Schweigen je etwas geholfen.

Heute denke ich, dass Ludwig sich nicht nur schuldig fühlte. In den Tagen, die er in der Kammer verbrachte, suchte er verzweifelt eine Erklärung für das göttliche Strafgericht, das über seinen Vater, seinen Bruder und ihn selbst hereingebrochen war. Nichts geschah doch ohne Grund. Und wie Ludwig auch alles drehte und wendete, ihm fiel nur ein wirklich triftiger Grund für so viel Unglück ein: Die Hinwendung des Landgrafen und seiner Söhne zu den »Guten«. Natürlich hatte er immer gewusst, dass die Kirche den Glauben, dem sie anhingen, als ketzerisch ansah. Aber auch diesen neuen Orden aus Italien, der sich kürzlich in Assisi niedergelassen hatte und Armut und Besitzlosigkeit predigte, hatte man anfangs für häretisch gehalten. Und das Wort seines Vaters war Ludwig stets heilig gewesen. Wenn der Landgraf an die Lehren der Katharer glaubte, dann musste dies recht und gut sein, auch für seine Söhne. Wie seine Brüder war auch Ludwig zutiefst überzeugt gewesen von dem, was Wido predigte. Es war das echte, das wahre Christentum, dem sie anhingen. Doch nun? Hermann war tot und sein Vater von einem Dämon besessen. Einen deutlicheren Fingerzeig konnte der Himmel nicht geben. Gott hatte sie bestraft dafür, dass sie den falschen Weg eingeschlagen hatten. Und er hatte ihn, Ludwig, mit untilgbarer Schuld geschlagen.

Ludwig hatte sich in der kleinen Turmkammer zu dieser Erkenntnis gequält. Und als Elisabeth zu ihm kam, da sah er in ihr wohl zum ersten Mal diese reine Frömmigkeit, die Unschuld und die Gottesfurcht, die so viele andere später in ihr erkennen sollten. »Du darfst nicht mit Gott hadern«, sagte sie zu ihm, »denn er liebt dich, und wenn er dir Prüfungen schickt, dann sollen sie dich nur näher zu ihm führen. Wir sind alle seine Kinder.«

»Glaubst du, er will mir durch diese schreckliche Verstrickung etwas sagen?«, fragte er und schalt sich dabei selber einen Narren, dass er Rat bei einem Kind suchte.

Sie sah ihn an mit ihren dunklen Ungaraugen. »Nichts, was Gott tut, ist ohne Bedacht«, erwiderte sie. »Du musst nur erkennen, was Er für dich ausgesucht hat im Leben.«

Am nächsten Morgen verließ Ludwig die Kammer und nahm an der Grablege seines Bruders teil. Und als er hinter dem Sarg in die Katharinenkirche schritt, sah er vor sich, neben seiner Mutter, Elisabeth gehen, ernst und gefasst. Da wurde ihm mit einem Mal klar, was er diesem Mädchen angetan hatte. Er hatte ihr den Verlobten genommen, den zukünftigen Ehemann und die Aussicht auf die Landgrafschaft. Er hatte ihr Leben zerstört – und trotzdem war sie zu ihm gekommen.

Als ob sie spürte, was in ihm vorging, drehte sich Elisabeth um, und ihre Blicke trafen sich. Später sagte sie, in diesem Augenblick habe sie gewusst, dass Gott sie füreinander bestimmt hatte.

Die folgende Zeit war nicht leicht für uns alle. Der Landgraf war zwar die meiste Zeit bei Sinnen, dämmerte aber viel vor sich hin, weil ihn sein Leibarzt mit Unmengen von Mohnsaft versorgte, um einen weiteren Anfall von Raserei zu vermeiden. Sophia und die engsten Vertrauten vom Adel sprachen mit Ludwig – er musste nun die Herrschaft übernehmen, und das tat er auch. Er stürzte sich mit Eifer in die Regentschaft. Ich nehme an, dass er damals ziemlich schnell dahinterkam, wie schlecht sein Vater gewirtschaftet hatte. Der landgräfliche Haushalt war völlig verschuldet – die Kriege der vergangenen Jahre, die Bautätigkeit im ganzen Land und das Übermaß an Geld, das Hermann für seine prachtvolle Hofhaltung ausgegeben hatte, waren dafür verantwortlich. Verbindlichkeiten, von denen Ludwig nie gewusst hatte, mussten zurückgezahlt werden. Unter Tränen musste auch Sophia, die stets in die Haushaltung eingeweiht war, zugeben, dass der Hof jahrelang über seine Verhältnisse gelebt hatte.

Ludwig handelte sofort. Als Erstes schickte er die Sänger und Dichter weg, die sein Vater so geliebt hatte. Walther von der Vogelweide und Wolfram von Eschenbach, auch der von Veldeke und andere verließen Thüringen, um sich anderswo neue Gönner zu suchen; der von Morungen ging nach Erfurt. Die vom Adel, die nicht am Hof gebraucht wurden, sondern einfach nur schmarotzt hatten, wurden samt Gefolge auf ihre eigenen Güter zurückbeordert. Und als Ludwig am 15. Januar des Jahres 1217 zum ersten Mal als Landgraf urkundete, waren die sprichwörtliche Pracht und Verschwendung, die am Landgrafenhof geherrscht hatten, nur noch Vergangenheit. Die Zeit der Gaukler war vorbei.

Wir Kinder bemerkten sehr wohl die Strenge und Nüchternheit, die nun einkehrten. Wovon wir anfangs keine Ahnung hatten, war der erbitterte Streit, der in den folgenden Monaten um Elisabeths Person entbrannte. Wie schlimm ihre Lage war, wurde mir erst klar, als ich zufällig ein Gespräch mithörte.

Es war in der Hofstube der Grimmenburg. Ich kam gerade von draußen aus der beißenden Kälte und wollte mich nur ein bisschen an den großen Kamin setzen und aufwärmen. Doch als ich zum Saal kam, schlugen mir Stimmen entgegen. Ich blieb an der halboffenen Tür stehen und horchte.

»Diese übertriebene Frömmigkeit!«, hörte ich. »Nichts gegen einen festen Glauben, aber eine Fürstin von Stand kann ihre Zeit schließlich nicht nur in der Kirche mit Beten verbringen, auch wenn sie noch so jung ist!«

Ich spähte nach drinnen und erkannte den Truchsess Fahner und seine Frau im Gespräch mit dem Schlotheimer, dem von Eckardsberga und den Vargula-Brüdern.

»Wie ich immer sage«, antwortete die Fahnerin gerade. »Eine Landesfürstin muss in Pracht und Würden stolz einhergehen können! Sie muss ein Auftreten haben! Hingegen diese Kleine mit ihrer schlichten, in sich gekehrten Art – man könnte sie manchmal fast für eine Dienstmagd halten. So was gehört ins Kloster.«

Der Eckardsberga pflichtete ihr bei. »Ihr habt ganz recht, Frau Oda. Vielleicht wäre das eine gute Lösung.«

»Oder man schickt sie wieder nach Ungarn zurück«, meinte Oda von Fahner. »Die politische Lage hat sich geändert seit damals. Der Thronstreit zwischen Staufern und Welfen ist entschieden. Wir brauchen Ungarn nicht mehr als Verbündeten.«

»Jedenfalls ist jetzt, da Hermann tot ist, der beste Zeitpunkt, sie als verwaiste Braut wegzuschicken. Der Ehevertrag ist hinfällig.«

»Wollt Ihr die Mitgift dann gleich mit zurückschicken?«, bemerkte spöttisch Walter von Vargula. »Denn die steht uns dann nicht mehr zu, nicht wahr? Zu dumm, dass der Landgraf das meiste davon längst ausgegeben hat!«

»Dann muss eben aus der Steuerschatulle bezahlt werden«, ereiferte sich der Eckardsberga. »Im Übrigen wurde Elisabeths verabredeter Brautschatz nur zur Hälfte ausbezahlt, der Rest ist bis heute nicht angekommen. Das ist Wortbruch. Und – andere Bräute haben schließlich auch eine Mitgift.«

»Ihr denkt da nicht zufällig an eine Eurer eigenen Töchter, hm?«, mutmaßte der von Vargula. Dann wandte er sich an die anderen. »Ihr solltet euch schämen. Das Kind wird nicht mehr Landgräfin werden, damit ist doch eure größte Sorge dahin. Warum soll sie nicht weiterhin in Thüringen aufwachsen?«

»Weil sie ein Ärgernis ist, ein Störenfried. Das Mädchen passt nicht an den Hof, sie bringt nur Missstimmung. Ich könnte jedes Mal platzen, wenn sie anfängt, von Gott und der Armut zu sprechen und dabei ein heiliges Getue an den Tag legt.« Die Stimme der Fahnerin hatte einen schrillen Ton angenommen. »Und ich bin nicht die Einzige, die so denkt.«

»Ihr seid ein missgünstiges, hartes Weib«, sagte Rudolf von Vargula. »Was stört Euch ein Mädchen, das gottesfürchtig ist und Zierrat verachtet? Führt sie Euch etwa vor Augen, wie unfromm Ihr selber seid und wie putzsüchtig? Gemahnt sie Euch daran, dass Ihr in Saus und Braus lebt, während Eure Hintersassen sich für die Steuer halb zu Tode schuften müssen?«

»Ei, wie redet Ihr mit meiner Frau?« Der Truchsess baute sich vor Rudolf von Vargula auf. »Seht Euch vor, Herr Ritter!«

Der von Vargula schnaubte verächtlich; ein Wort gab das andere, und es kam zu einem regelrechten Gerangel. Ich hatte genug gehört und schlich davon. Man wollte Elisabeth los sein! Das traf mich tief, und es machte mir Angst, dass der Hofadel sich so über sie ereiferte, ja sogar ihretwegen in Streit geriet. Wenn diese Fahner und Schlotheimer ihren Willen durchsetzten – wie schrecklich würde es für Elisabeth sein fortzumüssen! Ich beschloss, ihr nichts von dem Gespräch zu erzählen, das ich belauscht hatte. Es würde sie zu sehr beunruhigen. Es reichte schon, wenn ich mir Sorgen machte.

Gegen Ende des Winters, als schon überall die Schneeglöckchen blühten – nur, dass jetzt keine Minnedichter mehr da waren, ihre Schönheit zu besingen –, erfuhr auch Elisabeth, wie unsicher ihre Lage war. Es muss um Oculi herum gewesen sein, da geriet sie mit Agnes in Streit, woraufhin diese ihr wutentbrannt ins Gesicht schleuderte: »Mach doch, was du willst! In ein paar Monaten schicken sie dich sowieso wieder zurück nach Ungarn!«

Entsetzt schnappte Elisabeth nach Luft. »Was redest du da?«

»Ach, sag bloß, du weißt es noch gar nicht?« Agnes warf den Kopf in den Nacken. »Jetzt, wo Hermann tot ist, gehörst du nicht mehr zu uns. Der ganze Hof spricht von nichts anderem. Die wollen dich nicht mehr, mit deiner Frömmelei und deinem jämmerlichen Armutsgetue.«

Elisabeth sah Agnes an mit einem Blick voller Verzweiflung; dann drehte sie sich um und rannte mit wehenden Röcken davon, Guda hinterher.

Nach längerer Suche fand ich die anderen in der kleinen Bohlenstube neben der Kapelle. Guda, ganz bleich im Gesicht, stand einfach nur mit hängenden Armen da, und Elisabeth saß auf einem Bänkchen und weinte. Als sie mich sah, kam sie mir entgegen und fasste meine Hände. »Stimmt das, was Agnes sagt?«, fragte sie unter Tränen.

Ich konnte nicht lügen. »Ja, sie reden drüber«, antwortete ich. »Aber es ist noch nichts entschieden.«

»Ach Gisa, was soll ich denn in Ungarn?« Elisabeths Stimme zitterte. »Ich will da nicht hin. Meine Mutter ist tot, an meinen Vater erinnere ich mich kaum. Ich bin doch hier zu Hause! Ihr seid meine Familie!«

»Das können sie uns nicht antun«, jammerte Guda.

Ich fürchtete doch, das konnten sie. »Geh zur Landgräfin«, riet ich Elisabeth. »Sag ihr, dass du hierbleiben willst, und bitte sie, dich zu behalten.«

Sie schüttelte den Kopf. »Ich trau mich nicht.« Dann weinte sie wieder, ihre Schultern zuckten und ihre Tränen tropften mir auf die Hände. Schließlich standen wir zu dritt da und hielten uns aneinander fest. »Versprecht mir, dass ihr mich nicht alleine lasst«, schluchzte Elisabeth. »Ich brauch euch doch!«

Und dann, in der Bohlenstube zu Gotha, kurz nach Ostern des Jahres 1217, schworen wir uns, uns nie zu trennen. Ein Kinderschwur, ein Pakt, aus Verzweiflung geschlossen. Wir waren Schwestern. Feierlich fassten wir uns an den Händen und riefen Gott und die Heiligen zu Zeugen. Und ja, wir haben unser Versprechen bis zum Ende gehalten. Bis zu dem Augenblick, in dem sie selber von uns verlangte zu gehen, haben Guda und ich Elisabeth nie verlassen. Und als es schließlich so weit war, konnten wir nichts mehr tun. Da wussten wir alle längst, wohin sie ihr Weg führen würde.

Burg Grimmenstein in Gotha, April 1217

Wo ist er?« Der Perfectus hielt sich gar nicht erst mit einer Begrüßung auf. Sobald er vom Zustand des Landgrafen gehört hatte, war er nach Thüringen geeilt, und jetzt stand er schmutzig und durchnässt vom Aprilregen vor Sophia.

Die Landgräfin sah Wido feindselig an. »Ich lasse Euch nicht zu ihm«, sagte sie. »Ihr konntet ihm schon vorher nicht helfen. Ihr seid sein böser Geist.«

»Ich bin der Einzige, der seine Seele retten kann«, entgegnete Wido ruhig und sah ihr fest in die Augen. »Es wäre auch sein Wunsch, das wisst Ihr.«

»Noch ist er nicht tot!«, fuhr Sophia den Perfectus an. »Und Ihr, verfluchter ketzerischer Teufelsanbeter, verschwindet von hier. Ich will Euch nicht mehr sehen.«

»Aber er würde mich sehen wollen«, erwiderte Wido beharrlich.

»Hinaus!«

Der Perfectus verbeugte sich und verließ das Zimmer. Langsam ging er zur Treppe, die abwärts zum Ausgang des Wohnturms führte, als sich plötzlich eine Tür öffnete. »Psst!«, raunte jemand und zog ihn in einen großen Raum.

Es war Heinrich Raspe, der nun vor Wido auf die Knie fiel und die Worte des Melioramentums sprach. Der Perfectus hob die Hände über den Kopf des Dreizehnjährigen. »Der Herr segne dich, mein Sohn.«

Heinrich erhob sich; in seinen Augen glitzerten Tränen. »Gott sei Dank, dass Ihr da seid«, sagte er. »Vater geht es schlecht.«

»Deine Mutter lässt mich nicht zu ihm.« Wido breitete in einer hilflosen Geste die Arme aus.

Der Junge ergriff seine Hand. »Kommt.«

Das Gemach des Landgrafen lag im obersten Stockwerk des Wohnturms. Vor der eisenbeschlagenen Tür saß auf einem Dreibein ein junger Wachmann, der nun aufsprang und Haltung annahm.

»Wie steht es, Enno?«, fragte Heinrich.

»Er ist ruhig, die meiste Zeit. Wollt Ihr hinein, junger Herr?«

Heinrich schüttelte den Kopf. »Nur Meister Wido. Er ist ein alter Freund. Ich warte hier.«

Der Wächter griff nach dem dickbärtigen Schlüssel, der an seinem Gürtel hing, sperrte auf und ließ den Besucher eintreten.

Das quadratische Zimmer war prachtvoll eingerichtet. An den Mauern hingen feingewebte Wandteppiche, der Boden war mit Binsen bestreut, unter die man getrocknete Duftkräuter gemischt hatte. In einer Ecke stand ein großes Himmelbett mit Samtvorhängen und zerwühlten Laken, die Raummitte nahm ein Tisch mit zwei Stühlen ein. Das Gemach besaß keinen Kamin, und nirgendwo stand ein Kohlebecken. Es war eiskalt, aber man konnte den Landgrafen nicht mit offenem Feuer alleine lassen.

Hermann saß in einem bequem gepolsterten Lehnsessel vor dem vergitterten Fenster, das nach Süden hinausging, eine Felldecke über den Knien. Er schlief. Sein Kopf hing zur Seite, und aus dem Mundwinkel rann ein dünner Speichelfaden. Wido erschrak über das eingefallene, graue Gesicht seines Glaubensbruders, der in den letzten Monaten um Jahre gealtert schien. Unter den Augen hatten sich tiefe dunkle Schatten eingegraben. Der Perfectus zog sich einen der Stühle heran und setzte sich dem Kranken gegenüber. Er kannte ihn von Jugend an, seit der Zeit, als der junge Landgraf von seinem Aufenthalt am französischen Königshof zurückgekehrt war. Hermann hatte damals die Katharergemeinde in Köln aufgesucht und sich als »Reiner« zu erkennen gegeben. Wido hatte ihn seither begleitet – außer ihm gab es östlich des Rheins nur wenige Perfecti, und Hermann hatte ihn als Seelenführer gewählt. Mit dem Geld und der steten Förderung des Landgrafen war die Kölner Gemeinde zur bedeutendsten des Reiches aufgestiegen. Durch seine Warnung hatten sich ihre Mitglieder vor Verfolgung schützen können, damals, als in Okzitanien die Katharer als vermeintliche Ketzer ausgerottet worden waren und man auch hierzulande die Vernichtung fürchtete. Mit seiner Unterstützung hatte sich eine kleine Gemeinde in Eisenach gründen können, mit nur wenigen Anhängern, aber es war wichtig, den rechten Glauben zu verbreiten. Wido sah mit Schrecken, was aus dem einst so lebensfrohen, kraftstrotzenden Landgrafen geworden war. Was war nur mit seiner Seele geschehen?

Jetzt regte sich der Kranke. Seine Finger zuckten, und dann fuhr er plötzlich mit einem Ruck hoch, die Arme wie zur Abwehr vorgestreckt und die Augen weit aufgerissen. »Weg, weg!«, schrie er. »Lass ab, du Scheusal, o Gott, Erbarmen!« Seine Hände wischten über seine Brust, als wollten sie etwas fortschieben, und er verkroch sich immer tiefer in seinen Sessel.

Wido sprang auf und fasste Hermann an beiden Schultern. »Ruhig«, sagte er, »ruhig. Ihr braucht keine Angst zu haben, ich bin's, Meister Wido.«

Der verschleierte Blick des Landgrafen wurde mit einem Mal wieder klar. Erkennen flackerte in seinen Augen. »Der große graue Vogel«, keuchte er, »er kommt hereingeflogen und hackt seinen Schnabel in mein Herz. O Himmel, Meister Wido, helft mir.«

Wido strich ihm beruhigend übers Haar, und nach einer Weile entspannte sich der Landgraf. »Meister«, flüsterte er rau, »ich bin in der Hölle … Ein Dämon wohnt in mir … er steckt hier drin, hier in meinem Kopf. Hierhin und dorthin kriecht er, wie ein Wurm durchwühlt er mein Hirn … Manchmal sitzt er in meinem Ohr und flüstert mir Dinge ein, manchmal hockt er im Nacken, und ich spüre, wie er sich windet und ringelt. Dann wieder bohrt er sich in meine Augäpfel und lässt mich Dinge sehen … ah, Ihr könnt Euch nicht vorstellen! Er frisst sich an der Stirn entlang und verursacht mir unendliche Pein, bis ich mit dem Kopf gegen die Wand schlagen muss, um ihn zu vertreiben … Ich weiß nicht mehr, wer ich bin … Sie sagen, ich sei irre, und sie haben recht … O Gott, meinen eigenen Sohn hätte ich fast umgebracht, mit diesen Händen.« Er starrte seine erhobenen Hände an, deren kleine Finger in einem unnatürlichen Winkel abstanden, seit Raimund von Kaulberg sie gebrochen hatte.

»Ich bin kein Arzt, Liebden. Ich kann Euch nur den Trost der Seele bringen, nicht die Gesundung Eures Leibes.« Wido war erschüttert angesichts dieser Verzweiflung.

»Mein Medicus sagt, er kann mir nicht helfen.« Hermann sprach stockend weiter. »Keine Medizin hat angeschlagen … Entweder der Wahn hält mich umfangen oder, wenn ich wieder klar denken kann, die Melancholei … So wie jetzt … Es wird mit jedem Tag unerträglicher … Diese furchtbaren Träume … Ich bin eine Gefahr für die anderen, sie kommen nur zu dritt oder zu viert, sogar wenn sie mir nur den Nachtscherben ausleeren wollen. Wenn der Dämon in meinem Kopf die Oberhand gewinnt, binden sie mich fest ... Danach bin ich hilflos wie ein Kind, ich ... ich beschmutze mich selbst, muss gewaschen und gefüttert werden. Keine Würde, nur noch Scham und Elend ... Sie geben mir nur mehr einen Löffel zum Essen, weil ich versucht habe, mir das Messer ins Herz zu stoßen ...« Hermann sah Wido in die Augen. »Ihr wusstet, dass ich Euch für den letzten Weg brauche, nicht wahr?«

Der Perfectus nickte. »Deshalb bin ich gekommen.«

Da hob der Landgraf den Kopf und straffte den Rücken. Etwas von seiner alten Kraft und Entschlossenheit war plötzlich wieder zu spüren. Seine Stimme war klar und fest, als er sagte: »Meister, ich bitte Euch um das Consolamentum.«

»Ihr wollt die Endura auf Euch nehmen?«, fragte Wido ruhig.

Hermann schloss die Augen. »Ich habe keinen anderen Wunsch mehr auf der Welt, als zu sterben.«

»Ihr wisst, dass Ihr nach dem Segen keine Speise mehr zu Euch nehmen dürft? Denn Ihr seid dann rein wie ein Engel – alles Irdische, das Ihr in Euch aufnehmen würdet, würde diese Reinheit wieder zunichte machen.«

»Aber meine Seele wäre befreit und flöge in den Himmel ...«

»Ja, ihre Erdenwanderung durch Mensch und Tier, durch unreine und böse Körper, wäre dann beendet.«

Hermann tat einen tiefen Atemzug. Dann ging er vor Wido auf die Knie, die Hände zum Gebet gefaltet. »Gebt mir Euren Segen, Meister!«

»Er verhungert!« Sophia schrie es fast. Sie hatte das Gesinde fortgeschickt und stand jetzt mit Ludwig allein vor dem Kamin in der Wohnstube.

Ludwig nickte. »Es ist die Endura, Mutter. Nach dem Consolamentum darf er nichts mehr essen, sonst würde er das Böse in der Welt wieder in sich aufnehmen.«

»Ihr seid alle verrückt, wenn ihr an so etwas glaubt! Verrückt!«

Ludwig ließ die Schultern hängen. »Ich weiß nicht mehr, woran ich glauben soll, Mutter.«

»Lieber Gott, was soll ich nur tun?« Die Landgräfin strich sich müde über die Augen.

»Er hat sich entschieden. Lass ihn sterben.« Ludwig wusste keinen anderen Rat.

»Nein.« Sie schüttelte wild den Kopf. »Nein, das kann ich nicht. Nicht so.« Abrupt drehte sie sich um und ging hinaus.

Ludwig ließ sich auf einen der Stühle sinken und barg den Kopf in den Händen. Vater im Himmel, betete er stumm, ich flehe dich an, hilf mir. Zeig mir, was richtig und was falsch ist. Führe mich, gib mir ein Zeichen! Er horchte in die Stille des Morgens hinein, als erwarte er tatsächlich, eine Antwort zu hören. Doch Gott blieb stumm. Herr, flehte Ludwig, wenn unser Glaube der rechte ist, dann schenke meinem Vater einen guten, würdigen Tod, wie er es sich wünscht. Dann werde auch ich vielleicht Frieden finden …

Sophia fand nach diesem Gespräch keine Ruhe und keinen Schlaf mehr. Ihr Mann hatte sich entschlossen, diesen Ketzertod auf sich zu nehmen, den sie »Endura« nannten! Er würde sich zu Tode hungern! Die Landgräfin war sich ganz sicher: Er würde damit nicht seine Seele befreien, wie er es in seinem Irrglauben erstrebte. Nein, er würde der ewigen Verdammnis anheimfallen. Und was, wenn der Adel Verdacht schöpfte? Würde dadurch nicht die ganze Familie, ja auch sie selber, in Gefahr geraten?

Zwei Tage nach Cantate, der Landgraf fastete nun schon seit über zwei Wochen, hielt Sophia es nicht mehr aus. Sie befahl, Essen in das Turmgemach zu tragen, alles, was die Küche hergab. Gerichte, die Hermann immer geliebt hatte, Süßes, Wein und Honigmilch. Sie hielt ihm Leckerbissen vor den Mund, ließ ihn den Duft seiner Leibspeisen schnuppern. Doch trotz aller Verlockung blieb der Fastende ungerührt. Schon war er so schwach, dass er nicht einmal mehr zur Verrichtung seiner Notdurft das Lager verlassen konnte, und obwohl er keinen Mohnsaft mehr schluckte, schlief er fast nur noch. Der Arzt gab ihm nicht mehr viel Zeit, und Sophia wusste, dass sie handeln musste. Am Nachmittag schickte sie den Wächter fort und setzte sich alleine ans Bett des Sterbenden, eine Schüssel dünnen Brei aus Reismehl, Schweinefett und Mandelmilch in der Hand. Und mitten im tiefsten Schlaf träufelte sie ihrem Gatten mit einem Löffel winzige Mengen des Breis zwischen die geöffneten Lippen. Da, er schluckte. Sie versuchte es wieder, und es gelang. Nein, er sollte nicht als Ketzer sterben. Noch ein wenig Brei. Seine Seele sollte nicht für alle Ewigkeit in der Hölle schmoren. Und noch ein Tröpfchen. Sie wollte ihn doch wiedersehen, dereinst, nach dem Weltengericht. Noch ein Löffel und noch einer. Irgendwann stellte sie die Schüssel ab und ging lautlos hinaus. Sie fühlte sich unendlich erleichtert. Die Endura war gebrochen.

Als Hermann gegen Abend erwachte, sah er mit dem ersten Blick die Breischüssel neben seinem Bett. Er schmeckte noch die Süße der Mandelmilch, und mit der Zunge ertastete er die verkrusteten Breireste auf seinen Lippen. Er schlug die Hände vors Gesicht, und ein langgedehnter, verzweifelter, nicht endenwollender Schrei entrang sich seiner Brust.

Am nächsten Morgen fanden sie ihn. Wie ein Rasender war er nachts über die Platten mit Essen, die noch auf seinem Tisch standen, hergefallen und hatte seinen vom langen Fasten geschwächten Körper bis zum Bersten mit Nahrung vollgestopft. Den Weinkrug in der Hand, lag er inmitten von Essensresten und Unflat auf dem Boden. Ekler Speisebrei quoll ihm aus Mund und Nase. Er war an seinem eigenen Erbrochenen erstickt.

Niemand erfuhr je die Wahrheit über den schmählichen Tod des Landgrafen. Sophia verschwieg ihren Söhnen, was sie getan hatte. Der Wächter, der Sophia hatte hineingehen sehen und später den Toten entdeckt hatte, verschwand irgendwohin. Die Grablege feierte man mit allem Pomp in der Katharinenkirche zu Eisenach, wo schon der junge Hermann ruhte.

Ludwig war nun rechtmäßig der alleinige Herrscher in Thüringen. Und seine Entscheidung war gefallen. Er hatte den Himmel um ein Zeichen gebeten, und er hatte dieses Zeichen erhalten. Statt eines würdigen Todes war sein Vater in einem wahnsinnigen Akt der Selbsterniedrigung gestorben. Gott hatte die Endura abgelehnt, ja, sie zum Instrument seiner Strafe gemacht. Die »Reinen« waren irregeleitet. Nun war es an der Zeit, dass er, Ludwig, das Richtige tat. Er wollte nicht so enden wie sein Vater. Und das Land durfte nicht vor die Hunde gehen. Einen Tag und eine Nacht lang spielte er verzweifelt mit dem Gedanken, sein Erbe abzulehnen und ins Kloster zu gehen. Aber dann? Dann würde Heinrich Raspe Landgraf, und Heinrich war immer noch dem ketzerischen Glauben verhaftet. Ludwig kannte seinen Bruder; er neigte dazu, sich dem Bösen ganz und gar hinzugeben. Und er neigte zu Unvorsichtigkeiten. Was, wenn sein Ketzertum ans Licht kam? Thüringen würde in den Kirchenbann fallen; es würde zum Spielball der Nachbarmächte werden; es würde Krieg geben; das Land wäre für die Dynastie der Ludowinger auf immer verloren. Das wollte Ludwig nicht. Nein, er würde die Verantwortung auf sich nehmen. Der Allmächtige hatte sich an seinem Vater gerächt und an seinem ältesten Sohn Hermann. Vielleicht war es sein Wille, dass gerade Ludwig als geläuterter Ketzer Thüringen mit frommer, gottgefälliger Hand lenkte. Und beim Himmel, dachte Ludwig, das werde ich tun!

Am Tag nach der Beisetzung seines Vaters führte sein erster Weg den neuen Landgrafen zu Meister Berthold, dem Hofkaplan. »Vater«, bat Ludwig den Kaplan, »ich bitte Euch, vollzieht an mir das Sakrament der Taufe.«

Berthold riss entgeistert die Augen auf, sein Doppelkinn zitterte, und er stotterte stärker als sonst, als er entgegnete: »A… a… aber Herr, Ihr s… seid schon als Ki… kind getauft!«

»Ich weiß«, entgegnete Ludwig müde, »doch ich habe mich von Gott und den Heiligen abgewandt. Ich war schlimmer als der schlimmste Heide. Jetzt habe ich meinen Fehler erkannt und bereut. Vater Berthold, ich will wieder in den Schoß der heiligen Kirche zurück.«

Berthold verstand. Er hatte durch Sophias Beichten gewusst, dass der alte Landgraf dem Ketzertum zuneigte. Nun also auch der Sohn! »Ihr wisst, dass die T… taufe allein Euch nicht vor der Hölle retten kann«, sagte er. »Ketzerei ist eine Sünde ohnegleichen. Für das, was Ihr getan habt, b… braucht es ein ganzes Leben der Buße und der guten Werke.«

Ludwig lachte bitter auf. »Ich weiß nicht, ob ich je errettet werden kann, Vater. Ich habe gelitten wie ein Tier, und ich tue es noch ob dieser Ungewissheit. Aber ich will in Zukunft ein christliches

Leben führen, wie es Gott von mir verlangt. Vielleicht nimmt der Herr mich dann wieder an.«

Wenig später war Ludwig ein zweites Mal in den Kreis der Gläubigen aufgenommen. Die heilige katholische Kirche hatte eine verlorene Seele zurückgewonnen. Und sein Leben konnte jetzt weitergehen: als christlicher Fürst und Landesherr.

Brief der Prinzessin Elisabeth von Ungarn an den lieben Herrn Jesus vom 8. Mai 1217

Liber Herre Jesus, süezzer Erlößer, du Hertze mein,
deine diemüetigste Magd will dir alleyn beichten, der du die Sünden der Weltt vergibst. Und schwere Sündt ist es, wenn eine glüecklich üeber den Todt ihrs Bräuttigams ist. Aber ich bins. Ich kann nit trauren, denn ich wollt ime nie. Mögest doch dise Last von mir nemen, Herre mein, und ich will auch imer getreu seyn und vil beten und diemüetig den Armen geben. Auch bitt ich schön, hülff, daß man mich nit heym sendt nach Hungarn, dieweiln ich doch hier zu Thüeringk daheim bin. Und verzeyh die schlimen Sünden aller Menschen und nim den liben toten Landgrav und sein Sohn an in deiner unermeslich Gnad. Und hülff auch der Guda mit ihrm wehen Zahn, Amen.
Geschriben am Tag nach Exaudi anno 17 von Elisabeth, deiner geringken Dienerin.

Primus

Im Frühling ist gut sein, sagt die Mutter. Da wächst alles, und Mensch und Tier sind all froh. Wir haben uns schön eingewöhnt auf dem neuen Hof, und weil wir den fetten Keiler gefunden haben, sind wir gut über den Winter gekommen und waren immer satt. Das Fleisch ist jetzt weg, und dafür gibt es Grünzeug: junge Brennnesseln und Schloten und frische Kräuter, aus denen die Mutter mit Mehl eine Suppe kocht. Die schmeckt nicht und macht auch nicht richtig satt, aber man hat wenigstens einen warmen Bauch. Der Michel mag sie gar nicht essen, er hängt sich stattdessen lieber an die Zitzen unserer Ziege, wenn sie ihn lässt.

Mutter hat mir erzählt, dass in ihrem Bauch wieder ein Geschwisterchen drin ist. Und dass, so Gott will, heuer bestimmt das Korn gedeiht und das Brot dann für alle reicht. Ich soll nur recht folgsam sein und immer schön beten, dann macht der liebe Gott, dass alles gut ist.

Wir haben einen neuen Herrn, sagt der Pfarrer. Der alte ist verrückt geworden, sagen die Leute. Der Teufel hat ihn geholt, sagt der Guntram vom Nützelhof, der immer zu Vater zum Biertrinken kommt. Der neue Herr ist jung und heißt Ludwig, sagt der Vogt, und wir müssen ihn verehren und ihm treu dienen und immer redlich unsere Abgaben zahlen, auch den Zehnten an die Mutter Kirche. Na, wenn's sein muss.

Heute pflügen wir, und weil wir kein Pferd haben, keinen Ochsen und keine Kuh, muss die Mutter die Pflugschar ziehen, zusammen mit dem schieläugigen Johannes, der in Stregda im Tropfhäuschen wohnt. Das ist ein Häuschen für die ganz Armen. Der Johannes hilft bei den Bauern für Essen, und heute hilft er uns. Er und Mutter krümmen sich und buckeln und ziehen, und der Vater drückt die eiserne Schar in den Boden. Das ist eine harte Arbeit, und ich schaue vom Rand des Ackers aus zu, wie alle schwitzen.

Drüben von Eisenach her kommen Leute geritten. Es müssen feine Leute sein, denn schon von fern sieht man ihre bunten Kleider. Und wirklich, es sind welche vom Hof! Die Eltern und Johannes kommen zu mir herüber und stellen sich am Ackerrand auf. Und da reiten die Hofleute auch schon vorbei; es sind lauter schöne Menschen wie im Märchen, und ihre Pferde sehen ganz anders aus als die grobknochigen Bauerngäule, die ich kenne. Zwei Hunde sind auch dabei, keine struppigen Läuseköter, sondern hübsch braunweiß gescheckte mit Halsbändern und glänzendem Fell. Die Frauen sitzen ganz merkwürdig auf ihren Pferden, mit beiden Beinen auf einer Seite, und ihre Kleider hängen fast bis zum

Boden herunter. Mein Vater und der Johannes ziehen ihre Kappen und verbeugen sich, Mutter macht einen Knicks. Ich mache gar nichts, außer dass ich mit offenem Mund da stehe, denn inmitten der Hofleute sehe ich zum ersten Mal in meinem Leben ein Wunder: Auf einem weißen Pferd sitzt ein Wesen in einem noch weißeren Kleid. Es hat ganz langes flachsfarbenes Haar und einen glänzenden Reif darüber. Das Wesen ist so schön, so strahlend schön, dass ich schlucken muss und gar nicht mehr wegschauen kann. O Himmel! Das gibt's doch nicht! Das muss er sein: mein Engel! Es ist wirklich so, wie die Frau in Eisenach mir geweissagt hat! Der Pfarrer hat erzählt, dass Engel genau so aussehen und dass sie immer Harfe spielen und frohlocken. Mein Engel hat keine Harfe, ich wüsste auch gar nicht, wie eine aussieht, aber er frohlockt, denn beim Vorbeireiten lächelt er mich an. Du Heiland, es ist mir wie im Märchen. So etwas Wunderbares habe ich noch nie gesehen. Ich bin so überwältigt, dass ich gar nichts sagen kann.

»Die da droben machen einen Maiausflug«, brummt Vater, »so gut möcht ich's auch haben.« Der Johannes nickt, und die Mutter seufzt.

Die Großen begeben sich wieder an die Arbeit, und ich schaue den Hofleuten voller Staunen nach. Sie reiten bis zum Waldrand, dorthin, wo die Birken stehen und die Wiese sattgrün ist und der kleine Bach plätschert. Dann steigen sie ab und lassen sich im Gras nieder.

Ich weiß, dass ich eigentlich bei Michel bleiben und aufpassen soll, aber ich muss unbedingt meinen Engel noch einmal anschauen, anders halt ich's nicht aus. Also renne ich hin, so geschwind ich kann, aber hinten herum, durch den Wald. Ich schleiche an die Leute heran, bis zu einem Gebüsch, in dem ich mich verstecken kann.

Sie haben Laken ausgebreitet, auf denen sitzen sie und unterhalten sich. Und sie essen und trinken. Mir läuft das Wasser im Mund zusammen. Sie haben Körbe voll guter Sachen mitgebracht, gebratene Hühnchen, Käse, Würste und einen Haufen Zeug, das ich nicht kenne. Zum ersten Mal in meinem Leben sehe ich weißes Brot! Fast vergesse ich darüber meinen Engel, aber dann fällt er mir wieder ein. Er sitzt mir gegenüber in seinem herrlichen weißen

Gewand und beißt von einem Stück Brot ab. Eigentlich habe ich immer gedacht, dass Engel nichts zu essen brauchen, und auch nicht der Herr Jesus oder der liebe Gott. Höchstens Manna oder vielleicht noch Hostien oder so was Ähnliches. Aber wenn so ein Engel gerade mal auf der Erde ist, dann schmeckt es ihm vielleicht doch. Jedenfalls starre ich und starre, wie der Engel isst, und dann plötzlich – heiliger Strohsack! – steht der Engel auf und kommt auf mich zu und sagt: »Ei, wer ist denn das?«

Mein Engel spricht mit mir! Er hat mich erkannt! Ich bringe überhaupt keinen Ton heraus, und eigentlich will ich wegrennen, aber meine Füße sind wie festgewachsen. Der Engel hat so blaue Augen wie der Himmel. Jetzt streckt er mir die Hand entgegen, und in der Hand hält er das Stück Brot, von dem er vorhin abgebissen hat. Ich strecke meinen Arm aus dem Gebüsch und nehme es ganz vorsichtig, es fasst sich wunderbar weich an. Und dann beiße ich ab, einmal und noch einmal, und ich schlinge das ganze Stück gierig hinunter.

Inzwischen ist ein Mädchen herangekommen, ein großes, dunkles mit schwarzen Haaren. »Sieh nur«, sagt sie zu meinem Engel, »wie mager er ist, und wie zerrissen seine Kleider sind. Der Arme hat bestimmt ein elendes Leben.«

Ich schaue an mir herunter. Die Hose hat ganz schön viele Löcher, und mein Hemd ist zerfleddert, aber das ist bei allen hier so. Trotzdem schäme ich mich.

»Und die Läusekrätze hat er auch«, redet die Dunkle weiter. Na und, denke ich, die haben auch alle.

Und dann geschieht etwas Unglaubliches. Die Dunkle nestelt ein Beutelchen auf, das an ihrem Gürtel hängt, und holt etwas heraus. Sie gibt es dem Engel, und der drückt es dann mir in die Hand, und als ich die Faust aufmache, liegt ein Geldstück darin, darauf ist ein Reitersmann!

Da drehe ich mich ganz schnell um und laufe weg, laufe, so schnell ich kann, zurück, die Finger ganz fest zugedrückt, damit ich meinen Schatz ja nicht verliere. Schon von weitem rufe ich meinen Eltern zu: »Ein Geschenk, ich hab ein Geschenk!«

»Ein silberner Hohlpfennig«, sagt der Vater staunend und hat schon vergessen, dass er mich eigentlich hauen wollte, weil ich den

Michel allein gelassen habe. Die Mutter schlägt vor lauter Freude die Hände zusammen, und der Johannes guckt neidisch.

»Ist das viel?«, frage ich.

»Sehr viel«, sagt Vater. »Du bist ein Glückspilz, Primus. Und wer hat dir den Pfennig nun gegeben?«

Ich tanze um meine Eltern herum. »Mein Engel, mein Engel«, singe ich.

Sie lachen, und ich bleibe stehen. »Doch, es stimmt. Weißt du nicht mehr, Vater, die alte Frau, die mir die Zukunft gedeutet hat? Sie hat gesagt, dass ein Engel auf mich aufpassen wird, mein ganzes Leben lang. Und den hab ich gesehen, bei den Leuten, die vorhin vorbeigeritten sind.«

»Na, wenn er dir so viel Geld geschenkt hat, dann muss es wohl ein Engel gewesen sein«, lacht der Vater.

Den ganzen Tag über sitze ich am Ackerrain und bin zum Platzen froh. Als die Sonne schon tief steht, gehen wir heim. »Vater«, frage ich, wie ich so an seiner Hand zum Hof laufe, »mein Engel – wann kommt er denn wieder?«

Gisa

Oje, wie sollten wir es am besten anfangen? Ich biss mir vor Aufregung auf die Lippen, als wir auf den Söller stiegen. Elisabeth war ganz blass, und Gudas Nasenflügel bebten, wie immer, wenn sie Angst hatte. Sogar Agnes war mitgekommen, sie ging voraus, und selbst ihr konnte man die Anspannung anmerken. Als wir oben waren, versteckte sich Guda halb hinter Agnes, und ich schubste Elisabeth nach vorne.

Da standen wir nun, die Landgräfin saß mit wehendem Schleier vor der Zinne, und keine von uns getraute sich, den Anfang zu machen. Schließlich stieß Agnes mich mit dem Ellbogen an, und ich stolperte einen Schritt vor. Da stand ich nun, die Landgräfin sah mich mit hochgezogenen Brauen an. Also musste ich es wagen. »Mutter«, begann ich mit piepsiger Stimme – immer wenn ich aufgeregt bin, wird meine Stimme hoch und dünn, auch heute noch –, »wir möchten Euch gern fragen ... was Ihr ... ich meine ... wie Ihr nun ...«

Sophia sah mich mit gerunzelter Stirn an. »Nun heraus mit der Sprache, Kind, du bist doch sonst nicht auf den Mund gefallen!«

Ich fasste mir ein Herz. »Ei, ob nun Elisabeth bei uns bleiben darf oder ob Ihr sie nach Ungarland zurückschickt, wie die Leute sagen. Jetzt, wo ihr armer Bräutigam nicht mehr am Leben ist. Aber sie möchte doch so gern hierbleiben, weil sie im fernen Ungarland doch niemanden kennt und ihr dort alles fremd ist. Und wir sind doch ihre Schwestern und wollen sie bei uns behalten. Und Ihr seid doch ihre Ziehmutter und habt sie lieb, und wenn Ihr sie liebhabt, dann dürft ihr sie nicht fortschicken.« So, jetzt war es heraus.

Die Landgräfin lächelte und winkte uns näher heran. Wir ließen Elisabeth den Vortritt, und so stand sie mit gesenktem Kopf vor ihrer Ziehmutter. Wie immer war ihr dunkles Haar in zwei dicke, unordentliche Zöpfe geflochten, ein paar Locken wehte ihr der Wind in die Stirn. Sophia streckte die Hand aus und hob ihr Kinn an. »Nun, Tochter, stimmt es denn, dass du gerne bleiben willst?«

Elisabeth schluckte. »Ach ja«, sagte sie, »gar zu gern. Ich bitte jeden Tag unseren Herrn Jesus, dass er mich hierlässt.«

»Nun, dann sei es so«, erwiderte die Landgräfin. »Ich habe noch vor seinem Abreiten an den Kaiserhof mit Ludwig gesprochen. Auch er hat nichts dagegen, dass du bleibst.«

Ein Juchzer, und Elisabeth fiel ihrer Ziehmutter um den Hals. Guda, Agnes und ich kreischten vor Freude. Unsere größte Angst war uns endlich genommen.

Wir genossen den Sommer auf der Creuzburg und waren einfach glücklich, Elisabeth bei uns behalten zu dürfen. Fast hatte ich meinen Liebeskummer vergessen, freute mich wieder an den alten Kinderspielen, dachte nicht an meinen Ritter. Bis Agnes eines Tages in die Stube stürmte.

»Hast du schon gehört, wer heute früh angekommen ist?«, fragte sie mich. Sie hatte schon wieder diesen boshaften Blick.

Ich schüttelte den Kopf. »Wer denn?«

»Na, der edle Ritter von Kaulberg, zusammen mit seinem bildhübschen jungen Weib! Draußen im Hof sind sie grade!«

Wir rannten zum Fenster und sahen hinaus. Mein Herz krampfte sich zusammen. Ja, da standen die beiden Arm in Arm, wahrhaftig ein schönes Paar! Man konnte sehen, wie glücklich sie waren. Ich versuchte, den aufsteigenden Kloß in meinem Hals hinunterzuschlucken.

Agnes bemerkte meine unglückliche Miene und lachte. »Den hättest du wohl auch gern gehabt, oder? Na ja, jetzt ist es ja wohl zu spät!«

»Du bist gemein«, sagte Elisabeth. »Lass sie!«

»Ach, du hast recht, die Ärmste!«, hänselte Agnes. »Hat ihr Liebster doch eine andere geheiratet!«

Das war zu viel! Ich drehte mich zu ihr um, holte aus und schlug sie mitten ins Gesicht. Sie ging auf mich los und kratzte mich wie eine Katze. Um sie abzuwehren, zog ich an ihren Haaren.

»Hört auf!« Guda und Elisabeth warfen sich zwischen uns, aber bevor sie uns trennen konnten, erwischte ich noch eine von Agnes' Haarsträhnen und riss sie aus. Triumphierend hielt ich meine Beute hoch.

Agnes sah das Büschel in meiner Hand und fasste sich wütend an den Kopf. »Wie hast du überhaupt glauben können, dass einer wie Raimund dich nimmt?«, schrie sie los. »So eine wie dich will doch niemand. Schau dich doch an: Keinen Pfifferling hast du, bist arm wie eine Kirchenmaus! Da soll dich jemand von Rang heiraten wollen? Du musst ja froh sein, wenn dich überhaupt einer wenigstens zur linken Hand nimmt! Und überhaupt, wer verliebt sich schon in ein Hinkebein?«

Ich brach in Tränen aus; ihre Worte trafen mich tief. Agnes trat wieder auf mich zu und sah mich mit mitleidsvoller Miene an. »Aber vielleicht«, sagte sie zuckersüß, »vielleicht findet ja meine Mutter einen verarmten kleinen Ritter für dich. Oder einen garstigen fetten alten, der sich freut, wenn er eine junge Frau kriegt.«

Ach Gott! Ja, dachte ich, das wird meine Zukunft. Ein freudloses Dasein als alte Jungfer oder eine Ehe, zur Notdurft geschlossen. Lieber wollte ich tot sein! Ich schlug die Hände vors Gesicht. Agnes stand da und lachte. Sie hatte gewonnen.

Guda und Elisabeth saßen betreten da und sahen zu, wie ich meiner Verzweiflung freien Lauf ließ. Dann sprang Elisabeth plötzlich auf, lief zu ihrer Truhe und holte etwas heraus. »Hier«, lachte sie und ließ eine Handvoll Ringe und Silbermünzen in meinen Schoß rieseln. »Das schenk ich dir. Und wenn ich erst ganz frei über meine Mitgift verfügen kann, bekommst du alles, was du brauchst. Ich hab doch so viel, da ist genug übrig, um den schönsten Edelmann der Welt für dich zu finden.«

Das war meine Schwester! Ich fiel ihr um den Hals, aber sie wehrte ab. »Bete zehn Vaterunser und stell dem Apostel Johannes eine Kerze unter sein Bild in der Kapelle«, sagte sie. »Das ist mir Dank genug.«

Agnes drehte sich um und tippte sich an die Stirn. Dann rauschte sie aus dem Zimmer

Zwei Monate lang glückte es mir, ein Treffen mit meinem Ritter zu vermeiden. Ich verkroch mich im Frauenzimmer, machte einen weiten Bogen um die Turnierwiese, hielt mich beim Kirchgang eng an die Landgrafenfamilie. Dann war ich aus meiner Not erlöst, denn er ging auf Kreuzfahrt.

Es war der fünfte Kreuzzug, und der Stauferkaiser Friedrich hatte ihn gelobt. Im Sommer 1217 brach König Andreas von Ungarn, Elisabeths Vater, gemeinsam mit Herzog Leopold von Österreich ins Heilige Land auf, um Akkon zu sichern. Friedrich wollte sein Heer dort mit dem ihren vereinen. Ich wunderte mich damals, warum ausgerechnet Raimund von Kaulberg das Kreuz nahm, wo doch nur wenige deutsche Ritter sich beteiligten. »Sein Vater ist entschlossen zu gehen«, erzählte mir Herr Rudolf von Vargula, als ich ihn schüchtern danach fragte. »Ei, der alte Kaulberg ist ein sturer Esel und nach dem Scheitern des letzten Kreuzzugs wild entschlossen, den Heiden diesmal das heilige Grab zu entreißen. Herr Raimund will ihn wohl nicht alleine ziehen lassen.« Kurz darauf aber erfuhr ich den wahren Grund für Raimunds Entschluss von meiner Ziehmutter. »Er geht aus lauter Liebe zu Eilika«, sagte sie voll Rührung. »Um sich im Heiligen Land ein Besitztum oder ein Lehen zu erobern, wie es so viele Kreuzritter schon früher getan haben. Um seiner Frau ein gutes

Leben bieten zu können mit all den Annehmlichkeiten, die sie sich wünscht. Du kennst sie ja, sie verlangt nach Pracht, Geld und schönen Dingen. Die muss er ihr wohl bieten, wenn er sie glücklich machen will.«

Das stach mir ins Herz! Ich war so zornig auf Eilika! Wegen dieser Frau nahm er die Todesgefahr eines Kreuzzugs auf sich! Auch wenn ich zu jung und zu arm für Raimund von Kaulberg war, ausgerechnet dieses Weib hatte ihn nicht verdient!

Als er zusammen mit seinem Vater und einem jungen Knappen zum Burgtor hinausritt, sah ich vom Fenster der Kemenate aus zu. Eilika stand im Hof und weinte – ich war sicher, sie tat nur so. Ich wollte gern froh darüber sein, dass Raimund endlich fort war, aber es gelang mir nicht. Ganz im Gegenteil, es überfiel mich plötzlich mit voller Wucht: Er ging fort! Ich würde ihn vielleicht nie wiedersehen! Die Tränen strömten mir übers Gesicht. Als er zum Tor hinaus war, lief ich, so schnell ich konnte, auf den Turm hinauf. Vom Söller aus sah ich den drei Kreuzfahrern nach, bis ihre weißen Umhänge mit dem roten Kreuz in der Ferne verschwammen. Aber sie hat ihn auch nicht, dachte ich mir dann, und das war mir dann doch eine kleine Genugtuung. Und dann stand ausgerechnet Agnes neben mir. »Die Heiden ziehen ihnen die Haut in Streifen ab, sagt Vater Berthold, und dann streuen sie Salz hinein. Und dann reißen sie ihnen die Augenlider ab. Und dann pfählen sie sie und bestreichen sie mit Honig und legen sie in einen Ameisenhaufen. Und am Schluss begraben sie sie lebendig mitten in der Wüste.«

Ich schluckte meine Tränen hinunter. »Nein«, sagte ich, »er kommt wieder. Ich weiß es bestimmt.«

»Und wenn schon«, gab Agnes zurück, »er gehört Eilika! Du bekommst ihn niemals!«

Primus

Am Nikolaustag haben sie den Vater gebracht, meiner Seel, das war schlimm. Er war im Wald zum Fronen; im Winter müssen ja die Bäume für die Herrschaft gefällt werden. Sonst kann man keine Häuser mehr bauen und keine Brücken und nichts, sagt Richwin der Kastner. Auf einer Trage haben sie ihn gebracht, und er hat gestöhnt, und sein Gesicht war weiß wie Kuhmilch. »Der Baum, der vermaledeite«, hat der schieläugige Johannes zur Mutter gesagt, »er ist in die falsche Richtung gefallen. Den Dietram hat's ganz und gar erwischt, und deinem Eberolf hat's das Bein zerschlagen.«

Die Mutter hat sich den Bauch gehalten, in dem mein Geschwisterchen immer noch drin war. »Heilige Mariamuttergottes, steh uns bei!«, hat sie gerufen. Und dann ist sie auf die Knie gefallen und hat auch gestöhnt, noch lauter als der Vater.

Der Johannes hat mich zur Schwester vom Schäfer-Friedel geschickt, die in der windschiefen Hütte beim alten Wegkreuz wohnt. Und die hat dann meinem Geschwisterchen auf die Welt geholfen, denn darum hat die Mutter so gestöhnt. Und der Schäfer-Friedel selber, der sich auf's Heilen versteht, bei den Schafen wie bei den Menschen, der hat Vaters wehes Bein mit Stöcken geschient. Die anderen sind dabeigestanden und haben ernste Mienen gemacht. »Wir helfen euch über den Winter«, haben sie dem Vater versprochen, die Mützen in der Hand. »Hätt ja jeden von uns treffen können.«

Der Vater hat den Schäfer-Friedel gefragt: »Glaubst du, das wird wieder?«

»Im Frühjahr springst du wieder wie ein Böcklein«, hat der Friedel gegrinst.

Aber ich hab's an seinen Augen gesehen, dass er gelogen hat.

Jetzt ist Frühjahr, und der Vater springt nicht. Er kann nicht einmal richtig laufen. Das Knie ist verdreht und steif, und der Fuß irgendwie krumm, und er braucht einen Stock. Die Schmerzen gehen auch nicht weg, sagt er. Aber für mich war der Winter schön. Ich hab zwar viel zu schaffen gehabt, was sonst der Vater gemacht hat, das war anstrengend, aber ich bin ja schon groß. Und wenn nichts für mich zu tun war, hat mir der Vater das Schnitzen beigebracht. Erst einen Löffel, dann einen kleinen Hasen, einen Esel und am Ende einen richtigen Drachen. Ich hab ein gutes Händchen, hat er mich gelobt. Die Mutter musste sich um den Michel kümmern, weil er den Husten hatte, und um das Kleine. Es ist ein Mädchen und heißt Ida, nach der Schwester vom Schäfer-Friedel.

Die anderen vom Dorf haben viel geholfen. Holz gehackt fürs Herdfeuer, den Zaun um den Gemüsegarten gerichtet, das Scheunendach mit Stroh geflickt, halt alles, was ein Bauer im Winter machen muss. Zu essen war genug da, weil die Ernte gut war. Fleisch nicht – man findet eben nicht jedes Jahr eine tote Wildsau, sagt Vater. Aber Käse und Pferdebohnen und Eier und Kraut und Brot. Und der Friedel hat mir gezeigt, wie man mit der Gambelschleuder Vögel abschießt. Die kleinen hab ich nie getroffen, die sind zu flink, aber ein paar Elstern und Eichelhäher, und einmal einen Specht. Die hat die Mutter dann am Spieß gebraten.

Jetzt kommt wieder die Zeit zum Pflügen und Säen, und das kann der Vater nicht mehr. An Fastnacht, als er geglaubt hat, ich und Michel schlafen schon, hat er sich an den Tisch gesetzt und geweint. »Ich bin ein Krüppel fürs ganze Leben«, hat er gesagt, ich hab's genau gehört. Da hab ich auch weinen müssen, weil es so traurig war.

Am nächsten Tag ist die Mutter nach Eisenach zum Kastner gegangen, um Hilfe bitten. Das Unglück ist ja beim Fronen geschehen, also muss die Herrschaft doch ein Einsehen haben.

Als sie heimgekommen ist, hat sie auch geweint. Der Kastner hat ihr erklärt, dass ein Hintersasse, der seine Hufe nicht mehr bestellen kann, vom Hof muss. Sonst bekämen die da droben ja keine Steuern und Abgaben mehr, und wo käme man da hin. Aber habt doch Mitleid, hat die Mutter zum Kastner gesagt und ihm das kleine Idalein entgegengestreckt, aber der Herr Richwin hat sie zur Tür hinausgeschoben und gesagt, er gibt uns eine Woche Zeit.

Jetzt stehen wir in aller Frühe vor dem Stadttor von Eisenach und warten, dass aufgesperrt wird. Alles, was wir haben, ist auf dem Karren, den Mutter und ich ziehen, und obendrauf sitzt der Michel und hält die Kleine fest. Es ist kalt und nass, und ein garstiger Wind bläst. Wir sind alle traurig, weil wir nicht wissen, wie es weitergehen soll. »Wir müssen in die Stadt«, hat der Vater gesagt. »Vielleicht finde ich da eine Arbeit.«

Ich bin ganz aufgeregt, als der Torwart uns endlich hineinlässt. »Bettlerpack«, brummt er, als er uns durchwinkt. Gemeiner Schweinearsch! Hoffentlich fällt ihm auch ein Baum aufs Bein, dann kann er mal sehen, wie das ist!

Wir ziehen unseren Karren durch die schlammigen Gassen, an zwei- und dreigädigen Häusern vorbei, die alle aus Fachwerk gebaut sind und Strohdächer haben. Ein paar Steinhäuser gibt es auch, die sind dick und stark und riesig groß, und da wohnen die da droben. Oder Mönche und Nonnen. Und dann sind da noch die Kirchen, die sind auch aus Stein. Man kommt sich ganz klein vor in so einer Stadt. Obwohl der Vater sagt, es gibt noch größere Städte, Erfurt zum Beispiel, da war er schon einmal. Ich finde, in Eisenach stinkt es ganz furchtbar, viel schlimmer als daheim in Stregda. Das liegt daran, dass die Leute, die in der Stadt wohnen, Kühe und Schweine und alles mögliche andere Viehzeug halten, und die scheißen überallhin. Und die Menschen schütten ihren ganzen Abfall und Kehricht einfach auf die Straße oder in die Zwischenräume zwischen den Häusern. Was die Schweine nicht fressen, bleibt dann eben liegen und stinkt. Im Sommer ist es noch schlimmer, sagt Vater. Er führt uns in eine kleine Gasse hinter der Michaelskirche, und ich merke, wie schlecht er in dem Schlamm laufen kann, obwohl er doch den Stock hat. Vor einem schmalen Häuschen bleibt er stehen. »Da ist es«, sagt er. Wir lassen den Karren einfach, wo er ist, weil sowieso nichts drauf ist, was sich zum Klauen lohnt, und steigen dann eine baufällige Außentreppe hoch bis unters Dach, wo Vaters Großonkel Ernfried mit seiner Frau Anna wohnt. Das sind alte Leute, und Onkel Ernfried ist Korbflechter und ganz arm, sagt Mutter. Als er die Tür aufmacht und Vater sieht, erschrickt er. Und ich auch, weil er nur ein Auge hat und statt dem anderen ein Loch. »Lieber Heiland, was wollt Ihr denn hier?«, fragt er. »Und was ist mit deinem Bein?«

»Könnt ihr uns ein paar Tage unterbringen?«, fragt Vater.

»Herrjesus!«, schreit Tante Anna. Sie ist knochendürr und hat weißes Haar wie Spinnweb. Ihre Finger sind von der Gicht ganz krumm, und Zähne hat sie auch nicht mehr viele. »Seht ihr hier einen Platz? Und zu essen haben wir kaum für uns selber!«

Vater greift in seinen Zugbeutel und nimmt einen Viertelpfennig heraus. Ein bisschen Geld haben wir ja für die Ziegen und Hühner und ein paar andere Sachen bekommen. »Fürs Essen können wir bezahlen«, sagt Vater. »Bis ich Arbeit hab und wir ein Dach über dem Kopf gefunden haben.«

Tante Anna schnappt sich blitzschnell das Geld. »Ach, die armen Kinderchen«, greint sie. Vorhin hat sie uns noch nicht haben wollen, die alte Schnepfe. »Kommt rein. Da hinten in der Ecke könnt ihr euer Zeug hinschlichten.«

Wir sind so froh, dass wir hierbleiben dürfen. Das Dachzimmer, in dem Onkel und Tante wohnen, ist winzig, und zum Schlafen müssen wir den Esstisch an die Wand schieben, damit wir den Bettsack aufrollen können. Es ist kalt, weil man unter dem Dach kein Feuer machen kann, aber wir sind wenigstens im Trockenen. Und für das Geld hat Tante Anna Brot und Zwiebeln und Käse gekauft, und wir müssen nicht hungrig schlafen gehen. Als der Onkel das Talglicht löscht und wir alle ganz eng aneinandergedrängt im Bett liegen, höre ich, dass die Mutter leise weint. Da bete ich noch leiser zusammen mit Michel, der neben mir liegt: »Lieber Gott, mach, dass alles gut wird.« Dann schlafe ich gleich ein, weil ich von der Karrenzieherei todmüde bin. Morgen müssen wir weitersehen, hat der Vater gesagt.

Schließlich kann jeder in der Stadt sein Glück machen.

Brief der Herzogin Hedwig von Schlesien (später die Heilige Hedwig von Polen) an ihre Nichte Elisabeth in Thüringen vom Montag den 26. Februar 1218

Hadewich, durch Gots Gnade Hertzogin in Schlezy, an ihr vielliebe Schwestertochter Elsbeth von Hungarn, gesessen zu Thuring.

Den Grusz des Herrn voraus, guts Töchterleyn, und allzeyt Hülff und Schutz der Heyligen auff deinen Wegen. Dieweiln mir dein Zieh-Mutter im lezten Jahr von deim groszen Unglück geschriben, dadurch dir dein anverlobter Bräuthigam genomen wurd, will ich dich nun mit eygner Handt meiner Lieb versichern. Wiewol ich nur alltzu guth weiß, was früher Brautstandt Guthes bringt, dieweil ich schon im zarten Altter von zwelf Jarn mein Gatten bekam, will ich dich doch trößten. Was geschehn ist, mußt du alß Gotts Fügung annehmen. Er alleyn weiß, was dir im Leben beschiden ist und er helt seine Händ über dich, des sey gewiß. Ich hör von meiner liben Freundin der Lantgrevin, daß du über die Maßen fromm und guth und ein gar gottseligs Kindt bist. Das freut mich von Hertzen, denn der Glaube an unsern Herrn im Himmel ist ein segensreych Dingk und die Wurtzel, auß der alles wächst und gedeyet. Ich seh, du bißt Bluth von meinem Bluth und Fleysch von meinem Fleysch, denn auch ich hab mich gantz und gar dem Heilandt verschriben. Schon vor zehen Jarn hab ich gemeynsam mit meim gelibten Gatten Enthaltsamkeyt gelobet, nachdeme ich ihm sieben Kinder geborn. Und dieweiln auch unser Herr Jesus die Armen gelibt hat, tue auch ich ein selbes. Ich geb gern und reichlich die Almoßen, und wenn ich vor den Herrn gantz in meiner seligen Armuth hintreten möcht, so kauf ich den Bettlern ihr erheischtes Broth ab und eß es anstatt Wiltpret und Pastethen, auch küß ich ihre Fußstapfen zum Zeychen meiner Demuth. Desgleichen folg ich Christo nach in der Lieb zu den Krancken und Bresthaften. Mein größte Freud ist es, die mit Aussatz Behafteten zu waschen und zu salben, und wenn ich hernach mit dem Wasch-Waßer meine Lippen netzen darff, bin ich dem Himmel so nah wie keyn andrer. Mercke dir, mein Kindt, die eygen Freuden und Leiden geringk zu achten und den Armen und Beladenen Guthes zu thun ist wahrer Glaube und der eintzige Wegk zur reynen Seligkeyt. Ich wollt, ich könnt so leben wie die heiligmäßigen Frauen zu Lüttich, Maria von Oigny und Iveta von Huy. Die haben Heim und Herdt, Mann und Kindt verlaßen, um Lepröße und Arme zu pflegen, daß ist ihr einzigs Glück. Sie haben Häußer eingericht, in denen die Krancken eine Heymstatt finden, und führen dieße mit Gots Hülfe zu ihrer und Gots Ehr und Seligkeyt. Ach, könnten wir das nur auch thun! Aber wir, mein Kindt, sind von hohem Stand und Geblüet, und das verbietet unß viles. Wir haben unßer Pflichten, die wir nit laßen dürffen, des muß auch der Herr im Himmel ein Einsehn haben. Doch will ich dir trotz deme ans Hertze legen: Sey weiters so fromm und reyn, tue Guthes an Armen und Krancken und lob Gott an jedem Tagk deines Lebens. Denn bedencke, mein Kindt, aus welchem Hauß du kommst. Deine Vorväter haben bewießen, daß man so gotsfürchtig und reyn im Glauben leben kann, daß auch ohne Martyrium nach dem Todt die Heyligkeit kombt. Sankt Stephan und Sankt Emerich und Sankt Ladislauß, die drey schaun vom Himmel droben auf dich alß ihr libes Kindt herab und freuen sich an dir jeden Tagk, wenn du Guthes vollbringst und ihnen Ehr machst.

Wenn es nun durch göttlichen Rathschluss so kommen möcht, daß du nit mehr heyrathen wirst, dann wirst du jeder Zeitt wilkommen seyn im Kloßter Kitzingen, wo ich selber ertzogen wurd und dein ander Tante Mechtildis Äbtißin ist. Wenn du aber nit meher zu Thuring pleiben willst oder kannst – denn ich hör auch, daß man nit recht weiß, waß mit dir werden soll – dann stehet mein Hauß dir immer offen. Mein Rath und Fürsorg laß ich dir allezeyt angedeihn, wenn du mir denn schreyben willst. Dieß versichert dir mit Lieb und mütterlicher Fürsorg

Hadwig, Hertzogin zu Schlesi und demüetige Magd des Herrn.

Geschriben mit eygner Hand den Montag nach Esto Mihi ao. 1218

Primus

Wir haben lang bei Onkel und Tante bleiben müssen, weil der Vater keine Arbeit gefunden hat. Unser ganzes Geld ist weg, nur meinen Hohlpfennig, den hat Mutter in den Saum ihrer Kotte eingenäht und gesagt, den packen wir nicht an, erst wenn wir Hungers sterben. Aber jetzt hat der Vater dem Himmel sei Dank ein Auskommen, weil dem Rotgerber vom Mühlgraben sein Gehilfe weggestorben ist am Stickhusten. Also suchen wir ein billiges Obdach, weil sonst treibt uns die Tante Anna noch mit dem Besen aus, sagt Mutter.

In der Stadt gibt es viele arme Leute. Manche sind Leibeigene, die freiwillig hergekommen sind, denn es heißt, Stadtluft macht frei. Onkel Ernfried hat mir erklärt, dass man ein freier Mensch ist, wenn man ein Jahr und einen Tag in der Stadt gelebt hat. Die meisten Armen sind Bauern wie wir, die von ihrem Hof vertrieben worden sind. Noch schlimmer dran sind die Bettler, die tagsüber auf dem Mittwochsmarkt oder vor den Kirchen hocken. Die haben keine Beine mehr, oder sie sind voller Schwären und Grinde, oder sie sind blind oder verwachsen, dass sie nur kriechen können. Einer sitzt immer vor dem Brothaus, der trägt seinen abgefallenen Arm an einem Strick vor der Brust, ganz schwarz und runzlig. Vater sagt, das Antoniusfeuer hat ihm das angetan. Ich soll aber nicht glauben, dass alle Bettler ehrlich sind. Manche sind Betrüger und tun nur so, als ob sie krank seien.

Wir ziehen also durch die Gassen und fragen überall herum, ob uns einer eine billige Kammer geben kann. Den ganzen Vormittag haben wir kein Glück, alle schicken uns fort. Schließlich kommen wir auf den Sonnabendmarkt, wo eine Menge Leute versammelt sind. Die schauen bei irgendetwas zu, und ich drängle mich durch, bis ich ganz vorne bin. Zwei Männer knüpfen grad einen schwarzen Hund auf, an einem hölzernen Gestell wie ein Galgen. Der Hund jault und zappelt. »Der hat das Töchterlein vom Gürtler zu Tode gebissen«, erzählt mir eine Frau. »Deshalb wird er nach Recht und Ordnung vom Büttel gehenkt.« Ich sage, dass unser Schwein meine Schwester auch totgemacht hat, und sie nickt mitfühlend. Da traue ich mich, und frage, ob sie ein ganz billiges Obdach für uns weiß. Sie überlegt eine Zeitlang, dann sagt sie: »Erkundigt euch in der Wirtschaft zum ›Wilden Mann‹, am hinteren Eck der Hengersgasse. Sagt einfach, die Hiltrud schickt euch.«

Ich renne ganz aufgeregt zu den anderen zurück, und dann beeilen wir uns, dass wir den »Wilden Mann« finden. Es ist nur ein kleines, recht heruntergekommenes Wirtshaus, und die Mutter guckt ganz misstrauisch. Ja, sagt der Wirt, er hätte schon eine Bleibe für uns, da waren bis gestern Leute, die sind woandershin gezogen. Und er will drei Viertelpfennige im Monat. Mutter freut sich, denn das ist nicht so viel. Aber als sie die Unterkunft sieht, lacht sie schon wieder nicht mehr. Es ist ein kleiner Anbau im Hinterhof und war früher der Schweinestall. »Hier stinkt's«, flüstert Michel mir ins Ohr und rümpft die Nase. Der Raum hat zwei winzige Fenster, und auf der hinteren Seite ist eine neu aufgemauerte Herdstelle, über der das Dach ein Loch hat, damit der Rauch hinauskann. Es gibt einen alten hölzernen Sautrog, den man mit einem Brett drüber als Bank verwenden kann, und an der Wand hängt noch ein hölzernes Tellerbord. Auf der Seite gegenüber der Feuerstelle ist eine klapprige Zwischenwand aus Holzlatten, dahinter kann man schlafen. »Drei Viertelpfennige sind ein bisschen viel für so einen alten Saustall«, sagt der Vater. Der Wirt, ein Fettwanst mit schiefer Nase und lauter kleinen runden Warzen auf den Händen, zuckt die Schultern. »Nehmt's oder lasst es.« Wir nehmen es.

Der Einzug ist schnell gemacht. Wir legen den Strohsack in die Kammer und werfen unsere Decken drauf. Mutter stellt den irdenen Topf und ihre schöne gusseiserne Pfanne mit dem Dreifuß auf den Herdrand und steckt unsere Holzbrettchen ins Tellerbord. Dann haben wir noch zwei Näpfe, drei Becher, einen Schürhaken, ein großes und ein kleines Messer und unsere selbstgeschnitzten Löffel. Und ein paar Laken, einen Korb fürs Holz, einen Krug und einen Bottich zum Wasserholen. Dann noch den Besen und ein bisschen Werkzeug. Den Nachtscherben mit dem Sprung haben wir bei Onkel und Tante vergessen, den muss ich morgen holen. Während die Mutter den festgestampften Lehmboden kehrt, nimmt Vater den Karren auseinander und baut aus den Brettern einen Tisch und was zum Sitzen.

Mich schicken sie derweil zusammen mit Michel vor die Stadt zum Katharinenkloster. Denn jetzt ist die Zeit, wo an die Armen einmal in der Woche das Maibrot verteilt wird. Im Mai sind nämlich die alten Getreidevorräte verbraucht, und es ist noch keine neue Ernte da. Darum ist das Mehl so teuer, dass es sich nur noch die reichen Leute leisten können, und die Armen müssen hungern, außer sie kriegen milde Gaben.

Als wir zum Kloster kommen, steht schon eine ewig lange Schlange vor dem kleinen Tor. Wir stellen uns hinten an, gleich hinter einer winzigen alten Frau mit krummen Beinen, die dauernd mit dem Kopf wackelt, da müssen wir lachen. Es dauert ganz schön lang, aber am Schluss haben wir einen Laib Brot, so frisch und duftend, dass uns das Wasser im Mund zusammenläuft. In der Stadt ist es schon schön, denke ich, wenn man so gute Sachen ganz umsonst bekommt. Ich drücke das Brot ganz fest gegen meine Brust, und dann machen wir uns auf den Heimweg. Als wir die Rolle überqueren, einen weiten, offenen Platz, an dem das riesige Steingebäude liegt, wo der Landgraf wohnt, kommen uns ein paar Frauen und Mädchen zu Fuß entgegen. Die Leute, an denen sie vorbeigehen, verbeugen sich, also bleibe auch ich mit Michel stehen und warte neugierig. Und dann fällt mir fast mein Brot aus der Hand: Mein Engel ist dabei! Er sieht nicht mehr ganz so wie ein Engel aus, weil er jetzt ein grünes Kleid anhat, mit braunen Ärmeln, und die langen Haare hat er zu zwei Zöpfen geflochten. Aber ich erkenne ihn wieder, ganz genau, und mir wird ganz kribbelig im Bauch. Die Leute rufen irgendetwas, das muss eine Begrüßung sein oder eine Ehrenbekundung. Gleich geht mein Engel an mir vorbei, und ich muss auch was rufen, aber was? Ich überlege fieberhaft, und schließlich fällt mir der richtige Gruß ein: »Hosianna!«, piepse ich, weil ich vor lauter Aufregung meine Stimme verloren habe. Ein großer Junge neben mir schaut mich an, als sei ich nicht ganz bei Trost. »Spinnst du?«, fragt er. Und jetzt kräht auch noch Michel laut: »Hosianna!« Die Leute drehen sich um und lachen, und ich werde rot.

Eine Frau strubbelt mir von hinten übers Haar. »Ei, ihr müsst die nicht begrüßen wie unsern Herrn Jesus«, schmunzelt sie. »So weit kommt's noch!«

»Wer war denn das?«, frage ich.

Die Frau erklärt es mir. »Ganz vorne im blauen Mantel, das war die Landgräfin-Mutter. Neben ihr, die mit dem hochmütigen Gesicht, ihre Tochter Agnes. Dahinter, die Dunkle, Große in dem einfachen grauen Gewand, das war die ungarische Prinzessin Elisabeth, die am Hof lebt. Die anderen sind allesamt Dienerinnen. Jeden Tag um diese Zeit gehen sie in die Georgskirche zum Beten.«

Die Dunkle habe ich auch wiedererkannt, die hat mir das Geldstück geschenkt. Aber mein Engel? Eine Dienerin? Kann gar nicht sein. Hach, was weiß denn die schon, denke ich.

»Du«, sage ich zu meinem Bruder, »wir warten, bis die wieder aus der Kirche kommen.«

Michel ist es recht. Wir setzen uns auf die Stufen vor dem Portal und beherrschen uns sehr, dass wir nicht vom Brot abbeißen. Während wir so warten, gesellen sich etliche Bettler zu uns und ein ganzer Haufen zerlumpter Kinder. Die schielen dauernd gierig auf unser Brot, bis ich es unter meinem löchrigen Hemd verstecke. Es dauert eine ganze Weile, aber dann geht das Tor auf, und die Frauen und Mädchen kommen heraus. Ich springe auf und stelle mich so hin, dass sie mich sehen können. Die Bettler fangen an zu rangeln und zu drängeln, aber ich lasse mich nicht wegrempeln, und der Michel hilft mir, indem er gegen die Beine der anderen tritt. Die Landgräfin und ihre Tochter rauschen an mir vorbei, dann kommt die Große, Dunkle. Und hinter ihr mein Engel, der bestimmt keine Dienerin ist! Und weil die beiden mir schon mal was gegeben haben, halte ich ihnen einfach die Hand hin. Sie müssen mich schließlich noch kennen, vom Wald im letzten Frühling. Aber sie schauen mich an, als hätten sie mich noch nie gesehen. Ich bin so enttäuscht, dass ich die Hand fallen lasse. Da auf einmal greift die Große in die Falten ihres Kleides und streckt mir etwas hin. Ich nehme es, und der Engel streichelt mir dabei lächelnd über die Backe. Er hat Finger wie weiche Federn. Und er riecht so gut. Wie eine ganze Blumenwiese.

Die Bettler und die anderen Kinder schubsen uns weg, weil sie auch was haben wollen. Michel und ich rennen schnell um die nächste Ecke, und dann schauen wir nach, was uns die Dunkle gegeben hat. Es ist ein längliches Ding, fast schwarz und ganz klebrig. Ich lecke daran, dann beiße ich vorsichtig ein Stückchen ab. Es schmeckt himmlisch süß. Michel kostet auch und verdreht ganz verzückt die Augen. Und dann schlingen wir das gute Zeug ganz schnell hinunter, damit es uns keiner mehr wegnehmen kann, und ich schlecke mir danach noch sämtliche Finger ab.

»Kommen wir morgen wieder hierher?«, fragt Michel und lässt seine Hand über dem Bäuchlein kreisen, weil es ihm so gut geschmeckt hat. »Vielleicht kriegen wir dann noch mal was.«

Dann beeilen wir uns, dass wir nach Hause kommen. Mutter und Vater freuen sich über das schöne Brot, und wir sitzen alle um den neuen Tisch und essen. Vater reibt sich das Bein mit einer grünlichen Salbe ein, weil es immer weh tut. Morgen fängt er an zu arbeiten, und dann wird alles besser, sagt er.

Am nächsten Tag hole ich mit Michel erst den Nachtscherben, und auf dem Heimweg gehen wir dann zur Georgskirche. Aber dort ist gar nichts los. Keine Landgräfin, keine ungarische Prinzessin, und auch nicht mein Engel. Auch an den Tagen darauf warten wir umsonst. Schließlich traue ich mich und frage den Priester, als er aus der Sakristei kommt. »Die Landgräfin und ihre Jungfern?«, sagt er. »Die sind nicht mehr hier. Die Hofhaltung ist weitergezogen, auf die Neuenburg.«

»Aber kommen sie denn wieder?«

Der Priester nickt. »Natürlich. Irgendwann. Im Sommer vielleicht, oder im Herbst.«

Wir gehen mit hängenden Schultern heim in unseren müffelnden Schweinestall. Mutter hat gerade die Kleine an die Brust gelegt. »Wo bleibt ihr denn bloß, ihr Streuner?«, empfängt sie uns. »Primus, du sollst zum Vater in die Gerberei kommen. Da gibt es Arbeit für dich.«

»Arbeit«, frage ich, »für Geld?«

»Ja«, sagt Mutter. »Das brauchen wir, weil wir sonst nichts zu essen kaufen können.«

Ich wundere mich, weil doch der Vater Geld verdient. Mutter errät meine Gedanken. »Es reicht einfach nicht«, sagt sie. »Wir müssen alle mithelfen, so gut es geht.«

»Der Michel auch?«

Mutter schüttelt den Kopf. »Der Michel ist noch zu jung. Aber du bist mein Großer, und du schaffst das.«

Da bin ich stolz. Aber ich sehe auch, dass die Mutter müde ist und traurig.

»Mutter«, sage ich, »so schlimm ist es hier doch nicht. Es stinkt zwar, und auf dem Hof war's schöner, aber jetzt haben wir doch ein Obdach, und der Vater kann arbeiten, und wir kriegen Almosen, und …«

»Almosen, ja«, sagt sie, und ihre Stimme hört sich zittrig an. »Bettler sind wir geworden, ach Gott.«

Da schäme ich mich auf einmal. »Wirst sehen, Mutter, ich arbeite so viel, dass wir keine Almosen mehr brauchen«, verspreche ich. »Und dann gibt's jeden Tag Fleisch und Brot und Honigbrei.«

Sie lächelt und wischt eine Träne fort. »Beeil dich«, sagt sie.

Da bin ich schon zur Türe hinaus, bevor mich der Michel knuffen kann, weil er neidisch ist. Ganz viel Geld will ich verdienen, damit es uns bessergeht und die Mutter nicht mehr weinen muss.

Gisa

Als wir im späten Frühjahr auf die Neuenburg zogen, wartete dort eine gute Nachricht auf uns: Otto der Welfe, vierter Kaiser seines Namens – wenn auch nur Gegenkaiser –, war am Samstag nach Cantate auf der Harzburg gestorben; eine kurze, aber schwere Krankheit hatte seinem wechselhaften Leben ein Ende gesetzt. Die Herrschaft der Staufer war damit nicht mehr strittig, der Krieg vorbei. Für mich war es ein merkwürdiges Gefühl. Mein ganzes Leben lang und schon Jahre davor hatten die großen Familien der Staufer und Welfen miteinander um die Macht im Reich gekämpft, ich kannte es gar nicht anders. Meine Eltern waren ein Opfer dieser Auseinandersetzung geworden. Und jetzt hatte dies alles ein Ende gefunden, ein dauerhafter Friede würde kommen, mit Gottes Hilfe. Gerade Thüringen war in den letzten zwei Jahrzehnten immer wieder Schauplatz von Kämpfen gewesen, und so war die Erleichterung der Menschen riesengroß. Überall brannten Freudenfeuer, in den Dörfern tanzten die Bauern. Wir rechneten jeden Tag damit, dass Ludwig heimkehren würde, und Sophia ordnete an, Vorbereitungen für ein Fest zu treffen, das erste nach des alten Landgrafen Tod.

Wir Mädchen fanden die Aussicht auf das große Ereignis herrlich, und unsere Freude wurde noch vergrößert dadurch, dass wir erstmals Tanzunterricht bekamen. Es war ein Glück, dass Sophias älteste Tochter Jutta, die mit dem Markgrafen von Meißen verheiratet war, zu Besuch auf die Neuenburg kam. »Was!«, hatte sie ausgerufen, »ihr Mädchen könnt nicht tanzen?«

Wir schüttelten alle die Köpfe, und die Landgräfin meinte, das habe ja wohl noch Zeit. »Aber Mutter«, erwiderte Jutta und zwinkerte uns zu, »sieh dir doch diese hübschen Dinger an! Bald wirst du hier einen Minnehof haben, und edle Ritter werden um sie werben! Da sollen sie wohl noch im Ringelreihen umgehen?«

»Ach, Mutter, bitte«, bat Agnes mit Unschuldsmiene, »lehre uns doch das Tanzen!«

»Ich!« Sophia hob in gespieltem Entsetzen die Hände. »Das fehlte noch, wo mich mein Kreuz ohnehin genug plagt! Nein, Jutta, du bist die Richtige dafür. Dann hast du wenigstens eine Aufgabe in der Zeit, die du bei uns verbringst.«

Die Markgräfin sorgte dafür, dass einer ihrer alten Freunde, Wirich von Tautenberg, uns auf der Laute oder Flöte begleitete, und dann ging der Unterricht los. Zu unserer Überraschung war es Guda, die stille graue Maus Guda, die am schnellsten lernte. Wie eine Feder schwebte sie über die Dielen. Auch Agnes stellte sich nicht schlecht an, und sogar Elisabeth vergaß beim Tanz alle Frömmelei. Ihr ungarisches Temperament schlug wieder einmal durch, und manchmal hüpfte und sprang sie wie ein wildes Fohlen. Nur ich tat mich schwer. Im Kopf hätte ich es ja gekonnt, wusste die Schritte, fühlte mit dem Takt der Lieder – aber da war mein schlechtes Bein! Es machte einfach nicht, was ich wollte. Immer wieder kam ich aus dem Gleichgewicht, natürlich an den wichtigen Stellen. Bei den langsameren Schreittänzen ging es noch ganz gut, aber wenn die Musik schneller wurde, wenn Drehungen kamen, kleine Sprünge oder Aufstampfen mit dem Fuß, gelang es mir oft nicht, die Schrittfolge einzuhalten. Ich war so enttäuscht und wütend, dass ich weinte und mit der Faust gegen Hüfte und Oberschenkel schlug, aber das half natürlich gar nichts. Ich wollte schon aufgeben, aber Frau Jutta bestand darauf, dass ich mit den anderen weiterübte, und am Schluss wurde ich ganz geschickt darin, kleine Wackler zu vertuschen oder beim Hüpfen ein bisschen zu schummeln. Eine Tänzerin würde ich nie werden, aber ich gewann wenigstens so viel Sicherheit, dass ich es wagen konnte, mich zur Musik zu bewegen. »Denk dir nichts«, tröstete mich die Markgräfin, »die meisten Männer stellen sich beim Tanzen ganz dumm und sind völlig beschäftigt damit, selber keine Fehler zu machen. Die würden nicht einmal merken, wenn du drei Beine unter dem Kleid hättest.« Ich kicherte, aber es gab mir schon einen Stich. Mein Herz wurde schwer. Kein Erbe, kein Vermögen, aber dafür ein lahmes Bein – ich war weiß Gott keine Braut, die sich ein junger Ritter wünschte. Selbst wenn mir Elisabeth zu einer Aussteuer verhalf – das Hinken konnte sie mir nicht wegbeten. Je älter ich wurde, desto schlimmer empfand ich meine Behinderung. Agnes hatte schon recht: Mich würde nie jemand lieben.

Am nächsten Tag lief ich alleine über den Burghof, vorbei am Zeughaus und der verräucherten Schmiede. Ich wollte zur meiner alten Vertrauten, der Hühner-Els, die mich immer tröstete, wenn ich Zuspruch brauchte. Es wurde schon dunkel. Schlack tappte schwanzwedelnd zu mir her, der große braune Hund, der das Brunnenrad antrieb. Tagaus, tagein trabte er mit hechelnder Zunge in seinem Rad los, sobald jemand Wasser brauchte – so trieb er die Welle an, um die sich das Seil wand, und der gefüllte Eimer wurde hochgezogen. Die Arbeit machte ihm offensichtlich Freude, nicht zuletzt, weil ihm die Mägde immer Leckerbissen zusteckten und ihn ausgiebig kraulten. Ich tätschelte ihm den Kopf – dazu brauchte ich mich gar nicht zu bücken, denn er reichte mir bis zur Hüfte.

Und dann sah ich ihn. Er ging dicht an der Mauer des Wirtschaftsgebäudes entlang, dort, wo es am dunkelsten war. Sein schwarzer Kapuzenmantel bauschte sich im Wind, und ich dachte erst, es sei einer der beiden Kapläne, die mit Gräfin Jutta angekommen waren. Doch dann führte ihn sein Weg an einem brennenden Kienspan vorbei, und ich sah sein Gesicht. Ich erkannte ihn sofort: Wido. Seine Narbe leuchtete weiß im rötlichen Licht der Fackel. Einen kurzen Atemzug lang wandte er sich mir zu, und unsere Blicke trafen sich, meiner voll Schreck, seiner durchdringend und stechend, als ob er mich durchbohren wollte. Ich schlug die Augen nieder, und als ich wieder aufsah, war er fort. Mir war, als sei ich einem Gespenst begegnet.

Was wollte er wieder hier? Der alte Landgraf war tot, warum also war Wido zurückgekommen? Ich fror plötzlich, ein jäher Schauer jagte mir über den Rücken. Inzwischen wusste ich, dass er so etwas wie ein Abtrünniger war. Sophia hatte sogar einmal gesagt, er sei schuld am schrecklichen Tod ihres Gatten. Und auf einmal war die Angst wieder da, die ich damals bei der Ketzermesse empfunden hatte. Lag es an dem merkwürdigen Gottesdienst, dass der Landgraf damals verrückt geworden war? Hatte Wido tatsächlich etwas mit seinem Tod zu tun? Und dem seines ältesten Sohnes? Mein Gott, lag ein Fluch auf dem Haus der Ludowinger? Lieber Herr Jesus, beschütze mich, betete ich stumm.

Heute noch frage ich mich manchmal, ob ich damals hätte verhindern können, dass Wido wieder seinen unseligen Einfluss auf die Landgrafenfamilie geltend machte. Wenn ich meiner Ziehmutter erzählt hätte, dass Wido wieder da war, wäre manches dann anders gekommen?

Aber es ist müßig, mit der Vergangenheit zu rechten. Elisabeth hätte wohl gesagt, ich hätte ohnehin nichts anderes tun können als das, was Gottes Wille war. Sie sah alles im Leben als himmlische Fügung, alles Gute und alles Schlechte. Mir ist dies immer schwergefallen, weil ich daran glaube, dass jeder Mensch für sein Handeln selber die Verantwortung übernehmen soll. Ja, vielleicht hätte ich zur Landgräfin gehen müssen. Aber ich hatte einfach zu große Angst. Ich kann es heute nicht mehr ändern. Jedenfalls, als Wido weg war, rannte ich, so schnell ich konnte, in die Sicherheit der Frauenkemenate zurück und blieb stumm.

Eine Woche später war Ludwig wieder im Land, und das große Fest konnte endlich stattfinden. Wir Mädchen putzten uns mit Frau Juttas Hilfe heraus, selbst Elisabeth ließ sich von unserer Begeisterung anstecken! Ich meine fast, sie wollte sich damals schönmachen nur für Ludwig. Sogar zu weiten rotsamtenen Schmuckärmeln ließ sie sich überreden und zu einem Schapel mit kleinen goldenen Röschen, das allerdings etwas schief auf ihrer kaum zu bändigenden Lockenfülle saß. Agnes hatte einen edlen silbergrauen Surkot ausgesucht, der gut zu ihren Augen passte. Guda trug ein dunkelgrünes Kleid mit hellen Ärmeln, und ich, ich fand mich schön wie nie in einer kornblumenblauen Kotte mit besticktem Überwurf. Mein Haar ließ ich glatt und offen bis auf die Hüften fallen, nur ein dünnes Seidenbändchen hielt es aus meiner Stirn. »Hei, was seid ihr für ein minniglicher Anblick!«, rief die Markgräfin, als wir alle geschmückt und angekleidet vor ihr standen. »Die jungen Herren werden sich beim Tanz um euch reißen!«

Im Saal wies uns der Hofmeister einen Platz am Fürstentisch zu, links von Ludwig und der Landgräfin. Zu seiner Rechten saßen seine beiden Brüder mit ihren Freunden. Ludwig hatte sich im Lauf der letzten Monate verändert. Er war zwar ernst und still wie immer seit dem Tod seines Vaters, aber er hatte an Selbstbewusstsein und Stärke gewonnen. Das hatte der Krieg bewirkt, und die Zeit am Königshof. Aufrecht saß er da, einen breiten Reif um die Stirn, der sein blondes, welliges Haar zurückhielt. Mit einem artigen Trinkspruch eröffnete er das Fest, und ich bemerkte, wie liebevoll Elisabeth ihn dabei ansah.

Wir Mädchen waren wegen der Tanzerei so aufgeregt, dass wir all die köstlichen Sachen, die man uns kredenzte, kaum anrührten. Nicht einmal von den leckeren Schnepfen in Weichselsoße, die ich sonst so liebte, brachte ich mehr als ein Brüstchen hinunter.

Und dann trat er in die Hofstube: Heinrich Raspe.

Ein Jahr war er fort gewesen nach dem Tod seines Vaters, hatte bei seinem Wittelsbacher Onkel die Schwertleite empfangen. Und mein Herzschlag setzte aus: Fast hätte ich ihn nicht wiedererkannt. Er war fast zwei Köpfe größer als ich, und sein Wams spannte sich über einer breiten Brust. Das goldbraune Haar trug er glatt, schulterlang und nach hinten gekämmt, und sein Gesicht hatte alle kindlichen Züge verloren. Lächelnd kam er zur Tafel herüber; seine Bewegungen waren selbstsicher, kräftig und geschmeidig zugleich, fast wie die eines Raubtiers. Was für ein Mann war aus ihm geworden! Noch nie war mir aufgefallen, wie blau seine Augen waren, blauer als mein Kleid, blau wie ein eiskalter, tiefer Bergsee. Lässig blieb Heinrich vor dem Tisch stehen und ließ seinen Blick über die Gesellschaft schweifen. Plötzlich wünschte ich mir, dass er mich ansah, und als seine Augen tatsächlich kurz auf mir ruhten, schlug ich die meinen nieder. Ob er überhaupt bemerkte, dass auch ich erwachsen geworden war? Und, ich wagte es gar nicht zu denken – ob er mit mir tanzen würde?

Endlich nahmen die Musikanten ihre Plätze ein und begannen zu spielen. Der Erste, der mich nach einiger Zeit aufforderte, war

Cuno von Gudensberg, ein junger Knappe, der schon seit zwei Jahren am Hof war und den ich gern mochte. Wir begannen mit einem langsamen Reihentanz, bei dem die Paare hintereinander gemessen im Kreis schritten. Es war herrlich. Ab da ließ ich keinen Tanz mehr aus, und selbst bei den schnellen Stücken brachte ich es fertig, nur ganz selten zu stolpern und kaum aus dem Takt zu kommen. Vermutlich lag das am Wein, den ich zwischen den Tänzen durstig trank; er beschwingte mich und nahm mir die Angst. Ach, ich schwebte und war glücklich. Immer wieder sah ich zu Heinrich Raspe hinüber, aber er machte keinerlei Anstalten, mich aufzufordern. Stattdessen stand Ludwig auf und verbeugte sich vor mir. Er achtete in der nächsten Stunde genau darauf, dass er jede von uns Mädchen gleich oft aufforderte – so war er nun einmal, der Gute, er wollte keine zurücksetzen.

Dann kam der Reigen. Außen tanzten die Männer, innen die Frauen. Die Kreise drehten sich gegeneinander, und jedes Mal, wenn die Schellen erklangen, wandten sich die zufällig gegenüberstehenden Paare einander zu, der Herr nahm die Dame bei der Hand und machte mit ihr eine Reihe von Figuren und Drehungen. Ich traf zuerst auf den alten Kämmerer, der als begeisterter Tänzer bekannt war, dann auf einen unbekannten Ritter aus Ludwigs Gefolge, und dann stand ich auf einmal Heinrich Raspe gegenüber und sah zu ihm auf. Beinahe wäre ich aus dem Tritt gekommen. Er lachte mich an, seine Lippen entblößten dabei eine Reihe makellos weißer Zähne. O Gott, und seine Augen waren aus der Nähe noch blauer, sie blitzten mich an, als ob ihnen gefiele, was sie da sahen. Er verbeugte sich, ohne den Blick von mir zu wenden, und ich nahm seine Hand. Die Berührung traf mich wie ein Blitz, ließ mich erschauern, etwas durchströmte mich heiß und wild. Ich tanzte wie im Nebel, spürte nicht mehr den Boden unter meinen Füßen, sah nur ihn. Dann kam der Griffwechsel. Er drehte sich zur Seite, neigte den Kopf und bot mir die andere Hand. Ich streckte zierlich die meine aus – und erstarrte mitten in der Bewegung.

An seinem linken Mittelfinger glänzte etwas: ein Ring. Ein einfacher silberner Reif, der mir nur allzu gut in Erinnerung war, trotz der vielen Jahre, die seither vergangen waren. Es war der Ring, den sein Vater getragen hatte. Ich spürte, wie mein ganzer Körper sich versteifte, und natürlich, ich stolperte. Heinrich fing meine Hand auf und hielt mich, seine Finger schlossen sich fest um meine – und da war es wieder. Dieses glühendheiße Brennen. Dieses unheimliche Gefühl, das mir mit einem Mal den Atem nahm. Dieser Ring musste im Höllenfeuer geschmiedet worden sein. Zum zweiten Mal brannte er sich ein in meine Haut, es ging mir durch und durch, ich hätte beinahe aufgeschrien. In meinem Kopf überschlugen sich die Gedanken. Wieso trug Heinrich diesen Ring? Was hatte er zu bedeuten? Warum spürte ich diese Gluthitze? Doch dann sah ich wieder Heinrich in die Augen. Ich zwang mich zu einem Lächeln und tanzte weiter, immer weiter, endlos weiter, bis die Musik aufhörte. Da riss ich mich los und floh.

Aus der Thüringer Chronik des Adam von Ursinus über Landgraf Ludwig IV.

… Er war nicht zu lang und nicht zu kurz und hatte ein schön lieblich Antlitz. Er war fröhlich, gütig, schamhaft wie eine Jungfrau, reinlich an Leib, Gewand und allen Dingen, weise, vernünftig, geduldig, männlich, ehrsam und wahrhaftig, seinen Mannen treu und allen Armen barmherzig …

Eisenach, 6. Juli 1218

Bleibt, wo ihr seid, die Kirche ist voll!« Einer der Messdiener schrie die Leute an, die sich durch das Portal der Georgskirche drängen wollten. An diesem Tag gab es in Eisenach wohl niemanden, der nicht auf den Beinen war. Die Schwertleite des jungen Landgrafen wurde gefeiert! Natürlich war der gesamte thüringische Adel anwesend, dazu Ministerialen aus der Pfalzgrafschaft Hessen und Verwandtschaft aus dem wittelsbachischen Bayern. Ludwig hatte keine Kosten und Mühen gescheut, das große Ereignis würdig zu gestalten, das war er seinen Gefolgsleuten und sich selbst schuldig. Wenn der zweithöchste Fürst des Reiches zum Ritter geschlagen wurde, dann musste dies im Rahmen eines rauschenden Festes geschehen.

In der Georgskirche standen die Menschen dicht an dicht gedrängt. Nur ganz vorne beim Chor hatte man einige Bankreihen aufgestellt, auf denen die vornehmsten Damen Platz genommen hatten. Vor dem Altar lag auf dem Boden ein herrlich geschmiedetes Schwert. Dahinter stand Ludwig, ganz in Weiß gekleidet, barhäuptig, die Hände gefaltet. Wie es Brauch war, hatte er die ganze Nacht über gebetet und gefastet. Die Messe begann mit dem Te deum; der volltönende Gesang der Mönche erfüllte das Kirchenschiff. Ludwig spürte eine große Ergriffenheit; er wünschte sich, sein Vater hätte diesen Augenblick noch erlebt. Und er dachte an seinen toten Bruder, dem es nicht vergönnt gewesen war, als Ritter zu sterben. Wie anders war alles gekommen in den letzten beiden Jahren! Statt Hermann saß nun er auf Thüringens Thron, herrschte als Landgraf über ein reiches, ausgedehntes Territorium, das von der Saale bis an die Lahn reichte. Führte Kriege an der Seite des Kaisers. Trug Verantwortung für ein ganzes Land mit seinen Menschen. Ludwig atmete tief durch. Er wollte sein Bestes geben, als Ritter und als Fürst. Ludwig schloss die Augen und bat Gott in einem stummen Gebet um Gnade und Beistand, als der Priester am Ende des Gottesdienstes seine Waffe segnete und sie feierlich mit Weihwasser besprengte. Dann folgte er dem Geistlichen gemessenen Schrittes nach draußen. Er fühlte sich bereit für den großen Augenblick.

Es war Herzog Ludwig von Bayern, der weitberühmte Wittelsbacher, der nun seinen Neffen zum Ritter schlagen sollte. Er war eine eindrucksvolle Erscheinung, groß, massig, mit welligen dunklen Haaren, einem sorgsam gestutzten Bart und dichten schwarzen Brauen. Seine tiefe Stimme hallte über den Platz.

»Ludwig von Thüringen«, begann er, »du bist nun gekommen, die höchste Mannesehre zu erlangen. Würdig bist du fürwahr, du hast dich trotz deiner jungen Jahre in Krieg und Herrschaft zur Genüge bewiesen. Nun höre meine Worte: Ein Ritter ist stets gekleidet in vier Gewänder: Das eine ist hoher Mut, das andere reiches Gut, das dritte heißt Bescheidenheit und das vierte edler Sinn. Diese Tugenden, die dein ehrenfester Vater dir vorlebte, die bewahr dir für alle Zeit. Sei immer eingedenk der Pflichten und Dienste eines Ritters, denke stets nach über dich und wer du bist. Deine Abkunft und deine Würde halte dir vor Augen. Sei bescheiden und aufrichtig, wahrhaft und wohlerzogen. Sei gütig zu den Elenden und stolz zu den Mächtigen. Ehre und liebe alle Frauen. Lass deinen Schutz angedeihen den Witwen und Waisen. Preise Gott an jedem deiner Tage. Gürte dich mit Milde, wappne dich mit Tapferkeit und halte Maß in allen Dingen. Sei freigebig und verlässlich und wahrhaftig, denn bei meiner Ehre, ich glaube, dass weder Gold noch Zobel besser passen zu Schwert und Schild als Treue und Großzügigkeit. Und bedenke stets, Ludwig von Thüringen, deine Ritterehre ist gleichzeitig die Ehre des gesamten Ritterstands. Beschmutzt du sie, so besudelst du uns alle. Doch ich weiß: Eher wirst du einen ehrenvollen Tod sterben, als dass dies je geschieht. Knie nieder.«

Ludwig beugte das Knie, und der Wittelsbacher zog sein Schwert aus der Scheide. Er hielt es hoch, damit alle es sehen konnten; das gleißende Sonnenlicht spiegelte sich auf der blankpolierten Schneide. Dann berührte er mit der Spitze des Schwerts die linke Schulter des jungen Landgrafen. »Zu Gottes und Marien Ehr«, rief er mit Donnerstimme. »Nimm diesen Schlag und sonst keinen mehr!«

Jubel brandete auf, als Ludwig sich als Ritter erhob. Ihm standen die Tränen in den Augen, aber er lächelte. Sein Onkel schnallte ihm das Schwertgehänge um und reichte ihm feierlich die eben geweihte Waffe. Dann befestigte er die silbernen Sporen an Ludwigs Lederstiefeln. Schließlich winkte er einen Diener herbei, der ihm etwas Großes, in eine Decke gewickeltes übergab. Er zog die Decke weg: Es war ein blauer Schild aus Lindenholz, auf den in Leder der rotsilbern gestreifte Thüringer Löwe aufgesetzt war. Augen und Krallen des Löwen waren mit Edelsteinen besetzt. »Hier mein Geschenk, Neffe«, lachte der Herzog. »Möge dieser Schild dich schirmen und schützen von diesem Augenblick an dein Leben lang.«

Damit war Ludwig aufgenommen in den Kreis der Edlen.

Eine Stunde nach der Zeremonie begann das Turnier. Man hatte die Rolle, den Platz vor dem Steinhof, für das Gestech hergerichtet: In der Mitte war mit Seilen und blau-weißen Tüchern ein Karree eingegrenzt, in dem die Ritter entlang eines hölzernen Geländers gegeneinander anreiten konnten. Auf der schattigen Seite befand sich eine Holztribüne; hier war Platz für die Frauen. Unter einem Baldachin thronte in stolzer Haltung Sophia, neben ihr die Frauen der Familie. Sie waren umringt von den Damen des Adels, alle gekleidet in ihre schönsten und kostbarsten Gewänder. Ein bunter Anblick, vor allem für das einfache Volk, das sich nur ungefärbte Kleider leisten konnte. Die Eisenacher staunten über das Gepränge und jubelten ihrem jungen Landgrafen zu. Auch für sie war heute ein Festtag. Überall in der Stadt brannten Feuer, über denen fette Ochsen sich drehten, es gab Bier aus den landgräflichen Kellern für alle. Vor dem Brothaus wurden Wecken und Kipfe verteilt, und Sophia hatte mittags zu Ehren ihres Sohnes an jedes männliche Kind einen Viertelpfennig ausgeben lassen. Auch Primus und Michel waren unter den Beschenkten gewesen; die Gabe rettete ihnen das Dach über dem Kopf, denn in diesem Monat hatte der Vater wegen schlimmer Schmerzen im Bein nicht arbeiten können. Wie so viele andere Bedürftige konnten sie und ihre Familie sich an diesem Julisamstag zum ersten Mal nach langer Zeit wieder einmal richtig satt essen. Da war das Turnier selber gar nicht mehr so wichtig.

Am späten Nachmittag überließ man die Rolle den Eisenachern zum Weiterfeiern und begab sich in den Festsaal des Steinhofs, wo schon alles für das Bankett vorbereitet war. Der junge Landgraf speiste mit Appetit, sprach dem mit Alant und Safran gewürzten Wein kräftig zu und war gesprächig wie sonst selten. Etliche Herren vom Adel hielten launige Tischreden, und die Damen erfreuten die Gesellschaft mit einem Reigen, den sie zur Begleitung zweier Schalmeien tanzten. Keiner war mehr nüchtern, als zu später Stunde sich noch einmal der alte Heinrich von Ebersburg erhob und mit schwerer Zunge ein Fürstenlob auf den frischgebackenen Ritter anstimmte. Am Ende seiner Rede, die er hochroten Gesichts und schwankend vorgetragen hatte, kam er auf etwas zu sprechen, das den Hofadel schon seit längerem beschäftigte. »Mein lieber, hochverehrter junger Herr«, schnarrte er, »als Fürst und Ritter steht Ihr noch am Anfang Eures jungen Lebens. Macht, Reichtum und Ansehen habt Ihr zur Genüge und werdet es noch mehren. Die Zeitläufte sind günstig. Eure Untertanen verehren Euch, die Ritterschaft steht hinter Euch wie ein Mann. Das Einzige, was Euch jetzt noch fehlt – und das darf ich als väterlicher Getreuer wohl sagen –, ist die rechte Frau.« Er hickste. »Ein gutes Weib, das Euch die Nächte süß macht, das Euch bei jeder Heimkehr mit ausgebreiteten Armen empfängt, das Euch Hof und Haushalt führt, wie es guter Brauch ist. Und das Euch gesunde, starke Söhne schenkt!«

Die Gäste klatschten und johlten, während Ludwig verlegen lächelte. Einer der Vargula-Brüder erhob sich und schrie: »Ja, mein Junge, such dir eine Braut! Das ganze Land wird jubeln, du kannst dich drauf verlassen! Darauf wollen wir trinken!« Er hob seinen Pokal, und die ganze Gesellschaft tat es ihm gleich.

Ludwig machte gute Miene zum bösen Spiel und trank mit. Danach wurde die Sache Gott sei Dank nicht mehr weiter vertieft, und der junge Landgraf atmete auf. Die gutgemeinte Rede des alten Ebersburgers hatte seinen wunden Punkt getroffen. Denn Ludwig hatte nichts weniger im Sinn als eine baldige Heirat. Überhaupt waren ihm Frauen nicht geheuer; einerseits fühlte er sich zu ihnen hingezogen, andererseits empfand er regelrecht Furcht und Abscheu vor ihnen. Das war so, seit er vor einigen Jahren, als sein Geschlechtstrieb erwacht war, Gespräche mit Wido geführt hatte. »Wer einem Weib beiliegt«, hatte dieser mit düsterer Miene gesagt, »wird niemals vollkommen sein. Die geschlechtliche Liebe ist abscheulich, denn aus ihr erwächst neues Leben. Und ein neugeborener Mensch bedeutet für uns Katharer, dass wieder eine arme Seele in einem bösen Körper eingesperrt wird. Der Akt der Zeugung führt also dazu, dass das Leiden der Welt immer weitergeht.« Ludwig hatten diese Worte tief beeindruckt, ja, sie hatten ihm Angst gemacht. »Soll ich dann wohl niemals einer Frau beiliegen?«, hatte er Wido irgendwann gefragt. Die Antwort des Perfectus war eindeutig gewesen: »Nicht, wenn du willst, dass deine Seele am Ende deines Lebens in den Himmel fährt.« Und das wollte Ludwig natürlich. Er hatte also damals nach vielen Unterredungen mit seinem Lehrmeister den Entschluss gefasst, dass es besser für ihn sei, sich von Frauen und Mädchen fernzuhalten. Und dieser Entschluss hatte sich so fest in sein Denken und Handeln eingegraben, dass er auch nach seiner Rückkehr in den Schoß der Kirche die Scheu vor dem anderen Geschlecht nicht hatte ablegen können. Wie ein Alb lastete sie auf ihm. Während seine Freunde sich mit prallen Dienstmägden und willigen Hofjungfern vergnügten, hielt er sich abseits. Nicht dass es ihn nicht hingezogen hätte zu den hübschen jungen Dingern. Aber da war dieser innere Widerstand, diese unbestimmbare Angst, die ihn dazu zwang, immer dann den Rückzug anzutreten, wenn er ein Mädchen hätte haben können. Er konnte sich einfach nicht vorstellen, einem Weib beizuliegen. Nein, dachte Ludwig, eine Heirat kommt nicht in Frage. Und doch wusste er, es war seine Pflicht als Fürst, für Nachkommen zu sorgen. Irgendwann würde er sich dieser Pflicht nicht mehr entziehen können. Er betrachtete die Hofjungfern, die in seiner Nähe saßen. Nicht eine verlockte ihn. Wie sollte er jemals eine von denen zur Frau nehmen? Mir ihr Dinge tun, die ihm vulgär und abstoßend, ja, böse schienen? Ludwig trank in einem Zug seinen Becher aus. Er fühlte sich auf einmal unwohl. Der Abend war ihm verdorben.

Endlich, es war schon nach Mitternacht, löste sich die Festgesellschaft auf. Ludwig zog sich in seine Schlafkammer zurück. Ihm war gar nicht aufgefallen, dass sich etliche seiner Freunde und jungen Kampfgenossen schon vor einiger Zeit mit Verschwörermienen aus dem Saal geschlichen hatten. Jetzt betrat er die Kemenate, in der bereits die Kerzen entzündet waren. Er löste seinen Gürtel, zog die spitzen Schnabelschuhe aus und nestelte das Hemd auf. Ihm war leicht schwindlig, das lag wohl am vielen Wein. Er blickte auf das Spannbett unter dem Fenster, wo sein Kammerdiener meist schon schlief, wenn sein Herr zu Bett ging. Das Lager war zwar benutzt, aber leer. Vermutlich war Hugo auf dem Abtritt. Merkwürdigerweise hatte er die Vorhänge des landgräflichen Himmelbetts zugezogen, das tat er doch sonst nie. Ludwig schüttelte den Kopf, während er sich seiner Beinlinge und der Bruche entledigte.

Nackt trat er ans Bett und schob den Samtvorhang zur Seite. Und dann erstarrte er mitten in der Bewegung.

Auf den Kissen räkelte sich ein Mädchen, so, wie Gott es geschaffen hatte. Ludwig sah zum ersten Mal in seinem Leben Brüste wie reife Äpfel, hellschimmernde Haut, ein dunkles, lockiges Dreieck zwischen weißen Schenkeln. Er sog den Atem ein. Kurz schloss er die Augen, aber dann konnte er nicht anders, er musste hinsehen, dieses Bild in sich aufnehmen. Er spürte, wie sein Glied hart wurde und sich aufrichtete. O Gott, nur das nicht, dachte er. Er wollte zurückweichen, aber seine Neugier war stärker. Und dann nahm das Mädchen lächelnd seine Hand und zog ihn ins Bett.

Sie war geschickt und kundig, wusste, was zu tun war. Ludwig überließ sich ihr, ihren weichen Händen, ihren Lippen. Eine Woge der Erregung überflutete ihn, er vergaß seine Ängste. Er wagte es, ihre Küsse zu erwidern, ihre Brüste zu streicheln. Seine Hände wanderten vorsichtig an ihre geheimsten Stellen. Er ließ es zu, dass sie sein Glied anfasste, es rieb und drückte. Er stöhnte auf. Was er fühlte, war unglaublich, überwältigend, und doch … Sie legte sich auf den Rücken, spreizte die Beine, zog ihn über sich. »Nimm mich«, flüsterte sie. Ja, er wollte es, er wollte es unbedingt. Mit der Spitze seines pulsierenden Glieds suchte er die Öffnung. Sie half ihm dabei, führte ihn, hob sich ihm entgegen. »Jetzt«, seufzte sie, »oh, jetzt, komm.« Und dann geschah etwas in seinem Kopf. Es war, als ob ein Faden riss. Sein Glied erschlaffte. Er konnte nichts dagegen tun. O Gott. Sie hielt inne, sah ihn fragend an. Er wusste nicht, was er sagen sollte. Er schämte sich so. Und es war doch schlecht! Gott wollte es nicht. »Geh«, flüsterte er heiser, »geh.«

Sie wickelte ein Laken um ihre Blöße und flüchtete aus der Kammer. Draußen hörte Ludwig unterdrücktes Gelächter. Er fühlte sich schmutzig, empfand plötzlich Ekel vor sich selber. Nein, nie mehr würde ihm das geschehen, das schwor er sich. Er würde kein Weib mehr anrühren. Und er würde nicht heiraten, ganz gleich, was das Land und seine Familie von ihm verlangten.

Brief Raimunds von Kaulberg an seine Frau Eilika, diktiert dem Mönch Thomas von Sankt Gallen am 1. September 1218 im Heerlager der Kreuzfahrer zu Damiette.

Gottes Schutz und Schirm zuvor, libes Hertz, und meinen Grusz auß der Ferne darnach. Ich laß dir disen Brieff schreiben von eim frommen Pater aus Sanct Galln, du weißt ja, daß ich die Feder nit so gut beherrsche wie das Schwertt. Will dir ertzähln, wie es mir ergangen seit ich von dannen zogen bin. Am Sonntag nach Viti sind der Vater, unßer Knapp Eberwin und ich, mit der Nachhut des baierischen Heers nach Spalato in Dalmatien kommen, wo wir am Mittwoch vor Johanni auff See gangen sind. Windt und Wetter waren günstig, alßo haben wir die Insel Cypern schnell erreicht. Von da sind wir gesegelt auffs Heylige Land zu und mit Gots Hülffe dort zu Akko ankommen, wo schon das gantze Heer auf uns gewartet. Wir warn meher alß 200 Ritter, taußend beritten Schildtknappen, vil taußend Fußkämpffer sowie ein große Schar Weiber, Knechte und Mägde, Pilger und etlich ander Leutt, die auff Abentheuer aus sindt. Akko ist eine mechtige Stadt, so groß und wunderbar hast du noch keine gesehn, und seit über hundert Jahrn jetzo in unßerer Hand. Dieweiln Jerusalem itzo seit nunmehr über dreißig Jahrn untter der Herrschaft der Muselmanen stehet, ist Akko die Hauptstadt des Königreichs Jerusalem. Hier herrscht der Bischoff Herr Jacob von Vitry, der, so munckelt man, ein ausschweifend Leben führn soll. Und hier ist auch der Sitz des Hoch-Meißters vom Teutschen Orden, du kennst ihn, es ist der alte Freund deins Vaters, der weise Hermann von Salza.

Zu Anfangk warn wir alle frohgemut, daß wir Akko glücklich erreicht. Doch der Sultan al Adil verweygert feig den Kampff, denn in offener Schlacht sind wir den Mußelmanen weitt überlegen. Sie wißen nur zu gut, daß wir im gestreckten Galopp leicht ihre Linien durchprechen, alßo versuchen sie uns in die Hügel zu locken, wo sie dann von allen Seitten aufftauchen und uns große Schäden zufügen. Sie preschen heran, schießen ihre Pfeill ab und verschwinden, als seien es Gespenßter gewesen. Vor allem die Rösser werden dabei getroffen, weiß Gott, solch ein Kampff ist eins Ritters nit würdig. Einmal glückt es unß, das Hauptheer des Sultans Aug in Aug zum Kampff zu stelln. Das war in der Ebene beim See Genesareth, den du, Liebste, auß der heyligen Schrifft kennst. Wir standen unß gegenüber, da trieben die Feindt eine Herde rossiger Stuten zwischen hinein. Sie wußten wohl, daß wir alle Hengßte reitten. Unsere Hengst wurden wildt, wollten auff die Stuthen los und sprangen durch einander wie die Flöh. Zum Gespött sind wir so worden, und in dem Gewirr griffen die Muselmannen an. Es plieb uns nur die Fluchtt. Schande über die Gottlosen, die kämpfen wie die Weiber, mit List und Tück. Ein Ritter würd liber vor Scham sterben alß solch ehrlosen Sieg erringen.

So ward unß der Wegk nach Jerusalem verwehrt. Uns plieb nur, zu wartten. Aber der Kaiser Friedrich, der gelobt hatt, mit eim groszen Heer zu unß zu stoßen, hielt nit Wortt. Den gantzen Wintter über saßen wir zu Akkon fest. Die Wuth auf den Kaiser war grosz. Man redete vil Schlechts über ihn, so, daß er gottloß und ungläubig sey. So soll er einmal gesagt haben: »Drey Betrüeger haben die Menschheyt so schlau getäuschet, daß sie in den Besitz der Herrschaft über die Weltt gelangt sind: Jesus, Mohamed und Moses.« Ich mag nit glauben, daß unser edler Kaiser solche Wort im Mund führet. Eher mein ich, daß sein stether Streit mit dem Papst ihn abhält, ins Heylige Landt zu ziehn.

Aber der Hertzog Leopold von Österreich wollt nit auffgeben. Er sprach zu seinem Gefolg die schöenen Wortte unsers Freunds Walther: »Daran gedencket, Ritter, die Kreutzfahrt ist euer Dingk. Ihr traget die lichten Helme und manchen hartten Ringk, darzu die festen Schild und die geweihten Schwertt.« Ja, wen würden die Verße des Ritters von der Vogelweyden nit anrührn? Und auch der Papst schickte immer wieder Nachrichtten, uns zum Durchhaltten zu ermuthigen.

Dann traf endtlich Graf Wilhelm von Hollandt ein, der zu Portugal überwintert hatt. Er führte viel tausend niederländisch, flämisch, friesisch und teutsche Heerscharen an. Und man entschloß sich, den Sultan an der verwundtbaren Flanke anzugreiffen: in Egypten. Viel Jubel erscholl unter den Rittern, denn das Wartten und Hoffen warn wir leyd. Im Monat Mai bestiegen wir die Schiffe und erreichten bey guthem Windt nach drey Tagen Dimyat, das die Christen Damietta nennen, ein feßte Hafenstadt, die dortten liegt, wo der Fluß Nil ins Meer mündet und den eintzigen schiffbaren Arm des Nils bewachet. Wer nach Khairo will, der Hauptstadt des Sultans al Adil, der muß an Damietta vorbey. Aber gleich vor der Stadt, am Ufer des Flußes, stehet ein Thurm, der ist starck wie ich nie einen gesehn hab. Von dißem Thurm aus ist der Nil mit Ketten gesperrt, sodaß unßere Schiffe nit weitter einfahrn können und nun im östlichen Nilarm anckern.

Die Mußelmanen warn so überrascht, daß es uns sogleich gelang, an Landt zu gehn und ein Lager zu errichten mit Gräben und Wällen. Und sofort bauten wir, voll des neuen Muths, Schleudern und Bliden zum Beschuß des Ketten-Thurms. Vor zweyen Wochen wagten wir ein Versuch mit einem Floß, das auf Schiffen gebaut war, die wir mit Balcken und Plancken miteynander verbunden hatten. Dabey gossen die Muselmannen Feuer mitten über die, welche unsere Sturm-Haken über die Zinnen des Thurms werffen sollten. Unser armer Knapp Eberwin stand lichterloh in Flammen, und es war umeinsonst, daß ihn einer in den Fluss warff. Denn das unheimlich Griechisch Feuer brennt auch im Wasser, und so hat er seyn Leben elendiglich ausgehauchet. Ich bitt dich, schick Nachricht an seine Leutt, daß wir ime ein ehrenvolles Begrebnis bereittet haben.

Item nun muß ich dir noch meher berichten, libste Eilika, was uns an Unbill schwer getroffen. Nit nur, daß wir seit über drey Monat den Kettenthurm nit haben erobern können und vil Verlust erlitten haben. Sondern gestern ritten mein guther Vater und ich, zusammen mit etlich mehr braven Rittern zum See Mansala, der vor Damiett liegt, um dortten Fisch und Wasser-Vögel in Vorrat zu schaffen. Da begegnet uns ein Trupp Mußelmanen, die griffen gleich an mit ihrn Lanzen und Pfeylen. Mich selber traf ein Pfeil am Schenckel, grad an dißer Stelle aber hatte ich einen Dolch im Stiefel stecken, der zerprach zwar, aber ich plieb, durch Gotts Hülfe, unverletzt. Doch der andern wurden vil getroffen. Nachdem die Pfeil abgeschoßen warn, ritten die Feindt heran, und wir kämpften mit dem Schwertt. Mein Vater, der neben mir focht, wurd an der Schultter verletzet. Wegen der groszen Hitz trug er kein Ketten-Hemd unter dem Waffenrock, das war sein Verhängniß. Er fiel vom Pferd, und sein Gegner sprangk ab, um ihm den Todes-Stoß zu versetzen. Da war aber ich zur Stell und schlug dem Feindt die Kling auf die Stirn, daß sie auf klaffte wie ein Fischmaull. Mit groszem Mut gelang es unß, die Muselmanen in die Flucht zu schlagen und ihrer vil zu töten. Darnach schafften wir die Toten und Verwundten zurück ins Lager. Der Vater ligt nun im Zelt bey den Krancken, er hat ein tieffen Schnitt, der aber nit tödlich ist, sagt der Medicus. Die schwarze Wundtsalbe wird ihn wohl bald wider gesundt machen, so der Herr will.

Nun genug, es bricht die Nacht hereyn. Morgen stechen zwey Ritter des Teutschen Ordens in See, um in die Heymat zu segeln. Ihnen vertrau ich dieß Schreiben an. Auch ich werde dereinst heim kommen, meine Schöne, wenn Jerusalem befreit sein wird und ich eine Herschafft oder ein Lehen erobert hab. Wart nur noch ein kleine Zeitt auff mich und vergiß nit auff meine Lieb und Treu. Amen.

Im Zeychen des Kreutzes Raimund von Kaulberg.

Gegeben zu Damietta den Sambstag Egidy ao. 1218

Gisa

Gudas kleine braune Stute scheute, als vor ihr ein Igel durch die Blätter raschelte. Jedes von uns Mädchen hätte sein Pferd wieder in den Griff bekommen, nur Guda nicht; sie war eine miserable Reiterin. Sie zerrte erschrocken an den Zügeln und schrie auf, da buckelte die Braune auch schon, brach aus und galoppierte durch die Bäume davon.

»Herrgottskruzifix!« Walter von Vargula, unser männlicher Reitbegleiter, stieß einen Fluch aus und preschte Guda nach. Wir mussten wohl oder übel hinterdrein.

Als wir sie schließlich erreichten, saß Guda zwischen einem aufgerissenen Kohlemeiler und einer windschiefen Holzhütte auf dem Boden und hielt sich heulend die Schulter. Die Stute stand seelenruhig mit hängenden Zügeln neben ihr und mampfte zufrieden vor sich hin; ein paar trockene Grasstängel hingen ihr seitlich aus dem Maul.

Wir stiegen ab, und während sich Herr Walter das Pferd schnappte, halfen wir der armen Guda auf. Sie hatte sich nichts weiter getan, aber sie war pechschwarz vom Kohlestaub, Gesicht, Hände, Kleider, einfach alles.

»Ei, du kleiner Schmutzfink, so können wir dich nicht mit heimnehmen«, grinste Herr Walter. »Lass uns beim Köhler nach Wasser fragen.«

Er ging zur Hütte hinüber und klopfte an die klapprige Tür. Niemand öffnete, obwohl doch aus einem Loch im moosbedeckten Dach ein dünner Rauchfaden aufstieg. Schließlich ging er hinein, und ich aus Neugier gleich hinterdrein.

Was ich drinnen sah und roch, ließ mich nach Luft schnappen. Noch nie war ich im Haus armer Leute gewesen, hatte mir auch keine Gedanken darüber gemacht, wie sie lebten. Auf das, was jetzt kam, war ich nicht vorbereitet. Es war düster in dem einzigen Raum, weil man die Fensteröffnungen zum Teil mit Lumpen verhängt hatte. Auf der Herdstelle kokelte ein Feuer vor sich hin, und da der Abzug durch das Loch im Dach schlecht war, waberten Rauchschwaden in der Stube, und es biss in den Augen. Ich blinzelte und erkannte einen roh zusammengezimmerten Tisch und ein paar niedrige Hocker, darüber baumelten an Schnüren vom Dachbalken ein Stück schwarzer Speck, ein Zwiebelzopf und ein Säckchen Mehl – so schützten die Leute ihre kostbaren Vorräte vor den Mäusen und Ratten. Alles starrte vor Schmutz und Unflat. In einer Ecke war das Lager für die Köhlerfamilie: fauliges Stroh, ein paar zerfledderte Felldecken und haufenweise Lumpen und Fetzen. Doch nein, es waren nicht Lumpen und Fetzen – es bewegte sich. Das waren Menschen, die da zusammengekrümmt lagen! Und jetzt roch ich nicht nur den Rauch, sondern auch den säuerlichen Gestank von Kot und Erbrochenem.

Walter von Vargula trat an das Lager, da sagte jemand mit ganz schwacher Stimme: »Kommt nicht heran, Herr, wir haben alle das Bauchgrimmen.«

Der alte Ritter wich zurück, und ich auch. Schlimme Darmkrankheiten gingen zur Zeit unter den Leuten um, das hatte man sich bei Hof schon erzählt. Und dass schon viele gestorben waren an der Abweiche. So etwas kam häufig vor, immer wieder grassierten Seuchen, besonders im Herbst und im Winter. Uns traf das selten, der Hof lebte viel zu abgeschieden von den einfachen Menschen. Nur die Einträger für Küche und Keller oder ein paar Mägde und Knechte kamen täglich nach draußen.

Inzwischen hatten sich meine Augen an die Dunkelheit der Hütte gewöhnt, und ich erkannte auf dem Schlaflager einen alten Mann, der ganz zusammengekrümmt auf der Seite lag. Neben ihm, auf die Ellbogen gestützt, eine Frau, sie hatte uns angesprochen. Ihr Haar war strähnig und verklebt, und ich glaubte, darin die Läuse wimmeln zu sehen. Am Hals hatte sie ein nässendes Geschwür, das aussah wie grauer Blumenkohl. Eng an sie geschmiegt hockten drei halbnackte, magere Kinder im Stroh, rotzverschmiert, dreckig, mit eiterverkrusteten Augen. Sie glotzten uns mit ausdruckslosen Gesichtern an. Eines der Kleinen, ein Mädchen mit verfilzten Zöpfen, hielt einen Säugling im Arm. Er war mehr schlecht als recht gewickelt, und die Windelbahnen waren mit Kot und Urin durchtränkt. Dort, wo der Bauchnabel sein musste, ringelten sich winzige weiße Würmer. Das Kind gab leise, klagende Laute von sich wie ein verlassenes Katzenjunges. Der alte Mann erbrach sich im Liegen, es schüttelte und würgte ihn zum Gotterbarmen.

Ich war fassungslos vor so viel Not und Jammer, und gleichzeitig ekelte ich mich so sehr, dass es mir fast den Magen umdrehte. Schon wollte ich hinauslaufen – da sah ich Elisabeth in der Tür stehen. Ihre Miene verriet das gleiche Entsetzen, die gleiche Abscheu, die auch ich empfand. Aber dann ging eine merkwürdige Veränderung mit ihr vor. Ihr Gesicht wurde ganz weich, und in ihre Augen trat etwas, das von da an ihr ganzes Leben bestimmen sollte, bis zum Ende: Mitleid. Überfließendes, zutiefst empfundenes, unaussprechliches Mitleid. Nie werde ich ihren Blick von damals vergessen, werde nie vergessen, wie sie dastand und diese kranken Menschen ansah. Es war auch bei ihr das erste Mal, dass sie mit dem Leid und Elend der einfachen Leute in Berührung kam – eine schicksalhafte Begegnung, die sie nie mehr loslassen würde.

Der Ritter von Vargula packte uns beide und schob uns schnell zur Tür hinaus. Draußen bestiegen wir wortlos und wie vor den Kopf geschlagen unsere Pferde und ritten heim.

Am nächsten Tag war Elisabeth verschwunden. Sie musste sich schon vor Sonnenaufgang aus dem Frauenzimmer geschlichen haben, als wir alle noch schliefen. Die Kammerfrau war in heller Aufregung, auch wir Mädchen suchten überall, aber Elisabeth war nirgends zu finden. Nicht in der Kapelle, nicht im Garten, nicht im Küchentrakt, wo sie so gern Süßes stibitzte. Schließlich liefen wir zur Landgräfin, die noch einmal von der Dienerschaft alles durchkämmen ließ. Ohne Erfolg. Gegen Mittag hatte ich endlich den richtigen Einfall. Ich sah im Marstall nach, und richtig, Elisabeths Zelter fehlte. Daraufhin weckten wir den jungen Torwart, der bis zum Aufschließen des Burgtors am Morgen Dienst gehabt hatte. Ja, sagte der, die kleine Ungarin sei gleich bei Tagesanbruch stracks durchs offene Tor geritten, er habe ihr noch nachgerufen.

»Du elender Nichtsnutz!«, schrie Sophia ihn an. »Welch ein Trottel von Torwart bist du, eines der Landgrafenkinder alleine zur Burg hinauszulassen?« Die Landgräfin war außer sich vor Angst und Sorge. Was konnte Elisabeth da draußen alles geschehen! Oder war sie gar aus der Burg geflohen? Himmel, auf den Straßen um Eisenach lauerten doch überall Wegelagerer, Räuber und Unzuchtler, die nur darauf warteten, dass ein Mädchen allein vorbeikam!

»Vergebt mir, Herrin, ich bitt Euch!« Der Torwart hob flehend die Hände.

»Lass dir deinen Lohn auszahlen und dann fort aus meinen Augen!« Sophia kannte keine Gnade. Sie war außer sich.

»Ich glaube, ich weiß, wo sie ist«, kicherte Agnes. »Bei den jämmerlichen Gestalten im Wald, in deren Hütte wir waren. Diese elende, stinkende Köhlerfamilie. Sie hat gestern Abend ja von nichts anderem mehr gesprochen.«

Die Landgräfin fuhr hoch und versetzte ihrer Tochter eine schallende Ohrfeige. »Warum hast du das nicht gleich gesagt!«, rief sie zornig. »Holt mir den Vargula!«

Ich wusste, dass Agnes recht hatte. Und wirklich, nach anderthalb Stunden kam ein kleiner Suchtrupp, den Walter von Vargula angeführt hatte, mit Elisabeth im Schlepptau zurück. Sie war schmutzig, das Haar zerzaust, ohne Mantel und Schuhe. Aber um ihre Lippen spielte ein glückliches, fast entrücktes Lächeln. Kaum war sie abgestiegen, rauschte schon Sophia mit wehenden Gewändern in den Hof, ging auf sie zu und gab ihr die zweite Ohrfeige des Tages. »Bist du denn närrisch, uns solche Sorgen zu machen?«, rief sie. »Wie kannst du ohne Schutz und Aufsicht aus der Burg reiten? Weißt du überhaupt, wie gefährlich das ist? Und habe ich dir nicht beigebracht, dass eine Dame von Stand niemals alleine irgendwohin geht?«

Elisabeth stand da und lächelte immer noch. »Mutter«, erwiderte sie, »du hättest sie sehen sollen. So arme Leute. So arme, arme Leute.«

Sophia verzog unwillig den Mund und schüttelte den Kopf. »Das ist nicht deine Angelegenheit, Kind. Und wenn du hättest helfen wollen, hättest du einen der Knechte schicken können.«

»Ich hab ihnen Brot gebracht, Mutter. Und von unserer Medizin, die wir immer gegen das Magenzwicken bekommen. Und eine Wolldecke. Sie hatten nicht einmal eine Wolldecke.«

»Und Mantel und Schuhe hast du auch dort gelassen, wie?« Sophias Ärger war noch nicht verraucht.

Elisabeth nickte. »Sie hatten nur Fetzen am Leib, Mutter. So arme Leute. Und uns geht es doch so gut!«

Und dann breitete sie die Arme aus, sah zum Himmel auf und sagte: »Wie lieb muss mich der Herr Jesus haben, dass er mir das gezeigt hat!«

Von da an hatte Elisabeth Ausgehverbot. Und wir gleich mit, was uns nicht gerade freute. Vor allem, weil wir im Dezember nach Eisenach hinunterzogen, wo man auf dem Markt hätte so schöne Sachen einkaufen können: Tücher und Bänder, feine hundslederne Handschuhe, beinerne Kämme, silberne Haarnadeln, all den hübschen Tand, den junge Mädchen so lieben. Aber so mussten wir im Steinhof bleiben. Agnes platzte fast vor Wut, und ich muss zugeben, dass auch ich böse auf Elisabeth war.

Sie hingegen nahm den Hausarrest ohne Murren an. Ich hatte

das Gefühl, dass die Strafe sie überhaupt nicht traf. Im Gegenteil, sie nutzte die Zeit. Täglich verbrachte sie Stunde um Stunde mit Wollespinnen, was bei der Landgräfin nicht gerade Begeisterung auslöste. »Das ist keine Beschäftigung für eine Prinzessin«, tadelte sie ihre Ziehtochter. »Was soll das? Wir tragen keine Wolle. Warum machst du nicht etwas Schönes aus Broschat oder Barchent, hm? Und in der Wäschekammer haben wir so herrliche gelbe Seide aus Lucca, die ist erst letzte Woche angekommen! Nimm davon und näh dir zusammen mit der Kleidermagd ein paar schöne Ärmel!«

Es war sinnlos. Elisabeth konnte hartnäckig sein wie ein Maulesel. Ich bewunderte sie. Hatte sie denn keine Angst vor Sophia? Aber nein, sie war sich damals schon sicher, dass sie das Richtige tat. Unbeirrbar spann sie und spann, hortete die fertigen Wollknäuel unter ihrem Bett und ließ sie dann von Guda und den Kammerdienerinnen zu Decken und Tüchern verweben. Den halben Winter lang fragten wir uns, was sie mit den Sachen anstellte, bis Agnes es eines Tages zufällig herausfand. Elisabeth winkte nämlich vom Fenster der Roten Stube aus, das zur Gasse hinausging, Bettler herbei, wenn sie zufällig vorbeikamen. Denen warf sie dann das Wollzeug zu. Was dazu führte, dass in der Gasse immer mehr verlotterte Gestalten, Gabenheischer und Bresthafte herumlungerten und auf weitere Geschenke warteten. Was wiederum dazu führte, dass Elisabeth, die mit dem Spinnen gar nicht mehr nachkam, schließlich alle möglichen Dinge verschenkte, die sie irgendwo zusammenraffte, auch kleine Kupfermünzen aus ihrer Aussteuertruhe. Agnes tratschte ihre Entdeckung natürlich sofort weiter, worauf Sophia einschritt und der Sache ein Ende machen wollte, indem sie die Tür der Roten Stube absperrte. Elisabeth stand ruhig dabei und sagte nur: »Du weißt doch, Mutter: Ein freudiger Geber muss sich einst vor dem Jüngsten Gericht nicht verteidigen – seine Almosen werden für ihn streiten.«

Die Landgräfin hielt inne. Sie beide wussten genau, dies war einer der Lieblingssprüche des Kaplans Berthold, und den hatte sie schließlich selbst in die Hofkapelle berufen. Elisabeth hatte sie tatsächlich mit ihren eigenen Waffen geschlagen! Sophia steckte den Schlüssel wortlos wieder ein. Die Tür zur Roten Stube blieb offen.

Seit diesem Vorfall nahm die Landgräfin Elisabeth ernster, sie hatte verstanden, dass ihre ungarische Ziehtochter kein Kind mehr war, sondern eine eigenständige Persönlichkeit. Und auch bei mir fiel Sophia etwas auf, das sie bisher nicht wahrgenommen hatte: Ich hatte mich äußerlich verändert. Hübsche feste Brüste waren mir gesprossen wie runde Äpfel, meine Schenkel und mein Hintern waren üppiger geworden. Im Januar dann hatte ich zum ersten Mal meine Rosen, was Agnes, die ja ein paar Monate älter war als ich, vor Neid erblassen ließ.

Die Landgräfin sah mich irgendwann ganz merkwürdig an. »Kindchen«, sagte sie dann verwundert, »aus dir ist mir ja eine rechte Frau Venus geworden. Bald werden wir dich verheiraten müssen!«

Frau Venus, dachte ich, lieber Gott, das kann doch gar nicht wahr sein. Ich hatte nie gewagt, mich hübsch zu finden. Wenn ich in den Spiegel aus poliertem Silber oder auf eine glatte Wasseroberfläche geschaut hatte, hatte mir immer ein blasses, hellhaariges Ding entgegengeblickt, mit sommersprossiger Stupsnase, einem zu großen Mund und großen blauen Augen. Doch in letzter Zeit hatte ich immer öfter die Blicke der Männer in meinem Rücken gespürt. Und auch die von Agnes. Sie fing an, sich eine Pampe aus Eiern, Essig, Senfmehl und Pfeffer ins Gesicht zu schmieren, um so helle Haut zu bekommen, wie ich sie hatte. Auch versuchte sie, ihr rehfarbenes Haar zu bleichen. Dafür besorgte sie sich beim Eisenacher Apotheker heimlich eine Art Balsam aus Holunderrinde, Ginsterblüten, Safran und Eigelb, den sie über Nacht auf den Kopf tat. Es nutzte bloß nichts, und ich muss gestehen, dass ich schon ein wenig Schadenfreude empfand.

Ich erinnere mich noch genau, wie ich an einem Winternachmittag versucht hatte, meine Haare so nach hinten zu flechten wie Eilika. Der Spiegel, der doch nie mein Freund gewesen war, hatte mir zum ersten Mal das Bild einer Frau gezeigt! Einer wunderschönen, verführerischen Frau mit geschwungenen Brauen, hohen Wangenknochen und einem Mund zum Küssen! Das war ich! Noch ganz erfüllt von meiner Entdeckung, wollte ich mich in meiner neuen Haartracht den anderen zeigen. Und als ich um die Ecke des Treppenhauses bog – war es eine Fügung des Himmels? –, stieß ich unvermutet mit dem Mann zusammen, von dem ich in meinen Nächten träumte: Heinrich Raspe.

Seit unserem Tanz vor einiger Zeit hatte ich ihn nicht mehr getroffen. Und jetzt fing er mich in seinen starken Armen auf.

»Verzeihung«, murmelte ich und wünschte mir inständigst, er würde mich nie mehr loslassen.

Er ließ seine Hände auf meinen Hüften ruhen. »Nicht doch«, lächelte er. »Ich danke für das Vergnügen.«

Sein Blick ruhte erst auf meinem Gesicht und wanderte dann abwärts zu meinen Brüsten. O Gott, zum ersten Mal wurde mir klar, dass so ein Mann eine Frau ansah. Und diese Frau war ich!

Ganz verwirrt löste ich mich von ihm und rannte in die Kemenate. Zum ersten Mal im Leben fühlte ich mich als Frau, und ich fühlte mich schön!

Aber natürlich würde ich nie eine solche Schönheit werden wie Eilika! Nach Raimunds Aufbruch ins Heilige Land war sie als Sophias Kammerzofe am Hof geblieben, und so sah ich sie zu meinem Leidwesen häufig. Ich mochte sie nicht, kein Wunder, schließlich hatte sie mir meinen geliebten Ritter vor der Nase weggeschnappt. Ich fand sie eitel, berechnend und dumm. Aber ihr Liebreiz und ihre Anmut waren jeden Tag Gesprächsstoff bei Hof, ob bei den von ihr bezauberten Männern auf dem Turnieranger oder den neidischen Damen im Frauenzimmer. Sie brauchte keine Bleichpasten, hatte keine Haarfärbemittel nötig. Sie bewegte sich mit einer natürlichen Anmut, um die ich mit meinem Hinkebein sie glühend beneidete. Ihr Lachen klang wie Harfengezirp. Ihre Augen waren von einem solch leuchtenden Grün, dass sogar eine Frühlingswiese dagegen verblasste. Alle jungen Ritter schwärmten für sie. Und was tat sie? Anstatt keusch und sittsam auf ihren Ehemann zu warten, der in Outremer für die Befreiung Jerusalems focht, machte sie jedem schöne Augen, vom Ritter bis hinunter zum Pferdeknecht.

Ich sehe sie noch genau vor mir, an diesem Winterabend in der großen Stube des Frauenzimmers. Draußen wirbelten die Flocken; die Pergamente und Häute, die man in die Fenster gespannt hatte, waren kältestarr und voller Eisblumen. Ich gesellte mich zu den anderen, die gemütlich im Licht dicker gelber Wachskerzen um den Kamin saßen, in dem ein wärmendes Feuer hoch aufloderte. Es gab Zimtkringel und heißen Met, ausgebackene Weinbeerlein und scharfen kandierten Ingwer. Die Schlotheimerin, die eine begnadete Geschichtenerzählerin war, lenkte mich von der verwirrenden Erkenntnis ab, die ich gerade erfahren hatte. Sie erzählte die wunderbar traurige Legende der beiden Liebenden Tristan und Isolde. Neben ihr saß Eilika. Wie so oft trug sie einen Surkot in ihrer Lieblingsfarbe Rot; das volle, dunkle Haar floss ihr wie eine Woge offen über die Schultern. Gerade war die Schlotheimerin an der Stelle angekommen, wo die unglückliche Isolde den Leib ihres toten Liebsten mit Küssen bedeckt, da klopfte der Türsteher mit seiner Hellebarde auf und kündigte den Landgrafen an. Alle waren überrascht; Männerbesuche im Frauenzimmer kamen ja nicht so oft vor. Außerdem wussten wir, dass Ludwig gerade erst mit dem letzten Tageslicht aus Mainz zurückgekehrt war, wo er mit dem Fürstbischof, dem alten Widersacher seines Vaters, zusammengetroffen war. Die verheirateten Frauen setzen rasch ihre Hauben auf oder zogen die Schleier über den Kopf. Das war ein Gebot von Anstand und Sitte – kein Mann außer dem eigenen darf schließlich das Haar eines Eheweibs sehen. Nur Eilika schien ganz vergessen zu haben, dass sie keine Kopfbedeckung trug. Oder dass sie ein Eheweib war. Oder war es etwa Absicht?

Jedenfalls trat Ludwig mit einem fröhlichen Gruß ein und umarmte seine Mutter aufs herzlichste. Er setzte sich in den Kreis der Frauen, erzählte von seinem Aufenthalt am Rhein, richtete allseits Grüße aus und ließ sich einen Becher süßen Mets schmecken. Dann sprang er plötzlich auf und holte ein verschnürtes Stoffpäckchen herein, das er mit geheimnisvoller Miene öffnete. »Das hab ich euch mitgebracht«, rief er und hielt ein seltsames Ding hoch. Es war die Figur eines dicken, hockenden Mannes, so groß wie ein Menschenkopf. Der Hockende war schwarz und schwer und aus Gusseisen, und er hielt sich seinen fetten Bauch mit beiden Händen. Den Mund hatte er gespitzt, als wolle er ein Liedchen pfeifen, zwischen den Lippen war ein kleines rundes Loch.

Nach einigen Ohs und Ahs wagte Agnes zu fragen: »Was soll denn das sein?«

Ludwig grinste spitzbübisch. »Das ist ein Püsterich«, sagte er. »Ich zeig es euch.«

Er füllte Wasser aus einer Schnabelkanne durch die Mundöffnung in das Innere des Fettwanstes. Dann setzte er die Figur mitten in die Glut des Kohlebeckens, das neben dem gepolsterten Lehnsessel der Landgräfin stand. Wir warteten. Langsam hörten wir, wie das Wasser zum Sieden kam. Und dann, mit einem Mal, blies der Püsterich unter durchdringendem Gepfeife weißen Dampf aus seinem gespitzten Mund. Mir blieb fast das Herz stehen, einige der Frauen kreischten laut. Schließlich brandete allgemeines Gelächter auf. Das war ja etwas nie Dagewesenes, ein unglaubliches Ding, ein Spielzeug für einen König! Ludwig sonnte sich in dem allgemeinen Beifall, während der Püsterich blies und pfiff.

Und dann stand Eilika auf, ging hüftenschwingend zum Kohlebecken, streckte graziös die Hand aus und hielt einen Finger in den kochendheißen Dampf. So dumm konnte doch gar niemand sein! Im Nachhinein waren wir alle überzeugt, dass sie es aus reiner Berechnung getan hatte. Natürlich verbrühte sie sich, tat einen spitzen Schrei und steckte den Finger in den Mund. Der gute Ludwig fühlte sich schuldig, nahm ihre Hand und blies auf die sich bildende Blase an ihrer Fingerspitze. Sie neigte sich ganz nah zu ihm hin, aufreizend nah, und ich sah, dass er rot anlief. »So ein Luder, so ein durchtriebenes«, flüsterte die alte Gudensbergerin. »Pass auf, die will noch Landgräfin werden«, raunte die Schlotheimerin zurück. »Ihr Mann wäre schließlich nicht der Erste, der nicht aus dem Heiligen Land zurückkommt; damit rechnet sie, die Matz.«

Dieses Biest! Machte sich an Ludwig heran! Aus dem Augenwinkel heraus sah ich Elisabeths verletzten Gesichtsausdruck. Und da begriff ich endgültig: Sie liebte ihn! Sie und Ludwig! War es nicht das Selbstverständlichste auf der Welt, dass die beiden zusammengehörten? Elisabeth und der Bruder ihres toten Bräutigams? Was lag näher? Aus ihrem Gesicht las ich Eifersucht, Zorn, Kränkung. So gekränkt und aufgebracht war sie, dass sie alle Demut vergaß. »Ich könnte das liederliche Weib umbringen«, raunte sie mir zu, und ich flüsterte zurück: »Nur zu, ich bin die Letzte, die dir das übelnimmt!«

Und dann kam es noch schlimmer. Als kurze Zeit später Ludwig das Frauenzimmer verließ, knickste Eilika noch einmal vor ihm, sah ihn von unten her mit einem Augenaufschlag an, der einen Mönch zum Wilden gemacht hätte, und flötete: »Meinen Dank für Eure Freundlichkeit, Liebden. Ich bin ein so ungeschicktes Ding – jetzt weiß ich, dass Euer hübscher Püsterich fast so heiß brennt wie die Liebe!« Dabei ließ sie Ludwig so offen in ihren Ausschnitt blicken, dass ich es gar nicht fassen konnte. Himmel, wie unverblümt konnte sich eine Frau einem Mann denn noch anbieten? Ich sah mit Befriedigung, dass der Mund der Landgräfin schmal wie ein Strich wurde. Nachdem Ludwig gegangen war, winkte sie Eilika zu sich. Ich stellte mich unauffällig ganz in die Nähe und hörte sie sagen: »Wenn Ihr Euch in Zukunft nicht so verhaltet, wie es einer verheirateten Frau ansteht, Eilika von Kaulberg, und meinem Sohn noch ein einziges Mal auf unziemliche Art nahe kommt – ich schwör Euch, dann schick ich Euch ins Kloster.«

Mit dem Gefühl tiefster Genugtuung ging ich an diesem Abend zu Bett, natürlich nicht ohne Elisabeth vorher noch von Sophias bösem Tadel berichtet zu haben. »Ins Kloster«, sagte ich, »da gehört sie hin, das schamlose Weibstück. Da kann sie keinen Schaden mehr anrichten.« Elisabeth drückte erleichtert und dankbar meine Hand. Damals konnte keine von uns ahnen, auf welch furchtbare Art sich die Drohung der Landgräfin später bewahrheiten sollte.

Primus

Wir haben nichts zu heizen. Früher, auf dem Hof, da sind wir in den Wald gegangen und haben Reisig gesammelt, und Tannenzapfen. Immer hatten wir was zum Schüren. Jetzt, in der Stadt, da müssen wir Brennholz kaufen; in den Wald ist es zu weit. Bloß wovon sollen wir es kaufen? Es ist nämlich so, dass der Vater seit Weihnachten nicht mehr beim Rotgerber arbeitet. Sein Bein ist wieder schlimmer geworden. Na ja, es war sowieso eine eklige Arbeit. Er musste im Stehen mit dem Schabeisen die Fleisch- und Fettreste von den Häuten abschaben, und das Zeug war immer schon stinkig und faulig. Wenn er abends heimgekommen ist, haben wir den alten Schweinegestank von unserer Wohnung geradezu für Blumenduft gehalten. Mich hat der Gerber aber behalten. Meine Aufgabe ist es, fürs »ungarisch Gerben« Häute mit Talg einzureiben. Je nachdem, wie viele Häute ich bis mittags schaffe, bekomme ich mehr oder weniger Lohn. Ich bin stolz, denn mit meinem Geld kauft die Mutter jeden Tag unser Essen.

Das war ein armseliges Weihnachten, mit dem Vater ohne Arbeit. Wenigstens ist er inzwischen wieder in Lohn und Brot gekommen, als Gehilfe bei einem Seilmacher. Aber so viel wie beim Gerber verdient er da nicht mehr. Wir haben den Wirt vom »Wilden Mann« gefragt, ob er nicht vorübergehend mit weniger Mietzins zufrieden wäre, bis alles besser werden möcht, aber er hat nur gesagt: »Zahlt oder geht.«

Deshalb hilft Mutter nun jeden Tag in der Taverne am Spülstein, aber bevor sie kommt, sperren sie die Vorratskammer zu, weil sie Angst haben, dass sie sonst was für uns klauen würde.

Wir haben dauernd Hunger. Am Nachmittag, wenn ich nicht arbeiten muss, streunen Michel und ich mit knurrenden Mägen durch die Stadt auf der Suche nach Essbarem oder Sachen, die wir brauchen können. Manchmal ergattern wir auf dem Markt ein Stück Obst, das heruntergefallen und aufgeplatzt ist. Oder wir finden ein Eckchen von einer Pastete, das auf dem Boden liegt und wo noch keiner draufgetreten ist. Einmal stehe ich vor dem Brothaus, und es gibt Striezel, die riechen so gut, dass mir das Wasser im Mund zusammenläuft. Ich stelle mir vor, wie ich so einen Striezel esse, mit dick Butter und süßem Honig. Wie ich in den weichen Teig beiße. Wie die Butter und der Honig in meinem Mund zerfließen und auf der Zunge zergehen. Ich überlege, wie viele Jahre im Fegefeuer es kostet, wenn ich jetzt nach so einem Striezel greife und damit weglaufe. Du sollst nicht stehlen, das sagt die Bibel, und das sage ich dem Michel auch immer. Man kriegt die Hand abgehackt, wenn sie einen erwischen. Trotzdem stelle ich mich unauffällig ganz nah an die Süßigkeiten, und meine Finger tasten ganz von selber nach dem Striezel, der am weitesten vorn liegt.

Da spüre ich, wie mich jemand am Ohr hochzieht. »Au«, schreie ich und hänge schon halb in der Luft, nur am Ohrläppchen, »aua, loslassen!«

Die Bäckersfrau hält mein Ohr eisern fest. »Denk gar nicht erst dran, du Bankert, du Nichtsnutz, du Tropf, du elender!«

Ich winde mich und greine, weil es so weh tut.

»Jetzt hau ganz schnell ab, Bürschlein, und wenn du noch einmal in die Nähe kommst, kriegst du von mir eine Maulschelle, die darfst du dann behalten!«

Endlich lässt sie mich los, und ich flitze wie der Blitz davon.

Der Michel hat derweil etwas entdeckt. In der Gasse, die am Steinhof entlangführt, gibt es ganz viele Bettler, die warten auf irgendwas. Wir hocken uns auf eine Stufe und warten auch mit. Es ist kalt, und wenn man sich nicht bewegt, kommt zum Hunger auch noch die Friererei. Ich bin letzten Winter aus meinem alten, löchrigen Mantel herausgewachsen, den trägt jetzt der Michel. Für mich hat die Mutter dafür aus lauter Flicken einen Umhang zusammengenäht, der mir kaum bis zu den Knien reicht. Er sieht grässlich aus, und ich wollte ihn erst nicht anziehen, weil ich mich schäme. Aber dann ist es doch zu kalt geworden, und jetzt bin ich froh, dass ich ihn habe. Am schlimmsten sind aber die kalten Füße. Wir haben keine Schuhe, was im Sommer nichts ausmacht, aber im Winter schon. Mutter wickelt uns jeden Morgen Lumpen rum und schnürt sie fest, aber wenn der Boden feucht und schlammig ist, dann nässen die Lumpen durch. Michel hat schon seit Wochen Frostbeulen an den Füßen, die sehen aus wie Blasen, und Mutter schmiert sie mit Fett ein, wenn wir welches haben.

Irgendwann geht im ersten Stock vom Steinhof ein Fenster auf, und droben schaut die Dunkle raus, die immer Sachen verschenkt. Wir springen auf und drängeln uns zusammen mit den anderen unter dem Fenstersims. Die Dunkle wirft ein Wolltuch heraus, und dann noch eins. Und dann ein paar Münzen hinterher. Wir strecken die Arme hoch, erwischen aber nichts. Jetzt fangen die anderen an, sich um die Sachen zu prügeln. Ein Einarmiger, der sich gerade noch an einer Krücke so ganz erbarmenswert dahingeschleppt hat, holt plötzlich seinen zweiten Arm unter dem Umhang vor und drischt mit der Krücke auf einem Blinden herum;

ein Aussätziger verliert beim Raufen die Krusten im Gesicht, die er sich aus eingefärbtem Mehlpapp selber angeklebt hat. Das sehen die anderen Bettler und gehen auf die beiden los, weil Betrüger mag man nicht, die vermiesen einem das Geschäft und machen einen schlechten Ruf, und dann geben die Leute nichts mehr. Es gibt ein großes Geschrei, vorne biegt schon der Büttel um die Ecke und brüllt von weitem: »Gesindel, elendiges! Ich sperr euch alle in den Stock, da fressen euch die Ratten, erbärmliche Brut, die ihr seid!«

Alle rennen oder hinken weg, auch ich und der Michel. Als wir nach einer Weile stehen bleiben, weil wir ganz außer Atem sind, hält Michel lachend eines der beiden Wolltücher hoch. Es ist in dem ganzen Durcheinander auf den Boden gefallen, und er hat es sich geschnappt.

Dann kommt die Fastenzeit, und zum Zeichen dafür hängen sie am Aschermittwoch in der Nikolaikirche das Hungertuch auf. Jetzt kann man das Kruzifix mit dem Gekreuzigten nicht mehr sehen bis zum Karsamstag. Michel fragt, was das soll, mit dem Hungertuch. Wir haben doch sowieso nie was Ordentliches zu essen, da braucht uns gar keiner vorschreiben, dass wir fasten sollen. Blöder Schmachtlappen!

An dem Tag kommen wir heim, und die Mutter weint. Der Vater sitzt einfach so am Tisch und schaut wie ein geprügelter Hund.

»Was hat sie denn?«, fragt der Michel.

Vater guckt schuldbewusst. »Ihr kriegt wieder ein Geschwisterchen.«

»Du hast gesagt, dass du aufpasst«, greint die Mutter. »Du hast's versprochen.«

Vater rollt die Augen zum Himmel. »Ja, ich bin schuld, Mechtel. Du musst's mir nicht immer wieder sagen.«

»Wie sollen wir bloß noch ein hungriges Maul stopfen?« Mutter ist ganz verzweifelt.

Michel und ich schleichen uns aus der Stube. Wir wollen auch kein neues Geschwisterchen, uns reicht schon die Ida.

»Wie kriegt man Kinder?«, fragt mich Michel, als wir draußen im Hof sitzen.

»Weiß nicht. Die kommen aus dem Bauch raus.«

»Und wie kommen sie da rein?«

»Keine Ahnung. Das macht der Vater.«

Ich habe da schon einen Verdacht. Wenn der Vater nachts glaubt, dass wir schlafen, dann legt er sich manchmal auf die Mutter drauf und wackelt auf ihr rum und schnauft so merkwürdig. Vielleicht geht das so mit den Kindern.

An Ostern muss es Eier geben, anders geht es ja gar nicht, und weil wir keine haben, läuft die Mutter zum Katharinenkloster. Da läuten sie jeden Mittwoch das Armenglöckchen und geben Almosen, am Mittwoch vor Ostern eben Eier. Sechs Stück hat die Mutter heimgebracht. »Rührt mir die ja nicht an«, sagt sie zu Michel und mir. »Die sind für Ostersonntag!« Das gibt ein Fest, denke ich mir und passe auf, dass der Michel auch ja keines stibitzt.

Am Ostersonntag gibt es dann doch kein Fest, weil am Gründonnerstag kommt der Vater nicht von der Arbeit heim. Die Mutter schickt mich zum Suchen, aber in der Seilerei ist er nicht, und sonst auch nirgends. Er kommt erst heim, als wir längst im Bett liegen, nur Mutter sitzt am Tisch und hat ein Talglichtlein brennen. Er schwankt und riecht nach Bier und grummelt vor sich hin. Als er sich auf den Hocker beim Herd fallen lässt, tut es einen Schlag und ein Bein bricht ab und er liegt auf dem Boden. Michel und ich kichern, aber dann merken wir, dass etwas nicht stimmt. Mutter hilft dem Vater auf und führt ihn zum Bett. »Dreckskerle«, lallt er und fuchtelt mit den Armen, »alles Dreckskerle. Hab mir nichts zuschulden kommen lassen, nichts! Die bring ich um, die Herrgottsakramentsarschlöcher!«

»Versündig dich nicht«, schimpft die Mutter und hilft ihm ins Bett.

»Du halt bloß dein Maul!«, sagt der Vater. Dann fällt er nach hinten um und fängt an zu schnarchen.

Am nächsten Morgen erzählt er uns, dass er keine Arbeit mehr hat. »Ich bin das ärmste Schwein«, sagt er.

Jetzt ist Ostern vorbei. Wir haben die Eier gegessen, aber ein Fest war es nicht. Der Vater geht jetzt in der Frühe immer zum Nikolaitor. Da steht er dann mit den anderen Taglöhnern und wartet, ob einer vorbeikommt und ihm Arbeit gibt. Meistens ist er aber bald wieder da, weil ihn mit seinem kranken Bein sowieso keiner nimmt. Das ist eigentlich schön, da hat er nämlich Zeit für den Michel und mich. Er kennt viele Geschichten, die erzählt er uns dann. Lustige und traurige, unheimliche und spannende. Wenn man Geschichten hat, dann friert einen nicht, und dann braucht man auch kein Gerstenmus und kein Stück Brot. Dann denkt man auch nicht dran, dass die Mutter heimlich vom Tisch springt, wenn sie glaubt, dass keiner da ist. Und dass sie widerliches Zeug trinkt, das sie aus den Nadeln vom Sadebusch zusammenbraut, und dann kotzt.

Ich gehe zu ihr und sage ihr, dass sie meinen silbernen Hohlpfennig haben kann. Sie streicht mir übers Haar und weint.

Ach, jetzt könnte ich meinen Engel gebrauchen, denke ich traurig. Wenn ich nur wüsste, wo ich ihn suchen soll!

Neuenburg, Mai 1219

Es war ein Maientag, wie man ihn sich schöner nicht vorstellen konnte; der rechte Tag zum Heimkommen. Überall saftiges, junges Grün, ein linder Wind wehte von Süden her und ließ kleine weiße Wölkchen über den Himmel tanzen. In den träge fließenden Wassern des Flusses brachen sich silbern die Sonnenstrahlen. Vorsichtig lenkte der Ritter sein Pferd durch die seichte Furt der Unstrut. Hinter sich führte er an der langen Leine ein Eselchen, das zwei beschlagene Kisten trug. Am Ufer, dort wo blau der Lerchensporn blühte, hielt er kurz an, beschattete seine Augen mit der Hand und sah nach oben zur mächtigen Anlage der Neuenburg. Wie ein grauer, steinerner Riese thronte die größte aller Ludowingerburgen über der Stadt Freyburg, reckte ihre Mauern wehrhaft himmelwärts. Ein Lächeln huschte über das sonnengebräunte Gesicht des Ritters. Dort war sie und wartete auf ihn. Nur noch ein kurzes Stück steilen Wegs, und er würde sie in seine Arme schließen. Sein Weib, die Frau, die er liebte, an die er an jedem einzelnen Tag in der Ferne voller Sehnsucht gedacht hatte. Er schnalzte mit der Zunge, und sein Rappe machte sich an den beschwerlichen Anstieg.

Am Tor wurde er vom Wächter angehalten. »Wer seid Ihr, Herr, woher des Wegs und was ist Euer Begehr?«

»Aber Hugo, kennst du mich denn nicht mehr?« Der Ritter breitete die Arme aus und lachte.

»Herr Raimund! Himmel, mit dem Bart hätt ich Euch beinah nicht erkannt!« Der Torwart senkte seine Hellebarde. »Nur immer herein, und willkommen daheim!«

Raimund von Kaulberg ritt in den Burghof ein; vor dem Bergfried stieg er ab und überließ sein Pferd und den Esel den Knechten des Marstalls. »Passt mir gut auf die beiden Kisten auf, ihr Burschen«, rief er. »Der Inhalt ist mir wert und teuer.«

Inzwischen hatte sich die Kunde von der Rückkehr des Kreuzritters wie ein Lauffeuer verbreitet. Im Hof lief alles zusammen, die Leute umringten den Heimkehrer, man schlug ihm auf die Schulter, umarmte ihn, brachte ihm zu trinken. Als sie ihn mit Fragen bestürmten, wehrte Raimund lachend ab. »Lasst ab, ihr Guten, und seht mir nach, dass ich zuallererst mein Weib umarmen will, bevor ich Geschichten erzähle.« Mit großen Schritten eilte er zum Eingang des Palas, nahm drei Stufen auf einmal auf dem Weg zum Frauenzimmer im zweiten Stockwerk des Wohnturms. Nachdem er sich vom Türsteher hatte anmelden lassen, betrat er die Gemächer der Landgräfin.

Sofort war er von den Damen und Mädchen des Hofes umringt, die ihm den Mantel abnahmen und ihn begeistert empfingen. Ein paar junge Mädchen umarmten ihn stürmisch. Eine von ihnen hielt sich abseits, erst am Ende sah er sie.

»Ja, Giselchen, hast du dich verändert!«, rief er, und sie nickte ernst. »Ich bin ja auch schon fast fünfzehn«, erwiderte sie. Er antwortete nicht, sondern blickte suchend umher. Alle aus dem Frauenzimmer waren da, ihn zu begrüßen. Aber wo war Eilika?

Die Tür zum Nebenzimmer ging auf, aber es war nicht Eilika, die eintrat, sondern die Landgräfin. Raimund verbeugte sich tief.

»Welch freudige Überraschung, Herr Raimund«, lächelte Sophia. »So seid Ihr also zurück aus Outremer. Konntet Ihr das heilige Grab den Heiden entreißen?«

Raimunds Gesicht verfinsterte sich. »Nein, Liebden, wir kamen nicht bis nach Jerusalem. Stattdessen belagert das Heer nun schon seit Monaten die Stadt Damiette in Ägypten. Ich wäre nicht zurückgekehrt, wenn nicht mein guter Vater an einem Schwerthieb gestorben wäre; das Wundfieber hat ihn dahingerafft. Sein letzter Wunsch war, neben meiner Mutter in der Heimat begraben zu werden.«

»Das tut mir leid zu hören«, antwortete die Landgräfin. »Ich habe Euren Vater sehr geschätzt.« Sie bemerkte, dass Raimunds Augen immer noch suchend hin- und herwanderten. »Ihr freut Euch sicher auf das Wiedersehen mit Eurem Weib«, sagte sie.

»Die ist ausgeritten«, fiel eine der Zofen ein.

»Oh«, sagte Raimund von Kaulberg enttäuscht. »Wisst Ihr vielleicht, wohin?«

Die Frauen schüttelten alle die Köpfe, bis auf Agnes. »Sie hat eine Lieblingsstelle, die sie niemandem verrät. Da reitet sie, glaube ich, oft hin.«

Raimund war erleichtert. Die alte Mallinde. Natürlich. Wie oft hatten er und Eilika sich dort getroffen, wenn der Hof auf der Neuenburg weilte. Bestimmt war sie dorthin geritten, um ungestört zu sein und an ihn zu denken. »Dann weiß ich, wo sie ist«, rief er fröhlich, warf sich den Mantel um und war schon zur Tür hinaus.

Gisas Lächeln erstarb. Mit hängenden Schultern stand sie da und überlegte fieberhaft, was sie tun sollte. Monatelang waren sie, Guda und Elisabeth der ahnungslosen Eilika hinterhergeschlichen, hatten jeden ihrer Schritte beobachtet. Nur darauf gewartet hatten sie, dass die blöde Ziege sich noch einmal an Ludwig herangemacht hätte! Wie gerne hätten sie sie bei der Landgräfin angeschwärzt! Aber Eilika war klug. Sie hielt sich vom Landgrafen fern, wollte nicht riskieren, sich Sophia endgültig zur Feindin zu machen und als Nonne hinter Klostermauern zu enden. Stattdessen hatte sie ihre Aufmerksamkeit einem der adeligen Einrosser zugewandt, dem jungen Albrecht von Bernroda, der genauso hübsch wie einfältig war. Seit Wochen trafen sich die beiden nun schon an der Mallinde. Gisa und die beiden anderen Mädchen hatten das Gefühl genossen, mit diesem Wissen Macht über Eilika zu haben. Schließlich konnten sie jederzeit zur Landgräfin gehen. Es war wie ein spannendes Spiel gewesen. Aber nun schlug dieses Spiel in bitteren Ernst um. Lieber Gott, dachte Gisa voll Entsetzen, wenn Raimund seine Frau mit ihrem Liebhaber überraschte – wer konnte wissen, was er dann tat? Vielleicht geriet er außer sich, vielleicht ... Sie musste ein Unglück verhindern, unbedingt! Mit fliegenden Röcken rannte sie zu Sophia.

»Mutter, verzeiht«, rief sie atemlos, »wir müssen Herrn Raimund jemanden nachschicken, bitte!«

Sophia runzelte die Stirn. »Was soll das, Gisa? Warum denn und wohin überhaupt?«

»Weil ... weil ... na, weil sich Eilika dort mit dem dummen Bernroda trifft, deshalb!«

Die Landgräfin begriff sofort und wurde blass. »Lauf zu den Vargula-Brüdern auf den Turnieranger, sag, sie sollen mit allen, die dort sind – wohin?«

»Zur alten Mallinde.«

»... zur alten Mallinde reiten, es geht um Leben und Tod! Erklär's ihnen!«

Gisa rannte, als sei der Teufel hinter ihr her.

Raimund schwang sich im Marstall auf das nächstbeste Pferd und ritt los, voller Vorfreude auf das Wiedersehen. Er durchquerte den Weinberg auf einem schmalen Saumpfad, trabte durch den lichten Wald und galoppierte ein Stück an dem Bachlauf entlang, der drunten vor der Stadt in die Unstrut mündete.

Die mächtige Mallinde markierte einen uralten Gerichtsplatz, sie stand unmittelbar neben einem länglichen Felsblock, auf dem magische Zeichen eingeritzt waren, die längst niemand mehr lesen konnte. Es war ein verwunschener Ort; wenn der Wind wehte, schien das Rauschen der Lindenblätter von vergangenen Zeiten zu künden. Man erzählte sich Geschichten über den Ort. Wenn ein Paar, das in wahrer Liebe miteinander verbunden war, den Stein berührte, so hieß es, dann finge er an, in seinem Inneren zu glühen. Raimund hatte es mit Eilika einmal versucht – und tatsächlich, es war ihm, als könnte er durch die raue Oberfläche eine Wärme spüren, die den ganzen Körper wunderbar durchströmte. Raimund dachte daran, wie oft er mit Eilika im Schatten des uralten Baumes im Gras gesessen hatte, den Rücken gegen den Stein gelehnt, über sich das grüne Laubdach. Es waren seine glücklichsten Momente gewesen.

Da vorn schimmerte schon das helle Grün der jungen Lindenblätter. Raimund stieg leise ab; er wollte seine Frau überraschen. Auf Zehenspitzen näherte er sich dem Baum. An ein Gebüsch angebunden graste ein hübscher kleiner Schimmel – aber neben ihm rupfte noch ein Pferd am frischen Grün, ein Brauner mit gestutztem Schweif und Herrensattel. War sie mit jemandem ausgeritten? Mit einem Mann? Raimund spürte, wie eine eisige Hand nach seinem Herzen griff. Doch gleich darauf schalt er sich einen Dummkopf. Natürlich war ihr Vater dabei, oder einer ihrer Brüder. Oder der alte Vargula, der sich den Damen stets als wachsamer Begleiter für Ausritte anbot.

Raimund schlich näher. Unter der Linde war niemand zu sehen, aber dann hörte er Stimmen und leises Gelächter. Die kalte Hand von vorhin war wieder da, sie drückte sein Herz zusammen, unbarmherzig, als wolle sie das letzte Tröpfchen Blut herauspressen. Genauso hatte Eilika oft gelacht, wenn er mit ihr zusammen war. So verführerisch, so glockenhell, so sinnlich. Raimunds Kiefer verkrampften sich. Er musste Gewissheit haben. Zögernd trat er an den Stein heran, ging um ihn herum. Und dann sah er sie.

Sie bemerkten ihn nicht einmal, obwohl er eine ganze Weile dastand. Er wusste, er würde dieses Bild nie vergessen: Eilika auf dem Rücken, die Augen geschlossen, die Röcke bis zu den Hüften hochgeschoben, die Beine gespreizt. Der Ausdruck höchster Ekstase auf ihrem Gesicht. Und auf ihr ein Mann, keuchend stieß er in sie hinein, wieder und wieder.

Es traf ihn wie ein Schlag in die Magengrube. Sie machten ihn zum Hahnrei, am Tag seiner Rückkehr! Schmerz und Wut überfluteten ihn wie eine rotglühende Woge. Raimund schrie, nein, er brüllte wie ein verwundetes Tier.

Das Paar fuhr hoch, Eilika starrte ihn an, als sei er ein Geist. »O Gott«, stieß sie heiser hervor, »o Gott!« Er starrte sie an und konnte nicht mehr denken; etwas zersplitterte in seinem Kopf. Plötzlich hatte er das Schwert in der Hand. Der Mann neben ihr bückte sich und griff nach seinem Dolch, der bei dem Kleiderhaufen im Gras lag. Raimund ging wie ein wilder Stier auf ihn los, wilde, rasende, weißglühende Wut wühlte in seinem Hirn. Mit einem Schrei schlug er seinem Nebenbuhler die Waffe aus der Hand. Der versuchte verzweifelt, sich mit den Fäusten zu verteidigen. Und dann riss Raimund sein Schwert in schräger Linie von unten nach oben. Die scharfe Klinge glitt so leicht durch Haut und Fleisch, er spürte nicht einmal, dass er getroffen hatte.

Albrecht von Bernroda brach in die Knie. Ein Gurgeln kam aus seiner Kehle, dann fiel er ganz langsam nach vorn und stürzte aufs Gesicht. Eilika kreischte wie wahnsinnig, ihre schrille Stimme gellte Raimund in den Ohren. Die Spitze seines Schwerts hatte ihrem Liebhaber den Hals aufgeschlitzt. Blut spritzte im Rhythmus des Herzschlags aus der klaffenden Wunde und färbte die Oberfläche des Runensteins dunkelrot. Sterbend krallte der junge Ritter die Hände ins Gras.

Raimund spürte plötzlich, wie ihn alle Kraft verließ. Die Wut war mit einem Mal verglüht. Er ließ das Schwert sinken und stand einfach nur da, schwer atmend und todesmüd wie nach einer langen Schlacht.

Er hörte den Reitertrupp nicht, der sich in gestrecktem Galopp näherte, nahm die Rufe der Männer nicht wahr. Erst als Rudolf von Vargula ihm sanft das Schwert aus der Hand wand, erwachte er wie aus einem Traum. Der Mundschenk legte ihm den Arm um die Schultern. »Kommt, Herr Raimund«, sagte er leise, »hier ist nichts mehr zu tun.«

Es war ein trauriger Zug, der sich stumm auf die Neuenburg zubewegte. Die Landgräfin hatte das Gesinde aus dem Innenhof verscheuchen lassen; jetzt hingen die Leute an den Fenstern, um ja nichts zu verpassen. Man brachte die Leiche des jungen Bernroda als Erstes herein und trug sie in den unteren Teil der Doppelkapelle. Einer der Männer half Eilika vom Pferd, sie war kaum imstande zu gehen. Zwei Zofen liefen ihr entgegen, um sie in die Frauengemächer zu bringen. Raimund von Kaulberg ließ sich von den Vargula-Brüdern widerstandslos in den Palas führen.

»Ich denke, für Euch ist jetzt gute Zeit, ein Zwiegespräch mit dem Herrgott zu halten«, sagte der ältere Vargula-Bruder, als sie im oberen Stockwerk der Burgkapelle angekommen waren, das direkt unterhalb des Festsaals lag. »Wir warten, bis der Landgraf heute Abend vom Gerichtstag in Mittelstedt zurückkommt.«

Wie betäubt sah sich Raimund in der Kapelle um. Sie musste während seiner Abwesenheit neu gestaltet worden sein. Sein Blick fiel auf die Mittelstütze mit ihren schwarzen Säulen, die sich auch an den Außenwänden wiederfanden. Über sich sah er die buntbemalten Zackenbögen, die ihn an maurische Architektur erinnerten, ähnlich wie er sie im Heiligen Land gesehen hatte. Durch zwei lilienförmige Fenster links und rechts des Altars flutete schräg das Sonnenlicht auf den Balkenboden. Die Stille tat gut. Raimund trat an die rechteckige Öffnung, die es der Landgrafenfamilie ermöglichte, von der oberen Kapelle aus die Messe im unteren Altarraum zu verfolgen. Apathisch beobachtete er, wie zwei Männer die Leiche des Albrecht von Bernroda hereintrugen, vor dem Altar ablegten und mit einem Leintuch bedeckten.

Nun, beim Anblick des Toten, brachen die Gedanken über ihn herein. Was hatte er getan? Wie hatte ihm das geschehen können, ihm, der sonst nie Ruhe und Beherrschung verlor? Noch vor einer Stunde war er zu einem Ungeheuer geworden. Das Böse hatte Gewalt über ihn erlangt, hatte allen Jähzorn, alle Enttäuschung, alle Wut, die ein Mensch je empfinden konnte, in einem einzigen furchtbaren Augenblick aus ihm herausbrechen lassen. Entsetzen stieg in ihm auf. Er hatte einen wehrlosen Menschen getötet. Und er hatte die Frau verloren, die er geliebt hatte. Sein Leben lag in Trümmern.

Er schlug die Hände vors Gesicht und fiel auf die Knie.

Als der Landgraf eine Stunde vor Sonnenuntergang auf die Neuenburg zurückkehrte, fand er alle in heller Aufregung. Seine Mutter und die wichtigsten Berater warteten im großen Saal auf ihn, und Sophia war es auch, die ihm in knappen Worten schilderte, was geschehen war.

Ludwig ließ sich auf einen Scherenstuhl sinken. Er wusste, es war an ihm, über Raimund von Kaulberg zu richten. Doch dies hier war etwas anderes als Mittelstedt – hier ging es nicht um heimlich versetzte Grenzsteine, Meineid oder falsche Schenkungen, hier ging es um Leben und Tod. Was sollte er nur tun mit seinem Freund und Waffenlehrer, der aus enttäuschter Liebe zum Mörder geworden war? Hilfesuchend wandte er sich an Berthold, seinen Kaplan.

»Vater, gebt mir Euren Rat. Ich sehe, dass ein gehörnter Ehemann im Zorn seinen Nebenbuhler getötet hat. Hatte er gutes Recht dazu? Mir scheint, ja. Er war als Ritter in seiner Ehre gekränkt, die Rache stand ihm zu. Dennoch kann solch ein Mord nicht völlig ungesühnt bleiben. Die Familie des Toten wird Sühne fordern, vielleicht eine Fehde beginnen. Das kann ich als Landesfürst nicht zulassen.«

Berthold nickte. »Ihr habt g… ganz recht, Herr.«

»Er muss bestraft werden«, forderte Anno von Gudensberg, ein entfernter Verwandter des Bernroders. »Der Ermordete war wehrlos. Bei Gott, ein so vielversprechender junger Ritter, unbescholten und ohne Tadel!«

»Er hatte einen Dolch«, brummte Walter von Vargula. »Und er hat das Weib eines Kreuzfahrers entehrt – das würde ich nicht ohne Tadel nennen.«

»Er hat bekommen, was er verdient.« Das war Heinrich von Ebersburg. Die meisten Anwesenden nickten. Ein Mann hatte seit jeher das Recht, seinen Nebenbuhler zu töten, wenn er ihn auf frischer Tat ertappte.

»Dennoch ist es M… mord«, warf der Kaplan ein. »Und in der H… heiligen Schrift heißt es: Du sollst n… nicht töten.«

»Ein Gottesurteil?«, überlegte Ludwig.

Walter von Vargula kratzte sich nachdenklich am Kinn. »Möglich. Aber nicht unbedingt nötig.«

»Was wird überhaupt mit der Frau?«, fragte Siegfried von Spatenburg. »In der Bibel steht auch: Du sollst nicht ehebrechen. Dieses Weib ist ein liederliches Stück ohne Anstand und Gewissen.«

Sophia erhob sich von ihrem Platz am Fenster. »Ich habe Eilika davon überzeugt, dass es das Beste für sie ist, den Schleier zu nehmen.«

»Du schickst sie ins Kloster?« Ludwig hob die Augenbrauen.

»Soll sie zu dem Mann zurück, den sie betrogen und der ihren

Liebhaber auf dem Gewissen hat? Das kann nicht gutgehen, für beide nicht. Zu ihrer Familie will sie nicht, sie behauptet, ihr Vater erschlägt sie. Also lasse ich sie morgen zu den Zisterzienserinnen nach Frauensee bringen.«

»Da kann das Malefizluder für den Rest ihres Lebens Reue üben«, knurrte der alte Vargula.

»Ei, soll der Mörder dann wohl auch ins Kloster?«, fragte der Spatenburger.

»Nein. Aber für Raimund von Kaulberg hätte ich auch einen Vorschlag«, wandte sich die Landgräfin nun an ihren Sohn. »Schick ihn zurück ins Heilige Land. Eine Kreuzfahrt tilgt alle Schuld, das gilt seit jeher. Sie ist so gut wie ein Sündenablass. Will Gott den Mörder dennoch strafen, so wird er das in Outremer tun.«

»Was meint Ihr?« Ludwig sah seinen Kaplan und die Ratgeber an. Alle nickten, sogar der Gudensberger.

»Dann ist dies meine Entscheidung: Raimund von Kaulberg verlässt innerhalb von drei Tagen Thüringen, um seine Tat im Heiligen Land zu sühnen.« Ludwig erhob sich und ging zur Tür. Die Erleichterung war ihm anzumerken. »Ich werde ihm das Urteil selbst mitteilen.«

Noch bevor er den Riegel heben konnte, rannte Gisa, die draußen gelauscht hatte, atemlos durch die Gänge, bis sie endlich das Frauenzimmer erreicht hatte. Drinnen fiel sie Elisabeth um den Hals. »Sie lassen ihn leben«, schluchzte sie. All ihre Anspannung entlud sich in einer Tränenflut.

Elisabeth lächelte. »Ich wusste es«, sagte sie. »Ich habe den lieben Herrn Jesus darum gebeten.«

Gisa

Drei Tage lang blieb er in der Kapelle, betete und bereute. Wie gern wäre ich zu ihm gegangen, ihn zu trösten, mit ihm zu trauern. Denn auch ich fühlte mich schuldig. Hätten wir der Landgräfin früher von Eilikas Ehebruch erzählt, wäre alles anders gekommen. Aber ich war dagegen gewesen, und das lastete schwer auf meinem Gewissen.

Am dritten Tag verließ Raimund seine Zuflucht. Man konnte sehen, wie verzweifelt er war. Sein Blick war leer, seine Bewegungen fahrig, das Gesicht aschfahl unter der Sonnenbräune. Man brachte ihm sein Pferd und die Waffen; er gürtete sich das Schwert um und stieg auf. Keiner sprach ihn an, niemand winkte ihm zu, als er langsam den Burghof durchquerte und auf das Tor zuritt. Er musste sich in diesem Augenblick vorkommen wie der einsamste Mensch auf der Welt.

Da hielt ich es nicht mehr aus. Obwohl ich wusste, dass es mir noch mehr Schmerz bereiten würde, rannte ich hinter Raimund her. »Herr Raimund«, rief ich atemlos, »wartet!« Mein Haarband löste sich, und ich verlor auch noch einen Schuh, aber das war mir ganz gleich. Er ritt trotz meines Zurufs weiter; erst als ich ihn einholte, zügelte er endlich sein Pferd. Stumm hob ich die Hand zum Gruß.

Er rang sich ein trauriges Lächeln ab und nickte mir zu. Dann trieb er seinen Rappen an und passierte das Burgtor. Ich stand da und sah ihm nach. Da fiel mir noch etwas ein, und ich lief wieder hinter ihm her. Zum zweiten Mal hielt er an, und ich nestelte den leinenen Zugbeutel auf, den ich am Gürtel trug. Der Beutel enthielt meinen kostbarsten Besitz: eine kleine Schneekopfkugel. Das runde Ding aus Porphyrstein ließ sich öffnen; sein Inneres war über und über gefüllt mit winzigen fliederfarbenen Amethystkristallen. Solch seltene Kugeln fand man nur am Schneekopf, einem der hohen Gipfel des Thüringer Walds, und sie galten als Glücksbringer.

Ich hielt Raimund die kleine Kostbarkeit hin. »Bringt Ihr mir die zurück, irgendwann?«

Er lächelte wieder. »So Gott will«, sagte er, nahm die Kugel und steckte sie ein. Dann gab er seinem Hengst die Sporen und galoppierte davon.

Er hatte mich nicht Giselchen genannt, diesmal.

Es muss auch in diesem Sommer gewesen sein, dass Elisabeth zum ersten Mal heimlich ein krankes Kind auf die Burg brachte. Sie war mit zwei Dienerinnen in die Stadt gegangen, um Süßigkeiten zu kaufen – damals waren wir ganz versessen auf die Honigmandeln eines Creuzburger Bäckers. Als sie zurückkam, benahm sie sich merkwürdig. Sie wirkte irgendwie aufgeregt, raffte Tücher zusammen und eine irdene Schüssel und war plötzlich verschwunden. Und natürlich war Guda auch weg. Als es auf die Essenzeit zuging, suchte ich die beiden.

Ich fand sie hinter dem Mäuerchen beim tiefen Brunnen. Elisabeth kämmte grade einem kleinen Mädchen mit dem Läusekamm die Nissen aus dem Haar. Das Kind war vielleicht drei oder vier Jahre alt, sein Gesicht und die Arme waren bedeckt von einem rotpusteligen, eitrigen Ausschlag. Es weinte, weil das Kämmen gar so schlimm ziepte – wie immer stellte sich Elisabeth nicht besonders geschickt an und rupfte arg an den verfilzten Locken. Offensichtlich hatte sie die Kleine gewaschen; die Schüssel mit Schmutzwasser stand noch da. Ein paar Brocken Brot lagen daneben, auch ein Tiegel mit Gänseschmalz, den sie aus der Küche stibitzt haben musste. »Du meine Güte, was machst du denn bloß?«, rief ich. »Wenn die Mutter das erfährt!«

Elisabeth arbeitete ungerührt mit dem Kamm weiter. »Schau es doch an, das arme, arme Ding«, erwiderte sie. »Hungrig war sie, und die Krätze hat sie so schlimm. Ich musste sie einfach mitnehmen.«

Noch bevor ich etwas erwidern konnte, kam es beim Tor zu einem kleinen Tumult. Der Torwart versuchte, eine zerlumpte Frau abzuwehren, die unbedingt hereinwollte. Sie schrie und zeterte, während er sie mit barschen Worten abzuweisen versuchte. Ich rannte hin und hörte, wie die Frau jammerte: »Mein Kind will ich, ich will doch nur meine Kleine! Die Schwarze hat sie mitgenommen, einfach so, als ich grad beim Waschen am Fluss war. Die Leute haben's genau gesehen. Lasst mich, ich will mein Kind! Trudel! Trudel!« Sie schrie immer lauter, es konnte nicht mehr lange dauern, bis welche vom Gesinde aufmerksam wurden, und dann würde es auch Sophia erfahren. Ich lief zu der Frau, die immer noch mit dem Wächter stritt, und sagte atemlos: »Wartet einen Augenblick, ich bring Euch das Kind!«

Elisabeth war gerade damit fertig geworden, Gänseschmalz auf die Pusteln der Kleinen zu schmieren, und ließ es ohne Widerspruch zu, dass ich das weinende Mädchen bei der Hand nahm und zum Tor brachte. Die kleine Trudel war sichtlich verstört; als sie ihre Mutter sah, riss sie sich los und fiel ihr um den Hals. Die Frau umarmte ihr Töchterchen froh und erleichtert. Dann beeilte sie sich, aus der Burg zu kommen.

Ich war wütend. Wie konnte Elisabeth einfach so ein Menschenkind mitnehmen, als sei es ein streunender Hund? »Nicht für einen Pfifferling Hirn hast du«, schalt ich sie. »Hättest doch morgen wieder in die Stadt gehen können und der Kleinen dort die Haare kämmen!« Dann lief ich noch einmal zurück zum Torwart. Gott sei Dank war es Eppo, ein freundlicher Riese, der uns Mädchen gern mochte. »Eppo, bitte verrat uns nicht«, bat ich, und er lachte und legte zum Zeichen seines Schweigens den Finger über die Lippen. Das war noch einmal gutgegangen!

»Mach das bloß nicht wieder!«, brummte ich Elisabeth an. »Oder willst du, dass dich Mutter doch noch nach Ungarn zurückschickt?«

»Ach, du hast ja recht«, sagte sie und biss sich schuldbewusst auf die Lippen. »Ich will's nie wieder tun.«

Aber ich sah ihr an, dass sie es eigentlich nicht ernst meinte.

Primus

Ich bin jetzt sieben und habe seit letztem Sommer eine feste Arbeit, drunten am Mühlbach vorm Georgentor, beim Färberjohann. Der macht aus Waid schöne blaue Farbe, und ich und noch zwei Buben helfen ihm dabei, an drei Tagen in der Woche. Erst, hat er erzählt, erntet man die Waidblätter und zerquetscht sie zu Mus. Daraus rollt man kleine Kugeln, die bringen dann die Waidbauern in die Stadt, und der Johann kauft sie ihnen ab. Er tut sie in eine große, flache Kufe und schüttet Pisse drüber, jede Menge. Dann kommen wir. Drei Tage lang müssen wir in der Kufe herumstampfen, damit sich alles gut zu einem Brei vermischt. Man glaubt gar nicht, wie das stinkt, weil ja alles gärt. Wenn wir mit Stampfen fertig sind, sind wir zum Umfallen müde. Der Färberjohann kocht später die Färbebrühe mit Seifenkraut auf und tut Wolle oder Stoffbahnen hinein. Wenn er sie dann wieder herauszieht, sind sie erst ganz gelb, aber später werden sie langsam blau. So geht das.

Meine Beine sind auch blau, bis zu den Knien. Das sieht lustig aus. Aber ich verdiene mehr Geld als beim Seiler, und das brauchen wir dringend, weil jetzt haben wir ja noch ein Brüderchen, das Hannolein. Gott sei Dank kein Mädchen wie die Ida! Mädchen kratzen und beißen, wenn man sie ärgert, und dumm sind sie obendrein. Nach Heiligdreikönig hat die Ida nämlich das Hannolein fallen lassen, und seitdem rollt ihm immer das eine Auge weg. Der Vater hat sie arg gehauen deswegen, aber die Mutter hat Ida in den Arm genommen und gesagt, das hilft dem armen Wurm jetzt auch nicht, und sie hat es schließlich nicht mit Absicht gemacht. Drum sag ich ja, Mädchen sind dumm.

Überhaupt rutscht dem Vater jetzt immer öfter die Hand aus. Meistens hat er ja recht, weil wir was ausgefressen haben. Aber manchmal haut er uns einfach, weil's ihm Spaß macht. Der Michel und ich sind oft ganz voller blauer Flecke, und neulich hat der Michel ihn angeschrien, ichhassedichichhassedich. Die Mutter sagt, ihm gefällt das Leben nicht mehr und deshalb ist er oft so gemein. Er hat immer noch keine feste Arbeit, und weil er als Taglöhner auch nichts Rechtes findet, hilft er meistens dem Hundschlager und dem Schinder, weil mit denen will sonst keiner, die sind ja unehrlich. Aber ich finde es gar nicht so schlecht, denn manchmal bringt er ein Stück Fleisch mit von einem toten Tier. Hauptsache wir müssen keinen Hunger haben.

Der Winter war heuer zwar kalt, aber wir haben in unserem Schweinestall nicht so frieren müssen, weil ich vom Färberjohann eine Rolle Wollstoff bekommen hab, die beim Färben fleckig geworden ist. Mutter hat daraus Decken für unser Bettlager genäht, und so haben wir's schön warm gehabt in der Nacht. Dem Vater war's wahrscheinlich zu warm, weil er immer mitten in der Nacht aufgestanden und weggegangen ist. Wenn er dann wieder ins Bett kam, hat er gerochen wie die Leute in der Wirtschaft zum »Wilden

Mann«. Jetzt ist es wieder Frühjahr, und er steht immer noch jede Nacht auf. Ich hab mich gewundert und bin ihm einmal nach, und jetzt weiß ich, wohin er geht: Er hat ein lockeres Brett entdeckt im Holzverschlag, da, wo es zur Treppe in den Bierkeller geht. Das Brett macht er ab und quetscht sich durch. Drunten legt er sich dann unter den Zapfhahn und dreht auf. Ei, wenn der Wirt ihn dabei erwischt, das wird nicht lustig!

Montag ist mein freier Tag, das ist bei den Färbern immer so. Die machen da nämlich blau: Der über Sonntag eingeweichte Stoff wird morgens aufgehängt, damit er an der Luft schön blau wird. Danach gibt es nichts mehr zu tun. Deshalb treibe ich mich am Montag immer mit Michel in der Stadt herum, so wie heute. Als wir in die Badergasse kommen, hören wir schon von weitem den Lärm von einer Rauferei. Natürlich rennen wir hin; drinnen im Bad ist großes Gekeife und Gekeile, der Bader schmeißt gerade einen Kerl raus und schreit: »Nicht in meiner Badstube! Meine Badstube ist von der Obrigkeit genehmigt! Geh ins Hurenhaus, du Sau!«

Wir kichern, weil der Kerl nackig da steht und einen feuerroten Kopf hat. Jetzt wirft ihm der Bader seine Kleider nach und er zieht sich hastig Bruoche und Beinlinge an. Er merkt gar nicht, dass ihm dabei eine Münze herunterfällt, schlüpft noch in Hemd und Gugel und haut schnell ab. Pfeilschnell schießt Michel auf das Geldstück zu, schnappt es sich und flitzt davon. Ich natürlich hinterher. Er biegt um die nächste Ecke, da rennt er in einen größeren, vielleicht zwölfjährigen Jungen hinein, der ihm breitbeinig den Weg versperrt. Oh, oh, denke ich, das gibt Ärger. Hinter dem Jungen stehen nämlich noch andere, die Hände in die Hüften gestemmt. Wir sind zwei, aber die sind viel mehr. Der Junge streckt die offene Hand aus und sagt: »Los, gib her!«

Michel schüttelt trotzig den Kopf. »Das ist meins. Ich hab's gefunden!«

»Scheißegal«, sagt der andere. »Das hier ist unsere Gasse.«

Michel schüttelt bockig den Kopf, da hat ihn der Große auch schon gepackt und auf den Boden geworfen. Ein zweiter zwingt seine Faust auf und greift sich die Münze. Und ich greife mir ihn. Ich verpasse ihm eine blutige Nase, aber dann gehen die anderen auf mich los. Zwei halten mich, einer haut mir aufs Auge und in den Magen. Dem Michel geht es ähnlich. Wir wehren uns, was das Zeug hält, aber am Schluss liegen wir beide im Dreck und haben keine Kraft mehr. Der Große pfeift durch die Zähne, und sofort lassen seine Kerle von uns ab. Er stellt sich vor uns hin, und ich sehe, dass er quer über der linken Schläfe eine frische Narbe hat, die sich bis in sein dunkles Haar hineinzieht. »Wie heißt ihr?«, fragt er. Was soll's, wir sagen ihm unsere Namen.

»Ich bin Ortwin, dass ihr's wisst.« Er begutachtet die Münze, die sie Michel abgenommen haben. »Und alles hier vom Fluss bis zur Rolle ist mein Gebiet.«

Ich muss husten. Michel heult.

»Lasst euch bloß nicht noch mal hier blicken«, knurrt Ortwin und versetzt mir noch einen Tritt mit der Fußspitze. »Sonst könnt ihr was erleben. Und jetzt verschwindet.«

Ich ziehe Michel davon, er humpelt, und ich sehe nur noch auf einem Auge was, weil das andere zugeschwollen ist. Wir sind ein recht jämmerlicher Anblick, als wir zu Hause ankommen. »Jesusmariaundjosef!«, schreit die Mutter. »Ha, geprügelt haben sie sich, die Saubankerten!«, knurrt der Vater. »Und, habt ihr wenigstens gewonnen?«

»Solltest erst mal die anderen sehen«, lüge ich.

Zwei Wochen später ist Großer Markt. Hei, das ist ein Spaß! Wenn ich Geld hätte, um was zu kaufen, wär's noch viel schöner. Aber Michel und mir muss halt das Schauen genügen. Auf dem Platz wimmelt es vor Leuten. Höker mit allerlei Tand, von der Garnrolle bis zum Noppenbecher, bieten ihre Ware feil. Von draußen sind eine Menge Bauern gekommen, mit Kiepen auf dem Rücken, voller Eier oder Käselaibe oder frischem Lattich. Sie schleppen Holzkäfige mit lebenden Hühnern und zerren Ziegen und Lämmer an Stricken hinter sich her. Andere kommen aus den Lohwäldern und haben Körbe mit abgeschälter Eichenrinde dabei, die man zum Gerben braucht. Dann sind da die aus Frankenhausen und bieten Salz feil. Ich weiß gar nicht, wie Salz schmeckt, weil es ist so teuer, dass wir's uns nicht leisten können. Als einem der Salzsieder ein graues Krümelchen beim Verkaufen runterfällt, laufe ich schnell hin und steck's mir in den Mund. Pfui Teufel! Und dafür zahlen die Leute einen Haufen Geld? Wie blöd müssen die denn sein!

Dann ist da einer, der verkauft Spielkarten, und Würfel, die sind aus Pferdeknochen geschnitzt. Und einer, bei dem gibt's schöne Messer. So eins hätt ich auch gern. Der Michel bleibt bei einer dicken Frau mit Bauchladen stehen. »Na, Kleiner«, säuselt die, »willst du eine von meinen guten Krautwürsten?« Klar will er, bloß kaufen kann er sich keine. Ich sehe ihm an, wie er überlegt, ob er sich eine schnappen und wegrennen soll. Aber da hinten ist der Büttel, und der ist ziemlich schnell. Also ziehe ich meinen Bruder weiter, bevor er Unsinn macht.

Und dann sehe ich den großen Jungen von neulich, Ortwin. Er läuft so ganz unauffällig zwischen den Leuten herum, mit einer Unschuldsmiene. Aber in seiner Hand blitzt was – er hat ein Messerchen, ein ganz kleines! Plötzlich macht er eine schnelle Bewegung, zack! – schon hat er das Lederbändchen durchtrennt, mit dem der Zugbeutel am Gürtel einer Kramhändlerin festgebunden ist. Er schnappt sich den Beutel und rennt, da schreit die Frau laut Zeter und Mordio. Wieselflink schlängelt sich Ortwin durch die Menge und an mir vorbei, aber da stürmt ihm von der anderen Seite der Büttel entgegen. »Wart, Bürschchen!«, brüllt er, »dich hab ich gleich!«

Ortwin dreht sich um und rennt zurück, wieder an mir vorbei, der Büttel hinterher. Da – ich weiß auch nicht, was mich gepackt hat – stelle ich dem Büttel ein Bein, er stolpert und fällt hin. Ich nichts wie weg, der Michel auch.

Wir bleiben erst hinter der Kirche stehen und japsen nach Luft. »Spinnst du?«, keucht Michel. »Das war doch Ortwin, der miese Kotzbrocken von neulich!«

Ich grinse. »Schon. Aber hast du gesehen, wie schön's den Büttel aufs Maul gehauen hat?«

Und dann steht der miese Kotzbrocken plötzlich vor mir. Er nickt anerkennend und sagt: »Meine Jungs haben gesehen, wie du den Alten flachgelegt hast. Gute Arbeit. Also, wenn du willst, bist du dabei.« Er deutet auf Michel, der grade versucht, unauffällig zu verduften. »Und dein Bruder auch.«

Ich bin so stolz, dass ich platzen könnte, und komme mir mindestens zwei Ellen größer vor. Natürlich will ich dabei sein, was denn sonst? Ich spucke aus, zucke mit den Schultern und sage lässig: »Wenn's sein muss.«

Von da an treiben wir uns die meiste Zeit – wenn ich nicht zum Färberjohann muss – mit Ortwins Bande herum. Wir lernen Ecken in der Stadt kennen, wo wir noch nie gewesen sind: Da hausen die Armen, die Lediggänger, die Blinden, Krüppel und Bresthaften, unter Treppen, in Kellern und selbergebauten Buden aus wurmstichigen Holzlatten. Da ist unser Schweinestall noch Gold dagegen. Ich lerne, dass jede Mühle in der Stadt ihren Heiligen hat, jedes Wirtshaus, jedes Handwerk. Man muss bloß wissen, in wessen Namen man anklopfen und um Gaben heischen soll, dann wird einem immer gegeben. Hier ist es der Heilige Sebastian, da der Heilige Hiob, dort die Heilige Barbara. Ich lerne, dass es an Schlachttagen vor dem Fleischhaus Abfälle gibt, aus denen die Mutter noch eine Suppe kochen kann, dass neben der Nikolaikirche der Platz ist, an dem die Findelkinder betteln dürfen, und wenn man sich unauffällig daruntermischt, kriegt man was vom Pfarrer. Ich lerne, wie man sich durchs Fensterchen in die Hinterstube vom Badhaus quetscht und dort die Sachen klaut, die die Leute ausgezogen haben. Und wo man die weiterverkauft. Das ist ein lustiges Leben. Wenn es gut läuft, hab ich von einem Tag mit Ortwin mehr als von zehn Tagen Waidstampfen. Der Vater kriegt das alles gar nicht mit; meistens ist er sowieso nicht daheim. Und wenn er dann heimkommt, ist er besoffen. Das kommt vom Bier, sagt die Mutter, und es ist ihr ein Rätsel, wo er das Zeug herkriegt. Ich weiß es aber: Er bringt den ausländischen Bauleuten, die seit April wieder auf der Wartburg arbeiten, Essen und Trinken aus dem »Einhorn«. Jeden Vormittag geht er mit dem Esel los. Unterwegs bleibt er dann bei der Quelle unter der Burg stehen, füllt einen Teil vom Bier in ein Eimerchen, das er dort versteckt hat, und tut dafür Wasser ins Fass. Die Bauleute wissen gar nicht, dass sie Dünnbier kriegen, und der Vater säuft auf dem Rückweg fröhlich den Eimer aus.

Ich würde auch mal gern auf die Wartburg hinaufgehen, aber natürlich nimmt mich der Vater nicht mit, und wenn ich zu arg drum bitte, kriegt er bloß die Wut und verpasst mir eine. Droben auf der Burg ist nämlich zur Zeit der Landgraf mit seinen sämtlichen Leuten. Das bedeutet, mein Engel und die Dunkle müssen auch da sein. Im Winter waren sie nur kurz in der Stadt; den Engel hab ich nur ein paarmal beim Kirchgang von weitem gesehen, die andere alle zwei Tage beim Almosenverteilen vor der Georgskirche. Ich glaub, jetzt kennt sie mich schon; sie hat mir auch jedes Mal was gegeben. Ich finde, sie sieht irgendwie traurig aus. Sie lacht auch nie. Also, wenn ich vom Adel wäre und müsste nie Hunger haben und könnte jeden Tag teure Kleider tragen und hätte so viel Geld, dass ich dauernd was davon herschenken könnte, dann wär ich bestimmt nicht traurig, ich nicht!

Irgendwann werd ich sie vielleicht mal fragen, warum sie sich nicht ihres Lebens freut, wo es ihr doch so gutgeht. Na ja, vielleicht lass ich's auch lieber, bevor sie mir böse ist und ich nichts mehr von ihr kriege.

Aus der Kreuzzugs-Chronik des Raimund von Kaulberg, geschrieben 1219–1221

Im Monat August des Jahres 1219 kam ich nach fast drey monatiger Reiße wieder zu Egypten an. Vieles hatte sich seytdeme verändert, Got seys geprießen zum Guthen. Ich erfuhr, daß kurtz nach meiner Heymfahrt im lezten Jahr der Ketten-Thurm gefallen war. Doch die Saracenen sperrten darnach den Fluss Nil, indeme sie darin Schiffe versenckten, sodaß die Kreutz Ritter nit mit ihren Booten biß vor Damiet fahrn konnten. Auch griff sie der Sulthan al Adil mit seinem Heer bestendig an und viele hauchten ir Leben auß. Da ergab es sich durch Gots Fügung, daß der Sulthan starb und die Mußelmanen darnach Halß über Kopff ihr Lager auff gaben. Die Kreutz Fahrer machten unermeßliche Beuthe und drangen weiter biß Damiet. Dort begannen sie die Belagerungk, konnten aber die Stadt nit zu Fall pringen. Denn den gantzen Winter über ward das Heer geplagt von einer furchtbarn Seuche. Man nannte die

Kranckheit Schwarz-Fieber, dieweiln die Befallenen schwartzes Wasser ließen und endtlich an der trockenen Hitz starben. Jeder sechste, so sagte man mir, war nach dem Wintter thot.

Alß ich, beladen mit meiner groszen Sünd, vor Damiet ankam, hob unßer Fußvolck ein breitten Graben aus, der unß gegen Angriffe schützen sollt. Es war so heiß und die Sonn brannt so starck vom Himmel, daß keiner von unß die Rüßtung tragen konnt, nit einmal, wenn wir sie, so wie die Mußelmannen es thaten, mit Umhängk und Tüchern schützten. Deßhalben gab es viel Tote bei den Scharmüzeln und Angriffen. Gott sey den armen Seelen der Männer gnedig, die im Staub Egyptens so ihr Leben laßen mußten. Aber auch die Lebenden warn am End ihrer Kräfthe. Zu Mittag lagen wir alle im Schatten unßrer Zelthe, es war bald zu heiß zum athmen. Auch die Rösser litten große Noth, die Roßknechte benetzten sie drey mal am Tag mit Waßer, wovon wir, dem Himel sey Danck, genugk hatten. Sonst wärn wir allsamt elendiglich zu Grund gangen.

Dann, alß die größte Hitz vorbey war, brach im Lager erneut das Schwartze Fieber auß, und es wüthete so arg, daß viele von unß die Hoffnungk verlorn. Mir war es gantz gleich, ob ich sterben oder leben sollt, ich gab mich all in Gottes Handt. Wenn du mich strafen willst, o Herr, so betete ich, dann thue es itzo, ich will alles von dir annehmen. Aber der guetige Gott hat mich gnedig verschont. Auch mein alter Kampfgenoß Herr Neithard vom Reuenthal blieb gesundt, ich traf ihn wieder im Heer der Östereicher. Er hat ein Lied geschriben, das singen sie allerorten im Lager: »Wenn dich die Leuthe fragen / wie's um die Pilger steht / so sage: schlimm / Wir sollten jetzt / in Östreich seyn / Den Freuden-Tagk / laß uns, Got, erleben / daß wir zur Heymat fahrn / Wir alle sindt am Ende / vom Heer die Hälfthe tot.« An den traurigken Wortten kann ein jeder ermessen, wie arg es im Herbst des Jahrs 19 um uns Francken, wie uns die Feinde nennen, standt. Herr Neithardt fragt mich, wie es käm, daß ich wieder hier sey. Ich erzält ihme alles, und sehnt mich dabey nach Thüringhen. Ob ich diße Heymat wol auff immer verlorn hab? Herr Gott, wenn Du mir vertzeihn kanst, lass mich mein Landt einst wieder sehn!

Mitthen in der bößesten Lage griffen die Mußelmanen endtlich an. Ich kann nit beschreiben, wie furchtbar die Schlacht tobte. Es ging Stunden hin. Der Boden war von Bluth schwartzrot, überall lagen Tothe, abgehackte Gliedmaßen, sterbende Rösser, schreiende Verwundethe. Mehr alß einen altten Kämpffer sah ich im Staub grüne Galle von sich geben, weil er den Anblick der schröcklichen Wunden nit ertragen konnt, die er selbst geschlagen. Unsre Rüßtungen warn besudelt von Hirn, Bluth und Koth, der den Sterbenden abging. Alß wir schon kurtz davor warn, uns selber auff zu geben, da plötzlich standt ein kleiner Mann auff, in der grauen Tracht eins Mönchs, der beschwor uns, durch zu haltten. Er sprang auf den auffgedunsnen Bauch eins tothen Pferds und schrie: »Ihr edlen Ritter und frommen Kämpffer! Auf Euch ruhet die Hoffnungk des christlichen Abendlandts! Laßt nit ab von Eurem gerechten Streben nach dem Sieg, habt Vertraun, Gott ist mit Euch! Der Feindt muß besiegt seyn, Damiett muß fallen! Die Saracenen haben den Ortt geschendet, wo der Gekreutzigte ruhte. Sein heyliges Grab wird von Hunden beschmutzt und von Ungläubigen bespuckt. Höret mich, Christen! Wer das Zeychen des Glaubens trägt, der muß dem Glauben auch Thaten folgen laßen. Gott liebt den Muth, und sey es auch nur, um eine Schlange zu töthen. Ihr Pilger im Zeichen des Creuzes, zerschmettert die greuliche Schlangen Brut! Selig die Schwertter in den Händen christlicher Ritter! Der Herr ist mit Euch! Schlagt das Heidenvolck! Gott will es!«

Obwohln der Mann diese Red in welscher Sprach gehalten, schworen späther viele Ritter auß aller Herren Länder, sie hätten Wort für Wort verstanden. Es war wie ein Wunder – alle wurden mit gerißen vom Anblick dießes beseelten Mönchs, kleyn von Gestalt, häßlich von Angesicht, jemmerlich dürr und mit rot entzündeten Augen, der vom Himmel wohl die Gabe erhaltten hatte, in Zungen zu reden. Ich selber verstand ihn nit – aber mit meiner groszen Sünd war ich wohl nit im Stand der Gnade und hatte nit das Recht, Gottes Wortt durch den Mund dißes welschen Mönchs zu hören. Sein Name war, wie mir späther ertzelt wurd, Franciscus aus Assisi.

Nach der Rede des Welschen schöpften unßre Kämpfer durch göttliche Hülfe neuen Muth und neue Krafft. Wir machten Auf-

stellungk zum Angriff und durchprachen die feindlichen Linien. Die Mußelmanen flohen zurück in die Stadt Damiet.

Noch einen zweitten Angriff auf unßer Lager versuchten die Saratzenen, und dies Mal rettete unß der Einbruch der Nacht. Und dann kam Gots Hülfe, wie Franciscus von Assisi es versprochen hatte: Egypten wurd von einer Hungers Noth heimgesucht, die Mußelmanen waren knapp an Nachschub. Da both der neue Sultan, al Kamil, der war der Sohn des alten, unß an, die Stadt Jerusalem auszuliefern, sofern wir nur auß seinem Landt abzögen. Unßre Heerführer, allen voran König Johann von Brienne, wollten dem Sulthan genug thun, doch der Legat des Papstes, Herr Pelagius von Albano, weigerte sich mit aller Macht und behielt nach kurtzem Streitt die Oberhandt. Wir plieben.

Und in der That, Hunger und Seuchen setzten den Belagertten in der Stadt gewalthig zu, sie wurden schwach und schwächer. Alß wir deßen gewahr wurden, wagten wir den Angriff. Am Dienßtag nach Allerseeln des Jahrs 1219 bestürmten wir mit lezter Krafft die Stadt, mit allem, was wir hatten: Pleyden, Widdern, höltzernen Thürmen, Leittern und Hakenseilen. Ich war einer der erßten, die den Fuß über die Mauer setzten, und ich bezahlte meinen Vorwitz mit einer Wunde quer über die Brußt. Obschon ich schwer bluthete, war ich unther denen, die die Stadt durchkämmthen und alle erschlugen, die sich noch wehrten. Es war der gelobte Tributh, den ich für den Mord an meines Weibes Beyschläfer zahlte. So viele Heidenseelen gegen die meine. Gott mag es mir dereinst lohnen, wenn es denn sein Wille ist. Ich frage mich dennoch: Ist es recht, den Tod von Heiden auffzuwiegen gegen den eines Christen? Kann der Mensch Mord mit Mord abgelthen, Bluth mit Bluth fortwaschen? Ich dencke an die spätern Worte des guten Herrn Wolfram: »Die nie mit dem Glauben der Taufe in Berührungk kamen, ist's eine Sünde, dass man sie erschlug wie Vieh?« Ich meine ja – doch mag darüber ein anderer urtheilen, ich kann es nit, Gott vergebe mir …

Gisa

Ich saß mit meinem Stickrahmen in der Fensternische der kleinen Turmstube, die in der Nähe der Landgrafenkemenaten lag und nach Süden hinausging. Das war damals mein Lieblingsplatz, man wurde von niemandem gestört, wenn man seine Ruhe haben wollte. Während ich so vor mich hin stichelte, hörte ich plötzlich Stimmen von nebenan, zuerst ruhig, dann laut, es klang fast wie ein Streit oder zumindest eine Meinungsverschiedenheit. Eine Tür wurde aufgerissen, Schritte näherten sich, und plötzlich trat Ludwig in die Stube. Bevor er die Tür schließen konnte, kam seine Mutter, die Landgräfin, ihm nachgeeilt. »Ja, lauf nur vor mir weg«, sagte sie ungehalten. »Das nützt dir gar nichts. Manchmal verstehe ich einfach nicht, was in dir vorgeht. Du kannst es nicht immer wieder aufschieben.«

»Ich bin der Landgraf von Thüringen«, erwiderte Ludwig bockig. »Und ich kann.«

Die beiden sahen mich nicht, weil man schon die dicken Wintervorhänge vor meine Nische gehängt hatte, die mich halb verbargen. Gerade wollte ich aufstehen und mich bemerkbar machen, da stritten die beiden schon weiter.

»Schau, die kleine Österreicherin, Margarete«, sagte Sophia, »ich weiß gar nicht, was du gegen die haben kannst. Sie ist fünfzehn, im besten Alter also, und ihre Mutter ist eine byzantinische Prinzessin.«

Ludwig schüttelte den Kopf.

»Oder die kleine Agnes von Böhmen. Na ja, sie ist vielleicht noch ein bisschen jung, aber dafür ist ihr Vater König und ihre Mutter aus dem ungarischen Königshaus. Sie soll ganz reizend sein.«

»Mutter, lass mich …«

Aber Sophia hatte sich in Fahrt geredet. »Oder die Töchter des Sachsenherzogs! Heinrich hat zwei davon, Irmgard und Agnes. Sie sind nicht viel jünger als du, und soviel ich weiß, wird über Irmgard bereits verhandelt, aber ich habe schon geschrieben, dass …«

»Du hast was?« Ludwig kniff wütend die Augen zusammen.

»Na, ich habe schon meine Fühler ausgestreckt.« Sophia lächelte selbstgefällig. »Man muss sich schließlich rechtzeitig ins Spiel bringen, wenn man eine gute Partie machen will. Das war bei deinem Vater und mir nicht anders.«

Ich sah, dass Ludwig kurz davor war, vor Wut zu platzen. Mir wurde die Lauscherei unangenehm, aber jetzt konnte ich erst recht nichts mehr daran ändern. Hätte ich aufstehen sollen, guten Morgen sagen und fröhlich an den beiden vorbeispazieren? Also machte ich mich hinter meinem Vorhang möglichst klein und hoffte, dass es bald vorbei sei.

»Mutter«, sagte Ludwig mit gepresster Stimme, »ich will nicht heiraten. Keine Agnes, keine Irmgard und keine Margarete. Ich habe es dir schon oft genug gesagt. Wie kannst du da ohne meine Zustimmung Werbebriefe schreiben!«

»Weil ich mir Gedanken mache, mein Sohn.« Jetzt war auch Sophia zornig. »Es geht nicht darum, was du willst und was du nicht willst. Es geht darum, dass der Landgraf von Thüringen einen Erben braucht. Mindestens einen. Die Linie muss weitergehen. Das bist du deiner Familie und deinem Land schuldig. Was ist, wenn – was Gott verhüten möge – dir etwas zustößt? Du bist längst im heiratsfähigen Alter. Der Adel erwartet eine fürstliche Hochzeit schon seit deiner Schwertleite, das weißt du selber am besten. Man munkelt ja schon …«

»Was munkelt man?« Ludwigs Nasenspitze wurde ganz weiß.

Sophia zögerte. »Nun ja, du weißt doch, wie die Leute reden …«

»Was munkelt man?« Ludwig wiederholte seine Frage.

»Hergott, man munkelt, du … du taugtest nicht zur Ehe.« Jetzt war es heraus.

Ludwigs Kiefer mahlten. »Das glauben die Leute, ja? Dass ich widernatürliche Neigungen habe? Beziehungen pflege mit …«

»Männern, ja.«

Mir blieb die Luft weg. So etwas hatte ich ja noch nie gehört. Oder war das vielleicht gemeint, wenn der Kaplan auf der Kanzel vor einer Sünde namens Sodomie warnte? Ich glaube, ich wurde ganz rot hinter meinem Vorhang. Aber natürlich spitzte ich nun erst recht die Ohren.

Sophia hob beschwörend die Hände. »Ludwig, ich weiß doch,

dass das nicht stimmt. Aber wir müssen etwas gegen diese Gerüchte tun. Und das Beste, was wir tun können, ist, eine Heirat in die Wege zu leiten.«

Ludwig stand mit geballten Fäusten da, doch dann ließ er plötzlich die Schultern hängen. »Du hast recht, Mutter. Ich werde darüber nachdenken. Lass mir noch ein bisschen Zeit, dann treffe ich eine Entscheidung.«

»Warte nicht zu lange, Junge.« Sophia legte versöhnlich ihre Hand auf Ludwigs Wange. »Spätestens an Weihnachten sollten wir eine Verlobung bekanntgeben.«

Sie ging, und nach einiger Zeit folgte ihr Ludwig mit langsamen Schritten. Ich wartete noch ein kleines Weilchen, dann verließ auch ich meine Nische und rannte zurück ins Frauenzimmer. Ich war wie vor den Kopf geschlagen.

Noch am selben Tag holte ich mir Rat bei meiner alten Vertrauten, der Hühner-Els. Ich hockte mich zu ihr auf den wackligen Schemel hinter dem Taubenschlag und druckste ein bisschen herum, während sie eine Henne rupfte. Schließlich fasste ich mir ein Herz und fragte: »Du, Els, was ist Sodomie?«

Sie hob mit einem Ruck den Kopf, dass ihr fast das aus Stoffstreifen gewickelte Kopftuch verrutschte. »Herrje, Kindchen, wie kommst du denn auf so was?«

»Der Kaplan hat neulich so Sachen erzählt«, erwiderte ich. Ich wollte nichts von Ludwig sagen.

»Der Kaplan sollte sich was schämen!« Els rupfte kopfschüttelnd weiter.

Ich besah eine Zeitlang angestrengt meine Fingernägel, dann machte ich einen erneuten Vorstoß. »Sagst du's mir nun, oder nicht?«

Die Els seufzte und legte die Henne weg. »Also gut, du Plagegeist. Sollst nicht dumm sterben, bloß weil du eine Edeljungfer bist und dir keiner was erklärt. Schau, es ist auf Erden so beschaffen, dass sich Mann und Frau zusammentun. Sie heiraten, liegen beieinander, und dann gibt es Kinder. Das hat der liebe Gott in seiner Weisheit so eingerichtet auf der Welt. Jetzt gibt's aber Männer, die wollen wider die göttliche Ordnung nicht einer Frau beiwohnen, sondern einem anderen Mann, oder womöglich gar«, sie bekreuzigte sich, »... einem Tier.«

Ich war entsetzt. Els zuckte die Schultern und langte wieder nach der toten Henne. »Weißt du«, sagte sie, »das gibt es bei den Tieren auch. Ich hatte schon Hähne, die haben versucht, einen anderen Hahn zu bespringen.«

Das beruhigte mich nun auch nicht. »Was geschieht mit Männern, die Sodomie machen?«, wollte ich wissen.

»Wenn man sie dabei erwischt, werden sie verbrannt«, meinte die Els gleichmütig. »Beide. Oder der Kerl und das Tier.«

O Gott. Mir wurde ganz flau im Magen. Mit wehenden Röcken lief ich ins Frauenzimmer. Elisabeth, die am Tisch saß und nähte, runzelte die Stirn. »Was hast du?«, fragte sie.

Ich ließ mich neben ihr auf einen Stuhl fallen. »Der Ludwig muss unbedingt heiraten!«, platzte es aus mir heraus. »Unbedingt.«

Sie ließ ihr Nähzeug sinken. »Ich weiß schon«, sagte sie. »Alle bedrängen ihn. Bald wird eine Braut nach Thüringen kommen.« In ihren Augen glitzerten Tränen. »Er hat gesagt, dass er sich entscheiden muss«, schluchzte sie. »Er sagt, ihm graut davor, um irgendein fremdes Mädchen zu freien.«

»Dann soll er doch dich heiraten«, brummte ich. Langsam hatte ich genug von Ludwigs Unentschlossenheit. Er wollte sich wohl lieber verbrennen lassen! Dann schalt ich mich selber ein dummes Ding. Ich wusste schließlich gar nicht, ob die Gerüchte stimmten. Aber ich war mir sicher, dass eine Verbindung mit Elisabeth das Beste für alle sein würde. Wenn man die beiden miteinander sah, fiel einem sofort ihre besondere Vertrautheit auf. Sie nannten sich stets liebevoll »Bruder« und »Schwester« – das taten sie übrigens später auch noch. Nie stritten sie oder waren einander böse. Eigentlich merkwürdig, aber damals dachte wohl außer mir niemand auch nur im Entferntesten daran, dass aus den beiden ein Paar werden könnte. Aber es ahnte außer mir wohl auch keiner, dass aus Elisabeths schwesterlicher Zuneigung längst Liebe geworden war.

Es war schließlich Herr Walter von Vargula, der Ludwig zu einer Entscheidung brachte. Der altgediente Ratgeber sprach ihn während eines Jagdausflugs an. »Liebden, mögt Ihr wohl ein Wort mit einem braven Getreuen reden?«, begann er, gemächlich neben Ludwig herreitend.

Der junge Landgraf ließ seinem Schimmel die Zügel lang. »Warum nicht?«

»Weil Euch der Inhalt meiner Rede vielleicht nicht gefallen wird«, lächelte der Alte.

»Nur frei heraus, mein Guter, ich werde Euch schon nicht den Kopf abreißen.«

Walter von Vargula wählte seine Worte mit Bedacht. »Ihr wisst, mein Junge, dass ich Euch schon als Kind auf den Knien geschaukelt habe. Euer Glück liegt mir am Herzen, Ihr seid mir lieb und teuer. Nun sehe ich seit etlicher Zeit, dass Euch etwas plagt, und ich glaube, es ist die Frage Eurer Verheiratung. Habe ich recht?«

»Ihr kennt mich gut.« Ludwig nickte. »Es liegt mir schwer im Magen. Mir behagt der Gedanke an eine Ehe überhaupt nicht, und ich weiß auch nicht recht, welche Braut ich wollen soll.«

»Um ehrlich zu sein, Liebden«, fuhr der von Vargula fort, »ich finde, eine Heirat ist längst überfällig. Ich kann Euch nur dazu raten. Allerdings ... würde ich Euch nicht zu einer Verbindung mit Österreich, Sachsen oder Böhmen drängen.«

»Ach?« Ludwig zog die Augenbrauen hoch.

»Nein, Herr. Denn es gibt noch jemanden an diesem Hof, dessen Wohlergehen mir nicht gleichgültig ist: die kleine Elisabeth.« Er kratzte sich ein wenig verlegen am Kopf. »Ich habe sie damals aus Ungarn geholt, und seither fühle ich mich irgendwie für sie verantwortlich. Ja, sie hätte Euren Bruder nehmen sollen, aber der ist nun tot. Jetzt sitzt sie hier als übriggebliebene Braut, und keiner weiß so recht, was man mit ihr anfangen soll. Sie gehört nicht hierhin und nicht dorthin. Manche vom Adel sind ihr sogar feindlich gesinnt und schmieden Ränke gegen sie. Fast hätte Eure Mutter sie deshalb nach Ungarn zurückgeschickt.«

Ludwig schürzte die Lippen. »Nun, man könnte sie bald verheiraten. Eine Mitgift hat sie ja.«

Der Alte schüttelte den fast kahlen Kopf. »Es wäre schade, wenn wir eine so stattliche Summe Geldes samt dem Kleinodienschatz aus der Hand geben würden. Reicher ausgestattet wird schwerlich eine andere Braut sein. Mein Junge, was ich sagen will, ist: Warum nehmt nicht Ihr sie und tretet so an Eures Bruders Stelle? Ihr habt die Kleine doch gern, und sie Euch!«

Eine ganze Weile lang sagte Ludwig gar nichts. Nachdenklich ritt er vor sich hin. Warum war er nicht längst selber darauf gekommen? Elisabeth! Er hatte sie nie als Frau angesehen; sie war seine Schwester von klein auf, seine Lieblingsschwester. Und seine Vertraute, trotz ihrer jungen Jahre. Sie war ja erst dreizehn – sieben Jahre jünger als er. Während sein Pferd ruhig Huf vor Huf setzte, überlegte Ludwig weiter. Elisabeth wäre der Mensch, vor dem er sich für sein Versagen wohl am wenigsten schämen würde. Mit ihr war er vertraut wie mit keiner anderen Frau auf der Welt. Mit ihr konnte er reden, sie würde ihn nicht auslachen, sie würde sein Geheimnis bewahren. Und indem er sie heiratete, konnte er wenigstens bei ihr die Schuld am Tod seines Bruders begleichen. Eine Last weniger, die er zu tragen hatte. Himmel ja, dachte Ludwig, Elisabeth! »Hat sie Euch geschickt?«, fragte er den von Vargula, der immer noch neben ihm herritt.

»Nein, Liebden.« Der Alte zögerte. »Aber eine ihrer Gespielinnen hat mir kürzlich unter dem Siegel der Verschwiegenheit anvertraut, dass Elisabeth Euch wohl zugetan ist. Sie würde sich glücklich schätzen, Eure Frau zu werden.«

Die Gespielin war ich. Ich hatte Herrn Walter eines Abends allein am Kaminfeuer angetroffen und ihn gefragt, wer wohl die nächste Landgräfin würde. Danach hatte ein Wort das andere ergeben. Jeder wusste, wie gern er Elisabeth mochte; ich hoffte, dass er sich für sie verwenden würde. Und ich behielt recht.

Ludwig sah seinen alten Ratgeber von der Seite an. »Herr Walter, das werde ich Euch nicht vergessen. Ihr habt mir einen wahrhaft guten Dienst erwiesen.«

Dann gab er seinem Pferd die Sporen und setzte sich gutgelaunt an die Spitze der Jagdgesellschaft.

Tags darauf schickte Ludwig Elisabeth einen kleinen Handspiegel aus poliertem Silber, auf dessen Rückseite ein Abbild des Martyriums Christi graviert war. Er hatte seiner Großmutter gehört.

Wir alle wussten sofort, was das bedeutete.

Aus der Kreuzzugs-Chronik des Raimund von Kaulberg, geschrieben von 1219–21

Wir ließen unß also in Damieta nieder, die Stadt gehörte gantz und gar unß Francken. Nun wollten wir wartten, biß der Kaiser Friederich wie versprochen Verstärckung bringen würd, dann wollten wir gemeynsam auff Kairo zu reitten und die Heere des Sulthans endt gültig schlagen. Aber der Kaiser plieb wo er war, im »langen Landt«, wie die Mußelmanen das Welschland nennen.

Wir lebten über ein Jahr in Damiet, und ein gutes Leben war es fürwahr! Keine Noth litten wir, denn das Landt am Nil ist fruchtbar und reich, es gibt Fleisch und Korn im Überfluß. Wir aßen Speysen, von den Frauen der Mußelmanen gekocht, die warn üppig gewürzet wie wir es zuvorn nit kannten, mit Safferan, Zimmet und Pomerantzen – seitdeme scheint mir das heimisch Eßen manchmal fad und ohne Reitz. Besonderß die Süezigkeiten fanden unsern Beyfall, mit Zucker in groszen Mengen gemacht, honigtrieffend und safftig von Früchtten. So mancher unter den Rittern wünschte sich, niemalß mehr in die Heymat zurückzukehren.

Da erreicht unß die Nachricht, daß der Sultan al Kamil mit einem groszen Heer gen Damiett zog. Viele jubelten, denn sie waren den Müeßiggang leyd und wollten die Muselmanen besiegen, um endtlich Jerusalem zu erobern. Sie waren es auch, die am Ende den Entschluß faßten, nur ein Teill des Heers alß Besatzungk in Damiet zu laßen und den Feinden außerhalb der Stadt die Schlachtt anzubiethen. Ich war einer der wenigen, die dagegen die Stimm erhoben, weiln ich es für falsch hieltt, die sichere Stadt zu verlaßen, und es macht mich nit froh, daß ich recht behaltten sollt.

So zogen wir biß an den Arm des Nils, den sie Bahr Aschmun nennen. Am andern Ufer lagerte der Sultan mit Zehn Taußend Männern. Wir beschoßen die Feindt übers Wasser mit Pleyden und Wurff-Schleudern und fügten ihnen vil Schaden zu. Doch dann eroberten die Saracenen drey unsrer Galeeren auff dem Nil, und sie erhieltten auch noch Verstärckung durch al Muassam, den Herrn von Damaskus, und andere. Da fingen die Boten an, hin und her zu reitten, um einen Frieden zu verhandeln. Die Mußelmanen bo-

then unß Jerusalem, Askalon, Tiberias, Sidon und andere Ortte im Heyligen Landt an im Tausch gegen Damiet. Heut noch frage ich mich, warum unsre Führer dieß Angebot aus schlugen. Was anders wollten wir denn als Jerusalem? Mein Verstand reicht nit aus, zu begreiffen, warum man, dießen Sieg vor Augen, dem Sulthan nit die Handt reichte. Wieder sprach ich gegen den Beschluß der anderen, und wieder hörthe mich keiner, alle warn sie feßt entschloßen zum Kampf. Wir wollen nit nur Jerusalem, riefen sie. Wir wollen das gantze Heylig Landt, Gott und Christus und allen Heyligen zu Ehren. Und dann nahm das böße Verhängkniß seinen Lauff. Es war im Monat August des Jahrs 1221.

Die Mußelmanen schickten heimblich des nachts Männer auff unßre Seite des Flusses, die öffneten die Schleußen des Nils. Überall stieg darauff hin das Waßer; uns plieb zur Rettungk nur ein schmaler Erddamm. Sulthan al Kamil warff bei Aschmun Brücken über den Fluß, seine Truppen besetzten den Weg, den wir hätten nehmen müßen um unß nach Damiet zurück zu ziehen. So plieb uns kein Auswegk mehr, wir waren gefangen wie der Fisch im Netz. »Gott ist gegen unß«, rieffen viele und wollten auff geben. Aber da sprach Kardinal Pelagius, der Legat des Papstes, folgendermaßen: »Gott will, daß wir das Heylige Landt von den Ungläubigen befreien. Wir sindt allhier mit dem Segen des Papstes Honorius, die gantze christliche Weltt blicket auff uns. Ihr Ritter, fürchtet euch nicht, zu kämpfen! Soll es heißen, die das Kreutz nahmen gingen im Schlamm des Nils unter? Oder soll es heißen, die Ritter von Damiet hätten sich feig ergeben? Nein, Ihr Edlen, wir werden unß den Wegk zurück in die Stadt frey kämpfen. Wir werden nit weichen im Namen Gottes vor den Ruchloßen, den ungläubigen Hunden, den elenden Heiden! Ein christlicher Ritter stirbt oder er erringt den Sieg im Zeychen des Kreutzes!«

Da jubelten die Männer, die unglücklichen. »Hier sollen unßre Köpfe fallen«, schrien sie, »hier sollen unsre Seelen vergehen, soll unßer Bluth fließen. Qualen und Wunden nehmen wir auff unß, unßer Leben geben wir für die Rettungk Jerußalems.« Wir hielten die Banner hoch, während wir alle Zeltte, das schwere Kriegsgerät und alles Gepäck verprannten, und wir schwenkten die Fahnen, als wir im Schlamm gegen die Reihen der Saracenen anstürmten. Es war ohne Hoffnungk. Ich war unter einem Trupp Deutschritter, die mit Gotts Hülfe am längsten stand hieltten. Ich sah die Glieder der Gefallnen nackt im Schlamm ligen, in Stücken verstreutt über den Kampf Platz, zerfleischt und auß den Gelencken gerißen. Ich sah gespaltne Köpffe, die Hälse abgehauen, die Nasen verstümmelt, die Augen außgedrückt, die Haare von Bluth gefärbt. Ich sah auffgeschlizte Bäuche, zerhauene Brußtkörbe, gebrochne Arme, durchstochne Rippen, geschundene Haut. Es war das Furchtbarste.

Mein Leben galt mir nichts. Ich kämpfte wie im Rausch, hieb hierhin, stach dorthin, um mich fielen die Männer, Feinde wie Freunde. Mein Pferd wurde von sieben Seldschucken-Pfeillen getroffen und starb, doch ich fand ein andres ohne Reitter. Später erzälte man mir, es sey der Schimmel des Kardinals geweßen. Ich weiß nit mehr, wie langk die ungleiche Schlachtt währte, denn ein Hieb traff mich in die Seite und ein zweitter auf den Helm. Um mich wurd es Nachtt, und ich sanck ohnmächttig auß dem Sattel …

Eisenach, Januar 1221

Die ganze Stadt hatte sich herausgeputzt für das große Ereignis. Man hatte den Unrat vor den Häusern entfernt, die tiefen Fahrrinnen in den Gassen mit Steinen aufgefüllt, die Misthaufen auf die Äcker vor der Stadt gekarrt. Die Hauswände waren schön mit Fichten- und Tannenzweigen geschmückt, und aus den Fenstern hingen Fahnen in den Farben der Ludowinger. Von den Schornsteinen stieg kerzengerade der weiße Rauch der ersten Herdfeuer. Es lag kein Schnee, aber als die Sonne über den nahen Hügeln aufging, ließ ihr Licht den silbernen Reif auf den Dächern glitzern wie tausend Diamanten.

Alle Unterkünfte in der Stadt waren mit Gästen belegt. Die vornehmsten unter ihnen waren natürlich im Steinhof untergebracht;

wer hier keinen Platz mehr gefunden hatte, wohnte entweder droben auf der Wartburg oder im Hellgrevenhof und den anderen Herbergen. Eisenach platzte aus allen Nähten.

Die Hofhaltung war perfekt für das Fest vorbereitet. Mit Tagesanbruch brach emsige Betriebsamkeit aus. In der Küche wurden die Feuer hochgeschürt, schlaftrunkene Küchenjungen kauerten daneben und drehten regelmäßig die Spieße mit Schweinekarbonaden, Lammschlegeln und allerlei Geflügel. Draußen im Hof hingen schon seit dem Vortag zwanzig Ochsenhälften über kleinem Feuer und garten langsam vor sich hin. Hunderte Näpfe mit Sülzen standen längst zum Kühlen im Keller, daneben stapelten sich Rauchfleisch und Käselaibe vor runden Bottichen voller frisch geschlachteter Karpfen und Fässern mit noch lebenden Krebsen. In riesigen Kesseln blubberten Hirschpfeffer, Hechtsuppe, Kraut, Erbsenmus und Linsen – die Beikost war recht eintönig im Winter, aber es kam schließlich auf die Fleisch- und Fischgerichte an. Und auf die Süßspeisen, die, wie man wusste, die Braut besonders liebte.

Auch Elisabeth wurde beim ersten Tageslicht geweckt – es war das letzte Mal, dass sie in der Mädchenstube des Frauenzimmers schlief. Ab heute würde sie ihre Nächte im Fürstinnengemach verbringen, zusammen mit ihren Lieblingszofen Guda und Gislind.

Zwei Knechte schleppten eine Kufe mit warmem Wasser herbei, in die Elisabeth sich nackt stellte und von ihren Dienerinnen waschen ließ. Wie es der Mode entsprach, wurde sie sorgsam am ganzen Körper rasiert und mit Rosenöl gesalbt. Auch ihren etwas unregelmäßigen und zu tiefen Haaransatz beglich das Rasiermesser, damit sie an ihrem Festtag eine schöne hohe Stirn zeigen konnte. Eine der älteren Hofdamen zupfte ihr die dichten Brauen und brachte sie in eine geschwungene Form. Danach schnitt ihr Guda die Fingernägel und reichte ihr ein Näpfchen mit Aschepaste und weiche Holzstäbchen zum Zähneputzen.

Elisabeth ließ alles geduldig und mit einem Lächeln über sich ergehen. Sie war so glücklich wie noch nie in ihrem Leben. Die jahrelange Unsicherheit war vorbei, endlich hatte sie ihren Platz gefunden, den Ort, wo sie hingehörte: an die Seite Ludwigs, des Landgrafen von Thüringen, des Mannes, den sie liebte. Singen und jauchzen hätte sie mögen und Gott unablässig Dank sagen für die wunderbare Wendung ihres Schicksals. Heute will ich schön sein, lieber Herr Jesus, dachte sie, schön für meinen Mann. Verzeih, wenn ich kostbare Kleider trage und edlen Schmuck, wenn ich in Pelz und Seide gehe. Morgen will ich wieder demütig und ohne Hoffart sein, aber dieser Tag soll allein meinem Gatten gehören, ihm will ich gefallen, auf dass er mich liebt und bewundert.

Zwei von Sophias Dienerinnen brachten aufgeregt schnatternd die Hochzeitsgewänder. Als erstes schlüpfte Elisabeth in ein Unterkleid aus feinstem weißen Leinen, das ihre Blöße bedeckte. Darüber zog sie eine gefütterte, burgunderfarbene Winterkotte. Dann kam ein ganz besonderes Kleidungsstück: Unter ihrer Aussteuer hatte sich auch der Krönungsmantel ihrer Mutter befunden, ganz aus kostbarster hellgrauer Seide, damals ein Geschenk aus Byzanz. Unglücklicherweise waren schon vor Jahren die Motten hineingeraten, aber aus den Resten hatte sich noch eine herrlich schimmernde Tunika nähen lassen, die bis über die Hüften reichte. Dies war die dritte Schicht, auf die nun noch der Surkot folgte, ein ärmelloses, blauseidenes Übergewand, das zwölf Näherinnen in wochenlanger Arbeit über und über mit Stickereien verziert hatten. Es folgte ein Gürtel aus schwerem, gehämmerten Silber, der locker auf den Hüften getragen wurde – ein Geschenk von Sophia. Dann wurden die trompetenförmigen Schmuckärmel aus rotem, perlenbestickten Samt angenestelt, deren Zipfel bis zum Boden reichten.

Jetzt kam die schwierigste Arbeit für die Zofen: Elisabeths Haar musste gebändigt werden. Das war Gislinds Aufgabe, sie hatte das meiste Talent, was Frisuren betraf. Mit Hilfe von veilchenduftendem Leinöl bändigte sie die widerspenstigen schwarzen Locken, so gut es ging, und verlieh ihnen Glanz. Dann drehte sie kunstfertig die Ohrenschnecken und steckte sie mit beinernen Nadeln so fest, dass nur noch eine schulterlange Strähne auf jeder Seite herabfiel.

Agnes beobachtete alles von der Fensternische aus; ihre Miene war finster. Dass die ein Jahr Jüngere vor ihr heiratete, empfand sie als Schmach, und dass Elisabeth nun endgültig im Rang weit über ihr stand, war fast noch schwerer zu ertragen.

Nun noch die Schuhe aus weichem, weißgegerbten Leder mit den überlangen Spitzen. Und der Schmuck: Ein goldenes Ohrgehänge mit rundgeschliffenen Rubinen, die passende Halskette dazu und das Armband, alles aus der reichen ungarischen Aussteuer. Dann der Schleier, ein schimmerndes Prachtstück Kölner Seidenweberkunst, das Gewebe so fein, dass man beinahe durchsehen hätte können, wäre da nicht ein darüberliegendes Gespinst aus goldenen Fäden gewesen.

Ganz zum Schluss trug Guda das Myrtenkränzlein herbei und wand es um Elisabeths Kopf. Es war das für alle sichtbare Zeichen für die Keuschheit und Unberührtheit der Braut – wäre sie, Gott behüte!, nicht mehr jungfräulich, müsste sie zu ihrer Schande für alle sichtbar einen Strohkranz tragen.

Gisa war wehmütig zumute, während sie die grünen Zweige feststeckte. Sie dachte an Raimund von Kaulberg. Wo er wohl jetzt war? Ob er überhaupt noch lebte? Und wie es inzwischen um ihn stehen mochte? Vielleicht wollte er ja gar nicht zurückkommen an den Ort seines Unglücks? Doch dann fiel ihr Heinrich Raspe ein. Er würde wohl der Nächste sein, für den Sophia eine Frau finden wollte. Wie immer, wenn sie an ihn dachte, spürte Gisa dieses Kribbeln, dieses mächtige Verlangen. Nein, sie würde er bestimmt nicht heiraten, sie war ja niemand und hatte nichts. Ihr Herz wurde schwer, aber dann blickte sie in das strahlende Gesicht der Braut und wischte die dunklen Gedanken fort. Heute wollte sie sich mit Elisabeth und Ludwig freuen, ganz gleich, wie es um ihr eigenes Schicksal stand.

Sophia rauschte in einer silbergrünen Prunkrobe ins Zimmer, ein Tiegelchen mit roter Farbe in der Hand. »Hier, Tochter«, sagte sie, »damit du an deiner Hochzeit schön bist!« Mit der Spitze ihres Zeigefingers tupfte sie ein wenig von der Paste aus Fett, Bleiweiß, Lilienwurzel und Brombeersaft auf Elisabeths Lippen. »So! Und jetzt komm, wir sind schon spät dran.«

Elisabeth war schon durch die Tür, als Guda noch aufgeregt mit dem Brautmantel hinterherlief. Sie warf ihrer Freundin das teure Stück aus Samt, Zobel und Hermelin um die Schultern und machte das Tasselband fest. Jetzt konnte die Zeremonie beginnen.

Eigentlich war es Brauch, den kirchlichen Segen erst nach dem Beilager einzuholen, aber die Brautleute hatten beschlossen, es umgekehrt zu machen. Sie wollten die göttliche Zustimmung an den Anfang ihrer Ehe setzen. Also versammelten sich nun alle hochgestellten Mitglieder der Hofhaltung, die Gäste aus nah und fern und die landgräfliche Familie im Innenhof der Stadtresidenz. Als Elisabeth aus dem Torbogen des Nordflügels trat, erschollen die ersten Hochrufe. Lächelnd schritt sie an Sophias Hand auf ihren Bräutigam zu, der schon ungeduldig von einem Fuß auf den anderen trat. Ludwig war hin- und hergerissen an diesem Tag. Aber als die junge Braut auf ihn zukam, lächelte er dann doch. Hübsch wie nie sah sie aus, und prachtvoll gekleidet wie eine Königin war sie. Eine rechte Landgräfin fürwahr! Er bot ihr seinen Arm, und gemeinsam schritten sie aus dem Steinhof hinaus in die Morgensonne.

Draußen brandete Jubel auf. Alles, was in der Stadt Beine hatte, war auf Rolle und Mittwochsmarkt versammelt. Der Schultheiß und die ehrenfesten Stadtverordneten traten vor und verbeugten sich so tief, dass ihre Nasen fast den Boden berührten. Nach einer flammend vorgetragenen Rede überbrachte der Stadtoberste die obligatorischen Glückwünsche aller Bewohner von Eisenach und überreichte dem Landgrafen ein wunderhübsches Löwenaquamanile aus getriebenem Silber. Ludwig dankte aufs Artigste für das großzügige Geschenk der Bürgerschaft und verwies dabei auf den Löwen als das stolze Wappentier seiner Familie. Dann reichte er das Gefäß weiter an seinen Kämmerer, der es wiederum dem Silberknecht anvertraute.

Vor dem Portal wartete der Priester, es war Berthold, der Hofkaplan. Das junge Paar trat vor Vater Berthold hin, während die Vornehmsten des Landes und alle Familienmitglieder einen großen Kreis um die drei bildeten. So war es Brauch von alters her, wenn man die Segnung im Schatten der Kirche für die Ehe einholen wollte – was beileibe nicht jedermann tat, vor allem nicht die einfachen Leute, die sich die hohen Altargebühren einer Hochzeit nicht leisten konnten und denen eine Winkelehe vollauf genug war. Berthold richtete sich hoch auf; man sah ihm an, welch große Freude er dabei empfand, seine beiden Schützlinge trauen zu dürfen. Mit lauter Stimme stellte er die einfache Frage: »Ludwig, Landgraf zu Thüringen, Pfalzgraf zu Sachsen, Graf von Hessen, willst du Elisabeth aus dem Geschlecht der Arpaden, Prinzessin von Ungarn, zum ehelichen Gemahl haben?«

Ludwig schloss kurz die Augen, dann antwortete er mit fester Stimme: »Ja.«

»Elisabeth, Prinzessin von Ungarn, willst du Herrn Ludwig, Landgraf zu Thüringen, Pfalzgraf zu Sachsen und Graf von Hessen, zum ehelichen Gemahl haben?«

Sie lächelte; ihre Augen strahlten. »Ja«, sagte sie. Und wie es seit jeher üblich war, stellte sie sich Ludwig gegenüber und umfing seine Unterarme.

»Weil denn diese beiden einander zur Ehe begehren«, schallte Bertholds Stimme über den Platz, »und solches hier öffentlich vor Gott und der Welt bekennen, darauf sie die Hände sich gegeben haben, so spreche ich sie ehelich zusammen, im Namen des Vaters und des Sohnes und des Heiligen Geistes. Amen.«

Er nickte Ludwig zu, worauf dieser seiner Braut leicht mit der Stiefelspitze auf den linken Fuß trat, zum Zeichen, dass er nun als Ehemann Gewalt über sie habe. Dann hob der Kaplan die Hände über die Köpfe des jungen Paars und erteilte den Segen: »Herrgott, der du Mann und Weib geschaffen und zum Ehestand verordnet hast, dazu mit Früchten des Leibes gesegnet und das Sakrament deines lieben Sohnes Jesu Christi und der Kirche, seiner Braut, darin bezeichnet; wir bitten deine grundlose Güte, du wolltest solch dein Geschäft, Ordnung und Segen nicht lassen verrücken, noch verderben, sondern gnädiglich in uns bewahren, durch Jesum Christum, deinen Sohn, unseren Herrn. Amen.« Er hatte nicht ein einziges Mal gestottert!

Im Anschluss an die Segnung betrat das Brautpaar die Kirche, und der Gottesdienst begann.

Gleich nach der heiligen Messe begann für die Menschen in der Stadt das Tanzen und das Feiern, für Adel und hohe Gäste das Festmahl. Der Nachmittag verging, die Zeit des Beilagers rückte unerbittlich näher, und Ludwig war nervös. Den ganzen Tag über hatte er alles getan, was man von ihm erwartete, aber eigentlich hatte er dabei immer nur an eines gedacht: das Beilager. Und da erhob sich auch schon der Truchsess, der für den Ablauf des Abends verantwortlich war, und gab das Zeichen. Die Gäste verabschiedeten das junge Paar mit lautem Jubel und Händeklatschen, als es den Saal verließ, gefolgt von ausgewählten Zeugen aus Hochadel und Geistlichkeit. Man durchschritt hell erleuchtete Gänge, bis das Schlafgemach des Landgrafen erreicht war. Drinnen brannten die Fackeln, und das große Himmelbett war mit seidenen Kissen und Laken für die Brautnacht bereitet. Elisabeth begab sich mit Gislind und Guda in eine Nebenkammer, wo die beiden ihr halfen, sich auszuziehen. Währenddessen entledigte sich Ludwig seiner Kleider bis auf die Bruoche und legte sich zu Bett. Die Braut trat wieder ein, in ein dünnes Leinengewand gehüllt. Es sollte Elisabeths Nacktheit vor den Augen der Zeugen verbergen – sonst war es nicht üblich, ein Nachthemd zu tragen. Sophia nahm ihre Schwiegertochter bei der Hand, führte sie zum Bett und half ihr, sich hinzulegen. Und dann zogen der Abt von Reinhardsbrunn und Markgraf Dietrich von Meißen feierlich das Laken über die beiden Eheleute. Alles brach in Hochrufe aus. Gleich anschließend verließen die Zeugen nacheinander das Zimmer, wobei manch einer dem jungen Landgrafen aufmunternd zuzwinkerte.

Das Paar verharrte in verlegener Stille reglos nebeneinander. Ludwigs Kiefer mahlten, und Elisabeth spürte Angst in sich aufsteigen. Sie wusste ungefähr, was kommen würde – nicht etwa von Sophia, die über solche Dinge nicht redete, sondern von der Hühner-Els, zu der Gislind in ihrer praktischen Art sie vor zwei Tagen geschleppt hatte. »Weißt du, wenn Mann und Weib einander beiliegen«, hatte die alte Magd erzählt, »dann will er sein Schwert in ihre Scheide stecken, und die liegt zwischen ihren Beinen. Das ist so, wie's der Hengst mit der Stute macht und der Stier mit der Kuh. Wie der Hahn mit der Henne, und wie Hund und Katz. Hast du so was schon mal gesehen?« Elisabeth hatte genickt. »Bloß natürlich nicht von hinten«, hatte die Els ergänzt. »Das ist Sünde.«

»Und wie dann?«, hatte Gislind gewagt zu fragen.

»Na, der Mann legt sich auf die Frau, so geht das.« Die Els lachte. »Keine Angst, die Männer wissen schon, wie.«

Nun hoffte Elisabeth bang, dass Ludwig auch wirklich wusste, was zu tun war. Und tatsächlich, nach einer Weile drehte er sich zu ihr, zog das Bändchen an ihrem Halsausschnitt auf und half ihr etwas ungeschickt aus dem Nachthemd. Sie lag da, ein pummeliges junges Ding, das sich seiner Reizlosigkeit bewusst war, und sie wünschte sich mehr als zwei Hände, um ihre Blößen zu bedecken. Ludwig sah sie an, sie spürte seine Anspannung. Dann löste er den Strick seiner Bruoche und schlüpfte aus der beinlosen Unterhose. Elisabeth traute sich gar nicht hinzusehen. Sie streckte sich aus, kniff die Knie zusammen, schloss die Augen und harrte der Dinge, die da kommen sollten.

Und dann spürte sie seine Hände. Er streichelte sie an Stellen, die sie selber noch nie gewagt hatte zu berühren. Ein prickelndes Wohlgefühl stieg in ihr hoch. Sie überließ sich seinen sanften Berührungen, gab sich einfach dem Genuss hin. Als er begann, ihre Brüste zu küssen, wimmerte sie leise wie ein Kätzchen. Die Els hatte ja gar nichts davon gesagt, wie schön es war! Sie wollte mehr davon, immer mehr. Seine Finger zwischen ihren Schenkeln bereiteten ihr nie gekannte Lust. Und dann legte er sich auf sie. Sie spürte etwas Hartes – das Schwert, das in die Scheide will, dachte sie und spreizte bereitwillig die Beine, um es einzulassen. Doch zu ihrer Bestürzung war plötzlich das Harte nicht mehr da. Sie hörte Ludwigs gequältes Stöhnen. Er hielt inne, ließ den Kopf in ihre Halsbeuge sinken. Was stimmte nicht? Lag es an ihr?

»Bruder«, flüsterte sie, »was ist dir?«

Er schüttelte den Kopf, sah sie aber nicht an. »Es tut mir leid«, sagte er leise. »Mir ist nicht recht wohl. Vielleicht habe ich zu viel durcheinandergegessen.«

Sie war erleichtert. Also war es nicht ihre Schuld. »Was machen wir jetzt?«, fragte sie.

Er setzte sich auf. »Sie wollen Blut auf dem Laken sehen, zum Zeichen, dass die Ehe vollzogen wurde.«

»Du meinst …?«

Er nickte. »Sie kommen später wieder.«

Elisabeth überlegte eine Weile. Dann sprang sie aus dem Bett und holte vom Tischchen in der Fensternische das kleine Messer, das neben der Holzschale mit Winteräpfeln lag. »Hier«, sagte sie und hielt es Ludwig hin.

Er nahm es unschlüssig, aber sie sah ihn aufmunternd an und nickte. Da schnitt er sich quer über die Innenfläche der linken

Hand und schmierte das Blut aufs weiße Leinen. Elisabeth kicherte, sie freute sich wie ein Kind über die kleine Verschwörung. Jetzt hatten sie und Ludwig ein Geheimnis. Auch er musste wider Willen schmunzeln.

Als nach einer Stunde die Zeugen wieder an die Tür klopften, reichte Ludwig ihnen das Laken hinaus. Der Graf von Orlamünde reckte den blutbefleckten Stoff triumphierend hoch, damit ein jeder ihn sehen konnte. Gelächter und Hochrufe drangen zu den Brautleuten nach drinnen, dann entfernte sich der Besuch lärmend, und es wurde still.

»Versuchen wir's morgen wieder?«, fragte Elisabeth schüchtern.

Ludwig war unendlich froh, dass sie ihm keine Vorwürfe machte. »Willst du das denn?«

»Ja«, sagte sie schlicht. »Das war schön.«

Sie kuschelte sich an ihn, und dann schliefen sie engumschlungen ein.

Zweites Buch

Fürstin der Armen

Primus

Der Landgraf hat geheiratet, und zwar die Dunkle! Ein großes Fest hat's gegeben; der Michel und ich und die Ida sind sogar in den Steinhof hineingekommen. Wir haben uns den Bauch so mit Ochsenfleisch und Kraut und Würsten vollgeschlagen, dass die Ida später an die Rathausecke gekotzt hat. Die reinste Verschwendung! Eisenach war voller Leute, meistens reiche Fremde mit ihrer Dienerschaft. Unser Haufen hat fette Beute gemacht in dem ganzen Durcheinander, drei Tage lang haben wir in Saus und Braus gelebt. Nur den Konrad, den haben sie erwischt, der war schon immer zu langsam. Weil es das dritte Mal war, hat ihn der Büttel mit Ruten gestrichen, au weh, gebrüllt hat er, dass man's bis in die Fischervorstadt gehört hat. Später hat er uns seinen Rücken gezeigt, ganz grün und blau war der und sogar ein bisschen aufgeplatzt. Aber er hat keinen von uns verraten. Guter Mann, sagt Ortwin.

Kurz darauf hat es bei uns daheim große Aufregung gegeben. Weil, mein Vater ist abgehauen. Und ich hab erfahren, dass er eigentlich gar nicht mein Vater ist. Irgendwann um Fastnacht herum ist er sturzbesoffen heimgekommen, und als die Mutter ihn angeplärrt hat, ist er auf sie losgegangen, schlimmer als je zuvor. An den Haaren hat er sie herumgezerrt und auf sie eingedroschen wie wild. Der Michel, die Ida und ich haben uns an ihn hingehängt und gebettelt, dass er aufhören soll. Die Mutter hat geschrien und geweint, da hat ihn die Ida ins Bein gebissen. Er ist herumgefahren und hat sie gepackt, und, na ja, da hab ich ihm die dreibeinige Pfanne übergezogen, was hätt ich denn machen sollen? Das Blut ist ihm nur so über die Augen gelaufen, Gott sei Dank hat er deswegen nichts mehr gesehen, sonst hätt er mich bestimmt noch umgebracht. So hat er sich bloß auf den Bettsack fallen lassen und herumgegreint, was das für eine Welt sein soll, wo der Sohn die Hand gegen den Vater erhebt. Und dann hat sich die Mutter aus ihrer Ecke aufgerappelt, wo sie die ganze Zeit über gehockt war, und zu ihm gesagt: »Er ist nicht dein Sohn, du elendes Stück Schweinedreck, und ich dank dem lieben Gott dafür!«

Na, und jetzt weiß ich, dass ein welfischer Landsknecht mein echter Vater ist, ein richtiger Kriegsmann! Nicht der besoffene, widerliche Sack, der uns dauernd prügelt. Ich hab's am anderen Tag gleich den anderen erzählt, und verdammt, die sind vielleicht neidisch!

Eine Woche später war er weg. Er ist einfach nicht mehr heimgekommen, und ich kann nicht grad sagen, dass ich traurig darüber wäre. Es ist schön, wenn man abends keine Angst mehr haben muss, dass die Tür aufgeht und es Prügel hagelt. Die Mutter weint dauernd, versteh einer die Weiber! Und gestern dann kommt der Wirt vom »Wilden Mann« herein und sagt, dass wir verschwinden sollen, weil wir schon seit Weihnachten keine Miete mehr bezahlt haben. Die hat er nämlich auch versoffen, der Drecksack!

Also packen wir unsere Siebensachen. Mutter leiht sich einen Leiterwagen von Onkel Ernfried, und wir tun alles hinein. Obendrauf kommt das Hannolein, weil es immer noch nicht so gut laufen kann wegen seiner argen O-Beine und weil es schwach auf der Brust ist. »Ach, ach, ach«, jammert die Mutter, wie wir den Karren durch den Schlamm in den Gassen ziehen. Wenigstens wissen wir, wohin. Onkel Ernfried kennt einen, der wohnt in der Salzgasse im Hinterhäuschen vom Kramladen, und der hat eine Kammer frei, ganz, ganz billig.

Die Kammer ist ein Kellerloch. Ohne Fenster, man muss die Tür auflassen, wenn man Licht braucht. Eine Feuerstelle hat's auch nicht, aber Lutprant, so heißt der Kerl, sagt, wir können bei ihm droben was kochen, wenn wir wollen. Dafür soll ihm die Mutter putzen. Es gibt einen Abort draußen im Hof, den teilen wir uns mit ihm und denen vom Vorderhaus. Er stinkt furchtbar. Wahrscheinlich haben sie die Sickergrube seit Urzeiten nicht mehr räumen lassen, aber es ist immer noch besser als der Misthaufen vom »Wilden Mann«, weil man kann schön im Trockenen sitzen.

Also richten wir uns im Keller ein. Viel haben wir ja sowieso nicht. Lutprant hilft uns, aus alten Brettern ein Gestell zu bauen, auf das wir den Bettsack legen können, weil der Boden so feucht ist. Es riecht irgendwie modrig. »Mutter, hier ist's nicht schön«, mault die Ida, und die Mutter weint. »Halt's Maul«, sag ich zu Ida, »blöde Ziege!« Da greint auch die Ida, und der Michel und ich müssen auch beinahe heulen. Bloß das Hannolein sitzt zufrieden da und lutscht am Daumen, das eine Auge ganz nach hinten weggedreht.

Mit der Zeit gewöhnen wir uns ein bisschen ein. Der Lutprant ist gar kein so schlechter Kerl, er gibt uns oft die Reste von seinem Essen, und manchmal, wenn Mutter was zu kochen hat, schenkt er ihr ein Stück Speckschwarte oder ein paar Graupen dazu. Er arbeitet auf der Wartburg als Steineschlepper bei den Steinmetzen, geht ganz früh aus dem Haus und kommt abends hundsmüde heim. Und dann, als der Aprilregen kommt, wissen wir auch, warum unser Kellerloch so billig ist. Auf dem Boden steht fingerhoch das Wasser. Wir bringen alles auf dem Bettgestell in Sicherheit, und Michel und ich klauen Bretter und Bohlen, die wir so auslegen, dass man im Trockenen gehen kann. Alles ist klamm, Kleider und Decken, und wir kriegen alle den Husten. Nach zwei Wochen ist das Wasser wieder weg, dafür sind jetzt die Ratten da. Tagsüber geht's, aber nachts, da kommen sie aus ihren Löchern und huschen herum. Wir hängen unsere Vorräte an Haken von der Decke ab, aber wer soll nachts bitte schön schlafen, wenn die Viecher dauernd übers Bett rennen? Michel und ich lauern den ganzen Tag über mit unseren Schleudern, und wir erledigen etliche. Wenn man genug Hunger hat, und den haben wir, dann schmecken die auch gar nicht so schlecht. Mutter kocht sie mit Zwiebeln und Knoblauch. Na, Hauptsache, was im Bauch, sagt Lutprant, als er es sieht. Und Mutters Tränen tropfen in die Rattensuppe.

Eines Tages dann klopft Lutprant an die Kellertür, an der Leine hat er einen hässlichen, struppigen Köter, grauschwarz, wie eine Wurzelbürste auf vier Beinen sieht er aus. Er macht ihn los, und als die erste Ratte hinten an der Wand entlanghuscht, schießt der Hund hin, als sei der Leibhaftige in ihn gefahren. So schnell können wir gar nicht schauen, hat er das Vieh und schüttelt es und beißt es tot, unter Knurren und Winseln. »Hat man je so was schon erlebt?«, sagt die Mutter. Wir sind begeistert. »Dürfen wir den behalten?«, fragt Ida, und Lutprant nickt.

Wir nennen ihn Ratz. Seit er da ist, gibt's keine Rattensuppe mehr, weil er alle frisst. Zu uns kommen schon Leute, um zuzuschauen, wie er die Viecher fängt. In ganz Eisenach hat sich herumgesprochen, was unser Hund für ein Teufelskerl ist. Wir sind stolz und haben ihn alle furchtbar gern. Das Hannolein darf ihn sogar am Schwanz durch den ganzen Keller ziehen, das lässt er sich gefallen. Nachts schläft er bei uns im Bett, und wehe, ein Rattenvieh will über uns drübertrappeln! Bloß, dass er schnarcht, aber wie! Und oft knurrt er auch im Schlaf und scharrt mit den Füßen. Ich glaube, er jagt sogar im Traum noch Ratten.

Die Mutter geht jetzt nachts manchmal weg. Ich wache jedes Mal auf, wenn sie leise aufsteht und die Treppe hinaufsteigt. Dann höre ich zu, wie sie's droben treiben. Inzwischen kenne ich mich nämlich aus mit allem, der Ortwin hat mich einmal mitgenommen, in den Mühlgraben zu den Winkelhuren, zum Zuschauen. Und wenn die Mutter nachts weg war, finden wir meistens am nächsten Tag ein paar Eier oder einen Krautskopf oder zwei, drei alte Wecken auf dem Tisch.

Im Steinhof ist schon lang nichts mehr los. Bald nach der großen Hochzeit mit der Dunklen ist der Landgraf mit seinen Leuten weitergezogen. Das trifft die Bettler und die Armen ganz schön hart, weil ohne die Dunkle, jetzt muss ich ja sagen: Landgräfin, gibt's keine Almosen mehr, außer von der Kirche. Uns macht das ja weniger aus, weil mit Ortwins Haufen findet sich immer was zu klauen, wir kommen schon zurecht. Michel ist inzwischen ganz dick mit Ortwin, und er stellt sich fast besser an als ich. Letzthin hat er einem Fischhändler unter den Augen einen Karpfen weggeklaut. Ich bin nicht schlecht im Taschengreifen, ein bisschen was kommt schon zusammen jeden Tag. Na ja, das brauchen wir auch, weil wir haben ja gar kein Geld mehr, und von irgendwas müssen wir doch leben.

An Pfingsten haben wir dann wieder einen großen Fang gemacht. Ein Zug vornehmer Leute ist in die Stadt eingeritten; zuerst dachten wir, der Hof kommt zurück. Aber dann war es nur die alte Landgräfin mit Gefolge. Sie besuchten erst den Gottesdienst und ritten dann ins Katharinenkloster. Der Pfarrer sagt, die Landgräfinmutter tritt bei den Zisterzienserfrauen ein, weil sich das bei

»denen da droben« so gehört, wenn der Sohn heiratet. Das verlangt die Sitte, erklärt er. Und der alte Landgraf hätte das Kloster auch deshalb vor ein paar Jahren gestiftet. Aber die Leute munkeln, dass die alte Schnepfe zu den Nonnen wollte, weil sie sich mit der Dunklen nicht versteht. Na, mir kann's recht sein. Jedenfalls hab ich auf die Art und Weise eine Messingschnalle vom Sattel einer ihrer Hofdamen abschneiden können, die beim Pfandleiher einen Haufen Geld gebracht hat.

Immer wieder muss ich an die alte Wahrsagerin von damals denken. Das mit dem Engel, das hat ja schon gestimmt. Aber was sie sonst noch gesagt hat, das mit dem Bösen. Hat sie damit die ganze Klauerei gemeint?

Neuenburg, Frühsommer 1221

»Es geht nicht. Ich kann es einfach nicht, Gott straf mich.« Ludwig rollte sich auf den Rücken und bedeckte das Gesicht mit den Händen. Es war einfach hoffnungslos. Je mehr er sich bemühte, desto weniger gehorchte ihm sein Körper.

Elisabeth setzte sich auf. Auch sie war den Tränen nahe. So oft hatten sie es versucht. Immer wieder und wieder. Anfangs hatte sie seine Berührungen noch genossen, aber dann war auch sie immer verkrampfter und unsicherer geworden. Warum nur lag kein Segen auf ihrer Verbindung? Wofür strafte sie der Herr? Was machte Ludwig falsch? Oder lag es doch nicht an ihm, sondern an ihr? Es war zum Verzweifeln. Und am Hof wartete alles darauf, dass sie endlich verkündete, sie sei guter Hoffnung. Sie sah zu Ludwig hinüber, der immer noch mit geschlossenen Augen dalag. Sie wollte ihn trösten, wie so oft, wollte ihm sagen, dass sie ihm nicht böse war, dass sie ihn trotz allem liebte, dass es nicht seine Schuld sei. Stattdessen sagte sie: »Was machen wir jetzt?«

Er barg das Gesicht in den Händen. »Ich weiß es nicht. Ich bin verflucht.«

»Sag so etwas nicht.« Elisabeth schmiegte sich an ihn. Und da war er wieder, dieser böse Gedanke, der sich in letzter Zeit immer wieder in ihren Kopf geschlichen und ihr die Ruhe geraubt hatte. Wie ein winziger Wurm hatte er sich in ihr Hirn gebohrt, wo er nagte und fraß. Sie musste die Frage stellen. »Bruder«, flüsterte sie und ihre Wangen brannten dabei vor Scham, »liegt es daran, dass du ... dass du ... nur mit Knaben ...?«

Er fuhr hoch. »Du auch? Du glaubst das auch, ja?« Er lachte, ein freudloses, heiseres Lachen. »Ich weiß, dass alle darüber reden, hinter vorgehaltener Hand. Der Landgraf ist geil auf hübsche Knabenschenkel. Der Landgraf hält gern seinen Arsch hin. Der Landgraf nimmt lieber einen Männerschwanz in die Hand als das Schwert. Oh, ich weiß das alles.« Er nahm Elisabeths Gesicht und zwang sie, ihn anzusehen. Seine Augen glänzten fast fiebrig im Schein des flackernden Kerzenlichts. »Ich schwöre dir, Schwester, bei allem, was mir heilig ist: Ich habe keine unnatürlichen Vorlieben. Ich bin nie bei einem Mann gelegen.«

Sie seufzte erleichtert. O Himmel, wenigstens war er kein Todsünder. »Aber was ist es dann?«, fragte sie. »Ich weiß, ich bin nicht schön. Vielleicht gefall ich dir nicht? Bin ich nicht die Richtige? Geht es nicht, weil du mich nicht liebst?«

Er nahm sie in den Arm. »Du kannst nichts dafür.« Einen Augenblick lang fühlte er sich versucht, ihr alles zu erzählen. Von seiner Erziehung zum Katharer, von Widos immerwährenden Tiraden gegen alles Körperliche, von der Abscheu, die er so lange Zeit gehegt hatte, der Angst vor einer fleischlichen Vereinigung, die des Teufels war und seiner Seele den Weg in den Himmel verstellte. Der Ekel vor den Weibern, den er so verzweifelt abzulegen versuchte und der ihn einfach packte, jedes Mal, im letzten Moment. Aber dann schwieg er. Er wusste, wie fromm Elisabeth war. Sie hätte wohl eher damit leben können, dass er Sodomist war als ehemaliger Katharer.

»Vielleicht kann ein Arzt helfen?«, schlug sie vorsichtig vor. »Vielleicht sind deine Säfte nicht im Gleichgewicht ...«

»Mein Leibarzt hat mir alles Mögliche gegeben«, sagte er. »Du hast es ja gemerkt: Nichts hat geholfen.«

Elisabeth fuhr sich müde über die Augen. »Aber sie warten auf Kinder«, sagte sie. »Und das Land braucht einen Erben. Deine

Mutter fragt jedes Mal, wenn sie bei Hof ist. Die Frauen schauen mich dauernd mit diesen bohrenden Blicken an, ob sie wohl schon ein Anzeichen der Schwangerschaft erkennen können. Wir müssen doch ...«

Er schlug mit der Faust auf das Kissen. »Herrgott ja! Glaubst du, das weiß ich nicht? Glaubst du, ich würde mich nicht jeden Tag selber verwünschen?«

Sie fuhr zusammen. »Verzeih. Ich wollte dich nicht kränken. Aber ...«

Er packte sie an den Schultern. »Hör zu, Elisabeth. Ich habe lange nachgedacht. Es gibt eine Möglichkeit. Wir wären nicht die Ersten, die das tun. Du musst nur ...«

»Was?«

»Du musst das Bett mit jemand anderem teilen, einem, der das tun kann, was mir versagt ist. Einem Mann, der dich schwängert.«

Was hatte er da gesagt? Elisabeth war unfähig, etwas zu erwidern, ihr Magen krampfte sich zusammen.

»Du würdest es für das Geschlecht der Ludowinger tun und für das Land.« Ludwig redete weiter auf sie ein. Immer noch hielt er sie an den Schultern fest. »Es ist doch nicht so schwer. Und mein Bruder würde uns den Wunsch nicht abschlagen.«

Ihre Augen weiteten sich noch mehr. »Heinrich?«, stieß sie hervor.

»Dann wäre die Blutlinie wenigstens gewahrt«, erwiderte er. Gleichzeitig spürte er die Starre, in die sie verfallen war. »Aber natürlich, wenn du willst – du kannst dir auch den Mann aussuchen. Einen, der dir gefällt. Er müsste nur vertrauenswürdig sein und bedingungslos schweigen. Vielleicht wäre Geld hilfreich oder ein kleines Lehen ...«

Sie starrte ihn an. Das verlangte er von ihr? Nein, formten ihre Lippen stumm, dann flüsterte sie: »Nein.«

Er ließ sie los, fuhr sich durchs wirre Haar. »Herrgott, Elisabeth, das kann doch nicht so schlimm sein. Nur ein paarmal, bis du schwanger bist. Vermutlich macht's dir ohnehin mehr Spaß als mit mir«, fügte er bitter hinzu.

Das war zu viel. Elisabeth stieß einen erstickten Schrei aus, sprang aus dem Bett und flüchtete aus der Schlafkammer. Draußen griff sie sich einen Nachtumhang, lief vorbei an den schlafenden Kammerknechten und aus dem Vorzimmer. Der Wächter, der auf dem Hocker vor der Tür eingenickt war, schrak kurz hoch und schnarchte weiter, während Elisabeth wie von Furien gejagt durch den Gang rannte, die Treppen hinunter und hinaus in den Hof. Vor der Geißblatthecke beim alten Brunnenhaus ging sie auf Hände und Knie und erbrach sich, bis die grüne Galle kam.

Isentrud von Hörselgau konnte nicht schlafen. Vielleicht lag es am Vollmond, vielleicht auch daran, dass es mit dem Ungeziefer heute wieder besonders arg war, obwohl die Pfosten ihres Betts in wassergefüllten Tontöpfen standen und der leinerne Betthimmel keine Löcher hatte. Mit einem kleinen Seufzer wälzte sich Isentrud aus den Kissen, tappte auf den Gang hinaus zum Privet. Welch ein Luxus doch auf der Neuenburg herrschte: Es gab einen Doppelabtritt, der unten durchgespült werden konnte. Wenn man bei Regen eine Klappe öffnete, floss alles Wasser durch, das sich im Burghof sammelte, und nahm den Unflat mit sich. Wie schäbig kam einem da die eigene kleine Burg vor, in der das höchste allen Komforts ein rußiger Eckkamin war, bei dem es im Winter den Rauch hereindrückte.

Der Türknecht vor dem Frauenzimmer hob grüßend die Lanze, als sie an ihm vorbeiging. Er kannte diejenigen unter den Frauen, die keinen guten Nachtschlaf hatten, und wusste, dass die Hörselgauerin nur ein wenig frische Luft schnappen wollte und bald wiederkommen würde. Mit müdem Blick sah er ihr nach, wie sie um die Ecke bog.

Isentrud fröstelte und schlug das Wolltuch fest um die Schultern. Mit hochgezogenen Schultern trat sie in den mondbeschienenen Hof hinaus, hielt die Nase in die Luft und schnupperte. Der Duft des Geißblatts war süß und schwer, wie ein unsichtbarer Schleier umhüllte er sanft die Gestalt der Hörselgauerin. Irgendwo schrie ein Käuzchen, fünfmal, sechsmal, dann war es still. Über der alten Linde stand rund und fett der gelbe Mond. Isentrud sah zum Palas hinüber, wo hinter einem der Fenster noch Licht flackerte. Dort waren die Räume für die Männer vom Adel, auch ihr Ehemann schlief dort – wenn er nicht grade bei einer der Küchenmägde lag.

Oh, ihr war das ganz gleich, solange er sie nicht mehr behelligte. Aber seit der Geburt ihres zweiten Sohnes vor neun Jahren war das Gott sei Dank vorbei. Sie atmete tief durch, sog genüsslich die feuchte Nachtluft in ihre Lungen, genoss es, alleine zu sein. Alleine? Da war doch noch jemand? Oder hatte sie sich verhört? Von irgendwoher kam leises Weinen, wie von einem Kind. Ganz herzzerreißend klang das, so recht verzweifelt und jammervoll. Isentruds mütterliches Herz regte sich sofort. Barfuß überquerte sie den Hof, ging am Brunnenhaus vorbei auf die Linde zu. Und tatsächlich, am rauen Stamm, im Schatten des Mondlichts, kauerte eine Gestalt. Sie hatte die Knie angezogen und die Arme um sich geschlungen, als wolle sie sich selber Halt geben. Eine der Hofjungfern, dachte Isentrud und ging neben ihr in die Hocke. Sie nahm das Mädchen in den Arm, es wehrte sich nicht, lehnte den Kopf an ihre Schulter und weinte leise weiter. »Schscht«, machte Isentrud, »schscht, Kleine, ist doch alles gut, ich bin ja da.« Und im gleichen Moment erkannte sie, wen sie da im Arm hielt. »Ach du liebe Güte, Hoheit, verzeiht, ich hab im Dunkeln nicht gesehen, dass Ihr es seid.«

Elisabeth schluchzte laut auf, und die Hörselgauerin spürte, wie sich die Landgräfin von Thüringen an sie klammerte. Was war nur geschehen? Bestimmt ein Ehestreit, dachte Isentrud, ha, das kannte man ja. Das arme junge Ding. »Wollt Ihr mir erzählen, Liebden, was Euch bedrückt?«, fragte sie vorsichtig.

Elisabeth schüttelte wild den Kopf und weinte nur noch mehr.

»Ihr müsst nicht, wenn Ihr nicht wollt«, meinte Isentrud gutmütig. »Weint ruhig, das tut immer gut.« Sie überlegte, wie sie am besten trösten konnte, und sprach dann leise weiter. »Ei, als ich frisch verheiratet war, hatte ich auch nichts zu lachen, weiß Gott. Nur dass ich nicht im Burghof saß, sondern in der Vorratskammer hockte, bei den Mehlsäcken. Und den Mäusen.« Sie kicherte. »Bis zum Morgengrauen blieb ich oft da. Dann musste ich wieder zurück, damit niemand merkte, wie es um uns stand. Ja, so war das.«

Elisabeth hatte aufgehört zu schluchzen. Sie ließ zu, dass Isentrud ihr mit dem Zipfel des Wolltuchs die Tränen abwischte. »Ihr seid die von Hörselgau, nicht wahr?«, sagte sie und schniefte.

Isentrud nickte. »Ja, und Ihr braucht Euch keine Sorgen zu machen. Ich werde niemandem erzählen, dass ich Euch hier gefunden habe. Wir Frauen müssen doch zusammenhalten.« Sie drückte Elisabeths Hand.

So saßen sie eine Weile schweigend, bis Elisabeth schließlich doch fragte. »Warum saßet Ihr damals in der Vorratskammer?«

Isentrud schnaufte. »Weil ich vor meinem Ehegatten geflüchtet bin, ganz einfach. Ich konnte es nicht ertragen, neben ihm zu liegen.«

»Ich bin auch vor meinem Ehegatten geflüchtet«, flüsterte Elisabeth und begann wieder zu weinen. Sie zitterte am ganzen Leib, und Isentrud sah sich selber da sitzen, als junges Ding, voller Verzweiflung. »Hat er ... hat er Euch auch geschlagen? Euch erniedrigt? Euch Gewalt angetan?«, fragte sie sanft.

Elisabeth sah ungläubig zu ihr auf. »Aber nein«, antwortete sie und schüttelte heftig den Kopf. »Das würde Ludwig nie tun. Es ist ... anders. Er ... wir ... können nicht ...« Sie brachte nicht fertig, es auszusprechen.

Ja so. Isentrud zog die Augenbrauen hoch. Also stimmte es doch, was man munkelte. Der Landgraf hegte gottlose Vorlieben. »Ihr meint, Euer Gatte hat die Ehe mit Euch noch nicht vollzogen?«

»Es ist nicht so, wie Ihr glaubt.« Elisabeth wusste schon, was die Hörselgauerin dachte.

»Natürlich«, sagte Isentrud und tätschelte ihrer Herrin die Schulter. Tja, da konnte man wohl nichts machen.

Elisabeth fing wieder an zu weinen. Und dann erzählte sie der Hörselgauerin unter Schluchzen die ganze Geschichte. »Und jetzt will er, dass ich mit seinem Bruder ... bis ein Kind kommt.«

Naheliegend, dachte Isentrud. Und vernünftig. »Aber Ihr wollt das nicht, ja?«, fragte sie.

»Ich kann das nicht«, schluchzte Elisabeth. »Es wäre wie Ehebruch in den Augen des Herrn.« Sie packte Isentrud bei den Händen. »Hörselgauerin, Ihr seid verheiratet, Ihr habt Kinder, Ihr wisst doch alles. Sagt mir, was ich tun soll!«

Ach du heilige Zeit! Isentrud überlegte. Nun, es gab verschiedene Arten von Liebeszauber, von denen man sich erzählte. Sie kannte einige davon, ohne sie je selber ausprobiert zu haben. Seit uralter Zeit versuchten die Menschen, mit magischen Mitteln Liebe zu erlangen, das war im Adel nicht anders als beim gemeinen Volk. Ob so etwas helfen mochte? Nun, man konnte nie wissen. »Schneidet etwas von Eurem Schamhaar ab und mischt es ihm ins Abendessen. Das macht einen Mann verrückt, sagt man. Dann müsst Ihr ein paar abgeschnittene Nägel von Eurer linken Hand und Eurem rechten Fuß verbrennen, zusammen mit ein bisschen Bibergeil. Die Asche tut Ihr zusammen mit ein paar Tropfen Eures Wassers in seinen Wein. Das stärkt sein Begehren für Euch.« Sie überlegte noch ein bisschen. Was würde wohl einem Mann gefallen, der Männer liebte? »Und dann hilft es vielleicht, wenn Ihr ihm dazu noch Euer nacktes Hinterteil hinhaltet.«

Elisabeth riss die Augen auf. »Aber das ist verboten! Das ist die Umkehr der Weltordnung, wenn man es macht wie die Tiere!«

Isentrud trat sofort den Rückzug an, erschrocken über sich selber. Natürlich war das von der Kirche nicht erlaubt. »Ihr habt recht, Herrin. Das war ein dummer Gedanke. Lasst es lieber sein und vergesst, was ich gesagt habe.«

Elisabeth nickte. »Ja, das ist wohl besser so.« Sie putzte sich mit dem Saum ihres Umhangs die Nase.

»So, und jetzt gehen wir beide zurück ins Bett, bevor uns jemand vermisst«, meinte Isentrud. Tröstend strich sie ihrer jungen Herrin übers Haar. »Das wird schon.«

»Lasst uns beide zur Jungfrau Maria beten«, sagte Elisabeth.

Drei Tage später – die Hühner-Els hatte auf Bitten Gislinds hin kopfschüttelnd vom Freyburger Krämer ein Stück getrocknete Biberdrüse besorgt – war es so weit. Elisabeth streute dem jungen Landgrafen eine Prise kleingeschnittene Schamhaare ins Kraut und mischte eine Messerspitze Asche in seinen Wein, dazu einige Tropfen ihres Urins, den sie in einem kleinen Fläschchen aufgefangen hatte.

Dann gingen sie zu Bett. Ludwig hatte eigentlich nicht vorgehabt, es noch einmal zu versuchen, er wartete nur noch geduldig auf Elisabeths Entscheidung. Doch da spürte er ihre Hand zwischen seinen Schenkeln. Noch nie hatte sie von sich aus das Liebesspiel begonnen! Es erregte ihn, dass sie den Anfang machte. Er drehte sich zu ihr und küsste sie. Immer noch behielt sie ihre

Hand an seinem Geschlecht, streichelte ihn, ließ seine Männlichkeit immer mehr anschwellen.

Elisabeth merkte, dass diesmal etwas anders war. Er atmete schneller, sein Körper war angespannter als sonst. Und dann tat sie es doch. Ganz gleich, was sein mochte, es geschah nur für ihn und ihre Liebe; Gott würde ihr verzeihen. Sie nahm all ihren Mut zusammen, drehte sich auf den Bauch und ließ ihn ihr üppiges, weißes Hinterteil sehen.

Plötzlich ging alles ganz einfach.

Danach lag Ludwigs Kopf in ihrem Schoß. Er weinte wie ein kleines Kind.

Bei Sonnenaufgang ging Elisabeth als erstes in die Kapelle. Dann schickte sie Isentrud von Hörselgau den schönsten Ring, den sie in ihrer Aussteuertruhe finden konnte.

Aus der Kreuzzugs-Chronik des Raimund von Kaulberg, geschrieben von 1219–21

Ich erwachtte sechs Tage nach der Schlachtt und wußt nit, wer noch wo ich war. Mein Leyb war ein einzger Schmertz, am Kopf und an der Seitten war ich zugenäht wie von Weiberhandt. Alß meine Lebensgeißter wieder kehrten, erkannt ich, daß man mich zurück nach Damiet gebracht hatte. Später ertzälte man mir, daß Herr Pelagius mitten im Kampff versucht hatte, zu fliehn, Schimpff und Schand über sein feyges Hertz. Die Ritter hatten darauff hin allen Muth verlorn, sie zerprachen ihre Kreutze und flehten um ihr Leben. Man hat Damietta dann an den Sultan übergeben und ihme viele Grafen und Barone alß Geiseln überlaßen müßen, darunter Herrn Pelagius selber, den tapfern König von Akkon und auch Herzog Ludwig von Bayern. Mir hat der Schimmel das Leben gerettet, den ich bestiegen hatt nachdem man mir das Ross zuschanden geschoßen. Denn man hieltt mich wegen des edlen Hengstes für einen hohen Herrn, trug mich zu einem der saracenischen Wundt-Ärzte und ließ mich pflegen. Man dacht, ich wär eine werttvolle Geisel und brächt ein guts Lößegeldt. Als dann späther herauß kam, daß ich nur ein einfacher Ritter war, zerrten sie mich vom Lager und warffen mich johlend und lachend auff ein Hauffen stinckenden Unraths, in dem Glauben, daß ich dann wohl mein Leben außhauchen würdt. Doch der Herr war mir ein weiters Mal gnedig. Ich hatt nemlich über das gantze Jahr hinweg einen Jungen alß Diener auff genomen, Baha mit Namen. Den gewann ich recht lieb und hab ihn stets gut und gerecht behandelt. Der nun fandt mich im Staube kriechend, dem Todt näher alß dem Leben, und er bracht mich zu einem Artzt im westlichen Theil der Stadt.

Musa ad-Din Ibn al Gauzi, das war sein Name, Gott schenke ihm ewiges Gedenken. Er wurde mir ein Freund, wie ich selten einen hatte. Sein Hauß lag mitten in dem Virthel, wo man in zahlreychen Webereien die feynen, fast durchsichtgen Stoffe herstellt, die für Kopf-Bedeckungen benutzet werden, Durban genant. Die fürnehmen Männer allhier brauchen darzu fast fünfzig Ellen Stoffs, welche sie auff ihren Häuptern kunstvoll ineinander verschlingen; keiner gehet hier barhäupthig.

Musa ad-Din nahm mich halb thot in sein Hauß, ohne zu fragen wer ich bin. Wohl konnt er sehen, daß ich ein Francke war, und dennoch schickt er mich nit fort. Späther sagte er mir, Allah – so nennt er Gott – mache kein Unterschiedt, wenn Menschen in Noth sindt. Und daß ein wahrer Artzt da helffen muß, wo Hülff gebraucht wirdt. Damals wußt ich noch nit, daß sein eintziger Sohn bey der Vertheidigungk von Damiet gefallen war. Um so hochhertziger ist dießer brave Mann zu mir geweßen und verdiente damit wahrlich einen Platz im Himelreich. Nie hat ein Christ christlicher an mir gehandelt als dißer brave Anhänger des Propheten Mahomet.

Meine Kopff Wunde begann, gut zu heylen, nit aber der Stich in die Seiten. Ich bekam das heisse, wüthende Fieber, es loderte wie Feuer in meinen Eingeweyden. Musa ad-Din flößte mir Träncke ein, deren Bitterniß ich heut noch auff der Zunge schmeck. Er schlug mich in kaltte Tücher, wusch mich mit Wein und Essigk, band meine Händt und Füß fest, wenn ich im Fieber kämpffte und umb mich schlug. Hinterher ertzält er mir, daß er wohl alle meine Schlachtten noch einmal mit mir geschlagen hett, von Akko biß zur schmählichen Niederlag vor Damieta.

Zwölff Tagk schwebt ich zwischen Leben und Todt, biß der Herrgot sich entschied, mich doch noch auff Erden zu laßen. Ich war schwach wie ein Kindt, konnt nit gehen noch stehn. Die Töchtter Musa ad-Dins flößthen mir geduldig Suppe und Mus ein, Gott vergelt's ihnen. Vier an der Zahl hatte der guthe Artzt, und nie hab ich mehr von ihnen gesehen als Händ und Augen. Sie lebten im obersten Stock in einem Gelaß namens Harim, deßen Fenster mit höltzernen, kunstvoll geschnitzten Läden verschloßen waren. Die jüngkste von ihnen saß so manches Mal an meinem Lager und spielt mir auf eim merckwürdigen Instrument Lieder vor, die frembt arttig klangen, mich auff muntern sollten und meine Geneßung befördern. Und in der That ging es mir langksam beßer; der Morgen kam, an dem ich mich zum erßten Mal von meinem Lager erheben konnt. Von da an gingk ich jeden Tagk mit Musa ad-Din im Garten spatziern, oder wir setzten unß an das Waßer Spiel und sprachen über vieles, das unß bewegte.

Und so hab ich zuletzt auch die schlimbste That meins Lebens vor ihm offenbart: Daß ich im Zorn den Beyschläfer meines Weibes erschlugk. Er sagte nur dazu: »Bei Allah dem Allmechthigen – hier zu landt hett man nit nur den Mann getöthet, sondern auch die ungethreue Frau gesteynigt. Du hast milde gegen sie gehandelt.« So erleichterte er mir mein Gewißen, das mich immer noch plagte. Dennoch weiß ich jetzt, daß es falsch war, Vergebungk im Zeichen des Kreutzes zu suchen. Denn der Todt eines Menschen bringt den andern nit zurück, auch wenn es ein Heyde ist. Eine Schuldt kann nit durch eine andre getilgt werden. Und ich weiß auch nit mehr, ob der Kreutz-Zug eine gerechte Sach ist. »Das Kreutz rettet die Menschen, mich führt es in die Irre«, so sagte einst ein Freundt, der späther im Schlamm des Nils starb. Heut versteh ich ihn. Auch mir hat die Fahrt nach Outremer nichts als Zweiffel gebracht. Ist meine Schuldt gesühnt? Ich weiß es nit. Ich habe Gott vile Male mein Leben dargeboten, hett wohl auch oft gern den Tod erlitten, um mein Unglück zu endigen. Er hat mir nit erlaubt, zu gehn.

Dass ich nit starb – ist es Vergebungk oder Strafe? Hat der Herr mir vertziehn, oder will er mich nur lenger leyden lassen? Ich habe Musa ad-Din gefragt, aber auch er hat keine Antwortt gewußt. »Ich kenne deinen Gott nicht«, hat er erwidert, »aber nimm seinen Ratschluß an, mein junger Freundt: Er hat dich am Leben gelaßen. Nun erweiße dich würdig. Mach Gutes auß dißem Leben, nutze es und hör auff, dich zu quälen.«

So entschloß ich mich, nit mehr zu hadern, sondern in der Zukunfft ein beßrer Mensch zu seyn als vorher. Und der Tagk kam, daß ich Musa ad-Din unther Tränen verließ, umb in die Heymath zurück zu kehrn. Immer noch hatt ich ja einen Herrn, dem ich in Ehren verpflichtet war. Sein Wunsch war es geweßen, daß ich nach meiner Buß wiedrum in seine Dienst treten sollt. Also ging ich endtlich, nachdeme ich vollends geneßen war, an Bord eines welschen Handels-Schiffs, das Papir, Brokath und Weihrauch für Genua geladen hatt, und macht mich auf den Weg zurück nach Thüringen.

Wartburg, Sommer 1221

Auf ein Wort!« Heinrich Raspe hielt den Schlotheimer am Ärmel fest. Die Abendmahlzeit in der Hofstube war beendet, und der Truchsess wollte gerade gehen. Jetzt wandte er sich um.

»Ah, Herr Heinrich«, lächelte er. »Was habt Ihr auf dem Herzen?«

»Nicht hier.« Der Bruder des Landgrafen zog Hermann von Schlotheim auf den Gang hinaus in eine Fensternische. Er vergewisserte sich, dass ihnen niemand zusah, dann sagte er mit leiser Stimme: »Uns beide, Herr Truchsess, verbindet mehr, als wir sagen dürfen.« Dabei hob er langsam seine linke Hand. Am Mittelfinger glänzte der silberne Ring seines Vaters.

Der Schlotheimer nickte ernst. Auch er gehörte seit langem schon zu den »Reinen«, so wie manch anderer bei Hof. Etliche vom Adel waren ihrem Landgrafen im Glauben gefolgt, damals, als er sich den Katharern zugewandt hatte. »Sprich«, sagte er ruhig und ging damit zum vertrauten Du des Glaubensbruders über.

Heinrich Raspe begann vorsichtig. »Ich wollte mit dir reden, weil auch du nicht froh sein kannst über die Pläne, die mein Bruder hegt.«

»Welche Pläne?« Hermann von Schlotheim hob die Augenbrauen.

»Du weißt nicht? Nun ja, er hat mir, natürlich ganz im Vertrauen, erzählt, dass er sich bald mit neuen Männern umgeben möchte.«

»Was soll das heißen?«, fragte der Schlotheimer mit lauerndem Gesichtsausdruck.

»Dass du nicht mehr lang Truchsess sein wirst, mein Freund.« Heinrich bemerkte mit Genugtuung das Aufflackern der Wut im Blick des anderen. »Ludwig will den alten Führungskreis um seinen Vater ablösen.«

Des Schlotheimers dicke Backen zitterten vor verhaltenem Zorn. »Das kann er nicht machen!«

Heinrich Raspe zuckte mit den Schultern. »Er ist der Landgraf.«

Ein paar von der Dienerschaft gingen an der Fensternische vorbei und trugen auf großen Tabletts Essen ab. Die beiden Männer verstummten und warteten, bis sie außer Hörweite waren. Dann fuhr Heinrich fort. »Hast du nicht bemerkt, dass mein Bruder sich von uns abgewandt hat? Er ist in den Schoß der alten Kirche zurückgekehrt, das hat er mir selber gesagt.«

»Verdammt.« Der Truchsess biss sich auf die Lippen. »Wir haben uns schon alle gefragt, warum Meister Wido so lange nicht mehr hier war.«

»Er hat ihm eine Nachricht geschickt, dass er nicht mehr zu kommen braucht. Der Tod unseres Vaters hat Ludwig völlig aus der Bahn geworfen. Er glaubt, es sei ein Zeichen Gottes dafür gewesen, dass unser Glaube falsch sei«, erwiderte Heinrich Raspe. »Den Ring hier«, er tippte auf den Silberreif, »wollte er ins Feuer werfen. Ich konnte ihn gerade noch davon abhalten. Bestürmt hat er mich, dass ich seinem Beispiel folgen und wieder den schändlichen Priestern von Rom huldigen soll.«

Hermann von Schlotheim fühlte sich wie vor den Kopf geschlagen. Das durfte doch nicht wahr sein! »Und jetzt will er uns alle vom Hals haben?«

Heinrich nickte. »Ich fürchte, so ist es. Er will sich auf Dauer nicht mehr mit Ketzern umgeben, hat er gesagt. Ihr müsst damit rechnen, dass er euch früher oder später die Hofämter nimmt.«

Der Truchsess kniff die Augen zusammen. »Und du, Heinrich Raspe? Was ist mit dir?«

»Habt ihr euch nicht schon gefragt, warum Ludwig mich noch nicht an der Regierung beteiligt hat? So, wie es in der Familie seit jeher Brauch war?«

Hermann von Schlotheim blies die Backen auf. »Natürlich haben wir uns gewundert. Aber wir dachten, es liegt vielleicht daran, dass ihr beide euch noch nie recht gut verstanden habt.«

»Jetzt wisst ihr, warum«, knurrte Heinrich Raspe. »Nicht einmal Hessen gibt er mir.«

»Das ist nicht recht«, erwiderte der Truchsess. »Als Fürst muss er die Herrschaftstradition im Land achten. Das darfst du dir nicht gefallen lassen.«

»Ach, und was soll ich dagegen machen?« Heinrichs Kiefer mahlten. »Alleine kann ich nichts tun.«

»Und wenn du Unterstützung bekämst?«

Der Blick des Landgrafenbruders wurde lauernd. Genau deshalb hatte er mit dem Schlotheimer reden wollen. »Das wäre etwas anderes«, meinte er.

Hermann von Schlotheim straffte den Rücken. »Auf mich kannst du zählen.«

»Das reicht nicht.« Heinrich schüttelte den Kopf.

»Ich werde mit ein paar anderen reden.«

Heinrich Raspe tat so, als überlegte er. »Ich weiß nicht …«

»Glaubst du, wir wollen einfach so tatenlos abwarten, bis er uns von der Macht ausschließt und auf unsere Burgen zurückschickt?« Der Schlotheimer ballte die Fäuste. »Wir haben Thüringen beherrscht, zusammen mit deinem Vater! Das lassen wir uns nicht nehmen.«

»Gut«, lenkte Heinrich Raspe ein. »Sprich mit den anderen. Aber sei vorsichtig. Du weißt nicht, wer von ihnen im Zweifelsfall zu uns hält. Wir dürfen keinen Fehler machen. Und wir dürfen nichts überstürzen.«

Der Schlotheimer nickte. »Lass mich nur machen, mein Junge.«

Heinrich lächelte. »Ich danke dir.«

Sie reichten sich die Hände, es war, als ob sie einen Bund besiegelten. Dann gingen sie auseinander.

Heinrich verließ zufrieden den Palas. Er schlenderte an der Zisterne vorbei, verschränkte die Arme auf der Mauerbrüstung und sah übers weite Land. Die letzten Sonnenstrahlen tauchten die Wälder um Eisenach in rötliches Abendlicht. Der Bruder des Landgrafen ließ seinen Blick über die grünbewachsenen Hügel schweifen. Dies alles wollte er einmal besitzen, er ganz allein.

Die Zeit wird kommen, dachte er. Die Zeit wird kommen.

Gisa

Jemand hätte die Hühner-Els sehen müssen! Was sie für ein Gesicht machte, als ich ihr sagte, ich bräuchte ein schönes Stück Bibergeil! Aber die gute Seele ging gleich am nächsten Tag hinunter in die Stadt und kaufte das Gewünschte. Sie ahnte nie, für wen sie das schwarzverschrumpelte Klümpchen Fleisch besorgt hatte, und Elisabeth und ich lachten noch Jahre später über unsere kleine Verschwörung. Mein guter Ruf bei der Hühner-Els war allerdings für immer dahin.

Ich freute mich den ganzen Sommer an Elisabeths und Ludwigs Glück. Von jener Juninacht an waren sie ein Liebespaar, wie es Herr Walther nicht hätte schöner besingen können. Keine Nacht schlief Elisabeth mehr in ihrer eigenen Schlafkammer. Guda und ich zogen in eines der Vorzimmer des landgräflichen Schlafgemachs, um nachts für unsere Herrin da sein zu können, und oft war nicht zu überhören, was die beiden miteinander taten. Guda war jedes Mal peinlich berührt und stopfte sich kleine Stofffetzen in die Ohren, während ich dalag und voll Sehnsucht zuhörte. Längst dachte ich dabei nicht mehr an meine Kinderliebe Raimund von Kaulberg, der jetzt irgendwo in Outremer kämpfte, sondern an Heinrich Raspe. Jedes Mal, wenn ich ihn traf, klopfte mein Herz wie wild. Manchmal träumte ich sogar von ihm. Wie gern wäre ich mit ihm so glücklich gewesen wie Elisabeth mit ihrem Ludwig.

Als Elisabeth schließlich verkündete, dass sie guter Hoffnung sei, war der Jubel groß. Ludwig las ihr jeden Wunsch von den Augen ab. Er stopfte ihr Kissen in den Rücken, wenn sie irgendwo saß, brachte ihr Leckerbissen ins Frauenzimmer, ging alle Tage mit ihr im Obstgarten spazieren. Damals begann es, dass sie jedes Mahl gemeinsam einnahmen, was für einige Missstimmung am Hof sorgte. Es war nun einmal nicht üblich, dass Männer und Frauen miteinander speisten. Die Männer nahmen die Mahlzeiten meistens gemeinsam in der Hofstube ein, zusammen mit dem männlichen Gesinde. Und die Frauen aßen eben mit den Kindern im Frauenzimmer, das war schon immer so gewesen. Dass Elisabeth nun zusammen mit Guda und mir zu den Hauptmahlzeiten ihre Gemächer verließ und wir uns mit den Männern an einen Tisch setzten, führte allenthalben zu Unverständnis. Man sah es als eine Überschreitung unserer Grenzen an, und natürlich fühlte man sich auch gestört. Schließlich konnten die »richtigen« Männergespräche beim Essen nicht mehr geführt werden, wenn vornehme Damen anwesend waren. Man konnte nicht mehr über Herrschaft und Recht reden, über Kampf und Schlacht, über Geld und Männersachen. Und man musste sich die ganzen Unflätigkeiten verkneifen, die sonst gang und gäbe waren, die Schimpfwörter und das Fluchen. Die Blicke, die man uns bei Tisch zuwarf, sprachen Bände. Weiber gehören nicht hierher, sagten sie, ihr maßt euch zu viel an. Wir wollen euch nicht dabeihaben. Einmal sprach es sogar der von Eckardsberga aus: »Herr«, sagte er zu Ludwig, und wir saßen daneben, »Eure Ritter möchten bei den Mahlzeiten lieber unter sich bleiben, wenn Ihr erlaubt. Frauen haben ihren Platz bei ihresgleichen, wie es Herkommen ist.«

Ludwig lief rot an. Er nahm Elisabeths Hand und antwortete mit unterdrücktem Zorn: »Wenn einer unter Euch ist, Ihr Herren, denen die Anwesenheit meiner Ehewirtin, der Landgräfin, nicht angenehm ist – nun, drüben an den Gesindetischen ist noch genug

Platz. Er möge sich jetzt hinübersetzen oder in Zukunft schweigen.«

Alle sahen, dass sich der Landgraf nur mühsam beherrschte. Natürlich stand niemand auf und ging, und niemand wagte es ab da mehr, uns schief anzusehen.

Die Leute am Hof hatten sich nun eben darauf einzustellen, dass es Veränderungen gab, das war zumindest Ludwigs Meinung. Er war der neue Landgraf, und sie alle hatten ihm den Treueid geschworen. Ob es klug war, den Adel so vor den Kopf zu stoßen, weiß ich nicht. Besonders die Inhaber der Hofämter, die unter Ludwigs Vater gedient hatten, äußerten ihre Unzufriedenheit mehr oder weniger offen. Viele machten Elisabeth für alles verantwortlich, es hieß verächtlich, Ludwig würde sich im Bett seiner Frau »verliegen« und sich vor lauter Verliebtheit zum Narren machen. Aber dann – ich erfuhr es von Elisabeth, der er alles erzählt hatte – weihte er den Hofadel in seine Zukunftspläne ein: Er wollte ein großes Territorium schaffen, das von Hessen über Thüringen und Meißen bis in die Niederlausitz reichen sollte. Sogar Ostpreußen wollte er erobern, zusammen mit dem Deutschen Orden! Bei Gott, das war ein ehrgeiziges Vorhaben und hätte ihn wohl zum mächtigsten Fürsten des Reiches gemacht. Seinen Lehnsleuten verhieß dies neue Güter und Ländereien, und so waren sie zumindest fürs Erste wieder mit ihrem Herrn versöhnt. Als es zu einem ersten offenen Konflikt mit Meißen kam, standen sie jedenfalls alle wie ein Mann an seiner Seite.

Und dann kam der Sommer des Jahres 1221 und mit ihm ein Tag, der mir große Trauer bringen sollte.

Ich weiß es noch wie heute: Ich stand bei der Zisterne, eine Kruke mit Wasser in der Hand. Es war ein klarer, sonniger Morgen. Aus der Küche roch es schon verlockend. Jemand schüttete neben dem großen Misthaufen ein Schaff mit blutigen Fleischabfällen aus, und sofort schossen kläffend die Burgköter herbei, um sich um die besten Stücke zu balgen. Die Els fegte vor ihrem Hühnerhaus Federn zusammen und stopfte sie in einen Sack. Ich beobachtete das Treiben eine Weile – und dann sah ich ihn. Fröhlich trabte er auf einem Grauschimmel durchs Tor, das unvermeidliche Lied auf den Lippen: »Von der Elbe bis zum Rhein, von der Donau bis zum Po kenn ich ein jedes Land …« Diese klare, hohe Stimme hätte ich auch blind erkannt: Es war Herr Neithard vom Reuental. Seine geliebte Leier baumelte in einem ledernen Futteral am Sattel. Alle wussten, dass er den Herzog von Österreich auf dem Kreuzzug begleitet hatte; nun war er ganz offensichtlich wieder daheim. Ich hatte den frechen Kerl mit den fröhlichen Liedern immer gern gehabt und war so glücklich, ihn zu sehen, dass ich ihm ganz undamenhaft über den Hof entgegenrannte. Er war sichtlich gealtert, aber aus seinen Augen blitzte noch immer der Schalk, so wie früher. »Guter Herr Neithart«, rief ich, »Ihr seid zurück, wie wunderbar!«

»Nur die Sehnsucht nach Eurer blonden Schönheit, liebwerte Jungfer Gislind, hat mich von Outremer hierhergeführt«, flötete er zurück. »Ihr wart und seid die Einzige, die in meinem Herzen wohnt!«

Ich lachte und hielt ihm den Krug zum Begrüßungstrunk hin. »Lügt nicht, mein Ritter! Euch war doch schon immer jede recht, die Euch nicht gleich mit allen zehn Fingern ins Gesicht gefahren ist!«

Beleidigt schob er die Unterlippe vor. »Ihr seid eine Spielverderberin, meine Hübsche. Aber nur zu, macht Euch nur lustig über den armen fahrenden Reimeschmied, er streckt ergeben die Waffen vor Eurem Liebreiz.« Dann stieg er ab, nahm die Kruke und tat einen kräftigen Schluck. »Aaaah«, machte er und wischte sich über den Mund, »nichts schmeckt so gut wie das Wasser in der Heimat, gereicht von einer freundlichen Maid.«

»Es ist nur Zisternenwasser«, gab ich zurück. »Die Esel sind mit ihren Fässern noch unten an der Quelle.«

»Verglichen mit den trüben Wassern des Nils, ist das hier ein Göttertrank, Jungfer Gislind«, lachte er. »Das dürft Ihr einem heimgekehrten Kreuzfahrer glauben.«

Und dann stellte ich die Frage, die mir schon die ganze Zeit auf der Zunge gelegen hatte: »Herr Neithart, wisst Ihr etwas über Raimund von Kaulberg? Habt Ihr ihn getroffen? Geht es ihm gut?«

Sein Blick wurde dunkel, ich sah es sofort. Ich wollte gar nicht mehr hören, was er zu sagen hatte, aber seine Worte drangen unbarmherzig an meine Ohren.

»Ja, ich habe ihn getroffen, mehrmals. Einmal haben wir sogar Seite an Seite gefochten, und ein großer Kämpfer war er, meiner Treu! Aber dann hab ich ihn aus den Augen verloren, damals, als wir Damietta verließen und uns in die verfluchten Überschwemmungsauen des Nils wagten. Wir haben die Schlacht verloren, Gott sei's geklagt, es war ein Grauen, wie ich es nur selten erlebt. Mir gelang es, mich verwundet in ein Schilfdickicht zu retten, ganz unritterlich, ich geb es gerne zu. Ein Krokodil näherte sich, o heilige Not, und riss sein grässliches Maul auf, um mich zu fressen. Mein Mut sank, doch ich gab nicht auf. Wie würden all die schönen Jungfrauen daheim trauern, dachte ich mir, wenn sie erführen, ihr glühendster Verehrer sei im Bauch eines schwimmenden Drachens gelandet wie Jonas im Wal? So rammte ich dem Krokodil mit letzter Kraft mein Schwert in den schuppigen Leib. Oh, wie brüllte das Vieh, warf sich noch mit letzter Kraft auf mich …«

»Und Herr Raimund?«, fiel ich ihm ins Wort. Mir war mitten in der Morgensonne kalt.

Der von Reuental sah mich missbilligend an, weil ich seine schöne Geschichte unterbrochen hatte. Dann fiel ihm wieder ein, was er eigentlich hatte sagen wollen. »Ach, natürlich, ja, nach ihm hattet ihr ja gefragt. Nun, als sich alle Überlebenden nach der Schlacht sammelten, fehlte er. Jemand erzählte später, er habe den Kaulberger fallen sehen, gleich hinter dem letzten Damm. Welch unersetzlicher Verlust für uns alle!«

Ich wandte mich ab, damit er meine Tränen nicht sah. Sagen konnte ich nichts mehr, mir war alles wie zugeschnürt. Es war, als hätte man mir ein Messer ins Herz gestoßen. Herr Neithart merkte, wie nah mir seine Nachricht ging, und legte mir den Arm um die Schulter. »Er hat für seine Schuld gesühnt«, sagte er ernst. »Und er darf nun Gott in seiner ganzen Pracht schauen, so wie all die anderen toten Helden von Damietta. Ein ehrenvollerer Tod als der im Zeichen des Kreuzes ist niemandem vergönnt. Grämt Euch nicht.«

Er nahm mich in die Arme, und ich ließ meinen Tränen freien Lauf. Ich weinte um meine erste große Liebe, darum, dass sie nun nie mehr in Erfüllung gehen würde. Wie hätte ich denn auch ahnen sollen, dass die Nachricht des Reuentalers falsch war? Es war nicht seine Schuld, er hatte es nicht besser gewusst. Aber in mir riefen seine Worte eine große Veränderung hervor. Ich ging traurig in die Frauenkemenate. Dort hing an einem Wandhaken ein großer silberner Spiegel, und ich blickte hinein. Ich wischte mir die Tränen ab. Mein Gesicht kam mir so fremd vor. Nein, ich war nicht mehr das kleine Mädchen, das sich einmal in einen schönen Ritter verliebt hatte. Meine Kindheit war auf immer vorbei. Und ich dachte an Heinrich Raspe. Ab jetzt, dachte ich, beginnt meine Zukunft. Es war Zeit für Neues.

Mit der Kunde von Raimunds Tod war ich endgültig erwachsen geworden. Ich fing an, mir die Brauen schmaler zu zupfen und mich fraulicher zu kleiden. Das Haar trug ich nun nach französischer Art in zwei Schnecken, die über den Ohren aufgerollt wurden und deren lange Enden bis zu den Schultern herabhingen. Das stand mir gut, ich wirkte damit älter und reifer. Die jungen Männer bei Hof umwarben mich, und ich genoss es, liebte die Spielerei – dabei hatte ich damals immer nur einen im Sinn: Heinrich Raspe.

Irgendwann im Herbst unternahmen wir alle eine fröhliche Floßfahrt auf der Unstrut. Wir hatten morgens an der Lände in Freystadt abgelegt und waren flussabwärts gefahren. Überall an den Hängen waren die Häcker emsig bei der Arbeit, die Weinlese hatte gerade begonnen. Man winkte uns zu, ab und zu erschollen Hochrufe. An einer günstigen Stelle vier Meilen unterhalb der Stadt legten wir an, die Diener breiteten Decken und Laken aus und es gab ein einfaches Mahl aus Käse, Wein, Nüssen und reifen Trauben. Wir sangen und erzählten uns Geschichten, pflückten Wiesenblumen, die Damen wanden sich bunte Kränze ins Haar. Die Stimmung war ausgelassen und wir trieben allerlei Schabernack. Irgendwann sprang Agnes auf und rief: »Ein Pfänderspiel!«

Alle machten mit, nur Heinrich Raspe stand ein wenig abseits an einen Baum gelehnt und beobachtete unser Treiben mit sichtlichem Vergnügen. Elisabeth verwaltete die Pfänder, sie steckte sie in einen großen Korb und holte am Ende eines nach dem anderen hervor: »Was soll das Pfand in meiner Hand?« Dann beschlossen wir, was der- oder diejenige zu tun hatte, um sein Eigentum wieder auszulösen. Die meisten waren schon an der Reihe gewesen, als Elisabeth schließlich mein Pfand in der Faust verborgen hielt. »Was soll das Pfand in meiner Hand? Es ist ein weibliches«, verriet sie. Ich hatte ihr das goldene Ringlein gegeben, das ich am kleinen Finger trug.

Eine der Hofjungfern rief: »Sie soll dem ersten Mann einen Kuss geben, der ihre Hand ergreift!«

Die anderen stimmten ihr kichernd zu, und als ich aufstand und mich als Besitzerin des Rings zu erkennen gab, gab es noch mehr Gelächter. Agnes schob mich ein Stück über die Wiese vor eine dichte Brombeerhecke, wo ich stehenblieb und wartete, wie sich die jungen Männer alle in einer Linie aufstellten. Ich zupfte derweil ein paar reife, blauschwarze Brombeeren und schob sie mir in den Mund, schmeckte ihren süßsauren Saft und wartete. Dann klatschte Elisabeth in die Hände, und die Männer liefen um die Wette, um mich zu erreichen. Es war ein großes Durcheinander, sie schubsten und stießen, einer fiel sogar hin. Ich genoss das Schauspiel – schließlich wetteiferten sie um mich, jeder wollte meinen Kuss! Ich streckte die Hand aus, und der erste erreichte mich und fasste meine Finger, es war der langbeinige Wieland von Treffurt. Fast gleichzeitig waren auch die anderen da und taten lautstark ihre Enttäuschung kund. Sie umringten mich, jammerten in übertriebener Trauer über ihr Unglück, beschuldigten sich gegenseitig des Rempelns und stritten um den Kuss. Ich fühlte mich wie die schönste Frau der Welt. Alle begehrten meine Lippen als Preis! Geschmeichelt rief ich die Streithähne zur Ordnung. »Haltet ein!«, lachte ich, »Es kann ja nur einer gewinnen!«

»Ach, Jungfer Gisa, lasst uns nicht herzlos verschmachten! Küsst uns doch alle!« Das war der sommersprossige Gerhart von Trotha, frech wie immer.

Ich weiß nicht, welcher kleine Teufel mich in diesem Augenblick ritt, aber ich sagte: »Nun gut, eine Dame sollte stets gerecht sein. Und mir scheint, es gab wirklich eine Rempelei. Aber – mit Anstand, meine Herren!«

Große Begeisterung brach aus. Sie drängten sich um mich, ich schloss die Augen, spitzte den Mund und jeder durfte ganz züchtig meine Lippen küssen. Nach neun Küssen öffnete ich die Augen, mehr Bewerber waren nicht mitgelaufen. Doch da stand noch jemand vor mir: Heinrich Raspe. Mein Herz setzte für einen Moment aus. Wie gut er aussah, in seinem Hemd, das über der Brust offenstand, den Sommerwind im Haar. Ein selbstsicheres Lächeln umspielte seine Lippen. Ich versuchte, Fassung zu bewahren.

»Ei, Herr Heinrich«, sagte ich atemlos, »Ihr habt doch gar nicht mitgespielt!«

Er nahm meine Hand. »Ich fange gerade damit an«, erwiderte er und zwinkerte mir zu. Ganz langsam beugte er sich zu mir herunter, näherte sein Gesicht dem meinen. Was sollte ich tun? Ich fieberte danach, ihn zu küssen. Aber dann dachte ich an den Ring und bekam ein mulmiges Gefühl. Was hatte dieser unheimliche Reif zu bedeuten, warum trug er ihn? Und außerdem – so leicht sollte Heinrich Raspe es nicht haben, dachte ich. So einfach war ich nicht zu gewinnen. Wenn, dann wollte ich mehr als ein Spiel. Als seine Lippen fast schon meine berührten, als ich schon seinen Atem spürte, da steckte ich ihm statt des Kusses flugs die letzte Brombeere in den Mund, die ich noch in der Hand gehabt hatte. Dann riss ich mich los und lief über die Wiese zu den anderen zurück.

Er stand da und sah mir nach mit einem Blick, den ich nicht deuten konnte.

Hoffentlich hatte ich nicht alles verdorben!

Später, auf der Rückfahrt, die gemächlich vor sich ging, weil getreidelt werden musste, bemerkte ich, dass Heinrich Raspe die Augen kaum mehr von mir abwandte. Ich hielt mich ein wenig abseits und versuchte, aus der Ferne einen Blick auf seine Hand zu erhaschen. Schließlich gelang es mir, als er nach einem Becher Wein griff, den ihm sein Diener reichte. Ich atmete erleichtert auf. Der Ring war fort.

Creuzburg, März 1222

Ei nun, das erste Kind«, versuchte die von Eckardsberga zu beruhigen, »das will nie kommen.« Mit einem feuchten Tuch betupfte sie Elisabeths Stirn. »Geduld, Liebden, nur Geduld.«

Sämtliche ältere Damen des Hofes, die schon genugsam Erfahrung mit Geburten und Schwangerschaften hatten, standen seit Stunden am Bett der jungen Landgräfin. In der Bohlenstube, die man für die Niederkunft hergerichtet hatte, herrschte glühende Hitze. Auf Befehl des Landgrafen war eigens ein Kachelofen eingebaut worden, den die Mägde unablässig mit Buchenholzscheiten schürten. Das Kind durfte bei der Geburt schließlich keinen Kälteschreck bekommen und die junge Mutter sich beim Gebären nicht verkühlen. Elisabeth stöhnte auf und krümmte sich. Ihr Gesicht war kreidebleich, das schwarze Haar klatschnass vom Schweiß. In den Händen hielt sie ein kleines geschnitztes Holzkreuz, das ihr die Schwiegermutter aus Eisenach geschickt hatte. Sie habe es bei Ludwigs Geburt um den Hals getragen, hatte sie geschrieben und Elisabeth eine leichte Niederkunft gewünscht. Vergebens. Die Wehen zogen sich nun schon einen halben Tag hin, ohne dass etwas voranging.

Die alte Fahnerin schüttelte besorgt den Kopf. »Schau sie dir an, Gerberga«, flüsterte sie der Creuzburger Wehfrau zu, einer erfahrenen, dicklichen Matrone. »Das arme Ding ist ja selber noch ein Kind. Hoffentlich geht alles gut.«

»Sie hat Angst«, raunte die Hebamme zurück. »Und das ist schlecht. Angst verdirbt die Säfte und lässt die weibliche Pforte sich nicht öffnen. Die Leibesfrucht ist ja längst schon ganz nach unten gerutscht.«

Wieder ein lautes Stöhnen. Elisabeths Finger pressten das Kruzifix so fest, dass ein Stückchen Holz aus der Dornenkrone Christi absplitterte und ihr ins Fleisch fuhr. Sie merkte es gar nicht. Warum nur dauerte es so lange? Seit dem Morgen hatte sie unaufhörlich gebetet, aber ihr Flehen war nicht erhört worden. Die Wehen waren kaum mehr auszuhalten! Keiner hatte ihr jemals gesagt, wie groß diese Schmerzen sein würden, wie schwer zu ertragen! Aber das

Schlimmste war, dass Ludwig ihr nicht beistehen, ja, nicht einmal in ihrer Nähe sein konnte. Er war in dringenden Geschäften nach Hessen gerufen worden und hielt gerade Gericht in Marburg, viele hundert Meilen von ihr entfernt. Oh, da zog es auch schon wieder im Rücken, eine neue Wehe wollte kommen, kaum fünf Vaterunser nach der vorherigen. Sie hatte doch jetzt schon keine Kraft mehr. Ihr Kind, was war mit ihrem Kind? Ging es ihm noch gut? Der Arzt hatte gesagt, es sei überfällig. Was, wenn es bei der Geburt starb? Totgeburten kamen vor, das wusste sie nur zu gut. Und auch, dass Frauen die Niederkunft nicht überlebten, verbluteten, am Fieber starben. All das gehörte dazu, Elisabeth kannte die Gefahr. Und je länger es dauerte, desto größer wurde ihre Angst.

»Fahnerin, ich bitt schön, schickt meine Jungfern Guda und Gislind noch einmal in die Kapelle, sie sollen der Heiligen Margaretha noch ein Altartuch und drei Pfund gutes Bienenwachs für Kerzen geloben.« Elisabeth setzte sich mühsam in den Kissen auf und hielt sich den gewölbten Leib. »Und lockert mir den Geburtsgürtel, ich halt's nicht mehr aus, wie er drückt.«

Seufzend schnürte die Fahnerin den Gürtel lockerer. In das Leder waren kleine Knöchelchen aus dem Fußgelenk von Kaninchen eingenäht, die nach altem Volksglauben die Frucht aus dem Leibe springen ließen. Schon so vielen Frauen der Ludowingerfamilie hatte er beim Gebären geholfen, nur nicht Elisabeth. Er war gar nicht zu fest gewesen, aber die kleine Landgräfin war einfach hilflos und überempfindlich vor lauter Angst. »Denkt an die Jungfrau Maria«, sagte sie, »auch sie hat unter Schmerzen den Menschensohn geboren. Und die Heilige Margaretha hilft immer bei schweren Niederkünften.«

Elisabeth nickte. Sie wollte tapfer sein, so gut es ging. Aber sie fühlte sich entsetzlich allein unter diesen Frauen des Hofadels, die sie – und das wusste sie wohl – alle nicht mochten. Die Schlotheimerin zum Beispiel, die seit Jahren hinter ihrem Rücken gehässige Bemerkungen über ihr Aussehen machte. Oder die Eckardsberga, die ihr nachtrug, dass sie sie einmal auf ihre viel zu kostbaren Gewänder beim Kirchgang angesprochen hatte. Oder die Treffurterin, die sie nicht leiden konnte, weil sie zwar großzügig den Armen gab, den Damen von Adel aber keine Geschenke machte.

Sie alle hielten die junge Landgräfin dafür verantwortlich, dass es bei Hof nicht mehr so üppig und fröhlich zuging wie früher, dass die teuren Gastereien weniger geworden waren und die Dichter und Sänger in Thüringen keine Heimstatt mehr hatten. Keine von ihnen wäre traurig, dachte Elisabeth, als die nächste Wehe abgeklungen war, wenn ich die Geburt nicht überleben würde. Es trieb ihr die Tränen in die Augen.

Und dann fiel ihr eine ein, eine, der es nicht gleichgültig sein würde, ob sie die Geburt überstand. Eine, die ihr schon einmal beigestanden hatte, als sie allein und verzweifelt war.

»Holt mir die Isentrud von Hörselgau.«

»Aber Liebden«, versetzte die Eckardsberga, »Frau Isentrud ist nicht bei Hof, und Hörselgau liegt etliche Stunden Ritts entfernt.«

»Holt mir die Isentrud!« Elisabeths Befehl ging in einem jammervollen Schrei unter, sie bäumte sich auf.

Die Frauen sahen sich an. Wieder einer dieser sturköpfigen Einfälle ihrer Herrin. Was sollte die Hörselgauerin hier schon ausrichten? Schließlich zuckte die von Schlotheim mit den Schultern. »Lasst uns in Herrgotts Namen einen schnellen Boten schicken. Vielleicht schafft sie es ja noch rechtzeitig, um helfen zu können.«

Sieben Stunden später, nach einem Höllenritt durch Nacht und Nebel, saß Isentrud von Hörselgau am Bett der völlig erschöpften Gebärenden. Inzwischen waren die Frauen in heller Aufregung. Die Wehen hatten nachgelassen, und das Kind bewegte sich kaum noch. Sogar der Arzt war noch einmal herbeigeholt worden, obwohl er natürlich in Frauensachen wenig Kenntnis hatte. Immerhin hatte er Elisabeth einen Stärkungstrank aus Wein und Eiern gereicht, der ihr wieder ein wenig Farbe ins Gesicht getrieben hatte. Geholfen hatte es aber nichts. Die Wehen kamen zwar häufig, wurden aber immer schwächer. Man hatte gebetet und den Kaplan geholt, der mit allem, was er für die letzte Ölung brauchte, in einer Ecke des Raumes hockte und hilflose Blicke gen Himmel schickte.

»Isentrud, helft mir«, flüsterte Elisabeth, »ich weiß, Ihr liebt mich. Ich will nicht sterben.«

Die Hörselgauerin rang die Hände, versuchte aber, sich nichts anmerken zu lassen. »Ruhig, Liebden, ruhig. Ich habe in der Küche schon einen Absud aus Wermut, Bachkresse und Petersilie ansetzen lassen, der kommt gleich. Das bringt die Wehen wieder in Gang.«

Elisabeth nickte schwach, während die Wehfrau sich empört abwandte. Genau denselben Trank hatte sie der Schwangeren auch schon verabreicht. Und, hatte es etwas genützt?

Folgsam trank Elisabeth das bittere Gebräu, während Isentrud und die anderen ihr warme Wickel mit Schafgarbenblättern auf den Leib legten. Doch nach einer Stunde waren die Wehen fast ganz abgeklungen.

Da spürte Isentrud, wie sich eine Hand auf ihre Schulter legte. Es war Gislind, sie kannte das Mädchen, eine der Hofdamen der Landgräfin. Sie hatte sich heimlich hereingeschlichen, denn als unverheiratete Jungfer hatte sie am Bett einer Gebärenden eigentlich nichts zu suchen. Jetzt beugte sie sich zu Isentrud hinunter und flüsterte ihr etwas ins Ohr. Die Augen der Hörselgauerin weiteten sich ungläubig. Sie stand auf, schob die Zofe aus dem Zimmer und schloss die Tür hinter sich.

»Bist du völlig verrückt geworden?«, fragte sie mit zusammengekniffenen Augen. »Ich glaube, du weißt gar nicht, wie ernst es um sie steht!«

Gislind schüttelte verzweifelt den Kopf. Natürlich wusste sie, dass es um Leben und Tod ging. Deshalb war sie ja in ihrer ganzen Hilflosigkeit zur Hühner-Els gelaufen und hatte sie um Rat gefragt. »Ich bin nicht verrückt«, verteidigte sie sich. »Die armen Leute machen das, und die Bauern. Irgendwas ist da drin, was der Geburt voranhilft. So glaubt mir doch.«

Isentrud schnaufte. »Ich weiß nicht. Das ist doch …«

»Versucht es doch einfach. Bitte!«

Die Hörselgauerin wischte sich müde über die Stirn. Drinnen lag die junge Landgräfin, und das Kind drohte im Mutterleib abzusterben. Keiner wusste mehr, was zu tun war. Vielleicht war es den Versuch wert. Aber … »Das lassen die anderen nie zu!«

»Dann sagt es ihnen nicht!« Gislind packte Isentrud bei den Schultern. »Sagt einfach, es wäre ein weiterer Kräuteraufguss!«

Isentrud atmete tief durch. »Also gut. Geh und hol das Zeug, von wem du's auch immer kriegst, ich will's gar nicht wissen.«

Eine halbe Stunde später schluckte Elisabeth aus einem einfachen hölzernen Becher eine fingerhutgroße Menge männlichen Samens. Kurz darauf kam die erste Presswehe. Und nach fast zwei Tagen Geburtsnöten erblickte endlich, endlich Ludwigs langersehntes Kind das Licht der Welt, übertragen, schwach, aber gesund.

Es war ein Sohn.

Primus

Was soll man da sagen? Jetzt ist das Hannolein grad aus dem Gröbsten raus, da haben wir schon wieder Nachwuchs. Es ist ein Schwesterchen, und wir haben es Irmingard genannt. Das klingt ziemlich großkotzig, aber der Pfarrer hat's vorgeschlagen. Eigentlich hätten wir die Irmel gar nicht taufen lassen können, weil wir's uns gar nicht leisten können, aber der Lutprant hat das Altargeld bezahlt. Hat er ruhig machen dürfen, weil es ist ja schließlich sein Kind. Obwohl er's nicht zugibt. Die Mutter hat geflennt und geschworen, dass er der Einzige war, aber er hat gesagt, wer's glaubt, wird selig. Na ja, und jetzt haben wir halt ein uneheliches Bankert, und manche Leute schauen uns scheel an deswegen. Soll bloß einer was sagen! Dem hauen wir die Hucke voll, der Michel und ich.

Im letzten Jahr ist es uns eigentlich ganz gutgegangen, trotz des finsteren Kellerlochs. Unser Hund Ratz trägt schön zum Leben bei, weil wir ihn vermieten können. Für ein bisschen Geld, ein Stück Speck oder ein paar Äpfel lassen wir ihn zu anderen Leuten ins Haus, und da erledigt er dann die Ratten. Das bringt ganz gut was ein und ist jedes Mal ein Hauptspaß!

Das Hannolein kann immer noch nicht gut laufen, wegen seiner krummen Beine. Der Pfarrer sagt, das liegt an der schlechten Milch, die er immer gekriegt hat, und am vielen Hunger, und wir sollen der Heiligen Maria Magdalena eine Kerze opfern. Die ist nämlich die Schutzpatronin für alle Kinder, die schlecht laufen lernen. Ich hab dann eine geklaut und in der Kirche aufgestellt, aber genützt hat es nichts. Auf die heiligen Weiber ist halt auch kein Verlass. Das hab ich dem Pfarrer gesagt, und dann hat er mir eine geklebt. Bin ich vielleicht schuld, wenn seine Leute im Himmel sich nicht einspannen lassen wollen? Bei der Taufe von der Irmel hat er mich dann streng angeschaut und gesagt, die Gunst der Heiligen Maria Magdalena lässt sich nicht mit gestohlenen Gaben erlangen, es müssten schon ehrlich erworbene Sachen sein. Möchte wissen, wie er drauf gekommen ist, dass ich die Kerze beim Hellgrevenwirt hab mitgehen lassen!

Kurz nach Ostern ist der Landgraf wieder nach Eisenach gekommen, und alle Leute haben ihn mit Hochrufen und großem Trara empfangen. Wir wussten ja schon, dass ihm die Dunkle einen Sohn geboren hat, die Pfarrer haben alle die Glocken läuten lassen und die gute Nachricht von der Kanzel herab verkündet. Hermann heißt er, wie der alte Landgraf, der verrückt geworden ist. Ein Erbe ist für das ganze Land eine große Freude, haben die Pfarrer gesagt, weil jetzt weiß man, wer dereinst die Herrschaft in Thüringen übernimmt und dass die erlauchte Linie des herrschaftlichen Hauses weitergeführt wird. Das mit dem Haus und der Linie haben der Michel und ich nicht begriffen, aber das mit der Herrschaft schon. Bloß mir ist eigentlich ganz gleich, wer nach dem Landgrafen kommt. Erstens kann ich sowieso nichts dran ändern, und zweitens sind die da droben ja doch einer wie der andere, sagt Lutprant. Die wollen nichts als Steuern und Abgaben und Fronen, und dafür scheißen sie uns dann alle auf den Kopf.

Jedenfalls hat es geheißen, dass jetzt bei Hof alle glücklich sind, wegen dem Kind, vor allem die Landgräfin. Pah! Meine Mutter hat fünf davon, was könnte die erst sagen! Nur, die war gar nicht glücklich, als sie gewusst hat, dass noch eins nachkommt, weil noch ein Maul sattkriegen ist schwer. Aber so ist das halt bei uns armen Leuten, da wird keins mit dem goldenen Löffel in der Hand geboren. Den muss man höchstens klauen, wenn man einen haben will.

Und dann ist was ganz Seltsames geschehen. Am ersten Maisonntag vor der Messe, da geht das Tor vom Steinhof auf, und heraus kommt die Schwarze. Erst hat sie gar keiner erkannt. Sie trug ein grobes, härenes Gewand, wie die Allerärmsten, bloß dass es keine Risse und Löcher hatte und sauber gewaschen war. Das graue Ding hing wie ein alter Sack an ihr herunter, und weil sie groß ist, ging es ihr bloß bis knapp unter die Knie. So hat man auch sehen können, dass sie barfuß war. Auf dem Kopf hatte sie keine Haube und keinen Schleier, sondern nur ein Wolltuch, wie es die Wäscherinnen tragen, hinten gebunden. Sie hat ausgesehen wie irgendein Weib aus dem Volk. Und im Arm hielt sie ihr Kind, das war fein aufgebunden. Hinter ihr kamen dann eine Menge Hofdienerinnen in ihren edlen Kleidern. Mein Engel war dabei, ganz in Grün und wunderhübsch anzusehen. Wie es sich für Engel gehört, trug er eine brennende Kerze, die er mit einer Hand vom Wind abschirmte. Eine andere Hofdame zerrte an einem Strick ein blökendes Schaf hinter sich her, das um alles in der Welt nicht mitwollte und sich mit sämtlichen Beinen dagegenstemmte.

Wir waren natürlich alle da, sogar die Irmel. Wenn die Mutter für eines sorgt, dann dafür, dass wir Kinder sonntags in die Kirche gehen. Halb Eisenach war dabei, als die Dunkle in ihrem Büßergewand zum Kirchenportal ging, gefolgt von ihrem ganzen Haufen Jungfrauen. Alle haben sich angeschaut. »Wofür tut denn die Landgräfin Buße?«, hat jemand gefragt. »Woher soll ich das wissen?«, sagte ein anderer. »Sie bringt wohl das Kind zur Benediktion«, meinte eine Nonne vom Katharinenkloster. »Vierzig Tage nach der Geburt, wie es Sitte ist.« Die Frau des Schellenmachers hat bloß den Kopf geschüttelt. »Wie kommt denn die daher? So ein Aufzug! Das ist doch die verkehrte Welt!«

Auch der Pfarrer war ziemlich verdattert, aber dann hat er sich wieder gefasst, die Landgräfin vor der Kirchentür empfangen, mit ihr Gebete und Psalmen gesprochen und sie dann an der Hand vor den Altar geführt. Die Frauen hinterher, Schaf und alles. Am Schluss hat die Dunkle die brennende Kerze geopfert und den Strick samt Zottelvieh dem Zweiten Pfarrer in die Hand gedrückt. Nach dem Segen und dem Besprenkeln mit Weihwasser sind dann alle wieder aus der Kirche ausgezogen und in den Steinhof zurück.

»Sie wollte durch ihre einfache Kleidung Demut vor Gott zeigen«, hat später der Pfarrer erklärt. Aber in der Stadt hat das keiner verstanden. Vor allem die reichen Bürgersfrauen haben kein gutes Haar an der Dunklen gelassen. »Wieso macht sie sich mit den Ärmsten gemein?«, lästerten sie. »Die muss doch nicht ganz richtig im Kopf sein!« Und die Armen haben sich sogar irgendwie verspottet gefühlt. »Die macht sich ein Späßchen draus, uns nachzuäffen!«, giftete sogar die alte Gepa, die mit ihrem Hund unter der hölzernen Außentreppe in der Salzgasse haust. »Und dann zieht sie die schäbige Wollkotte aus und trägt wieder Samt und Seide. Das würde uns auch gefallen, was? Mal ein bisschen Armut spielen.«

Mich würde das eigentlich nicht stören, ob die Dunkle prächtige Kleider oder von mir aus gar nichts anhat. Hauptsache, sie gibt Almosen, das ist das Wichtigste. »Es ist schon merkwürdig«, sagt Lutprant. »Die alte Landgräfin hat immer die kostbarsten Sachen getragen, da meinten alle, sie sei eitel und prunksüchtig. Und jetzt, wo die Junge in Sack und Asche geht, passt es den Leuten auch nicht. Man kann es im Leben halt keinem recht machen.« Später hat die Dunkle die graue Kotte einer Aussätzigen geschenkt, die ist dann ganz glücklich darin herumgelaufen und hat's der ganzen Stadt erzählt.

Um diese Zeit hat es auch angefangen, dass Ortwin und noch zwei, drei andere von unserem Haufen jede Sonntagnacht verschwunden sind. Wichtige Treffen, hat Ortwin gemurmelt, und dass es nur was für die Älteren ist. Der Michel und ich waren natürlich stinkbeleidigt, und die Sache hat uns keine Ruhe gelassen. Also sind wir ihnen nachgeschlichen. Das war gar nicht so leicht, weil wir mussten ja aus dem Bett, ohne die Mutter zu wecken. Gott sei Dank ist die Irmel ein ganz liebes Kind, die schläft schon durch, bis die Sonne aufgeht; nicht so wie die lästige Ida, die ein Jahr lang alle zwei Stunden großes Geschrei gemacht hat. Darum wird die Mutter nächtens nur ganz selten geweckt. Also sind wir beim Schlag neun von der Turmglocke aufgestanden und haben den Ortwin abgepasst, wie er grade aus dem Fenster geklettert ist.

Der Ortwin wohnt in einer winzigen Gasse, gleich bei der Stadtmauer, in einem hölzernen Anbau an das Malzhäuschen vom Brauer Ehrenprecht. Von da aus ist es ein ganzes Stück bis zum alten Münzhaus, vor allem, wenn man einerseits dem Nachtwächter nicht begegnen und andererseits den Ortwin nicht verlieren darf. Nachts ist es in der Stadt ganz schön unheimlich. Nach Sonnenuntergang hält sich niemand mehr in den Gassen auf, außer Gauner und Mörder und ähnliches Gesindel, sagt die Mutter immer. Anständige Leute sind daheim, wenn's dunkel wird, und schlafen den Schlaf der Gerechten. Stockfinster ist's, alle Fenster sind schwarze Löcher, bis auf ein paar, wo Kranke liegen. Und die Fenster vom Kerzenzieher in der Fleischgasse, weil das muss man im Sommer nachts machen, sonst wird das Wachs nicht fest.

Wir sind zwar zu zweit, der Michel und ich, aber wir haben trotzdem ganz schön Schiss. Das Mondlicht taucht alles in milchigtrüben Schein, und die Stadt sieht gespenstisch aus, ganz anders als am Tag. Schwarz und riesig ragen die Giebel auf. Huh, da flattert etwas über unsere Köpfe! Wir zucken zusammen, aber es ist nur eine von den Schleiereulen, die im Dachstuhl des Rathauses nisten. Ihr Ruf klingt wie der Erkennungspfiff von Meuchelmördern, die sich verschworen haben, er schreckt nicht bloß die Mäuse, sondern lässt auch uns die Haare zu Berge stehen. Ich denke an die Worte des Pfarrers neulich: »Gott hat die Nacht als Beweis für die Existenz der Hölle geschaffen!« Wenn wir nur eine Lampe benutzen könnten! Geister mögen nämlich den Geruch von Talg und Öl nicht leiden. Michel bibbert, und mir ist auch mulmig, aber tapfer reißen wir uns zusammen und schleichen Ortwin nach. Wenn der nachts unterwegs sein kann, dann schaffen wir das auch.

Jetzt bleibt Ortwin vor einem Haus neben der Münze stehen und klopft an ein Hintertürchen. Es ist ein verabredetes Muster, dreimal schnell und dreimal langsam. Das Türchen geht auf, er macht ein seltsames Handzeichen und schlüpft hinein. Der Michel und ich schauen recht dumm, bleiben aber in der Nähe stehen. Noch drei, vier Männer huschen heran, alles Erwachsene, und eine Frau. Sie alle machen das Zeichen und werden eingelassen. »Komm, wir gehen«, flüstert Michel mir zu und zieht mich am Hemd, »ich hab Angst.«

»Noch nicht«, flüstere ich zurück und schleiche vorsichtig um das Haus herum. Hinten ist ein Garten, und man kommt ganz leicht über den Zaun. Im ersten Stock sehe ich hinter geschlossenen Läden Licht flackern. Irgendwo knarrt eine Tür, eine Ratte fiept. Plötzlich höre ich überall Geräusche. O Heiland, mir fallen die Männer ohne Kopf ein, die Werwölfe und Wiedergänger, die Geister der Selbstmörder und Ungetauften, die nachts ihr Unwesen treiben! Am liebsten würde ich wieder umkehren, aber als ich unter dem Fenster stehe, entdecke ich, dass an der Hauswand ein Spalier ist mit einem knorrigen Birnbaum. Da kann ich doch nicht aufgeben. »Ich geh da hoch«, raune ich Michel zu. Der packt mich am Arm. »Spinnst du? Lass doch. Ich will heim.« Ich reiße mich los und klettere am Spalierobst hoch. Und dann hänge ich vor dem Fenster und spähe durch eine Ritze nach drinnen.

Alles ist hell vor lauter Talglämpchen. Im Zimmer sind acht oder neun Leute, einer davon ist Ortwin. Sie sitzen auf Schemeln und Stühlen, und vorne steht einer in einer grauen Kutte. Es ist ein alter Mann, ganz kahl, mit einer großen Brandnarbe auf der linken Backe. Er spricht zu den Leuten, und alles wirkt ernst und feierlich, fast wie ein Gottesdienst. Ja, tatsächlich, sie falten die Hände, sie beten. Dumpfes Gemurmel kommt wie leises Grollen aus ihren Kehlen. Und der unheimliche Alte vorne segnet sie, so sieht es zumindest aus.

Ich kann mich nicht länger in den Zweigen festkrallen und springe ab. Aua, mein Fuß, so ein Mist. Ach du heilige Scheiße, ich hab geschrien! »Michel, hau ab«, rufe ich und versuche fortzuhumpeln. Droben geht das Fenster auf, ich ducke mich ins Gebüsch. Ganz klein mache ich mich und halte den Atem an. Mein Herz klopft, dass mir fast die Brust zerspringt. Gerade, als ich mich wieder bewegen will, packt mich jemand am Kragen und zerrt mich ins Mondlicht hinaus. Ich will schreien, aber die Kehle ist mir wie zugeschnürt.

»Was hast du hier zu suchen, Bürschlein?«

Vorsichtig schaue ich hoch in das Gesicht eines älteren Mannes. Er hat einen Hut auf wie ein Händler oder reicher Handwerker und funkelt mich wütend an.

»N… nichts«, stottere ich. Die anderen aus der seltsamen Versammlung stehen jetzt alle um mich herum. O Gott, hab ich Schiss! Wenigstens ist der Michel weg, denke ich. Außerdem tut mein Fuß verdammt weh.

»Was machen wir jetzt?«, fragt der Mann und wendet sich an den kahlen Alten. Der legt mir den Arm auf die Schulter. »Was hast du gesehen, Junge?«

Ich überlege blitzschnell. »Ich hab den Ortwin gesehen, Herr, wie er ins Haus gegangen ist, und wollte wissen, was er da macht. Aber als ich am Spalier hochklettern wollte, bin ich runtergefallen.«

Jetzt drängt sich Ortwin nach vorn und deutet mit dem Kinn auf mich. »Er ist in Ordnung«, sagt er. »Ich kenne ihn. Wahrscheinlich war er bloß neugierig. Er wird uns nicht verraten.«

Ich atme auf. »Nein, bestimmt nicht, ich schwör's«, versichere ich. Ich wüsste auch gar nicht, was ich da verraten soll. Gebete sprechen ist doch nicht verboten, oder?

Die anderen schauen erst ein bisschen unschlüssig, aber dann nickt der Kahle. »Es ist gut«, sagt er. »Ich glaube ihm. Und Ortwin hier verbürgt sich für ihn, ist das so, Ortwin?«

Mein Kumpel nickt.

»Ich weiß nicht«, sagt da einer, ein ganz junger im dunklen Umhang. Alle gucken ihn irgendwie ehrerbietig an. »Wir sollten kein Wagnis eingehen.« Mir wird schon wieder mulmig. Der Kerl wirkt wie einer, der gewohnt ist zu befehlen. Er trägt eine Samtkappe, und wenn ich mich nicht ganz täusche, blitzt an seiner Hand ein wertvoller Silberring. Für so was hab ich einen Blick.

»Lass gut sein«, erwidert der Kahle. »Er ist noch ein Kind.«

»Wenn Ihr meint.« Der mit der Samtkappe macht eine lässige Handbewegung, und wieder glänzt der Ring auf. Damit ist es entschieden, der Kahle bedeutet mir mit einem Wink, dass ich gehen kann. Erleichtert drehe ich mich um und will davonhinken, als sich der mit der Samtkappe plötzlich umdreht und mich am Kragen packt. Seine Stimme geht mir durch Mark und Bein, als er mir ins Ohr flüstert: »Kein Sterbenswörtchen, Kleiner, zu niemandem! Sonst komm ich und schneid dir ratzfatz die Gurgel durch, hast du verstanden?«

Ich nicke und renne davon, so schnell ich kann, auch wenn mir der Fuß dabei höllisch weh tut. Nichts wie weg, denke ich. Zwei Ecken weiter wartet Michel auf mich. Mann, bin ich froh, den zu sehen! »Alles klar?«, fragt er.

»Alles klar«, sage ich.

Den ganzen Heimweg über denke ich nach. Warum hatten die Leute Angst, dass ich sie verrate? Was war das für eine merkwürdige Zusammenkunft? Was tut Ortwin dabei? Ich kann mir einfach keinen Reim drauf machen. Aber eins ist klar: Die Sache stinkt. Und zwar gewaltig.

Burg Grimmenstein in Gotha, Frühling 1223

Du willst Krieg führen gegen deine eigene Schwester?«

»Halbschwester«, knurrte Ludwig. »Und als Witwe steht sie unter meiner Vormundschaft. Schließlich bin ich ihr nächster männlicher Verwandter. Da kann sie nicht einfach heiraten, und dazu noch einen meiner Feinde.«

Elisabeth legte das Wollknäuel hin, das sie gerade aufgewickelt hatte. »Aber Brüderchen, Jutta ist bald doppelt so alt wie du. Und sie ist Markgräfin von Meißen. Da wird sie doch heiraten können, wen sie gern hat.«

»Das verstehst du nicht!« Ludwig fuhr hoch, und Elisabeth zuckte zusammen. »Sie hat sich von Poppo von Henneberg einwickeln lassen. Der will sich durch eine Heirat mit ihr ganz Meißen unter den Nagel reißen, das ist doch klar. Und das werde ich nicht zulassen.«

»Aber …«

»Misch dich nicht ein, Elisabeth.« Seine Stimme wurde scharf. »Das ist kein Weiberkram. Hier geht es um Macht und Herrschaft und nicht um ein bisschen Getändel mit den Armen. Ich lass dich deines machen und du mich meines, ja?«

»Aber Krieg bedeutet ja, dass gerade die Armen leiden! Gewalt und Unfriede sind immer für diejenigen am schlimmsten, denen es ohnehin schlecht geht. Das sagt auch dieser neue Ordensgründer aus dem Welschland, der in Nachahmung Christi betteln geht. Du weißt doch, Franz von …«

Ludwig schlug mit der Faust auf die Sessellehne. »Herrgott,

kannst du mich nicht einmal mit diesem Mönch aus Assisi in Frieden lassen? Ich weiß schon, der spukt dir seit geraumer Zeit im Kopf herum.« Er stand auf und knöpfte sein Wams zu. »Morgen reiten wir ab. Dabei bleibt's!«

Er ging, und Elisabeth stiegen die Tränen in die Augen. Sie war kein Mensch, der streiten konnte, aber jetzt war sie nicht nur gekränkt, sondern auch wütend. Mit rauschenden Röcken lief sie ihm nach.

»Du musst mit mir reden, Ludwig.«

Er blieb seufzend stehen und drehte sich um. »Was willst du denn noch?«

Sie suchte nach Worten. »Du ... du hast dich verändert im Lauf des letzten Jahres. Machtbewusst bist du geworden, hart gegen deine Feinde. Erinnerst du dich? Schon bei der Geburt deines Sohnes hast du in Hessen trotz der freudigen Nachricht zwei adelige Friedensbrecher köpfen lassen. Das habe ich nie verstanden. Meißen willst du jetzt besitzen und die Lausitz, aber das genügt dir noch nicht, du möchtest auch noch Preußen erobern! Oh, ich weiß, du glaubst, das alles bleibt unter euch, ein geheimer Plan zwischen dir und deinen Rittern. Aber ich bin nicht dumm, Ludwig, mir ist das alles nicht verborgen geblieben. Die Leute erzählen sich, dass du dich ohne Rücksicht gegen die Rechte des eigenen und landfremden Adels durchsetzt, indem du Burgen auf dessen ureigenstem Gebiet errichten lässt. Deine eigenen Städte und Festungen lässt du prächtig ausbauen, obwohl das Geld doch an allen Ecken und Enden fehlt. Ich habe das Gefühl, du bist nicht mehr der, den ich geheiratet habe.«

All das war aus ihr herausgesprudelt, und jetzt hielt sie erschöpft inne.

Ludwig war verblüfft. So hatte sie noch niemals mit ihm gesprochen. Mit geröteten Wangen und blitzenden Augen stand sie vor ihm, eine schwarze Locke hatte sich aus ihrem Zopf gelöst und schmiegte sich an ihren Hals. Nie war sie ihm so schön vorgekommen wie jetzt. Sein Ärger verflog, und er nahm ihre Hände.

»Schwesterchen, du darfst nicht vergessen, dass ich nicht nur dein Ehemann bin, der dir immer herzlich gut ist. Ich bin auch seit kurzem einer der wichtigsten Reichsfürsten. Ich muss dem Adel und dem ganzen Land meine Größe und Macht beweisen. Und ich bin es Thüringen und meinen edlen Ahnen schuldig, den Ruhm des Landes zu mehren.«

»Und was bist du Gott schuldig?«, fragte sie leise.

Er schloss kurz die Augen, dachte an seinen Vater, an Wido, an die Katharer. »Dank und Demut«, sagte er dann, »ich weiß. Und Glauben und Hingabe. Aber schau, Schwesterchen, ich tue doch schon, was ich kann. Ich mache Schenkungen an die Kirche. Ich bete und wache oft mit dir. Und du weißt, dass ich den Eisenachern kürzlich aufgetragen habe, einmal im Jahr ein Passionsspiel aufzuführen. Und auch durch dich kann ich so viel Gutes bewirken. Du gibst deinen Lieblingen, den Armen und Kranken, und ich lasse dich gewähren, gebe dir das nötige Geld, obwohl viele das ungern sehen. Was willst du also noch?«

Elisabeth breitete die Arme aus. »Dass du nicht hoffärtig und hart wirst. Dass du keinen Krieg führst gegen dein eigen Fleisch und Blut.«

Ungehalten schüttelte er den Kopf. »Das kann ich nicht. Und ich will es auch nicht. Ich habe eine Aufgabe zu erfüllen. Dem lieben Gott hat es gefallen, mich zum Landgrafen von Thüringen zu machen – nicht zum Mönch.«

Seine lästerlichen Worte waren ihr unerträglich. »Vielleicht hat er dir aber dieses Amt gegeben, um Frieden zu halten, anders als all die anderen«, entgegnete sie mit kalter Stimme. »Du hast die Wahl.«

Aber dann sah sie die Entschlossenheit in seinen Augen. Wortlos drehte sie sich um und ging.

Als Ludwig in dieser Nacht zu ihr ins Bett kam, stellte sie sich schlafend. Dennoch legte er seine Hand auf ihre nackte Brust. Wie konnte er nach dem Streit am Nachmittag einfach so tun, als sei nichts geschehen? Ihr beiwohnen wollen, obwohl sie ihn doch ganz offensichtlich gekränkt hatte, und erst recht er sie? Nein, sie konnte das nicht. Elisabeth drehte sich weg, und er zog seine Hand zurück.

Am nächsten Morgen war er fort.

Elisabeth war todunglücklich. Er hatte sich aus dem ehelichen Bett geschlichen, während sie noch schlief, war ohne Abschied, ohne Versöhnung in den Krieg gezogen. Sie fühlte sich innerlich zerrissen. Als seine Frau war sie ihm zu Gehorsam verpflichtet, sollte ihn lieben und ehren. Was aber, wenn er, wie sie fand, im Widerspruch zu Gottes Willen handelte? Wenn sie sein Tun nicht gutheißen konnte? Sie musste ihm doch ins Gewissen reden! Und ach, sie liebte ihn doch! Sie machte sich die schlimmsten Vorwürfe. Was, wenn ihm etwas zustieß? Wenn er im Kampf fiel? Und sie hatte ihm nicht mehr die Hand reichen, hatte nicht verzeihen können. Auch das war Sünde.

Elisabeth rang und haderte mit sich, betete und suchte ihren Frieden wiederzufinden. Am Abend nach Ludwigs Abritt legte sie schließlich alle kostbaren und bequemen Kleider ab und schlüpfte wieder in das Büßergewand, das sie zu Hermanns Benediktion getragen hatte. Täglich verbrachte sie Stunden im Gebet, mehrmals in der Woche lief sie barfüßig hinunter in die Stadt, um dem Augustinerkloster Paramente, Kerzen und Messwein zu bringen. Und sie überschüttete die Armen mit Geschenken. Sie hatte beschlossen, noch mehr Gutes zu tun, noch mehr zu geben, um den Allmächtigen zu versöhnen. »Herr, verschone Ludwig vor deinem Zorn«, flehte sie jedes Mal, wenn sie ein Almosen vergab. Und eines Nachts fanden Guda und Gislind ihre Herrin vor dem Bett kniend. Sie hatte die Augen himmelwärts gerichtet und zitterte am ganzen Körper. In der Hand hielt sie einen kurzen Stock, auf den vorne ein Igelfell genagelt war. Über ihren Rücken lief aus unzähligen Wunden und Kratzern rotes Blut. Aber in ihren Augen stand eine Seligkeit, die nicht von dieser Welt war. »O ihr Lieben«, flüsterte sie unter Schmerzen. »Wie gut ist es doch, sich für seine Sünden züchtigen zu dürfen, bevor Gott es tun muss. Es reinigt die Seele. Und ich weiß jetzt: Ich werde bald Gewissheit haben. Ich habe den Herrn gebeten, mir einen Weg aufzuzeigen.«

»Welchen Weg?«, fragten die Zofen. »Und wohin?«

Sie lächelte. »Ihr werdet schon sehen.«

Ein paar Tage später bekam die junge Landgräfin außergewöhnlichen Besuch. Die Witwe des Gothaer Schultheißen, Hildegard Uhlbeckin, ließ eines Morgens um eine Unterredung in einer wichtigen Angelegenheit bitten. Elisabeth kannte sie, es war eine rechtschaffene Frau von wohl mehr als sechzig Jahren, über die Maßen fromm und als Wohltäterin in der ganzen Stadt geachtet.

Als die Besucherin den Raum betrat, erschrak Elisabeth. Sie hatte die Schultheißin als große, kräftige Frau von beträchtlichem Leibesumfang in Erinnerung, lebhaft und zupackend. Jetzt stand da jemand ganz anderes vor ihr. Eine gebückte Alte, ausgemergelt und dürr, mit eingefallenen Wangen und grauer Gesichtsfarbe. Es war offensichtlich, dass Hildegard auf den Tod krank war.

»Dank Euch, Herrin, dass Ihr mich empfangt«, begann die Uhlbeckin. Die Luft zum Sprechen war ihr knapp.

Elisabeth ließ einen Stuhl kommen, auf den sich die Schultheißin dankbar niederließ. »Was ist Euer Begehr, gute Frau?«, erkundigte sich die Landgräfin. »Der Weg herauf auf den Grimmenstein muss Euch schwergefallen sein.«

Die Alte nickte und lockerte den pelzverbrämten Kragen ihres dunklen Seidenumhangs. »Wohl wahr, Euer Liebden, wohl wahr. Wie Ihr bemerkt habt, bin ich mit Krankheit geschlagen, der Wille des Herrn geschehe. Meine Tage auf dieser Welt sind gezählt.«

»Das weiß Gott allein, Schultheißin«, entgegnete Elisabeth sanft.

Als Antwort teilte Frau Hildegard ihren Mantel und spannte mit einer Hand ihr Gewand über dem Unterleib. Unter dem Stoff wölbte sich sichtbar eine riesige Geschwulst, fast so groß wie eine Schwangerschaft. Die junge Landgräfin schloss die Augen und nickte. Hier kam jede Hilfe zu spät. »Sprecht«, sagte sie schließlich.

»Herrin, ich bin eine wohlhabende Frau. Mein Mann ist vor mir gegangen, wir haben keine Kinder. Er war ein gottesfürchtiger, frommer Mensch, so wie ich, und hat zeitlebens hart gearbeitet und geschafft. Noch vor seinem Tod haben wir gemeinsam beschlossen, unser Hab und Gut einer guten Sache zuzuführen, sobald auch ich einmal die Augen schließe. Das wird nun so sein, ich spüre, dass mir nicht mehr viel Zeit bleibt. Wir haben damals beschlossen, all unsere fahrende Habe der Kirche zu vermachen, um Seelenmessen lesen zu lassen; es sind etliche Mark Silber. Mit unserem großen Haus im Brühl jedoch möchten wir gern den Armen und Kranken Gutes tun. Mein Mann ist ein wenig in der Welt herumgekommen, des Öftern hat er in der Ferne Aufnahme in Spitälern gefunden, wenn er unterwegs krank war. So kam uns der Gedanke, unser Heim, in dem wir immer glücklich waren, als Stätte für ein Hospital zu stiften.« Die Schultheißin hielt inne und atmete schwer. Man sah ihr an, dass sie Schmerzen hatte.

Elisabeth wusste, dass es solche Spitäler gab, meist gehörten sie zu Klöstern und Stiften. Dort wurden Werke der Barmherzigkeit getan; man gewährte kranken Reisenden und Pilgern Obdach, pflegte Sieche und Alte, nahm mittellose Witwen und Waisen auf. In einigen Städten weit westlich des Rheins, so hatte sie gehört, hatten fromme Frauen, die man Beginen nannte, ähnliche Häuser eingerichtet, vor allem seit dem letzten und vorletzten Kreuzzug. In Outremer nämlich waren die Kreuzritter als Erstes auf solche Hospitäler gestoßen, ja sie unterhielten sogar in Jerusalem selber eines. In Thüringen freilich kannte man so etwas noch nicht. »Ein Hospital«, wiederholte sie nachdenklich. Und noch einmal: »Ein Hospital.« Sie horchte dem Wort nach. Ein überwältigendes, unbändiges Glücksgefühl stieg in ihr auf. Wie eine Woge erfasste es ihren ganzen Körper, überflutete sie mit unbeschreiblicher Wonne. Konnte es sein, dass …

»Die Erlaubnis der städtischen Obrigkeit habe ich schon«, fuhr die Uhlbeckin fort, die gar nicht bemerkt hatte, was in der Landgräfin vorging. »Man wäre sehr froh über eine solche Stiftung. Aber mit einem Haus allein ist es nicht getan. Der Unterhalt des Spitals muss gesichert sein, es muss Liegenschaften bekommen, aus denen jährliche Einkünfte sprießen. Oder aber eine bestimmte Summe Geldes muss jedes Jahr zur Verfügung stehen, um die Kosten zu bestreiten. Und weil ich und alle Leute im Land wissen, wie barmherzig Ihr zu den Armen und Beladenen seid, wende ich mich nun in Gottes Namen an Euch. Helft mir, dieses Werk zu vollbringen!«

»Ihr wollt also das Haus geben, und ich soll für den Unterhalt sorgen?« Elisabeth zitterte vor Aufregung. Das war er, ihr Weg! Der Himmel hatte ihr diese Frau geschickt! Oh, das wäre eine würdige, eine gottgefällige Aufgabe! Und so vielen konnte damit geholfen werden! Im Geiste sah sie schon vor sich, wie die Krüppel, die Bresthaften, die kranken Kinder dort in ihren Betten lagen, gut bewahrt, gepflegt und genährt. Sie fühlte sich wie im Rausch.

»Frau Hildegard«, sagte sie, und in ihrer Stimme klang ein Jubel mit, der die Uhlbeckin ihre Schmerzen vergessen ließ. »Ich will Euch gerne alles geben, was ich habe. Und für die Billigung und Zustimmung meines Gatten werde ich sorgen. Dieses Hospital soll Wirklichkeit werden, das schwöre ich.«

Bevor Elisabeth es verhindern konnte, bückte sich die Alte und küsste den Saum ihres härenen Gewandes. Dann verabschiedete sie sich unter Segenswünschen.

Elisabeth blieb allein im Raum zurück. Mit leuchtenden Augen blickte sie zu dem Kruzifix auf, das über der Tür hing, und sank langsam auf die Knie. Der Herr hatte ihr heute ihre Bestimmung aufgezeigt. Endlich sah sie ihn vor sich, deutlich und klar: ihren Weg zu den Toren des Himmels.

In den nächsten Wochen beschäftigte die junge Landgräfin nur eines: das Hospital. Mit ihren Zofen redete sie über nichts anderes mehr, erzählte den Plan den Vargula-Brüdern und anderen. Und endlich kam Ludwig von seinem Kriegszug zurück. Nachdem er mehrere ihrer Städte erobert hatte, war seiner Halbschwester Jutta nichts anderes übrig geblieben als einzulenken.

Elisabeth war so glücklich über seine gesunde Wiederkehr, dass sie sich in die kostbarsten Gewänder hüllte und den schönsten Schmuck anlegte, um ihn zu empfangen. Ihr war bang ums Herz, schließlich hatten sie sich im Unfrieden getrennt. Als Ludwig ins Frauenzimmer stürmte, unrasiert, noch staubig vom langen Ritt, warf sie sich ihm zu Füßen.

Sanft nahm er sie bei den Schultern. »Nicht doch, Schwesterchen«, flüsterte er.

Tränenüberströmt sah sie zu ihm auf. »Oh, Bruder, verzeih mir. Ich habe dich gehen lassen ohne Versöhnung. Dabei bist du mir das Liebste auf der Welt. Sei mir nicht mehr gram, Lieber, ich sterbe sonst vor Kummer. Versprich mir, dass du mir nichts nachträgst.«

Er zog sie hoch und küsste ihre Tränen fort. Auch in seinen Augen stand das Wasser. »Versprich du mir, dass du nicht mehr böse bist«, flüsterte er. »Ich war hart zu dir, mein Herz. Es soll nicht wieder vorkommen.«

Sie lächelte. »Aber ich kann dir nicht versprechen, in Zukunft stille zu sein. Ich muss doch das sagen und tun, was mir mein Gewissen befiehlt. So wie du auch. Kannst du das verstehen?«

Er nickte.

»Nicht nur du hast eine Aufgabe auf dieser Welt, Ludwig, sondern auch ich. Das habe ich in den letzten Wochen erkannt. Ich will mich noch mehr denen widmen, die mich brauchen. Wirst du mich das tun lassen?«

»Was immer du vorhast, Liebste, ich will dich dabei stützen und halten.«

Ludwig sah seine Frau lange an. Staunen und Bewunderung stiegen in ihm auf. Etwas war mit ihr geschehen. Diese neue Entschlossenheit, diese Selbstsicherheit hatte er noch nie an ihr bemerkt. Sie strahlte etwas aus, das ganz von innen kam, eine Kraft, die ihn entwaffnete, ja demütig machte. »Lass mich teilhaben an allem, was du tust«, sagte er, »alles sei dir erlaubt. Denn ich sehe, dass Gott dich leitet.«

Sie küssten sich mit jäher Leidenschaft. Er streifte ihr die Haube ab und nestelte hastig mit einer Hand an ihrem Halsausschnitt. Mit der anderen winkte er die Zofen aus dem Zimmer. Dann hob er ihre Röcke und trug sie zum Bett. Sie liebten sich wild und heftig, besiegelten ihre Versöhnung, indem sie eins wurden als Mann und Frau.

Danach, als er längst gegangen war, um den Staub der Reise abzuwaschen, lag sie auf den nassgeschwitzten Laken, die Hand auf dem flachen Bauch. Und mit einem Mal lachte sie hell auf. Sie spürte es deutlich: Dies war der Beginn einer neuen Schwangerschaft.

Einen Monat später gründeten Elisabeth und Ludwig im Haus der Frau Hildegard, wie es in der Urkunde genannt wurde, ein Hospital, das erste seiner Art in Thüringen. Der Landgraf nahm es in seinen landesherrlichen Schutz, gab eigene Vermögenswerte dazu und bestätigte im Voraus alle Schenkungen und Einkünfte, die das Spital zukünftig erhalten würde.

Elisabeth hatte ihre Bestimmung gefunden. Und sie wusste: Dieses Hospital würde erst der Anfang sein.

Primus

Im Frühjahr hat sich Ortwins Haufen aufgelöst. Nicht wegen mir oder Michel, sondern es ist einfach zu viel Pech auf einmal dazugekommen. Dem Richolf haben sie die Hand abgehackt, weil er zum dritten Mal beim Klauen erwischt worden ist, und ihn dann aus der Stadt gewiesen. Keine Ahnung, was er jetzt macht. Sein kleiner Bruder darf seitdem nicht mehr zu uns, sie haben ihn aufs Land zu Verwandten geschickt. Der Utz ist am Lungenfluss gestorben, armer Kerl, wir haben ihn noch besucht, als er schon Blut gehustet hat und auf den Tod gelegen ist. Veit hat eine Stelle als Lehrbursche beim Schmied bekommen und ist ehrbar geworden. Wenn er heute einen von uns zufällig trifft, tut er so, als ob er ihn nicht kennt. Ortwins Vetter ist einfach verschwunden und nie wieder aufgetaucht, wir glauben, dass er vielleicht im Fluss ertrunken ist. Die anderen sind dann nach und nach auch weggeblieben. Der Ortwin hat gesagt, er macht jetzt alleine weiter und er braucht keinen mehr, auch mich und den Michel nicht. Aber ich seh ihn natürlich einmal in der Woche, weil ich seit damals, als wir ihm nachts nachgeschlichen sind, Schmiere stehe für die bedeutsamen Versammlungen, auf die er immer geht. Das ist nicht ungefährlich, und außerdem muss alles unbedingt geheim gehalten werden. Aber Ortwin kennt mich ja und weiß, dass ich zuverlässig bin und dichthalten kann. Ich bin stolz, weil er so viel Vertrauen in mich hat. Ich weiß jetzt auch, dass es bei diesen Treffen um wichtige Glaubensdinge geht. Lange hab ich Ortwin gelöchert, bis er mir alles erzählt hat. Unheimliche Sachen über Gut und Böse, Geist und Materie – das Letzte muss etwas ganz höllisch Schlimmes sein. »Gott und Satan beherrschen die Welt«, hat er gesagt. »Und wir Menschen müssen uns zwischen beiden entscheiden.«

»Du meinst, Gott und der Teufel sind gleich stark?«, hab ich gefragt.

»Ja. Der Teufel ist auch wie Gott. Wir können uns dafür entscheiden, im Leben entweder zum einen oder zum andern zu halten. Der Mensch ist entweder vollkommen, so wie der Perfectus, unser Priester. Dafür muss er aber ohne Weiber leben und darf kein Fleisch essen. Oder der Mensch ist eben dem Bösen ergeben. Da kann man dann nichts dagegen tun, weil der Satan ist eben genauso mächtig wie Gott, und gegen den kann man sich nicht wehren.«

»Aber wenn man zum Teufel hält, dann kommt man in die Hölle und ist für alle Ewigkeit verdammt!«

»Nein«, hat Ortwin gesagt, »eben nicht, das ist ja das Gute. Alle Menschen sind nach unserem Glauben gefallene Engelsseelen, und die werden am Ende ewig sein. Wenn einer von den Bösen stirbt, dann schlüpft seine Seele in den nächsten Körper, so lange, bis sie einen Perfectus erreicht. Oder der Böse lässt sich vor seinem Tod noch von einem Perfectus segnen. Dann kommt seine Seele sofort in den Himmel.«

Ich bin ganz durcheinander. Das ist ja eine Religion für Mörder und Verbrecher! Was sind das nur für Leute, die an so was glauben? Ich denke immer wieder an den Kerl, der mir damals gedroht hat. Er kommt nicht immer, aber wenn, dann schleicht er sich vom Steinhof her. Manchmal bringt er auch Leute mit. Jedenfalls, das muss einer von »denen da droben« sein, wie mein unechter Vater immer gesagt hat. Und so einer betet den Satan an? Das macht mir richtig Angst. Er wollte erst nicht, dass ich nachts auf die Versammlungen aufpasse, der traut niemandem! Aber seit ich einmal den Nachtwächter von ihm abgelenkt hab, ist es ihm doch ganz recht, und er nickt mir zu, wenn er an mir vorbeikommt. Manchmal gibt er mir sogar zusätzlich was, zu dem Pfennig, den ich als Lohn fürs Schmierestehen bekomme. Trotzdem ist er mir unheimlich. Ich wüsste nur zu gern, wer das ist, aber aus Ortwin ist nichts rauszukriegen, der schweigt wie ein Grab. Vermutlich hat er Angst, dass ihn der Kerl abmurkst, wenn er ihn verrät.

Ortwin macht, seit er an diese andere Religion glaubt, richtig gefährliche Sachen, solche, wo man an den Galgen kommt. Er lauert Bauern auf dem Heimweg vom Markt auf, bedroht sie mit dem Messer und nimmt ihnen das Geld ab. Einmal hat er einen dabei angestochen, ganz stolz hat er's erzählt. Und er lockt Leute abends in finstere Ecken, wo er sie dann ausraubt. Meistens sind das Besoffene oder Fremde. Ich glaub ihm nicht, dass er das alles allein macht, aber er will nicht sagen, wer dabei ist. Eigentlich müsste ich ja beleidigt sein, weil er nicht mich gefragt hat, aber dann bin ich doch wieder froh drum, weil am Galgen enden will ich nicht. Und dass der Ortwin irgendwann Hochzeit mit des Seilers Tochter hält, das ist mal klar, sagt Mutter.

Da arbeite ich lieber. Lutprant hat mich im Sommer mitgenommen auf den Bau. Seit im Steinhof das Dach vom Westflügel eingebrochen ist und es in der Küche gebrannt hat, wird auf der Wartburg ein Zacken zugelegt. Lutprant sagt, der junge Landgraf will nicht mehr in der Stadt wohnen, wo der Steinhof so alt und baufällig geworden ist. Außerdem ist sein Bruder da gestorben, grad im Westflügel. Manche Leute sagen, da liegt ein Fluch drauf. Deshalb muss droben auf der Burg alles schnell fertig werden. Da brauchen sie kräftige kleine Kerle wie mich, sagt der dicke Steinmetz, für den wir Steine schleppen und Sandsäcke und Wassereimer und was sonst so anliegt. Kräftig, dass ich nicht lache, sagt Mutter. Schau dich doch an, lauter Haut und Knochen und sonst nichts. Das bringt dich doch um! Aber ich kann's mir schließlich nicht aussuchen. Wenn mit Ortwins Bande nichts mehr geht, muss ich sonstwie Geld verdienen. Das machen andere auch in meinem Alter, sagt Lutprant.

Also schleppe ich Steine bis zum Umfallen. Mein Rücken tut weh, die Hände und Füße sind aufgeschürft und brennen. Abends kippe ich in mein Bett und schlafe schon, bevor ich liege. Aber es gibt jede Woche Lohn, sechs Pfennige! Ganz reicht es nicht zum Leben für mich und die anderen, aber der Lutprant steuert ja auch ein bisschen bei, wenn er grad gute Laune hat. Für das Irmelchen, sagt er dann und grapscht Mutter an den Hintern. Und der Michel kommt in letzter Zeit immer öfter mit Geld oder irgendwelchen geklauten Sachen heim, die man dann zum Pfandleiher bringen kann. Mutter und ich haben Angst, dass er irgendwann mal erwischt wird, aber dann: ab mit der Hand. Oder noch schlimmer.

Die Wartburg ist so groß, dass es einen ganz furchtsam macht. Wenn der Landgraf nicht da ist, leben dort nicht viele Leute, bloß ein paar Wächter, zwei Türmer und Torwarte und der Burggraf mit seinem Gesinde, der auf alles aufpasst. Seit dem Frühling wimmelt es droben nur so von Bauleuten, die an Mauern und Toren und am obersten Stockwerk des Palas arbeiten. Ein paar Nebengebäude sollen auch noch statt aus Fachwerk aus Stein hochgezogen werden. Und, ganz und gar unglaublich: Bauleute aus dem Welschland bauen eine Art Heizung für die Wohnräume. Nein, kein Kamin oder Kachelofen! Ich hab's selber gesehen: Da gibt es einen kleinen Raum, in dem Feuer geschürt wird, und von dem aus leiten sie die heiße Luft in Schächten unter dem Fußboden weiter. Damit's die da droben an den Füßen warm haben – wo die sich doch Schuhe leisten können und im Winter sogar fellgefütterte Stiefel! Und was macht unsereins? Läuft barfuß und kriegt Frostbeulen. Aber der liebe Gott hat jeden an seinen Platz gestellt, sagt der Pfarrer, und was wir schon im Leben abbüßen, verkürzt unsere Zeit im Purgatorium. Na ja, wenn pro Frostbeule ein Jährchen Fegefeuer wegfällt, soll's mir recht sein. Sünden hätt ich schließlich genug, sagt Mutter. Oder ich geh vielleicht doch noch zu Ortwins Freunden und lass mich vor dem Tod komplett erlösen.

Weil ich neulich mitten beim Steineschleppen umgekippt bin – mir war einfach vor lauter Hunger schlecht –, hat mich der ausländische Oberaufseher zu den Schreinern und Zimmerleuten gesteckt. Da darf ich jetzt Bretter hobeln, Späne aufkehren, Gerüste aufbauen helfen und Werkzeug mit ausbessern. Das macht viel mehr Spaß und ist auch nicht so anstrengend. Wenn ich jetzt abends heimkomme, bin ich nicht ganz so müde. Manchmal bring ich mir ein Stück weiches Holz mit und schnitze noch ein bisschen dran herum. Die Ida hat von mir einen Puppenkopf bekommen, den sie auf den abgebrochenen Stiel von Mutters Kochlöffel stecken und dann ein Kleid aus Lumpen drumwickeln kann. Und für das Irmelchen hab ich ein Schaf gemacht, aber das kann man schon gar nicht mehr erkennen, weil sie dauernd drauf rumkaut. Das Hannolein ist aus Versehen auf sein Pferdchen draufgetreten, er sieht ja nicht so richtig mit seinem verdrehten Auge. Man weiß nie, ob er einen grad anschaut oder nicht.

Zu Mittsommer gab es dann ein großes Fest für alle Bauleute, weil ein wichtiger Teil der Arbeiten abgeschlossen worden ist. Der Baumeister hat verkündet, dass ein Wettschießen und Gesellenrennen auf der Rolle stattfindet. Und dass es umsonst kleine Würste und Backwerk gibt, solang es eben reicht. Auch für die Armen sollte es was geben, das war, sagt der Baumeister, ausdrücklicher Wunsch der Landgräfin. Also hat er an den Brotbänken Wecken ausgeben lassen und der Eisenacher Schultheiß hat zur allgemeinen Belustigung eine Sau gestiftet zum Schweineschlagen.

Das Schweineschlagen ist so zum Lachen wie nur irgendwas. Man baut einen Pferch und tut ein Rüsselvieh hinein. Und dann kriegen alle Blinden in der Stadt einen Knüppel und werden zum Schwein hineingelassen. Fünf Blinde haben sie gefunden, die mitmachen. Die haben natürlich ständig danebengedroschen, weil die Sau ist ja nicht blöd und haut ab. Ist ja auch die Einzige, die was sieht. Und dann haben sie sich selber mit ihren Knüppeln getroffen, immer fröhlich drauf, und richtig wütend sind sie drüber geworden. Ein lustiges Durcheinander war das, der eine fällt hin, die anderen stolpern drüber, jeder haut hin, wo er glaubt, dass die Sau ist. Drumherum ein Haufen Leute, die johlen und brüllen und feuern die Blinden an, oder die Sau, je nachdem. Irgendwann ist dann das Vieh erschlagen, und die Blinden dürfen sich zur Belohnung das Fleisch teilen.

Beim Messerwerfen hat der Ortwin den dritten Platz gemacht und einen Käse gewonnen. Das Gesellenrennen ist ausgefallen, weil sich die Gesellen vorher schon so besoffen haben, dass sie nicht mehr laufen konnten. Dafür haben sie dann schnell noch ein Weiberrennen um ein seidenes Schultertuch abgehalten, bei dem die Stadthuren gegeneinander angetreten sind. Die rote Jutta hat gewonnen – klar, Rothaarige sind ja auch mit dem Teufel im Bund, weiß doch jeder!

Am Abend gehe ich langsam heim, als ich in einem Seitengässchen die Blinden sehe mit dem, was von ihrer Sau noch übrig ist. Drei von ihnen liegen vollgefressen rum und schnarchen, die anderen zwei streiten sich um den Saukopf. Schnell sehe ich mich um: Sonst ist niemand da. Leise schleiche ich mich an, lange zwischen die zwei Streithähne, greife mir ein Schweineohr und schnappe mir den blutigen Saukopf. Die Blinden kriegen mit, dass irgendwas nicht stimmt und springen auf, aber da bin ich schon mit meiner Beute über alle Berge. Einfacher geht's nicht!

Die Mutter macht aus dem Kopf eine Suppe, die einen Toten aufwecken könnte. Und das Hirn kriegt das Hannolein ganz alleine, weil Hirn macht klug, und das kann unser Kleiner weiß Gott brauchen.

Eine Woche nach dem Sauschlagen zieht der Landgraf mit seinem Hofstaat auf der Wartburg ein. Es ist zwar noch nicht alles fertig, aber er will sehen, was es für Fortschritte gibt. Ich sitze auf meinem Gerüst, wo ich dem Meister das Werkzeug zulangen muss, und gucke mir fast die Augen aus dem Kopf. Da, ich kann sie sehen! Vorn der Landgraf mit seinen Rittern, glänzende Schwerter an der Seite. Dann die Dunkle, wie sie mitten im Zug auf einem Apfelschimmel reitet, und gleich hinter ihr mein Engel. Liebe Güte, ist der wieder schön! In Eisenach sagen sie, die rote Jutta ist die Hübscheste von allen, oder vielleicht noch die Hilde vom Stadtfischer, weil die hat keine Narben von Flohbissen im Gesicht, aber – kein Vergleich! Natürlich weiß ich schon, dass mein Engel ein Mensch ist, bin ja nicht blöd. Ich nenn ihn bloß noch so, weil ich seinen Namen ja nicht kenne. Irgendwann, denke ich, möcht ich ihr mal ins Haar fassen. Das ist wie gesponnenes Silber, bestimmt weicher als alles, was ich jemals angefasst hab. Es weht im Wind hinter ihr her, als sie über den Hof reitet. Verheiratet ist sie also nicht, sonst müsste sie ja eine Haube tragen oder einen Schleier. Wer die wohl mal kriegt? Klatsch, da hab ich schon eine gefangen! Der Meister hat mir eine Maulschelle verpasst, die nicht von schlechten Eltern ist. Ich halte mir die Backe, und er schnauzt mich an, ob ich wohl schon Feierabend mache oder wie? Da zeige ich ihm meinen Engel, und er schnalzt mit der Zunge. Keinen schlechten Geschmack hast du, Bürschchen, sagt er. Die würd ich auch gern mal ... Er macht eine unanständige Handbewegung. Widerlicher, geiler Kotzbrocken! Mein Engel macht so was nicht.

Wochenlang freue ich mich ab da jeden Tag auf die Arbeit, weil manchmal sehe ich den Engel, wie er über den Hof geht oder aus dem Fenster schaut oder sonst irgendwas macht. Ich möchte so furchtbar gern mal zu ihr hin, aber ich trau mich nicht. Und dann kommt mir ein Gedanke. Ratz, unser Hund, ist nämlich Vater geworden. Die Nachbarstöle hat sechs Junge geworfen, von denen sehen fünf haargenau aus wie Ratz. Nur eines ist anders, es hat glattes Fell und ist schwarzweiß gefleckt. Das nehm ich und bring es ihr, denke ich mir. Wenn man ein Geschenk hat, wird man nämlich nicht abgewiesen, da freut sich jeder.

Ich stecke also den Welpen in meine Umhängetasche, wo sonst ein Stück Brot zum Mittagessen drin ist, und als ich sie sehe, wie sie zum Palas geht, renne ich hin. Jetzt stehe ich vor ihr und weiß nicht recht, was ich sagen soll.

»Wer bist du denn?«, fragt sie. Ich sehe, dass ihre Augen so blau sind wie der Himmel.

»Primus«, sage ich, »von Eisenach.«

Sie kichert. »Primus«, wiederholt sie, »so heißt doch keiner.« Das sagen immer alle.

»Weil ich der erste Sohn bin«, sage ich ein bisschen beleidigt. Engel machen sich nicht über andere lustig.

»Ach so.« Sie nickt. Da ziehe ich den Welpen aus meiner Tasche. Er japst und windet sich, als ich ihn ihr hinhalte.

Sie schaut mich ganz ungläubig an, dann nimmt sie das Hündchen. »Ist der für mich?«, fragt sie.

»Hm.« Ich ärgere mich, weil ich so verlegen bin.

»Du bist aber lieb.« Sie drückt den Welpen an die Brust und er versucht, ihr das Gesicht abzuschlecken. »Der ist ja niedlich, schwarz und weiß.«

Ich stehe da, und mir fällt nichts mehr ein. »Danke«, sagt sie, »ich will ihn Fitzlifitz nennen.«

»So heißt doch keiner«, sage ich, und sie kichert wieder. Dann streichelt sie mir übers Haar. »Geh in die Küche und frag nach Meister Wirin, dem Herrenkoch. Lass dir Brot und Suppe geben, und ein Stück Räucherfleisch. Sag, die Jungfer Gislind schickt dich.«

Da merke ich erst, wie groß mein Hunger ist, weil ich ja statt dem Brot den Hund in den Beutel gesteckt hab. Ich flitze zur Küche.

Später sitze ich mit meiner Schüssel Biersuppe, Brot und Speck auf einem Mäuerchen und lasse es mir schmecken. Mir geht's so gut wie noch nie. Und ich weiß jetzt, wie mein Engel heißt!

Gisa

Seit Isentrud als Nothelferin bei Hermanns Geburt zugegen war, mochte Elisabeth nicht mehr ohne sie sein. Isentrud war um etliches älter als wir, hatte schon zwei halberwachsene Kinder und einen Mann. Eigentlich wäre sie daheim als Wirtschafterin auf der Burg vonnöten gewesen, und ihr Mann wandte sich denn auch an Ludwig; er wollte seine Frau wiederhaben. Doch Elisabeth setzte ihren Willen am Ende durch. Sie ließ die Hörselgauerin entscheiden, und die zog den Hofdienst vor. Isentruds jüngerer Sohn wurde vorzeitig als Schildknappe an den Hof aufgenommen – den älteren hatte man damals schon zur Erziehung auf die Burg Eckardsberga gegeben – und Isentrud blieb. Ihr war es recht, denn sie liebte ihren Mann nicht, daraus machte sie gar kein Geheimnis. Und mit ihr zog eine Art Geborgenheit bei uns ein, die es bisher nicht gegeben hatte. Sie hatte etwas Mütterliches, das uns Mädchen, die wir ja alle ohne leibliche Mutter aufgewachsen waren, guttat. Nur Guda war anfangs ein bisschen eifersüchtig, weil Isentrud für Elisabeth so wichtig wurde. Sie half ihr, den kleinen Hermann aufzuziehen, beriet sie in Frauensachen, in denen wir anderen wenig Ahnung hatten, und wurde fast so etwas wie eine ältere Schwester für sie.

Mir riet sie natürlich auch. »Pass auf deinen guten Ruf auf«, sagte sie eines Tages zu mir.

Ich war mir keiner Schuld bewusst und zuckte lachend die Schultern. »Kann ich dafür, wenn die Männer mich umwerben?«

Sie lachte zurück. »Oh, ich weiß, wie das ist! Das lässt einen schnell leichtfertig werden und übermütig. Und dann gilt man als loses Luder.«

Da wurde ich ernst. »Aber Isa, ich muss doch einmal einen Mann finden, oder nicht? Eine alte Jungfer will ich nicht werden!«

»Hast du denn schon einen Bestimmten im Auge?«, fragte sie.

»Ich weiß nicht …«

»Na, sag schon!«

Also gut, dachte ich und beschloss, sie ins Vertrauen zu ziehen. »Es ist – lach jetzt nicht – Heinrich Raspe!«

»Oho!« Isentrud hob überrascht die Brauen. »Ein hohes Ziel, meine Liebe!«

»Ach, wenn ich nur wüsste, wie ich es erreichen kann!«, seufzte ich.

»Da gibt's nur eins«, erwiderte Isentrud. »Halt dich zurück. Männer heiraten keine Frauen, die leicht zu haben sind. Lass ihn schmoren, gib ihm nicht, was er will. Mach ihm klar, dass er dich nur bekommt, wenn er den Bund mit dir schließt.«

Ich nickte bedrückt. »Danke für den Rat, Isa. Ich will ihn beherzigen.«

Das tat ich denn auch. Ich tändelte nicht mehr mit den Männern, sondern schenkte meine ganze Liebe dem kleinen Hermann – und einem Hündchen. Eines Tages, es war auf der Wartburg, hatte sich nämlich ein zerlumpter, magerer Bub vor mich hingestellt, einfach so, und mir einen zappelnden Welpen in die Hand gedrückt. Weil er schwarz-weiß gefleckt war, nannte ich ihn Feirefiz, nach dem gescheckten Halbbruder des großen Parzival. Ich habe Herrn Wolframs Parzival-Geschichte immer geliebt, und Feirefiz, der zweifarbige Sohn des Ritters Gahmuret mit der Mohrenkönigin Belakane, war darin eine der außergewöhnlichsten Gestalten. Was wohl der gute Herr Wolfram dazu sagen würde, dass ich ein Hündchen nach seiner Figur benannt habe? Dem kleinen Hermann war der Name indes zu lang und zu schwer; er konnte nur »Fitz« sagen, und dabei blieb es dann.

Auf der Wartburg waren wir kurz vor Elisabeths Niederkunft eingetroffen. Die Wohngemächer der Burg waren inzwischen zu größter Bequemlichkeit ausgebaut worden, überall gab es jetzt angenehme Warmluftheizung, und in Eisenach lebte außerdem eine Hebamme, deren Ruf weit über die Grenzen der Stadt hinausging. Nach der schweren ersten Geburt hielt man es für geraten, die erfahrene Wehfrau in der Nähe zu haben.

Aber Isentrud hatte es schon prophezeit: Das zweite Kind kommt meistens schnell und leicht. Elisabeth lag kaum zwei Stunden in den Wehen, und das Kleine fand seinen Weg in die Welt ganz ohne Schwierigkeiten. Es war ein Mädchen, und sie nannten es nach ihrer Großmutter mütterlicherseits Gertrud. Diesmal wusste Ludwig zu verhindern, dass Elisabeth im Büßergewand zur Benediktion der Kleinen schritt. Und obwohl es nur ein Mädchen war, feierte man die Taufe mit einem üppigen Bankett.

Bei der Feier setzte sich Heinrich Raspe wie zufällig neben mich. Seit dem Pfänderspiel damals im Sommer waren wir uns nicht mehr begegnet, weil er sich mit seinen Freunden meistens zu Eisenach aufhielt, während der restliche Hof mit Ludwig herumzog. Ich wusste, dass er auf seinen Bruder nicht gut zu sprechen war, weil der ihn nicht an der Herrschaft beteiligte. Aber an diesem Abend wirkte er fröhlich und gutgelaunt.

»Darf ich zu Eurer Rechten sitzen, schöne Jungfer?« Er zwinkerte mir zu.

»Wenn Ihr Euch ziemlich benehmt in Wort und Tat«, entgegnete ich und spürte dabei, wie mein Herz klopfte. Aber ich wollte Isentruds Rat beherzigen und mich nicht auf ein leichtfertiges Spiel einlassen.

»Aber meine Liebe, welch unbegründetes Misstrauen!« Er nahm schwungvoll neben mir Platz und sah mich treuherzig an. »Habe ich mich je unritterlich verhalten?«

»Ei, das letzte Mal, als Ihr mir nahe kamt, wolltet Ihr mir einen Kuss rauben«, versetzte ich schnippisch.

»Und Ihr habt mir statt Eurer Lippen eine saure Brombeere kredenzt«, lachte er. »Damit sind wir quitt, denke ich.«

Ich gab mich geschlagen und ließ mir von ihm ein Stückchen rosa gebratene Fasanenbrust vorlegen. »Zart und köstlich«, meinte er und berührte mit dem Zeigefinger wie unabsichtlich meinen Ellbogen. Es ging mir durch und durch. Ich sah, dass der Ring an seiner Hand immer noch fehlte, und ein kleines Glücksgefühl durchflutete mich.

Den ganzen Abend unterhielt er sich nur mit mir. Er schenkte mir mit eigener Hand nach, reichte mir Bissen zu, fütterte sogar Fitz, der unterm Tisch saß und unaufhörlich bettelte. Und er machte mir Komplimente, in einem fort. Ich konnte es kaum glauben – er umwarb mich nach allen Regeln der ritterlichen Kunst!

Als der Truchsess schließlich mit seinem Stab aufklopfte und damit das Mahl beendete, bestand Heinrich darauf, mich noch bis zur Frauenkemenate zu begleiten. Ich dachte an Isentruds Worte und wehrte ab, doch er blieb hartnäckig. »Ich muss doch auf dich aufpassen«, lächelte er; unvermutet war er zum vertrauten Du unserer Kinderzeit gewechselt. »Elfen werden nachts gern von Faunen und Dämonen entführt.«

Gemeinsam schlenderten wir im Licht der Wandfackeln durch die Gänge. Ich achtete darauf, ihm nicht zu nahe zu kommen, obwohl es mich mit allen Fasern zu ihm hinzog. An der Treppe, die zum Frauenzimmer führte, blieben wir stehen. Ich wagte nicht, ihm in die Augen zu sehen, sonst hätte ich mich verraten. »Gute Nacht, Heinrich«, sagte ich verlegen.

»Hab Dank für diesen wunderschönen Abend«, antwortete er. Dann spürte ich seine Hände an meinen Hüften, er versuchte, mich an sich zu ziehen, und wollte mich küssen. Mit letzter Kraft entwand ich mich ihm. »Nicht«, flüsterte ich. Da nahm er meine Hand und drückte mit einer kleinen Verbeugung seine Lippen auf die Innenseite meines Handgelenks. Dann drehte er sich um und ging.

Wie im Traum stieg ich die Stufen in meine Schlafkammer hoch. Die Stelle, an der sein Mund meine Haut berührt hatte, brannte wie Feuer.

Ich hatte nicht viel Zeit, über mich und Heinrich Raspe nachzudenken, denn gleich am nächsten Morgen erreichte uns eine Botschaft aus Sizilien. Ich erfuhr es von Elisabeth selber. »Kaiser Friedrich hat ein Schreiben geschickt«, erzählte sie ganz aufgeregt. »Er bittet Ludwig um die Teilnahme am Kreuzzug. Und, stellt euch vor, er bietet ihm dafür viertausend Mark Silber!«

Das war natürlich eine willkommene Nachricht, was das Geld betraf, aber ich wunderte mich dennoch über Elisabeths Frohsinn. »Du freust dich?«, fragte ich sie. »Aber das bedeutet doch, dass Ludwig Monate, vielleicht Jahre fort ist?«

Verblüfft sahen wir zu, wie sie anfing, durchs Zimmer zu tanzen, die Arme ausgebreitet, einen verzückten Ausdruck im Gesicht. »Ach«, rief sie, »es ist herrlich! Wir haben beschlossen, gemeinsam zu gehen!«

»Gemeinsam?« Guda machte große Augen. Das hieße ja … Mit einem Mal begriff ich, was das bedeutete. Nicht nur, dass Heinrich

Raspe während der Abwesenheit des Landgrafenpaars sich endlich beweisen und das Land regieren konnte. Sondern auch das: Wir Zofen würden mitkommen müssen, denn Elisabeth konnte schließlich nicht alleine durch die Welt reisen. Mein Herz machte einen Sprung! Ja, ich wollte ferne Länder sehen, den Orient, Jerusalem! Ich wollte hinaus aus Thüringen!

»Auf allen Kreuzzügen waren Frauen dabei«, erklärte ich Guda. »Schon immer. Denk nur an die berühmte Eleonore von Aquitanien! Und die vielen anderen Königinnen und adeligen Damen aus Frankreich und Flandern! Und deren Mägde und Dienerinnen. Na, und jeder Kreuzritter darf eine eigene Wäscherin mitnehmen, denn es ist eines Ritters unwürdig, seine Kleider selber zu reinigen. Das sagt der Papst.«

»Wäscherin?«, fiel mir Isentrud grinsend ins Wort und stieß mich mit dem Ellbogen an. »Du meinst wohl Buhlschaft!«

»Pfui, Isentrud«, tadelte Elisabeth lächelnd. »Ein Kreuzzug ist eine heilige Sache. Ludwig und ich wollen gemeinsam das Grab Christi sehen.« Sie wurde ernst. »Ludwig muss als Herrscher oft Sünden auf sich laden. Er muss Krieg führen und Menschen hinrichten lassen. Ein Kreuzzug würde für ihn den Ablass von all diesen Sünden bedeuten. Und von …« Sie biss sich auf die Lippen.

Ich wusste, was sie hatte sagen wollen. Ludwig litt immer noch unter der Schuld, den Tod seines Bruders verursacht zu haben. Und vielleicht war da ja noch mehr. Ich dachte an die gespenstische Messe, die ich heimlich beobachtet hatte. Schließlich war auch Ludwig dabei gewesen, damals im Gewölbe. Da musste es eine Verstrickung geben in diesen, wie ich befürchtete, ketzerischen Irrglauben, eine Verbindung zu Wido, dem unheimlichen Alten. Vielleicht lastete das alles auf seinem Gewissen und er suchte tief in seiner Seele immer noch verzweifelt nach Erlösung. Und Elisabeth? Für sie war es nicht nur ein Herzensbedürfnis, ihren geliebten Ludwig von allen Sünden befreit zu wissen. Nein, auch sie selber wünschte sich sehnlich, Jerusalem zu sehen. An den Stätten zu wandeln, die Jesu Füße betreten hatten. An seinem Grab zu beten. Ich wusste genau, sie hatte niemals diesen verrückten Kinderwunsch aufgegeben, einmal »Heilige« zu werden. Und der Weg nach Jerusalem würde ein weiterer Schritt zu diesem Ziel sein. So dachte sie. Wie hatte Herr Walther von der Vogelweide einst seinen Kreuzritter singen lassen? »Mir ist geschehn, was ich erbat, ich bin kommen an die Statt, da Gott als menschlich Wesen trat. Mein sündig Auge sieht das reine Land … bin ich erst über See gefahren, so will ich nur noch singen wohl und nimmermehr o weh …«

Als wir wenig später erfuhren, dass der Kaiser seinen Kreuzzug erst im Jahr 1227 antreten wollte, waren wir alle enttäuscht, am allermeisten wohl Heinrich Raspe. Ich traf ihn zufällig an der Zisterne, nachdem das zweite Schreiben vom kaiserlichen Hof uns erreicht hatte. Seine Miene war finster, selbst mein Gruß und mein Lächeln konnten ihn nicht aufheitern. »Morgen reite ich auf ein paar Wochen nach Hessen«, erklärte er. »Ich brauche Abwechslung.« Ich spürte seine Enttäuschung und seinen Zorn, und es tat mir weh, dass er fort wollte. Aber natürlich musste auch er wissen, dass es eben Zeit brauchte, einen Kreuzzug vorzubereiten. Die allermeisten Reichsfürsten waren wohl nicht so schnell bereit, ins Heilige Land zu ziehen, wie Ludwig. Und man brauchte ja auch Tausende und Abertausende einfache Kreuzfahrer, das Fußvolk für die Kämpfe. Die mussten erst angeworben werden. Und das geschah durch Kreuzprediger, die nun durchs Land ritten und überall versuchten, die Menschen in Ansprachen und Gottesdiensten für die heilige Aufgabe zu begeistern. Einen von ihnen, diesen Teufel, Gott verfluche ihn, sollten wir noch kennenlernen – nur allzu bald würde er unser Leben bestimmen …

Aber zuerst kam ein anderer Gottesdiener an unseren Hof. Eines Tages stand er vor dem Tor, barfuß, in einer schäbigen braunen Kutte. Es muss irgendwann zwischen Cantate und Pfingsten gewesen sein, wenn ich mich recht erinnere. Er heiße Rodeger, ließ er melden, und komme von den Minderbrüdern in Erfurt.

Elisabeth empfing ihn mit ihrer kleinen Tochter auf dem Schoß. Sie war neugierig, genau wie ich. In den letzten Jahren hatten wir viel gehört von dieser neuen Glaubensbewegung in Italien, angeführt von einem reichen Kaufmannssohn, der allen Besitz aufgegeben hatte, um in der Nachfolge Christi in Armut zu leben. Anfangs hatte man sie belächelt. Die ersten »Franziskaner«, wie man sie bald nannte, waren über die Alpen gekommen, ohne ein Wort Deutsch zu sprechen. Nachdem sie die Erfahrung gemacht hatten, dass das Wörtchen »ja« ihnen bei allen unverständlichen Fragen wie »Habt ihr Hunger?« oder »Sucht ihr Unterkunft?« oder »Wollt ihr zum Pfarrer?« zum Guten gereicht hatte, antworteten sie schließlich bei einer kirchlichen Untersuchung auf die lächelnd vorgetragene Frage, ob sie denn Ketzer seien, ebenfalls fröhlich mit »ja«. Daraufhin jagte man sie davon – und damit hatten sie noch Glück –, und sie flüchteten zurück nach Assisi.

Später hatten sie es geschickter angestellt, und inzwischen gab es im Reich einige Niederlassungen des neuen Ordens. Jetzt brachte man den Franziskanern auch Respekt entgegen, denn im Jahr 1223 hatte der Papst den Orden endgültig anerkannt.

»Seid willkommen im Namen Christi, Bruder Rodeger«, begrüßte Elisabeth ihren Gast und ließ ihm einen Schemel holen, auf den er sich zu ihren Füßen setzte.

Rodeger war ein hochgewachsener Mann in den Dreißigern, mager und ausgezehrt vom vielen Fasten. Er hatte eine leise, sanfte Stimme und die gütigsten Augen, die man sich vorstellen kann. Mit leuchtendem Blick erzählte er vom Ideal der Armut, dem die Franziskaner nacheiferten, vom Betteln, der Pflege Aussätziger, dem Dienst an den Ärmsten. »Dem Menschen gehört nur die Sünde«, sagte er, »er bleibt ein Bettler vor Gott. So leben wir in großer und fröhlicher Armut, denn der Herr spricht: ›Gib freudig alles her, was du besitzt, und folge mir nach‹.«

Elisabeth hörte ihm zu wie entrückt. Das war genau, was sie immer geglaubt und gewollt hatte. Endlich gab es jemanden, der sie verstand! Natürlich, Vater Berthold war stets nachsichtig mit ihr gewesen, hatte sie nie getadelt oder gemaßregelt. Aber dieser Mann hier in seinem schäbigen Habit, der einfach dahockte und so leise sprach, dass man ihn kaum verstand, der lebte den Traum, den Elisabeth seit jeher verfolgte. Er lehrte das, wofür sie immer verlacht wurde. Und als er sie schließlich fragte, ob er sich mit einer Handvoll seiner Brüder irgendwo in Thüringen niederlassen dürfe, gab es kein Zögern und kein Nachdenken.

»Kommt in unsere Stadt Eisenach«, sagte Elisabeth und strahlte dabei vor Freude. »Ihr dürft Euch eine Kirche wählen, ich sorge dafür, dass mein Gatte, der Landgraf, Euch die schriftliche Erlaubnis erteilt.«

Ludwig, der seiner Frau nie etwas abschlagen konnte, überließ den Franziskanern schließlich die ehemalige Pfarrkirche Sankt Michael, die ohnehin zu klein geworden war. Bis die Minoriten im darauffolgenden Jahr herkamen, blieb Bruder Rodeger bei uns, und wir alle lernten ihn schätzen und lieben. Auch ich ließ mich von seiner Glaubensfreude, seiner liebenswerten Einfachheit und seinem stillen Frohsinn anstecken und begann langsam zu verstehen, was Elisabeth und die frommen Minderbrüder bewegte.

Und dann geschah etwas, das meinen Sinn von Glaubensdingen so weit abschweifen ließ, wie man es sich nur vorstellen kann. In mir begann ein Fieber zu wühlen, eine wilde, unbezähmbare Begierde erfüllte mich, eine Leidenschaft, die neu war und brannte wie Feuer. Denn Heinrich Raspe war zurückgekehrt. Seit er wieder am Hof war, drehten sich meine Gedanken nur noch um ihn. Und so, wie er mich ansah, wie er immer wieder meine Gegenwart suchte, ging es ihm genauso. Er verschlang mich geradezu mit Blicken. Ich traf ihn morgens, wenn ich in den Garten ging, mittags, wenn ich meinen kleinen Zelter im Marstall besuchte, abends, wenn ich noch einen Krug Wein für Elisabeth aus dem Keller holte. Er schien wieder zu seiner alten Fröhlichkeit zurückgefunden zu haben, lachte und scherzte mit mir. Oft hatte er eine kleine Aufmerksamkeit für mich: ein Schüsselchen frisch gepflückter Walderdbeeren, eine bunte Vogelfeder, ein Stück besonders schönen Samt für ein Haarband. Ich nahm alles züchtig entgegen, ohne ihm dafür Freiheiten zu gewähren. Manchmal versuchte er, mich zu berühren oder seinen Arm um mich zu legen, aber ich wehrte ihn jedes Mal ab. Erobern sollst du mich, dachte ich, so wie ein Ritter seine Dame. Und er begriff, umwarb mich nach allen Regeln der Minne. Was ich nie zu träumen gewagt hatte, war Wirklichkeit geworden: Ja, der Bruder des Landgrafen begehrte mich für sich! Der zweithöchste Mann im Land! Und wie schön er war mit seinen blitzblauen Augen und dem blonden Haar! Welche Kraft steckte in diesem herrlich männlichen Körper, welche Stärke! Ich liebte seine geschmeidigen Bewegungen, das Spiel der Muskeln unter seinem Leinenhemd. Und wie er auf seinem schwarzen Hengst saß, die Schenkel fest angepresst, eins mit dieser wilden Kreatur! Ich konnte nicht anders, ich dachte unaufhörlich an ihn. Ob er wohl zärtlich sein konnte? Ob seine Kraft zu Sanftheit würde, wenn er eine Frau umarmte? Nachts lag ich wach und hielt die Sehnsucht nach ihm fast nicht aus. Und als er mir schließlich ein Zettelchen zusteckte, auf dem stand, dass er mich spät am Abend, wenn alle schliefen, an der steinernen Bank im Kräutergärtchen treffen wolle, da stockte mir der Atem und meine Knie begannen zu zittern. Ich vergaß allen Stolz und alle guten Vorsätze, nickte ihm zu und formte mit den Lippen ein stummes Ja.

Es war eine Nacht im August, lau und verheißungsvoll. Heute noch sehe ich am östlichen Himmel das gespenstische Wetterleuchten, sehe die Wolken und die fernen schwarzen Hügel in silbrigem Schimmer aufblitzen. Immer noch habe ich das Zirpen der Grillen im Ohr, und das leise Lachen, das aus einem der Gesindezimmer drang.

Gehüllt in meinen dunklen Seidenumhang, huschte ich über den Hof in das kleine Gärtchen hinter dem alten Bergfried. Dem Türsteher vor unserer Schlafkammer hatte ich erzählt, ich könne vor lauter Hitze nicht schlafen und wolle mir nur ein wenig die Beine vertreten. Mein Gott, wie aufgeregt ich war; das Herz klopfte mir bis zum Hals.

Als ich bei der Bank ankam, wartete Heinrich Raspe schon. Er sprang auf, als er mich sah. Es gab nichts zu sagen; wortlos riss er mich in seine Arme und küsste mich leidenschaftlich. Es war mein erster richtiger Kuss, wie oft hatte ich davon geträumt! Ich spürte seine Lippen, seine Zunge, seine Hände auf meinem Rücken, und die Knie wurden mir weich. Ein unglaubliches, wunderbares Gefühl stieg in mir auf, überwältigte mich mit einer Macht, gegen die ich wehrlos war. »Du meine Elfe«, raunte er mir ins Ohr. »Du hast mich so lange warten lassen. Ich bin fast verrückt geworden vor Sehnsucht.«

Seine Küsse ließen mich erschauern. Ich seufzte, schlang meine Arme fester um ihn, liebkoste seinen Nacken, sein Haar. »Du mein Liebster«, flüsterte ich. »Mein schöner Faun, mein Lanzelot.«

Er sog den Atem ein und presste mich an sich. »Lass mich dich spüren, meine Königin«, raunte er mit rauer Stimme. Seine Hände streichelten mich überall, meinen Hals, meinen Rücken; der seidene Umhang war längst zu Boden gefallen. Ich hatte nur ein leichtes Unterkleid an und einen dünnen Sommersurkot darüber, durch den seine Finger meine Haut liebkosten. Ein Schauer nach dem anderen durchrieselte mich. Irgendwann zwischen seinen Küssen flüsterte ich atemlos: »Ich muss wieder zurück, Liebster.« Irgendwo unter all der Glückseligkeit lauerte die Angst vor dem, was geschehen konnte.

»Schscht«, machte er, »noch nicht«, und drängte sich noch näher an mich heran. »Du weißt nicht, wie schön es ist.« Seine Hände wanderten hinunter zu meinen Hinterbacken, und dann hoben sie den Saum meines Surkots an; geschickt zogen sie das Überkleid über meinen Kopf.

Spätestens jetzt hätte ich dem ein Ende setzen müssen. Aber, o Gott, ich konnte es nicht. Er streichelte mich immer weiter, flüsterte mir Liebesworte zu. »Lass«, sagte ich halbherzig, als er begann, den langen Ausschnitt meines Unterkleids aufzunesteln. »Hör auf, bitte.«

Aber er hörte nicht auf, und es war so gut, so gut. Als er mit den Lippen meine Brüste liebkoste, hob ich mich ihm entgegen. Ja, ich wollte ihn ganz, mit jeder Faser meines Körpers sehnte ich mich nach ihm. Er zog mich auf das Kiesbett vor der Steinbank, schob mein Kleid hoch, drückte meine Knie auseinander. »Heinrich«, flüsterte ich in einem letztem Aufbäumen, »nicht. Nicht jetzt.«

»Doch«, lächelte er. Ein ferner Blitz erhellte sein Gesicht. »Du meine Liebste, Schönste. Schenk dich mir.«

Ich konnte mich nicht wehren, es ging einfach nicht. Seine Hand schlüpfte zwischen meine Schenkel, und ich wimmerte vor Wonne. »Tu mir nicht weh«, flüsterte ich noch, »bitte.«

»Hab keine Angst, meine Kleine«, raunte er und verschloss mir Mund mit einem leidenschaftlichen Kuss. Und dann kam doch ein Schmerz, kurz und stechend. Ich zuckte zurück, aber da war er schon in mir, bewegte sich erst langsam vor und zurück, dann schneller und immer schneller. Der erste Schmerz wich einer nie gekannten Lust, die mich überwältigte, mich alles vergessen ließ. Ich bebte, ich schrie, ich verging. Heinrich stöhnte heiser auf, seine

Finger gruben sich in meinen Rücken. Ein gepresster Schrei, und dann war es vorüber.

Danach lag ich in seinen Armen und fühlte mich zum ersten Mal in meinem Leben glücklich und geborgen. Mein Kopf ruhte an seiner Brust, und ich hörte sein Herz immer noch wild klopfen.

Ein heftiger Windstoß riss uns unsanft aus unserer stummen Zweisamkeit. Es donnerte. Heinrich half mir auf, legte mir den Umhang um die Schultern und biss mich sanft in den Hals. »Morgen wieder?«, fragte er.

»Vielleicht … ich weiß nicht … o Gott, ja.« Ja, ich wollte es. Ich wollte ihn.

Bevor wir weiterreden konnten, zerriss ein zackiger Blitz die Nacht und es begann, in großen Tropfen zu regnen. Ich raffte meinen Mantel um mich und rannte zum Palas.

Im Nebenraum der Schlafkammer nahm ich ein altes Tuch und wischte mir Blut und männlichen Samen von den Beinen. Dann ging ich zu Bett. Ich war aufgewühlt, ich war verliebt, ich war unendlich glücklich.

Am nächsten Morgen steckte mir einer von Heinrichs Dienern ein kleines Päckchen zu. Darin war ein schmales Silberarmband, besetzt mit lauter kleinen dunkelroten Granaten. Er liebt mich wirklich, dachte ich, ich habe das alles doch nicht geträumt! Es ist wahr, wahr, wahr! Stolz lächelte ich vor mich hin. Ich war die Auserwählte des Landgrafenbruders! Alles würde gut werden.

Das Armband wickelte ich in ein Stück Stoff und versteckte es ganz tief unten in meiner Kleidertruhe. Ich würde es erst bei meiner Hochzeit tragen.

Primus

Inzwischen verdiene ich auf dem Bau mehr Geld, neun Pfennige in der Woche! In bin jetzt ja auch zwölf, und der niederländische Baumeister hat mich in der Zeit vor Ostern als Hüttendiener aufgenommen. Das war eine Freude daheim! Mutter hat von meinem ersten Lohn zwei frische Forellen vom Stadtfischer gekauft und ein schönes weißes Brot, wie es sonst nur die Reichen essen. Ei, gesottener Fisch in Essig und Zwiebeln, mit eingetunktem Brot, das war ein Schmaus! Nur das Hannolein hat sich an einer Gräte verschluckt und wär uns fast erstickt. Richtig blau war er schon. Der Michel und ich haben ihn dann an den Füßen hochgehalten und ihn so fest auf den Rücken gehauen, dass er den ganzen Bissen samt Gräte ausgespien hat.

Als Hüttendiener bin ich jetzt die meiste Zeit bei den Zimmerleuten. Vorher hab ich noch bei den Maurern und Steinmetzen geholfen und auch manchmal beim Schmied. Ich kenne mich also überall auf dem Bau aus, mindestens genauso gut wie Lutprant, der nie vom Steineschleppen weggekommen ist. Von ihm hab ich gelernt, was ein Zweispitz ist, ein Klöpfel, ein Fäustel und ein Schlageisen. Gutes Werkzeug ist die halbe Arbeit, heißt es. Jeder Handwerker hat sein eigenes Werkzeug, das »Geschirr«, und er hütet es wie seinen Augapfel. Wir Hilfsleute haben keins, für uns gibt es schlechtes Zeug, das niemandem besonders gehört und von dem man sich einfach nehmen kann, was man braucht.

Und noch mehr hab ich gelernt bei den Bauleuten. Zum Beispiel, dass 12 Daumen ein Fuß sind und zwei Fuß eine Elle. Dass man mit einem Galgenkran Lasten heben kann, die für zehn Männer zu schwer wären. Dass die Mauersteine mit dem Wolf hochgehoben werden und der Steinzange. Die greift wie zwei Finger in zwei vorgebohrte Löchlein, und wenn das Seil gestrafft wird, krallt sie sich fest. Dann kann man einen Stein mit dem Kran heben, so hoch man will.

Das Bauhandwerk ist doch eine herrliche Sache! Man kann sich eigentlich gar nicht vorstellen, dass alles am Bau gelingt, weil doch so viele Menschen durcheinanderarbeiten. Überall Gerüste und Steinhaufen und Werkstätten. Überall Gewimmel und Lärm und Staub. Jeder macht seine Sache, und trotzdem passen alle Dinge zueinander und ineinander. Es ist wie ein Wunder. Wie gern würde ich ein solches Handwerk richtig lernen! Aber das geht nicht, sagt die Mutter, weil die Zünfte lassen nur Lehrlinge zu, die von ehrlicher Geburt sind. Und mein Eintrag im Kirchenbuch von Stregda lautet: Vater unbekannt. Mutter Mechthild, geboren zu Salza, nicht im ehelichen Stand. So oder so ähnlich. Das ist gemein. Kann ich vielleicht was dafür?

Den ganzen Sommer über arbeite ich hart. In der Wohnburg gibt's seit ein paar Wochen nichts mehr zu tun, darum bin ich jetzt bei den Maurern, die das Vorwerk verstärken, und verdiene wieder weniger. Zwischen zwei Mauerschalen aus Quadern kommt eine Füllung aus Bruchsteinen, das gibt eine feine, dicke Mauer. Und die Bruchsteine, die schleppe ich. Immer, wenn ich mich wegstehlen kann, flitze ich in den inneren Burghof und halte Ausschau nach meinem Engel Gislind. Ich weiß jetzt die Zeiten, wann sie in den Garten geht, und warte dann an der Ecke vom Bergfried auf sie. Dann kommt sie auf mich zu, begrüßt mich und lässt mich das Hündchen mit dem verrückten Namen streicheln. Und sie schickt mich dann immer in die Küche, wo ich was zu essen kriege. Die Dunkle, ich meine die Landgräfin, ist auch meistens dabei, sie kennt mich jetzt auch schon und winkt mir oft vom Fenster aus zu. Ich hab das alles schon oft daheim erzählt, aber die glauben mir nicht. »Ja, ja, die Landgräfin«, grinst Michel und winkt ab. »Klar!«

Und Mutter schimpft: »Ach Primus, du weißt doch, was der Pfarrer sagt: Lügen haben kurze Beine.«

Also hab ich's aufgegeben. Sollen die doch glauben, was sie wollen.

Und dann ist es plötzlich aus mit meinem Glück. Ja, ich weiß, ich bin selber daran schuld. An Michaeli haben sie uns gesagt, dass es bald vorbei ist mit dem Bau, weil der Winter kommt. Und da hab ich mir vorgenommen, einen ordentlichen Dielenboden in unseren nassen Keller zu legen, damit wir im Winter nicht dauernd im Schlamm stehen müssen. Bretter kann ich dafür nicht von der Baustelle heimschleppen, die muss ich irgendwo in der Stadt klauen. Was ich aber mitnehmen kann, sind ein ordentlicher Hammer und eiserne Nägel. Nägel sind schon was Besonderes, die muss der Schmied machen. Meistens nimmt man als Verbindung zwischen Brettern hölzerne Zapfen, aber das mit dem Verzahnen kann ich nicht, und mit einem Nagel geht's viel einfacher. Also stecke ich mir jeden Tag vor dem Feierabend eine Handvoll kostbare Nägel in die Tasche und nehme sie mit heim. Geht ganz einfach, denke ich, und dann ist der Hammer dran. Ich passe auf, wann einer der Zimmerleute auf Pinkeln geht, und schnappe mir unauffällig einen ganz neuen Hammer, mit festem geradem Stiel, das Eisen auf einer Seite flach und auf der anderen spitz.

Blöderweise merkt der Kerl, dass ihm der Hammer fehlt, und sucht und sucht. Schließlich brüllt er herum, dass ihm einer das Ding geklaut hat. Ich tu so, als ginge mich das gar nichts an, aber als ich abends vom Gerüst steige, rutscht mir der Hammer aus dem Gürtel unterm Hemd, wo ich ihn hingesteckt habe, gleitet zwischen Bein und Hose nach unten und fällt auf den Boden. Just in dem Augenblick, als der Meister vorbeigeht.

»Saubengel, vermaledeiter!«, brüllt er. »Elendes Diebsgesindel!«

Ich will weglaufen, aber da hat er mich schon am Genick gepackt. »Kunz«, brüllt er in Richtung der Zimmerleute, »kannst deinen Hammer holen!« Kunz kommt wutschnaubend herbei, und ich ducke mich, aber es nützt nichts, er verpasst mir die übelste Maulschelle meines Lebens. Es tut so weh, dass ich heulen muss.

»Freundchen«, sagt der Meister zuckersüß, »dafür kommst du ins Loch!«

Ich heule noch mehr und fange an zu betteln. »Bitte, Meister Vitus, ach bitte, lasst mich laufen. Wir sind doch so arm. Meine Mutter ist krank und ich hab neun Geschwister, der Vater ist im letzten Winter am Lungenfluss gestorben. Ich bin der Älteste, ohne mich müssen sie verhungern. Ach bitte, Meister, habt doch Mitleid.«

Meister Vitus blickt finster, aber Kunz zuckt mit den Schultern. »Lasst ihn in Gottes Namen«, sagt er. »Der ist schon genug gestraft, wenn er hier seine Arbeit verliert. Und ich hab meinen Hammer ja wieder.«

Der Meister runzelt die Stirn. »Von mir aus«, grummelt er und lässt mich los. Dann haut er mir auch eine herunter, dass ich beinahe Sternchen sehe. »Damit du dir's merkst. Und jetzt verschwinde und lass dich nie wieder blicken.«

Ich haue ab, so schnell ich kann.

Erst traue ich mich gar nicht heim. Jetzt hab ich nur noch die paar Pfennige, die ich jede Woche mit Schmierestehen bei den heimlichen Messen verdiene, und das langt hinten und vorne nicht. Wie soll ich der Mutter bloß sagen, dass ich meine Arbeit verloren hab? Bestimmt weint sie dann, und das kann keiner aushalten. Sie weint ja sowieso schon oft, weil sie dauernd krank ist und das Irmel und das Hannolein auch. Alle haben den Rasselhusten, im Winter hat's angefangen. Ist ja auch kein Wunder, wenn's in unserem Wohnkeller so feucht ist, dass die Kleider nie trocknen. Mutter hat sich bei Lutprant beschwert, aber der hat gesagt: »Wer lang hustet, lebt lang«, und mit den Achseln gezuckt. Man fragt sich, wer in diesem Loch überhaupt lang leben will. Ich jedenfalls nicht.

Als es langsam dunkel wird, bleibt mir nichts anderes übrig als heimzugehen. Die werden sich schon Sorgen um mich machen, denke ich. Aber wie ich in den Keller komme, stimmt irgendwas nicht. Das Irmel läuft mit vollgeschissener Windel herum, brüllt zum Gottserbarmen und stinkt drei Meilen gegen den Wind. Das Hannolein hockt am Boden und wippt vor und zurück, das Auge ganz nach hinten weggerollt. Ratz liegt mit eingezogenem Schwanz an seinem Platz vor dem Herd und winselt leise. Michel ist wie immer nicht da, und Ida kommt mir entgegen, einen blutigen Lumpen in der Hand. Ganz käseweis ist sie im Gesicht.

Die Mutter liegt im Bett, und alles ist voller Blut. Sie stöhnt, ihre Augen sind geschlossen. Ich rüttle sie am Arm, aber sie macht die Augen nicht auf. »Mutter«, rufe ich, »was ist dir bloß?« Aber ich weiß schon, das es was Schlimmes sein muss, bei so viel Blut. Mir wird ganz eiskalt. »Hol die Hausmännin!«, sag ich zu Ida. Die alte Hausmännin wohnt gleich nebenan, und sie steckt uns manchmal ein Stück Brot zu oder einen Birnenschnitz.

Die Hausmännin komm sofort, und sie hat ihre Tochter mitgebracht, die Korbflechters-Hilde. Sie scheucht uns alle in die Ecke und beide machen sich am Bett zu schaffen. Ich hab verdammt Angst, und Ida auch. Die Frauen flüstern dauernd und wischen Blut auf und wechseln die Laken und schauen uns Kinder gar nicht an.

Irgendwann sind sie fertig, und die Hausmännin sagt zu uns: »Eure Mutter schläft jetzt.«

»Was hat sie?«, frage ich ängstlich. »Muss sie jetzt sterben?«

Die Hausmännin fährt mir übers Haar. »Ich denke nicht, so Gott will. Aber sie ist sehr schwach, weil sie viel Blut verloren hat.«

»Warum?«

Sie gibt keine Antwort. Stattdessen schnappt sie sich das Irmel und wickelt die Windel auf. »Schau dir das an, Hilde«, brummt sie, »wund bis zum Bauchnabel, das arme Wurm.«

»Weil sie dauernd verschissen ist«, erklärt Ida.

Die Hausmännin grunzt. Sie hält das Irmel mit dem Hintern in den Wasserbottich und wäscht sie sauber, dann holt sie ein trockenes Tuch aus ihrem Korb und wickelt sie neu. »Und ihr?«, sagt sie schließlich, stemmt die Arme in die Hüften und schaut uns an mit einer Mischung aus Grausen und Mitleid. Ausgerechnet jetzt knurrt mein Magen so laut, dass man's bis zum Mittwochsmarkt hören kann. Da schüttelt sie den Kopf und geht, samt Tochter.

Bald darauf sind die beiden wieder da, mit einer großen Schüssel Brei. Wir stürzen uns mit unseren Holzlöffeln auf den dicken Pamp und essen und essen. Sogar ein bisschen süß ist er, sie muss Honig hineingetan haben. Die Hilde hat Irmel auf dem Schoß und füttert sie, dass sie schmatzt. Das Hannolein hat überall Brei im Gesicht, und der Ida läuft er übers Kinn. Eigentlich will ich sagen, dass wir Michel was aufheben müssen, aber es schmeckt so gut, dass wir nicht aufhören können.

»Arme Dinger, die«, murmelt die Hausmännin. »Ein Jammer ist das.«

Am nächsten Tag geht es der Mutter ein bisschen besser. Michel ist inzwischen heimgekommen und hat schon in aller Früh ein Stück Schweineleber vom Schlachter geholt. Womit er die bezahlt hat, will ich gar nicht wissen. Die Leber muss sie roh essen, weil sie so wenig Blut hat, sagt die Hausmännin. Sie kriegt auch noch eine Schale Rindsknochensuppe, und die Hilde bringt uns noch einmal einen Topf voll Brei. Als sie gehen, flüstern die beiden wieder miteinander. »Gut, dass sie das Kind verloren hat«, sagt die Hausmännin, »wie hätte die Ärmste noch ein Maul stopfen sollen?«

Das Hannolein ist manchmal gar nicht so blöd. Er hat alles gehört und fragt laut: »Wo hat sie's denn verloren?«, worauf Ida ihn schubst. »Du sei still!«, sagt sie, und die Frauen scheuchen sie und Hanno weg.

»In dem feuchten Loch krepieren die doch sowieso früher oder später am Lungenfluss«, sagt die Hilde vor der Tür zu ihrer Mutter. »Wenn sie nicht vorher hungers sterben.«

»Ich rede mit dem Pfarrer«, sagt die Hausmännin.

Am nächsten Tag kommt der Pfarrer. Er ist jung und schwitzt dauernd und sieht mit seinem dicken Bauch und den runden Backen richtig rausgefressen aus. Während er sich in unserem Keller umsieht, schüttelt er andauernd den Kopf. Die Mutter schämt sich, und wir auch. »Mechtel«, sagt der Pfarrer, »hast du denn keinen Mann?«

Mutter kriegt rote Flecken im Gesicht und schüttelt bloß den Kopf.

»Und von wem war das Kind?«

Sie gibt keine Antwort, und der Pfarrer macht eine strenge Miene. »Wovon lebt ihr?«

»Mein Primus arbeitet auf dem Bau«, sagt sie.

Der Pfarrer schaut mich an. Na ja, und da muss ich jetzt endlich zugeben, dass ich keine Arbeit mehr habe. Die Mutter schwankt ein bisschen und muss sich auf die Bettstatt setzen. Dann sollen wir Kinder uns alle vor dem Pfarrer aufstellen, und er guckt uns an. Zum ersten Mal sehe ich uns, wie uns ein Fremder sehen würde. Das Irmel mit seiner durchweichten Windel, die schon wieder fast in den Knien hängt. Das Hannolein mit seinem Rollauge, dem dreckverschmierten Kinn und den krätzigen Armen. Die Ida, der die Mutter erst letzthin das Haar geschoren hat wegen der Läuse, in ihrem löchrigen Flickenkleid. Der Michel mit seinen verschlissenen Hosen und Lutprants viel zu großem alten Hemd, das er auftragen darf. Und ich, in meinen schmutzigen Kleidern vom Bau, die Augen rot und entzündet vom Steinstaub. Allesamt knochendürr und ohne Schuhe. So stehen wir da; der Pfarrer starrt uns an und wir starren zurück. Irgendwann fängt das Irmel ganz elendiglich an zu husten, und das Hannolein hält es nicht mehr aus und fragt, ob der Pfarrer jetzt das verlorene Kind suchen gehen will. »Gott erbarm sich«, sagt der Pfarrer und schnauft einmal tief durch. Dann ist er weg.

Am nächsten Tag kommt der Büttel vorbei und sagt uns, dass wir vom Rat für das nächste halbe Jahr unter die verschämten Hausarmen der Stadt aufgenommen sind. »Jeden Mittwoch, wenn das Almosenglöckchen läutet, müsst ihr zum kleinen Holzhäuschen am Kirchhofseingang kommen. Da gibt's dann eine Schüssel mit Brot oder Grütze und Gemüse und eine Ration Brennholz zum Kochen.« Der Büttel drückt meiner Mutter eine blecherne Armenmarke in die Hand, die sie beim Abholen vorzeigen soll. Dann schaut er sich noch kurz um, grunzt verächtlich und geht.

»Jetzt sind wir endgültig nichts anderes mehr als Bettler«, sagt die Mutter bitter und wischt sich die Tränen aus den Augen. »Lieber Herr Jesus, was haben wir nur verbrochen?«

Nichts, denke ich. Ich glaube, dem Herrn Jesus sind wir einfach nur scheißegal.

Nachts im Bett, als die Mutter schon schläft, zupft mich die Ida am Ärmel. »Meinst du, dass das mit uns immer so weitergeht?«, fragt sie leise.

»Irgendwann wird alles besser«, flüstere ich zurück, »ich schwör's.«

Kaiserburg zu Nürnberg, November 1225

Bei stürmischem, kaltem Herbstwetter ritt die Thüringer Hochzeitsgesellschaft durch das Laufer Tor in der weitberühmten Kaiserstadt ein. Der prächtige Zug war eine halbe Meile lang. An der Spitze trabte, nach allen Seiten grüßend, der Landgraf, neben ihm seine junge Frau, über die man schon so viel Merkwürdiges gehört hatte. Gleich dahinter folgten die Landgrafenmutter Sophia und seine Schwester Agnes, die sehnsüchtig erwartete Braut. Aufrecht und stolz saß sie auf ihrem schneeweißen Zelter, den blausilbernen, hermelinbesetzten Mantel vom Wind gebläht. Einige Schaulustige brachen bei ihrem Anblick in Hochrufe aus, worauf sie huldvoll ein paar Pfennige in die Menge warf. Es dauerte lange, bis der bunte Tross, bestehend aus fast zweihundert Hofadeligen und Bediensteten, alle in den Ludowinger Farben gekleidet, das Tor passiert hatte. Man ritt durch die eigens dafür neu gepflasterte Spiegelgasse, vorbei am Schottenkloster und am Heumarkt bis zum Salzmarkt hinter dem Rathaus. Vor dem ehrwürdigen alten Peterskirchlein, das die Gebeine des berühmten Stadtpatrons Sebaldus barg, bog der Thüringer Zug auf den Burgberg ein. Steil ging der Anstieg hinauf zur Festung, die majestätisch und weithin sichtbar auf einem langgezogenen Sandsteinfelsen thronte. Ihr größerer, westlicher Teil mit Palas und Burgfried war in kaiserlichem Besitz, gleich daneben lag die Burggrafenburg, in der Konrad von Zollern als Stellvertreter des Kaisers residierte.

Noch auf der Burgfreiung, bevor sie in den inneren Hof einreiten konnte, wurde die junge Braut von ihrem zukünftigen Ehemann empfangen, Herzog Heinrich von Österreich. Artig beugte er das Knie und half Agnes ein wenig ungeschickt aus dem Sattel. Agnes rümpfte die Nase beim ersten Anblick ihres Bräutigams. Heinrich war ein dicklicher, blonder Siebzehnjähriger mit vorstehenden Zähnen, wulstigen Lippen und watschelndem Gang. Es hieß, er sei etwas langsam und ohne viel Temperament, außerdem habe er schlechte Augen. Aber mit ihm machte sie eine wirklich gute Partie, und das war es schließlich, was zählte. Über die Verbindung mit ihm würde sie zur Schwägerin des Königs, welch ein Triumph! Denn die thüringisch-österreichische Hochzeit war nicht die einzige, die am nächsten Tag stattfinden sollte. Es würde eine doppelte Feier geben: Der junge König Heinrich, Sohn des großen Stauferkaisers Friedrich und Herrscher des Heiligen Römischen Reichs deutscher Nation, würde gleichzeitig die ältere Schwester des Österreichers heimführen, Margarete. Das königliche Paar war bereits vor zwei Tagen angekommen und hatte die Nürnberger Bürgerschaft schon mit der Abhaltung eines Turniers erfreut. Jetzt, nach der wegen des Wetters etwas verspäteten Ankunft der Thüringer Braut, konnte die Trauung endlich stattfinden.

Am nächsten Morgen war die Doppelkapelle auf der Kaiserburg zum Bersten gefüllt. Nur die Familien der Brautleute und die ranghöchsten Adeligen waren in den beiden Stockwerken der kleinen Kapelle zugelassen, alle anderen warteten draußen im großen Saal. Bischof Ekbert von Bamberg, Elisabeths Onkel, genoss das Privileg, die Trauung vorzunehmen, und stand in vollem Ornat vor dem Altar. Es roch nach Weihrauch und den Duftölen der adeligen Damen; die Stimmung war ernst und feierlich.

Elisabeth saß mit ihren Dienerinnen und den Damen des österreichischen Hauses auf der Empore. Neben ihr hatte die Brautmutter Theodora Angelina ihren Platz zugewiesen bekommen, eine echte Prinzessin aus Byzanz, klein, zierlich und mit exotischen Schmuckstücken behängt. Wieder daneben thronte stolz mit erhobenem Haupt die alte Landgräfin Sophia in pelzbesetzter Robe. Auch Elisabeth hatte sich widerwillig über die Maßen kostbar gekleidet und trug goldenes Geschmeide. Sie durfte der Familie hier keine Schande machen, das hatte Sophia ihr am Abend vorher sehr deutlich erklärt. Und Agnes hatte ganz einfach zu ihr gesagt: »Wenn du bei meiner Hochzeit auftrittst wie eine Schweinemagd, kratz ich dir die Augen aus, das schwör ich dir!«

Elisabeth schob zum wiederholten Mal ihr Diadem zurecht, es drückte und kratzte, und sie spürte schon die Kopfschmerzen kommen. Himmel, wie unwohl sie sich fühlte in all dieser verschwenderischen Pracht. Jeder konnte ihr das ansehen. Aber schließlich war dies nicht ihr Tag, und daheim in Thüringen würde sie wieder so zur Kirche gehen, wie sie es liebte, in einfachsten Gewändern. Also riss sie sich zusammen, so gut es eben ging. Sie wusste ja, dass der Adel ihre Einstellung nicht billigte, und jedes Fehlverhalten würde Ludwig schaden. Natürlich war ihr nicht verborgen geblieben, dass man sie misstrauisch beäugte, ihr Ruf als Sonderling und Störenfried war längst in alle Ecken des Reichs gedrungen. Die Männer stießen sich gegenseitig an, wenn sie kam, und die Weiber tuschelten hinter vorgehaltener Hand. Aber sie würde das aushalten. Elisabeth straffte den Rücken. Die wenigen Tage der Festlichkeiten würden schnell vorübergehen. Bald würde sie wieder in Thüringen sein, allein mit Ludwig, der sie liebte und unterstützte.

Drunten im Mittelgang der Kapelle standen schon die beiden Brautpaare bereit. Elisabeth sah den jungen König zum ersten

Mal, einen dünnen, langaufgeschossenen Vierzehnjährigen mit pickeligem Gesicht und unruhigem Blick. Man erzählte sich von ihm, dass er Gedichte schrieb und Musik liebte und dass er völlig unter dem Einfluss seiner schwäbischen Stauferfreunde stünde. Und er litt wohl unter seinem übermächtigen, hochberühmten Vater, Friedrich II., den man schon jetzt »stupor mundi« nannte, das »Staunen der Welt«. Natürlich durfte der junge Staufer noch nicht allein regieren, das tat für ihn der Reichsverweser, Erzbischof Engelbert von Köln; alle rätselten, warum er nicht längst eingetroffen war. Dennoch trug Heinrich die massive juwelenbesetzte Reichskrone, die viel zu groß für seinen schmalen Kopf wirkte. Elisabeth wusste, dass man sie eigens innen ausgestopft hatte, damit sie nicht wackelte. Der König blickte unsicher auf seine Braut Margarete hinunter, eine unscheinbare Zwanzigjährige, deren Ähnlichkeit mit ihrem Bruder nicht zu übersehen war. Der stand mit seiner thüringischen Braut hinter ihr und trat vor lauter Aufregung von einem Fuß auf den anderen. Viel zu lachen wird er mit Agnes nicht haben, dachte Elisabeth. Ihre Ziehschwester hatte im Frauenzimmer schon aus Wut geheult, weil er ihr nicht gefiel. Ach, nicht jede konnte mit ihrem Ehemann so viel Glück haben wie sie! Elisabeth lächelte und hielt Ausschau nach Ludwig, der dort unten irgendwo unter den männlichen Festgästen stehen musste.

Dann begann die Hochzeitsmesse, und Elisabeth konzentrierte sich auf die Liturgie. Die Brautleute wurden gleich zu Anfang zusammengegeben, der Bischof segnete sie. Elisabeth musste vor Rührung ein paarmal schlucken und dachte an ihre eigene Hochzeit. Endlich entdeckte sie auch Ludwig; er stand schräg unter ihr an der vordersten rechten Säule und wandte ihr sein Profil zu. Wie schön er doch war! Kein Mann auf dem ganzen weiten Erdboden kam ihm gleich! Und er liebte sie, das bewies er ihr jeden Tag aufs Neue. Sie kannte ihn besser als jeder andere, wusste um seine Vorlieben und seine Schwächen. Blind vertraute er ihr alle Dinge an, die ihn bewegten, und auch sie konnte ihm alles erzählen. Nachts, wenn alle schliefen, wisperten sie sich Liebesworte zu. Sie wusste, wo er am liebsten berührt werden wollte, was ihm Lust bereitete. Ach, und die kleine Narbe in seiner Halsbeuge, die küsste sie so gern! Und das lockige blonde Haar auf seiner Brust, das sich so schön kraulen ließ. Und wie er sie ansah, wenn sie alleine waren. Und wie …

Plötzlich wurde sie von einem lauten Krach aus ihren Gedanken gerissen. Drunten gab es einen Tumult, ein verschwitzter Ritter in schmutziger Reitkleidung stürmte in die Kapelle, stellte sich mit ausgebreiteten Armen vor den Altar und rief: »Verrat! Verrat! Der Reichsverweser ist ermordet!«

Alles sprang auf und schrie durcheinander. Der junge König erblasste. Sein Vormund und Vertrauter, Erzbischof Engelbert von Köln – tot?

»Ein Meuchelmord!«, brüllte der Bote. »Man hat ihn erdolcht, feiges Pack!«

»Wer?«, rief mit zornesrotem Gesicht Herzog Ludwig von Bayern.

»Ein Verwandter, angeblich wegen eines Familienzwists!«

»Das glaubst du doch selber nicht!« Der Burggraf von Nürnberg drängte sich nach vorn.

Eine Frau kreischte: »Das waren die Feinde der Krone!«

»So ist es! Man will das Reich zugrunde richten!«

»Nur die verdammten Staufer!«, entgegnete jemand mitten aus der Menge.

»Die Staufer sind das Reich!«

»Verräter! Es lebe König Heinrich!«

»Und unser Kaiser, der zweite Friedrich! Hoch!«

Viele stimmten in die Hochrufe ein, andere brüllten dagegen an.

»Friede! Friede!« Bischof Ekbert von Bamberg streckte sein Kruzifix hoch, um die Menschen zu beruhigen, aber niemand achtete auf ihn.

»So wie Engelbert soll es jedem Speichellecker und Stauferknecht gehen!« Niemand wusste, wer dies gerufen hatte, aber die ersten Königstreuen begannen daraufhin in einer Ecke der Kapelle ein Gerangel. In der hitzigsten Aufregung zogen einige Heißsporne ihre Schwerter und begannen, in der Enge aufeinander einzuschlagen. Dolche blitzten, Panik brach aus. In fieberhafter Eile brachte man erst den zutiefst erschütterten jungen König und seine frisch angetraute Ehefrau in Sicherheit, dann das zweite Brautpaar und den Bischof. Die Gäste auf der Empore flohen durch die kleine Pforte in die herrschaftlichen Gemächer. Drunten tobte der Aufruhr, Männer brüllten, Frauen schrien um Hilfe. Wer nicht kämpfte, drängte in verzweifelter Aufregung aus der Kapelle, versuchte draußen über eine hölzerne Treppe nach unten zu flüchten. Da plötzlich, ein lautes Knirschen und Knarzen! Die Balken hielten nicht stand; die Stufen barsten! Die ganze Treppe brach unter der Last der vielen Menschen zusammen und riss unter großem Getöse alle mit sich, die sich darauf befunden hatten.

Erst die gellenden Schreie der Verletzten brachten den Kampf in der Kapelle zum Erliegen. Man stürmte heraus, versuchte zu retten, was zu retten war. Verwundete wurden unter den Trümmern hervorgezogen, stöhnend, blutend, mit gebrochenen Gliedmaßen. Die meisten waren Frauen und Kinder; die Männer hatten sich ja am Getümmel in der Kapelle beteiligt. Ganz unten unter den Trümmern konnte man nur noch Tote bergen. Entsetzen und Ernüchterung machten sich breit. Die Hochzeit des Königs, als prachtvollstes Fest des Jahres geplant, hatte in einer schrecklichen Tragödie geendet.

Elisabeth war mit ihren Zofen und der ganzen Familie rechtzeitig von der Empore geflüchtet und war so vom Unglück auf der Treppe verschont geblieben. Natürlich interessierte sich ab da kaum jemand mehr für die seltsame Landgräfin von Thüringen, man hatte Wichtigeres zu regeln und zu besprechen. Der Mord an Erzbischof Engelbert und die Todesfälle überschatteten das ganze Fest. Gottesdienste fanden statt, die betroffenen Familien reisten mit ihren Toten ab, um sie daheim zu begraben. Staufergegner und -befürworter schlossen fürs Erste eine Art Waffenstillstand. Nach einer Trauerzeit von sieben Tagen entschied man sich, als Zeichen für den frisch verabredeten Frieden, ein Bankett abzuhalten. Irgendwie musste die Königshochzeit ja doch noch zu einem guten Ende gebracht werden.

Elisabeth selber hatte seit dem Hochzeitsgottesdienst das Frauenzimmer nicht mehr verlassen. Sie war überzeugt, dass die Katastrophe eine Strafe des Himmels für die Hoffart und das Prachtgehabe des Adels gewesen war. Gott zürnte den Prassern und Fressern, den Ehrgeizigen und Machtgierigen. Es war ein Fehler gewesen, sich unter diese Menschen zu mischen, sich nach ihren Ansprüchen zu richten. Elisabeth beschloss, dem Hof ihre Missbilligung vor Augen zu halten, den Menschen ihre Sünden aufzuzeigen. Es war an der Zeit.

Zum Abschiedsbankett tauchte sie wieder auf, zur Überraschung vieler und zur Belustigung der meisten, in einfachen Wollkleidern und ohne jeglichen Schmuck. Die allgemeine Stimmung war zwar noch gedrückt, aber alle versuchten, schon den Brautpaaren zuliebe, gute Laune vorzuschützen. Man aß und trank, ließ sich gerne ablenken von den Vorträgen der Sänger und Geschichtenerzähler, hörte den Trommlern und Pfeifern zu. Elisabeth saß neben der frisch verheirateten Königin – schließlich war sie nach ihr die zweite Dame im Reich.

»Ei, liebste Schwester«, flötete Margarete in ihrem weichen österreichischen Dialekt, »was ist Euch denn, dass Ihr Euch die letzten Tage nicht unter den Frauen habt blicken lassen? Und nun sehe ich Euch gar nicht geschmückt, gekleidet wie eine Nonne und nicht wirklich fröhlich?«

Elisabeth ließ das Fazenettlein sinken, mit dem sie sich gerade die Lippen betupft hatte. Es wäre ganz einfach gewesen, den Tod des Reichsverwesers und das Unglück mit der Treppe als Entschuldigung anzuführen. Aber sie wollte ehrlich sein und geradlinig, wie der Herr es von seinen Gläubigen verlangte. Nein, sie würde sich nicht mehr verstellen. »Gott will nicht, dass wir hier in Samt und Seide sitzen, prassen und völlern«, sagte sie lauter, als nötig war. »Unser Herr Jesus war arm, und es steht geschrieben: ›Eher geht ein Kamel durch ein Nadelöhr, als dass ein Reicher ins Himmelreich eingeht‹. Sagt, Liebden, habt Ihr nicht Angst, dereinst dem Satan anheimzufallen?«

Alles Gespräch verstummte abrupt, Köpfe fuhren herum. Wie konnte jemand es wagen, so mit der Königin zu reden? Elisabeth spürte wohl, wie entsetzt die anderen waren. Dennoch fuhr sie fort. »Seht doch, liebste Schwester«, sprach sie weiter, »Euer Geschmeide und Eure kostbaren Kleider! Eine ganze Stadt könnte von dem satt werden, was ihr am Leibe tragt. Gott in seiner großen Güte will, dass wir freudig geben und nicht hoffärtig sind.«

»Wollt Ihr unsere Königin beleidigen?« Clementia von Zollern, die streitbare Gattin des Nürnberger Burggrafen, war mit erboster Miene aufgestanden. Doch Margarete machte gute Miene zum bösen Spiel und zog sie auf ihren Sitz zurück. »Unsere liebe Schwester Elisabeth meint es nur gut, nicht wahr?«, besänftigte sie. »Vielleicht sollten wir uns alle öfter darauf besinnen, was unser Glaube von uns verlangt.«

Elisabeth nickte beifällig. »Ihr versteht mich recht, Schwester. Heiligmäßig leben, das ist es, was der Herr von uns will. In seinen Augen sind all unser Putz und Tand nicht mehr wert als Schmutz und Asche. Wie Jesus sollen wir sein, besitzlos und arm, um unser täglich Brot heischend. Dann stehen uns die Tore des Himmels offen.«

»Aber wie soll das gehen, Liebden?«, fragte die Burggräfin und verzog den Mund zu einem kleinen, boshaften Lächeln. »Wir sind schwache Frauen, wie könnten wir im Land umherziehen und betteln? Womöglich noch gemeinsam mit zwölf unverheirateten Männern?« Die anderen Frauen am Tisch kicherten in ihre Taschentücher.

Elisabeth schüttelte den Kopf und neigte sich wieder zur Königin. »Frau Clementia hat mich nicht recht verstanden, scheint mir. Nein, niemand muss betteln gehen, wenn er das nicht will. Aber wir Frauen können unsere Liebe zu Gott auch auf andere Art beweisen. Vor allem, indem wir unser höchstes Gut bewahren: die Reinheit und die Keuschheit. Denkt an das Gleichnis des Sämanns, in dem es heißt: ›Ein Teil des Samens fiel auf guten Boden und brachte Frucht, dreißigfach, sechzigfach und hundertfach.‹ Dreißigfältige Frucht bringt der Ehestand, sechzigfältige der Witwenstand und hundertfältige der Stand der Jungfräulichkeit.«

Agnes, die gegenübersaß, ließ klirrend ihr Essmesser auf den Silberteller fallen. Die Frauen an der Tafel, allen voran die Landgrafenmutter Sophia, machten betretene Mienen. Und wieder rettete Margarete die Lage. Sie lachte hell auf. »Ihr meint also, liebste Schwester, dass Frau Agnes und ich und auch Ihr selbst gar nicht erst hätten heiraten sollen?«

»Ach nein!« Elisabeth lächelte still. »Uns Frauen vom Adel ist die Jungfernschaft ja selten vergönnt. Auch mir war sie nicht bestimmt. Dafür müssen wir unsere Hingabe an Gott anders zeigen.

Wir können in einfachen Kleidern gehen, können täglich unsere Gebete sprechen, können allen Zierrat ablegen. Eure Ärmel zum Beispiel! Seht nur, wie viele Edelsteine hineingestickt sind, wie viele Perlen! Und Euer Surkot mit den aufgenähten Goldplättchen! Der Herr findet keinen Gefallen an solchen Dingen. Ich selber, Schwester, gehe daheim in einfachen wollenen Sachen wie die ärmsten Frauen. Wie die Jungfrau Maria trage ich weder Gold noch Silber. Gott soll meine Demut sehen, Gott und die ganze Welt. Ja, wenn Ihr auch so leben würdet, Ihr als Königin, dann stünde auch für Euch der Himmel weit offen.«

»Aber ich habe gar keine wollenen Sachen«, erwiderte die Königin, die des Gesprächs langsam überdrüssig wurde. »Und alle meine Ärmel sind mit Juwelen bestickt.«

Elisabeth legte Margarete vertraulich die Hand auf den Arm. »Ich will Euch welche von meinen schicken, Schwester. Und wenn Ihr mögt, auch ein einfaches Gewand, dessen Wolle ich selber gesponnen habe.«

»Das ist sehr freundlich von Euch«, erwiderte die Königin in der Hoffnung, man könne nun endlich das Thema wechseln. Doch da konnte Agnes nicht mehr an sich halten. Sie brach in schrilles Gelächter aus und sagte dann: »Oh, natürlich! Das ganze Land wird vor Freude jubeln, wenn seine Königin in Sack und Asche geht!« Mit gespielter Fröhlichkeit wandte sie sich an Elisabeth. »Vielleicht möchtest du ihr auch noch ein härenes Büßerhemd schicken, meine Beste, ach ja, und eine Geißel, die liebt Gott nämlich besonders. Willst du uns nicht außerdem noch deinen Rücken zeigen, damit wir noch genauer sehen können, was dem Herrn gefällt?« Agnes war nicht verborgen geblieben, dass sich Elisabeth in der Nacht der Hochzeit heimlich gegeißelt hatte.

Elisabeth schüttelte lächelnd den Kopf. »Vielleicht wirst auch du, Schwester, irgendwann einen Weg finden, dich demütig vor Gott zu erweisen. Dann segnet er dich vielleicht mit gesunden Kindern, so wie mich. Und mit einer glücklichen Ehe. Und vielleicht gelangst dann auch du einmal zu der Erkenntnis, dass Hochmut vor dem Fall kommt und Gott auch strafen kann. So, wie er vor sieben Tagen ein Strafgericht abgehalten hat, um uns allen die Augen zu öffnen!«

Nicht einmal Margarete konnte nunmehr an sich halten. Sie stand auf. »Ihr wollt andeuten, Frau Elisabeth, dass dieses furchtbare Unglück stattgefunden hat, um mich, meinen Ehemann, den König und alle anderen zu strafen? Das kann nicht Euer Ernst sein. Niemand von uns hat Schuld auf sich geladen.«

Der Blick der Königin war nun eisig, aber Elisabeth hielt seiner Kälte stand. »Gott will Gerechtigkeit auf dieser Welt, Liebden. Er will, dass wir nicht nur an uns denken, sondern den Armen geben. Dass wir die Kranken und Alten nicht im Elend verderben lassen. Wir alle versündigen uns an denen, die unsere Hilfe brauchen. Wir pressen ihnen Steuern ab, schicken sie in den Krieg, lassen sie fronen, sehen zu, wie sie hungern und sterben, während wir im Überfluss schwelgen und auf ihren Gräbern tanzen. Habt Ihr ein Gewissen, Königin? Habt Ihr jemals daran gedacht, dass Euer Glück und Wohlstand mit Blut und Elend erkauft sind? Vergesst nicht: Wir alle stehen einmal in all unserer Nacktheit vor dem Herrn und seinem ewigen Richterspruch. Auch Ihr. Und dann wird sich die Spreu vom Weizen trennen.«

Margarethe war zur Salzsäule erstarrt. Die ganze Festgesellschaft saß da wie betäubt. »Sie ist wahnsinnig geworden«, raunte jemand.

»Hinaus!« Die Königin hob den Arm und zeigte zur Tür. »Wir wollen Euch in Zukunft nicht mehr bei Hof sehen, Landgräfin. Geht und kommt nicht wieder!«

»Du bist unmöglich!« Sophia bebte vor Wut. Sie war ihrer Schwiegertochter nachgelaufen. »Du verbohrtes, stures Biest! Machst uns zum Gespött im ganzen Reich, allen voran deinen Mann! Was glaubst du, wie sich die anderen jetzt das Maul zerreißen und was sie erzählen, wenn sie erst wieder daheim sind. ›Die Landgräfin von Thüringen ist verrückt‹, werden sie sagen. ›Sie läuft herum wie ein Küchenmädchen und redet umstürzlerische Dinge. Jetzt ist sie sogar vom Königshof verbannt. Die arme Familie; erst wird der alte Landgraf verrückt und jetzt noch seine Schwieger. Hoffentlich sind wenigstens die Kinder bei Verstand!‹ Ich wäre vorhin am liebsten im Erdboden versunken! Gott, diese Schande!«

Elisabeth war vor ihrer Schwiegermutter bis zur Wand des Vorraums zurückgewichen. »Ich kann doch nichts dafür«, schluchzte sie, »ich bin nun einmal so. Ich tue nur Gottes Willen kund. Das ist meine Aufgabe. Warum könnt ihr mich nicht alle in Ruhe lassen?«

»Ich will dir sagen, was du bist«, fauchte Sophia. »Ein undankbares Geschöpf bist du! Ein überdrehtes, eigensinniges Gör! Eine Peinlichkeit und eine Plage! Aufgezogen habe ich dich wie mein eigenes Kind, und was ist der Dank? Du bringst Schimpf und Schande über uns alle, gibst uns der Lächerlichkeit preis! Himmel, ich kann da nicht mehr hineingehen!« Sie griff sich mit der Hand an die Stirn.

»Mutter, ich …«

»Weißt du überhaupt, was du mit deinen leichtfertigen Reden anrichtest? Ist dir klar, was deine Worte wirklich bedeuten?« Sophia redete sich immer mehr in Rage. »Du stellst die Einrichtung aller Dinge des Lebens in Frage! Du unterhöhlst die Gesetze unserer Gesellschaft, indem du alle gleichmachen willst! Willst dem Volk dasselbe zugestehen wie dem Adel! Prangerst an, dass wir alle uns zu Unrecht bereichern! Wirfst uns vor, die schlimmsten Sünder zu sein. Bist du denn übergeschnappt? Was du forderst, ist unser aller Untergang! Der Umsturz der Weltordnung! Sollen denn die Bauern auf dem Feld die Herrschaft im Reich übernehmen? Sollen am Ende wir diesen elenden Kreaturen dienen? Das wäre unser aller Untergang! Herrgott, nicht einmal dieser Irre aus Assisi fordert solch wahnwitzige Dinge!«

»Dann muss ich es tun, Mutter.« Elisabeth hatte aufgehört zu weinen. Sophias Worte hatten ihr bewusst gemacht, was ihre Aufgabe war, jetzt erst recht. Sie sah es klar vor sich: Und wenn sich oben und unten verkehrten, es war der Wille des Allmächtigen. »Hast du daheim in Eisenach noch nie aus dem Fenster deiner Klosterzelle gesehen? Hast du nie die Armen und Alten, die Kranken und Hungernden bemerkt, die vor eurem Tor um ein Stückchen Brot bitten? Glaubst du, sie haben ihr schlimmes Schicksal verdient? So wie du die Gnade deiner hohen Geburt?«

»Natürlich sehe ich diese Leute. Aber Gott hat gewollt, dass unsereins oben ist und die unten.«

»Da hast du Gott falsch verstanden, Mutter.«

Sophias Lippen waren schmal wie ein Strich. »Ach, aber du,

du hast als Einzige die wahre Erkenntnis! Dass du uns alle in den Schmutz damit ziehst, ist dir gleich.«

»Ich muss das tun, was Gott verlangt«, sagte sie und sah ihrer Schwiegermutter furchtlos in die Augen, »und nicht, was die Menschen wollen. Es gibt nur eine Wahrheit.«

»Dann bist du nicht mehr meine Tochter!«

Elisabeth atmete tief durch. »Ich bin die Tochter des Herrn«, erwiderte sie leise.

Sophia raffte die Röcke, drehte sich um und verließ die Kammer. Mit lautem Krachen fiel die Tür ins Schloss.

Müde und zutiefst verletzt setzte sich Elisabeth in die Fensternische. Ja, dachte sie, ich passe einfach nicht zu diesen Menschen. Ich bin anders. Ein weißer Rabe, so hat mich einmal der Kaplan Berthold genannt. Keiner versteht mich. Alle haben sie nur ihren eigenen Vorteil im Sinn, Geld und Macht. Sie sah zum Fenster hinaus auf die Dächer Nürnbergs, den steilen Burgberg und die weiten Wälder, die die Reichsstadt umgaben.

Die Tür ging auf, und Ludwig kam herein. Mit einem Seufzer setzte er sich aufs Bett. »Was hast du jetzt schon wieder angerichtet, hm?«, fragte er.

Elisabeth kamen die Tränen »Ach Ludwig, ich hab doch nichts Böses getan. Ich hab's doch nur gut gemeint. Immer mache ich alles falsch, auch wenn ich nichts als Gottes Willen kundtue.«

Er sah sie an, wie sie vor ihm kniete und ihn angstvoll anblickte. »Hasst du mich jetzt auch, so wie die anderen?«, fragte sie mit zitternder Stimme. Ludwig schüttelte den Kopf. »Wie könnte ich dich hassen?«, erwiderte er. »Du bist meine Führerin auf dem Weg zum Himmelreich, das weißt du doch. Wie soll ich ohne dich selig werden?«

Mit einem kleinen Aufschrei schmiegte sich Elisabeth an ihn. »Ach, Brüderchen«, flüsterte sie, »ich liebe dich so sehr.«

Gisa

Nach dem öffentlichen Zusammenstoß Elisabeths mit der Königin muss ich zugeben, dass auch ich wütend war. Wie hatte ich mich auf die Prunkhochzeit zu Nürnberg gefreut, auf glanzvolle Tage, Musik und Tanz, auf die vielen neuen Bekanntschaften, die ich schließen würde, auf die berühmte Stadt mit ihren Märkten und Kirchen! Und dann wurde alles ein Albtraum. Warum nur konnte Elisabeth sich nicht ein Mal zurückhalten? Nur ein einziges Mal ihre Überzeugung stille für sich behalten? Wie konnte sie glauben, dass der versammelte Reichsadel freundlich lächelnd zusehen würde, wenn sie durch ihr Benehmen und ihre Aufmachung alle seine Werte in Frage stellte. Wie konnte sie glauben, sie könne ausgerechnet denen, die in Saus und Braus lebten, ihr Ideal von einem christlichen Leben in Armut vermitteln? Sie musste doch begreifen, dass niemand, wirklich niemand, ihre Ratschläge hören wollte und sie allen eine Plage war.

Obwohl wir nichts dafür konnten, ließ man Guda und mich in den folgenden Tagen spüren, was es hieß, zu Elisabeth zu gehören. »Seht, da kommen die Dienerinnen der frommen Närrin«, hieß es, wenn wir Essen holten oder einen Krug Wein. Andere Zofen legten die Hände zusammen wie zum Gebet, rollten die Augen zum Himmel und tippelten so an uns vorbei, wenn wir ihnen in den Gängen begegneten. Wiederum andere kicherten nur oder schnitten uns einfach. Es war so schrecklich, dass ich vor lauter Scham wieder hinkte wie in meinen schlimmsten Zeiten. Ich glaube, sogar Guda haderte mit Elisabeths Starrsinn. Schließlich musste sie zusammen mit mir die Gehässigkeiten einstecken, die eigentlich ihr galten, und das hatten wir wirklich nicht verdient. Ach Gott, damals ahnten wir noch nicht, dass wir an ihrer statt noch viel Schlimmeres würden aushalten müssen.

Das Einzige, was mich tröstete, war Heinrich Raspes Gegenwart. Wir hatten zwar kaum Gelegenheit, alleine zu sein, aber oft zwinkerte er mir zu oder gab mir ein kleines, vertrautes Zeichen. Einmal spürte ich seine Finger auf meinem Rücken, als er zufällig am Frauentisch vorbeiging, und seine Berührung ließ mich am ganzen Körper erschauern. Dann endlich, am Morgen des Tages der Heiligen Barbara, fand ich ein Zettelchen in meinem Nähzeug. »Heute nach dem Mittagsmahl im Wirtshaus zur Eidechse« stand darauf.

Uns Zofen war es erlaubt, hinunter in die Stadt gehen, um Besorgungen zu machen. Elisabeth gab gern ihre Zustimmung und blieb mit Guda in ihrem Zimmer, während ich mir schlechten Gewissens, aber voller Vorfreude, die Trippen umschnallte und mich auf den Weg machte. Ich gab vor, Spielsachen für die Kinder kaufen zu wollen, und Elisabeth hatte mir daraufhin sogar noch Geld zugesteckt. »Nimm ruhig mehr mit«, sagte sie lächelnd. »Für die Kinder meiner lieben Armen daheim.«

Im Regen lief ich den steilen Berg hinunter. Der Tag war düster und ungemütlich, es schien, als duckten sich die Nürnberger Stadthäuser unter den schweren grauen Wolken. Immer wieder glitt ich aus, weil die Gassen so schlammig waren. Ich fragte eine junge Mutter, die Barbarazweige feilbot und dabei ein kleines Mädchen an der Hand hielt, nach einem Spielzeugmacher, und sie schickte mich in die Krämersgasse, wo ich ein Säckchen mit Glasringlein, ein paar Kreisel und dazu etliche Tonflöten und Schnitztierchen erstand, dazu ein Wägelchen mit Pferd für den kleinen Hermann. Bei einem Dockenmacher verliebte ich mich in ein wunderhübsches Püppchen mit geschnitztem Kopf und echtem Haar. Sophia war zwar dafür noch ein bisschen klein, aber man konnte das Püppchen ja aufheben, und so kaufte ich es teuer für einen Viertelpfennig. Ich ließ mir den Weg zur »Eidechse« beschreiben und lenkte dann, beladen mit all meinen Schätzen, meine Schritte in die Waaggasse, wo das Gasthaus lag.

Bis ich dort ankam, war ich völlig durchnässt. Es war eine Taverne mit Braurecht und Schlafplätzen; über dem großen zweiflügeligen Tor prangte eine kunstfertig gemalte giftgrüne Eidechse, so dass ich das Haus sofort erkannte. Ich wusste, dass sich Heinrich mit etlichen seiner Freunde dort eingemietet hatte, obwohl er als Bruder der Braut durchaus auf der Burg hätte wohnen können. Aber ihm war es lieber gewesen, in der Stadt zu logieren. Die allermeisten Gäste übernachteten ja in den Nürnberger Wirtschaften und Herbergen, weil allein das umfangreiche Gefolge des Königs schon kaum mehr Unterschlupf in der Kaiserburg gefunden hatte.

Ich betrat die Gaststube, die voller Leute war und dämpfig von der Feuchtigkeit der Kleider. Im Kamin brannte ein munteres Feuer, über dem ein Kupferkessel hing, aus dem es verlockend roch. Eine Magd rührte mit einem Holzlöffel darin herum. »Verzeiht, ich habe eine Nachricht für Herrn Heinrich Raspe von Thüringen«, fragte ich sie. »Wo kann ich ihn finden?«

Sie richtete sich auf und winkte einen Knaben herbei, dem sie etwas zuflüsterte. Der Bursche nahm mich bei der Hand und zog mich in einen großen, rechteckigen Innenhof. Von hier aus führte eine schmale Treppe zu einem umlaufenden hölzernen Gang, von dem aus vielleicht zehn Türen abgingen. Der Junge deutete auf die Tür mit dem roten Hund und flitzte dann davon.

Ich rannte die Stufen hinauf, voller Vorfreude auf meinen Liebsten. Bevor ich anklopfte, richtete ich noch schnell meine Kleider und glättete mein feuchtes Haar mit den Fingern. Dabei spähte ich durch das kleine Fenster neben der Tür. Ich sah Heinrich drinnen mit dem Rücken zu mir an einem Tischchen sitzen, auf dem noch sein Rasierzeug stand. Er war in Wams und Hemd; der Stoff spannte sich über seinem kräftigen Rücken. Es machte mich stolz, dass dieser Mann mich liebte, stolz und glücklich. Seit über einem Jahr waren wir nun zusammen. Wir trafen uns heimlich, außer seinem Diener wusste niemand von unserer Liebe. Oh, natürlich hatten wir oft über unsere Zukunft gesprochen. Aber es war nicht so einfach. Heinrich war überzeugt davon, dass seine Mutter niemals freiwillig ihre Einwilligung zu einer Hochzeit geben würde, und damit hatte er sicher recht. »Lass uns warten, bis der Zeitpunkt günstig ist und sie nicht nein sagen kann«, hatte er mich immer wieder gebeten. »Außerdem will ich erst Graf von Hessen sein, mit eigenen Einkünften und einem Territorium. Wie kann ich vorher eine Frau nehmen?« Oh, ich verstand ihn. Er hatte seinen Stolz. Und wie musste er mich lieben, dass er keine andere heiraten wollte, eine mit Erbe und Lehen und mit gutem Namen. Also ließ ich mich vertrösten und wartete.

Ich biss mir ein paarmal auf die Lippen, damit sie rot würden, dann pochte ich an die Tür und trat ein.

Er sprang auf, und ich flog in seine Arme. »Endlich!«, flüsterte er und küsste mich leidenschaftlich. Mein nasser Mantel flog zur Seite, und ich streifte die Schuhe samt Trippen ab, die laut auf den Boden polterten. Dann lagen wir auf seinem Bett. Er schlüpfte aus Wams und Hemd und warf beides achtlos hinter sich. Er löste mein Haarband, lachte mich an und sagte: »Wie schön du aussiehst, sogar wenn du nass bist wie ein Fisch!« Ich liebte sein strahlendes Lachen, den festen Griff seiner Hände, den Duft seiner Haut. Voller Begehren nestelte er mein Hemd auf, zog mir den Surkot aus. Ich spürte seine Hände auf meinen Brüsten, meinen Hinterbacken, und ich vergaß die Welt um mich herum.

Er hatte einen makellosen Körper, und wenn er sich nackt auf den Laken räkelte, hätte sein Anblick eine Heilige zur Sünde verführen können. Ich sah ihn gar zu gern an; er schämte sich seiner Nacktheit so wenig wie Adam, bevor er vom Baum der Erkenntnis genascht hatte. Ich konnte mich nicht gut so zeigen. Vielleicht lag es an meinem mangelnden Selbstbewusstsein, vielleicht aber auch an seinem Blick, der mich manchmal zu verschlingen schien und mich verlegen machte. Dabei versicherte er mir stets, dass ich die schönste Frau im ganzen Reich sei. Oh, wie gut er schmeicheln konnte! Und wie gut er darin war, mir – und damit sich selber – Lust zu bereiten. Die Liebe war fast zu vollkommen mit ihm, der Himmel auf Erden.

Zwei Stunden später ging ich noch ganz erfüllt von unserem Treffen wieder zurück auf die Burg. Wenigstens hatte der Regen inzwischen aufgehört, und manchmal blitzte sogar ein kleiner Sonnenstrahl durch die Wolken. Auf den Dächern glitzerte die Nässe, und kleine Bächlein bahnten sich züngelnd ihren Weg bergabwärts durch den Schlamm. Ich passierte das Tor zur Burgfreiung, als mir plötzlich siedendheiß einfiel, dass ich das Püppchen vergessen hatte! Ich hatte es ausgepackt und Heinrich gezeigt, und nun lag es wohl noch auf dem kleinen Tisch vor dem Fenster.

Noch war Zeit bis zum Nachtmahl, also ließ ich meine Einkäufe derweil beim Torwart, machte kehrt und beeilte mich, in die Waaggasse zu kommen.

Als ich vor Heinrichs Zimmertür stand und schon die Hand

zum Anklopfen gehoben hatte, drangen Stimmen an mein Ohr. Herrje, das hatte mir gerade noch gefehlt, er hatte Besuch! Jetzt konnte ich nicht einfach hineinmarschieren, um die Puppe zu holen. Vorsichtig spähte ich durch das offene Fenster neben der Tür, um zu sehen, wer denn drinnen war.

Heinrich saß auf dem inzwischen wieder glattgestrichenen Bett, eine hölzerne Daube mit Wein in der Hand. Ihm gegenüber stand ein Mann mit dem Rücken zu mir, edel gekleidet und weißhaarig. Ein zweiter Besucher saß auf dem kleinen Hocker am Tischchen, wenn ich mich nicht täuschte, war es Graf Gerhard von Diez, einer der engsten Vertrauten des jungen Königs. Und den vierten Mann, der lässig an der Wand lehnte und mit seinem Dolch spielte, den kannte ich nun ganz bestimmt: Es war der Herzog von Bayern, Ludwigs Onkel, der ihn vor Jahren in Eisenach zum Ritter geschlagen hatte. Sein dichtes dunkles Haar war inzwischen von grauen Strähnen durchzogen, aber sonst war er noch dieselbe eindrucksvolle Erscheinung wie damals.

»Sie glauben es also?«, sagte der Weißhaarige.

Der Herzog grinste. »Dafür habe ich gesorgt. Alle haben es geschluckt, sogar die Schwaben. Der Reichsverweser Engelbert von Köln wurde im Streit von einem seiner eigenen Verwandten schändlich erschlagen. Der vermeintliche Mörder ist auch schon gerichtet und kann nicht mehr das Gegenteil behaupten. Und der wirkliche Mörder liegt irgendwo auf dem Grund eines Teichs beim Gevelsberg. Alles läuft nach Plan.«

Gerhard von Diez nickte anerkennend. »Gratuliere, mein Bester. Eure Leute arbeiten gut. Auch der König ist völlig arglos. Jetzt muss der nächste Schritt gelingen.«

Heinrich stellte seinen Daubenbecher auf den Boden. »Und was wollt Ihr nun von mir?«

Ludwig von Bayern setzte sich neben seinen Neffen. »Es ist wichtig für uns zu wissen, was dein Bruder denkt und tut«, sagte er. »Er ist des Königs wichtigster Unterstützer nach dem Tod des Reichsverwesers.«

»Er wird niemals auf die Seite der Staufergegner wechseln, das wisst Ihr so gut wie ich«, erwiderte Heinrich.

»Der Narr«, brummte Gerhard von Diez. »Gemeinsam mit uns

könnte er der Stauferherrschaft ein Ende bereiten, jetzt, wo der Kaiser in Sizilien sitzt und so viel Ärger mit dem Papst hat, dass er sich hier kaum einmischen kann.«

»Nur die Ruhe«, fiel der Bayer ein. »Wir müssen langsam vorgehen. Wichtig ist es jetzt, den König unter unseren Einfluss zu bringen. Ich habe nämlich nicht vor, mich selber mit dem Stauferkaiser Friedrich anzulegen. Viel besser ist es doch, den Sohn gegen den Vater aufbegehren zu lassen. Das Verhältnis der beiden ist ohnehin schon miserabel, da fehlt nicht mehr viel bis zum Streit. Und wenn beide dann geschwächt genug sind, meine Freunde, dann schlägt unsere Stunde.«

Ich glaubte, ich müsse gleich ohnmächtig werden. Mit einer Hand hielt ich mich am Fensterbrett fest. Der Boden unter meinen Füßen schien zu schwanken. Was um Gottes willen hörte ich da? Das war eine Verschwörung, ein Aufstand gegen die Krone! Mein erster Gedanke war wegzulaufen, nur fort von diesem Ort, aber meine Knie waren so weich, dass ich keinen Schritt tun konnte. Also stand ich da und lauschte weiter.

»Und was hat mein Bruder mit all dem zu tun?«, fragte Heinrich.

»Nun, er und der junge König sind trotz des unfassbaren Benehmens deiner Schwägerin in den letzten Tagen die allerbesten Freunde geworden, das konnte jeder sehen. Ludwig wird ein wichtiges Wort dabei mitreden, wenn es morgen darum geht, die Reichsverweserschaft neu zu besetzen. Vielleicht will der König ihm sogar dieses Amt antragen.«

»Und damit wäre er verdammt gut beraten«, warf der Weißhaarige ein. »Ludwig ist einer der mächtigsten Reichsfürsten und den Staufern unbedingt ergeben.«

»Und ich soll meinen Bruder nun dazu überreden, das Amt nicht anzunehmen«, mutmaßte Heinrich.

»Nicht nur das«, erwiderte der Graf von Diez. »Ihr sollt ihn dazu bringen, jemand Bestimmtes an seiner statt vorzuschlagen.«

»Und der wäre?«

»Ich. Wer sonst?« Ludwig von Bayern erhob sich. »Natürlich würde ich mich ein bisschen zieren, würde den Bescheidenen spielen, aber am Ende könnte ich nicht anders, als die große Verantwortung zu übernehmen.«

Heinrich legte den Kopf schief. »Warum nur bin ich darüber gar nicht überrascht, Onkel?« Er kratzte sich bedächtig am Kinn. »Und was hätte ich davon, wenn ich Euch helfe? Es ist schließlich kein Pappenstiel, den eigenen Bruder zu hintergehen.«

»Mir kommen die Tränen.« Der Bayer stand auf und stellte sich breitbeinig vor Heinrich hin. »Ich weiß recht gut, dass du auf Ludwig alles andere als gut zu sprechen bist. Er traut dir nichts zu, beteiligt dich nicht an der Herrschaft. Eigentlich müsste er dich längst in Hessen eingesetzt haben, aber er will alles für sich behalten, hm? Nicht einmal als Stellvertreter will er dich einsetzen, wenn er im nächsten Jahr auf den Reichstag nach Cremona zieht.«

»Woher wisst Ihr das?« Heinrich fuhr hoch, sein Gesicht lief langsam rot an.

»Oh, das hat mir ein Vögelchen gesungen, mein Lieber. Wusstest du nicht, dass er hier zu Nürnberg bei einem Münzmeister den Entwurf eines Halbpfennigs in Auftrag gegeben hat, der ihn mit seiner unmöglichen Frau auf dem Thron zeigt; sie als Regentin mit Zepter und Reichsapfel in der Hand.«

Heinrich stieß einen Fluch aus.

»Wenn Ihr Euch auf unsere Seite schlagt, wird es Euer Schaden nicht sein.« Der Weißhaarige legte seine Hand auf Heinrichs Arm. »Ist die Stauferherrschaft erst einmal beseitigt, wird Thüringen womöglich einen anderen Landgrafen brauchen.«

Heinrich rieb sich versonnen das Kinn, um ein kleines Lächeln zu verbergen. »Ich werde darüber nachdenken«, meinte er. »Aber versprechen kann ich Euch nichts.«

Ich lehnte immer noch draußen neben dem offenen Fenster, und das Herz klopfte mir bis zum Hals. Dort drinnen saß der Mann, den ich liebte, und man wollte ihn zum Mitverschwörer machen! Mir war ganz schlecht, aber wenigstens hatten meine Knie aufgehört zu zittern. Ich wollte nur noch weg, ließ die Puppe Puppe sein und rannte wie von Hunden gehetzt die Stufen hinunter, hinkte durch den Innenhof und auf die Gasse hinaus. Erst als ich am Ende der Waaggasse angelangt war, wurde ich langsamer und blieb schließlich stehen. Lieber Gott, was sollte ich tun? Heinrich war gerade zum Hochverrat angestiftet worden! Sie planten den

Sturz des Königs, ja des Kaisers! Den Reichsverweser hatten sie bereits ermordet! O Himmel, wo war ich da hineingeraten? Was würde Heinrich bereit sein zu tun? Ich wusste ja, er wollte an die Macht kommen, zumindest in Hessen. Würde er sich gegen Ludwig stellen, seinen eigenen Bruder, sein Fleisch und Blut? Das Ansinnen der Verräter hatte er nicht abgelehnt, aber auch nicht zugesagt. Täuschte er die Männer? Wollte er nur Zeit gewinnen? O Gott, was würde geschehen, wenn er wüsste, wenn sie wüssten, dass ich gelauscht hatte? Die Angst kroch mir in sämtliche Glieder.

Mit schnellen Schritten ging ich den Burgberg hoch und überlegte dabei fieberhaft. Wenn ich erzählte, was ich gerade gehört hatte, wer würde mir glauben? Außer mir gab es weder Zeugen noch Beweise, und mein Wort als kleine Hofjungfer würde nicht viel gelten gegen das des Herzogs von Bayern. Außerdem – wie konnte ich auch nur daran denken, meinen Liebsten ans Messer zu liefern? Er hatte sich zwar nicht mit den Verschwörern verbunden, aber allein die Tatsache, dass er Bescheid wusste, würde ihn den Kopf kosten. Wie gesagt, immer unter der Voraussetzung, dass man mir überhaupt glaubte. Und wenn ich etwas sagte, dann wäre meine Liebesbeziehung mit Heinrich nicht nur aufgedeckt – wie sollte ich wohl erklären, was ich in seiner Unterkunft gesucht hatte? –, sondern er würde sie sofort beenden. Wie sollte er eine Frau heiraten wollen, die ihn verraten hatte? Er würde mich hassen. Alle meine Träume hätte ich vergebens geträumt.

In dieser Nacht fand ich keinen Schlaf. Wohl hundertmal beschloss ich, mit Heinrich zu reden, und genauso oft überlegte ich es mir anders. Ich bekam immer mehr Zweifel. Wer war ich denn, mich in die große Politik zu mischen? Ich, die kleine hinkende Zofe der wunderlichen Landgräfin von Thüringen! Selbst wenn Heinrich beschließen sollte, mit seinem bayrischen Onkel gemeinsame Sache zu machen – Ludwig würde sich von seinem Bruder bestimmt nicht beeinflussen lassen. Und der Reichsverweser war schon tot, meine Aussage konnte das nicht mehr rückgängig machen. Niemand schwebte in unmittelbarer Gefahr. In meiner Not und Verwirrung wusste ich einfach nicht, was ich tun sollte, und so tat ich – nichts. Ich schwieg.

Aber was ich nicht verhindern konnte, war das Körnchen Misstrauen gegen Heinrich, das nun in meinem Herzen saß. Er hatte seinem Onkel nichts zugesagt, aber würde er sich nicht doch noch dazu entschließen, den Verschwörern zu helfen, unzufrieden, wie er war? Und damit seinen König verraten, dem er bei der Krönung den Treueid geschworen hatte?

Als ich am nächsten Morgen das Frauenzimmer verließ, um die Frühsuppe zu holen, stand er so plötzlich vor mir, dass ich zusammenfuhr und einen kleinen Schrei ausstieß.

»Na, na«, sagte er, »warum so schreckhaft?«

»Entschuldige, ich war in Gedanken«, erwiderte ich.

»Ich wollte mich gerade nach dem Befinden meiner werten Mutter erkundigen«, meinte er leichthin. »Und dir bringen, was du vergessen hast«, setzte er flüsternd hinzu und drückte mir verstohlen das Püppchen in die Hand. »Mich wundert, dass du es gestern nicht mehr geholt hast.«

Sah er mich dabei merkwürdig an? War da Misstrauen in seinem Blick? Ich konnte es nicht sagen. Ich rang mir ein Lächeln ab, und er küsste mich zärtlich auf die Wange. »Ich liebe dich«, raunte er, und ich schmolz dahin.

Dann ließ er sich im Frauenzimmer melden.

Nein, er durfte, er konnte kein Verräter sein.

Am Abend desselben Tages stellte sich heraus, dass die Versammlung des Reichsadels sich auf keinen neuen Reichsverweser hatte einigen können. Es waren mehrere Kandidaten benannt worden, darunter auch Ludwig, aber keiner hatte eine Mehrheit gefunden. Und Ludwig selber, so erfuhr ich, hatte für den Bischof von Bamberg gestimmt.

Meine Erleichterung war grenzenlos. Die Verschwörer hatten ihr Ziel nicht erreicht, und mein Heinrich war ein anständiger Mensch. Er hatte nicht mit seinem Bruder gesprochen. Oder hatte er es doch versucht und Ludwig hatte nur nicht auf ihn gehört? Nein, ich wollte einfach glauben, dass Heinrich sich richtig entschieden hatte. Als ich ihm nach der Adelsversammlung im Hof begegnete, drückte ich kurz und heimlich seine Hand. Er erwiderte den Druck und lächelte. War da Erleichterung in seinem Blick?

Doch der Splitter des Zweifels steckte immer noch in meinem Herzen.

Primus

Wir hungern. Ich meine, nicht nur die Mutter, die Geschwister und ich, das war ja schon immer so. Nein, auch die meisten anderen im Land haben kaum was zu beißen. Es war ja schon im letzten Jahr schlecht mit der Ernte, weil das Getreide eine Krankheit gekriegt hat und den Bauern unter den Händen weggefault ist. Im Herbst ist dann überall im Land das Vieh krepiert, am Schleimfieber. Und heuer hatten die Bauern kaum was zum Säen, weil sie vor lauter Bauchgrimmen noch vor dem Frühling das Saatgut aufgegessen haben. Na, und ohne Saatgut wächst nun mal nichts, und drum war heuer die Ernte wieder miserabel. Mit meinem Lohn und Michels Klauerei haben wir bis jetzt grad so leben können. Und jetzt ist es Gott sei Dank so, dass wir auf der Armenliste stehen und jede Woche Essen kriegen. Es ist zwar zu wenig zum Leben und zu viel zum Sterben, sagt die Mutter, aber irgendwie geht's schon. Erst war sie furchtbar traurig, weil wir jetzt Bettler sind, aber ohne das Almosen wären wir längst verhungert, so wie die Schwester von Hilfried, dem lahmen Besenbinder, oder die Oma von Michels Kumpel Ernbold, die letzte Woche vor Schwäche einfach nicht mehr aufgewacht sind. Die Armengräber werden immer mehr auf dem Kirchhof. Der Pfarrer sagt, das ist Gottes Strafe für unsere Sünden, und wir sollen Buße tun und demütig sein. Kann ja sein, dass Gott wütend ist auf die Sünder, das versteh ich. Man fragt sich allerdings, warum er dann so viele unschuldige kleine Kinder verhungern lässt und nicht jemanden wie den fetten Krämer am Sonnabendmarkt, der ständig alle bescheißt.

Ich hab wieder Arbeit gefunden, aber keine, mit der ich so viel verdiene wie auf dem Bau. Draußen vor der Stadt ist die Kalkbrennerei, wo der Kalk für den Mörtel gemacht wird und die Kalkmilch zum Weißen von Wänden. Ich muss das Kalkpulver aus den

Säcken in die Löschwannen schütten und die fertige Kalkfarbe in Bottiche schöpfen. Das bringt zwei Pfennige die Woche und ist eine elende Plackerei. Nach einer Woche habe ich aufgebrannte Hände, obwohl ich mit Handschuhen arbeite. Meine Finger sind voller Bläschen, und die Haut reißt auf. Es tut schweineweh, aber wir brauchen das Geld einfach. Nach vier Wochen sagt die Mutter, es hat doch keinen Sinn. Also lass ich es sein, damit die Hände wieder heilen. Dafür hat die Ida eine kleine Beschäftigung gefunden, als Gänsemagd für die Klostergänse. Jeden Tag geht sie mit ihrem Stöckchen los und treibt zwölf fette Gänse auf die Wiese am Fluss. Am Anfang ist der Ganter immer auf sie losgegangen, hat sie angefaucht und in die Beine gezwickt. Ganter sind nämlich bös und hinterfotzig. Dem haben wir's dann aber gegeben, ich hab der Ida gezeigt, wie's geht: Man muss das Vieh blitzschnell am Kragen packen und ein paarmal um sich selber im Kreis herumwirbeln, bis es schwindlig ist. Das merkt es sich sein Leben lang. Die Ida kriegt jedenfalls von den Nonnen für das Gänsehüten jeden Tag ein großes Schmalzbrot und ein Stück Hutzelobst, und so wird wenigstens sie immer satt.

Ich hab mich wieder aufs Klauen verlegt, obwohl ich inzwischen ganz schön aus der Übung bin. Na, das wird schon wieder. Der Michel ist viel besser als ich, kein Wunder, der macht ja auch seit ewigen Zeiten nichts anderes. Ohne ihn würde es uns ganz schön schlecht gehen, allen miteinander. Er haut immer noch regelmäßig ab, und keiner weiß, wo er ist oder was er macht. Ich glaube, er treibt sich mit Ortwin herum, steht für ihn Schmiere oder so. Und eines Abends, als ich wieder auf die merkwürdigen Betbrüder aufpasse, sehe ich ihn, wie er mit Ortwin ins Haus geht und an der Messe teilnimmt. Gefällt mir ganz und gar nicht, die Sache. Aber natürlich sag ich der Mutter von alledem nichts, weil sie sofort Angst bekäme. Und sie hätte recht. Ich hab auch Angst, vor allem, dass sie Michel mit dem Ortwin erwischen. Ich hab's ihm auch schon ein paarmal gesagt, aber er ist nicht davon abzubringen. »Und was ist, wenn ich nicht mit ihm arbeite?«, fragt er patzig. »Wer zahlt dann für unser Kellerloch? Und womit stopfen wir den Kleinen die Mäuler? Du bringst doch seit Wochen kaum mehr was heim!«

Es stimmt ja. Und das Schlimmste ist, dass Mutter und Irmel und das Hannolein nicht mehr aufhören können zu husten. »Die sterben alle bald am Lungenfluss«, hab ich letzten Sonntag nach der Messe die Korbflechters-Hilde sagen hören. Mir hat es gleich den Hals zugeschnürt. Es stimmt. Die Mutter krümmt sich beim Husten ganz schlimm und ist so schwach, dass sie sich immer wieder hinlegen muss. Das Hannolein hat dunkle Ringe unter den Augen und ist so dürr, dass man sämtliche Rippen sieht. Und das Irmel kriegt nachts vor Husten manchmal so wenig Luft, dass es beim Einatmen pfeift. »Wir müssen da raus«, beschwöre ich den Michel. »Irgendwie!«

Michel zuckt die Schultern. »Lass dir doch was einfallen«, knurrt er. »Ich tu schon mein Bestes.«

Manchmal kommt's mir vor, als sei er der Ältere, und nicht ich. Ich weiß gar nicht, wann ich ihn zuletzt lachen gesehen hab.

Und dann kommt er heim, es ist der Tag vor dem ersten Advent, knotet sein Taschentuch auf und schüttet einen ganzen Schwall Münzen auf den Tisch. Silberne Halbpfennige, Kupfergeld, Viertelstücke, es ist nicht zu glauben! Ich hab noch nie so viel Geld auf einem Haufen gesehen. Und da, eine kleine, ganz abgegriffene Münze mit einem Reiter drauf. Das gibt's doch nicht, Himmel, das muss ein Gulden sein! Ein ganzer Gulden! Mutter muss sich setzen. »Wo hast du das her?«, fragt sie mit schwacher Stimme und kriegt gleich darauf einen Hustenanfall. »Wie viel ist es?«, frage ich und fange an, die Münzen zu sortieren.

»Keine Ahnung«, sagt Michel, »kann ich vielleicht zählen?«

Ich lege alle Pfennige auf eine Seite und komme auf drei mal zehn. Den Rest kann ich nicht zählen. Mutter lacht und weint und schlägt immer wieder die Hände zusammen, und die Kleinen hüpfen wie wild auf dem nassen Matschboden herum. Ratz bellt und winselt und freut sich, obwohl er gar nicht weiß, was los ist.

»Wo hast du das her?«, frage ich irgendwann auch.

»Ich hab's gefunden«, sagt Michel, und ich weiß, dass er lügt.

Eine Woche später ziehen wir aus dem Kellerloch aus. Lutprant ist zwar grantig, aber er sieht ein, dass wir sonst alle irgendwann am

Husten krepieren. Wir haben lang gesucht; es war schwer, was zu finden. Die Leute haben uns alle nicht haben wollen; man kennt uns ja und weiß, dass wir vom Almosen leben. Und wir konnten ja schlecht jemandem sagen, dass wir plötzlich reich waren! Der Einzige, der uns dann genommen hat, war unser alter Wirt vom »Wilden Mann«, und auch nur, weil Mutter ihm am Ende den Gulden gezeigt hat. Er hat sie mit ganz durchdringendem Blick angeschaut und dann gesagt, es ist ihm gleich, woher sie das Geld hat, sie soll's ihm geben und es reicht für ein Jahr Miete. Vermutlich hat er uns damit übers Ohr gehauen, aber wir wissen einfach nicht, wie viele Pfennige ein Gulden sind und was man dafür alles kriegen könnte. Wir haben keine Wahl.

Jetzt leben wir also wieder im Schweinestall. Himmlisch trocken ist's da, und wir sind zum ersten Mal im Leben richtig glücklich. »Das restliche Geld wird versteckt«, sagt Mutter, »und nur im Notfall hergenommen. Sonst fällt's auf. Leben tun wir weiter vom Almosen und von dem, was sonst reinkommt, das muss reichen.«

Trotzdem kauft Michel der Ida ihr allererstes Paar Schuhe. Wir sagen einfach, sie hat sie von den Nonnen geschenkt bekommen. Hanno kriegt eine Hose und einen Gürtel, den kann er jetzt nehmen anstatt des Stricks, der ständig aufgeht. Das Irmel bekommt eine neue Decke für die Nacht, weil ihre von den Motten zerfressen und so stockig ist, dass es stinkt. Mutter wünscht sich eine Brunzkachel, damit sie nachts nicht mehr ins Freie muss. Und ich und Michel leisten uns zwei ordentliche Messer, mit beinernem Griff und schön scharf geschliffenen Klingen. Die gehen durch wie Butter beim Beutelschneiden auf dem Markt. Und wir kaufen Medizin gegen den Husten.

Hei, noch nie im Leben ist es uns so gut gegangen! Keinen Hunger mehr haben, das ist wie im Paradies.

Drei Wochen später finden Bauernkinder beim Spielen einen toten Mann mitten in einem dichten Dornengebüsch, ganz nah bei der Straße nach Gotha. Der Kerl ist noch nicht richtig verwest, weil es jede Nacht gefroren hat. Kleider hat er keine mehr an, und auch sonst hat er nichts dabei. In Brust und Bauch sind drei Messerstiche. Es stellt sich raus, dass es der Schwager des Schultheißen ist, ein reicher Metzger aus Erfurt, der zu Eisenach einen Besuch machen wollte, aber nie angekommen ist.

Jetzt weiß ich, woher der Michel das Geld hat. Und die Mutter ahnt es natürlich, ganz blöd ist sie ja auch nicht.

»Michel«, sagt sie, »schwör mir bei der Heiligen Dreifaltigkeit, dass du den Mann nicht umgebracht hast.«

Das hat der Michel leicht schwören können, weil es der Ortwin war. Er selber hat nur den Kerl aus dem Sattel gezogen und das Pferd festgehalten. Darum hat er auch bloß ein Viertel vom Geld bekommen. Das hat er mir erzählt, und ich glaub's ihm. Der Ortwin hat dann zu Waltershausen die Kleider und den Gaul verscherbelt, und sich seitdem ein bisschen unsichtbar gemacht, bis die größte Aufregung vorbei ist. Aber man kann ihm sowieso nichts beweisen, weil es gibt ja keine Zeugen, außer dem Michel, und der schweigt wie ein Grab, ist doch klar.

Die Mutter sagt, der Michel muss beichten gehen, sonst kommt er in die Hölle. Ich sage, er soll's lieber sein lassen, sicher ist sicher. Der Pfarrer ist nämlich der Onkel vom Schultheiß, und wer weiß, wie er es in diesem Fall hält mit dem Beichtgeheimnis. Für den ist vielleicht Blut doch dicker als Weihwasser. Und mir ist ein lebendiger Michel lieber als ein toter, auch wenn er dann im Himmel frohlockt und die Harfe spielt. Der Michel sieht das genauso. Beichten kann er ja später mal, wenn Gras über die Sache gewachsen ist. So setzt er sein Seelenheil aufs Spiel dafür, dass es uns allen bessergeht.

Einen feineren Bruder hat niemand auf der ganzen Welt.

Waltershausen, Januar 1226

Ein eisiger Wind pfiff über die schneebedeckten Höhen des Thüringer Waldes. Er blies Wolken glitzernden Schneestaubs von den Baumspitzen, die sich schwer unter ihrer weißen Last bogen. Aus einem glasklaren Himmel schien kraftlos und bleich die Sonne, ohne Mensch und Tier spürbar Wärme zu spenden. Bitterkalt war es, Flüsse und Bäche trugen bläuliches Eis, der Boden war steinhart gefroren.

Das kleine Grüppchen, das sich trotzig gegen die Sturmböen stemmte und sich mühsam seinen Weg durch den verschneiten Wald nach Norden bahnte, kam von Schmalkalden her. Es waren zwei Männer in langen schwarzen Umhängen, die Kapuzen tief ins Gesicht gezogen, und ein dürres braunes Eselchen, das auf seinem Rücken mehrere Kisten und Säcke trug. Maul und Nüstern des Tieres waren schneeweiß, dort, wo sich der Atemdampf als Reif niederschlug. Ab und zu blieb es müde stehen, bis die Rute ihm schmerzhaft aufs Hinterteil klatschte.

»Herr, lasst uns eine Rast machen«, bat der jüngere der beiden Männer, ein stämmiger Kerl mit kälteroter Nase und schiefstehenden Zähnen.

»Wir rasten erst in Brotterode, Johannes«, erwiderte der andere. »Das muss gleich hinter der nächsten Biegung sein.«

»Wie Ihr wollt, Magister«, seufzte Johannes und marschierte gottergeben weiter. Manchmal war sein Herr arg unerbittlich. Er begleitete ihn nun schon seit Jahren auf seinen Reisen durchs ganze Reich, und wenn der Mann nicht so heiligmäßig wäre, hätte er es längst nicht mehr mit ihm und seiner Strenge ausgehalten. Aber der Magister gönnte sich ja selber keine Ruhe und keine Annehmlichkeit; er opferte sich auf für die christliche Sache, Tag für Tag.

Tatsächlich kam bald das Dorf am Fuß des Großen Inselbergs in Sicht. Nur wenige krumme, schneebedeckte Dächer kauerten sich unterhalb einer schäbigen Burg zusammen, die den Namen kaum verdiente. Aus den Schornsteinen rauchte es, und der Wind trug den verlockenden Duft von Eintopf herüber.

»Zu klein für eine Predigt, was, Johannes?« Der Magister schüttelte betrübt den Kopf.

»Wir wollen nur eine kurze Mahlzeit einnehmen, dann schaffen wir es heute noch nach Waltershausen.«

Sie baten im nächstbesten Hof um Speis und Trank, was man ihnen als reisenden Geistlichen nie verweigerte. Danach machten sie sich gleich wieder auf. Südöstlich des Inselbergs kreuzten sie den Rennsteig, den uralten Kammweg über den bewaldeten Bergrücken, der den Thüringer Wald in Nord-Süd-Richtung durchschnitt. Kurz vor Sonnenuntergang erreichten sie endlich den Ort Waltershausen unterhalb der Tenneburg. Die kleine Festung war nach ihrer Zerstörung im staufisch-welfischen Krieg vor zwanzig Jahren längst wieder aufgebaut; sie fanden beim dortigen Vogt ein angenehmes Nachtquartier. Er versprach, am nächsten Morgen vom Turm blasen zu lassen und so das Volk zusammenzurufen.

Der kleine Marktplatz war brechend voll. Alle waren sie gekommen, Jung und Alt, Mann, Weib und Kind. Vor dem Kirchlein hatte der Vogt für den Prediger ein kleines hölzernes Podest aufstellen lassen, daneben ein Tischchen, auf dem der Opferstock seinen Platz fand. Die Leute waren neugierig und aufgeregt; es kam weiß Gott nicht alle Tage vor, dass ein Fremder zu ihnen sprechen wollte. Nun sahen sie, wie ein schmächtiger rothaariger Mann das Podest bestieg, vielleicht vierzig oder fünfzig Jahre alt, gekleidet in eine raue schwarze Kutte. Er war weder gutaussehend noch hässlich, eher ein Mensch, der eigentlich kaum auffiel. Die rötlichen Locken trug er über den Ohren getrimmt, auf der großflächigen Tonsur zeigten sich ein paar Flecken und Sommersprossen. In sein Gesicht hatten sich tiefe Furchen eingegraben, seine Miene war ernst, und wenn man genau hinsah, lag ein Zug von Härte und Verachtung darin. Zunächst stand der Prediger einfach nur da, die schmalen Lippen fest zusammengepresst, und musterte mit seinen klaren hellblauen Augen die Menschenmenge. Die Leute waren unruhig und redeten alle durcheinander, aber dann geschah etwas Ungewöhnliches. Der Rothaarige hob die Hand und sah jeden einzelnen Zuhörer an, einen nach dem anderen. Und wer seinem stechenden Blick begegnete, wurde augenblicklich stumm und still; niemand konnte sich der unerbittlichen Autorität dieses Mannes entziehen. Es dauerte kein Vaterunser lang, bis alles schweigend stand und wartete.

Der Prediger ließ die Hand langsam sinken. Und dann begann er zu sprechen.

»Meine Brüder! Getrieben von den Nöten der Zeit, hat mich Innozenz, der nach der Gnade Gottes die päpstliche Krone trägt, oberster Priester der ganzen Welt, hierher zu euch gesandt, der ihr die Kinder Gottes seid. Ich überbringe euch seinen Segen und mit diesem Segen auch seine Botschaft.« Mit einer ausladenden Bewegung schlug der Prediger das Zeichen des Kreuzes über der Menge. Seine Hand war weiß und knochig. Schon jetzt, nach den ersten beiden Sätzen, hingen die Leute wie gebannt an seinen Lippen.

»Höret, Christen, dass die heilige Stadt Jerusalem und das Grab des Herrn immer noch in der Hand der Heiden sich befinden. Jerusalem, der Mittelpunkt der Welt, das Heilige Land, fruchtbarstes aller Länder, ein Paradies der Wonne! Der Erlöser der Menschheit hat es durch seine Ankunft verherrlicht, durch seine Anwesenheit geschmückt, durch sein Leiden geweiht, durch sein Sterben erlöst. Die Königsstadt, erhaben und wunderbar, wird von ihren Feinden gefangen gehalten und von denen versklavt, die Gott nicht kennen. Sie erbittet und ersehnt Befreiung, sie erfleht unablässig eure Hilfe. Die Heiden spucken auf den Boden, den Jesus betreten hat, sie lästern der Dreifaltigkeit mit Widerlichkeiten, sie schlagen ihr Wasser auf dem Heiligen Grab ab und lassen ihre Köter darauf kopulieren. Weh uns, die wir in unsern Häusern sitzen, in unseren Betten liegen bleiben, während der heiligste Ort der Christenheit stündlich ärger entweiht wird! Ich frage euch: Wollt ihr dieser Schande auch nur einen Tag länger zusehen?« Seine Stimme war immer lauter geworden, der letzte Satz hallte wie Donner über den Platz.

»Nein!«, schrie die Menge.

»Wollt ihr die Ungläubigen das Heilige Grab weiter schänden lassen?«

»Nein!«

»Wollt ihr warten, bis die Elenden die Gebeine des Herrn aus der Erde reißen und den Wölfen zum Fraß vorwerfen?«

»Nein!« Ein paar Frauen begannen zu schluchzen.

»Ja, so ruft ihr!«, fuhr der Prediger fort. Er hielt inne und ließ seinen flammenden Blick über die Menge schweifen. Jedes Wort, jede Geste von ihm hatte die Menschen in seinen Bann gezwungen. Viele weinten, manche zitterten vor Wut, andere waren erschüttert auf die Knie gesunken. Sie warteten darauf, dass er seine Rede fortsetzte, begierig, ihm noch mehr zu verfallen. Und der Mann auf dem Podest sprach weiter, seine Sätze fielen wie Hammerschläge, klangen wie Donnerhall.

»Aber was tut ihr, tapfere Männer? Was tut ihr, Diener des Kreuzes? Noch überlasst ihr das Heiligtum Jerusalem den Hunden, die Perlen den Säuen! Noch hat euer Schwert den Heidenunrat nicht hinausgeworfen aus der Krone aller Städte! Der Böse sieht das und lacht euch seinen Triumph ins Gesicht! Er rührt die Gefäße seiner Bosheit und will jenes Allerheiligste für immer gewinnen. Das wäre dann für alle künftigen Zeiten ein unheilbarer Schmerz und unersetzlicher Schaden; für unser Geschlecht aber wäre es unendliche Scham und allerewigster Vorwurf.« Der Rothaarige machte eine Pause und wischte sich mit dem Ärmel seiner Kutte den Schweiß von der Stirn. Die Leute auf dem Marktplatz waren totenstill, jeder Einzelne spürte Wut, Scham und Entsetzen. Eine junge Frau begann plötzlich zu zucken und fiel hin, Schaumbläschen bildeten sich um ihren Mund. »Jesus, Jesus«, schrie sie. Hilflos und staunend standen die Leute im Kreis.

»Da, schaut sie an«, rief der Prediger und wies mit ausgestrecktem Arm auf die Fallsüchtige, »sie ist gesegnet. Der Heilige Geist ist in sie gefahren, sie hat die Botschaft verstanden!«

»Herrgott, rette uns!«, kreischte jemand. Ein Kind weinte. Die Fallsüchtige blutete, sie hatte sich auf die Zunge gebissen. Zwei Frauen rangen darum, das kostbare Blut mit ihren Taschentüchern aufzufangen.

»Wer seine Seele erretten will, darf jetzt nicht mehr zögern«, donnerte der Prediger in die inzwischen fanatische Menge. »Ihr alle, deren Hand ein Schwert halten kann, tretet den Weg zum Heiligen Grab an, nehmt das Land dort dem gottlosen Volk, macht es euch untertan! Gürtet euch mannhaft und ergreift die Waffen im Eifer für Christi Namen! Kein Besitz, keine Haussorge soll euch fesseln! Der Sieg wird euch Ruhm bringen, und der Tod Gewinn! Ich sage euch: Seht zu, dass euch nicht die Rache Gottes ereilt, weil ihr geduldet habt, dass Jerusalem ein Raub der Heiden geblieben ist!«

Die Menge schrie auf wie ein Mann. Schluchzende Frauen nahmen ihre Kinder in den Arm, rauften sich die Haare. Und es ging weiter. Der Prediger breitete weit die Arme aus, warf den Kopf in den Nacken und blickte gen Himmel. Dann starrte er wieder die Leute an, fesselte den Blick derer, die noch verhalten wirkten.

»Christus befiehlt euch: Nehmt das Kreuz! Nie verwelkender Ruhm ist euch im Himmelreich gewiss. Verpflichtet euch ohne

Zögern, und ich verspreche euch ewiges Heil! Wer dort hinunterzieht, dem gewähre ich nach der Macht Gottes, die der Heilige Vater mir verliehen hat, dass ihm von Stund an seine Sünden vergeben werden! Jeder, der heute die Kreuzfahrt verspricht, der wird Ablass erlangen. Und ich verkünde euch: Nicht nur die gutchristlichen Kämpfer für den Glauben werden Erlösung finden, nein, auch dem schlimmsten und erbärmlichsten Sünder wird vergeben! Mögen die Räuber Soldaten werden, der Herrgott wird sie dafür lieben und belohnen!«

Die Menge jubelte begeistert, ja entrückt. Dieser Mann dort droben war vom Himmel gesandt, ein Engel, der von Blut und Rache kündete!

»Ja«, schrie der Prediger, »die Ware ist billig, wenn man sie kauft; und wenn man fromm für sie bezahlt, ist sie ohne Zweifel das Reich Gottes wert! Schlagt ein den Weg zur Vergebung eurer Sünden und erntet himmlischen Lohn im Paradies. Beim Atem des Herrn, wer von euch will da noch zögern? Ihr habt die Wahl: Auf der einen Seite, wenn ich fort bin, werden die Elenden sein, auf der anderen die wahrhaft Reichen; hier die Freunde Gottes, dort seine Feinde. Und ich frage: Will einer von euch der Feind des Herrn sein?« Drohend starrte er in die Menge.

»Niemand!«, brüllte einer, und alle fielen ein. »Niemand!«

»Dann kommt und nehmt das heilige Kreuz aus meiner Hand! Wer will der Erste sein?«

Etliche Männer drängten sich nach vorne, wo der Prediger nun einen roten Stofffetzen hochhielt. »Zu mir, meine Kinder! Gott will es! Und wenn ihr gefragt werdet, wer euch für diesen Kreuzzug geworben hat, so saget ihm: Konrad von Marburg!«

Am Ende des Tages hatten sechsundzwanzig Männer das Gelübde abgelegt und dafür Ablass von ihren Sünden erhalten, darunter ein auf seine Hinrichtung wartender Mörder und Brandstifter und ein Viehdieb, der im Stock lag. Die Waltershausener waren zutiefst beeindruckt, ja vom Glauben beseelt. Jemand raunte, während Konrads Predigt habe etwas Helles wie ein Heiligenschein über seinem Haupt geschwebt, ein anderer behauptete, er habe ein leuchtendes Kreuz am Himmel gesehen, im Osten, dort wo Jerusalem lag. Ein ausgezehrter, unscheinbarer Mann hatte diese Wunder bewirkt. Welche Gnade, dass man das hatte erleben dürfen!

Alles in allem ein zufriedenstellendes Ergebnis, dachte Konrad, als er später in seiner Kammer auf der Burg den Inhalt des Opferstocks zählte. Neunundvierzig Pfennige und mehr als zwei Dutzend Kreuzfahrer! Wieder ein guter Tag im Kampf für den Glauben. Nun ja, er war den Erfolg gewohnt, schließlich zog er nun schon seit über zehn Jahren als Kreuzprediger durch die Lande. Und er war der Beste, das hatte ihm der Erzbischof von Trier erst kürzlich bestätigt. Überall folgten die Männer seinem Ruf. Und die Opferstöcke, die er für Kreuzzugsspenden bei seinen Predigten aufstellte, waren stets gefüllt. Konrad von Marburg dachte an seine Zeit als junger Mann bei den Prämonstratensern. Wie wenig hatte er damals als einfacher Mönch bewirken können! Dann war er zum Studium nach Paris gegangen, und es hatte sich schnell herausgestellt, dass er der scharfsinnigste Denker, der mitreißendste Redner, der unnachgiebigste Glaubensstreiter von allen war. Die Kunde seiner außergewöhnlichen Gaben war bis nach Rom gedrungen, und so hatte der Papst ihn zum Kreuzprediger berufen. Und nicht nur das. Er hatte ihn zum Inquisitor ernannt, zum Ketzerjäger. Diese Aufgabe war Konrad seither die Wichtigste von allen. Die Anhänger des Satans aufzuspüren und zu verurteilen, dem Bösen das Handwerk zu legen, dafür lebte er. Keine Ruhe gönnte er sich, keinen Augenblick der Rast, keine Bequemlichkeit. Auch jetzt nahm er sich gar nicht erst Zeit für die Abendmahlzeit, sondern ging noch einmal hinunter zum Pfarrhaus, um mit dem Dorfgeistlichen zu reden.

Der Mann, ein zittriger Greis mit eisgrauen Haaren, empfing ihn ehrfürchtig. »Was kann ich für Euch tun, Herr Magister?«, fragte er. »Ich bin nur ein kleiner Leutepriester, aber wenn ich Euch helfen kann …«

»Nicht mir sollt Ihr helfen, sondern Gott«, antwortete Konrad liebenswürdig. »Wie Ihr sicherlich wisst, lieber Bruder, treiben im Reich schon seit längerer Zeit Menschen ihr Unwesen, die den Teufel anbeten. Wir nennen sie Luziferianer, sie selber bezeichnen sich als ›Reine‹ oder ›Gute‹.«

»Nun ja, ich habe davon gehört«, meinte der alte Priester vorsichtig. »Im Rheinland drüben soll es welche davon geben.«

»Oh, sicher«, gab Konrad von Marburg zurück und legte vertraulich die Hand auf des Priesters Arm. »Aber nicht nur dort. Ihr werdet es nicht glauben, aber diese Ketzer sind überall, leben mitten unter uns, in der frömmsten Gemeinde. Sie tarnen sich gut, mit Hilfe des Teufels! Sie treffen sich heimlich, um dem Leibhaftigen zu huldigen, nachts, wenn alles schläft. Dann feiern sie ihre schwarzen Messen, bei denen sie den widernatürlichsten Gelüsten pflegen. Da treibt es Mensch mit Tier, Sohn mit Mutter, Schwester mit Bruder. Es ist unaussprechlich, entsetzlich, lästerlich!«

»Ach, Herr«, lächelte der Alte, »so etwas gibt es hier bei uns nicht. Wir sind einfache, fromme Leute, unser Dorf ist klein und arm, jeder kennt jeden. Würde jemand unzüchtige oder ketzerische Dinge tun, wüsste es schnell die ganze Gemeinde. Nein, nein, ich kenne meine Schäfchen.«

»Oh, sagt das nicht, mein Guter.« Konrad rollte mit den Augen. »Erst vor drei Tagen, in Schmalkalden, habe ich ein Nest von Ketzern ausgehoben. Der Pfarrer dort hat mir vorher genau das Gleiche erzählt wie Ihr. Er war entsetzt.«

»Ja, aber, woran könnte ich denn einen solchen Ungläubigen erkennen?«, wollte der Alte wissen. Er war sichtlich verunsichert.

»Nun, zum Beispiel daran, dass er bei Vollmond auf einem Krebs reitet«, antwortete Konrad bereitwillig. »Oder die heilige Hostie ausspuckt. Oder die Finger nicht ins Weihwasser taucht. Sich nächtens mit anderen an heimlichen Orten trifft. Da gibt es viele Möglichkeiten. Sagt, habt ihr niemanden in der Gemeinde, der merkwürdige Dinge tut?«

Der alte Pfarrer wiegte den Kopf hin und her. »Eigentlich nicht. Höchstens …«

»Höchstens?«

»Die Walfrieda, die Witwe vom Sternwirt, die ist nicht ganz richtig im Kopf. Die hat neulich in der Messe wieder mal die Augen verdreht, ist umgefallen und hat gezuckt.«

»Ach!«

»Ja, das geschieht immer bei der Wandlung.«

»Bei der Wandlung!« Konrad kratzte sich am Kinn. »Das ist

verdächtig. Der Teufel erträgt es nicht, wenn der Leib Christi sich manifestiert, und seine Anhänger auch nicht.«

»Aber«, wagte der Alte einzuwenden, »manchmal fällt sie aber auch einfach nur daheim um oder auf der Wiese, wo sie halt grad ist.«

»Was treibt das Weib nächtens?«

Der Priester überlegte. »Nun ja, sie schläft, denke ich. Allerdings …«

»Ja?«

»Der Nachtwächter hat sie schon öfter gesehen, wie sie umhergegangen ist, von ihrer Wirtschaft bis zum alten Sudhaus, wo sie früher immer gebraut hat. Aber dafür gibt es bestimmt eine Erklärung. Sie ist ja so fromm, die Walfrieda, nicht einmal bei der Beichte hat sie was zu berichten, die Gute. Ich kann nicht glauben …«

»Es ist unerheblich, was Ihr glaubt«, fiel ihm Konrad scharf ins Wort. »Ich will dieses Weib morgen früh sehen. Bringt sie zu mir auf die Burg.«

Am Mittag des nächsten Tages wankte Walfrieda im Büßerhemd und mit geschorenen Haaren durch das Tor der Tenneburg. Man hatte sie mit Ruten gestrichen, um ihr ein Geständnis zu entlocken, worauf sie zugegeben hatte, den Teufel anzubeten. Danach vergab ihr Konrad im Namen des Herrn den Sündenfall. Ihr kleines Vermögen fiel an die Kirche. Hätte sie die Ketzerei nicht zugegeben, wäre sie des Todes gewesen. Konrad hatte ihr immerhin die Wahl gelassen.

Eisenach, zwei Tage später

Der Platz vor dem Steinhof war trotz der eisigen Kälte von einer unüberschaubaren Menschenmenge gefüllt. In der Stadt ruhten die Geschäfte; keiner, der noch laufen konnte, war daheimgeblieben. Am Abend vorher war der Ausrufer durch die Gassen gegangen und hatte unter lautem Getrommel verkündet, dass der ehrwürdige und weitberühmte Magister Konrad von

Marburg am nächsten Mittag auf der Rolle eine Kreuzpredigt halten würde. Pastetenbäcker boten aus ihren Bauchladen Süßes und Salziges feil, und der Wirt vom Hellgrevenhof schöpfte aus einem Kessel heißen Met in hölzerne Becher.

Alles spielte sich genau so ab wie zwei Tage vorher in Waltershausen. Wortgewaltig hielt Konrad dieselbe Rede noch einmal, nur mit dem Unterschied, dass die Eisenacher viel lauter jubelten, seufzten, schrien und klatschten als die weniger temperamentvollen Waltershausener. Es kam sogar zu einem erneuten Zwischenfall, als eine junge Frau im Gedränge ohnmächtig wurde. Wieder füllte sich nach der Predigt der Opferstock, und wieder gelobten viele Männer begeistert die Kreuzfahrt.

Während der gesamten Kreuzpredigt hatte eine junge Frau ganz hinten gestanden, dort, wo die Plätze der Armen und der Bettler waren. Sie trug ein einfaches graues Wollkleid und einen hellen Leinenschleier, der bis auf einige vorwitzige schwarze Locken ihr Haar verbarg. Begleitet wurde sie von drei Damen, die edle, aber nicht zu auffällige Kleider trugen. Während der Predigt stand die Frau regungslos da, aber über ihre Wangen liefen unablässig die Tränen, und ihr Gesicht zeigte einen entrückten, beinah glücklichen Ausdruck. Jetzt, nachdem sich die Menschenansammlung langsam auflöste, zog die Frau den Schleier tiefer ins Gesicht und ging über den Platz.

Konrad und sein Gehilfe nahmen noch Spenden entgegen und teilten Ablässe für die zukünftigen Kreuzfahrer aus. Die Frau wartete geduldig, bis die beiden fertig waren, dann trat sie vor Konrad hin.

»Was wollt Ihr noch, Weib? Der Opferstock ist dort drüben«, brummte Konrad.

Elisabeth lächelte. »Was ich zu geben habe, bekommt Ihr droben auf der Wartburg, Magister. Ich lade Euch ein, mein Gast zu sein.«

Konrad zuckte leicht zusammen. Bei der heiligen Jungfrau, das war die Landgräfin von Thüringen! Es stimmte also wirklich, was man sich über sie erzählte, dass sie sich in einfachen Kleidern unters Volk mische und Kranke pflege und dergleichen. Dass sie vom Glauben so beseelt war wie niemand sonst im Land. Er verbeugte sich knapp. »Herrin, vergebt mir, dass ich Euch nicht gleich erkannt habe. Es ehrt mich, dass ihr meine Predigt gehört habt. Und ich nehme Euer Angebot mit Freuden an. Sobald hier alles erledigt ist, werden mein Gehilfe und ich auf die Burg kommen.«

Elisabeth nickte. »Gott sei mit Euch.«

»Und mit Euch, Liebden.«

Am späten Nachmittag saßen Konrad von Marburg und Elisabeth im kleinen Saal der Wartburg zu Tisch. Frische Binsen waren gestreut, das Kaminfeuer brannte, und zwei Kohlebecken spendeten zusätzliche Wärme. Elisabeth hatte zu Ehren des Gastes üppig auftragen lassen, sogar teuren Meerfisch, Pomeranzen und das süße Ingwerkonfekt aus dem Welschland, das sie so liebte.

Konrad nahm einen Schluck Wein und musterte die Landgräfin ungeniert. »Ich freue mich zu sehen, Liebden, dass Ihr Euren Reichtum nicht mit Schmuck und edler Kleidung zur Schau stellt«, sagte er. »Das ist Gott wohlgefällig.«

Elisabeth lächelte. »Da seid Ihr wohl einer der wenigen, die nicht an meinem einfachen Gewand Anstoß nehmen.«

»Unser Herr Jesus ging auch nicht in Samt und Seide«, erwiderte der Prediger. »Wer ihm darin nachfolgt, hat wohlgetan. Auch ich trage raue Wolle, wie Ihr seht, und wie der Heiland ziehe ich in Armut durch die Lande. Ich besitze nichts außer dem, was ich auf dem Leibe trage, und ich bitte jeden Tag um Nahrung und Unterkunft.«

»Ach, ich wollte, das könnte ich auch«, seufzte Elisabeth und knabberte am Ingwerkonfekt. »Aber mein Platz auf dieser Welt duldet das nicht. Etliche aus meiner Familie und auch die vom Adel können nicht verstehen, dass mir mein Reichtum ein schlechtes Gewissen macht, sie halten mich für eine Närrin. Es ist nicht einfach, Gottes Willen zu erfüllen, Herr Konrad, und oft muss ich mich dem Drängen der anderen fügen. Dann überfällt mich jedes Mal schreckliche Angst um mein Seelenheil. Eher geht ein Kamel durch ein Nadelöhr, als dass ein Reicher in den Himmel kommt, so heißt es doch?«

»Und das Sprichwort sagt: Jeder Reiche ist entweder ein Dieb oder eines Diebes Erbe«, nickte Konrad.

»Wie kann ich dann mit gutem Gewissen gottgefällig leben?« Elisabeth sah Konrad flehend an, ihre Augen hingen an seinen Lippen.

»›Wenn du vollkommen sein willst, geh, verkauf deinen Besitz und gib das Geld den Armen; so wirst du einen bleibenden Schatz im Himmel haben. Dann komm und folge mir nach.‹ Das sind die Worte des Apostels Matthäus.«

»Aber … aber das kann ich doch nicht tun! Ich bin die Landgräfin von Thüringen.« Elisabeth spürte die Angst in sich aufsteigen. O Gott, hier war endlich jemand, der sie verstand, der so lebte, wie es recht und gottgefällig war. Und jetzt verlangte dieser heilige Sendbote des Himmels von ihr das Unmögliche!

Konrads Augen wurden schmal. »Was wollt Ihr denn, Frau Elisabeth? Gott dienen oder den Menschen?«

»Ich … o Himmel, steh mir bei …«

»Ihr gehört zu den Herrschenden, die wie die Räuber über ihre Untertanen herfallen, die ohne Rücksicht Steuern eintreiben und nach Belieben erhöhen. Könntet Ihr auch für Luft und Sonne Abgaben verlangen, Ihr tätet es wohl. Ihr lebt Euren Wohlstand auf Kosten anderer. Aber Euch gehört nichts zu Recht; jeder Besitz auf Erden ist den Menschen nur von Gott geliehen.« Konrads Stimme war scharf geworden.

Noch nie hatte ein Mensch so mit Elisabeth gesprochen. Ihr war, als habe ihr jemand ein Messer ins Herz gestoßen. Sie konnte kaum mehr atmen, nichts sagen. Die Sätze des Predigers fielen wie Knutenhiebe auf sie herab. »Ihr vom Adel, ihr presst das Volk aus. Ihr macht euch Kirchenbesitz zu eigen. Ihr lebt in Saus und Braus, während die Armen darben. Seht Euch doch an: Ihr macht ein Spiel daraus, einfache Kleider zu tragen; heute geht Ihr im Büßergewand, und morgen tragt Ihr wieder Pelz und Seide. Ihr glaubt, wenn Ihr ein paar Pfennige verteilt oder einem Krätzigen die Füße wascht, erkauft Ihr Euch die ewige Seligkeit. Ihr bildet Euch ein, dass Ihr genug Demut vor dem Herrn zeigt, wenn Ihr bei der Messe Eure Krone ablegt. Aber Gott sieht, ob einer nur tändelt oder ob es ihm wirklich ernst ist. Nackt, Frau Elisabeth, nackt sollt Ihr Euch Eurem Herrgott in die Arme werfen!«

Elisabeth schlug die Hände vors Gesicht. In ihr war nichts als Schwärze. Ja, sie lebte in furchtbarer Sünde, sie war schwach, ihre Seele würde in die Hölle fahren, ins ewige Nichts, in die Verdammnis. »Was soll ich denn tun?« Die Tränen liefen ihr übers Gesicht, ein Weinkrampf schüttelte sie am ganzen Körper.

Konrad sah der jungen Landgräfin eine Weile ungerührt zu. In seinem Hirn arbeitete es. Dieses Weib kämpfte einen inneren Kampf; sie schien tatsächlich außergewöhnlich fromm und gottesfürchtig zu sein. Das lag vielleicht auch an ihrer Herkunft; schließlich waren drei Heilige unter ihren Vorfahren. In Konrad keimte ein Gedanke. Erst einmal musste er die Landgräfin beruhigen. Er legte ihr die Hand tröstend auf die Schulter und wartete, bis das Schluchzen verebbte. Dann sagte er: »Was Ihr noch tun sollt? Ihr müsst Euch ganz und gar für Gott entscheiden, so wie es Eure heiligen Ahnväter getan haben.«

Elisabeth blickte auf. »Ach, wie gern folgte ich ihnen nach.« Sie wischte sich die Tränen ab und sah Konrad an. »Als Kind, wisst Ihr, da wollte ich eine Heilige werden, wie sie. Das war mein größter Wunsch. Heute weiß ich, dass das gar nicht mehr geht.«

»Wie kommt Ihr darauf?«

»Nun, Ihr wisst es doch am besten: Alle heiligen Frauen waren jungfräulich. Ich hingegen bin verheiratet und habe zwei Kinder. Seit meiner Hochzeit quält mich die Vorstellung, nicht als Jungfrau sterben zu können.«

»Ihr hadert damit, ein Eheweib zu sein?«

»Ach, Herr Konrad, ich liebe meinen Gatten über alles. Aber heißt es nicht, dass man niemanden mehr lieben darf als Gott? Und der Ehestand verhindert ein Leben in Keuschheit.«

Konrad überlegte. Hier, ihm gegenüber, saß nicht nur irgendeine Frau, nein, die zweithöchste Frau im Reich nach der Königin. Und sie bettelte förmlich um Hilfe. Was bot sich da für eine Gelegenheit! Es war geradezu unglaublich! Das musste ein Wink des Himmels sein! Diese Suchende brauchte einen Seelenführer, jemanden, der ihr den Weg zur Heiligkeit zeigte, sie anleitete und formte. Und dieser jemand würde er sein, Konrad von Marburg! Er spürte, wie ihn diese Erkenntnis schier überwältigte. Was hier geschah, kam einem Geschenk des Allmächtigen gleich, einem

Auftrag des Herrn. Wenn das Werk gelang, würde er, Konrad, über diese Frau und mit ihr unsterblich werden. Er schluckte, musste sich erst sammeln, sein Hochgefühl dämpfen, bevor er fragte: »Wolltet Ihr denn Euer Ziel immer noch verfolgen, Frau Elisabeth, wenn ich Euch sagte, dass es trotz allem einen Weg dorthin gibt?«

Sie sah ihn ungläubig an. »Beim Leiden unseres Herrn Jesus Christus, ja!«

»Es wäre ein steiniger Weg, Liebden, und er würde Euch an den Rand dessen führen, was Ihr ertragen könnt. Es braucht völlige Selbstentäußerung, allertiefste Demut, größte Leidensfähigkeit. Traut Ihr Euch das zu?«

»Oh, Meister, ich würde alles dafür tun, alles. Wollt Ihr mich nicht führen? Ich bin nur ein schwaches Weib, ich brauche einen, der meiner Seele den Weg weist.«

Konrad schürzte die Lippen. Er würde die Landgräfin erst noch ein wenig zappeln lassen. »Nun, Liebden, bevor ich Euch etwas verspreche, will ich erst Gott befragen. Lasst uns morgen weiterreden.«

Er stand auf und ließ Elisabeth in ihrer Verwirrung allein, mit all ihren Wünschen, Hoffnungen und Ängsten. Er wusste, sie würde in dieser Nacht kein Auge zutun.

Er selber verbrachte die Nachtstunden in der Kapelle, mit ausgebreiteten Armen auf den Boden hingestreckt. Wie immer wagte sich sein Diener Johannes erst im Morgengrauen zu ihm, um ihn zu wecken, falls er eingeschlafen war. Doch er fand ihn hellwach. »Was war es diesmal, das Euch um die wohlverdiente Nachtruhe gebracht hat, Meister?«, fragte er. Konrad erhob sich und klopfte den Staub von seiner Kutte. Er wollte seinem Gehilfen nichts von seinen Gedanken über Elisabeth erzählen, die gingen ihn nichts an. Also sprach er von dem, was ihn ohnehin täglich bewegte. »Nun, wie meistens, mein Sohn«, erwiderte er ernst, »ist es die Sorge um das Heilige Grab, die mich umtreibt. Und die Bedrängnis, in der die Kirche sich befindet, seit die gottlosen Ketzer wie die Pilze aus dem Boden schießen.«

Johannes lief neben seinem Herrn her. »Aber die Katharer sind doch längst blutig bekämpft worden, in Frankreich hat man sie im glorreichen Ketzerkreuzzug vernichtet!«

Konrad schüttelte den Kopf. »Das stimmt nur zum Teil, Johannes. Ganz ausrotten hat man die Teufelsanbeter nicht können. Überall hebt das Böse wieder seinen Kopf. Erinnere dich: Erst gestern wieder, zu Waltershausen, dieses Ketzerweib. Das ist unsere heilige Pflicht, solche schändlichen Wesen und Abtrünnige des rechten Glaubens zu entlarven und ihrer gerechten Strafe zuzuführen.« Konrads Augen wurden schmal. Ja, deshalb zog er in Wahrheit im Land herum, das war seine eigentliche Mission. Er wollte den Satan besiegen. Die Predigt für den Kreuzzug war notwendig, Jerusalem musste befreit werden. Aber noch viel wichtiger war die Suche nach den Anhängern des Leibhaftigen, die so viele Menschen zur Ketzerei verführten. Die Inquisition. Satanas durfte nicht die Herrschaft auf Erden übernehmen.

Johannes riss Konrad aus seinen Gedanken. »Darf ich noch etwas fragen, Meister?«

»Nur zu, mein Sohn.« Konrad setzte sich in eine Fensternische und wies seinem Gehilfen den gegenüberliegenden Platz zu.

Johannes druckste ein wenig herum. Schließlich fragte er: »Ich verstehe das nicht. Diese Katharer predigen Armut in der Nachfolge Christi, Besitzlosigkeit und Gerechtigkeit für alle. Das ist doch auch Euer Ziel! Ihr zieht ohne einen Pfennig im Land umher, wie es Jesus getan hat. Ihr verachtet Wohlstand und Prunk, ja, Ihr gönnt Euch oft nicht einmal einen vollen Magen. Und was ist mit diesem Franziskus von Assisi? Dem der Papst erlaubt hat, einen neuen Orden zu gründen? Auch er fordert doch die Armut der Kirche! Und er sagt, dass die Menschen in der Nachfolge Christi besitzlos umherziehen sollen.«

Konrad nickte. »Gut gefragt, mein Sohn. Ja, die neuen Ideen von Armut und Gerechtigkeit sind gut und richtig; wie eine ungeheure Woge sind sie über die ganze Christenheit gekommen, nicht nur über die Ketzer. Diese Bösen nutzen nur das Gute, um ihr teuflisches Werk fortzuführen und Anhänger zu gewinnen. Denn sie verehren ja nicht Gott, sondern den Teufel! Sie glauben an die Wiedergeburt ihrer Seele, womöglich als Käfer oder Spinne oder Kröte! Sie sind schlau: Sie fordern, was die neue Bewegung der Gläubigen auch will, um möglichst viele Menschen zu ihrem Teufelsglauben zu verführen. Und wenn die armen Seelen dann erst einmal Luzifer verfallen sind, sind sie unrettbar verloren.«

»Und dieser Franziskus?«, fragte Johannes noch einmal.

»Oh, zuerst hat man in Rom tatsächlich geglaubt, der Toskaner stünde den Katharern nahe. Man hat ihn genau beobachtet, jede seiner Predigten verfolgt. Man hat zugeschaut, wie immer mehr Menschen von seiner Rede angezogen wurden und seiner Lehre anhingen. Und man ist zu dem Schluss gekommen, dass er reinen Glaubens ist. Aber um zu verhindern, dass er womöglich doch noch ins Sündige abgleitet und seine riesige Gefolgschaft an Gläubigen mit sich nimmt, hat man ihn sicher hereingeholt ins Schiff des rechten Glaubens.«

»Wie das?« Johannes kratzte sich am Kopf. Kirchenpolitik war eine knifflige Sache.

»Nun, ganz einfach: Man hat ihm erlaubt, einen Orden zu gründen, dessen Fundament die Heilige Kirche römischen Glaubens ist.«

»Ah! So sammelt er alle, die seiner Meinung sind und dem Armutsgedanken anhängen, unter dem Dach Roms. Dadurch fallen sie nicht mehr dem Ketzertum anheim.«

»Richtig. Franz von Assisi, dessen Gedankengut dem der Ketzer ursprünglich nahestand, ist nun zu einem leuchtenden Beispiel geworden, das genau gegen diese Feinde der Kirche steht. Und alle, die sonst vielleicht für die Ideen der Katharer empfänglich wären, sammeln sich nun um ihn und bleiben so im Schoß der Kirche.«

Konrad sprach nicht weiter. Es war noch zu früh; er wollte Johannes nicht von seinen viel weiter gehenden Vorstellungen erzählen, die Franziskus betrafen. Er, Konrad, war nämlich überzeugt davon, dass dieser Mann das Zeug zum ersten Heiligen der neuen Glaubensbewegung hatte. Die Zeit würde es mit sich bringen. Ein neues, strahlendes Licht am Himmel der Gläubigen. Einer, dem die Massen anhingen wie noch keinem Heiligen zuvor. Und seit gestern gingen Konrads Überlegungen noch weiter: Wie, wenn es nun im Reich eine Frau gäbe, die sich der Armutsbewegung ganz und gar verschreiben würde? Eine Frau von höchstem Adel, die allem Luxus entsagte, alles aufgäbe, um Christus nachzufolgen?

Ein weiblicher Franziskus nördlich der Alpen? Das wäre etwas nie Dagewesenes! Und er, Konrad von Marburg, unerbittlichster Feind des Satans, würde diese Frau anleiten und führen? Welch unglaublichen Verdienst würde er sich damit erwerben! Konnte es vielleicht sogar seine Bestimmung sein, die Landgräfin von Thüringen zur Heiligkeit zu befördern? Sie hinzuführen zum Höchsten, dessen ein Mensch fähig war? Er musste es nur richtig machen, sie geschickt lehren, das Notwendige zu tun. Sie würde ihm folgen, das spürte er. Sie war ein Mensch auf der Suche, mit einer tiefen Bereitschaft, sich zu unterwerfen. Sie war ein einfacher Geist, der einen klugen Kopf brauchte. Sie war lenkbar.

Als Konrad sich am Mittag im Frauenzimmer melden ließ, hatte er seinen Entschluss längst gefasst. Er würde Elisabeth von Thüringen zur ersten Heiligen der neuen Zeit machen. Und sich selbst damit einen Weg ebnen, der bis in die höchsten Ämter der Kirche führen konnte, ja – und er wagte es kaum zu denken – bis nach Rom!

So kam es, dass einige Wochen später, am Tag Gertrudis des Jahres 1226, die Landgräfin Elisabeth von Thüringen dem Konrad von Marburg Gehorsam schwor, im Kloster der heiligen Katharina zu Eisenach. Es war ein weitgehendes Gelübde, und sie hatte dafür nach langem Bitten die Erlaubnis ihres Mannes eingeholt, der schließlich notgedrungen einwilligte, kurz bevor er aufbrach, um dem Ruf des Kaisers zum Reichstag nach Cremona zu folgen. Elisabeth schwor Konrad Gehorsam in allen Dingen, mit Ausnahme der Rechte ihres Mannes. Und sie gelobte ewige Keuschheit und Enthaltsamkeit für den Fall, dass sie Ludwig überleben sollte.

Von nun an war die Landgräfin in allen Dingen, die nicht ihre Ehe betrafen, dem Willen des Kreuzpredigers und Inquisitors unterworfen.

Gisa

Mitten im Winter, mit Schnee und Eis, war dieser Mann aus Marburg in Eisenach aufgetaucht und hatte das Kreuz gepredigt. Oh, wir hatten schon von ihm gehört, ihm eilte längst ein Ruf wie Donnerhall voraus. Obwohl Elisabeth nicht ganz gesund war – sie hatte sich beim kleinen Hermann mit Halsschmerzen angesteckt –, musste sie unbedingt hinunter in die Stadt, um den Mann reden zu hören. Wir Zofen gingen alle mit, und es war wirklich so, wie die Leute sagten: Er hatte die magische Gabe, alle Menschen mit seinen Worten zu verzaubern. Wenn man ihn ansah, einen unscheinbaren, rothaarigen, mageren Mann mit merkwürdig schlenkernden Bewegungen, mochte man es fast nicht glauben, aber sobald er zu sprechen begann, geriet man unweigerlich in seinen Bann. Um Elisabeth war es nach den ersten drei Sätzen geschehen, und selbst ich kam mir vor wie der Frosch vor der Schlange, der unfähig ist, sich ihrem lähmenden Blick zu entziehen.

Danach ging alles viel zu schnell.

Endlich hatte Elisabeth das Gefühl, dass jemand sie ernst nahm. Endlich war da ein Mensch, der ihre fromme Überzeugung nicht als Narrheit abtat, der sie, im Gegenteil, noch in ihrem Handeln bestärkte. »Auf jemanden wie ihn habe ich immer gewartet«, sagte sie zu Guda und mir. »Ich habe ihn gebeten, mein Beichtvater zu sein. Er wird mir helfen, das Höchste zu erringen, was einem Menschen vergönnt sein kann.«

Ich verstand sofort, ich kannte ja ihren alten Kindertraum. »Du meinst, er hat dir versprochen, dass er dich zur Heiligen machen wird?«

Sie strahlte übers ganze Gesicht. »Ja«, sagte sie einfach.

Ich konnte es kaum fassen. »Aber Elisabeth«, erwiderte ich, »das ist eine ungeheuerliche Behauptung, geradezu lästerlich. Niemand anders als Gott kann so etwas tun.«

»Warum kann Gott nicht einen Menschen wie Meister Konrad zu seinem Werkzeug machen? Ich weiß, er hat ihn zu mir geschickt. Er hat meine Gebete erhört.«

Guda runzelte die Stirn. »Mir ist er irgendwie unheimlich«, sagte sie. »Er hat so einen finsteren Blick.«

Sie sprach mir aus der Seele. Ich hatte von Anfang an das Gefühl, dass diesem Mann etwas Düsteres anhing, etwas, das ich nicht beschreiben, an nichts festmachen konnte. Es war vielleicht am ehesten sein bohrender Blick, der mich beunruhigte. Oder der bittere, harte Zug um seinen Mund. Ich weiß es nicht. Aber jedes Mal, wenn er den Raum betrat, befiel mich ein Unbehagen, das ich mir nicht erklären konnte. »Er schleicht überall herum«, sagte ich. »Und sein Gehilfe auch. Die suchen nach Ketzern, um sie zu bestrafen.«

»Und, ist das nicht recht?«, fragte Elisabeth.

»Drüben in Waltershausen haben sie die alte Walfrieda angeblich der Ketzerei überführt. Dabei weiß doch jeder, dass sie die Fallsucht hat und einfach nur schwach im Kopf ist. Das ist nicht recht!«

Elisabeth wurde richtiggehend böse. »Wie kannst du die guten Absichten eines studierten Magisters der Theologie in Frage stellen? Der Papst hat ihn zum Kreuzzugsprediger ernannt, das ist eines der wichtigsten Ämter in der Kirche! Nur wenigen wird diese Ehre zuteil! Und du bezichtigst ihn des Unrechts?«

»Jeder Mensch ist fehlbar. Warum willst du ausgerechnet ihn als Beichtvater? Wenn dir schon Vater Rodeger nicht mehr genügt, dann nimm doch einen Abt oder einen Bischof.«

Elisabeth richtete sich hoch auf. »Ich werde Konrad von Marburg Gehorsam geloben, weil er das lebt, was er predigt. Weil er nichts besitzt, sondern gänzlich bettelt, unbeirrbar und beharrlich in der Nachahmung Christi. Und weil ihr zu mir gehört, meine Schwestern und Dienerinnen seid, möchte ich, dass ihr dasselbe tut.«

Guda sah mich mit einem verzweifelten Blick an. »Ich weiß nicht ...«, zögerte sie. Aber schließlich seufzte sie ergeben und nickte. »Ich tue, was du tust, Erszi«, sagte sie. »Vielleicht führt er ja auch mich auf einen guten Weg.«

Isentrud, die bisher nichts gesagt hatte, nickte bedächtig. »Ich bin nicht sicher, ob dieser Konrad die rechte Wahl ist, aber mein Platz ist an der Seite meiner Herrin.«

»Lasst mir Bedenkzeit«, bat ich.

Am selben Tag noch sprach ich lange mit Vater Rodeger. Er war betrübt, denn Elisabeths Schwur bedeutete für ihn, dass er nicht mehr ihr Beichtvater bleiben würde. Das wäre ab da Konrad von Marburg, und der würde keinen Nebenbuhler dulden. »Ganz gleich, was deine Herrin tut – du musst nicht gegen deine innere Überzeugung handeln«, riet er mir schließlich. »Folge deinem Gewissen. Bitte Gott um Hilfe, und dann triff deine Entscheidung.«

Ich kämpfte mit mir, betete mit Inbrunst und opferte eine Bienenwachskerze. Ich wartete auf einen himmlischen Fingerzeig, irgendein Zeichen, doch es blieb aus. Und am Ende konnte ich mich einfach nicht dazu durchringen, Konrad Gehorsam zu schwören. »Verzeih mir«, sagte ich zu Elisabeth, »aber ich kann das nicht. Er ist mir zuwider. Irgendwo sitzt etwas Böses in ihm, das spüre ich. Ihr wisst alle, dass es für solch ein Gehorsamsgelübde bedingungsloses Vertrauen braucht. Und das habe ich nicht.«

Und Elisabeth, so sehr sie sonst gewohnt war, zu verzeihen und zu vergeben, war mir böse. Sie funkelte mich an. »Du hast als Kind geschworen, mir in allem zu folgen, genau wie Guda«, sagte sie und wies anklagend mit dem Finger auf mich. »Und jetzt lässt du mich allein.«

Das stimmte so nicht. »Wir haben geschworen, uns nie zu verlassen«, sagte ich, »das ist wahr. Aber das bedeutet doch nicht, dass wir immer dasselbe tun müssen. Ich bin doch bei dir, und das werde ich immer sein, auch wenn ich deinen Schwur nicht mitleiste.«

»Nun gut«, sagte sie, »ich kann dich nicht zwingen.«

Ich war den Tränen nah. Noch nie hatten wir gestritten. »Bitte verzeih mir«, sagte ich leise. »Ich will dir doch nicht weh tun. Und ich bin immer für dich da, wenn du mich brauchst.«

Da umarmte sie mich. »Ich bin dir nicht böse. Nur enttäuscht. Du wirst schon noch sehen, dass du dich in Konrad von Marburg getäuscht hast.«

Ich hoffte ja, dass ich mich täuschte. Denn zwei Tage später hatte Elisabeth Konrad bereits zum Seelenführer erwählt, zum Lenker und Leiter all ihrer Gedanken und all ihrer Taten. Sie legte den Gehorsamsschwur ab, zusammen mit Guda und Isentrud. Damals ahnte sie noch nicht, wie hoch der Preis war, den sie würde zahlen müssen. Sie war im Zustand der Verzückung, wie im Rausch.

Meine Verweigerung des Gelübdes hieß sie zwar nicht gut, aber sie fand sich damit ab. Dennoch – unsere schwesterliche Liebe hatte einen Riss bekommen, von dem ich damals schon ahnte, dass er sich nie mehr ganz würde flicken lassen.

Mir machte das alles sehr zu schaffen. Mein Trost und meine Freude war, dass Heinrich den ganzen Winter über am Hof weilte und mich bei unseren heimlichen Treffen immer wieder seiner Liebe versicherte. »Wenn Ludwig nach Cremona zum Kaiser reitet, will ich ihn überreden, mich zu seinem Stellvertreter zu machen und nicht Elisabeth. Sie ist ja nun in allen Dingen dem Prediger unterworfen, da wird er nicht wollen, dass sie das Land regiert. Und dann wird er sehen, dass ich fähig bin, gute Herrschaft auszuüben.«

»Und dann gibt er dir Hessen«, ergänzte ich.

»Und dann könnte ich dich guten Gewissens heimführen«, lachte er.

Wir hatten ein Ziel.

Doch die Enttäuschung folgte auf den Fuß. Kurz vor seiner Abreise bestellte Ludwig für die Monate seiner Abwesenheit doch Elisabeth zur Regentin von Thüringen. Ich weinte vor Enttäuschung, und Heinrich sprach tagelang kein Wort. Dann ritt er nach kurzem Abschied mit einigen seiner Freunde davon, um seinen Wittelsbacher Onkel zu besuchen. Er wollte nicht im Land sein, solange Elisabeth die Macht hatte, und ich konnte ihn beinahe verstehen.

Schließlich brach Ludwig nach Cremona auf, das war am Dienstag nach Oculi, in strömendem Regen. Elisabeth, die noch mit bis auf die Runneburg nach Weißensee geritten war, nahm dort tränenreich von ihm Abschied. Sie hatte Angst vor der verantwortungsvollen Aufgabe, die in der nächsten Zeit vor ihr lag. Ludwig hatte zwar seine Räte und das adelige Gefolge angewiesen, ihr zur Seite zu stehen und ihr in allen Dingen Gehorsam zu leisten, aber dennoch würde es nicht leicht sein, ein Land zu regieren, wenn man eine Frau und noch dazu so jung war. Aber stolz war Elisabeth doch, dass ihr Ehemann solch großes Vertrauen in sie setzte und ihr sogar sein Siegel überließ.

Konrad von Marburg war noch geblieben, obwohl ihn ein Schreiben des Erzbischofs von Trier erreicht hatte, das ihn in den Norden rief. Heute ist mir klar: Er wollte warten, bis der Landgraf abgeritten war, um Elisabeths Gehorsam mit einer ersten großen Forderung auf die Probe zu stellen. Inzwischen kannte er sie gut genug, um zu wissen, dass sie für ihr Leben gern aß und trank. Dieser Genuss war ihr wichtig. Schon als Kind war sie ein Schleckermaul gewesen, genau wie ich, und diese Vorliebe hatte sich mit den Jahren immer mehr verstärkt. Das machte sich auch äußerlich bemerkbar: Schon immer war sie ein bisschen pummelig gewesen, und mit jeder Schwangerschaft hatte sie an Gewicht zugenommen. Das passte ganz und gar nicht in Konrads Vorstellungen von Askese und Selbstverleugnung, die zu einem heiligmäßigen Leben unbedingt gehörten. Nun konnte er ihr schlecht einfach das Essen verbieten, aber er verfiel auf einen sehr sinnreichen Gedanken. Er erklärte ihr, dass es unrecht sei, von den Gütern ihres Mannes Gebrauch zu machen, über die sie kein gutes Gewissen habe. »Was Fürsten und Herrn in Wollust verzehren, das müssen die Armen entbehren«, sagte er. »Das ist gegen Gottes Willen«. Elisabeth solle also keine Erträge des Landes genießen, die aus zu harten Abgaben stammten, von allzu hoch angesetzten Steuern oder womöglich aus unrechtem Lehnsbesitz oder angeeignetem Kirchengut. Alles, was die Armen bedrückte, solle sie sich versagen. Natürlich war es fast unmöglich, bei sämtlichen Dingen, die auf den Tisch kamen, genau zurückzuverfolgen, woher man sie hatte. Das sagte ich dem Magister Konrad auch. »Dann muss deine Herrin im Zweifel sich für ihren Magen oder für Gott entscheiden«, erwiderte er barsch. »Ich bin mir sicher, sie wird das Richtige tun.«

Später verstand ich: Dies war Konrads erster Schritt zu Elisabeths Unterwerfung. Er wusste genau, wie schwer ihr das Speisegebot fallen würde. Befolgte sie seine Anweisungen, dann würde sie sich auch weitergehenden Befehlen nicht entziehen.

Und Elisabeth übte sich in Gehorsam. Sie beschloss, in Zukunft nur noch Speisen zu sich zu nehmen, die aus ihren Eigengütern, also ihrem Witwengut stammten. Denn diese waren ihr rechtmäßiger Besitz, und hier konnte sie die Höhe der Steuern und Abgaben so bemessen, dass die Bauern nicht über die Maßen darunter zu leiden hatten. Dem stimmte Konrad zu, bevor auch er die Wartburg verließ, um seine Predigtreise fortzusetzen. Er versprach ihr zurückzukehren, sobald es ihm möglich war.

Von diesem Tag an war der Hunger regelmäßiger Gast an unserer Tafel. Denn Elisabeths Eigengüter lagen zum Teil weit entfernt, etliche davon sogar in Hessen, und alles musste erst mühsam mit Wagen herbeigeschafft werden, was oft zu Verspätungen führte, in denen wir darben mussten. Wenn dort die Ernte verhagelte, hatten wir eben kein Brot, und erfror der Wein, mussten wir Wasser trinken. Es war schwer, sich daran zu gewöhnen, auch für mich, die ich ja eigentlich nicht an das Fastengebot gebunden war. Aber ich konnte schließlich nicht üppige Mahlzeiten verspeisen, während die anderen neben mir am Tisch saßen und an einem Kanten Brot nagten. Ich aß dann manchmal anderswo oder ging zwischendurch in die Küche, wenn ich hungrig war. Auch Isentrud nahm es mit dem Essen nicht so genau und holte sich oft heimlich, worauf es sie gelüstete. Nur Elisabeth und Guda hielten sich eisern an ihr Gelübde.

Das blieb natürlich nicht unbemerkt, und die Ablehnung des Hofadels wurde immer augenfälliger, die bösen Bemerkungen häufiger. »Jetzt ist sie endgültig übergeschnappt«, geiferte der dicke Fahner, und die anderen Ritter schlossen sich seiner Meinung an. Hatten ihre Ehefrauen vorher noch an unserer Tafel im Frauenzimmer gespeist, so blieben sie jetzt nach und nach weg. Ich verstand das; sie hätten zwar nicht mitfasten müssen, aber es war nun einmal kein Vergnügen, Lammbraten, Kapaun und Hühnchen zu essen, wenn die Landgräfin danebensaß und gottergeben Hirsebrei löffelte. Elisabeths Verhalten kam ja einer Vorführung gleich: Seht her, bedeutete es, ihr lebt unchristlich und verwerflich, während ich und meine Zofen nach Gottes Willen handeln. Ihr seid schlecht und eigensüchtig. Dem mochte sich keine der Hofdamen lange aussetzen.

Um Elisabeth wurde es immer einsamer.

Primus

Heuer ist das schlimmste Hungerjahr seit Menschengedenken, sagt der Pfarrer. Es gibt kein Korn mehr zum Aussäen. Schon letzten Herbst haben die Bauern und auch die Ackerbürger in der Stadt ihre sämtlichen Schweine notschlachten müssen, weil sie sie nie und nimmer bis zum Frühjahr hätten durchfüttern können. Die Kühe hat man verschont und versucht, sie mit Stroh und Rinde über den Winter zu bringen. Jetzt, wo nach dem vielen Schnee endlich wieder was wächst, waren die Kühe alle zu schwach, um sich im Stall aufzurappeln und auf der Wiese das frische Gras zu fressen. Michel und ich haben uns ein bisschen die Zeit damit vertrieben, dass wir zusammen mit den anderen auf die Dörfer gegangen sind und die armen Viecher mit Hauruck auf die Beine gestellt haben. Die sind dann auf die Weide gewankt, da hat man kaum hinschauen mögen, knochendürre Klappergestelle. Nicht mal muhen haben die mehr können. Bis die wieder so weit sind, dass sie kalben und Milch geben, das dauert. Viele sind ja auch einfach verreckt, und die Bauern haben dann ihre Höfe aufgegeben und sind in die Städte oder vor die Klöster gezogen, um nicht zu verhungern. Als ich mit Michel einmal nach Gotha gewandert bin, um ein paar geklaute Sachen zu verhökern, da haben wir sie gesehen. Ganze Scharen von Bettlern auf den Landstraßen, elende Lumpengestalten, die kaum noch einen Fuß vor den anderen setzen konnten. Sie essen Rinde und Wurzeln, Brennnesseln und anderes Grünzeug. Wehe dem Hund oder der Katze, die ihnen über den Weg läuft! Ich habe Tote am Wegrand gesehen, Kinder und Alte. Die hat man einfach liegen lassen, weil keiner die Kraft hatte, ihnen ein Grab zu schaufeln. Und es heißt, dass nachts manche aus der Bettlerschar wieder zurücklaufen, und danach sind die Leichen weg, aufgefressen. Jesusmariaundjosef, würde die Mutter sagen! Man hat uns erzählt, dass es welche gibt, die locken kleine Kinder mit einem Ei oder einem Apfel in den Wald, und dann … Ich habe nicht gewusst, dass Hungersnot so schrecklich sein kann, obwohl ich doch selber mein ganzes Leben nie satt geworden bin. Auf dem Heimweg von Gotha mussten wir uns vor dem Stadttor durch das Bettlerlager zwängen. Da hat ein kleines Mädchen mit ganz großen

Augen gefragt: »Mutter, kann man Gras nicht essen?« Ihr Gesicht hat ausgesehen wie das von einer uralten Frau. Ich hab ihr heimlich das Brot geschenkt, das eigentlich meine Wegzehrung war, obwohl Michel mich gefragt hat, ob ich noch ganz bei Trost bin. Wir haben ja selber nichts, weil wegen der Teuerung unser ganzes Erspartes aus Michels Überfall schon weg ist. Jetzt müssen Michel und ich halt wieder auf Beutelschneiden gehen. Das Dumme ist bloß, dass inzwischen kaum einer mehr was zum Klauen hat. Die haben alle ihre letzten Kröten für Essen ausgegeben.

Als Michel und ich heimkommen, fällt mir zum ersten Mal auf, dass das Hannolein irgendwie dicker geworden ist. »Wo kriegst du was zum Essen her?«, frage ich ihn, und er schaut mich bloß verdutzt an. Ich schüttle ihn. »Du sagst jetzt sofort, wo du was herhast!« Sein Auge rollt weg, und er fängt an zu heulen, und Mutter zieht mich von ihm fort. »Er kriegt einen Hungerbauch«, sagt sie. »Da ist nichts wie Luft drin, achgottachgott.«

Da tut es mir leid, dass ich so gemein zum Hannolein war. Und ich hab Angst, schreckliche Angst. Irgendwas muss geschehen, sonst gehören wir zu den ersten in der Stadt, die verhungern. Wir bekommen jetzt keine Almosen mehr, weil sie kein Mehl mehr im städtischen Getreidekasten haben. Bloß noch Brennholz geben sie uns, davon hat's noch genug, aber das kann man nun mal nicht essen, und was wir damit kochen sollen außer Wasser, wissen wir auch nicht.

Am Nachmittag suche ich Ortwin. Meist treibt er sich in der Nähe der Badstube herum, und da finde ich ihn auch, wie er an der Ecke zum Marktplatz lehnt und sich mit einem Holzspreißel in den Zähnen stochert.

»Wie geht's, wie steht's?«, frage ich erst mal vorsichtig.

»Kann mich nicht beschweren«, antwortet er und spuckt aus. Dann schaut er mich mit zusammengekniffenen Augen an. »Du willst doch was von mir, oder? Also, was ist?«

Ich räuspere mich und sehe mich um, ob jemand mithören kann. »Hast du was zu tun für mich? Ich meine, was Richtiges.«

Ortwin runzelt die Stirn, und die Haut über seiner Narbe spannt sich. »Hm«, macht er. »Bisher wolltest du doch nicht.«

»Da war ich auch in Lohn und Brot. Und dann hatten wir das Geld vom Michel, aber das ist jetzt alle. Mensch, Ortwin, du weißt doch, dass du dich auf mich verlassen kannst. Ich brauch dringend was. Wir sind am Verhungern, wie die armen Schweine draußen vorm Stadttor.«

»Na schön, weil du's bist.« Ortwin haut mir mit seiner riesigen Pranke auf die Schulter. »Du hörst von mir.«

Ein paar Tage später fängt er mich und den Michel vor der Nikolaikirche ab. »Morgen früh«, sagt er. »Zwei Wegstunden vor der Stadt, an der Straße nach Mühlhausen, dort beim Markstein, wo der Wald dicht wird.«

»Worum geht's?«

»Werdet ihr schon sehen. Wenn's klappt, haben wir keine Sorgen mehr. Nehmt eure Messer mit und wetzt sie schön scharf.« Dann ist Ortwin weg.

Wir verlassen Eisenach schon am Abend vorher, quetschen uns durch die Bettlerschar, die inzwischen von den Torwarten auf Befehl des Rats nicht mehr eingelassen wird, und übernachten in dem alten leerstehenden Schafstall, der zum Katharinenkloster gehört. Gleich bei Sonnenaufgang machen wir uns auf den Weg und sind nach zwei Stunden am Treffpunkt.

Ortwin ist schon da, zusammen mit einem langen Lulatsch, den ich nicht kenne. Hans heißt er und sieht so aus, als hätte er schon länger im Wald gehaust.

»Passt auf, ihr zwei«, sagt Ortwin. »Ich hab erfahren, dass der Kreuzprediger, der seit Wochen auf der Wartburg ist, heute Richtung Mühlhausen weiterzieht. Er schleppt den Inhalt des Opferstocks mit sich rum. Einen fetteren Brocken haben wir noch nie erwischt.« Er grinst.

»Ein Priester?« Ich bin ganz schön erschrocken. Irgendjemanden beklauen, ja, aber einen Mann Gottes?

»Wenn du's nicht machen willst, dann hau lieber gleich ab«, meine Ortwin. »Memmen kann ich nicht gebrauchen.«

Ich schüttle den Kopf. »Blödsinn«, sage ich.

»Ist er allein?«, fragt Michel.

»Nein, die sind zu zweit. Deshalb hab ich euch ja dazugeholt«, erwidert Ortwin. »Zu viert packen wir die auf jeden Fall.«

Ich fühle mich zwar irgendwie schlecht, aber Michel stößt mich aufmunternd in die Seite. Mein kleiner Bruder traut sich einfach mehr als ich. Wir legen uns auf die Lauer, Ortwin und Hans links vom Weg hinter einem umgestürzten Baumstamm, ich rechts vom Weg in einem kleinen Graben. Der Michel soll den Lockvogel machen und hockt sich mitten auf den Weg.

Es dauert fast bis Mittag, als sich zwei Gestalten nähern, einer in dunkler Kutte geht voraus, der andere, größer und in grünem Mantel, läuft hinterher und führt einen Esel. Wir wickeln uns Lumpen ums Gesicht und ziehen unsere Messer, während sie näher kommen. Michel legt sich hin, als ob er vor lauter Schwäche nicht mehr weiterkönne.

Als sie fast schon über Michel stolpern, rappelt der sich auf und packt den ersten am Gewand. »Ein Almosen«, fleht er, »guter Vater, in Jesu Namen, ein Stückchen Brot.«

Die beiden bleiben notgedrungen stehen, und da stürmen wir drei auch schon mit Geheul aus unserem Versteck. Der Michel zerrt immer noch den einen an der Kutte. Der brüllt jetzt und drischt mit seinem Wanderstab auf ihn ein. Und dann zieht plötzlich der andere ein Kurzschwert, das er unter dem Mantel verborgen hat.

»Scheiße!«, schreit Ortwin. Er und Hans versuchen, den Schwerthieben auszuweichen. Michel hat sein Messer gezogen und hält den alten Kuttengeier in Schach. Ich will derweil den Esel wegführen. Aber das Mistvieh bleibt stehen wie angewachsen, ich bringe ihn keinen Schritt weiter, weder vorwärts noch rückwärts. Dabei schreit er, als ob ich ihn abstechen wollte. Also gehe ich den anderen helfen.

Der mit dem Schwert ist ein guter Kämpfer. Aber gegen zwei tut er sich doch schwer. Hans greift ihn von hinten an, und ich trete von der Seite dazu. Ortwin kommt von vorn. Der Mann dreht sich um sich selber und hält seine Waffe drohend ausgestreckt. Ich bekomme eine Heidenangst. Was wollen wir mit unseren Messern da schon ausrichten? Da springt Ortwin plötzlich vor, den langen Dolch in der Hand. Der andere erwischt ihn nicht mit dem Schwert, weil Hans ihm von hinten in den Arm sticht. Der Kerl dreht sich um, und dann brüllt er auf einmal wie verrückt, ein entsetzliches Geheul. Er lässt das Schwert fallen, und ich sehe, dass

Hans ihm das Auge ausgestochen hat, Blut und glasiger Glibber laufen ihm über die Backe. Er taumelt und hält beide Hände vor das verletzte Auge. Der ist außer Gefecht, denke ich und trete dem Esel ordentlich in den Arsch, dass er sich endlich bewegt. Derweil zieht Ortwin dem in der Kutte eins über, dass er bewusstlos hinfällt. Ich helfe Michel auf, Ortwin prügelt den Esel, der jetzt endlich losläuft – und in dem Augenblick schnappt sich der Einäugige sein Schwert und rammt es Hans in den Bauch. Der schaut ganz überrascht nach unten, wie die schwarzen Därme aus ihm herausquellen, und hält das blutige Zeug mit beiden Händen fest. Dann geht er in die Knie und fällt aufs Gesicht. Ich renne zu ihm hin und drehe ihn um. Seine Augen flackern, und er will was sagen, und dann ist er tot.

Ortwin stößt ein Wutgeheul aus, das man bis Mühlhausen hören kann. Er reißt dem anderen das Schwert weg und fuchtelt blindwütig damit herum. Der bringt ihn um, denke ich. Und dann zischt das Ding durch die Luft, der Einäugige stößt einen schrillen Schrei aus und taumelt davon, ab in den Wald. Ich hab gar nicht mitgekriegt, was los ist, aber dann sehe ich was auf dem Boden zucken. Eine Hand. Blut ist überall, eine rote Spur führt dahin, wohin der andere abgehauen ist. Mir wird schlecht. Ich falle neben die Leiche von Hans auf die Knie, würge und kotze, bis bloß noch Galle kommt.

Die anderen zerren derweil alle drei an dem Esel herum. Und dann, gerade als ich aufschaue und mir die Kotze vom Mund wische, sehe ich Reiter von Mühlhausen her kommen. »Obacht!«, schreie ich und deute in ihre Richtung. Sie sind noch ein Stück weg, aber wir werden es nicht mehr schaffen, den Esel fortzukriegen, bis sie da sind. Die Kiste abschnallen geht auch nicht mehr, die ist zu gut verschnürt.

»Zu Hilfe«, ruft der Einäugige und Einhändige und wankt aus dem Wald auf die Reiter zu. »Helft mir!« Die Männer geben ihren Pferden die Sporen.

»Gottverdammich!«, schreit Ortwin. »Weg! Jeder einzeln!«

Wir flüchten in den Wald.

Ich renne und renne, bis ich nicht mehr kann, und lasse mich dann hinter einer dicken Eiche auf den Boden fallen. Ich bin völlig fertig. Das Blut von Hans ist überall an meinen Kleidern. Ich weiß nicht, wo Michel ist. Ich weiß nicht, ob die uns verfolgen. O Gott, ich hab so eine Scheißangst! Wenn die uns erwischen, bringen sie uns entweder gleich um, oder wir kommen an den Galgen. Nie, nie mehr mache ich so was mit, das schwöre ich bei Gott und allen Heiligen. Wenn ich überhaupt davonkomme. Die ganze Zeit über muss ich an die Wahrsagerin denken, die mir vor so langer Zeit vorhergesagt hat, ich würde nicht nur Böses sehen, sondern auch Böses tun. Heute ist ihre Prophezeiung wahr geworden!

Ich bleibe liegen bis zum späten Nachmittag, unfähig, mich zu rühren. Dann mache ich mich auf den Rückweg. Unterwegs wasche ich meine Kleider am nächsten Bach, so gut es geht, vom Blut sauber. Nass und schlotternd komme ich abends am Georgentor an und schleiche mich unbemerkt in der Deckung eines Holzkarrens in die Stadt.

Als ich heimkomme, ist Michel schon da. Ich bin so froh, dass ich ihm um den Hals falle. Mutter schaut uns misstrauisch an, aber natürlich sagen wir kein Sterbenswörtchen, wo wir waren.

Ein paar Tage später kann das Hannolein nicht mehr aufstehen. Sein Bauch ist jetzt richtig dick aufgeschwollen. Das Irmel hat in der Nacht angefangen, an seinem Hemdchen herumzukauen, ein ganzes Loch hat sie schon hineingefressen. Und die Mutter ist nach dem Aufstehen fast hingefallen, weil sie schwindlig vor Schwäche war. Und dann hat sie geweint und ihren Rocksaum aufgeschnitten und den silbernen Halbpfennig herausgeholt, den ich damals in Stregda geschenkt bekommen habe. Unseren allerletzten Nothelfer, den wir nur im schlimmsten Fall angreifen wollten. »Primus«, sagt sie leise, »ich weiß mir nicht mehr zu helfen. Geh los und kauf Essen, sonst verlieren wir das Irmel und das Hannolein.«

Was ich für den Pfennig kriege, ist ein Witz. Buchweizenmehl, ein vergammelter Krautskopf, ein Säckchen Graupen, ein bisschen Schmalz. Das reicht gerade mal für eine Woche, denke ich und schlucke meine Tränen hinunter. Und dann?

Zwei Wochen später geht die Nachricht wie ein Lauffeuer durch die Stadt. Die Landgräfin speist die Armen! Sie kommt einmal täglich vors Burgtor und verteilt Essen. Also tun wir das, was auch die anderen Bettler machen, um nicht zu verhungern. Mutter, Ida und ich – der Michel muss auf die Kleinen aufpassen – schleppen uns den ganzen langen Weg hinauf zur Wartburg. Dort lungert schon eine Riesenmenge Elendsgestalten vor dem Tor herum und wartet. Sie wollen uns erst nicht dazulassen und schubsen und treten uns. Aber dann nehme ich mein Messer und ziehe es vor lauter Wut und Verzweiflung dem Nächstbesten über die Hand. Da lassen sie uns in Ruhe, und wir setzen uns an die Mauer. Mutter betet. Und ich denke, vielleicht sieht mich Gislind, mein Engel, und holt uns herein und wir kriegen Honigbrei und süße Wecken und Milch und Apfelmus und Hühnchen und ichweißnichtwas. Mir läuft das Wasser im Mund zusammen, und gleichzeitig bohrt und wühlt es in meinem Magen. Ich schaue mir die anderen Leute an. Den meisten geht's noch schlechter als uns. Da sind welche, die haben überall Geschwüre. Frauen mit Neugeborenen, die zu schwach zum Schreien sind. Alte, die sich auf Knien herumschleppen. Krüppel, Einbeinige, Lahme, Blinde. Manche liegen einfach da, völlig entkräftet, und schlafen. »Ob die überhaupt wieder aufwachen?«, fragt Ida leise. Ich weiß es nicht. Und wie ich mich so umsehe, kriege ich eine Mordswut. Auf den lieben Gott, auf Jesus, den Heiligen Geist und das ganze andere Gesocks an Heiligen und Seligen. Die könnten alles ändern und wollen nicht. Ein Schnips mit dem Finger, und es könnten hundert Laibe Brot vom Himmel fallen. Oder meinetwegen Manna. Mir kann doch keiner erzählen, dass all die Armen und Hungernden so schlechte Menschen sind, dass sie solche Strafe verdienen. Also was ist, Gott, denke ich. Bist du blind? Tu doch endlich was!

Eine Frau fängt an zu schreien. Sie streckt uns ihr Kind entgegen, das sie im Arm gehalten hat. Es ist tot.

Eine ganze Zeit später geht plötzlich tatsächlich das Tor auf. Erst kommen Wächter heraus mit Lanzen, die verhindern sollen, dass die Bettler in den Burghof drängen. Und dann ist da die Dunkle mit ihren Dienerinnen. Alle tragen Körbe mit Brot. Die Leute drängen mit letzter Kraft zum Tor. Die Dunkle teilt aus, jeder kriegt ein Brot. Wer einen Laib erwischt hat, verzieht sich an eine ruhige Stelle und schlingt, was das Zeug hält. Ich und Ida, wir zwängen uns auch vor, und dann stehen wir vor der Dunklen. Ich schnappe mir ein Brot, beiße gierig hinein und will schon wieder weg, als eine Stimme sagt: »Dich kenn ich doch!«

Ich werd verrückt! Es ist mein Engel. Ich schaue sie an und kaue und schlucke und kann gar nichts sagen. Der Engel wechselt ein paar Worte mit der Dunklen, und dann schieben mich die beiden zu einem der Wächter. »Warte«, sagt die Dunkle.

Als alles Brot verteilt ist, nimmt mich der Wächter mit hinein in die Burg. Mein Engel Gislind geht mit mir in die Küche und lässt mir Essen vorsetzen. Kraut, Rauchfleisch, Würste. Ich schlage mir den Magen so voll, dass ich mich nicht mehr rühren kann. Sie steht dabei und freut sich, wie es mir schmeckt. »Morgen darfst du wiederkommen«, sagt sie. »Dann zeig ich dir, wie groß dein Hündchen schon geworden ist.«

Ich fasse mir ein Herz. »Meine Mutter«, sage ich. »Und meine Brüder und Schwestern. Wir haben nichts mehr zu essen, und das Hannolein und das Irmel müssen bald sterben.«

Sie sagt nichts, packt aber Brot und andere Sachen in einen kleinen Sack. »Sei vorsichtig«, sagt sie, »damit's dir keiner wegnimmt.«

Jetzt hab ich nicht mehr so viel Wut auf den lieben Gott. Aber verstehen tu ich's trotzdem nicht, warum ich Glück hab und das Kind, das draußen gestorben ist, nicht.

Ab da hole ich jeden Tag Essen aus der Burg. Ida geht auch meistens mit, oder Michel. Der Bauch vom Hannolein verschwindet, und das Irmel muss sein Hemdchen nicht mehr anfressen. Wir sind gerettet, zumindest fürs Erste.

Gisa

Die Strafe Gottes ist über Thüringen gekommen. Das sagte zumindest Konrad von Marburg, bevor er nach Norden zog. Es war schon das dritte schlechte Jahr, und die Menschen starben wie die Fliegen. Jeden Tag speisten wir die Armen, die in Scharen vor die Burg zogen. Es wurden immer mehr, die

Not war furchtbar. Boten kamen aus allen Ecken des Landes, um zu melden, dass Klöster und Städte die Bettlerscharen nicht mehr ernähren könnten. Ritt man über Land, so sah man an den Wegrändern die Leichen, ausgemergelte Gerippe, von Wölfen und Hunden angefressen. Es war eine schlimme Zeit.

Elisabeth litt mit den Hungernden. Sie verkaufte immer wieder Schmuck und Kleinodien aus ihrer Mitgift, um Almosen geben zu können, aber wir wussten alle, dass dies nur der berühmte Tropfen auf den heißen Stein war. Und es würde noch Monate bis zur nächsten Ernte dauern, die niemals ausreichen konnte, weil ja vom vorigen Jahr so gut wie kein Saatgetreide mehr übrig war. Eines Abends saßen wir am Spinnrocken, müde und niedergeschlagen, da sagte Elisabeth: »Morgen lasse ich die Speicher öffnen, mögen die Räte sagen, was sie wollen.«

Isentrud und ich sahen uns an. Ja. Wenn wir noch Leben retten wollten, war das der einzige Weg. Guda ging und bat alle Räte, die sich gerade auf der Burg aufhielten, in die landgräfliche Schreibstube: Heinrich von Ebersburg, Rudolf von Vargula, Hermann von Schlotheim, Hermann von Treffurt und den dicken Fahner, dazu die Burggrafen von Creuzberg und Altenburg, Ludolf von Ballenstedt und Friedhelm von Buch. Mit ernsten Gesichtern versammelten sie sich um den langen Tisch.

»Ihr guten und hochweisen Herren«, begann Elisabeth und bedeutete den Räten, sich zu setzen. »Euch ist die große Not wohl bekannt, die unser Land heimsucht. Die Menschen sterben überall hungers, es ist ein Elend ohnegleichen.«

Alle nickten. Natürlich wusste man das, und schließlich hatte jeder der Männer auch seine Eigengüter und seine Hintersassen, die litten.

»Ich habe deshalb beschlossen«, sprach die Landgräfin weiter und straffte den Rücken, »die herrschaftlichen Getreidespeicher öffnen zu lassen, um der Verzweiflung Abhilfe zu schaffen.«

Der Treffurter fuhr hoch. »Das ist nicht Euer Ernst!«

Elisabeth zuckte kurz zusammen, hielt seinem Blick aber stand. »Herr Heinrich, wir können nicht weiter das Korn horten, solange Kinder verhungern. Das sagt mir der Herrgott und mein Gewissen.«

»Und wir können nicht Getreide herausgeben, das für den Unterhalt der Hofhaltung und die Neuaussaat auf den landgräflichen Gütern gebraucht wird. Das sagt mir meine Vernunft«, entgegnete der Treffurter wütend.

Der Fahner mischte sich ein. »Er hat recht, Frau Elisabeth, das geht nicht. Wir können nicht das Unsrige herschenken, nur um ein paar Hungerleidern das Leben zu retten. Wir brauchen das Korn selber.«

»Aber im Gegensatz zu den ›Hungerleidern‹, wie Ihr sie nennt, haben wir genug Geld, um nach der nächsten Ernte aus fruchtbaren Gegenden Getreide zuzukaufen, aus Franken oder dem Wittelsbachischen«, warf Elisabeth ein.

»Geld?« Der Schlotheimer konnte es nicht fassen. »Wisst Ihr nicht, wie es um uns steht, Liebden? Seit den Tagen Eures Schwiegervaters, Gott möge ihm verzeihen, ist das Land völlig verschuldet! Euer Gatte zahlt Zinsen mit neuen Schulden zurück! Die Bauten überall verschlingen Unsummen, ob es die steinerne Brücke über die Werra ist oder die neuen Kemenaten auf der Neuenburg. Was glaubt Ihr, warum der Landgraf auf Kreuzzug gehen will? Weil ihm der Kaiser einen Haufen Geld für seine Teilnahme zahlt und weil jedem Kreuzfahrer für die Zeit seiner Abwesenheit alle Schulden gestundet werden. Herrgott, Ihr habt ja keine Ahnung!«

Elisabeth war blass geworden. »Ausgerechnet Ihr wagt es, so mit mir zu sprechen, Ritter von Schlotheim? Als mein Schwiegervater noch lebte, wart doch Ihr sein engster Berater! Die meisten Schulden wurden zu Eurer Zeit gemacht. Aber Ihr habt recht, die Bauten auf den herrschaftlichen Burgen müssen eingestellt werden. Das hat Zeit, bis das Elend vorbei ist.«

Der Schlotheimer war puterrot geworden, sagte aber nichts mehr. Stattdessen schaltete sich der junge Ludolf von Ballenstedt ein. »Wir wissen schon, Herrin«, sagte er, »dass Ihr zuallererst an die Not der Menschen denkt. Aber das Wohl des Landes ist wichtiger. Wir müssen das Unsere zusammenhalten, gerade jetzt, wo der Landgraf abwesend ist. Hungersnöte hat es immer gegeben, und – seien wir doch ehrlich – auf ein paar Bauern mehr oder weniger kommt es doch nicht an. Die, die übrig bleiben, vermehren sich in besseren Zeiten sowieso wie die Karnickel.«

Die Herren nickten beifällig, während Elisabeth ihre Abscheu kaum verbergen konnte. »So spricht kein Christ, Herr Ludolf.« Ihre Stimme zitterte vor verhaltenem Zorn. »Ihr alle«, wandte sie sich in die Runde, »habt genug. Ihr könnt geben, so wie es die Heilige Schrift verlangt. Ich will gern mit gutem Beispiel vorangehen und mein Silbergeschirr verkaufen«, sagte sie. »Und auch Ihr vom Adel habt genug Dinge von Wert, die Ihr wohl entbehren könnt. Und wenn es sein muss, dann kann ich jederzeit noch Ländereien aus meinem Witwengut in Hessen feilbieten, um Getreide zu kaufen.«

Heinrich von Ebersburg hatte sich schon bei den vorherigen Sätzen kaum noch zurückhalten können. Er brüllte fast. »Ihr wisst doch gar nicht, wovon Ihr redet, Frau Elisabeth. Ihr könnt nichts verkaufen. Ihr habt gar kein Recht, außer dem reinen Nießbrauch über Eure Ländereien zu verfügen. Sie gehören zum Ludowingerbesitz und fallen nach Eurem Tod wieder an die Familie zurück.«

»Vielleicht solltet Ihr einen schnellen Boten nach Cremona schicken«, versuchte Rudolf von Vargula einzulenken. »Euer Gatte weiß sicher guten Rat.«

»Und bis dahin sind wieder ganze Scharen verhungert.« Elisabeth ließ sich nicht von ihrem Entschluss abbringen. Sie würde diese Auseinandersetzung gewinnen. Trotzig ballte sie die Fäuste. »Derweil sind unsere Kornspeicher und Getreidekästen noch fast voll! Ganz gleich, was ihr sagt, ich werde …«

»Geht hinweg zu Eurem Spinnrocken, Weib«, unterbrach sie der Fahner wutentbrannt und drosch mit der Faust auf den Tisch. »Es kommt Euch nicht zu, solch wichtige Entscheidungen zu treffen. Mitleid kann die Welt nicht regieren, und solange Ihr das nicht begreift, seid Ihr nicht geeignet, über Wohl und Wehe eines ganzen Landes zu entscheiden. Überlasst die Dinge einfach uns.«

Jetzt geschah etwas, was ich schon lange nicht mehr gesehen hatte. Elisabeths ungarisches Temperament brach durch. Sie fegte den Pokal vom Tisch, der vor ihr gestanden hatte, sprang auf und ging auf den Kämmerer los. »Was fällt Euch ein!«, fuhr sie den Dicken an und stampfte mit dem Fuß auf. »Mein Gatte hat mir sein Siegel anvertraut, und Ihr«, sie deutete mit dem Zeigefinger anklagend erst auf Fahner, dann auf alle anderen, »habt ihm und damit mir Gefolgschaft, Gehorsam und Treue gelobt. Ihr beleidigt mich und damit die Krone Thüringens! Ich befehle Euch im Namen meines Mannes und im Namen Gottes: Lasst die Speicher öffnen! Verflucht sei, wer sich dem widersetzt. Der Landgraf wird ihn zu strafen wissen, wenn der Herr es nicht schon vorher getan hat!«

Das war die längste und selbstbewussteste Rede, die ich je aus ihrem Mund gehört hatte.

Die Männer wechselten verblüffte Blicke, aber niemand wagte ein Widerwort. Sie wussten alle, wie innig Ludwig seine Frau liebte. Es war nicht unwahrscheinlich, dass sie in Ungnade fielen, wenn Elisabeth sich beschwerte. »Kommt«, sagte schließlich Rudolf von Vargula. »Lasst uns das Nötige in die Wege leiten. Herrin, es geschehe nach Eurem Willen.« Er verbeugte sich und winkte die anderen zur Tür hinaus.

Elisabeth sank auf ihrem Stuhl in sich zusammen, der Streit hatte sie alle Kraft gekostet. Aber sie hatte ihr Ziel erreicht. Nach einiger Zeit stand sie auf und ging in die Kapelle, um ein Dankgebet zu sprechen.

Ab da herrschte zwischen ihr und denen vom Adel offene Feindschaft; einzige Ausnahme waren die Vargula-Brüder, die noch nie von ihrer Seite gewichen waren.

In den Städten und von den Burgen aus wurde Korn verteilt, um die schlimmste Not zu lindern, und auf Anordnung der Räte achteten die Vögte und Schultheißen peinlich genau darauf, dass ein Teil des Getreides sofort für die Aussaat verwendet wurde. Es war zwar fast schon zu spät im Jahr dafür, aber ohne Aussicht auf die nächste Ernte würden die Bauern nicht auf ihrem Land bleiben, viele Dörfer würden wüst fallen. Wir beteten und hofften auf einen guten Sommer.

Derweil pilgerten die Armen und Kranken immer noch täglich vor die Wartburg. Es gab böses Blut zwischen dem Burggrafen von Wartberg, der für die Festung verantwortlich war, und Elisabeth, die mit Hingabe jeden Mittag Almosen verteilte. Eines Tages kam es sogar dazu, dass die, die noch gehen konnten, in den Burghof hineindrängten und sich dort nicht mehr vertreiben lassen wollten. Das war zu viel!

Der Wartberger stürmte ohne Anmeldung in die Frauenkemenate und schrie Elisabeth wutentbrannt an. »Ihr macht unsere schöne Burg zum Siechenhaus! Die widerwärtigsten Gestalten bevölkern den Hof und besudeln alles mit ihren Exkrementen. Der Abschaum nimmt hier Heimat! Wer hätte je erlebt, dass die Behausungen des Adels zur Herberge für Krüppel und Bresthafte würden! Lasst den Pöbel hinauswerfen, Frau Elisabeth, oder ich befehle den Wächtern, sie mit Prügeln zu vertreiben.«

Isentrud und ich redeten Elisabeth gut zu. Es war wirklich nicht ratsam, diese Leute auf der Burg zu lassen. Sie konnten andere anstecken, und außerdem stahlen sie wie die Raben. Also sprach sie zu ihnen, bis sie freiwillig zum Tor hinausgingen. Danach schloss sie sich in ihrer Kammer ein.

Nachdem nun der Kastner täglich am Eisenacher Getreidespeicher das Korn verteilte, wurden zumindest die einfachen Bettler vor dem Burgtor weniger. Am Ende blieben nur noch diejenigen, die zu lahm oder zu krank waren, sich bei der Getreidevergabe zu behaupten, oder die es einfach nicht mehr hinunter in die Stadt schafften. Es waren die schlimmsten Fälle. Schemeler, die sich mühselig auf ihren Handbänkchen voranbewegten und die lahmen Beine hinterherzogen, verwirrte Alte, die man einfach liegen gelassen hatte, verkrüppelte Kinder ohne Eltern, Schwerkranke und Sterbende. Und natürlich die Aussätzigen, die ja nicht in die Stadt durften. Sie alle, es waren vielleicht zwanzig oder dreißig, warteten nach wie vor jeden Tag auf unser Erscheinen und Elisabeths Brotverteilung. Und natürlich mein kleiner Freund Primus, der von mir in der Burgküche verwöhnt wurde. »Dieses ekle Gesindel werden wir nicht mehr los«, murrte der von Wartberg, »außer sie krepieren, früher oder später.« Damit hatte er vermutlich recht. Diese Leute brauchten nicht nur Brot, sie brauchten Pflege, jemanden, der sich um sie kümmerte, der manche von ihnen bis zum Tod begleitete. Wir gingen zwar unter ihnen herum, verbanden Wunden und säuberten Schwären, aber das war einfach nicht genug. Eines Tages, als eines der kranken Kinder anfing, Blut zu spucken, schlug sich Elisabeth plötzlich mit der Hand vor die Stirn und sagte zu mir: »Himmel, Gisa! Warum bauen wir nicht ein Hospital in Eisenach? Eines wie in Gotha, wo die Kranken wohnen können. Das könnte ich von meinem eigenen Geld bezahlen, und ich bräuchte von niemandem die Erlaubnis dazu.«

Sie war Feuer und Flamme. »Warum bin ich nicht eher darauf gekommen?«, fragte sie, und schon lief sie los, ich, Guda und Isentrud hinterher. Im Frauenzimmer begann sie sofort, in ihren Aussteuertruhen nach den Säckchen mit den Silbergulden zu wühlen. »Das ist es, was die armen Menschen hier brauchen!«, rief sie dabei. »Wir bauen ihnen ein Hospital!«

»Am besten in der Fischervorstadt«, meinte Isentrud. »Am Hörselufer. Da muss man das Wasser nicht so weit herholen, und alles Ekle kann man in den Fluss leiten.«

»Ich habe gehört, das Haus zum Greifen steht leer«, fiel Guda ein. »Da wäre auch ein Brunnen.«

Wir schmiedeten eine Zeitlang Pläne, bis Elisabeth irgendwann sagte: »Eisenach ist mir zu weit weg.«

»Wie, zu weit?«, fragte Guda. Aber mir dämmerte schon, was Elisabeth meinte.

»Ich will selber jeden Tag nach den Kranken sehen. Wie die vom Heiligen Geist berührte Maria von Oignies, erinnert ihr euch?«

Natürlich erinnerten wir uns, der Franziskaner Rodeger hatte von ihr erzählt. Sie war eine flandrische Adelige, die Hab und Gut weggegeben und ihre Familie verlassen hatte, um mit anderen Frauen, die sich »arme Schwestern« oder »Beginen« nannten, in einem Haus zusammenzuleben und dort Kranke zu pflegen.

»Na, vor das Burgtor kann aber kein Hospital hin«, warf Isentrud ein. »Der Wartberger wird das nicht zulassen. Aus Gründen der Sicherheit im Krieg. Da könnte sich ja der Feind festsetzen. Und damit hätte er sogar recht.«

»Dann irgendwo weiter unten.« Elisabeth grübelte.

»Bei der Quelle«, sagte ich. »Da, wo die Esel sind. Das ist auf halbem Weg zwischen Burg und Stadt.«

Elisabeths Augen leuchteten. Sie umarmte mich voller Freude. »Holt mir die Brüder Vargula«, sagte sie dann.

Kurze Zeit später standen drunten bei der Quelle, wo man das Wasser für die Burg heraufholte, zwei ganz einfache Holzhäuser und eine Hütte. Die Dächer waren strohgedeckt, alles hatte ja schnell gehen sollen. In dem einen Haus befanden sich zehn aus Holzlatten gezimmerte Bettstätten, in denen je zwei Kranke Platz finden sollten. Das andere barg die Herdstelle zum Kochen und hatte einen Raum für alle, die nicht bettlägerig waren. In der winzigen Hütte fanden die Aussätzigen auf Heu und Stroh Unterkunft.

Als der Bau fertig war, führte Elisabeth die Kranken selber von der Burg zum Hospital. »Kommt herein, ihr lieben Leute«, sagte sie, und ein seliges Lächeln umspielte ihre Lippen. »Hier habt ihr ein Heim, aus dem euch niemand vertreiben wird. Möge Gott euch an diesem Ort gnädig sein.«

Selten hatte ich Elisabeth so glücklich gesehen wie an diesem Tag.

Nun begann für uns eine arbeitsreiche Zeit. Jeden Vormittag nach dem Morgenessen gingen wir mit Elisabeth den Weg hinunter zum Hospital, manchmal auch ein zweites Mal am Nachmittag. Wir brachten den Kranken und Elenden Nahrungsmittel und Kleider, Laken, Verbände, was eben gebraucht wurde. Brennholz ließen wir von einem Knecht einmal in der Woche mit dem Karren bringen. Und dann kümmerten wir uns um alles. Wir kochten – das übernahm Isentrud, die früher auf ihrer kleinen Heimatburg immer gern an der Herdstelle gestanden hatte. Es gab natürlich nichts Besonderes, meistens Brei oder Graupen zum Sattwerden, Gemüsesuppen oder Knochenbrühe, dazu Brot, wenn wir genügend hatten. Guda und ich halfen Elisabeth bei der Versorgung der Kranken. Wir wechselten eiter- und blutbesudelte Wäsche, halfen den Kranken bei ihrer Notdurft, säuberten Wunden und strichen Salbe auf Grinde oder nässende Hautstellen. Ich muss zugeben, es kostete mich große Überwindung, dies alles zu tun. Der Gestank, der manche der Unglücklichen umgab, verursachte mir Übelkeit, und der abstoßende Anblick mancher Elender war kaum zu ertragen. Guda erbrach sich einmal mitten über einem Krankenbett, während sie eine alte Frau mit offenen Beinen und riesigen Geschwüren am ganzen Körper wusch. Seitdem durfte sie sich mit den leichteren Fällen abgeben, und Elisabeth übernahm die Kranken, die den meisten Ekel auslösten. Mit ihrem Schleier wischte sie ihnen Schleim und Auswurf ab, versorgte ihre Wunden, nahm sie in den Arm, wenn sie Schmerzen hatten. Es war nicht so, dass es Elisabeth leichtfiel. Auch sie kämpfte gegen die Übelkeit, litt unter den üblen Miasmen. Aber sie ertrug es mit Würde und Demut. »Auch Franziskus von Assisi hat Ekel vor den Siechen und Bresthaften empfunden. Dennoch übte er sich in Gehorsam und pflegte sie. Wie er, so will auch ich meinen Widerwillen bekämpfen und Gottes Auftrag erfüllen.« So sprach sie und wusch dabei die fauligen Hände der Aussätzigen. Wenn wir abends nach Hause kamen, verbreiteten wir den säuerlichen Geruch von Erbrochenem und Eiter. Das Gesinde ging uns geflissentlich aus dem Weg, bis wir uns mit Wasser und Seife saubergeschrubbt hatten. Dann nahmen wir unser einfaches Mahl ein und fielen todmüde in die Betten. Nur sonntags gingen wir nicht ins Spital, da kümmerte sich Elisabeth um ihre Kinder, wir gingen in die Messe und verbrachten unsere Zeit auf der Wartburg.

Einmal, als ich in Eisenach einen großen Kupferkessel zum Suppenkochen kaufen wollte – der alte irdene Topf war geborsten –, traf ich meinen kleinen Freund, der in der Salzgasse herumlungerte. Er lehnte mit einem älteren bärtigen Mann an einer Hauswand; fast wäre ich an ihm vorbeigegangen. Aber er sah mich und rannte sofort zu mir her. »Das ist Jungfer Gislind, mein Engel, von dem ich dir erzählt hab«, erklärte er dem Mann, den er mir als Lutprant vorstellte. »Ohne sie hätten wir die letzten Wochen nicht überlebt. Zumindest das Irmel nicht.«

Der Mann zog die löchrige Mütze vom Kopf und machte eine tiefe Verbeugung. »Ihr seid ein guter Mensch, Jungfer, und verdient den Lohn des Himmels. Und meinen Dank, denn die Kleine ist mein Kind.« Er hatte Tränen in den Augen.

Ich strich Primus über den Kopf. Er hatte zwar Läuse, aber inzwischen machte mir auch das nichts mehr aus. »Bekommt ihr genug Korn ausgeteilt?«, fragte ich. Er nickte. »Es ist nicht grad viel, aber es reicht fürs Nötigste«, sagte er.

»Und für die Aussaat hat der Kastner auch gesorgt«, meinte der Bärtige. »Er sollte sich allerdings auch drum kümmern, dass die Brauer vorher nicht alles Korn aufkaufen und dickes Bier draus machen. Dann haben wir zwar einen Haufen Besoffene, so wie jetzt, aber alle anderen hungern weiter.«

»Dickes Bier?«, fragte ich. Von Bier hatte ich keine Ahnung, schließlich tranken wir auf der Burg nur Wein.

»Na, Bier aus viel Getreide«, erklärte Primus siebengescheit. »Das ist stärker und macht schneller betrunken. Die Bierbrauer kaufen den Armen – zumindest denen, die blöd genug sind – ihren Teil Korn ab, seit der Kastner jedem sein Scheffel austeilt. Die haben dann zwar Geld, können aber kaum was zum Essen dafür kaufen, weil's ja nichts gibt. Und die Brauer sind fein raus, weil sie für ihr Bier eine Menge Geld verlangen können.«

Ich ärgerte mich. So war die Hilfe nicht gedacht. »Das muss anders werden«, sagte ich wütend. »Ich kümmere mich drum.«

»Dann kümmert Euch auch drum, bitt gar schön, dass die Leute im Sommer das Korn auch ernten können, das sie ausgesät haben«, meinte der Bärtige. »Die Bauern haben nämlich wegen der Hungersnot sämtlich ihr Werkzeug versetzt. Alles, was sie eben hatten. Und eine eiserne Sichel kaufen, das kann sich jetzt keiner mehr leisten. Eisen ist teuer. Aber ohne Sicheln keine Ernte.«

Liebe Güte, das waren alles Dinge, die wir nicht bedacht hatten. Wir hatten einfach geglaubt, mit dem Öffnen der Getreidespeicher sei alles getan. »Dank Euch, guter Mann, für Euren Rat«, erwiderte ich. »Ich will mein Möglichstes tun.«

Am nächsten Tag erließ Elisabeth ein Verbot, dickes Bier zu brauen. Und wir beauftragten Schmiede in ganz Thüringen, einfache Sicheln herzustellen, die vor der Ernte an die Bauern verteilt werden sollten. Wir hatten noch viel zu lernen.

Und endlich, am Tag vor Jacobi 1226, kam Ludwig zurück. Der Sommer, dem Himmel sei Dank, war gut gewesen, und die Getreideernte hatte gerade begonnen. Auf seinem Weg nach Eisenach kam der Landgraf an Feldern vorbei, auf denen die Bauern die Garben banden. Überall jubelte man ihm zu, und er hörte überschwängliche und dankbare Berichte von den Wohltaten Elisabeths. Uns erreichte der Bote mit der Nachricht von seiner Heimkehr erst kurz vorher, und so hatte Elisabeth kaum Zeit, ein Bad zu nehmen und sich in ein festliches Gewand zu kleiden. Ich steckte ihr die Locken hoch und konnte ihr gerade noch eine goldbestickte Haube überstülpen, bevor sie jauchzend in den Burghof hinunterrannte wie ein kleines Kind, um ihren geliebten Ludwig zu begrüßen. Ach, es war eine Freude, die beiden zu sehen, wie sie sich ganz unfürstlich in die Arme fielen.

Auch mir bereitete die Ankunft des Landgrafenzugs große Freude, denn zu meiner Überraschung war auch Heinrich Raspe dabei – und der junge Konrad, der inzwischen, wie man am Schwert an seinem Gürtel erkennen konnte, zum Ritter geschlagen war. Beide hatten sich Ludwigs Zug in Bayern angeschlossen. Schon beim Absteigen sah mir Heinrich tief in die Augen, und kaum war er nach einem kurzen Bad in seine Kammer gegangen, ging ich ihm unauffällig nach. Er schloss mich unter leidenschaftlichen Küssen in seine Arme, und wir schafften es nicht einmal, uns ganz auszuziehen, bevor wir uns liebten. Wie gut war es, ihn wieder zu spüren!

Natürlich gab es gleich am ersten Abend ein großes Fest. Die Tafel bog sich unter all den Köstlichkeiten, und alle aßen und tranken nach Herzenslust.

Alle – bis auf Elisabeth. Ludwig fiel natürlich sofort auf, dass sie nur vom Hirschpfeffer nahm. Wild war rechtmäßige Speise, denn es stammte aus den Wäldern um die Wartburg, die zum Eigengut der Ludowinger gehörten. Außerdem war die Jagd schon seit jeher fürstliches Recht. Brot hingegen rührte Elisabeth nicht an, und auch nicht den Wein, der an diesem Abend in Strömen floss. Der junge Landgraf sagte nichts, aber an den verstohlenen Blicken, die er seiner Frau zuwarf, erkannte ich, dass ihm durchaus auffiel, wie viel sie an Gewicht verloren hatte. Ja, das Speisegebot des Konrad von Marburg forderte längst seinen Tribut. Elisabeth war in den letzten Monaten jede Pummeligkeit abhandengekommen, sie hatte ihr Bäuchlein, ihre prallen Hinterbacken und Schenkel und ihre üppigen Brüste verloren. Nicht, dass sie damals schon wirklich dünn gewesen wäre, aber ihre schwellenden Formen waren so gut wie verschwunden. Ludwig nahm das nicht ungern zur Kenntnis; wir wussten ja, dass er eher knabenhafte Frauen mochte. Wir merkten alle, dass er es eilig hatte, in die eheliche Schlafkammer zu kommen, und so verabschiedeten sich die Ritter und Räte recht früh. Und dann machten Guda und ich Elisabeth schön. Wir kämmten ihr Haar mit hundert Bürstenstrichen, rieben ihr Rosenöl auf die Haut und legten ihr einen Hauch von einem Seidenumhang um. Dann ließen wir die beiden allein.

Noch bevor er ihr den Mantel von den Schultern gestreift hatte, sprengte Ludwigs hochaufgerichtetes Glied fast die Schamkapsel, die er sich hastig abnestelte. »Gott, bist du schön geworden!«, flüsterte er und sah ihren schlanken Körper mit unverhohlener Gier an. Ganz nah trat er an sie heran und umfasste mit den Händen ihre Hinterbacken. Sie spürte seine harte Männlichkeit und presste sich an ihn. Ihr Körper sehnte sich nach ihm, auf eine ganz unheilige, fleischliche, begehrliche Art, die ihr Angst machte. Aber ihre Begierde war größer; sie stöhnte auf, als er mit den Lippen an ihren Brustwarzen saugte. Sie ließen sich aufs Bett fallen, und dann hielt er es nicht mehr aus. Ohne weitere Liebkosungen drang er unvermittelt in sie ein. Sie schrie auf, aber dann gaben sie sich dem Rhythmus der Liebe hin, schneller, immer schneller, bis zum letzten, fast unerträglich erregenden gemeinsamen Höhepunkt.

Danach schlief er zufrieden und glücklich ein, die Hand immer noch besitzergreifend auf ihrem Schenkel.

Am nächsten Abend, als ich die Einschlafmilch für die Kinder aus der Küche holen wollte, bemerkte ich, dass sich in der großen Eckstube im Erdgeschoss des Palas, die Ludwig stets für Beratungen nutzte, Ritter und Räte versammelten. Ihre Gesichter waren finster, und ich vermutete, dass sie sich über Elisabeths Regierung beschweren wollten. Das musste ich unbedingt hören! Ich rannte nach draußen und stellte mich kurzerhand mitsamt meinem Milchkrug unter eines der Fenster. Anfangs konnte ich kaum verstehen, was die Männer vorbrachten. Ganz offensichtlich ging es um das Öffnen der Kornspeicher, die Ausgaben für Sicheln und Erntegerät, die überreichen Almosen, die Elisabeth verteilt hatte. Dann entdeckte ich neben dem Eingang zum Weinkeller einen großen Holzbottich, den schleppte ich unter das Fenster und stellte mich darauf. Gott sei Dank war um diese Zeit niemand mehr im Burghof, es wurde schon dunkel, und so blieb ich unentdeckt und ungestört. Vorsichtig hob ich den Kopf und blickte in die Beratungsstube.

Alle saßen um einen großen Tisch, an dessen Stirnseite Ludwig Platz genommen hatte. Auch Heinrich Raspe war dabei. Sogar draußen konnte ich die Anspannung der Männer spüren.

»Sie hätte das Land fast in den Ruin geführt«, sagte gerade der Fahner. »Allein schon das Öffnen der Kornspeicher wird uns in größte Schwierigkeiten bringen. Wir müssen spätestens im Herbst Korn zukaufen, und Ihr wisst selber, wie hoch die Preise sind!«

»Dazu kommt, dass sie Unmengen an Geld ausgegeben hat für Sicheln und Werkzeug, das umsonst an die Bauern abgegeben wurde!« Das war der von Ballenstedt; sein dunkler Bart wippte vor lauter Ärger.

»Ganz zu schweigen von den überreichen Almosen, die sie überall hat verteilen lassen! Und sämtliche Bauten im ganzen Land wurden eingestellt!« Das war Heinrich von Ebersburg.

»Die Kassen sind leer«, ereiferte sich der Burggraf von Wartberg. »Sie hat alles verprasst! Bloß, um ein paar stinkende Bauern vor dem Krepieren zu bewahren! Alle unsere Warnungen hat sie in den Wind geschlagen. Und jetzt …«

Ludwig unterbrach den Wutentbrannten, indem er die Hand hob. »Genug!«, sagte er, »genug!«

Und dann – lächelte er. »Ihr Herren«, sagte er, »wisst Ihr, wie man meine Gattin im Lande nennt? Ich hab es selbst überall gehört.«

Die Räte schüttelten die Köpfe.

»Die Mutter der Elenden. Die Trösterin der Armen. Die Retterin der Hungernden.« Ludwig sah einen nach dem anderen seiner Ritter an. »Man liebt und verehrt sie. Das Volk steht trotz der schlechten Zeitläufte hinter uns wie nie zuvor. Und das alles für ein bisschen Getreide und milde Gaben.«

»Das ›bisschen‹ Getreide ist viele hundert Pfund Silber wert, Herr«, wagte der Schlotheimer einzuwerfen. »Was wiegt die Zuneigung der Untertanen in Gulden und Pfennigen?« Die anderen Ritter sahen sich grinsend an.

Ludwig fuhr herum. »Was mein Weib getan hat, Truchsess, war recht getan. Ich will nichts mehr davon hören, weder von Euch noch von jemand anderem.«

Er wandte sich an alle Räte, die nun beklommen dasaßen und lange Gesichter machten. Dann lächelte er. »Sie ist mein guter Geist. Und wenn sie mir nur die Wartburg und die Neuenburg lässt, so mag sie gern alles hingeben im Namen des Herrn.«

Er stand auf und verließ den Saal.

»Dem ist das Hirn jetzt wohl endgültig in den Schwanz gerutscht«, knurrte der Fahner. »Verdammtes Weibsstück. Die bringt's noch so weit, dass das Land vor die Hunde geht.«

»Was wir verhindern werden, wenn's hart auf hart kommt, das schwör ich auf Christi Bart und meinen guten Namen!« Das war der Gudensberger, und etliche der Männer pflichteten ihm bei. »Der Landgraf hat schließlich noch zwei Brüder, die nicht liebestoll und verweichlicht sind«, sagte einer.

Alle Blicke richteten sich auf Heinrich Raspe, der abwehrend die Hände hob.

»Das will ich nicht gehört haben!« Rudolf von Vargula schlug mit der flachen Hand auf den Tisch und sprang auf. »Seid ihr denn noch bei Sinnen? Nächstes Jahr werden die Steuern wieder fließen und die Kassen füllen. Und wenn das Geld des Kaisers für den Kreuzzug da ist, haben wir ohnehin keine Sorgen mehr. Aber wir haben zufriedene Untertanen und ein blühendes Land.«

»So ist es«, pflichtete Heinrich Raspe bei. »Ihr habt gehört, was mein Bruder gesagt hat. Also gebt euch zufrieden.« Er wechselte einen merkwürdig langen Blick mit dem Schlotheimer und der wiederum mit Hermann von Treffurt und dem dicken Fahner.

Die Männer standen auf, es gab nichts mehr zu reden. Schon wollte ich von meinem Bottich herunterspringen, da sah ich den Schlotheimer zu Heinrich herüberkommen. »In einer Stunde im Turmzimmer«, sagte er leise zu ihm, so dass ich es gerade noch hören konnte. »Du wirst dich wundern, wer alles dazukommt!«

Ich schlich vom Fenster weg. Ich hatte genug gehört, und es machte mir Angst. Schließlich kannte ich Heinrich Raspes Ehrgeiz. O Gott, erst wollte man ihn zu Nürnberg in eine Verschwörung verwickeln, und jetzt schien es so, als solle er sich hier in Thüringen an die Spitze der Unzufriedenen stellen, gegen seinen eigenen Bruder! Was würde er tun? Wo sollte das alles noch hinführen? Mich fröstelte. Hing nicht auch meine Zukunft von Heinrich Raspe ab?

Primus

Es gibt bald wieder Korn! Die Ähren stehen gut, es ist warm und trocken, und auf manchen Feldern hat die Ernte schon angefangen. Das bedeutet, die Teuerung ist bald vorbei. Wir sind bisher grad so über die Zeit gekommen, mit Gottes und Jungfer Gislinds Hilfe. Und mit dem, was der Michel so heimgebracht hat. Er zieht immer noch mit Ortwin herum. Richtig gute Beute haben sie in letzter Zeit nicht gemacht, aber ein bisschen was kommt schon zusammen. Ich hab versucht, Arbeit zu finden, aber außer mal einen Tag helfen im Fleischhaus oder ein, zwei Tage Bretter hobeln beim Zimmermann ist nicht viel gewesen. Ortwin will mich nicht mehr haben, weil ich beim Anblick der abgeschlagenen Hand kotzen musste, er sagt, ich soll mich bloß nicht mehr bei ihm blicken lassen. Also bringe ich noch ab und zu mal was Geklautes heim und regelmäßig den Kupferpfennig, den ich bekomme, wenn ich bei den heimlichen Treffen der »Reinen« Schmiere stehe. Außerdem verdiene ich demnächst wohl noch ein bisschen was mit Ratz, der bald wieder auf Rattenjagd gehen kann. Bis jetzt hat's ja wegen der Hungersnot kaum noch Ratten gegeben.

Es ärgert mich, dass der Michel besser für uns sorgen kann als ich, und deshalb bin ich in letzter Zeit ziemlich garstig zu ihm. Schließlich bin ich der Ältere. Aber Mutter sagt, sie ist froh, dass sie sich nicht auch noch um mich Sorgen machen muss. Ich glaube, sie ahnt, mit wem Michel sich zusammengetan hat und was er so treibt.

Eines Abends, es ist der Tag Michaeli, an dem alle Dienstleute ihren Halbjahreslohn ausbezahlt kriegen, kommt Michel spät heim. Wir liegen alle schon im Bett, Mutter und die Mädchen schlafen. Das Hannolein liegt wie immer mit Ratz auf einem Haufen Lumpen neben der Feuerstelle und murmelt irgendwas im Traum. Michel tappt im Dunkeln zu unserer Bettstatt und legt sich neben mich. »Und?«, frage ich, »was erwischt?«

»Nichts«, flüstert er und klingt irgendwie seltsam.

»Alles in Ordnung?«

»Mmh«, macht er und dreht sich von mir weg. »Gut Nacht.«

Ich rolle mich auf den Bauch und schlafe ein.

Am nächsten Morgen wache ich auf, weil Ratz irgendwo an unserem Bettzeug herumschleckt. Mein Arm liegt um Michel, und als ich ihn wegnehme, merke ich, dass an meiner Hand was Dunkles ist. Blut. Herrgott!

Ich fahre hoch und ziehe die Decke von Michel weg. Der bewegt sich und stöhnt leise. An seiner Brust, auf der rechten Seite, ist das Hemd rot und zerfetzt.

»Mutter!« Ich rüttele sie wach. »Mutter, der Michel!« Mir ist plötzlich ganz eiskalt.

Sie richtet sich auf, und ich zeige ihr die blutige Stelle. »Herr im Himmel!«, jammert sie, »ich hab's immer gewusst, dass es mal schlimm ausgeht!«

»Nicht so schlimm«, murmelt Michel schwach. »Bloß ein Kratzer.«

Wir ziehen ihm das Hemd aus, und dann sehen wir den »Kratzer«. Es ist ein tiefer Stich, die Ränder klaffen auf wie ein offenes Maul. Bluten tut's nicht mehr, Gott sei Dank. Mutter tupft mit einem Lappen Blut und Schmutz von Michels Haut, und der zieht vor Schmerz laut die Luft ein. Die Wunde sieht ganz gut aus soweit. Ich reiße ein altes Betttuch in Streifen, und wir wickeln es um Michels Oberkörper. Es ist ihm schon viel besser, sagt er.

Dann gehe ich zum Pfandleiher und versetze mein Messer. Für das Geld kaufe ich ein schönes fettes Huhn. Hühnersuppe ist nämlich das Allergesündeste, wenn man krank ist. Die Ida rupft den Vogel, und dann kocht die Mutter eine herrliche Brühe, mit dem ganzen Hühnerfleisch drin und Kräutern und ein paar Graupen, die wir noch haben. Der Michel liegt im Bett und hat Schmerzen, aber die Suppe schmeckt ihm. »Die weckt einen Toten wieder auf«, sagt Mutter, und er isst einen ganzen Napf voll.

Am nächsten Tag geht es dem Michel schon wieder ein bisschen besser. Wir machen die Wunde noch mal sauber und verbinden sie neu. »Das wird schon«, meint Michel. Als die Mutter kurz weg ist, erzählt er mir, dass er und Ortwin versucht haben, einen herumziehenden Kramhändler um sein Geld zu erleichtern. Aber der hat sich wie verrückt gewehrt, und bevor Ortwin ihm eins über den Schädel ziehen konnte, hat er mit seinem Messer den Michel erwischt. Der hat in dem ganzen Durcheinander erst gar nichts gespürt, erst als er auf dem Heimweg war.

»Der Ortwin bringt bloß Unglück«, sage ich. »Wenn du wieder gesund bist, lassen wir uns was anderes einfallen. Mit dem gehst du jedenfalls nicht mehr mit.«

Michel nickt, und ich bin froh und bringe ihm noch einen Napf mit der Hühnersuppe. Aber abends glänzen seine Augen, und seine Stirn ist heiß. Mutter ist voller Sorge; sie bleibt die ganze Nacht wach und passt auf ihn auf. Am Morgen ist es jedoch schlimmer geworden. Wir wickeln den Verband ab, und dann sehen wir es: Die Wunde ist rot und die Wundränder geschwollen.

»Hol die Hausmännin«, sagt Mutter mit seltsam rauer Stimme.

Ich renne schon.

Die Hausmännin hat einen Wundheilbalsam mitgebracht, den sie selber gemacht hat. Sie kennt sich nämlich aus mit Kräutern und so was. Arnika ist drin, sagt sie, und Kamille und Hauswurz und Gänsefett. Das Zeug ist widerlich grün, und sie schmiert einen ganzen Batzen auf Michels Wunde. »Er ist gestolpert und in sein eigenes Messer gefallen«, sage ich, und sie schaut mich mit zusammengekniffenen Augen an. Sie weiß, dass ich lüge, aber sie fragt nicht weiter. Sie sagt bloß zu Mutter: »Mehr kann ich nicht machen, Mechtel. Du musst den Verband zweimal am Tag wechseln und immer wieder was von der Salbe drauftun. Und das Fieber mit nassen Tüchern herunterbringen, das ist wichtig.«

Der Michel schwitzt jetzt richtig, obwohl wir ihm immer wieder die nassen Tücher auf Arme und Beine legen. Zwischendurch schläft er immer wieder ein, und dann stöhnt er leise. Suppe will er auch nicht essen. Ich hab solche Angst.

Mutter, Ida und ich wechseln uns die ganze Nacht ab mit den Tüchern. Aber am Morgen ist Michel immer noch glühend heiß. Die Wunde ist schlimmer geworden, wenn man ein bisschen drückt, kommt gelber Eiter. Mutter weint, und Ida und das Irmel auch. Das Hannolein hockt neben dem Bett und singt dem Michel was vor. Aber der liegt nur da und atmet schnell. Immer wieder gebe ich ihm einen Schluck Wasser, weil er viel Durst hat. Wenn man aus Versehen an die Wunde kommt, schreit er.

Am Nachmittag muss ich noch mal die Hausmännin holen. Sie kommt auch, und als sie die Wunde sieht, schüttelt sie den Kopf. »Wenn's nicht bald besser wird, braucht er einen Arzt«, sagt sie. Wovon wir den zahlen sollen, sagt sie nicht.

Ich setze mich zu Michel ans Bett und halte seine Hand. Er schaut mich mit ganz glasigen Augen an. »Es tut mir so leid«, flüstert er.

»Dir braucht gar nichts leid zu tun«, sage ich. »Außerdem wirst du wieder ganz gesund.«

Er schüttelt den Kopf, und in meinem Hals steckt ein Kloß, der macht, dass das Schlucken weh tut.

»Und wenn du gesund bist«, sage ich, »dann suchen wir uns Arbeit – ich meine richtige Arbeit. Und dann müssen wir keine Not mehr leiden und Mutter kriegt ein schönes schwarzes Kirchentuch für den Sonntag.«

Er lächelt. »Weißt du, was ich mir wünsche?«

»Was denn?«

»Ich hab den Kreuzprediger gehört, im Winter ... du weißt schon, den wir überfallen haben. Er hat gesagt ... im Heiligen Land kann jeder sein Glück machen.«

»Stimmt«, sage ich. »Und jeder darf seine Beute behalten. Und bekommt Sündenablass. Und am Grab Christi ist es so schön wie nirgendwo sonst auf der Welt.«

Michel drückt meine Hand. »Wenn ich ... wieder gesund werde, will ich da hin.«

»Nach Jerusalem? Du spinnst!«

»Viele Arme nehmen das Kreuz«, beharrt Michel, und ich sehe, dass ihn das Reden viel zu sehr anstrengt. »Und drüben überm Meer ... leben sie dann ... wie im Paradies.« Er schließt die Augen wieder und dämmert weg. Später rüttle ich ihn ein bisschen, weil er was trinken soll, aber ich kriege ihn nicht wach. Mutter fängt an zu schluchzen. »Er stirbt uns, Primus, ach Gott, er stirbt uns.«

Ich weiß nicht mehr, was ich tun soll. Ich renne einfach los, wie wild stürme ich durch die dunklen Gassen, bis ich vor dem Haus vom Stadtmedicus stehe. Meine Fäuste hämmern gegen die schwere Tür.

Oben wird ein Fensterladen geöffnet, und eine Frau hält eine Laterne hinaus. »Wer ist da?«

»Primus aus der Hengersgasse«, keuche ich. »Mein Bruder stirbt!«

»Aus der Hengersgasse?« Die Frau weiß genau, dass dort bloß die armen Leute wohnen. »Könnt ihr zahlen?«

»Ja«, lüge ich.

»Zeig dein Geld!«

»Ich hab's daheim.«

Die Frau grunzt verächtlich. »Natürlich.«

»Mein Bruder stirbt«, schreie ich. »Ihr kriegt Euer Geld, ich schwör's. Bitte.«

»Bring das Geld, dann kommt mein Herr mit.« Der Laden geht zu. Ich fühle mich so hilflos und so wütend und so verzweifelt. Mit Füßen und Fäusten bearbeite ich die Tür. »Bitte«, schluchze ich, »bitte!«

Irgendwann gebe ich auf.

Als ich heimkomme, sitzt Mutter mit grauem Gesicht am Tisch und sieht aus wie eine uralte Frau. Sie betet. Das Talglämpchen brennt und wirft ein bisschen flackernden Schein auf Michel, der sich hin- und herwälzt und irgendwas redet, was man nicht verstehen kann.

»Der Arzt will nicht kommen«, sage ich und versuche, nicht zu heulen.

Mutter nickt bloß. Sie hat es gleich gewusst.

Ich setze mich zusammen mit ihr ans Bett. Michel öffnet die Augen, aber irgendwie erkennt er uns nicht.

»Michel, ich bin's«, sage ich und nehme seine Hand. Er braucht ein Weilchen, aber dann schaut er mich an und lächelt. Ich sehe in seinem Gesicht den Tod. Die Tränen laufen mir über die Backen. »Michel«, sage ich, »du, ich hab's mir überlegt. Das mit dem Kreuzzug. Du hast recht. Wir gehen da hin. Hörst du, Michel? Wir ziehen ins Heilige Land.«

Er wendet den Kopf und versucht zu sprechen. »Du … und … ich?« Er ist so leise, dass ich ihn kaum verstehe.

»Ja, wir zwei. Und dann, dann leben wir wie im Paradies. Wir essen jeden Tag Hühnchen und weißes Brot, und wir machen fette

Beute bei den Heidenkerlen. Und wir beten am Grab Christi. Und da ist es immer warm und trocken, weißt du, nicht so wie bei uns. Und wir sehen den Kaiser, und den Papst, und …«

Und dann schluchzt Mutter auf. Michel hat die Augen offen, aber er atmet nicht mehr. Mein kleiner Bruder ist tot.

Wie viel kann man weinen?

Mutter wäscht den Michel, da wird er schon kalt dabei, ich spüre es, als ich ihn am Zeh anfasse. Ida hat die Hausmännin um ein Laken gebeten als Leichentuch, weil wir kein sauberes ohne Löcher haben. Wir wollen es zahlen, sobald wir können, aber sie schenkt es uns. Dann näht die Mutter den Michel ein. Er ist jetzt bloß noch ein längliches, helles Bündel. Ich hab den Lutprant geholt, und der trägt den Michel zum Pfarrer. »Könnt ihr denn ein eigenes Grab zahlen?«, fragt er. »Wovon denn, Hochwürden?«, fragt Mutter müde zurück. Nicht mal eine ordentliche Beerdigung können wir uns leisten, mit Grabrede und so Sachen. Der Pfarrer sprengt bloß ein bisschen Weihwasser auf Michel. Der Totengräber will auch Geld, aber er gibt sich mit Michels Messer zufrieden. Ich will sie am liebsten alle umbringen.

Der Michel liegt jetzt in einem Armengrab, in der hintersten Ecke vom Kirchhof, wo nie die Sonne hinkommt. Ich hasse die ganze Welt.

Gisa

Mit den ersten Herbststürmen des Jahres 1226 traf die erste Rate des vom Kaiser versprochenen Kreuzzuggeldes ein. Am Sonntag Luce sprengte ein Trupp schwerbewaffneter Reiter durch das Tor der Wartburg. Die Mäntel der Männer und die Schabracken der Pferde waren mit dem kaiserlichen Wappen verziert. Angeführt wurde die kriegerisch aussehende Gruppe von einem Ritter im Kettenhemd, der einen eleganten sarazenischen Schimmel ritt. Alles strömte neugierig im

Burghof zusammen, auch ich ging hinunter, den kleinen Hermann an der Hand.

»Schau, die tapferen Ritter alle«, sagte ich zu meinem Liebling. »Und dort vorn, das edle weiße Ross aus dem Morgenland!«

Der Reiter des herrlichen Schimmels stieg ab und warf die Zügel einem Stallburschen zu. Dann nahm er den leichten Helm ab – und mein Herzschlag setzte aus. Mir war, als hätte ich einen Geist gesehen! Das konnte doch nicht sein! Er ist doch tot, dachte ich! Ich sah noch einmal hin: Er war es wirklich. Raimund von Kaulberg.

Natürlich rannten alle auf ihn zu, begrüßten ihn, lachten und schlugen ihm auf die Schulter. Der Landgraf schloss ihn in die Arme wie einen alten Freund, ebenso die Vargula-Brüder. »Wir glaubten, Eure Knochen würden irgendwo in der Wüste bleichen«, rief Hermann von Treffurt.

»Das könnte Euch so gefallen«, lachte Raimund von Kaulberg. Er ging reihum, begrüßte alte Bekannte, schüttelte Hände. Und dann stand er mir gegenüber. Himmel, ich konnte nichts dagegen tun – es versetzte mir einen Stich im Herzen. So wie früher.

»Gott zum Gruß, Jungfer Gislind«, lächelte er, und ich erwiderte: »Willkommen daheim, Herr Ritter.« Ich spürte, wie ich rot wurde.

Er deutete auf den kleinen Hermann. »Euer Sohn?«, fragte er.

»O nein, nein«, stotterte ich, »er ist …« Ich riss mich zusammen. »Das ist Hermann, Erbe der Krone von Thüringen.« Hermann kicherte.

Raimund von Kaulberg beugte lächelnd das Knie vor dem Kleinen. »Meine Ehrerbietung, Hoheit«, sagte er. »Ich will Euch gern dienen wie Eurem Vater und Großvater.«

»Lässt du mich auf deinem Schimmel reiten?«, krähte Hermann vorwitzig.

»Natürlich«, lachte Raimund. »Morgen, wenn er sich ausgeruht hat. Dann bringt dich Jungfer Gisa zum Stall, und du darfst aufsitzen. Aber nur, wenn ich dabei bin. Hasan ist nämlich ein ganz wilder Kerl.«

Ich stand daneben und konnte kein Wort mehr sagen. Raimund zwinkerte mir noch fröhlich zu, und dann war der Augenblick vorbei; mein Ritter begrüßte schon wieder andere.

Wie im Traum ging ich mit Hermann in die Frauenkemenate zurück. Ich war völlig durcheinander, begriff mich selber nicht mehr. Er hatte mich nur angesehen, und ich war völlig überwältigt! Er hatte nur vor mir gestanden, und das hatte genügt, in mir wiederzuerwecken, was ich längst verschüttet glaubte. Himmel, ich gehörte doch schon lange zu einem anderen Mann, wenn es auch nur heimlich war. Ich liebte doch Heinrich Raspe, und er liebte mich. Ich war doch inzwischen erwachsen. Meine Kinderschwärmerei war längst Vergangenheit. Wie konnte es sein, dass ein einziger Blick aus Raimunds Augen, ein paar belanglose Sätze aus seinem Mund mich so verwirren konnten?

Von nun an traf ich ihn beinahe jeden Tag. Wir liefen uns im Burghof über den Weg, oder vor dem Weinkeller, oder auf der Treppe zum großen Saal. Wir begegneten uns zufällig am Brunnen, beim Marstall, am Tor, auf dem Weg zum Hospital. Nicht, dass ich seine Gegenwart suchte, im Gegenteil, ich tat alles, um mich von ihm fernzuhalten. Es brachte mich zu sehr durcheinander. Aber es war wie verhext, kein Tag verging, ohne dass ich ihn traf. Und außerdem hatte der kleine Hermann ihn ins Herz geschlossen und bestand immer öfter darauf, auf Raimunds Schimmel zu sitzen und herumgeführt zu werden. Ich konnte doch nichts dafür, dass wir uns immer wieder sahen. Und jedes Mal wurden meine alten Gefühle wieder ein Stück lebendiger. Er war so ganz anders als Heinrich Raspe. Im Vergleich zu ihm war Heinrich ein Geck, ein Schmeichler, ein verwöhnter Leichtfuß. Raimund hingegen war ganz Krieger, hart, unerschütterlich, erfahren und zuverlässig. Einer, dem man sein Leben anvertrauen konnte. Wie viel Vertrauen dagegen Heinrich verdiente, darüber musste ich seit Nürnberg und seit dem Gespräch der Räte mit Ludwig immer öfter nachdenken.

Ich fühlte mich hin- und hergerissen, wurde fahrig und zerstreut. Bei der Arbeit im Hospital vergaß ich oft Sachen oder machte Dinge falsch. Einmal wickelte ich einer Frau den Verband ums linke Bein, obwohl sie doch rechts ein Blutgeschwür hatte. Elisabeth sah mich manchmal merkwürdig an, aber sie war so beschäftigt mit ihrer neuen Aufgabe, dass sie nicht weiter über mich nachdachte. Guda kämpfte so mit ihrem Ekel und Widerwillen, dass sie mich kaum wahrnahm, und Isentrud gab sich mit der Erklärung zufrieden, ich habe in letzter Zeit oft arge Kopfschmerzen.

Der Einzige, der überhaupt nichts merkte, war Heinrich Raspe. Nach wie vor traf ich ihn zu den verabredeten Zeiten an »unseren« Stellen, nach wie vor war ich seine Geliebte, sein Friedel. Ich gab mich ihm hin, aber es war nicht mehr wie vorher. Ich konnte mir nicht helfen – ich begehrte ihn einfach nicht mehr. Wenn er mich küsste, dann dachte ich an Raimund von Kaulberg. Wenn er mich berührte, ach, dann wünschte ich mir, es seien Raimunds Hände. Und wenn er mir beiwohnte, Gott verzeih mir, dann träumte ich, es sei Raimunds Körper, der sich mit meinem verschlang, den ich spürte und liebkoste. Ich konnte nicht anders. Meine alte Liebe war wieder erwacht.

Ich war dankbar und erleichtert, als Ludwig beschloss, noch vor dem Winter auf Umritt zu gehen und seine adeligen Hintersassen im ganzen Land zu besuchen. Er hatte lange nicht mehr vor Ort Recht gesprochen, und außerdem war es eine Sache der Höflichkeit und gutes Herkommen, Ministerialen, Vögte, Grafen und Ritter regelmäßig auf ihren eigenen Burgen und Ansitzen aufzusuchen. Elisabeth überlegte erst, ob sie das Hospital sich selbst überlassen konnte, aber dann siegte der Wunsch, Ludwig nahe zu sein. Sie nahm eine tatkräftige Witwe aus der Stadt in ihren Dienst und zwei Mägde, die für die Alten und Kranken sorgen sollten, solange sie fort war. Als wir loszogen, blieb Heinrich Raspe auf der Wartburg zurück, ebenso Raimund von Kaulberg, und so hatte ich wenigstens ein bisschen Zeit zum Nachdenken und Durchatmen.

Der Umritt begann bei herrlichem Herbstwetter. Obwohl wir Ende Oktober hatten, war es tagsüber warm; das Laub hatte bunte Farben angenommen von Rot bis Gold, und die Sonne schien sanft aus einem lilienblauen Himmel. Über Auen und Flüssen hing weicher Nebel, der sich erst nachmittags verzog, und manchmal, wenn wir am Morgen aufbrachen, ritten wir über reifbedeckte Wiesen. Elisabeth genoss es, von früh bis spät mit ihrem geliebten Ludwig zusammen zu sein, und wir Zofen waren froh, eine Zeitlang keinen Hospitaldienst leisten zu müssen.

Allerdings stellten sich dann andere Schwierigkeiten ein. Ganz gleich, wo wir hinkamen – ein Festmahl für das Landgrafenpaar gehörte selbstverständlich mit zur Begrüßung. Ob wir nun bei Friedhelm von Buch einkehrten, bei Albert von Altenburg, bei den Ebersburgern oder denen von Haldecke, die Gastgeber und ihre Frauen betrachteten es als Ehre und Verpflichtung, unsere ganze Gesellschaft mit dem Besten zu bewirten, was Küche und Keller hergaben. Vor allem die Ehefrauen, die ja dem Haushalt vorstanden, gaben sich unendliche Mühe und scheuten keine Plage, die Tafel für den hohen Besuch würdig auszugestalten. Natürlich waren sie aufgeregt und stolz gleichzeitig; es war für sie eine Ehrensache! Und dann geschah immer das Gleiche: Elisabeth fragte bei jedem Stück Brot, bei jedem Fleischgericht, jeder Fischpastete und jeder Eierspeise, woher denn die Sachen kämen. Und wenn man ihr dann antwortete, es seien Abgaben aus verpachtetem Land, oder man habe sie mit Steuergeldern der Untertanen erkauft, dann aß und trank sie nicht. Anfangs versuchte sie, ihr Fasten zu verbergen. Sie schob Fleischstückchen auf dem Teller hin und her, brach Brot ab und tat so, als ob sie äße. Vielen fiel das gar nicht auf, weil sie ihren Teller ja immer mit Ludwig teilte, der stets ordentlich zulangte. Und irgendetwas war ja oft da, das von der Jagd oder aus den Eigengütern der Adeligen stammte und so dem Speiseverbot des Konrad von Marburg nicht widersprach. Aber manchmal, wenn Elisabeths Verhalten offenbar wurde, war die fröhliche Stimmung beim Festmahl verdorben und die Gastgeber entweder wütend oder beleidigt.

Ich erinnere mich eines Abends bei Herrmann und Kunigunde von Furra. Die Hausherrin, eine stolze, hochgewachsene Frau, ließ es sich nicht nehmen, Elisabeth selbst vorzulegen. Es gab Lamm und gesottenes Rindfleisch, herrlich knusprige Wecken und Rübenmus – natürlich stammte alles aus bäuerlichen Abgaben, was Kunigunde von Furra auch etwas überrascht zugab. »Warum wollt Ihr das wissen?«, fragte sie Elisabeth verwundert. Die antwortete frei heraus: »Weil mir als guter, frommer Christin nur erlaubt ist zu essen, was aus rechtmäßigen Einkünften stammt.«

Die Furra fühlte sich sofort angegriffen. »Wollt Ihr damit sagen, wir alle anderen seien keine guten Christen? Und dass unsere Einkünfte unrechtmäßig sind?«

Elisabeth wurde klar, was sie angerichtet hatte, und sie wehrte ab: »Aber nein, Frau Kunigunde, es ist nur so, dass ich ein Gelübde abgelegt habe.«

»Dann möchtet Ihr also heute Abend lieber hungrig bleiben?«

»So muss es sein«, erwiderte Elisabeth, »zu Gottes Ehre.«

»Wenn Ihr meint«, antwortete die von Furra spitz und sprach den ganzen Abend kein Wort mehr mit der Landgräfin. Als ich später kurz den kleinen Saal verließ, um mein Schultertuch zu holen, sah ich die Gastgeberin im Vorraum bei ihrem Mann stehen. »Keine guten Christen sind wir!«, zischte sie. »Und nichts von alldem hat sie angerührt! Tagelang haben wir überlegt, was wir anbieten, die besten Stücke Fleisch haben wir aufgetischt! Den schönsten Ochsen haben wir schlachten lassen! Was hab ich mir für Mühe gemacht! Keine Kosten haben wir gescheut! Und das Weib isst nichts, einfach nichts. Hockt an der Tafel, die Hände im Schoß und lächelt blöd wie ein Schaf.«

»Aber der Landgraf ...«, wagte Hermann von Furra einzuwerfen.

»Du kannst dem Landgrafen sagen, wenn er noch einmal kommt, soll er sein frömmelndes Weib zu Hause lassen!«, schäumte Kunigunde. »Die Frau hat mich beleidigt!«

Das war nur einer der Besuche, der damit endete, dass die Gastgeber verprellt wurden. Bei denen von Nebra, entsinne ich mich, sprang die Hausfrau von der Tafel auf und lief weinend aus der Hofstube, weil Elisabeth das Essen ablehnte. Wenig später kam ein Teller mit fünf gebratenen Sperlingen aus der Küche, das Einzige, was sich für die Landgräfin hatte finden lassen. Mit Leimruten gefangene Spatzen waren auf jeden Fall rechtmäßige Speise. Elisabeth teilte sich die winzigen Vögelchen mit Guda und Isentrud, und Hemma von Nebra kehrte weder an die Tafel zurück, noch erschien sie am nächsten Morgen zur Verabschiedung.

Ähnlich ging es uns bei denen von Alsfeld. Überall stieß Elisabeth mit ihrem Benehmen die Leute vor den Kopf, und Ludwig hatte alle Mühe, die Wogen wieder zu glätten. Der Umritt, mit dem Ludwig eigentlich den Adel fester an sich binden wollte, entwickelte sich zum Fehlschlag. Elisabeth war inzwischen so ausgehungert, dass sie manchmal Schwindelanfälle hatte. Irgendwo auf dem Weg zum Landtag, acht deutsche Meilen vor Mittelhausen, fiel sie entkräftet vom Pferd. Ludwig sprang voller Sorge ab, eilte zu ihr und beugte sich über sie. Und dann sah er, dass sie, verborgen unter den edlen Kleidern, die zu tragen er von ihr für den Umritt verlangt hatte, ein härenes Büßergewand trug.

Am Abend, in Mittelhausen, kam es zu einer Auseinandersetzung zwischen den beiden. »Dein Verhalten fällt auf mich zurück«, warf er ihr vor, »du schadest mir, merkst du das nicht?«

Elisabeth setzte sich müde auf einen Hocker. »Es tut mir leid, Bruder, wenn dem so ist. Aber ich kann meinen Schwur nicht brechen, das verstehst du doch?«

Ludwig setzte sich auf die Bettstatt und zog seine Stiefel aus. »Ich war von Anfang an dagegen, dass du Konrad von Marburg diesen Eid schwörst«, knurrte er. »Und dieses Speisegebot halte ich für unsinnig, das weißt du auch.«

»Ich muss mich daran halten, Liebster.« Elisabeth ging zu ihm und strich ihm liebevoll über die blonden Locken. Unwirsch stand er auf.

»Dann wird es das Beste sein, du kehrst mit deinen Zofen auf die Wartburg zurück und ich beende den Umritt alleine.«

»Du schickst mich weg?« Ungläubig schüttelte sie den Kopf.

»Herrgott, ich kann es mir nicht leisten, den Adel zu verprellen!« Wütend schnallte er den Gürtel mit seinem Essmesser ab und warf ihn auf den Tisch. »Wenn ich auf Kreuzfahrt bin, brauche ich verlässliche Ritter daheim. Gefolgsleute, die hinter mir stehen. Die mir den Rücken freihalten. Die Achtung und Respekt vor mir haben. Keine Ritter, die der Meinung sind, ich lasse mir von meiner Frau auf der Nase herumtanzen.«

»Das tue ich doch gar nicht.«

»Aber die Leute glauben es. Und außerdem – schau dich doch an. Du verlierst immer mehr an Gewicht, wirst jeden Tag schwächer. Heute hast du dich nicht einmal mehr auf dem Pferd halten können. Lieber Himmel, das kann doch nicht gesund sein.«

»Der Zustand meiner Seele ist mir wichtiger als der meines Körpers«, antwortete sie.

»Und der Zustand deiner Ehe?« Er sah sie an. Das raue Kleid hing an ihrer schmalen Gestalt schlaff herunter, ihre Lippen waren blass, ihre Haut trotz der natürlich dunklen Tönung durchscheinend und wächsern. Sie schloss die Augen.

»Versteh mich doch, Ludwig. Du weißt, ich liebe dich mehr als alles andere auf der Welt. Aber was ich tue, ist eine Sache zwischen mir und meinem Gott. Der Schwur ist geleistet, es ist nicht mehr zu ändern. Aber dir schaden ist das Letzte, was ich will. Wenn es dein Wunsch ist, dann kehre ich nach Eisenach zurück.« Sie wischte eine Träne fort.

Er seufzte und nahm sie in die Arme. »Ich liebe dich doch auch, Schwesterchen. Aber es ist wirklich besser, wenn du nicht mehr mit mir weiterreitest. Daheim auf der Wartburg kannst du wieder essen, was auf deinen Eigengütern wächst. Dann kommst du wieder zu Kräften.«

Sie küsste ihn. »Lass mich meinen Weg gehen, Ludwig, ich bitte dich«, sagte sie leise.

»Gisa, wo geht es nur mit ihr hin?«, fragte er mich, als wir uns am nächsten Morgen verabschiedeten. »Ich mache mir Sorgen.«

»Ich auch«, gab ich zu. »Sie wird immer dünner und immer strenger mit sich selbst.«

Er nickte. »Ich habe in den letzten Tagen wieder und wieder versucht, mit ihr zu reden, aber es ist müßig. Sie ist nicht zur Vernunft zu bringen.«

»Ein Gelübde muss erfüllt sein«, sagte ich, »da hilft keine Vernunft. Vielleicht hebt es Konrad von Marburg ja bald wieder auf. Vielleicht wollte er Elisabeth mit dem strengen Speisegebot nur auf die Probe stellen.«

»Ich werde ihm schreiben und einen Reiter nach Norden schicken«, beschloss Ludwig. »Er kann schließlich nicht wollen, dass sie verhungert.«

Ich war mir da nicht so sicher. Elisabeth zerriss sich beim Versuch, zwei Herren zu dienen: ihrem Ehemann und ihrem unerbittlichen Beichtvater. Und nicht nur ich wusste, dass dies auf Dauer nicht gutgehen würde. Irgendwann würde es Ärger geben, und so kam es auch.

Denn Konrad von Marburg eilte auf Ludwigs Schreiben hin zurück nach Thüringen.

Er erreichte uns Ende November. Es war an einem trüben, grauen Tag, seit einer Woche hatte es unaufhörlich geregnet, als Konrad mit seinem Gehilfen völlig durchnässt durch das Tor ritt.

Elisabeth war glücklich, ihren Beichtvater wiederzusehen. Ich nicht. Wie schon beim letzten Mal hatte ich das Gefühl, von ihm ginge etwas Böses aus, eine Kälte und Härte, die mir Angst machten. Und als ich seinen Gehilfen Johannes sah, erschrak ich nur noch mehr: Man hatte ihm bei einem Überfall ein Auge ausgestochen; er zeigte die leere, rotvernarbte Höhle offen, trug keine Augenklappe. Es sah schrecklich aus. Und ihm fehlte die linke Hand. Jeder weiß, dass das Unglück bringt.

Ludwig bestellte den Prediger gleich am ersten Tag zu sich, um mit ihm wegen des Speisegebots zu reden. Ich war froh, denn Elisabeth war inzwischen richtig dürr geworden, genauso wie Guda. Lediglich Isentrud hatte kaum an Gewicht verloren, aber das lag, wie ich ganz gut wusste, daran, dass sie bei jeder Gelegenheit heimlich aß. Nun, jedenfalls erwarteten wir alle, dass Konrad seine Regel zumindest lockerte, damit die Landgräfin nicht an ihrer Gesundheit Schaden nahm.

Wir hatten nicht mit Konrads Überzeugungsgabe gerechnet. Er blieb bis zum Abend bei Ludwig, und als die beiden schließlich wieder aus der Landgrafenstube auftauchten, sagte Ludwig zu seiner Frau: »Dein Beichtvater, mein Lieb, ist fürwahr ein weiser und ehrenwerter Mensch. Wenn ich nicht den Widerspruch des Adels und der hohen Familien fürchtete, würde auch ich seinen Geboten gerne folgen. Leider kann ich das nicht, aber du hast die Freiheit, für uns beide zu gehorchen. Tu also, was er dich heißt. Auf ihm liegt die Hand des Herrn.«

Elisabeth umarmte ihn lange und innig. Alles würde also weitergehen wie bisher. Konrad hatte es geschafft, auch Ludwig einzuschüchtern. Später erzählte er mir, der Prediger habe ihm die Hölle in den furchtbarsten Farben geschildert und ihm so sehr zugesetzt, dass er ihm an diesem Tag, hätte er es als Tribut verlangt, ganz Thüringen geschenkt hätte, und Hessen dazu.

Und dann kam der Tag, an dem Jutta von Meißen ihrem Halbbruder auf der Neuenburg einen Besuch abstattete. Sie hatten vorher lange über Erbangelegenheiten gestritten, sogar zu Kampfhandlungen war es gekommen. Ludwig freute sich über die Maßen, dass Jutta seine Einladung angenommen hatte, und hoffte darauf, den Streit endlich beilegen zu können. Er befahl, einen großen Empfang vorzubereiten. Unglücklicherweise hatte Konrad von Marburg für denselben Tag eine Predigt in der Freyburger Marienkirche angesetzt und schickte seinen einäugigen Diener ins Frauenzimmer, um Elisabeths Anwesenheit einzufordern. Natürlich hatte er genau gewusst, in welche Schwierigkeiten er sie damit brachte. Denn für Ludwig war es wichtig, dass Elisabeth mit ihm zusammen die Schwägerin empfing. Er wusste, dass die beiden sich gernhatten, und hoffte, dass dadurch das Treffen angenehmer und die Versöhnung leichter werden würden.

Johannes traf Elisabeth nicht im Frauenzimmer an, sondern nur Guda und Isentrud. Ich selber war zu der Zeit in der Küche und besprach mit den Herrenköchen, welches Essen für die Landgräfin bei der Tafel erlaubt war, damit bei Tisch gar nicht erst Unruhe aufkam. Natürlich richteten die beiden anderen Elisabeth Konrads Wunsch – der einem Befehl gleichkam – sofort aus. Jetzt befand sie sich in einer Zwickmühle. Sie lief zu Ludwig, der ihr klarmachte, dass hier der Familienfrieden vorging und sie schon an ihren Sohn denken müsse, der vielleicht einmal über Meißen herrschen würde. Und schließlich habe sie Konrad zwar Gehorsam gelobt, aber nur in Dingen, die nicht der Gewalt ihres Mannes unterlagen. Sie habe also von ihrem Beichtvater nichts zu befürchten, wenn sie die Predigt versäume. Schweren Herzens kleidete sie sich für den Empfang um. Doch in der Eile vergaß sie, Konrad Nachricht darüber zu schicken, dass sie fernblieb.

Der Empfang war strahlend und prächtig und fand bei herrlichem Sonnenschein im festlich geschmückten Burghof statt. Danach begab man sich im großen Saal zu Tisch, und ein fröhliches Schmausen begann. Und endlich, nach dem Essen, hatte die Einladung den erwünschten Erfolg. Ludwig und seine Halbschwester lagen sich in aller Öffentlichkeit in den Armen und zeigten so ihre glückliche Versöhnung. Das war am frühen Nachmittag. Seit dem Mittagsläuten hatte Elisabeth wie auf Kohlen gesessen, hatte kaum etwas von den eigens für sie zubereiteten Speisen hinuntergebracht. Wenn sie sich nun beeilte, so dachte Elisabeth, so könnte sie vielleicht noch das Ende der Predigt mitverfolgen. Eilig schwangen wir vier uns also auf unsere Zelter und ritten hinunter nach Freyburg. Doch die Kirche war schon leer bis auf ein paar Nachzügler, und Konrad von Marburg nirgends zu finden.

Auch am Abend, als die Tore der Neuenburg längst geschlossen waren, war der Prediger noch nicht wiederaufgetaucht. Elisabeth bekam es mit der Angst zu tun, sie ließ Konrad überall suchen, doch ganz offensichtlich waren weder er noch sein Gehilfe auf die Burg zurückgekehrt. »Das ist alles meine Schuld«, jammerte Elisabeth und rang verzweifelt die Hände. »Ich hätte doch zur Predigt gehen müssen!«

Ludwig versuchte vergebens, sie zu beruhigen. Sie war wütend auf ihn. In dieser Nacht schlief sie allein bei uns im Frauenzimmer und tat kein Auge zu.

Am nächsten Morgen kam ein junger Kirchendiener aus der Stadt auf die Burg und erklärte, er habe eine Nachricht für die Landgräfin. Elisabeth empfing ihn gleich im Hof, wo er ihr mit knappen Worten erklärte: »Mich schickt der Prediger Konrad von Marburg. Ich soll Euch ausrichten, er werde wegen Eures Ungehorsams die Sorge für Euch niederlegen und morgen abreisen.« Er hielt die Hand auf. »Dem Boten einen Pfennig.«

Ich drückte dem Knaben ein Geldstück in die Hand, und dann musste ich auch schon Elisabeth hinterher, die mit wehenden Röcken zum Marstall rannte, Guda und Isentrud hinterdrein. Während die Stallknechte ganz aufgescheucht unsere Pferde sattelten, weinte Elisabeth, raufte sich die Haare und machte sich die bittersten Vorwürfe. Sie zurückzuhalten war unmöglich, also folgten wir ihr in halsbrecherischem Galopp bergab nach Freyburg. Wir vermuteten, dass Konrad als Gast im Pfarrhaus genächtigt hatte, und tatsächlich sahen wir schon von weitem den einäugigen Johannes, wie er den Esel belud. Elisabeth – gute Reiterin, die sie war – sprang vom Pferd, noch bevor es zum Stehen kam und lief ins Haus, während wir erst unsere Zelter anbanden, bevor wir ihr nach drinnen folgten. Die Haushälterin, ein hübsches junges Ding mit bedenklich gewölbtem Leib, wies uns mit Blicken den Weg nach oben.

Und dort fanden wir sie. Hingestreckt auf den Boden, mit ausgebreiteten Armen, das Gesicht dem Boden zugewandt. Und über ihr, wie ein Fels, wie ein Richter, wie ein rächender Engel Konrad von Marburg. Sein Gesicht war versteinert; mit lodernden Augen sah er auf sie herab, die sich so vor ihm erniedrigte. Elisabeth, Prinzessin aus dem königlichen Haus der Arpaden, Landgräfin von Thüringen, zweitmächtigste Frau im Reich nach der Königin, lag im Staub vor einem besitzlosen, in Armut herumziehenden Priester. Ich traute meinen Augen nicht.

»Hure des Satans!«, donnerte Konrad, »wie kannst du es wagen, Gott zu missachten?«

Elisabeth schluchzte unter ihrem Schleier. Ihr Rücken hob und senkte sich wie im Krampf.

»Ich habe dir befohlen, der Predigt beizuwohnen, und du, verfluchte Ausgeburt der Erbsünde, hast dir angemaßt, eine andere Wahl zu treffen!«

Elisabeth schob sich wie ein Tier vorwärts und umfasste mit beiden Händen den rechten Fuß des Predigers. Mir wurde schlecht.

»Heilig wolltest du werden!« Konrad spie es fast aus. »Heilig in der Nachfolge deiner Vorfahren! Aber du bist nichts weiter als ein törichtes, widerspenstiges Weib. Ein Makel in der Linie deines Hauses. Ein Mückenschiss auf der Dornenkrone Christi! Hebe dich hinweg!«

»Vergebt mir«, schluchzte Elisabeth, »o Meister, vergebt mir!«

Ich war fassungslos. Warum wehrte sie sich nicht? Wie konnte sie sich von diesem widerlichen Menschen so behandeln lassen, wie Abschaum? Sie hatte doch kein Verbrechen begangen! Guda konnte es nicht länger mit ansehen und trat einen Schritt vor. »Es ist meine Schuld«, rief sie und lief dabei rot an. »Meine und Isentruds. Wir haben ihr Eure Botschaft nicht richtig ausgerichtet, Herr. Sie hat geglaubt, Eure Worte seien nur eine Einladung gewesen, nicht ein Befehl.«

»Ja, so ist es.« Auch Isentrud machte einen Schritt nach vorn. »Wir beide haben wohl einen Fehler gemacht, Magister Konrad. Unsere Herrin trifft keine Verantwortung.«

Elisabeth hob den Kopf. Wir wussten beide, dass Guda und

Isentrud logen. Es wäre für die Landgräfin von Thüringen Ehre und Verpflichtung gewesen, sich vor ihre Damen zu stellen. Aber dann sah ich ihren Blick. Und sie sagte nichts. Sie tat nichts. In diesem Augenblick verachtete ich sie.

Konrad überlegte eine Weile. Dann bückte er sich und berührte Elisabeth an der Schulter. »Erhebe dich, mein Kind«, sagte er mit sanfter Stimme.

Wie eine arme Sünderin stand sie vor ihm, den Kopf gesenkt.

»Du hast unrecht getan, aber wie ich höre, lag keine Absicht in deinem Verhalten.«

Sie nickte und schluckte die letzten Tränen hinunter.

»Aber ihr!«, brüllte Konrad meine beiden Freundinnen an. »Ihr habt mit eurer Leichtfertigkeit Gott gelästert. Ihr habt eurer Herrin und auch mir und dem Himmel Schande gemacht! Habt nicht auch ihr das Gelübde geleistet? Habt nicht auch ihr Gehorsam geschworen?«

Die beiden nickten mit schuldbewusster Miene.

»Kniet nieder!«, dröhnte der Prediger.

Die beiden sahen sich unsicher an, taten aber dann, wie geheißen. Und dann trat Konrad hinter sie. Mit zwei raschen Griffen riss er ihnen die Mäntel herunter. Elisabeth und ich schrien auf. Was sollte das bedeuten? Plötzlich hielt er ein Stück Strick in der Hand. Es war sein Gürtel, den er gelöst hatte. Er maß eine gute Elle ab. Dann klatschte der Strick auf Gudas und Isentruds Rücken, immer und immer wieder. Ich sah Elisabeth an. Das konnte, das durfte sie nicht zulassen! Aber sie barg nur das Gesicht in den Händen. Ich jedoch, ich sah zu, bis die Kleider der beiden Geschlagenen aufrissen, bis sie sich vor Schmerz krümmten, bis sie verzweifelt baten, ihr Peiniger möge ein Ende machen. Und ich sah, wie sich Konrads Gemächt aufrichtete unter seiner Kutte, während er immer erbitterter zuschlug. Wie sein Gesicht einen Ausdruck der Verklärung annahm.

Dieser Mensch war der Teufel.

Creuzburg, Winter 1227

Es war drei Wochen nach Neujahr, und der junge Landgraf hatte die Hofhaltung gerade von der Wartburg, wo man Weihnachten gefeiert hatte, auf die Creuzburg verlegt. Ein dick vermummter Reiter lenkte sein Pferd im vorsichtigen Schritt durch Schnee und Eis zur Burg hinauf; auf seiner ledernen Tasche prangte ein Doppeladler auf goldenem Grund, auf der Satteldecke erkannte man die drei Löwen des Herzogtums Schwaben. All das wies ihn als Sendboten des Kaisers Friedrich II. aus. Dementsprechend ehrerbietig wurde er am Tor empfangen, und man führte ihn sofort zu Ludwig.

»Gott grüß Euch, Herr Landgraf«, begann der Bote. Von seinem Mantel tropfte der tauende Schnee auf die Steinfliesen vor dem Kamin. »Und auch der Kaiser, Herr Friedrich, unser aller würdiger Herrscher, lässt Euch grüßen.«

»Meinen Dank«, erwiderte Ludwig und hielt dem ausgefrorenen Mann einen Zinnbecher mit gewärmtem Würzwein hin, den dieser gierig hinunterstürzte. »Welche Nachricht bringt Ihr mir?«

Der Bote entgegnete nichts. Er öffnete stattdessen seine Umhängetasche und holte ein sorgfältig verschnürtes Leinenpäckchen heraus, das er dem Landgrafen mit einer Verbeugung hinhielt. Ludwig löste die Bänder und schlug den Stoff zurück. Was er dann sah, entlockte ihm einen kleinen überraschten Aufschrei: Ein Stück rotes Tuch fiel ihm entgegen. Und als er es entfaltete, hatte es die Form eines Kreuzes.

»Endlich!«, rief Ludwig und schloss seine Faust um die rote Seide. »Endlich!«

Es war die Aufforderung zum Kreuzzug.

»Ich habe außerdem ein kaiserliches Schreiben für Euch«, sagte der Bote und holte ein versiegeltes Pergament aus der Innentasche seines Mantels. Ludwig nahm es entgegen und entließ den Überbringer mit höflichen Dankesworten. Dann ließ er seinen Schreiber rufen, einen Mönch aus Reinhardsbrunn, denn wie die meisten Herren vom Adel konnte auch er weder lesen noch mehr als seinen Namen schreiben.

Der junge Benediktiner kam eilends herbei, erbrach das Siegel und sah sich den Text an. »Es ist Lateinisch, Herr«, sagte er.

Ludwig machte eine auffordernde Geste. »Dann übersetze sinngemäß, Thomas.«

»Der Kaiser lässt Euch sagen, er habe die restlichen zweitausend Silbergulden des Kreuzfahrtgelds, die er Euch zu Cremona versprochen hat, bereits am Nikolaustag losgeschickt, sie dürften also bald in Thüringen eintreffen.«

Ludwigs Miene hellte sich auf. Das war wirklich eine freudige Nachricht! »Weiter!«

»Hier steht, Kaiser Friedrich habe Papst Honorius zugesagt, noch im Jahre des Herrn 1227 ins Heilige Land aufzubrechen. Das Heer der Kreuzfahrer soll sich sammeln in Unteritalien in der Stadt Brindisium, von wo sich die Ritter im Monat August nach Outremer einschiffen werden. Ihr, Herr Ludwig, mögt alles Nähere mit dem Hochmeister des Deutschen Ordens, Hermann von Salza, besprechen, der im Auftrag des Papstes in Kürze zu Thüringen eintreffen wird. Der von Salza wird Euch dann auch einen Brief des Papstes überbringen, der darin ebenfalls aufruft, zur Kreuzfahrt zu rüsten.« Der Mönch rollte das Pergament wieder zusammen und gab es Ludwig zurück.

August! Der Landgraf begann zu rechnen. Das bedeutete, sie mussten spätestens im Juni aufbrechen. Noch ein knappes halbes Jahr also, Zeit genug, alles für die Reise vorzubereiten und das Land geordnet zu hinterlassen. Heinrich Raspe würde sein Stellvertreter sein, mit zwei oder drei Räten an der Seite, die ihm auf die Finger sehen würden. Ludwig hatte immer noch kein rechtes Vertrauen in seinen jüngeren Bruder. Ihr Verhältnis war angespannt, und Ludwig fürchtete außerdem, Heinrich habe noch Beziehungen zu den Katharern oder hinge dem Glauben wenigstens noch teilweise an. Andererseits, dachte der Landgraf, war die Herrschaft über Thüringen während des Kreuzzugs eine gute Bewährungsprobe, und hinterher, wenn alles gutgegangen war, konnte man Heinrich die Grafschaft Hessen wohl endlich anvertrauen.

Ludwig verstaute das kaiserliche Schreiben in dem ledernen Behälter für Schriftrollen, der neben dem großen Arbeitstisch stand.

Das Stoffkreuz stopfte er in die Innentasche seines Wamses. Als Erstes wollte er Elisabeth mit der wunderbaren Nachricht überraschen. Wie oft hatten sie sich nach seiner Rückkehr vom Reichstag in Cremona in allen Farben ausgemalt, wie herrlich es sein würde, gemeinsam in Heilige Land zu ziehen. »Miteinander am Grab Christi beten – nichts Schöneres kann ich mir vorstellen!«, das waren Elisabeths Worte gewesen. Und auch er freute sich darauf, mit seinem geliebten Weib nach Jerusalem zu ziehen – und damit endlich, endlich die Schuld am Tod seines Bruders und sein sündiges Abweichen vom rechten Weg des Glaubens zu sühnen. Erst dann würde er wirklich frei sein.

Der Landgraf machte sich auf den Weg zum Turmhaus, in dessen unterem Geschoss die Frauenkemenate lag. Elisabeth hatte die letzten Tage vor dem riesigen Eckkamin zugebracht, weil ihr nicht recht wohl war, vielleicht eine kleine Magenverstimmung. Aber die Aussicht auf den Kreuzzug würde sie ihre kleine Unpässlichkeit schnell vergessen lassen. Ludwig klopfte und betrat das behaglich warme Kaminzimmer. Er wollte seiner Frau die Nachricht alleine verkünden und schickte ihre Hofdamen und die beiden Kinder mit einem kleinen Wink hinaus.

»Wie geht es dir heute, Schwesterchen?«, fragte er, beugte sich hinunter und küsste sie auf die Wange.

Sie erhob sich von ihrem bequemen Polsterstuhl. Ein wenig blass sah sie aus, und doch umspielte ein kleines, beinahe verschmitztes Lächeln ihre Lippen.

»Schön, dass du mich besuchst, mein Lieb«, sagte sie und zog ihr Schultertuch fest. Seit sie so dünn geworden war, fröstelte sie leicht. »Ich wollte dich ohnehin später rufen lassen.«

»Dann trifft sich's ja gut«, meinte er fröhlich und schenkte sich einen Becher Wein ein. »Ich wollte dir nämlich etwas Wichtiges sagen«, sprach Elisabeth gutgelaunt weiter.

Ludwig legte den Kopf schief. »Ach ja? Ich dir auch.« Er zog sie an sich und fasste sie an den Schultern. »Wer zuerst?«

»Du!«, lachte sie und schob ihre Hände unter sein Wams, um sie zu wärmen. Dabei fühlte sie das zusammengefaltete Stück Tuch über seinem Herzen. »Was hast du denn da?«

Er breitete die Arme aus. »Zieh's raus, du wirst schon sehen«, sagte er mit geheimnisvoller Miene. Er freute sich schon auf ihr glückliches Gesicht.

Sie zog den Stoff hervor und schüttelte ihn, dass er sich auffaltete.

Sie starrte auf das rote Kreuz.

Dann glitt sie langsam an Ludwig hinunter auf die Knie und schlug die Hände vors Gesicht. Ihre Schultern zuckten.

»Was ist? Um Gottes willen, Elisabeth, was hast du? Verstehst du denn nicht? Wir fahren ins Heilige Land!« Ludwig ließ sich ebenfalls auf die Knie sinken und streichelte hilflos ihr schwarzes Haar.

Sie sah zu ihm auf, tränenüberströmt. »Verstehst *du* denn nicht? Ich bin schwanger.« Sie schluchzte so verzweifelt, dass es ihren schmalen Körper durch und durch schüttelte. »Ich ... kann ... nicht ... mit.«

Gisa

Guda und Isentrud atmeten erleichtert auf. Ich nicht. Mein Traum, die Welt zu sehen, war geplatzt und meine Enttäuschung groß. Aber natürlich, es ging nicht. Bei der Einschiffung im August wäre Elisabeths Schwangerschaft schon weit fortgeschritten. Die Gefahr, dass weder sie noch das Kind die Beschwernisse der Reise überlebten, war einfach zu hoch. Aber ich dachte auch an Konrad von Marburg. Der Kreuzzug wäre für Elisabeth eine Gelegenheit gewesen, dem unseligen Einfluss dieses Teufelspredigers zu entkommen. Vielleicht hätte sie sich während ihrer langen Abwesenheit von ihm gelöst, hätte in Jerusalem neue Erkenntnisse gewonnen.

So aber mussten wir bleiben.

Die trüben, kalten Wintertage wurden uns lang. Elisabeth und ich vertrieben uns die Zeit mit Vorlesen, spielten viel mit den Kindern, spannen Wolle, gingen oft in die Kapelle. Anstatt sich auf den neuen Nachwuchs zu freuen, wurde Elisabeth immer trauriger, und schließlich baten wir Ludwig, die Hofhaltung wieder auf die Wartburg zu verlegen. Dort würde sie mit der Sorge für ihr Hospital mehr Ablenkung haben und auf andere Gedanken kommen. Ludwig sagte sofort ja, und wir packten unsere Sachen. Das war kurz vor Fastnacht des Jahres 1227.

Das Wiedersehen mit Heinrich Raspe, der nicht mit uns auf die Creuzburg gezogen war, gestaltete sich schwierig. Er musste inzwischen längst vom Kreuzzug erfahren haben, und ich stellte mir seine Freude darüber vor, dass er endlich im Sommer die Herrschaft in Thüringen übernehmen durfte. Von Elisabeths Schwangerschaft konnte er natürlich nichts ahnen. Er empfing uns gleich im Burghof, ich sah, dass er in Hochstimmung war. Er half den Damen vom Pferd – wobei er mir heimlich den Nacken streichelte –, hob die Kinder aus ihrem Wägelchen und umarmte Ludwig.

»Ich hab's schon gehört!«, rief er. »Im Juni geht's auf ins Heilige Land, so wie du dir's gewünscht hast, Bruderherz! Das wird eine Reise werden, was?«

Ludwig schlug seinem Bruder gutgelaunt auf die Schulter. »Eine großartige Reise! Und ich gehe beruhigt, weil ich das Land in guten Händen weiß. Denn du wirst meiner Elisabeth treu zur Seite stehen, bis ich wiederkomme.«

Ich hörte ihn das sagen und konnte seine Gedankenlosigkeit kaum fassen. Ihm musste doch klar sein, dass er seinem Bruder mit diesen Sätzen einen Schlag versetzte. Atemlos wartete ich auf Heinrichs Antwort.

»Wie meinst du das?«, fragte er mit kalter, leiser Stimme. Er wurde ganz weiß um die Nase.

Ludwig lächelte. »Wir bekommen unser drittes Kind, Heinrich. Elisabeth wird hierbleiben und alle Vollmachten bekommen. Und ich will, dass du sie nach Kräften unterstützt. Versprichst du mir das?«

Heinrich Raspe versuchte mühsam, sich zu beherrschen. »Bruder, du weißt genau, dass Elisabeth halb Thüringen verkaufen wird, um ihre Armen zufriedenzustellen. Du weißt auch, wie der Adel zu ihr steht. Das kann nicht dein Ernst sein!«

Ludwig kniff die Augen zusammen. »Ich vertraue meiner Frau,

Heinrich. Und ich will, dass alles so geschieht, wie ich es sage. Noch bin ich der Landgraf!«

Er war laut geworden, alle Köpfe drehten sich. Heinrich Raspe fuhr auf dem Absatz herum und ging mit großen, wütenden Schritten in Richtung Marstall.

Kurze Zeit später jagte er seinen Rappen in halsbrecherischem Galopp durchs Tor und nach Eisenach hinunter.

Am nächsten Tag trafen wir uns in der kleinen Bohlenstube neben der Wäschekammer. »Es tut mir so leid«, sagte ich und umarmte ihn. Ich spürte, dass er immer noch vor Wut kochte. Er küsste mich und zog mich auf ein unbenutztes Spannbett, das in der Ecke stand. »Ich will nicht drüber reden«, sagte er und begann, meine Brüste zu streicheln. Ich fühlte mich so schlecht. Erst am Morgen war ich Raimund von Kaulberg begegnet, und er hatte mit mir gescherzt wie in alten Zeiten. »Lass«, sagte ich zu Heinrich und wand mich unter seinen Händen. Er nestelte an den Bändern meiner Kotte. »Lass ab«, bat ich noch einmal und versuchte, von ihm wegzukommen, »ich muss zurück in die Kinderstube, Sophie ist sonst allein.« Aber er ließ nicht zu, dass ich mich verweigerte. Er schob meine Röcke hoch, drückte mich mit all seiner Kraft in die Polster. Mit den Knien zwang er meine Schenkel auseinander und wohnte mir bei, als müsse er all seinen Zorn, all seine Anspannung in diesem gefühllosen fleischlichen Akt an mir auslassen. Ich biss die Zähne zusammen und ließ es über mich ergehen.

Danach, als er wortlos gegangen war, weinte ich vor Wut und Verzweiflung. Alles tat mir weh, Körper und Seele. Ich richtete meine Kleider, ordnete mein Haar. Plötzlich musste ich würgen und erbrach mich aus dem Fenster, bis die Galle kam. Und dann, auf dem Weg zurück in die Kinderstube, begrub ich alle meine Zukunftspläne. Nein, ich würde nicht die Frau des Landgrafenbruders werden, würde kein Leben im Luxus führen, würde nicht von allen verehrt und geachtet als Landesherrin in Hessen leben. Ich konnte mit Heinrich nicht mehr glücklich werden. Ich fasste den Beschluss, ihm zu sagen, dass es mit uns nicht weitergehen würde. Meine Liebe zu ihm war endgültig gestorben.

In den nächsten Tagen flüchtete ich mich in die Arbeit im Hospital. Hier herrschte seit dem ersten Schnee noch mehr Betrieb als sonst. Es gab viele Herumziehende und Arme, die in den Wäldern um Eisenach hausten, aber der Winter und die Krankheiten, die er mit sich brachte, hatten sie aus ihren Höhlen und Hütten getrieben. Manche Betten waren sogar mit drei Kranken belegt, und viele schliefen auf dem nackten Boden. Gesund werden konnte dabei wohl keiner; jeden Tag gab es Tote. Draußen wartete eine ganze Schar Elender auf einen freien Platz; kaum hatte man die Laken gewechselt, war die Schlafstatt wieder neu vergeben. Es war bitterkalt, die hustenden, zerlumpten Gestalten in dem kleinen Hof froren sich halb zu Tode. Elisabeth schickte mich schließlich nach Eisenach, um den Zimmermann zu bestellen. Er sollte so schnell wie möglich eine behelfsmäßige Hütte an das Bettengebäude anbauen, so dass die Ärmsten wenigstens vor Wind und Schnee geschützt waren.

Ich ging also dick vermummt den Pfad nach Eisenach hinunter. Und wen traf ich als erstes auf dem Weg zum Marktplatz? Meinen kleinen Freund Primus. Lange hatte ich ihn nicht mehr gesehen, und schon auf den ersten Blick erkannte ich: Er war nicht mehr mein »kleiner« Freund, er war erwachsen geworden. Er freute sich über das zufällige Treffen, und wir schlenderten gemeinsam durch die Gassen.

»Du bist gewachsen«, stellte ich fest, »und fast schon ein rechter Mann, mein ich. Geht's dir gut?«

Er nickte, aber seine Augen blickten traurig. »Mein Bruder ist gestorben«, sagte er.

»Das tut mir leid.« Ich legte meinen Arm um seine Schulter und versuchte mich an den blonden Buben zu erinnern, der manchmal mit auf die Burg gekommen war. »Könnt ihr denn leben?«

»Es geht.« Er zuckte die Schultern. »Wir kriegen jetzt wieder das Almosen, die Ida hilft bei den Nonnen für Essen, und ich finde ab und zu Arbeit.«

Ich sah, dass er keine Schuhe trug, sondern stattdessen Lumpen um die Füße gewickelt hatte. Er tat mir leid. Ich hatte von Elisabeth etwas Geld für Einkäufe bekommen und beschloss, dass sie sicherlich nichts dagegen hätte, wenn ich es für Schuhe verwendete. »Komm mit«, sagte ich zu Primus und bog in die Predigergasse ein, wo die Schuster ihre Werkstätten hatten. Er schämte sich zuerst ein bisschen, das Geschenk anzunehmen, aber dann hielt er doch fein still, als der alte Schuhmacher seinen Leisten anlegte.

Danach gingen wir gemeinsam über den Marktplatz in Richtung Georgentor zum Zimmermann. Ich gab vor, Hunger zu haben, und kaufte im Brothaus ein paar Kümmelwecken. Er verschlang seine gierig. Dann hörte er plötzlich auf zu kauen. Offensichtlich hatte er etwas entdeckt. Ein Reiter in edler Kleidung kam vom Stadttor her und ließ sein Pferd langsam durch den Straßenmatsch trotten. Primus deutete auf ihn. »Wer ist das?«, fragte er.

Natürlich erkannte ich ihn sofort. Es war Heinrich; vermutlich hatte er seine Mutter im Katharinenkloster besucht. »Der jüngere Bruder des Landgrafen«, antwortete ich, »Heinrich Raspe.«

Ich zog meine Kapuze tiefer, weil ich nicht wollte, dass er mich sah, aber er schaute ohnehin nicht nach links und nach rechts, sondern ritt mit hochmütiger Miene weiter.

Primus sah ihm mit zusammengekniffenen Augen nach. »Nimm dich vor dem in Acht«, sagte er dann leise. »Er ist ein böser Mensch.«

Seine Worte trafen mich wie ein Schlag ins Gesicht. Ich sah ihn erschrocken an. »Kennst du ihn denn?«

Er nickte.

»Und woher?«

Er zog mich um die nächste Ecke, wo niemand uns hören konnte. »Seit langem schon«, erzählte er, »treffen sich des nachts regelmäßig Leute in der Stadt. Sie halten eine Art Messe ab, die mit der Kirche nichts zu tun hat. Selber nennen sie sich ›die Guten‹ oder ›die Reinen‹, aber ich glaube, es sind …« Er sah sich unsicher um.

»… Ketzer?«, ergänzte ich.

»Pssst.« Primus legte den Zeigefinger vor die Lippen. »Das Wort ist gefährlich, sagt Lutprant. Ich kenne diese Leute, weil ein Freund von mir zu ihnen gehört. Für ein Handgeld passe ich nachts bei ihren Treffen auf, dass keiner sie entdeckt. Sie glauben an den Satan oder das Böse oder so. Sie sagen, der Satan ist so mächtig, dass der Mensch gar nicht anders kann, als böse zu sein. Also braucht er sich gar nicht gegen die Anfechtungen des Teufels zu wehren, weil es ohnehin sinnlos ist. Drum kann er nach Herzenslust Sünden begehen, wie er grad will. Und bevor er dann stirbt, lässt er sich von seinem Priester alles vergeben und kommt so trotzdem gradwegs in den Himmel.« Er rümpfte die Nase. »Wär ganz schön einfach, wenn's so gehen würde, oder?«

Ich schnappte nach Luft. Konnte das wahr sein? Der Ring fiel mir wieder ein, den Heinrich getragen hatte, und vorher sein Vater. »Und du sagst, der Bruder des Landgrafen gehört zu diesen ... Ketzern?«

»Ich bin mir ziemlich sicher, aber natürlich ist es immer dunkel, wenn ich ihn sehe. Jedenfalls, wenn er es ist, ist er meistens dabei, zumindest in letzter Zeit. Manchmal kommt er dann zusammen mit dem Priester.«

»Weißt du seinen Namen?« Ich wagte kaum zu denken, dass ...

Er schüttelte den Kopf.

»Hör mir zu, Primus«, sagte ich, nachdem ich mich wieder gefasst hatte. »Diese Leute sind Luziferianer. Man nennt sie auch Katharer, und sie werden von der Kirche verfolgt. Wer mit ihnen in Verbindung gebracht wird, den kann es das Leben kosten. Sei also um Gottes willen vorsichtig. Und kein Wort über den Bruder des Landgrafen zu irgendjemandem. Hast du mich verstanden?«

»Klar. Ich bin ja nicht blöd. Aber du verrätst mich auch nicht!«

Ich fasste einen Entschluss. Ich wollte nicht nur den Worten eines Jungen glauben; ich musste Sicherheit haben über Heinrich Raspe. »Wann treffen sich diese Leute wieder?«

»Sonntag vor Judica.«

Das war in zwei Tagen.

»Ich will dabei sein.«

»Ohne mich.« Er wandte sich zum Gehen.

Ich packte ihn am Handgelenk. »Wo und wann treffen wir uns?«

Er seufzte. »Bei Sonnenuntergang am Brunnen hinterm Greifenhaus. Zieh dir was Dunkles an.«

Zwei Tage später stand ich im schwarzen Mantel in der Toreinfahrt des Greifenhauses. Ich hatte Isentrud gebeten, mich zu decken, falls jemand mich nachts vermisste, und sie hatte mich zwar mit einem merkwürdigen Blick angesehen, aber nicht nachgefragt. Sie ist immer eine wahre Freundin gewesen.

Es war schon dunkel; in den meisten Häusern brannte schon kein Licht mehr. Im Winter ging man früh schlafen, Kerzen und Talg kosteten schließlich Geld. Ein blasser Halbmond schob sich hie und da aus den Wolkenbänken und tauchte die Stadt in fahles Licht.

Primus huschte um die Ecke. »Willst du immer noch unbedingt?«, flüsterte er und zog unbehaglich die Schultern hoch.

»Ja«, raunte ich. Im Schein des Mondes sah ich, dass er seine neuen Schuhe trug, aber zu ihrer Schonung trotzdem noch die Lumpen drumherumgewickelt hatte.

»Dann komm.«

Er nahm mich bei der Hand und zog mich in Richtung Münzhaus. Als wir angekommen waren, quetschte er mich in einen schmalen Spalt zwischen einem stinkenden Abtrittshäuschen und einem Schuppen. »Rühr dich nicht«, flüsterte er, »sie müssen bald kommen.«

Und tatsächlich, es dauerte nicht lang, bis die ersten Gestalten an uns vorbeihuschten. Ein großer Kerl mit weitem Mantel grüßte kurz zu Primus herüber, der an der Ecke des Schuppens lehnte. Gleichzeitig zeigte sich kurz der Mond, und ich sah, dass der Mann eine lange Narbe seitlich auf der Stirn hatte. Dann ging im Haus gegenüber ein schwaches Licht an; gleichzeitig wurden von innen die hölzernen Läden in die Fenster eingesetzt, die im Winter die Kälte abhielten. Ich war enttäuscht. In der Finsternis hatte ich bisher niemanden erkennen können, und mit Hineinschauen war es nun auch nichts. Primus wartete noch ein Weilchen, bis er sicher war, dass niemand von den Ketzern mehr kam. Dann gab er mir ein Zeichen, ihm zu folgen. Ich schlich im fahlen Mondlicht hinter ihm her zur Rückseite des Hauses. »Früher waren sie immer im oberen Stock«, raunte er mir zu, »aber jetzt sind sie mehr und benutzen die Stube unten. Im zweiten Fensterladen ist ein Spalt, da kannst du durchschauen.«

Mit klopfendem Herzen näherte ich mich dem Fenster und schielte vorsichtig durch den Riss im Holz. Drinnen standen vielleicht fünfzehn Männer und Frauen, die mir alle den Rücken zuwandten. Erwartungsvoll blickten sie zur Stubentür, bis ein Mann im Kapuzenumhang eintrat. Die ganze Gemeinde fiel auf die Knie.

Der Mann legte den Mantel ab. Zuerst stand er noch im Schatten, aber dann tat er einen Schritt nach vorn und hob segnend die Hände. Auf seiner rechten Wange leuchtete im Licht der Kerzen blutrot die alte Brandwunde. Es war Wido!

Mir begannen die Knie zu zittern. Aber ich zwang mich abzuwarten. Noch hatte ich Heinrich nicht erkannt, aber es war auch schwierig, manche Gestalten standen einfach hinter anderen verborgen, und mein Sichtfeld war beschränkt. Schließlich zupfte Primus mich am Ärmel. Ich gab es auf und ließ mich von ihm fortziehen.

»Er ist nicht dabei«, flüsterte ich, als wir weit genug weg waren.

»Dein Landgrafenbruder?«

»Ja. Zumindest konnte ich ihn nicht erkennen.«

»Pech.«

»Und du bist sicher, dass wirklich er es ist, der immer hierherkommt?«

Jetzt wurde Primus selber unsicher. Er hob die Schultern. »Na ja, eigentlich schon. Außerdem hat er von allen stets die feinsten Kleider an, und er bezahlt mich meistens. Und er ist der Einzige, der Schmuck trägt.«

»Schmuck?«

Primus nickte. »Er hat manchmal eine Kette mit irgendeinem Anhänger dran. Oder sein Mantel wird von einer Anstecknadel zugehalten, die ist bestimmt ganz schön was wert. Und er trägt einen Ring.«

Ich zuckte zusammen. »Wie sieht der aus?«

»Na, wie ein Ring eben. Ziemlich breit. So genau hab ich nicht aufgepasst. Auf jeden Fall hatte er keinen Stein oder so was. Glaub ich. Aber es steht was drauf geschrieben.«

O Gott. Mir war eiskalt. »Was?«, fragte ich.

Er grinste verlegen. »Weiß nicht. Ich kann doch nicht lesen.«

Ich nickte. »Ach so, ja.«

»Hör zu«, sagte Primus leise. »Ich muss wieder zurück, damit ich am Schluss mein Geld kriege.«

»Geh nur«, flüsterte ich. »Ich finde schon allein zum Hellgrevenhof.«

Ich verbrachte eine schlaflose Nacht in der Herberge am Georgentor, bevor ich mich am Morgen zurück in die Burg stahl. Dank Isentrud hatte niemand mein Fehlen bemerkt. Und obwohl ich hundsteinmüde war, führte mich kurz vor der Frühsuppe mein erster Weg in Heinrichs Zimmer, das er zusammen mit seinem Leibdiener Albrecht im Rittertrakt bewohnte. Nachdem die Küchenglocke zum Morgenmahl geläutet hatte, würden die beiden zum Essen in der Hofstube sein. Ich war also ungestört.

Die Kammer war nicht verschlossen. Auf der linken Seite stand eine recht einfache Bettstatt unter einem gestreiften Leinenhimmel, davor stand ein unbenutzter Nachtscherben. Achtlos übers Kissen geworfen lag ein wollenes Paar Beinlinge. Das musste Albrechts Bett sein. Die zweite Bettstatt war viel prächtiger, hatte gedrechselte Pfosten und einen samtenen Vorhang zum Zuziehen. Eine kleine Truhe, die man als Nachttischchen benutzen konnte, stand zwischen Bett und Fenster. Ansonsten befanden sich in dem Raum nur noch ein Schemel und ein großer Kastenschrank, wie er für Wäsche und Kleider benutzt wurde.

Ich hob den Deckel der kleinen Truhe am Fenster. Sie war in mehrere Fächer unterteilt. In fliegender Hast untersuchte ich deren Inhalt. Ich fand einen aufgerollten alten Ledergürtel, ein Rasiermesser, einen verschrumpelten Apfel und ein zusammengeknülltes Schnupftuch. Im zweiten Fach lagen ein Paar Jagdhandschuhe, ein beinernes Trinkhorn, Ärmel aus grüner Seide, eine feinwollene Bruoche und zwei Sporen aus Messing. Das dritte Fach enthielt ein Kästchen mit Heinrichs Siegel, einem Brocken Wachs und dem Siegelring, einen silbernen Zahnstocher an einem Kettchen und einen kleinen Lederbeutel.

Mit zittrigen Fingern griff ich nach dem Beutel. Er war ganz leicht, viel konnte nicht darin sein. Mein Magen krampfte sich zusammen. Ich löste das Band, zog den Beutel auf, und heraus rollte – der Ring! Obwohl ich es schon geahnt hatte, erschrak ich so sehr, dass ich ihn fallen ließ. Er kullerte in weitem Bogen über die Steinfliesen, drehte sich ein, kreiselte erst schneller und dann immer langsamer und blieb schließlich still liegen. Mit spitzen Fingern hob ich ihn auf. Buchstaben flammten mir entgegen, in einer merkwürdigen Schrift, die ich nicht lesen konnte.

Ich schloss die Augen. Jetzt gab es keinen Zweifel mehr: Heinrich Raspe betete den Teufel an. Und ich hatte diesen Mann geliebt, hatte ihn heiraten wollen. Unter meinen Füßen schwankte der Boden.

Doch ich musste mich zusammenreißen. Mit fieberhafter Eile steckte ich den Ring wieder zurück in den Beutel und legte ihn in die Truhe. Ich schloss den Deckel und wollte die Stube verlassen. Schon war ich durch die Tür geschlüpft, war gerade dabei, sie hinter mir zu schließen, da spürte ich eine Hand auf meiner Schulter. Ich erstarrte. Mir war, als wiche alles Blut aus meinem Körper.

»Was tust du in meiner Schlafkammer?«, fragte Heinrich Raspe lauernd. Seine blauen Augen funkelten mich misstrauisch an.

Ich schwitzte aus allen Poren. Langsam drehte mich um, suchte fieberhaft nach einer glaubhaften Erklärung. »Ich ... wollte mit dir reden.«

Er runzelte die Stirn. Noch nie war ich allein in seinem Zimmer gewesen. Und natürlich hätte ich anklopfen müssen und dann feststellen, dass niemand da war. Eine laue Ausrede. Er glaubte mir kein Wort. Ein Schweißtropfen lief langsam an meinem Rückgrat abwärts.

Wie ein Schraubstock umklammerte er mein Handgelenk und zog mich wieder ins Zimmer. »Also, warum warst du hier drin?«

»Ich ... na ja, ich habe geklopft und du warst nicht da, und dann hab ich mir gedacht, ich warte einfach. Das ist alles.« Ich hob beschwichtigend die Hände. »Oder glaubst du vielleicht, ich wollte etwas stehlen?«, ging ich mit dem Mut der Verzweiflung zum Angriff über.

Er überlegte einen Augenblick. Ich war am ganzen Hof für meine unersättliche Neugier bekannt, kaum jemand wusste das besser als Heinrich, schließlich war er mit mir aufgewachsen. »Na gut«, meinte er lau, »ich glaube dir. Und was hat dich nun hergeführt?«

Ich hatte mich eigentlich noch nicht auf dieses Gespräch vorbereitet. Aber ich hatte den Ring gesehen. Ich konnte nicht mehr warten. Nie wieder würde ich eine Berührung Heinrichs ertragen, jetzt nicht mehr. Es war an der Zeit, es musste sein. Ich holte tief

Luft und fing einfach an, zu reden: »Heinrich, ich wollte es dir eigentlich viel früher sagen. Ich habe nachgedacht in den letzten Wochen. Ich finde, du bist anders geworden. Du bist nicht mehr so wie früher. Dein Ehrgeiz zerfrisst dich. Du lachst nicht mehr. Vielleicht hab auch ich mich verändert, ich weiß es nicht. Aber ich hab das Gefühl, wir beide … es ist einfach … es ist vorbei. Ich liebe dich nicht mehr, Heinrich. Es tut mir so leid. Bitte sei mir nicht böse. Und lass uns ohne Groll auseinandergehen. Bitte.«

Endlich wagte ich es, ihn anzusehen. Seine Kiefer mahlten. Er hatte meine Hand längst losgelassen. »Du?«, zischte er. »Du kleines Nichts kündigst mir die Liebschaft auf? Mir?« Er rollte mit den Augen als könne er nicht glauben, was er gerade gehört hatte, und lachte, ein leises, böses Lachen. »Ich habe dich erhöht, du kleine hinkende Schlampe, indem ich dich in mein Bett geholt habe! Hab dir zur besten Zeit deines Lebens verholfen! Und falls du denkst, dass es mich trifft, wenn du's dir jetzt anders überlegt hast, dann täuschst du dich, mein Liebchen!«

»Heinrich bitte, ich will nicht mit dir streiten …«

»Oh, wer streitet denn?« Wieder lachte er. »Weißt du, ich hab mich immer gefragt, wie lange du dich eigentlich noch hinhalten lässt. Hab mich gewundert, dass du nie gemerkt hast, dass außer dir die Hälfte des weiblichen Hausgesindes in den Genuss meiner unerschöpflichen Manneskraft gekommen ist. Die junge, hübsche Hälfte, natürlich.«

»Hör auf.« Ich schlug die Hände vors Gesicht.

»Du hast tatsächlich geglaubt, du bist die Einzige. Und dass du einmal Frau Landgräfin werden würdest, haha, du, ein Habenichts, eine Kammermagd!«

Ich weinte. Ja, das alles hatte ich geglaubt. »Lügner«, stieß ich hervor. »Du bist ein Lügner.«

»Du wolltest doch belogen werden.« Heinrich breitete die Arme aus. »Und sei ehrlich, du hattest doch auch deinen Spaß, hm? Wie bereitwillig du in jedem Hinterzimmer die Röcke gehoben hast, wie du gestöhnt hast und geseufzt. Gebraucht hast du's doch, du kleine Hure, und von mir hast du's bekommen.«

In mir stieg ein unbändiger, wilder Zorn auf. Ich fühlte mich so unendlich erniedrigt, benutzt und beschmutzt. »Du bist genau so, wie dein Bruder von dir denkt!«, schrie ich. »Gemein und schlecht und böse. Kein Wunder, dass er dir Hessen nicht gibt und nicht die Herrschaft in Thüringen mit dir teilt, weil er …«

Ich konnte den Satz nicht beenden. Er holte aus, und sein Handrücken traf mich mit voller Wucht im Gesicht. Mit einem Aufschrei kam ich ins Taumeln, fiel hin und schlug mit der Schläfe gegen die große Schranktruhe. Er packte mich, zerrte mich hoch und stieß mich zur Tür. »Verschwinde, du Luder, und komm mir nicht wieder unter die Augen«, sagte er mit eisiger Stimme.

Draußen floh ich durch die Gänge. Die Leute kamen grade vom Morgenessen, ich wich ihnen aus, rempelte irgendjemanden an. Blind lief ich weiter. Dann spürte ich zwei Hände an den Schultern, die mich aufhielten. Es war ausgerechet der letzte Mensch, dem ich jetzt hätte begegnen wollen: Raimund von Kaulberg. »Was ist los, um Gottes willen?«, fragte er. Ich konnte keinen Ton herausbringen. Sanft berührte er mit dem Zeigefinger meine Schläfe. »Du blutest.«

Bis zu diesem Augenblick hatte ich gar keinen Schmerz gespürt, aber jetzt merkte ich, dass es in meinem Kopf stach und pochte. »Ich bin ausgerutscht und mit dem Kopf gegen eine Truhe geschlagen«, log ich.

»Komm mit«, sagte er nur. Er zog mich in eine ruhige Fensternische und tupfte mir mit seinem Fazenettlein das Blut ab. »Nur ein Kratzer«, meinte er. »Aber es schwillt schon an. Du musst es mit einem nassen Tuch kühlen.«

Ich versuchte verzweifelt, die Tränen zurückzuhalten, und es gelang mir sogar. »Danke«, sagte ich mit erstickter Stimme.

Er nickte und sah mir forschend in die Augen. »Und wenn ich denjenigen erwische, der dich gestoßen hat, dann gnade ihm Gott.«

Ich flüchtete ins Frauenzimmer, warf mich aufs Bett und ließ meinen Tränen freien Lauf.

Primus

Seit der Michel tot ist, ist nichts mehr wie früher. Die Mutter hat keine Freude mehr an überhaupt nichts. Oft sitzt sie stundenlang einfach nur da. Das Irmel hat ihn wochenlang in allen Ecken gesucht, als ob er sich bloß versteckt hätte. Die Ida redet manchmal von ihm, als ob er noch da wäre, und dann erschrickt sie selber. Das Hannolein hat erst nach und nach begriffen, dass er tot ist, und ich glaube, inzwischen hat er ihn vielleicht vergessen. Nur wenn wir am Sonntag nach der Messe alle miteinander an sein Grab gehen, fällt es ihm wieder ein, und dann heult er.

Ich hab seit ein paar Monaten eine Arbeit als Handlanger im Schlachthaus. An den Schlachttagen muss ich mich um die Abfälle kümmern. Die Gedärme reinigen, die Knochen und Fleischreste in die Garküche bringen, die Häute zu den Gerbern tragen. Danach Blut und Scheiße auf den Steinfliesen mit viel Wasser auflösen und mit dem Reisigbesen alles in das Loch im Boden kehren, unter dem der kleine Bach in die Hörsel fließt. Dafür krieg ich jedes Mal einen halben Pfennig. Und natürlich bringe ich von den Fleischabfällen für die Garküche was auf die Seite, für daheim. Zusammen mit dem Almosen, das wir immer noch vom Magistrat kriegen, und dem, was ich fürs Aufpassen bei den Ketzern bekomme, langt das grad, um nicht zu verhungern. Manchmal, wenn die Gelegenheit gut ist, klau ich auch was oder versuche, einen Beutel zu schneiden, aber ich bin nicht so geschickt.

Ohne den Michel ist es schwer.

Und dann komme ich eines Abends nach dem Aufpassen heim und merke, dass im Bett ein Platz frei ist. Die Mutter ist weg. Auf dem Abort im Hof ist sie auch nicht, und ich kriege richtig Angst. Ihr ist doch alles gleich in letzter Zeit, und da tut einer sich leicht was an, sagt die Hausmännin. Ich schaue durchs Fenster in die Wirtsstube vom »Wilden Mann«, ob sie da drin ist. Aber da sind keine Gäste mehr, bloß die Schankmagd räumt noch auf. Und dann höre ich ein Geräusch aus dem kleinen Vorratsschuppen hinter der Taverne. Ich renne hin und spähe durch die angelehnte Holztür. Auf dem Boden steht ein kleines, flackerndes Talglicht, also sehe ich, was ich gar nicht sehen will.

Mutter beugt sich bäuchlings über einen großen Sack. Hinter ihr der grässliche Wirt; er hat ihr Unterkleid hochgeschoben und rammelt sie von hinten wie ein Karnickel. Sie hat das Gesicht vor Ekel verzogen und die Augen geschlossen, ihre Finger sind in den Sack gekrallt. Mir entschlüpft unwillkürlich ein Geräusch, und sie macht die Augen auf, schaut mich geradewegs an. Ich sehe, wie sie sich schämt. Ich möchte am liebsten hineingehen, dem Wirt in die Eier treten, aber da ist er auch schon fertig und lässt von ihr ab. Zufrieden grunzend knöpft er seinen Hosenlatz zu. Dann schneidet er vom Reck eine Wurst ab und drückt sie ihr in die Hand. Zum Schluss kneift er sie noch in den Hintern.

Ich renne zurück in unsere Schweinestall-Behausung. Mutter läuft mir nach. »Denk nicht schlecht von mir«, sagt sie. »Aber wovon sollen wir sonst die Miete zahlen?«

Ich nicke und schlucke. Die Wurst riecht gut, und ich merke, wie hungrig ich bin. Sie hat ja recht, irgendwie müssen wir ja leben. Und ich bin ein Nichtsnutz, weil ich nicht für meine Familie sorgen kann.

»Und außerdem ist doch sowieso alles ganz gleich«, flüstert Mutter ganz leise vor sich hin, aber ich höre es genau.

Wenigstens ist sie keine von den Winkelhuren, die sich jeden Abend an der Stadtmauer feilbieten müssen. Sie lässt sich nur vom Wirt vögeln, und, das hat sie mir noch erzählt, ab und zu von einem seiner Gäste. Mit denen geht sie dann in eine Kammer unterm Dach der Taverne. Mit deinem Vater hat's angefangen, sagt sie und zuckt die Schultern. »Was bin ich denn schon wert?« Ihre Augen sind dunkel und leer, und um ihren Mund sind Falten, die vorher nicht da waren.

»Die Heilige Maria von Magdala war auch eine Hure«, tröstet sie der Pfarrer bei der Beichte. Das finde ich freundlich von ihm. Noch freundlicher wäre es, wenn er ihr aus der Kollekte was zukommen lassen würde, anstatt das Geld für Kerzen und so Zeug auszugeben. Dann müsste Mutter nämlich nicht mehr zur Maria Magdalena beten. Aber der liebe Gott richtet die Dinge schon so ein, wie sie sein sollen, oder? Da soll man nicht dazwischenpfuschen.

Außerdem muss die Kirche ja ein Gutteil ihrer Einnahmen als Kreuzzugssteuer abliefern. Denn bald wird's ernst. In der Stadt reden die Leute schon seit dem Winter kaum von etwas anderem mehr. Im Sommer bricht der Landgraf auf ins Heilige Land, heißt es. Fast der ganze thüringische Adel zieht mit. Und diejenigen, die die Fahrt gelobt haben, Bürger, Bauern, alle Mann. Und die Armen, die ohne Arbeit, die Unbehausten. Die wollen ihr Glück machen, und selbst wenn sie's nicht schaffen – im Heiligen Land kann's schließlich auch nicht schlimmer sein als daheim. Und dann gehen natürlich noch die Verbrecher mit und die Sünder. Die brauchen den Ablass, sonst schmoren sie ewig in der Hölle. Und viele Huren und feile Weiber. Denn so viele Männer auf einen Haufen, mit denen lassen sich gute Geschäfte machen. Ich denke immer wieder an Michel. Der Kreuzzug war sein größter Traum. Und mit jedem Tag, der vergeht, zieht es mich mehr auf die weite Fahrt. Aber ich kann doch nicht die Mutter alleine lassen und die Geschwister. Wer ist dann der Mann im Haus? Dauernd bin ich hin- und hergerissen. Daheim ist es so schlimm. Eine bessere Arbeit finde ich auch nicht. Und im Heiligen Land kann ich vielleicht Beute machen. Oder bei einem reichen Mann Knecht werden. Oder, ich weiß auch nicht, was, einfach mal Glück haben. Ich will einfach nur weg. Weg, weg, weg.

Und dann, im Mai, als die Vorbereitungen überall sichtbar werden, sagt die Mutter zu mir: »Der Michel, der hat viel auf dem Kerbholz gehabt, oder?«

Wie kommt sie jetzt darauf? Ich verteidige ihn. »Schon. Aber umgebracht hat er keinen, bloß überfallen und so.«

»Weißt du«, redet sie weiter, »ich muss so oft dran denken, wo er jetzt ist. Ob er im Fegfeuer schmoren muss …«

Ich fürchte schon, das sag ich ihr aber nicht. Mir sitzt ein Kloß im Hals. Sie fährt mir durchs Haar. »Manchmal kommt mir der Gedanke, ob es nicht gut wäre, wenn jemand am Heiligen Grab für ihn beten würde. Ob ihn das erlösen würde von seinen Sünden.«

Ungläubig sehe ich sie an. Sie lächelt unter Tränen. »Ich weiß doch, dass du gehen willst. Du hast doch drüber geredet mit ihm, an seinem Sterbebett.«

»Ja, aber …«

»Wir kommen schon zurecht«, sagt sie. »Irgendwie. Schau, die Ida wird von dem satt, was sie im Kloster bekommt. Und die anderen zwei, die bringe ich schon durch, mit dem Almosen und den geilen Mannsbildern. Und wenn du dann zurückkommst …«

Ich umarme sie ganz fest.

»Geh für den Michel«, sagt sie.

»Ich hab dich lieb«, sage ich.

Minnelied, Friedrich von Hausen (gest. 1190)

Mein Herz will sich von meinem Leibe scheiden,
die miteinander fuhren manche Zeit.
Der Leib will freudig fechten mit den Heiden,
das Herz jedoch hat sich erwählt ein Weib
…
Vermag ich dich davon nicht abzuwenden,
dass du, mein Herz, mich bringst in schlimmen Zwist,
so bitt ich Gott, er möge dich entsenden
an jenen Ort, wo du willkommen bist.
…
Ich glaubte frei zu sein von solcher Schwere,
nähm ich das Kreuz zu Gottes Ehre an.
Es wäre recht auch, dass dem also wäre,
doch hält die Treue mich in Herzensbann.
Ich wäre wohl ein lebensfroher Mann,
geläng es mir, dass ich mein Herz bekehre,
durch dessen Torheit ich mich ganz verzehre
und dessen Wahl ich nicht verwerfen kann.

Schmalkalden, 23. Juni 1227

Es war der Tag vor Johanni. Vor den Toren Schmalkaldens hatte das thüringische Aufgebot sein Feldlager aufgeschlagen. Vielleicht hundert Zelte standen auf einer freien Ackerfläche, die meisten davon aus einfachem Filz oder Wachstuch und gerade so groß, dass ein oder zwei Mann darin schlafen konnten. Aber es gab auch prächtige, bemalte Unterkünfte, geräumig und bequem, auf denen ganz oben bunte Fahnen flatterten. Man konnte auf ihnen die Wappen fast des gesamten thüringischen Adels sehen, denn kaum einer in waffenfähigem Alter hatte es sich nehmen lassen, den Landesherrn nach Outremer zu begleiten. Einundzwanzig Grafen und Ritter waren in den letzten Tagen mit ihrem Gefolge am Treffpunkt angekommen und warteten auf den großen Augenblick des Aufbruchs. Schmalkalden hatte man gewählt, weil es der südlichste feste Ort des Territoriums war und die Grenze nach Franken nicht weit.

Überall brannten die Kochfeuer, es roch nach Rauch und Eintopf, nach den Latrinen, die man eilig gegraben hatte, nach Leder und Pferdemist. Mensch und Tier wimmelten durcheinander. Wer vom Adel es sich leisten konnte, war mit zwei Pferden gekommen, einem für die Reise und einem erprobten Streithengst für den Kampf. Dazu berittene Dienerschaft, Wagen mit Zugochsen, Maultiere, Packesel. Die Ritter erkannte man an ihren flatternden hellen Umhängen, auf denen das flammendrote Kreuz des Heiligen Krieges aufgenäht war. Die langen, beidseitig geschliffenen Kampfschwerter hingen schwer an ihrer Seite.

Die einfachen Leute nächtigten unter freiem Himmel, trugen, sofern sie es sich leisten konnten, feste Reisekleidung und würden den ganzen langen Weg zu Fuß zurücklegen. Viele von ihnen hatten sich die Muschel, das allbekannte Zeichen des Pilgers, umgehängt, und die einzige Waffe, die sie besaßen, war ihr Pilgerstab.

Überall herrschten gespannte Unruhe, Vorfreude und Aufbruchstimmung. Man wartete ungeduldig auf die Ankunft des Landgrafen.

Primus hielt sich an die Eisenacher Gruppe, die schon vor zwei Tagen in Schmalkalden angekommen war. Er trug die Schuhe, die ihm Gisa geschenkt hatte. Sie waren sein kostbarster Besitz, abgesehen von einer Trinkflasche, seinem Messer und einer fadenscheinigen Filzdecke. Der Abschied war ihm schwerer gefallen, als er geglaubt hatte; fast den ganzen Weg bis Ruhla hatte er mit den Tränen gekämpft. Und dann plötzlich hatte er eine feuchte, kalte Nase an seiner Hand gespürt: Ratz. Der treue Hund war ihm die ganze Strecke gefolgt und sprang nun japsend vor Freude an ihm hoch. Durch nichts war er zu bewegen, wieder nach Hause zu laufen, und so hatte Primus schließlich seufzend nachgegeben. Wenigstens war er jetzt nicht mehr so ganz allein, und die Liebe des Tieres tat ihm gut.

Er kannte fast jeden von den Eisenachern. Den triefäugigen Metzger, den stets zu Späßen aufgelegten Sohn des Schultheißen. Die beiden leichtlebigen Brüder des Weißgerbers, die ihren Schulden zu entkommen suchten. Den Nagelschmied, der bloß mitging, weil er es bei seiner scharfzüngigen Frau nicht mehr aushielt, und den frommen Seifensieder aus der Badgasse. Den jungen Stadtknecht, der auf Abenteuer aus war, und den armen Handschuhmacher, den noch nie jemand hatte lachen sehen und der irgendeine Missetat sühnen wollte, die er früher begangen hatte und niemandem verriet. Den vom Glauben beseelten Neffen des Stadtfischers, der zutiefst davon überzeugt war, dass ohne sein Zutun Jerusalem nie befreit würde. Den buckligen Gesellen des Silberschmieds, der vor einer unglücklichen Liebe zu seiner Meisterstochter floh. Lauter brave Bürgersleute, die Heim und Herd verlassen hatten, um das Heilige Grab zu erreichen. Und dann waren da natürlich noch die armen Schlucker wie Primus, die nichts zu verlieren hatten. Tagediebe, Hungerleider und Herumtreiber, so wie er. Das waren die meisten. Gesindel eben. Und der ungekrönte König dieses Gesindels war Ortwin.

»Warum kommst du überhaupt mit?«, hatte Primus ihn gefragt. »Du und deine Leute, ihr seid doch nicht wie die anderen hier.«

Ortwin hatte mit den Schultern gezuckt. »Hier ist es ebenso gut wie anderswo! Außerdem muss es einen Mordsspaß machen, zur Abwechslung mal ein paar Heiden in die Hölle zu schicken. Und du?«

Primus schluckte. »Für Michel.«

Ortwin schlug ihm kräftig auf die Schulter. »Du bist zu gut für diese Welt, Mann.«

Am Vorabend des Johannistages endlich traf der Landgraf mit großem Gefolge vor Schmalkalden ein. Herrlich war er anzusehen auf seinem stolzen Schimmel, sein weißer Mantel bauschte sich im Wind. Ihm folgte zu Pferd und im Wagen seine ganze Familie: die beiden Brüder, Elisabeth mit gewölbtem Leib, die zwei Kinder und seine Mutter Sophia. Mehrere Kapläne gehörten zu seinem Tross, dazu der altgediente Beichtvater Berthold, außerdem etliche Ärzte, zu erkennen an ihren dunklen Roben, und zwei Schreiber mit Bauchpulten. Im Lager brandete Jubel auf, als die fürstliche Familie vorbeizog und in die Stadt einritt. Ludwig und Elisabeth wollten ihre letzte gemeinsame Nacht nicht im Zeltlager verbringen, sondern im behaglichen Hessenhof am Neumarkt.

Gisa war mit im Frauenkarren gefahren, den kleinen Hermann auf dem Schoß. Ihr war weh ums Herz; wie gern wäre sie mit ins Heilige Land gezogen. Beim Aussteigen fiel ihr Blick auf Heinrich Raspe, der mit verkniffener Miene auf seinem Pferd saß. Seit ihrem Streit und dem Ende ihrer Liebe vor drei Monaten hatte er sie keines Blickes mehr gewürdigt, behandelte sie wie Luft. Sie war unglücklich, aber auch erleichtert, dass es nun vorbei war. »Du hast halt einfach Pech mit den Männern«, hatte die Hühner-Els zu ihr gesagt. Ja, das schien wohl so. Erst einer, der ihre Liebe nicht wollte, dann ein Teufelsanbeter, Lügner und Betrüger. Gisa sah hinüber zum Stalltor des Hessenhofes. Dort stand Raimund von Kaulberg und gab einem Pferdeknecht Anweisungen. Verwegen sah er aus mit seinem dunklen Kreuzfahrerbart, das Haar mit einem Lederbändchen im Nacken gerafft. Ihn würde sie vermissen. Und sie würde Angst um ihn haben. Als Waffenmeister des Landgrafen musste er stets in vorderster Linie kämpfen – und wie viele tapfere Ritter kehrten nie zurück …

Der Abend verlief schweigsam, überschattet vom traurigen Gefühl des Abschieds. Nicht einmal die wunderschönen neuen Wandmalereien im Weinkeller konnten die Stimmung aufheitern. Elisabeth und Ludwig zogen sich früh in ihre Gästekammer zurück. In dem schmalen Bett schmiegten sie sich eng aneinander, Ludwig legte seine Hand auf Elisabeths gewölbten Bauch. »Er bewegt sich«, sagte er lächelnd.

»Oder sie.«

Er küsste ihren Nabel. »Es wird bestimmt ein Sohn. So kräftig, wie der strampelt.«

»Wir werden sehen«, lachte Elisabeth. Dann wurde sie ernst. »Hoffentlich lernt er seinen Vater bald kennen«, sagte sie, »und muss nicht ohne ihn aufwachsen. Ach, Ludwig, ich kann gar nicht so viel beten, wie ich Angst habe.«

»Pass nur auf, Schwesterchen, ich bin schneller wieder gesund zurück, als du glaubst.«

Elisabeth setzte sich auf. »Wir wollen das Kind der Kirche weihen, mit der Bitte um eine glückliche Rückkehr. Es soll unsere Gabe an Gott sein, damit er seine schützende Hand über dich hält.«

Ludwig nickte. »Wenn das dein Wunsch ist, dann soll unser drittes Kind einmal dem Herrn dienen und ins Kloster gehen.«

Sie legte ihren Kopf auf seine Brust. »Lass uns heute Nacht nicht schlafen, Liebster. Ich will die letzten Stunden mit dir auskosten.«

Sie redeten noch lange, aber dann übermannte Elisabeth doch die Müdigkeit. Nur Ludwig lag wach und hing seinen Gedanken nach.

Am nächsten Morgen bei Sonnenaufgang formierte sich vor der Stadt der Kreuzfahrerzug. Vorne an der Spitze sollte die landgräfliche Familie reiten, anschließend, nach Rang gestaffelt, Adel und Ritterschaft. Aber noch lief und rannte alles durcheinander, jeder suchte seinen Platz, die Aufregung war groß. Gisa führte ihren kleinen Zelter am Zügel und bahnte sich ihren Weg durch das Gewimmel der Menschen und Pferde, dorthin, wo sie Ludwig auf seinem Schimmel sitzen sah. Vor einem Mäuerchen hielt sie an, um aufzusteigen, doch gerade als sie ihren Fuß in den Steigbügel setzte, entdeckte sie ein Stück abseits der Menge Heinrich Raspe. Er drehte ihr den Rücken zu und sprach mit jemandem. Das heißt, er sprach nicht laut, sondern er neigte sich seinem Gesprächspartner zu und flüsterte ihm etwas ins Ohr. Dabei sah er sich ständig misstrauisch um, als wolle er nicht beobachtet werden. Der andere war ein junger Mann mit kurzem dunklen Haar und einer Narbe an der Schläfe, und Gisa kannte ihn irgendwoher. Sie überlegte und grübelte, aber es fiel ihr nicht ein. Heinrich redete noch eine Weile auf den Dunkelhaarigen ein, holte dann einen prall gefüllten Beutel aus seinem Hosensack und drückte ihn dem anderen in die Hand. Der ließ ihn schnell unter seinem Mantel verschwinden. Dann trennten sich die beiden. Es war eine merkwürdige Szene, und Gisa beschlich ein ungutes Gefühl. Da hörte sie hinter sich eine wohlbekannte Stimme: »Jungfer Gislind! Jungfer Gislind!« Überrascht nahm sie den Fuß aus dem Steigbügel und drehte sich um. »Primus!«

Er winkte und lief zu ihr.

»Was tust du denn hier?«, fragte sie. »Du willst doch nicht etwa mit ins Heilige Land?«

»Aber doch!« Er warf sich in die Brust. »Schließlich bin ich fast fünfzehn! Und beim Kampf gegen die Ungläubigen brauchen sie jeden Mann!«

Gisa lachte und deutete auf Ratz, der brav neben seinem jungen Herrn hockte. »Und jeden Hund, hm?«

»Auch die Tiere sind Geschöpfe Gottes, sagt der Pfarrer. Es steht nirgends geschrieben, dass Hunde beim Kreuzzug nicht erlaubt sind. Ich hab gefragt.«

In diesem Augenblick lief der Dunkelhaarige mit der Narbe an Primus vorbei und nickte ihm zu. Und da wusste Gisa wieder, woher sie ihn kannte. Er gehörte zu den Ketzern. Er war vor der nächtlichen Messe an ihnen vorbeigegangen und hatte sein Gesicht dabei nicht unter einer Kapuze verborgen gehalten. »Wer war das?«, fragte sie Primus.

»Der? Das ist Ortwin, der schlimmste Galgenvogel von ganz Eisenach. Was der auf dem Kerbholz hat, reicht für zwei Räuberleben.«

Gisa runzelte nachdenklich die Stirn. Was hatte Heinrich Raspe von diesem Mann gewollt? »Weißt du, was diesen Ortwin mit dem Bruder des Landgrafen verbindet?«

»Keine Ahnung, außer dass sie beide zu den heimlichen Treffen kommen.«

»Heinrich hat ihm grade Geld gegeben.«

Primus überlegte. »Bestimmt geht's da um Ketzersachen. Wir kommen auf unserem Weg doch durch viele Städte. Vielleicht soll er das Geld irgendwohin bringen, zu einer anderen Gemeinde oder zu einem ihrer Priester oder so was ...«

Gisa nickte. »Vermutlich hast du recht.«

Ein Fanfarenstoß ertönte.

Primus kratzte sich verlegen am Kinn. »Jungfer Gislind?«

»Ja?« Sie lächelte.

»Könntest du mal ab und zu nach meinen Leuten sehen? Ich meine meine Mutter und die Geschwister. Ob es ihnen gutgeht? Sie wohnen im alten Schweinestall vom ›Wilden Mann‹ in der Hengersgasse.«

Gisa nickte. »Natürlich. Ich kümmere mich darum. Mach dir keine Sorgen.«

Ein zweiter Fanfarenstoß. Das letzte Signal zum Aufbruch.

»Ich muss zu meiner Gruppe.« Primus schnippte aufgeregt nach dem Hund.

»Ich wünsch dir viel Glück, Primus, und Gottes Segen. Komm gesund wieder heim.« Gisa reichte ihrem jungen Freund die Hand. Dann kraulte sie Ratz hinter den Ohren. »Pass gut auf deinen Herrn auf, ja?«

Und schon waren die beiden in der Menge verschwunden. Gisa stieg auf und reihte sich hinter Elisabeth unter den Hofdamen ein. Der Landgraf gab das Zeichen zum Abmarsch.

Die fürstliche Familie ritt noch bis zur Grenze nach Franken mit. Dann galt es, endgültig Abschied zu nehmen. Ludwig hielt eine letzte, kurze Rast. Er küsste seine beiden Kinder, umarmte erst seinen jüngsten Bruder Konrad, dann Heinrich Raspe. »Ich habe dich zum Vormund für Hermann und Sophie eingesetzt«, sagte er. »Hüte sie, als ob sie deine eigenen Kinder wären. Und beschütze auch meine Elisabeth. Ich verlass mich auf dich, Bruder.«

Heinrich hob die Schwurhand. »Vertrau auf mich, Ludwig. Den Deinen wird kein Leids geschehen, solange ich atme. Und Thüringen auch nicht. Das schwöre ich.«

Sophia kam dazu und umfing ihren zweitältesten Sohn voll Rührung. »Ich bete jeden Tag zu Gott, dass ich noch lange genug leben darf, um dich wieder in die Arme zu schließen«, sagte sie mit brüchiger Stimme.

Ludwig beugte das Knie. »Mutter, gib mir deinen Segen auf meinem Weg.«

Sie legte ihm die zitternde Hand auf den Kopf. »Geh mit Gott, mein Sohn. Meine Fürbitten werden dich begleiten.«

Und jetzt kam das Schwerste. Ludwig schloss Elisabeth in seine Arme. Sie schluchzte hemmungslos. »Ich komm doch wieder, Schwesterchen«, sagte er ein ums andere Mal. Sie streichelte sein Gesicht, küsste seine Hände, klammerte sich an ihn. »Lass mich noch bis Nürnberg mitreisen«, bat sie.

»Es hat doch keinen Sinn, Liebes. Einmal muss ja doch geschieden sein. Bleib und schenk mir einen gesunden Sohn. Sende mir bald Nachricht, und auch ich will dir in wichtigen Dingen Kunde geben. Sieh her.« Er zog seinen neuen Siegelring ab, den er eigens für die Kreuzfahrt hatte anfertigen lassen, einen massiven Goldreif mit einem großen Saphir, in den das Lamm Gottes eingeritzt war. »Wenn du ein Schreiben mit diesem Siegel bekommst, kannst du sicher sein, dass es eine echte Botschaft von mir ist. Und so lange dir niemand den Ring selber bringt, weißt du, dass ich am Leben bin.«

Sie schluchzte auf, auch er weinte jetzt mit zuckenden Schultern. Manche aus dem Gefolge sahen sich peinlich berührt an. Es geziemte sich nicht, Gefühle so offen zu zeigen, für einen Fürsten schon gar nicht – wenn es überhaupt einmal vorkam, dass sich in einer adeligen Ehe Liebe einstellte. Die beiden küssten sich ein letztes Mal, ein Kuss, in dem tiefster Schmerz und Verzweiflung lagen. Dann riss Ludwig sich los, schwang sich aufs Pferd und galoppierte davon.

Elisabeth fiel auf die Knie und sah ihm mit gefalteten Händen nach, bis der Zug über der nächsten Hügelkuppe verschwand. Es war, als ahnte sie, dass dies ein Abschied für immer sein würde.

Primus

Wir marschieren und marschieren. Vorneweg ziehen alle, die beritten sind, dann kommen die Ochsen- und Pferdewagen, auf denen man Waffen, Panzer, Kettenhemden, Helme und Schilde geladen hat, auch Zelte, Verpflegung, Decken und was man sonst noch so braucht. Hinterdrein das Fußvolk. Wie ein ewig langer, dicker Wurm schlängelt sich unser Zug durch die Lande.

Inzwischen weiß ich, dass die vom Adel für die Kreuzfahrt bezahlt werden. Für ein Jahr im Dienst des Kreuzes bekommt jeder Ritter dreißig Unzen Silber, jeder Knappe zehn Unzen. Das Geld kommt zum Teil vom Kaiser und zum Teil aus der Kreuzzugssteuer, die alle Fürsten von ihren Untertanen einkassiert haben. Im Tross laufen, so munkelt man, zwanzig Maultiere mit, die das Silber für den Soldatensold schleppen. Wir vom Volk kriegen natürlich kein Geld, aber wir bekommen jeden Tag anständig zu essen. Ich habe in meinem Rucksack einen Holznapf, der morgens und abends mit einem großen Schöpfer Mus oder Brei gefüllt wird, und dazu bekommt jeder ein Brot. An den Sonntagen gibt's manchmal ein Stück Rauchfleisch dazu. Für viele von uns ist es das erste Mal, dass wir regelmäßig zu essen bekommen und jeden Tag satt werden. Den meisten ist das allein schon die Kreuzfahrt wert.

Kaum sind wir aus Thüringen hinaus, fängt das schlechte Wetter an. Die verspätete Schafskälte, sagen die Bauern. Wir sind alle tropfnass und frieren, und unsere Laune wird täglich schlechter, auch weil viele von uns inzwischen fußkrank sind. So viel Laufen ist keiner gewohnt. Ich habe auch Blasen, aber wenn man täglich drüberpinkelt, heilen sie schnell – ein altes Hausmittel von der Mutter. Ja, wenn man ein Pferd hätte oder ein Maultier oder wenigstens ein Eselchen …

Erst ein paar Meilen vor Nürnberg hört der Regen auf, endlich können unsere Sachen trocknen. Wir lagern auf einer weiten Wiese vor den Mauern und lassen uns die Sonne auf den Bauch scheinen.

Zu Nürnberg bekommt jeder von uns eine dicke Filzweste, die vor Pfeilen schützen soll. Der Landgraf hat die Wämser dort machen lassen. Und Spieße werden auch verteilt, welche mit langen und kurzen Schäften, alle mit messerscharf geschliffenen Eisenspitzen. Darauf verstehen sich die Nürnberger Waffenschmiede, die sind ja berühmt im ganzen Land. Ich erwische nur einen kurzen Spieß, bin aber stolz drauf, dass ich jetzt überhaupt eine Wehr habe.

Von Nürnberg aus geht's weiter in Richtung Süden. Unterwegs schließen sich immer mehr Kreuzfahrer an, und bald ist unser Zug schon doppelt so lang wie am Anfang. Vor Augsburg warten mindestens tausend weitere Kämpfer auf uns. Langsam wird die Menge so unüberschaubar, dass man aufpassen muss, seine Gruppe nicht zu verlieren, wenn man mal pinkeln oder verschnaufen muss.

Ich laufe am liebsten in der Nähe der Ritter. So prächtig sehen sie aus auf ihren Rössern mit den bunten Satteldecken, auch wenn sie natürlich unterwegs keine Rüstung tragen. Die richtigen Ritter erkennt man daran, dass sie ihr Schwert am Gürtelgehenk tragen. Die Knappen, die ja auch kämpfen, müssen ihre Schwerter an den Sattel hängen. Ach, hätt ich doch nur auch so eines, und wenn ich's hinter mir herschleifen müsste! Außerdem dürfen die Ritter ihr Haar lang wachsen lassen, wenn's ihnen gefällt, sogar bis über die Schultern. Die Bauern dagegen tragen ihre Haare über den Ohren geschnitten. Das ist so Herkommen. Mein Haar ist kinnlang und fällt mir tief in die Stirn, ich bin ja aus der Stadt.

Ein paar Freunde hab ich schon gefunden, einer davon ist Engelmar, der Fahrer vom fünften Getreidewagen. Er hat bestimmt, dass ich mit Ratz nachts bei den Köchen unter dem Wagen schlafen darf, weil Ratz dann die Ratten und Mäuse abhält. Alle beneiden mich um den Schlafplatz, denn da ist's schön trocken und windgeschützt.

Nach Augsburg ziehen wir weiter, immer aufs Gebirge zu. Wir haben Gewitter. Richtig bedrohlich sehen die Berge von der Ferne aus, mit den dicken schwarzen Wolkenbanken, die über ihnen hängen. Man fragt sich, wie das erst sein wird, wenn wir die Steinriesen erreicht haben? Und wie sollen wir da bloß drüberkommen? Aber zunächst bleiben wir im Tal und ziehen den Fluss Inn entlang. Da habe ich Zeit, mich an die himmelhohen Felsen zu gewöhnen. Und dann erreichen wir das winzige Kaff Matrei.

»Jetzt geht's los«, sagt Engelmar und schnauft gottergeben. Da, wo bis jetzt noch Pferde vor den Karren waren, kommen Ochsen hin, und unser ganzer Zug wird in vier Abteilungen aufgeteilt. Jede Abteilung bekommt einen einheimischen Rodmann zugeteilt, der sie über den Brennerpass führen soll. Unserer ist ein ganz kleiner Bärtiger, der hat lederne Beinlinge an und eine Nase bis zum Kinn, aus der lange graue Haare wachsen. Wenn er den Mund aufmacht, redet er so merkwürdig, dass ihn keiner versteht, aber wir müssen ihm ja auch nur nachlaufen.

Unsere Abteilung ist die dritte, zum Glück, denn dadurch ist der Saumpfad schon richtig schön ausgetreten. Es geht steil nach oben, und so mancher von den Älteren muss kämpfen, um Schritt zu halten. Gott sei Dank können wir zwischendurch öfters langsam machen oder sogar stehen bleiben, weil der Zug ins Stocken kommt. Dann steckt ein Wagen fest, oder ein Rad ist gebrochen. Aber zu lange dürfen wir nicht brauchen, denn wir müssen ja noch bei Tageslicht auf der anderen Seite des Bergkamms sein. Ich kann mich gar nicht sattsehen an den steilen Gipfeln. Obwohl sie heute Gott sei Dank in schönstem Sonnenschein liegen, kommen sie mir doch immer noch unheimlich vor. Und ich hab immer geglaubt, der Große Inselberg sei schon ganz schön hoch! Hach, dabei ist der bloß ein Hügel! Das werde ich denen daheim schon sagen, wenn ich zurückkomme!

Endlich erreichen wir mittags den höchsten Punkt des Passes, an dem ein hübscher kleiner See liegt. Er gibt eine kurze Rast; die Tiere können saufen und wir kriegen jeder einen Brotfladen – zu Innsbruck haben wir als Spende der Bürgerschaft einen neuen Wagen bekommen, der mit frisch gebackenem Brot für den Alpenübergang beladen war. Das Brot ist allerdings steinhart und staubtrocken, man muss es in Wasser oder Bier eintunken, um es überhaupt beißen zu können. Na ja, Hauptsache es macht satt.

Dann geht es abwärts, aber wir sind deswegen beileibe nicht schneller. Die Zugtiere tun sich nämlich abwärts schwerer. Also laufen wir gemächlich über den steinigen Pfad. Ein alter Kaufmann, der als einfacher Pilger bei uns mitgeht, erzählt, dass er den Brennerpass schon einmal im Winter überqueren musste. »Eine eisige Hölle«, erzählt er, »da gibt's schon mal Tote, oder Ochs und

Wagen stürzen ab.« Mir graut es, und ich bin verdammt froh, dass Sommer ist!

Kurz vor Sonnenuntergang sind wir schließlich wieder im Tal. Übernachtet wird beim Ort Sterzing, wo wir auch wieder auf die beiden ersten Abteilungen treffen. Wir sind so müde, dass wir grade noch unser Abendessen – Gemüsebrei, Speck und Brot – hinunterschlingen, bevor wir alle in tiefen Schlaf fallen. Das Schlimmste, hat der Kaufmann gesagt, ist jetzt geschafft!

Auf der Südseite der Alpen ist es spürbar wärmer. Wir rollen unsere Decken und Mäntel zusammen, binden sie fest und tragen sie auf dem Rücken. Eine ganze Zeit geht es jetzt stetig abwärts. Die Stimmung unter den Leuten ist gut, wir singen fast den ganzen Tag Lieder, mal fromm, mal weniger fromm. Na ja, meistens eigentlich ziemlich unfromm, aber der liebe Gott wird's uns schon nachsehen. Schließlich befreien wir das Heilige Grab, da kann er doch froh sein.

Die Menschen, denen wir begegnen, sprechen eine andere Sprache und reden so schnell, dass einem fast schwindlig davon wird. Wir verständigen uns mit Händen und Füßen, und sie verkaufen uns gerne Vorräte. Unsere Gruppe ist einem Anführer zugeordnet, der regelmäßig vom landgräflichen Schatzmeister Geld bekommt, um Essen zuzukaufen. So bekommen wir oft frische Sachen als Beikost. Die meisten von uns rümpfen allerdings die Nase, weil sie die fremden Fressalien nicht kennen. Am wenigsten können wir das grüne Baumöl leiden, das einen ganz widerlichen Geschmack hat. Aber der Kaufmann meint, wir gewöhnen uns schon noch dran, und der Herr Jesus hat auch keine Butter und kein Schmalz gekriegt. Ich jedenfalls stopfe in mich rein, was ich kriegen kann. Solange ich nicht davon kotzen muss, soll's mir recht sein. Satt ist satt.

Oft muss ich an daheim denken. Ob es ihnen allen gutgeht? Die Mutter hat bestimmt Sehnsucht nach mir. Wenigstens hat sie ja noch die Ida, das Irmel und das Hannolein. Ich hoffe, dass mein Engel nach ihnen schaut, wie er's versprochen hat. Dann müssen sie bestimmt keinen Hunger leiden. Manchmal liege ich nachts wach und stell mir vor, dass wir alle um den Tisch sitzen und süßes

Brot mit Honig essen. Das Hannolein hat den Honig im ganzen Gesicht, das Irmel schleckt sich die Finger ab, und Ida und Mutter kauen mit geschlossenen Augen. Ach, ich glaube, die allermeiste Sehnsucht hab doch ich. Es stimmt schon, was die Leute sagen: Am schönsten ist es daheim!

Aber dann sehe ich, dass es doch noch was Schöneres gibt als Thüringen. Die Städte, durch die wir kommen, sind beeindruckend! Mit Mauern und Türmen drumherum, noch viel stärker und wehrhafter als die von Nürnberg, und die ragen ja schon in den Himmel. Und fast alle Häuser sind aus Stein, nicht wie bei uns aus Lehm und Holz. Und in den Städten drin gibt's sogar riesenhohe Türme, da wohnen die ganz Reichen. Und fast alle Straßen sind mit Steinen gepflastert! Wenn man so was einmal gesehen hat, dann kommt einem Eisenach vor wie ein elendes kleines Nest. Wenn ich da an unseren aufgeblasenen Schultheißen denke – dem werd ich mal erzählen, was er eigentlich für ein Wicht ist!

Wir halten uns zwei volle Tage in der Stadt Verona auf, die an dem Fluss Etsch liegt, dem wir schon die ganze Zeit talabwärts folgen. Hier müssen die Getreidevorräte aufgebessert werden. Dann wendet sich unser Zug nach Westen. Das ist zwar ein Umweg, sagt der alte Kaufmann, aber es geht nicht anders, weil es zu Piacenza auf Hunderte von Meilen die einzige Brücke über den größten Fluss Italiens gibt, den Po. Sonst müssten wir durch eine Furt, aber das wäre ganz schlecht, weil der Po grade viel Wasser führt. Von der Stadt Brescia aus geht's also geradewegs in die Ebene hinein. Unser Kaufmann erzählt, dass diese Poebene das Allerschönste an Italien ist. Er nennt sie einen »wahrhaften Garten der Wonnen« und das »schönste Fürstentum der ganzen Christenheit«. Und er hat recht: Das Land ist fruchtbar, hier wächst und gedeiht alles, was man sich nur vorstellen kann, von Obst über Gemüse bis hin zu allen möglichen Sorten Getreide. Und Reis, dessen Felder aussehen wie hellgrünes Gras. Alles gibt es im Überfluss, sogar Schweine und Rinder züchten sie hier in großer Zahl. Wir kommen an großen Bauernhöfen vorbei, die aussehen wie bei uns daheim die ritterlichen Ansitze. Ja, es ist hier wie im Paradies, bloß vielleicht ein bisschen zu heiß und stickig für meinen Geschmack. Weil das Land so feucht ist, sieht man nie den klaren

Himmel, sondern immer nur diesigen Dampf, der aufsteigt bis zur Sonne. Wir marschieren langsamer und schwitzen trotzdem bald mehr, als wir trinken können. Wer nicht genug trinkt, dem wird schlecht, und dann fällt er um.

Endlich erreichen wir Piacenza. Die Menschen empfangen uns wie überall mit Beifall und Freudengeschrei. Unsere Gruppe hat das Glück, von einem reichen Bürger eingeladen zu werden, der zu faul ist, um ins Heilige Land mitzukommen, aber den Kreuzfahrern was Gutes tun will. Im Hof seines Hauses, das eigentlich eher ein Palast ist, hat er einen Ochsen gebraten, dazu bekommen wir salzloses Brot und richtigen Wein, weil man hier kein Bier kennt. Ein wahrhaftes Mahl für einen König! Ich glaube, ich bin zum ersten Mal im Leben ein bisschen betrunken. Irgendwie ist mir schwummerig, alles finde ich zum Lachen, und ich rede jede Menge dummes Zeug.

Am nächsten Tag hab ich Kopfschmerzen. Aber es hilft nichts, wir brechen in aller Frühe auf und überqueren den großen Fluss auf einer steinernen Brücke. Wir sind jetzt auf dem Weg, der Frankenstraße heißt und der bis nach Rom führt. Am Rande der Poebene marschieren wir über die kleine, hübsche Stadt Fidenza bis nach Parma. Es wird immer heißer, und unsere Anführer beschließen, dass wir über Mittag eine Marschpause machen müssen, sonst kippen zu viele um.

Von Parma aus, wo Unmengen Schlegel getrockneten Schinkens als Vorrat angeschafft werden, geht es geradewegs nach Süden durch das nächste Gebirge. Das ist Gott sei Dank nicht so hoch und felsig wie die Alpen. Der Pass, dem wir auf gewundenen Pfaden folgen, heißt Cisa, und als wir drüber sind, erhasche ich zum ersten Mal einen Blick auf das Meer! Natürlich nur von weitem, denn die Frankenstraße führt nicht am Wasser entlang, aber es ist so schön! Das Wasser strahlt und glitzert, man kann Boote mit hellen Segeln erkennen, und gerade geht die Sonne wie ein riesiger roter Ball unter. Ich wollte, die Mutter und die Geschwister könnten das sehen! Es ist noch viel schöner und noch viel größer, als ich's mir vorgestellt habe. Aber ich kriege auch ein bisschen Angst, weil über dieses Meer müssen wir ja noch drüber!

Fünf Wochen sind wir jetzt schon unterwegs! Und Rom ist noch weit, sagt der Kaufmann. Meine Füße sind jedenfalls inzwischen abgehärtet und haben eine dicke Hornhaut. Und mein Gesicht ist von der Sonne verbrannt, die Nase schält sich andauernd. So kommen wir in die Stadt Lucca.

Schlimm ist, dass jetzt immer mehr Männer krank werden. Obwohl wir die Gebiete umgehen, von denen man weiß, dass dort das Fieber haust, erwischt es immer mehr. In Viterbo werden Wagen angeschafft, auf denen die Kranken mitfahren können. Täglich sterben welche, aber manche haben auch nur einen kurzen Anfall – der Kaufmann meint, dann war es nur ein Sonnenstich – und werden wieder gesund. Die Stimmung ist nicht besonders gut, während wir am Braccianosee vorbeiziehen. Die vielen Mücken lassen uns nachts kaum schlafen.

Und dann, dann nähern wir uns endlich Rom, der Heiligen Stadt! Wir singen und sind alle froh, als wir durch die Porta del Popolo marschieren. Alle sind wir gespannt auf den bedeutendsten Ort der Christenheit nach Jerusalem, auf die Stadt des Papstes! Aber dann kommt die Enttäuschung: Hier gibt es ja nichts außer Ruinen und Trümmerfeldern! Überall liegt alles brach, Schafe weiden zwischen Mauerresten, wildes Gesträuch wuchert auf alten Plätzen. Frühere Paläste dienen als Steinbrüche, dazwischen pflanzt man Kohl oder anderes Grünzeug. Die ganze riesige Stadt ist verfallen und verkommen, nur die vielen uralten Gemäuer lassen noch etwas von ihrer alten Pracht ahnen. Dazwischen stehen einfache Häuser, in denen die Leute wohnen. Nur um den Tiber herum gibt es große Kirchen und Paläste. Man fasst es nicht, dass der Stellvertreter Gottes hier lebt! Es heißt, er wohnt bei einer Kirche mit Namen Lateran. Jedenfalls: Wenn Jerusalem auch so ist wie Rom, na dann wird's höchste Zeit, dass wir kommen!

Das Kreuzfahrerheer teilt sich zum Lagern auf. Wir Thüringer wählen für unsere Zelte einen Platz am Tiberfluss, der mitten durch die Stadt fließt. Eine träge, graubraune Brühe, in der ein paar Fische und noch mehr Abfälle schwimmen. Ich warte, bis unsere Köche den pampigen Linsenbrei fertig haben, den wir jeden Tag bekommen, und schlinge meinen Napf voll hinunter. Ratz bekommt für seine Rattenfängerei einen Knochen und nagt zufrieden dran herum. Wir sitzen unter einem Baum ganz am Rand des Lagers und warten drauf, dass es Abend wird. Da plötzlich springt ein Kaninchen im Zickzack durch die Büsche, und Ratz natürlich auf und hinterdrein! Als er nach einer Weile nicht zurückkommt, mache ich mir Sorgen und gehe ihn suchen. Ich pfeife und rufe, aber der Hund bleibt verschwunden. Ich bin bestimmt eine halbe Meile am Ufer entlanggelaufen, als ich ihn endlich finde. Einen ganzen Kaninchenbau hat er ausgebuddelt, und zwei von den Mümmlern liegen tot daneben. Eigentlich müsste ich ihn schimpfen, aber das gibt morgen ein schönes Essen, also lobe ich ihn doch. Ich binde die Kaninchen an den Läufen zusammen, hänge sie mir über die Schulter, und dann machen wir uns hurtig auf den Rückweg, bevor es dunkel wird.

Aber wir kommen nicht weit, denn grade, als wir um ein Uferwäldchen biegen, sehen wir ein paar zerlumpte Galgenvögel, die sich an einem Pferd zu schaffen machen, ein schönes Tier mit Kampfsattel. Das Ross wiehert, tritt und schlägt aus, und die Kerle fluchen auf Römisch. Und dann watet auch schon brüllend ein nackter Mann aus dem Fluss, offenbar ein Ritter, der gebadet hat. Unbewaffnet stürzt er sich auf den erstbesten Gauner. »Los, Ratz!«, rufe ich, ziehe mein Messer und renne hin. Ratz schießt auf einen der Kerle zu und verbeißt sich in sein Bein. Ich sehe den Kleiderhaufen des Ritters liegen mitsamt dem abgeschnallten Wehrgehenk. Bücken und dem nackten Ritter das Schwert zuwerfen ist eins. Und dann verpassen wir den Wegelagerern eine Abreibung, die sie nicht so schnell vergessen werden. Einer haut gleich ab, der andere stellt sich mir. Er fängt an zu tänzeln und streckt dabei die Arme nach vorn, ich sehe den langen Dolch, den er in der Hand hat. Mein Herz rutscht in die Hosentasche, aber wegrennen geht nicht, und so versuche ich, seinen Angriffen irgendwie auszuweichen. Aus dem Augenwinkel beobachte ich, wie der nackte Ritter mit zwei Kerlen gleichzeitig kämpft. Ratz hängt dem einen immer noch am Bein. Da, der erste Angreifer schreit auf, greift sich an die Schulter und fällt um. Der zweite hat jetzt endlich Ratz abgeschüttelt und flüchtet in die Büsche. Und mein Gegner entschließt sich jetzt auch zur Flucht. Gewonnen!

Irgendwas stimmt nicht mit meinem linken Arm. Ich schaue

hin, und da ist lauter Blut. Mir wird schlecht, und der nackte Ritter kann mich grad noch auffangen.

Als ich wieder zu mir komme, ist der Ritter schon wieder angezogen und sitzt neben mir. Er hat meinen Arm verbunden, es sticht und zieht höllisch. »Geht's wieder?«, fragt er.

Ich setze mich auf und nicke. »Man soll nie alleine baden«, sage ich.

»Du hast recht, das war leichtsinnig«, erwidert er schuldbewusst und tätschelt Ratz den Rücken. »Wenn du nicht zu Hilfe gekommen wärst, wäre ich zumindest mein Pferd losgewesen, wenn nicht gar das Leben.«

»War doch selbstverständlich«, sage ich großzügig.

»Oh, andere wären vielleicht zu feige gewesen, nur mit ihrem Essmesser auf vier wilde Räuber loszugehen. Und einen feinen Hund hast du da.«

»Ja, Ratz ist ein richtiger Kämpfer.«

»Soso, Ratz. Und wie heißt du?«

»Primus von Eisenach.«

»Ich bin dir zu Dank verpflichtet, Primus von Eisenach. Der Landgraf kann sich glücklich schätzen, Jungen wie dich in seiner Truppe zu haben. Wie alt bist du?« Er musterte mich im Abendlicht der untergehenden Sonne.

»Sechzehn«, lüge ich und halte mir den verbundenen Arm.

»Ah. Kannst du gehen?«

Ich nicke. Er wirft die Kaninchen über die Kruppe seines Pferdes und nimmt es am Zügel. Dann gehen wir in der Dämmerung zurück ins Lager. »Deine Verletzung ist nur ein Kratzer«, sagt er, »ein kleiner Schnitt, nichts Schlimmes. Die erste Narbe, die dir der Kreuzzug bringt. Kannst stolz sein.«

»Ich hoffe, ich werde ein guter Soldat sein, wenn's drauf ankommt«, erwidere ich.

»Na, das Zeug dazu hast du!« Er drückt mir die Karnickel in die Hand, als wir uns bei meinem Haufen trennen. »Danke«, sagt er noch mal, und dann, schon ihm Gehen, fragt er: »Da fällt mir ein: Kannst du mit Pferden umgehen?«

»Na klar.« Wieder lüge ich, aber das kann schließlich nicht so schwer sein, oder?

»Mein Rossknecht ist bei Roncaglione am Fieber gestorben«, sagt er. »Wenn du willst, nehm ich dich in Dienst.«

Mein Herz macht einen Riesensprung. »Ist das Euer Ernst?«

»Warum nicht? Schließlich schulde ich dir was.«

Ich kann's nicht fassen. »Gerne, Herr. Es ist mir eine Ehre!«

Er steigt auf. »Komm morgen früh ins Ritterlager.«

Ich könnte schreien vor Glück. »Nach wem soll ich fragen?«

Er ist schon ein Stück weg, als er über die Schulter zurückruft: »Nach dem Waffenmeister des Landgrafen. Raimund von Kaulberg.«

Gisa

Von dem Tag an, da Ludwig fort war, trug Elisabeth Witwenkleider. Sie pflegte sich nicht mehr, ließ sich die Brauen nicht mehr zupfen, tupfte abends kein Rosenöl mehr hinter die Ohren. Nachdem wir auf die Wartburg zurückgekehrt waren, richtete sie ihr Augenmerk ganz und gar auf ihre andere große Liebe: die Armen und das Hospital. Schon frühmorgens gingen wir mit ihr hinunter zu den Kranken. Oft kamen wir erst nach Sonnenuntergang auf die Burg zurück, und der Torwart musste eigens für uns noch einmal aufsperren. Sie schonte weder uns noch sich selber, und wir machten uns alle Sorgen, wie lange sie das in ihrem Zustand noch durchhalten konnte. Inzwischen betätigte sie sich auch noch als Ärztin – von der Hühner-Els, die sich mit solchen Sachen auskannte, ließ sie sich Pasten und Salben machen und schmierte sie dann mit bloßer Hand den Bresthaften auf die Haut. Sie hätte das freudig auch bei den Leprösen getan, Guda, Isentrud und ich konnten sie nur mit Müh und Not daran hindern. Wir hatten Ludwig versprechen müssen, Elisabeth zumindest während ihrer Schwangerschaft von den Aussätzigen fernzuhalten.

Was wir nicht verhindern konnten, war, dass sie immer mehr von ihrem Besitz dahingab, um den Armen zu schenken. Sie ließ auf den Eisenacher Märkten Kleider kaufen, die sie an die Stadtarmen verteilte, auch Brot und anderes. Der Laden des jüdischen

Pfandleihers in der Stadt war voll von ihren Pfändern: Ringe, Gürtel, Perlen, Silberzeug, Pelze. Natürlich löste sie sie nie wieder aus, und so kamen viele reiche Bürger Eisenachs zu dem einen oder anderen wertvollen Stück.

Vor allem die Kinder hatten es ihr angetan. Immer mehr Kleine und Kleinste holte sie sich ins Hospital: Waisen, Missgeburten, Ausgesetzte, die keiner haben wollte, Geprügelte, Fallsüchtige und Blöde. Die Ärmsten waren so dankbar für jedes gute Wort, jede kleine Geste. Auch ich kümmerte mich mit Freuden um sie, und das kleinste Lachen machte mich glücklich. Für viele war es damals schwer zu verstehen, warum Elisabeth sich um diese Kinder kümmerte, ihre eigenen aber vernachlässigte. Täglich ließ sie sie auf der Burg unter Aufsicht einer Amme zurück, auch wenn sie manchmal weinten oder krank waren. Als ich sie einmal darauf ansprach, erklärte sie mir, dass Hermann und Sophie es gut hätten, die armen Kinder sie dagegen viel dringender bräuchten. Aber mir taten die beiden Landgrafenkinder leid, denn so klein waren sie nicht mehr, dass ihnen verborgen geblieben wäre, wie liebevoll Elisabeth sich um andere Kinder sorgte, während sie hintan blieben. Guda, Isentrud und ich versuchten, diese Lücke zu füllen, so gut wir konnten. Dennoch – damals hätte keine von uns gedacht, wie weit Elisabeth auf diesem Weg noch gehen würde. Dass sie irgendwann später so sehr die Mutter aller sein würde, dass sie die ihrer eigenen Kinder nicht mehr sein konnte. Oder war es der Einfluss dieses Teufels, der immer wieder in ihr Leben trat und sie zu dem machte, was sie wurde? Ich hoffe, Gott straft ihn, wo immer er jetzt auch sein mag.

Ich selber hielt das Versprechen, das ich Primus gegeben hatte. Ich ging in die Stadt hinunter und suchte seine Familie. Weiß Gott, ich hatte schon Armut gesehen, aber dieses Elend rührte mein Herz an. Da lebte in einem düsteren ehemaligen Schweinestall eine Mutter mit drei Kindern, die nur wenige Jahre älter sein konnte als ich, sich aber bewegte wie eine Greisin. Gekleidet in schäbige Lumpen, das Haar wirr, der Mund voller schlechter Zähne, von denen schon zwei fehlten. Ihr Busen hing unter dem wollenen Hemd schlaff wie ein Lappen. Doch das Schlimmste waren ihre Augen. Trüb und hoffnungslos, traurig und leer. Als ich erzählte, dass ich ihren Sohn noch einmal zu Schmalkalden getroffen hatte, kam ein bisschen Leben in sie, und ich spürte die Liebe und die Sorge, die diese Frau für Primus empfand. Und auch für die anderen drei Kinder, die sie zärtlich an sich drückte. Dieses Weib liebt seine eigenen Kinder mehr als Elisabeth die ihren, kam mir in den Sinn. Und sie tat alles, um für sie zu sorgen. Die Älteste war sauber gekleidet, ein recht hübsches Ding von vielleicht zehn Jahren. Dann ein Bub mit grindigen Knien, der ganz offensichtlich nicht richtig im Kopf war, und noch ein kleines, verrotztes Ding mit kurzgeschorenem Haar wegen der Läuse. Allesamt knochendürr und schüchtern und barfuß, aber sie schmiegten sich vertrauensvoll und voller Zuneigung an ihre Mutter. In der Unterkunft fehlte das Notwendigste. Es gab nur eine einzige Bettstatt, die längst nicht mehr nach frischem Stroh, sondern nach Moder und Schimmel roch. Die Mäuse huschten an den Wänden entlang. Überall summten fette schwarze Fliegen herum, setzten sich auf die Gesichter, dort, wo das Feuchte der Augen war. Ich drückte der Frau ein paar Geldstücke in die Hand und sagte ihr, ich käme wieder. Sie blickte erst das Geld ungläubig an und dann mich. Sagen konnte sie nichts, aber ehe ich es verhindern konnte, nahm sie meine Hand und drückte die Lippen darauf. »Ihr seid wirklich ein guter Engel«, flüsterte sie, als ich ging.

Mit der Zeit verstand ich besser, was Elisabeth trieb. Dieses seelentiefe Mitleid mit armen Kreaturen, dieses bedingungslose Helfenwollen, dieser unbändige Wunsch, Unglück und Elend zu lindern. Doch unter dem Eindruck dieses überbordenden Mitgefühls vergaß Elisabeth, dass sie als Regentin auch noch andere Aufgaben gehabt hätte. Und dass sie mit der Macht, die sie während Ludwigs Abwesenheit hatte, viel mehr Not hätte lindern können als mit ihrer Arbeit im Hospital. Sie hätte Steuern und Abgaben senken können, hätte verfügen können, dass den Bauern nach der Ernte genug zum Leben blieb. Sie hätte den Schultheißen der Städte befehlen können, Unterkünfte für die Unbehausten zu bauen. Sie hätte in allen größeren Orten Hospitäler einrichten lassen können. Nichts davon tat sie, obwohl ich oft darüber mit ihr redete. Sie war ganz Gefühl und gar nicht Verstand, nur Herz und nicht Hirn. Sie wollte sich in der Rolle der unmittelbar Helfenden wiederfinden, nicht über Gesetze und Verordnungen aus der Ferne Not lindern. Das war ihr zu weit weg, das konnte sie nicht genießen, den Dank nicht in den Augen anderer sehen. Und genau darum ging es ihr in Wirklichkeit. Dazu kam noch, dass mit einer Unterschrift unter einem fürstlichen Befehl keine Selbsterniedrigung verbunden war, wie Elisabeth sie anstrebte. Sie wollte Gott ihre Demut beweisen, und das konnte sie nur, indem sie in Schleim und Eiter fasste – nicht, indem sie eine Urkunde unterzeichnete, die auf einen Schlag Tausenden von Armen Gutes gebracht hätte. Im Grunde genommen ging es Elisabeth bei allem, was sie tat, immer nur um sich selber. Ich weiß, das klingt hart, aber so empfinde ich es bis heute. Kein Mensch ist nur gut, nicht einmal eine Heilige.

Dass sie nicht eine Stunde am Tag für Regierungsgeschäfte verwendete, raubte ihr auch noch den allerletzten Rückhalt im Adel. Die Räte baten sie zum Gespräch – sie kam nicht. Man schickte jemanden zum Hospital, um sie zu holen –, sie ließ ausrichten, sie habe keine Zeit. Schließlich trafen die Räte ihre Entscheidungen ohne sie, dafür aber mit Heinrich Raspe. Er wurde innerhalb von wenigen Wochen der heimliche Herrscher in Thüringen, und man konnte es ihm nicht einmal verdenken. Einer musste ja die Aufgaben des Landesfürsten übernehmen. Aber während er bei den Menschen wegen seines Hochmuts immer unbeliebter wurde, begannen sich die ersten Legenden um Elisabeth zu ranken.

»Eines Tages ergab es sich, dass die Landgräfin Elisabeth vor der Wartburg die Reste ihrer Tafel an eine große Menge von Bettlern austeilte. Nur einen einzigen Krug Wein trug sie mit sich und ein paar Brote, viel zu wenig für die hungernden Menschen. Doch als sie den Wein ausgoss, schien es, als ginge er nie zur Neige, und auch von dem bisschen Brot, das sie hatte, wurden die Hungrigen satt. Und siehe, am Ende war von allem wieder so viel übrig, wie sie mitgebracht hatte.«

Als Elisabeth die Geschichte hörte, lächelte sie still und glücklich vor sich hin. Das war es, was sie wollte. Geben und geben und geben. Und dafür geliebt werden. Tatsächlich hatte sie es wieder so einzurichten gewusst, dass jeden Tag Arme geradewegs vor das Burgtor kamen, wie im Jahr vorher bei der großen Hungersnot.

Dann verteilten wir, was die Küche an Resten hergab – natürlich ohne wundersame Vermehrung von Dünnbier und Wecken! Allerdings gebot Heinrich Raspe der Sache bald Einhalt, indem er befahl, die Leute notfalls mit Spieß und Knüppel zu vertreiben.

Eine andere Legende rankte sich bald um Elisabeth und die Kinder. *»Die Landgräfin Elisabeth hatte in ihrem Hospital viele Kleine aufgenommen, die sie so gütig und liebevoll behandelte, dass diese alle sie Mutter nannten, zusammenliefen und sie umringten, wenn sie ins Haus trat. Unter diesen liebte sie am meisten die mit Ausschlag behafteten, die schwächlichen, die schmutzigsten und die hässlichen, streichelte ihre Köpfe und zog sie in ihren Schoß. Und zum Trost für diese Kinder kaufte sie auch kleine irdene Töpfe, gläserne Ringe und tönerne Tiere. Als sie einmal von der Stadt unterhalb der Burg zurückritt und solches Spielzeug in ihrem Mantel trug, fiel alles von einem hohen Felsen über das Gestein hinunter. Doch wurde, obwohl es über den Felsen gefallen war, alles wie durch ein Wunder unversehrt und heil aufgefunden. Nachher verteilte sie es an die Kinder, und welches davon bekommen hatte, wurde wieder gesund.«* Ganz so stimmte das natürlich nicht. Nachdem Elisabeth die Sachen verloren hatte, kletterten wir mühsam den steinigen Hang hinab – wie erwartet war das meiste zerbrochen. Die wenigen Teile, die noch brauchbar waren, sammelten wir auf und verschenkten sie. Gesund wurde davon keines der Kinder, im Gegenteil, sie gab die Sachen gerade den Kränksten, von denen gleich zwei den nächsten Tag nicht überlebten. Ich erinnere mich genau, sie starben an der Abweiche. Aber so sind die Menschen eben. Sie wollen die Wahrheit einfach nicht wissen.

Die beliebteste Geschichte war die mit den Rosen: *»Es begab sich, dass die Landgräfin Elisabeth eines Tages in einem großen Korb Brot für die Armen zum Hospital hinuntertrug. Unterwegs begegnete sie ihrem Gatten, der diese Freigebigkeit nicht dulden mochte und sie zur Rede stellte: ›Weib, was trägst du da in deinem Korb?‹ In ihrer Not erwiderte sie: ›Nichts, mein lieber Herr, als Blumen, die ich auf dem Weg gepflückt habe.‹ Als sie daraufhin auf Geheiß des Landgrafen das Tuch vom Korb zog – da fanden sie statt der Brote, die darin gewesen, den Korb über und über mit Rosenblüten gefüllt.«*

Das war natürlich völlig frei erfunden. Vor allem geschah damit Ludwig Unrecht – nicht einmal hat er, das kann ich beschwören, Elisabeth in ihrer Mildtätigkeit behindert. Aber das ganze Land sprach bald vom Rosenwunder.

Und es kamen immer mehr Wunder dazu. Elisabeth habe einmal einen Aussätzigen ins Bett ihres Gatten gelegt, hieß es, und als erboste Diener den Landgrafen in die Schlafkammer führten, habe er keinen Kranken auf seiner Schlafstatt gesehen, sondern Jesus Christus selber. Oder: Einst habe Elisabeth ihren besten Prunkmantel einer Bettlerin gegeben, da sei hoher Besuch angekommen. Ludwig habe bestimmt, sie möge ausgerechnet diesen ihren schönsten Mantel tragen, und Elisabeth sei ganz verzweifelt gewesen, dass sie seinen Wunsch nicht erfüllen konnte. Doch als sie dann in ihre Kemenate kam, hatte sich ein Wunder ereignet: Auf dem Reck hing der verschenkte Prunkmantel.

Nun, diese Geschichte hatte zumindest einen wahren Kern, ich musste laut lachen, als ich sie zum ersten Mal hörte. Es war tatsächlich so gewesen, dass Elisabeth den kostbaren Umhang einer alten Frau gelassen hatte. Das war in der Stadt Creuzburg; ich war selber dabei. Ich wusste auch, dass sie kurz vorher den Mantel von ihrer Schwägerin Jutta von Meißen als Versöhnungsgeschenk geschickt bekommen hatte. Und ich wusste weiter, dass Jutta am nächsten Tag mit ihrem Gefolge auf der Durchreise zur Plassenburg vorbeikommen würde. Und natürlich würde sie Elisabeth in dem Mantel sehen wollen. Darum gab ich der alten Frau, nachdem Elisabeth weg war, einen Beutel mit Pfennigen, mit dem sie ohnehin mehr anfangen konnte, nahm den Mantel wieder mit und hängte ihn in der Kemenate auf. Ich war also verantwortlich für das Wunder. Natürlich hab ich es Elisabeth nachher erzählt. Erst war sie enttäuscht, denn sie hatte ernsthaft daran geglaubt, Gott habe ihr ein Zeichen gegeben. Aber dann haben wir doch herzlich über die Sache lachen können, und sie nahm mir nichts übel.

Damals begann es auch, dass sie Tote wusch. Die im Hospital starben, mussten ja hergerichtet werden, und die Leichenfrau aus der Stadt weigerte sich, zu den Sondersiechen zu gehen. Also verrichtete Elisabeth auch diesen letzten Dienst klaglos. Sie schlug die Toten auch selber in die Leichentücher ein – zunähen mussten Guda und ich, weil sie mit Nadel und Faden viel ungeschickter war als wir. Dann begleiteten wir die Toten auch noch auf ihrem letzten Weg zum Kirchhof, Elisabeth als Erste hinter der Bahre, barfuß und in einfachem Kittel. Unterwegs kamen die Menschen manchmal zu ihr heran und küssten den Saum ihres Gewandes, was sie zumeist verlegen abwehrte. »Ich tue nur meine Christenpflicht«, meinte sie dann. Aber daheim, im Frauenzimmer, redete sie eine andere Sprache. Einmal, als wir abends beisammensaßen, lächelte sie uns ganz versonnen an und sagte unvermittelt: »Ob man wohl zu meinen Ehren einmal eine Kirche errichten wird, hier in Eisenach? Vielleicht auf dem freien Platz beim Kalbstor, da wäre es gut. Oder an der Stelle der alten Kilianskapelle? Was meint Ihr?«

Diese verräterischen Worte überzeugten mich endgültig davon, dass es nicht allein die Nächstenliebe war, die Elisabeth antrieb. Was sie tat, tat sie letzten Endes für sich. Dafür, dass der Herr sie eines Tages erheben würde. Damals hielt ich das für eine Art von Hoffart. Gott würde sich nichts vorschreiben lassen, er sah jedem ins Herz. Und Elisabeths Ehrgeiz, mit ihrem Verhalten dem Franziskus von Assisi oder Maria von Oignies gleichzukommen, erinnerte manchmal mehr an Wetteiferei als an Nächstenliebe. Doch die Zeit sollte erweisen, dass Elisabeth sich nicht getäuscht hatte. Denn letzten Endes entschied der Papst – und seine weltlichen Ratgeber. Und den Armen und Elenden, denen war es gleich, aus welchen Gründen man ihnen half.

Heinrich Raspe hörte die Legenden überall im Land, ihm blieb nicht verborgen, mit welcher Dankbarkeit und Ehrfurcht die Menschen Elisabeth begegneten. Er missgönnte seiner Schwägerin die Liebe des Volkes und ärgerte sich maßlos über ihre übertriebene Freigebigkeit. Eines Tages, während wir im Hospital waren, ließ er kurzerhand Elisabeths Geldtruhe in die Schatzkammer schaffen, wo sie ja eigentlich hingehörte. Natürlich hatte er kein Recht dazu, denn es war ja ihre Aussteuer; es gefiel ihm nur einfach, seine verhasste Schwägerin zu kränken. Elisabeth stellte ihn wütend zur Rede, aber er lachte ihr geradewegs ins Gesicht. Die Wachen ließen sie nicht mehr an ihr Geld, sie waren Heinrich Raspe unbedingt ergeben. Diesen ersten Kampf hatte Elisabeth verloren, und ich fürchtete, es würden weitere Niederlagen folgen.

Daraufhin begann sie, immer mehr von ihrem Schmuck zu versetzen. Dann die kostbaren Kleider, die sie ohnehin nicht mehr trug. Und dann befand sie eines Tages, sie brauche Geld, um ihr Hospital zu vergrößern. Ein steinernes Haus sollte neben den Holzhütten gebaut werden. Ohne irgendjemandem etwas zu sagen, verkaufte sie ein Stück Weingarten in Freyburg, das zu ihrem Witwengut gehörte, für zehn Mark Silber an den Ritter von Ebershausen. Vielleicht war ihr damals gar nicht bewusst, dass sie das nach Recht und Gesetz gar nicht tun durfte, aber selbst wenn – es wäre ihr vermutlich gleichgültig gewesen. Der Krieg zwischen ihr und Heinrich Raspe war jetzt offen erklärt.

Doch mit dem Güterverkauf war sie zu weit gegangen. Die Ländereien gehörten zum Familienbesitz und konnten ohne einen gemeinsamen Beschluss gar nicht rechtmäßig verkauft werden. Der von Ebershausen allerdings präsentierte triumphierend eine Besitzurkunde, auf der das landgräfliche Siegel prangte. Da war nun nichts mehr zu machen. Wutentbrannt stürmte Heinrich Raspe abends in die Frauenkemenate, wo wir uns gerade gegenseitig die Zöpfe für die Nacht flochten. »Du hirnverbranntes Weibstück«, brüllte er Elisabeth an und schleuderte ihr eine Abschrift der Kaufurkunde vor die Füße, »bist du vollends närrisch geworden? Du kannst nicht verkaufen, was dir nicht gehört!«

Elisabeth flocht in aller Ruhe Gudas Zopf zu Ende. Dann stand sie auf, sah Heinrich furchtlos in die Augen und hielt schützend die Hände vor ihren Bauch. »Ich bin die Stellvertreterin meines Gatten und habe alles Recht, zu tun und zu lassen, was ich will.« Sie konnte schon immer bockig sein, wenn sie wollte.

Er lachte höhnisch. »Sei doch ehrlich, Elisabeth. Du bist überhaupt nicht fähig, an Ludwigs Stelle das Land zu führen! Du hast nicht mehr Verstand als eine Stubenfliege, das weiß jeder hier am Hof. Du kümmerst dich um nichts außer um deine jämmerlichen Kreaturen, das ist das Einzige, was du kannst. Und du kennst in deiner frömmlerischen Verblendung kein Maß und kein Ziel. Die Räte und ich sind nicht gewillt, deinen törichten Narrheiten länger zuzuschauen. Du wirst mir jetzt das landgräfliche Siegel aushändigen, und zwar sofort!«

Elisabeth schüttelte wild den Kopf, und ich sah – schließlich kannte ich ihn gut genug –, dass Heinrichs Hand zuckte, als ob er sie schlagen wollte. Eine Schwangere! Mit einem schnellen Schritt stellte ich mich zwischen sie und ihn. »Wie kannst du unangemeldet nächtens in unsere Schlafkammer eindringen, Heinrich?«, fragte ich ihn zornig. »Geh jetzt, und morgen früh besprechen wir alles mit den Räten.«

»Geh mir aus dem Weg«, knurrte er, schob mich grob zur Seite und baute sich breitbeinig ganz nah vor Elisabeth auf. »Gib mir das Siegel, Schwägerin!«

Elisabeth wich bis zur Wand zurück. »Und wenn nicht?«

»Dann werde ich Wachen vor dem Frauenzimmer aufstellen lassen, die verhindern, dass du deine Räume verlässt. So kannst du wenigstens keinen Schaden mehr anrichten. Allerdings«, er tat so, als dächte er nach, »wirst du dich dann wohl nicht mehr um deine Elendswürmer im Hospital kümmern können. Schade, oder?«

»Ich gebe Ludwig Nachricht, wie du mich behandelst!«, begehrte Elisabeth auf. »Wenn er aus dem Heiligen Land zurückkommt, wird er dich strafen.«

Heinrich hob belustigt die Augenbrauen und entgegnete mit sanfter Stimme. »*Wenn* er aus dem Heiligen Land zurückkommt, meine Liebe. Denk daran, Gottes Wege sind unergründlich. Wer weiß schon, was alles geschehen kann?«

Elisabeth wurde ganz blass. Und ich, ich erschrak bis ins Tiefste. Ich dachte an Schmalkalden, an Heinrich, wie er diesem Bösewicht Ortwin einen Beutel Geld in die Hand gedrückt hatte. Eine Ahnung drückte mir mit eiskalten Fingern das Herz ab.

»Gib ihm doch das Siegel«, jammerte Guda, die schon immer die Ängstlichste von uns war. Ich warf ihr einen warnenden Blick zu. Wenn er erst das Siegel hatte, dann würde er uns das Leben zur Hölle machen. Nichts stand dann mehr zwischen ihm und der Krone Thüringens, außer … Ich mochte es nicht zu Ende denken. Ich sah Isentrud an und sie mich. Aber was hätten wir tun sollen? Elisabeths Widerstand war in dem Augenblick gebrochen, als Heinrich Ludwigs möglichen Tod erwähnt hatte. Der Gedanke, dass ihrem geliebten Mann etwas zustoßen könnte, hatte ihr jede Kraft geraubt. Sie ging mit hängenden Schultern zu ihrem Nachttischlein, nahm das Kästchen mit den Siegelutensilien und hielt es Heinrich hin. Ich sah die Machtgier in seinem Blick und den Triumph, als er es an sich nahm.

»Warum nicht gleich so, Schwägerin?«, lächelte er.

Primus

Rom ist meine Glücksstadt! Bei Christi Arschbacken, niemals hätte ich mir träumen lassen, dass ich einmal Knecht eines Ritters werden würde! Ich habe einen Platz gefunden! Jeden Morgen, wenn ich aufwache, muss ich mich zwicken, damit ich's glaube. Mein Herr, Raimund von Kaulberg, behandelt mich anständig, ganz im Gegensatz zu seinem verfluchten Gaul, für den ich ja eigentlich sorgen soll. Das Vieh schnappt bei jeder Gelegenheit nach mir, keilt aus und peitscht mir seinen Schweif ins Gesicht. So ein Schlachtross ist schlimmer als zehn Maulesel. Störrisch, bockig, launisch. »Aus dir mach ich noch Wurst«, zische ich ihm jeden Morgen zu.

Die kleine graubraune Stute, die ich von meinem Ritter bekommen habe – sie hat meinem Vorgänger gehört, bis zu seinem Tod am Fieber –, ist dagegen lammfromm. Ich kann ja eigentlich gar nicht reiten, aber meine Dicke, so nenn ich sie, hat eine Engelsgeduld mit mir, und wir finden uns inzwischen schön miteinander zurecht. Die anderen Pferdeknechte bringen mir bei, wie man Hufe auskratzt, das Fell striegelt, richtig zäumt und sattelt und alles mögliche andere.

Kaum kann ich mich einigermaßen im Sattel halten, kommt der Befehl zum Weiterziehen. Die Strecke ist höllisch, nicht weil sie so schwierig ist, sondern wegen der Hitze. Wenn man so wie ich die Thüringer Winter bisher in einem ungeheizten Schweinestall hat verbringen müssen, mag man's ja wirklich gern warm, aber irgendwann reicht es sogar mir. Es ist so heiß, dass die Schwerter bald anfangen zu schmelzen. Unsere Kehlen sind ausgedörrt, und die Flüsse und Bäche, die auf unserem Weg liegen, führen kaum mehr Wasser. Immer noch bekommen jeden Tag welche von uns das Fieber, man erkennt sie an den ausgezehrten Gesichtern, am schwankenden Gang oder daran, dass sie ganz zusammengesunken auf ihren Pferden sitzen. Inzwischen kommen auch noch Bauchkrämpfe und schwere Durchfälle dazu. »Das wächst sich hoffentlich zu keiner Seuche aus«, sagt mein Ritter und runzelt vor Sorge die Stirn. Aber ich fürchte, doch. Immer mehr sterben. Die Toten begraben wir dann am Wegrand. Nicht einmal mehr in den Nächten, wenn wir lagern, wird es erträglich, wir hören die Kranken stöhnen und schwitzen uns noch im Schlaf die Seele aus dem Leib. Und trotzdem geht's mir so gut wie nie. Ich trage jetzt einen Überwurf in den Farben des Landgrafen, muss nicht mehr zu Fuß gehen und kriege die Reste vom Essen meines Ritters. Wenn nur Mutter mich so sehen könnte! Sogar Ratz trabt mit stolz erhobenem Kopf herum, als wüsste er genau, dass er jetzt der Hund vom Diener eines vornehmen Mannes ist.

So kommen wir nach Benevent. »Die Stadt liegt zwischen den Flüssen Calore und Sabato«, erklärt mir mein Ritter. »Dort vorne, schau, da siehst du den großen Prachtbogen des Kaisers Trajan. Der ist schon tausend Jahre alt. An diesem Bogen beginnt die alte Heerstraße nach Brindisi, wo wir uns einschiffen wollen.« Mein Ritter weiß alles! Und er war schon überall auf der Welt! Wenn wir manchmal nebeneinanderreiten, erzählt er mir von seinen Abenteuern, und ich bewundere ihn so sehr, dass mir der Mund offen stehen bleibt.

Wir reiten unter dem Trajansbogen durch, unser breiter Heerwurm muss sich dafür ganz schmal machen. Über dem Tor ist eine riesige Inschrift, die natürlich keiner lesen kann, und in den Stein sind jede Menge Figuren gemeißelt. Aber obendrauf wächst Grünzeug, weil sich keiner um den alten Steinhaufen kümmert. »Noch zwei, höchstens drei Tage bis Troia«, sagt Ritter Raimund fröhlich, »Dort treffen wir den Kaiser.«

»Wie ist er denn so, der Kaiser?«, frage ich neugierig.

»Ein beeindruckender Mensch«, erwidert mein Ritter. »Auf dem Heimweg von meiner letzten Kreuzfahrt hat es mich nach Palermo verschlagen, und ich konnte eine Zeitlang als Waffenmeister in seine Dienste treten. Dabei habe ich ihn ein paarmal getroffen. Man sagt von ihm, er sei das ›Staunen der Welt‹, und das stimmt! Er spricht viele Sprachen, und es heißt, er sei gelehrter als selbst der Papst. Er liebt die Beizjagd. Und überhaupt führt er ein Leben wie ein maurischer Fürst. Mit einem Harem voller schöner Weiber!«

»Was ist das, ein Harem?«

Er lacht. »Das ist, wenn einer mit vielen Frauen gleichzeitig verheiratet ist.«

Ich reiße die Augen auf. »Das darf der? Unsereins würden sie auf dem Marktplatz wegen Unzucht aufhängen!«

»Jaha«, meint er, »es ist halt nicht jeder gleich auf dieser Welt. Das musst du dir merken, Junge. Was sich für einen Kaiser geziemt, ist einem einfachen Mann noch lang nicht erlaubt.«

Ich glaub, ich wär ganz gern Kaiser.

Und dann erreichen wir Troia. Es ist eine kleine Stadt auf einer Bergkuppe, gleich bei der Straße. Wir haben schon Boten vorausgeschickt, damit der Kaiser weiß, dass wir kommen. Das Fußvolk lagert im Tal, und nur die Edlen mit ihrer Dienerschaft reiten in Troia ein. Also auch ich. Ich bin so gespannt! Ob ich wohl einen Blick auf den Kaiser erhaschen kann? Vor der Stadt formiert sich unser Heereswurm neu, damit wir ordentlich und nach Rang gestaffelt einreiten können. Es geht durchs Tor, durch die enge Hauptstraße. Alles kommt ins Stocken, ewig lang stehen wir herum und kriegen kaum Luft. Und dann sind wir schließlich auf dem Hauptplatz mitten in der Stadt angekommen, vor der Marienkathedrale, einer wunderschönen alten Kirche mit schweren Bronzetoren und einer Rosette am Giebel. Ich sitze auf meiner Dicken ganz hinten und sehe natürlich nichts, während Ritter und Fürsten vom Kaiser begrüßt werden. Platzen könnte ich vor lauter Neugier. Also frage ich meinen Nebenmann, ob er mal die Dicke kurz halten kann, und quetsche mich zu Fuß nach vorne durch.

Und da sitzt er, mein Gott, das muss er sein! Wieso trägt er keine Krone, frag ich mich, aber immerhin hat er eine edelsteinbestickte Mütze auf. Links und rechts von ihm liegen zwei wunderschöne Tiere, die ich noch nie gesehen habe.

»Was sind das für Viecher?«, frage ich einen jungen Mönch, der neben mir steht.

»Leoparden, Junge.« Der Mönch spricht mit schwäbischem Zungenschlag. »Aus dem fernen Wüstenland Afrika, wo das Reich des Priesterkönigs Johannes liegt.«

»Ja«, ergänzt eifrig ein ganz in Weiß gekleideter Mann neben ihm, »wo die Kopffüßler wohnen und die Berge aus reinem Kristall sind. Wo die Weiber drei Brüste haben und die Männer aus dem Arsch spucken!«

Ich schaue den Kerl misstrauisch an. Meint der das ernst? Eins von den schwarzgetupften Tieren gähnt und zeigt sein Maul voller spitzer Reißzähne.

Aber die Leoparden sind nicht das einzig Neue, das ich sehe. Um den Kaiser herum stehen Männer mit langen Kleidern, merkwürdigen Stoffgebilden auf den Köpfen und Ohrringen. Ihre Haut ist dunkel, einer ist sogar ganz schwarz, ein Mohr! Ich wüsste zu gern, wieso Gott ihn so schwarz gemacht hat. Bestimmt hat er eine schlimme Sünde begangen.

Dann richte ich meine ganze Aufmerksamkeit auf den Kaiser Friedrich. Er ist in strahlendes Gold gekleidet und sitzt ganz still da. Nur wenn einer von den Edlen vor ihm das Knie beugt, hebt er lässig die Hand zum Gruß. Da, jetzt kommt der Landgraf Ludwig, ganz ehrerbietig verbeugt er sich. Und um ihm Ehre zu erweisen, steht der Kaiser von seinem Stuhl auf, tritt zu ihm hin und zieht ihn hoch. Ei, da fällt plötzlich auf, wie klein der Kaiser ist. Geradezu winzig wirkt er neben dem Landgrafen, dabei ist der auch nicht gerade ein Riese, schließlich hab ich ihn inzwischen oft genug gesehen. Herr Friedrich reicht ihm gerade einmal bis zur Schulter. Und diese rote Gesichtsfarbe, als ob er einen Sonnenbrand hätte! Eigentlich ist er ziemlich hässlich. Ein Windstoß weht ihm fast die Mütze weg, er fängt sie gerade noch im Genick auf. Darunter ist er fast kahl, hat nur wenige rötliche Haare und eine Stirnglatze. Wer hätte das gedacht! So sieht ein Kaiser aus? Das Staunen der Welt?

Die Enttäuschung muss mir wohl im Gesicht geschrieben stehen, denn der Priester schmunzelt mich an. »Hast dir wohl was anderes erwartet, hm?«

Ich nicke. »Schon.«

Der Weißgekleidete neben mir grinst. »So geht es allen. Der Herrgott muss ihn wohl übersehen haben, als er die Schönheit verteilt hat. Außerdem ist er auch noch kurzsichtig. Mir hat kürzlich ein muselmanischer Kaufmann gesagt, Friedrich brächte auf dem Sklavenmarkt zu Bagdad keine zweihundert Dirham.«

Das finde ich nun schon arg beleidigend, aber lachen muss ich doch. Ich laufe zurück zu meiner Dicken. »Den Kaiser sehen und sterben«, hat zu Anfang der Reise der Sohn des Schultheißen zu mir gesagt. Wenn ich ihn das nächste Mal treffe, werd ich ihm sagen, dass er getrost weiterleben kann!

Am anderen Tag ziehen wir in aller Frühe weiter. Die nächste Stadt ist Melfi; dort wartet schon Bischof Ekbert von Bamberg auf uns, der Schwiegeronkel des Landgrafen. Viele hohe Geistliche, erzählt mir mein Herr, sind angereist, um entweder mitzufahren oder dem Kreuzfahrerheer beim Einschiffen ihren Segen zu geben. Schaden kann's nicht, denke ich. Hitze und Fieber und Scheißerei schwächen die Männer immer mehr, aber als wir schließlich bei Molfetta das Meer erreichen, jubeln alle und recken die Fäuste in die Luft. Und nur noch ein Tagesmarsch nach Bari, dann drei oder vier nach Brindisi, und dann haben wir's geschafft.

Aber am nächsten Morgen befiehlt mir mein Ritter, bei den Pferden zu bleiben, während das Fußvolk und dic meisten anderen weitermarschieren. Die thüringischen Edlen machen keine Anstalten aufzubrechen. Wir Knechte hocken den ganzen Vormittag beieinander und rätseln, was los ist. Dann kommt Raimund von Kaulberg zurück. »Wir rasten ein paar Tage hier«, meinte er mit besorgter Miene. »Der Kaiser hat das Fieber, und unser Landgraf möchte an seiner Seite bleiben. Komm, Primus.«

Ich springe auf. »Was befehlt Ihr, Herr?«

»Wir begleiten den Landgrafen auf die Insel Andrea, wo sich Kaiser Friedrich für ein paar Tage erholen will. Lass die Pferde hier, die anderen kümmern sich schon.«

Ich bin richtig stolz. Er nimmt mich mit, obwohl die Pferde nicht dabei sind. Als seinen persönlichen Diener! Zum Landgrafen und zum Kaiser!

Im Hafen von Molfetta besteigen wir ein kleines Boot, das uns zur Insel hinüberrudern wird. Ein zweites Boot folgt. Zum ersten Mal fahre ich auf dem Meer! Bäh, wie salzig das Wasser ist. Wie soll man das trinken? Ich hänge meine Hand ins Wasser und lasse sie neben dem Boot schleifen, bis Gischt aufspritzt. Der Wind bläst mir Tröpfchen ins Gesicht, herrlich! Ich sehe zum zweiten Boot hinüber – und traue meinen Augen nicht. Am Bug sitzt ein großer Kerl und macht das Gleiche wie ich. Und der Kerl ist – Ortwin!

Als wir auf dem steinigen Inselchen landen, gehe ich zu ihm hinüber. »Was tust du denn hier?«, will ich wissen.

»Könnt ich dich auch fragen«, gibt er zurück. Irgendwie hab ich das Gefühl, er freut sich nicht besonders, mich zu sehen.

»Ich bin Pferdeknecht und Leibdiener des Waffenmeisters Raimund von Kaulberg«, werfe ich mich in die Brust.

»Und ich bin so was wie der Aufpasser des jungen Schlotheimers«, sagt er schulterzuckend. »Der ist erst vierzehn, wollte aber unbedingt mit ins Heilige Land. Sie bezahlen mich dafür, dass ich zusehe, dass ihm nichts geschieht und dass er keine Dummheiten macht.«

Ich sehe zu seinem Herrn hinüber. Na ja, viel jünger als ich ist der nicht, aber er sieht noch aus wie ein Kind, mit dicken Pausbacken und großen blauen Augen. »Wie kommen die denn auf dich?«, will ich von Ortwin wissen.

»Sein Vater ist bei den Reinen«, flüstert er. »Aber jetzt kein Wort mehr.«

Ich verstehe. Oder eigentlich verstehe ich nicht. Wieso schickt einer von denen seinen Sohn auf Kreuzzug? Irgendwas an der Geschichte kommt mir merkwürdig vor. Und Ortwin hat so einen Ausdruck auf dem Gesicht, den kenn ich von früher: So hat er immer ausgesehen, wenn irgendwas im Busch war.

Aber was soll's – geht's mich was an?

Nach drei Tagen geht es dem Kaiser besser, und wir machen uns endlich auf den Weg nach Brindisi.

Gisa

Auf Isentruds und meinen Rat hin hatte Elisabeth beschlossen, die Wartburg für ein paar Wochen zu verlassen. Es war besser, Heinrich Raspe eine Zeitlang aus dem Weg zu gehen, also ritten wir mit einem kleinen Teil des Hofgesindes auf die Creuzburg. Auf diese Weise würde Elisabeth außerdem davon abgehalten, in den letzten Wochen der Schwangerschaft im Hospital zu arbeiten. Man wusste ja, dass, wenn eine Hochschwangere einen Krüppel sah, das Kind womöglich die gleiche Verunstaltung bekommen würde oder gar schlimmer. Eine Hofdame der Gräfin von Orlamünde, so hieß es, habe sich einst kurz vor der Niederkunft vor einem Einbeinigen erschrocken, und das Kind – ein Mädchen – sei drei Tage später mit einem Klumpfuß auf die Welt gekommen.

Es fiel Elisabeth schwer, ihre Schützlinge zu verlassen, aber schließlich willigte sie ein. Abends saßen wir beisammen, bis es dunkel wurde, und machten Handarbeiten. Natürlich bestickten wir keine Taschentücher und spannen auch keinen feinen Flachs. Nicht einmal Wolle spinnen war Elisabeth noch gottgefällig genug. Sie hatte sich stattdessen aus der Stadt fünf große Ballen billiges Leinen kommen lassen, um daraus Totenhemden und Leichentücher zu nähen für die, die im Hospital starben. Es war ein trauriges Geschäft, was wir da jeden Abend betrieben. »Hoffentlich bleibt dem armen ungeborenen Frätzchen nichts«, raunte mir Isentrud einmal zu. »Nicht dass es später mal ein Leben lang an der Melancholei leidet.«

Auch ich wurde langsam trübsinnig, bis ich kurzerhand beschloss, die Leichentücher sein zu lassen und stattdessen Kinderhemdchen zu nähen. Elisabeth sagte zwar nichts, aber ich spürte schon, dass sie mein Tun missbilligte. Selbst wenn es für ihre eigenen Kinder war – sie litten schließlich keine Not, und was bedeuteten schon Sachen für die Lebenden, wenn die Toten uns brauchten?

In Creuzburg und den umliegenden Dörfern hatte es sich natürlich sofort herumgesprochen, dass die Landgräfin auf der Burg weilte, und so versammelten sich jeden Tag die Armen aus der Stadt und der ganzen Gegend vor dem Burgtor, um Almosen zu heischen. Elisabeth verteilte wie immer großzügig Essen und milde Gaben, während wir mit Argusaugen darauf achteten, dass sie den Kranken und Missgestalteten nicht zu nahe kam. Alles ging recht gut, und wir sahen der baldigen Niederkunft mit froher Erwartung entgegen. Vor allem auch, weil Elisabeth seit ihrer Ankunft wieder ordentlich aß. Wir hatten von der Wartburg nur wenig Nahrungsmittel mitgenommen, die aus Elisabeths eigenen Einkünften stammten und die sie also essen durfte. Es war mit dem Küchenmeister abgesprochen, dass er uns einen Karren mit Mehl, Wein, Gemüse und Fleisch nachschicken würde. Doch der Karren kam nie. Später erfuhr ich, dass Heinrich Raspe es verboten hatte, aus reiner Gehässigkeit. Er wusste, dass er Elisabeth damit in Schwierigkeiten bringen würde. Zweimal sandten wir einen Boten auf die Wartburg, umsonst. Elisabeth, stur wie sie war, weigerte sich zunächst, »verbotene Speise« zu sich zu nehmen, aber nach einer Woche des Hungerns verlor ich die Geduld und nahm sie zur Seite. »Du musst essen«, sagte ich. »Du bist es dem Kind schuldig, das du trägst.«

»Aber es ist gegen mein Gewissen«, beharrte sie. »Mir reichen ein paar Beeren aus dem Wald und ein Stückchen Wildfleisch. Es geht mir gut.«

Ich wurde langsam wütend. »Und was, wenn es deinem Kindchen nicht reicht? Oder wenn du zu wenig Kraft für die Geburt hast? Wer soll es dann Ludwig sagen? Soll er hören, dass sein Kind tot geboren wurde oder aus Schwäche starb? Oder dass du nicht überlebt hast? Soll er hören, dass du schuld bist, weil du dich geweigert hast, vernünftig zu sein? Ich verstehe dich nicht mehr, Elisabeth. Jesus liebt die Kinder. Er kann das nicht wollen!«

Schließlich gab sie nach. Sie aß dann sogar mit einigem Genuss, ihre Wangen wurden wieder voller und sie bekam eine gesunde Gesichtsfarbe. Guda, Isentrud und ich waren beruhigt, und die anderen beiden, die sich ja ebenfalls zum Speiseverbot verpflichtet hatten, wurden sichtlich ein bisschen dicker. Alles war gut.

Bis *er* wieder kam.

Eines Morgens stand er mit seinem Eselchen und dem Einhändigen mitten im Burghof. Wir entdeckten ihn vom Fenster aus, und Elisabeth verfiel sofort in große Aufregung. In ihrem Gesichtsausdruck spiegelten sich Freude und Angst zugleich. Mir selber wurde auch ganz flau; wir alle fürchteten, dass es wegen des Speisegebots Ärger geben würde. Demütig ging Elisabeth ihrem finsteren Seelenführer entgegen, beugte schwerfällig vor ihm das Knie und küsste seine Hand. »Ich bin glücklich, Vater, dass Ihr wieder nach mir seht«, sagte sie. »Euer Beistand hat mir gefehlt.«

Er lächelte nicht. »Meine Anleitung für ein seligmachendes Leben hattet Ihr immer, Liebden«, entgegnete er. »Und Gott ist stets bei Euch. Da kann es Euch an nichts gemangelt haben.«

Voller Scham senkte sie den Kopf. »Darf ich heute Abend bei Euch beichten, Vater? Ich habe Schuld auf mich geladen.«

»In der Kapelle«, antwortete er, »vor Sonnenuntergang.«

»Lass uns mitkommen«, bat Isentrud.

Sie schüttelte den Kopf. »Die Ohrenbeichte ist heilig, kein Dritter darf dabei stören.«

Ich sah, wie ihre Hände zitterten. »Dann warten wir wenigstens vor der Kapelle auf dich«, beharrte ich.

Das taten wir dann auch. Sie blieb lange darin. Viel zu lange. Durch die dicken Mauern und das massive Holzportal war nichts zu hören. Keine Stimmen. Kein Weinen. Kein Schelten. Nichts.

Endlich, es war längst dunkel geworden, stürmte Konrad von Marburg mit großen Schritten aus der Kapelle. Aus seinen unstet flackernden Augen sah er uns voller Verachtung an und stapfte dann wortlos an uns vorbei zum Palas. Wir betraten das Kirchlein; ganz vorn in der Apsis, gleich vor dem Altar, kniete Elisabeth mit gefalteten Händen. Ihr Gesicht war weiß wie die Wand, und ihre Lippen zitterten.

»Komm«, sagte Guda leise zu ihr. »Lass uns gehen.«

Wir halfen ihr hoch, denn sie hatte mit ihrem dicken Bauch Mühe aufzustehen. Doch dann schüttelte sie unsere Hände ab. Gebeugt wie eine alte Frau, so als trüge sie eine schwere Last, verließ sie die Peterskapelle. Den ganzen restlichen Abend über sprach sie kein Wort, saß nur da und starrte mit leerem Blick vor sich hin. Ohne eine Regung ließ sie zu, dass wir ihr Haar kämmten und flochten, sie auszogen und zu Bett brachten.

Sie teilte ihr Lager mit Guda und ich meines mit Isentrud, darum merkte ich zu spät, dass sie nicht mehr da war. Irgendein Geräusch hatte mich geweckt, vielleicht war es auch die Unruhe, jedenfalls legte ich meinen Nachtschal über, schlug leise Feuer für eine Kerze und ging sie suchen.

Ich fand sie in der Kapelle. Die Tür war nur angelehnt, und drinnen flackerte ein Talglicht. Vorsichtig spähte ich hinein und konnte kaum einen Aufschrei unterdrücken. Da kniete sie mit aufgelöstem Haar, das Hemd hatte sie vom Oberkörper gestreift. Ich sah die blutigen Striemen auf ihrem Rücken und die Geißel in ihrer Hand. »Ich bin böse, ich bin böse, ich bin böse«, keuchte sie, und mit jedem Satz klatschten die Lederriemen der Geißel auf ihren Rücken. »Ich bin ein Nichts, weniger als ein Nichts, ein Gefäß der Sünde, ein eitler Mensch, das geringste Ding unter dem Himmel.« Klatsch, klatsch, klatsch, klatsch. Sie krümmte sich vor Schmerz, ihre Haut platzte auf, kleine Tröpfchen Blut sprühten um sie, wenn sie die Geißel schwang. »Ich bin eine schlechte Frau, ich bin hoffärtig, ungehorsam. Strafe mich Herr, für alles, was ich getan habe.« Sie schluchzte. »Ich bin schlechter als der schlimmste Verbrecher, schlechter als ein Mörder, ein Räuber, ein Totschläger. Ich bin schlechter als ein Tier. Ein Behältnis für Schmutz und Dreck. Ich bin nichts wert, o Herr, strafe mich.« Das Blut rann in Strömen ihren Rücken hinunter, und immer noch schwang sie die Geißel. Ich weiß nicht, wie lange ich stand und zusah, ich war so entsetzt, dass ich unfähig war, mich zu bewegen. Und dann sah ich noch jemanden, verborgen im Dunkel, in einer Nische hinter dem Altar. *Er* war es. Seine Augen hatten sich an ihren Brüsten festgesaugt, an ihrem nackten, schwangeren Leib. Ich bekam plötzlich keine Luft mehr. Endlich löste ich mich aus meiner Starre, rannte zu Elisabeth und riss ihr das blutige Folterinstrument aus der Hand. »Was tust du?«, schrie ich. »Willst du dich umbringen? Und das Kind dazu?« Schwer atmend stand ich über ihr, während sie vollends in sich zusammensank. Sie krümmte sich auf den steinernen Fliesen, von lautlosen Schluchzern geschüttelt.

Ich kniete mich neben sie. »Elisabeth«, beschwor ich sie, »Elisabeth, komm doch zu dir.«

Sie sah durch mich hindurch. Und als ich hochblickte, war der Mann hinter dem Altar fort.

Ich flog durch die Kapelle, über den Hof und ins Frauenzimmer, rüttelte Guda und Isentrud wach. Mit vereinten Kräften hoben wir sie hoch, schleiften sie mehr, als dass wir sie trugen, in die Kemenate zurück und legten sie seitlich aufs Bett. Sie wehrte sich nicht, als wir ihre Wunden mit Wein wuschen, aber sie stöhnte jämmerlich. O Jesus, betete ich stumm, mach, dass sich der Rücken nicht entzündet, dass sie kein Fieber bekommt. Es sind nur noch zwei Wochen bis zur Niederkunft, bitte hilf, damit das Kind keinen Schaden nimmt. Und dann hörte ich vom Bett einen lauten Schrei.

Die Wehen hatten eingesetzt.

Wir taten, was wir konnten. Wir hielten sie so, dass ihr Rücken nirgends anstieß. Wir halfen ihr beim richtigen Atmen. Wir sprachen ihr Mut zu, aber sie nahm uns kaum wahr. Sie war unfähig, bei den Presswehen mitzuhelfen, so dass am Ende Isentrud sich mit ihrem ganzen Gewicht auf ihren Leib legte und das Kind aus ihr herausdrückte. Und welche Erleichterung erfasste uns, als wir sahen, dass es lebte, dass es strampelte, dass es an allen Gliedern gesund war. Als es anfing zu brüllen, stieß Isentrud einen Juchzer aus, und ich schickte ein Dankgebet zum Himmel.

Wir rieben es trocken, und Guda legte es Elisabeth an die Brust. »Es ist ein Mädchen, Elisabeth«, sagte sie, »freu dich doch!«

Elisabeth drehte den Kopf weg.

Nach zwei Tagen war noch immer keine Milch eingeschossen. Elisabeth weigerte sich zu essen. Sie trank nur Wasser und einen säftetreibenden Himbeerblätteraufguss, der aber auch nicht half.

Ich suchte Konrad von Marburg und fand ihn schließlich im Garten hinter dem Peterskirchlein auf einer Steinbank. »Meister Konrad«, sagte ich, »ich bitte Euch, erlaubt der Landgräfin zu essen, auch wenn sie das Speiseverbot nicht einhalten kann. Sie hat keine Milch, es geht ihr schlecht, und der Kleinen auch.«

Er sah mich mit kalten Augen an. »Soll ich ihren Ungehorsam auch noch befördern?«, fragte er. »Sie war es doch, die nach Askese verlangte. Und nach Strafe.«

»Herr«, erwiderte ich, »sie hat gerade ein Kind geboren. Es ist ohnehin ein Wunder, dass beide es überstanden haben, nach allem, was geschehen ist. Ich flehe Euch an, helft ihr!«

»Holt eine Amme für das Kind.« Er stand auf und richtete die Falten seines Gewands. »Und was die Landgräfin betrifft – sagt ihr, ich überlasse die Entscheidung ihr.«

»Ihr wisst genau, dass sie diese Entscheidung nicht treffen wird, Herr Konrad.«

»Gottes Wille geschehe.« Er wandte sich zum Gehen.

In meiner Wut und Verzweiflung stellte ich mich ihm in den Weg. »Wenn mit dem Kind etwas nicht gutgeht, oder mit Elisabeth, dann werde ich dem Landgrafen berichten, dass es allein Eure Schuld ist. Das schwöre ich bei der heiligen Muttergottes!« Ich bebte vor Zorn.

»Was willst du schon erzählen, Weib?«, schnaubte er verächtlich.

»Dass sich Elisabeth auf Euer Geheiß hin bis aufs Blut selbst gezüchtigt hat, das werde ich erzählen. Und dass das Kind deshalb zu früh kam. Und dass Ihr, Meister Konrad, heimlich dabei zusaht, mit den Augen eines Lüsternen!«

»Lüge!«, brüllte er.

»Ich habe Euch gesehen.« Ich atmete schwer. »Und darauf werde ich jeden Eid leisten.«

Eine geschlagene Zeit standen wir einander gegenüber und starrten uns an. Ich werde nicht die Erste sein, die wegschaut, dachte ich verbissen. Und wenn ich tot umfalle. Und dann gab er nach. »Nun gut«, sagte er mit gepresster Stimme. »Ich will also zur Landgräfin gehen und ihr Dispens vom Speisegebot erteilen. Bis Weihnachten, nicht länger.«

Ich atmete auf und neigte höflich den Kopf. »Ich danke Euch, Meister Konrad.«

Am nächsten Tag reiste er in aller Frühe ab.

Und Elisabeth aß wieder. Die Milch wollte zwar trotzdem nicht kommen, aber wir fanden in der Stadt eine Amme, die sich der Kleinen annahm. Das winzige Ding, das nach Elisabeths Willen Gertrud heißen sollte wie ihre Großmutter, holte die zwei Wochen, die es zu früh gekommen war, schnell auf und gedieh prächtig.

Und es war eine Freude zuzusehen, wie es Elisabeth schmeckte. Es war fast wieder wie früher, als wir Kinder waren. Sie kostete von jeder Speise, naschte von den süßen Sachen, ließ kein Gericht aus. Ja, sie stopfte das Essen geradezu in sich hinein, als ob sie nachholen wollte, was sie in den langen Monaten des Speisegebots verpasst hatte. Was uns allerdings zu denken gab, war ihr Verhalten der kleinen Gertrud gegenüber. Oh, sie trug sie herum, summte ihr Liedchen vor, half der Amme beim Wickeln und Saubermachen. Aber nie küsste oder herzte sie die Kleine, nie spielte sie mit ihren Fingerchen oder Zehen, nie kitzelte sie ihr Bäuchlein, so wie sie es bei Hermann und Sophie immer getan hatte. Da war eine Gefühlskälte, ein Mangel an mütterlicher Nähe, die wir uns nicht erklären konnten.

Stattdessen ging sie, sobald sie kräftig genug war, wieder jeden Morgen voller Freude hinaus vor das Tor, um ihre geliebten Armen mit Gaben zu beglücken. Und eines Nachmittags holte mich Isentrud aus dem Frauenzimmer, wo ich mit Hermann und Sophie gerade Himmel und Hölle spielte. »Komm«, sagte sie zu mir, »das musst du dir ansehen.«

Sie führte mich in den Obstgarten. Unter einem schattenspendenden Birnbaum saß Elisabeth mit einem jungen Bettler, dessen Haut über und über mit krätzigen Geschwüren bedeckt war. Sie hatte ihm das Haar geschnitten und seinen grindigen Kopf vom Schorf befreit, und jetzt wischte sie mit dem Saum ihres Kleides sein Gesicht sauber. Wie hatte sie es nur geschafft, ihn in die Burg hereinzuholen? Die Wachen hatten doch strengsten Befehl vom Vogt, niemanden von den Gabenheischern einzulassen! Da, jetzt nahm sie ihn in die Arme, wiegte ihn wie ein Kind, streichelte seine Wangen und lächelte dabei voller Glück und Hingabe. Ihre Augen strahlten. Ich verstand diese Frau nicht mehr.

»Sie weiß also doch noch, wie's geht.« Isentrud hob in einer Geste der Hilflosigkeit die Hände und sah mich traurig an. »Dort im Frauenzimmer braucht ein winzigkleines Ding ihre Liebe, und wem gibt sie sie? Stattdessen hält sie ein Schäferstündchen mit einem Krätzigen.«

So wollte sie selig werden?

Und es sollte noch schlimmer kommen. Eine Woche später, nach dem Mittagsmahl, beobachtete ich Elisabeth zufällig dabei, wie sie hinter einem Vorsprung der Ringmauer verschwand. Ich ging ihr nach, und da kniete sie im Gras, vornübergebeugt, und würgte ihr Essen wieder hervor. Immer wieder steckte sie sich den Finger in den Hals, bis nichts mehr in ihrem Magen war, was sie hätte erbrechen können.

Jetzt war mir auch klar, warum sie immer noch so dünn und mager und hohlwangig war wie vorher, obwohl sie doch seit einigen Wochen mehr aß als wir alle zusammen. Ich entfernte mich leise, ging zurück zu Guda und Isentrud und erzählte ihnen, was ich gesehen hatte. Was sollten wir nur tun?

Am Ende beschlossen wir, auf die Wartburg zurückzukehren. Dort würde Elisabeth wieder dem Speisegebot Konrads folgen können. Und sie würde wieder im Hospital arbeiten können und damit tun, wonach sie sich so offensichtlich sehnte.

»Ich wünschte, Ludwig wäre nie fortgegangen«, sagte Guda.

»Ich wünschte, dieses Scheusal wäre nie zu uns gekommen«, erwiderte Isentrud.

Wie recht sie hatte! Nicht Elisabeth war schuld. Sie konnte nichts für ihren Zustand, für das, was mit ihr geschah. Es war nur der Prediger, dieser widerwärtige Höllenmensch. Er lenkte all ihr Gutes ins Böse um. Sein Ziel war es von Anfang an gewesen, sie zu brechen. Sie so lange zu demütigen, bis sie keinen eigenen Willen mehr hatte. Sie in eine bedingungslose Abhängigkeit zu treiben, bis zur völligen Selbstaufgabe. Ich schlug die Hände vors Gesicht. Längst war Elisabeth nicht mehr sie selbst. Konrad von Marburg würde sein Ziel erreichen – wenn es niemand verhinderte. Und der Einzige, der dazu die Macht hätte, war Ludwig. Tief bedrückt und voller Angst ging ich in die Kapelle und betete inbrünstig darum, dass er zurückkehren würde, bevor es zu spät war.

Brindisi und Otranto, August–September 1227

Am Tag nach Mariä Himmelfahrt erreichten Kaiser Friedrich und der Landgraf mit ihrem Gefolge die Hafenstadt Brindisi. Sechzigtausend Kreuzfahrer, so hieß es später, lagerten hier und warteten auf ihre Einschiffung. Es stank bestialisch; schon nannte man das Heerlager von Brindisi die größte offene Latrine der Welt. Immer noch war die Hitze extrem; Millionen von Fliegen schwirrten über den Kloaken und brachten Krankheit und Tod. Das typhusartige Fieber, das schon in den vorhergehenden Wochen etliche Männer erfasst hatte, griff nun endgültig mit verderbenbringender Geschwindigkeit um sich und forderte täglich mehr Opfer. Bald lag der süßliche Geruch von Verwesung über dem Kreuzfahrerlager wie ein dichtes, übles Miasma. Und es sollte noch mindestens drei Wochen dauern, bis genügend Schiffe angelandet waren, um nach Outremer überzusetzen. Täglich fanden sich neue große Segler ein; in der Bucht von Brindisi sah man bald das Wasser nicht mehr vor lauter Booten. Sie entstammten den Flotten der italienischen Handelsstädte; die meisten von ihnen waren eine Mischung aus Handels- und Kriegsschiff, Dromonen genannt. Auf einer Länge von fast vierzig Metern hatten sie auf jeder Seite zwanzig Ruder in zwei oder drei Ruderreihen. Dazu kamen – und gerade von denen fehlten noch viele – riesige Handelsschiffe mit genug Laderaum für Vorräte, Waffen und Pferde.

Der Kaiser, immer noch geschwächt vom Fieber, quartierte sich im größten und bequemsten Stadthaus ein, das zu finden war, und ließ nur noch wenige Diener um sich zu, um eine erneute Ansteckung zu vermeiden. Auch Ludwig und die anderen Fürsten bezogen Unterkünfte in der Stadt. Primus und sein Herr versuchten den trüben Ausdünstungen zu entgehen, indem sie ihr Lager möglichst nah am Meer aufschlugen, wo wenigstens abends ein leichter Wind aufkam. Sie teilten sich ein Zelt, vor dem in den Nächten Ratz Wache hielt. »Diebe gibt's schließlich überall«, sagte Primus und dachte an Ortwin. Die beiden liefen sich nun häufiger über den Weg. Ortwin schien es an Geld nicht zu mangeln, einmal lud er Primus sogar in eine verlotterte Hafenkaschemme ein und spendierte einen Fischeintopf und eine Korbflasche mit süßem roten Wein. Primus sah, dass er nigelnagelneue Stiefel trug und an seinem linken Ohr einen kleinen goldenen Ring baumeln hatte. »Wie kannst du dir das leisten?«, fragte er, als sie beieinandersaßen.

Ortwin zuckte mit den Schultern. »Ei, der alte Schlotheimer bezahlt mich gut, damit ich ihm sein Söhnchen heil wiederbringe. Und außerdem habe ich vor ein paar Tagen einen gutgehenden Handel mit Amuletten aufgemacht.«

Primus wusste Bescheid. Jetzt, wo es langsam ernst wurde, wollte sich ein jeder noch schnell einen Glücksbringer anschaffen. Überall in den Gassen von Brindisi liefen angebliche Mönche herum, die Fläschchen mit der Milch der Muttergottes feilboten oder Locken vom Haar der zehntausend Jungfrauen, oder einen Strohhalm aus der Krippe des Jesuskinds. Billiger waren Zettelchen mit zauberischen Sprüchen, die man in die Kleider einnähen konnte; Bauchladenhändler verkauften sie für einen Pfennig das Stück. Dafür bekam man dann ein magisches Quadrat mit folgendem Text:

S A T O R
A R E P O
T E N E T
O P E R A
R O T A S

Am beliebtesten, weil angeblich am wirksamsten, waren jedoch Finger von totgeborenen Kindern, die man sich in einem Beutelchen um den Hals hängen und direkt auf der Haut tragen musste. »Draußen vor der Stadt«, erzählte Ortwin grinsend, »gibt's einen Friedhof für ungetaufte Säuglinge. Da muss man bloß ein bisschen buddeln, und schon hat man ein kleines Vermögen ausgegraben.«

Primus schüttelte sich. »Mensch, Ortwin, das ist Leichenschändung!«

»Na und? Die spüren nichts mehr«, erwiderte Ortwin schulterzuckend. »Im Gegensatz zu den kleinen Kindern von den armen Leuten. Denen hackt man nämlich ganz gern ein Fingerchen ab, um ein bisschen was dazuzuverdienen. Ganz frische Finger bringen einen Haufen Geld. Willst du einen?«

Primus winkte hastig ab. Er beschloss, sich überhaupt keinen Glücksbringer zuzulegen und stattdessen auf sich selbst und Gott zu vertrauen.

Ortwin selbst besaß natürlich keines der grausigen Amulette, die er so gewinnbringend verkaufte. Er glaubte nicht an solche Dinge, und wenn überhaupt, hätte er sich einen Glücksbringer angeschafft, der ein Schwanzhaar des Teufels enthielt oder ein Stück Schwefel aus der Vorhölle. Je länger diese beschwerliche Reise dauerte, desto weniger Lust hatte er auf die Befreiung Jerusalems. Er hasste die Hitze, und nach allem, was man so hörte, war sie im Heiligen Land noch schlimmer als hier, in diesem gottverlassenen untersten Zipfel Italiens. Außerdem würde der Krieg gegen die Heiden kein Zuckerschlecken werden. Ja, wenn man die Auseinandersetzung im Nahkampf mit dem Messer austragen könnte, da wäre ihm nicht bang. Aber die hinterlistigen Sarazenen töteten einen aus der Ferne mit ihren Pfeilen. Und wenn sie einen lebend in die Hände bekamen, rissen sie einem den Schwanz ab und die Gedärme heraus. Keine schönen Aussichten. Ortwin wäre lieber früher als später wieder umgekehrt.

Aber er hatte einen Auftrag. Und den musste er erfüllen.

Raimund von Kaulberg saß vor seinem Zelt im Schatten und schärfte zum wer weiß wievielten Mal seine Schwertklinge. Das Warten machte einen ganz mürbe. Aber natürlich hatte es erst Sinn aufzubrechen, wenn alle Mann mit auf die Schiffe kamen. Man konnte schlecht absegeln, solange das halbe Heer mit Fieber und der Abweiche darniederlag. Die Seuche musste erst abklingen, bevor etwas geschehen konnte.

Also vertrieb man sich die Zeit mit Kampfübungen, die wegen der Hitze entweder in aller Herrgottsfrühe oder erst abends stattfanden. Danach saßen die Ritter zusammen, tranken und redeten. Einmal war er gemeinsam mit den thüringischen Edlen beim Kaiser eingeladen. Friedrich hatte ihn sogar wiedererkannt, von seiner Zeit als Waffenmeister in Palermo. Mit Handschlag hatte er ihn begrüßt, auf Deutsch ein paar freundliche Worte mit ihm gewechselt. Das hatte ihn stolz gemacht. Raimund dachte kurz an Eilika, den Mord an ihrem Liebhaber, die Schuld, die er versucht hatte, vor Damiette zu begleichen. Ob ihm der Herrgott wirklich verziehen hatte? Nun, wenn nicht, so hatte er, Raimund, nun eine zweite Gelegenheit, seine Seele zu reinigen. Bald würde er das Heilige Grab endgültig befreien, angeführt vom obersten Heerführer der Christenheit.

Friedrich hatte die Thüringer und auch Raimund schwer beeindruckt. Der Allmächtige hatte sein unansehnliches Äußeres mit einem messerscharfen Verstand ausgeglichen. Der Stauferkaiser war ein Stratege durch und durch, ein Machtmensch ohnegleichen. Seine Herrschaft war in den letzten Jahren ein einziges Ringen mit dem Papst gewesen, und natürlich ging es ihm beim Kreuzzug weniger um die Rückeroberung Jerusalems – er stand ohnehin in Verdacht, an gar nichts zu glauben –, sondern darum, in dem Spiel mit Gregor IX. die Oberhand zu behalten. Er wollte die ganze politische Macht in Süditalien, genau wie der Papst. Und er wollte – über seinen jungen Sohn Heinrich oder ohne ihn – die ganze Macht im Heiligen Römischen Reich deutscher Nation. Und da galt es, mit allen Mitteln zu arbeiten. Es war ein ständiger Spagat, eine Frage, das eine aufzugeben, um das andere zu gewinnen. Einerseits gab er dem Willen des Papstes nach, wenn er nach Jerusalem zog, andererseits war ihm der Papst ewig verpflichtet, wenn er das Heilige Grab für die Christenheit zurückeroberte. Manchmal hatte Raimund das Gefühl, der Kaiser wolle gar keinen Krieg mit den Ungläubigen. Schließlich hatte er sich bis jetzt erfolgreich gedrückt. Und es hieß, er habe kürzlich einem Vertrauten erzählt, am liebsten würde er jetzt daheim in Palermo sitzen und an seinem Buch über die Beizjagd weiterschreiben. War das zu fassen? Wer außer einem Mönch konnte überhaupt schreiben? Und dann noch ein ganzes Buch? Wer sollte das überhaupt lesen? Dieser Friedrich war schon ein rätselhafter Mensch.

Wenn man ihn so erlebte, hatte man ohnehin eher das Gefühl, einen Mauren vor sich zu haben. Er sprach mindestens so gut arabisch wie italienisch, sein Deutsch hatte einen stark eingefärbten welschen Akzent. Er kleidete sich in lockere Kaftane wie die Muselmanen, aß am liebsten orientalisch gewürzte Speisen und bevorzugte sarazenische Frauen. Dennoch hatte er erst vor zwei Jahren eine blässliche, hellhaarige Christin französischer Herkunft geheiratet: Isabella von Brienne, die gerade einmal dreizehnjährige Erbin des Königreichs Jerusalem. Die Ärmste war nur ein Steinchen im Spiel um die Rückeroberung des Heiligen Landes und, wie man hörte, entsetzlich unglücklich. Aber die Heirat mit ihr hatte es Friedrich ermöglicht, sich kurz darauf eigenmächtig zum König von Jerusalem krönen zu lassen. Nun gut, jeder im Adel suchte sich seine Frau nach machtpolitischen Gesichtspunkten. So hing Raimund seinen Gedanken nach, während er mechanisch den Schleifstein an der Klinge seines Schwertes entlangzog.

»Herr, erzählt Ihr mir noch einmal von Eurer Zeit in Damietta?« Das war sein neuer Diener, Primus, der ihn mit seiner Wissbegier noch einmal unter die Erde bringen würde. Raimund schmunzelte. Der Junge hatte ihm in Rom Pferd und Waffen, wenn nicht gar das Leben gerettet, und er hatte ihn zum Dank in seine Dienste genommen. Ganz gegen alle Erwartungen hatte sich der Knabe als Glücksgriff erwiesen. Er lernte schnell, wurde sogar einigermaßen mit dem oft übellaunigen und schwierigen Brun fertig, seinem Streithengst. Er hatte eine gute Auffassungsgabe und eine gehörige Portion Mutterwitz, das gefiel Raimund. Der Kleine wurde ihm bald wie der Sohn, den er nie gehabt hatte. Er saugte auf, was Raimund erzählte, wurde nie müde, seine Geschichten zu hören. Und er war ehrgeizig, das spürte man. Dabei kam er aus niedrigsten und elendsten Verhältnissen, so wie es sich anhörte. Er sprach zwar selten von seiner Familie und Herkunft, aber Raimund war sehr schnell klar, dass der Junge ums Überleben hatte kämpfen müssen, seit er auf der Welt war.

»Was willst du denn noch wissen?«, fragte er jetzt und legte Schwert und Schleifstein zur Seite.

»Die arabischen Zahlen, Herr. Das hab ich noch nicht begriffen.«

Raimund lachte. »Das haben noch ganz andere nicht begriffen, Primus. Also: Bisher wurden bei uns ja die Zahlen so geschrieben wie bei den Römern vor tausend Jahren. Damit war das Rechnen schwer. Die Araber haben da etwas viel einfacheres erfunden. Jede Zahl hat ein eigenes Zeichen, eine 1, eine 2, eine 3 und so weiter.« Er malte mit einem Stecken die Ziffern von 1 bis 10 in den Sand. »Und die klügste Erfindung, die sie gemacht haben, ist die Zahl 0.«

Er tippte mit dem Stöckchen auf die Null. »Schau her, sie sieht aus wie ein großer Kreis. Sie hat für sich keinen Wert, aber wenn man sie an eine Zahl anhängt, verzehnfacht sie deren Wert. Und damit lässt sich nun ganz leicht rechnen …«

Sie verbrachten die nächste Stunde damit, Zahlen zu schreiben, zu addieren und zu subtrahieren. Dann wurde es einfach zu heiß zum Denken, und Raimund zog Hemd und Hosen aus, um sich zur Abkühlung in die Fluten des Meeres zu stürzen.

Primus sah fasziniert und etwas neidisch zu.

»Komm ins Wasser, Junge, es ist schön kühl!« Raimund winkte.

Primus schüttelte den Kopf. Er traute sich nicht. Einfache Menschen konnten nicht schwimmen, nur ein Ritter lernte so etwas. Er sah eine Weile zu, wie sein Herr im Meer paddelte, und ging dann, um Bruns Sattelzeug einzufetten.

Am Abend war Raimund zusammen mit den thüringischen Rittern und dem Landgrafen beim Kaiser zur Lagebesprechung geladen. Es sollte die letzte vor dem Absegeln sein.

»O bitte, Herr, nehmt mich mit!«, bettelte Primus, und Raimund konnte seinem herzerweichenden Blick nicht widerstehen. »Wenn das alle machen würden«, brummte er. »Aber meinetwegen, zieh dich an. Du bleibst an der Tür stehen und tust so, als hieltest du Wache. Und du redest kein Wort, verstanden?«

Primus nickte heftig.

Als sie den Stadtpalast betraten, führte man sie sofort in den großen Saal im ersten Stockwerk. Der Landgraf und die meisten Ritter waren schon da, es herrschte gespannte Stimmung. Heute würde der Kaiser endlich seine Pläne erläutern.

»Majestät.« Raimund beugte das Knie vor Friedrich, der mit Ludwig vor dem größten Fenster des Raumes stand, aus dem ein lauer Abendwind hereinwehte. Ludwig sah blass aus, unter seinen Augen lagen dunkle Ringe. Raimund runzelte besorgt die Stirn, als er es bemerkte. Dann bedeutete der Kaiser ihm leutselig, er solle sich erheben; zum Landgrafen sagte er in seinem stark italienisch angehauchten Deutsch: »Wer solche Männer in seinen Diensten hat, mein Freund, kann sich glücklich schätzen. Ich kenne Euren Waffenmeister aus Palermo. Ein ausgezeichneter Kämpfer.«

Raimund dankte und entfernte sich höflich, während sich der Kaiser weiter mit Ludwig unterhielt. Der Thüringer war für ihn der wichtigste deutsche Reichsfürst auf dem Kreuzzug; er hatte ihn schon bei der ersten Zusammenkunft in Troia zum Marschall ernannt. Aber nicht nur das – die beiden hatten sich in den letzten Wochen angefreundet, täglich miteinander Schach gespielt und gemeinsame Schlachtpläne für Jerusalem entworfen.

Jetzt ließ der Kaiser einen Diener mit dem Stab aufklopfen, und alle nahmen um den riesigen Tisch Platz, der in der Mitte des Saales stand. Man hatte eine Seekarte des Mittelmeeres darauf ausgerollt und die Ecken mit Steinen beschwert.

Primus, der wie befohlen bei der Tür stehen geblieben war und sich möglichst unauffällig an die Wand drückte, hörte begierig zu, wie der Kaiser die Schifffahrtsroute erläuterte, die man nach Outremer nehmen wollte. Zielhafen war Akko, die einzige Stadt im Heiligen Land, die noch in christlichen Händen war. »Herr Landgraf«, bat Friedrich, »seid so gut und zeigt mit dem Stab den Weg der Flotte und die Häfen, wo wir unterwegs anlanden werden.«

Ludwig ergriff den schmalen Zeigestock und stand auf. Er setzte die Spitze des Stabes zunächst auf Brindisi, dann tippte er auf Otranto, dann fuhr er übers Meer. Primus stutzte. Schwankte der Landgraf etwa? Der Stab beschrieb einen merkwürdigen Bogen über die Karte, erreichte plötzlich Land und fiel schließlich aus Ludwigs Hand. Der Graf von Gleichen, der neben ihm saß, sprang auf und stützte ihn. Ludwig war leichenblass, auf seiner Stirn standen winzige Schweißtröpfchen. Man führte ihn unter bestürzten Ausrufen zu einem arabischen Diwan, wo er sich mit einem leisen Stöhnen niederlegte. Er schlotterte. Jemand reichte ihm einen Becher Wein, doch er konnte ihn nicht halten, weil seine Hände krampften. Der Kaiser schickte einen Diener nach draußen; dann erklärte er die Besprechung für beendet. Die Ritter verließen nacheinander den Saal, nur Raimund blieb auf ein Zeichen des Landgrafen, der nun versuchte, die Besorgnis des Kaisers zu zerstreuen. »Es ist nichts«, meinte er, »nur ein kleiner Schwächeanfall, nichts weiter.«

Ein junges Mädchen betrat den Raum, sie trug Tücher und eine Schüssel mit Wasser.

»Ah, grazie, Isabella habibi«, sagte der Kaiser. Es war ein großes Zeichen seiner Freundschaft, dass er seine junge Frau zur Pflege des Landgrafen hatte holen lassen. Das »Küken«, wie er sie anderen gegenüber meist nannte, ging zum Kopfende des Diwans, tauchte ein Stück Stoff in das kühle Wasser und tupfte Ludwig den Schweiß von der Stirn. Primus beobachtete sie neugierig. Es hatte sich schon herumgesprochen, dass Isabella von Brienne in Brindisi auf das Kreuzfahrerheer gewartet hatte, um es als Königin von Jerusalem gebührend zu verabschieden. Gezeigt hatte sie sich allerdings bisher niemandem. Wie ein kleines Mädchen sah sie aus, dabei hatte sie im letzten Jahr ihr erstes Kind geboren, nur um es gleich wieder zu verlieren. Darum sah sie wohl so traurig aus, dachte Primus. Ein wenig erinnerte sie ihn an Ida, sie hatte die gleichen großen blauen Augen. Jetzt legte sie dem Landgrafen die Hand auf die Stirn, dann sah sie ihren Gatten an und schüttelte den Kopf. Primus sah die erleichterten Mienen des Kaisers und Raimunds von Kaulberg und atmete auf. Also offenbar kein Fieber. Vielleicht hatte Ludwig einfach nur zu wenig getrunken, da kam es oft vor, dass einer zusammenklappte. Isabella fächelte ihm mit einem Tuch Luft zu und reichte ihm immer wieder mit Wasser vermischten Wein, den Ludwig folgsam trank. Nach einiger Zeit ging es ihm schon besser, er konnte aufstehen und alleine ein paar Schritte gehen.

»Alles halb so schlimm«, grinste er schwach, »Unkraut vergeht nicht. Es war nur ein leichtes Unwohlsein.«

»Kein Wunder bei dieser Hitze«, antwortete Raimund. »Ihr solltet mehr auf Euch achten, Herr.«

»Sag den anderen Bescheid«, bat Ludwig. »Kein Grund zur Sorge mehr.«

Raimund verbeugte sich vor ihm und dem Kaiser, dann gab er Primus ein Zeichen. Sie verließen das Haus, und draußen befahl der Kaulberger knapp: »Du bringst den Thüringer Edlen die Nachricht, dass wieder alles in Ordnung ist. Dem Landgrafen geht es besser, es war nicht die Seuche, sondern nur eine kleine Unpässlichkeit.«

Primus rannte los.

Das Kontingent der Thüringer atmete auf. Am nächsten Morgen zeigte sich Ludwig kurz am Fenster des Stadtpalastes, und unten jubelten ihm seine Männer zu. Nur einer blickte finster: Ortwin. Wäre Ludwig am Fieber gestorben, wäre sein Auftrag, für den er ja bereits bezahlt war, hinfällig gewesen, und er hätte in aller Ruhe in die Heimat zurückkehren können. So aber lag wieder alles an ihm. Ortwin hatte nicht vor, längere Zeit im Heiligen Land zu verschwenden. Er war diesen Kreuzzug weiß Gott jetzt schon leid, und er empfand keinerlei Bedürfnis, das Heilige Grab zu sehen, geschweige denn, es den Händen der Muslime zu entreißen. Eine fast schmerzhafte Unruhe befiel ihn. Er musste bald handeln. Ihm war aber auch klar, dass nicht der kleinste Verdacht auf ihn fallen durfte. Also blieb ihm nichts übrig, als weiter auf eine gute Chance zu warten. Und sich einzuschiffen. Denn am Morgen war der Horizont vor Bari vor lauter weißen Segeln nicht mehr zu sehen gewesen. Die Flotte der Genueser, auf die man so lange gewartet hatte, war endlich eingetroffen!

Endlich, am Tag nach Mariä Geburt, schiffte sich der Hauptteil des Kreuzfahrerheeres nach Outremer ein. Fast die gesamte thüringische Heerschar war dabei. Nur die paar Dromonen des Kaisers mit den bedeutendsten Fürsten und Geistlichen an Bord, darunter auch Ludwig mit seinen Getreuen, sollten noch einmal in Otranto anlanden, wo die Kaiserin ihren Abschied nehmen würde. Eine letzte kurze Unterbrechung vor der gefährlichen Fahrt ins Heilige Land.

Primus trieb sich auf Deck herum. Es war windstill, das Meer glatt und blau. Nur das Klatschen der Ruder und das Schäumen der Gischt waren zu hören, und hin und wieder das Schnauben eines Pferdes.

»He, Primus!«

Er drehte sich um, und da stand Ortwin, eine geschälte Pomeranze in der Hand. »Hier«, sagte er und hielt ihm ein Stückchen hin. »Gut und saftig!«

Primus hatte noch nie eine Pomeranze gegessen. Vorsichtig biss er hinein und war überrascht von ihrem süßsauren Geschmack. So eine müsste man mit heimbringen können, dachte er.

»Sag mal«, begann Ortwin, »wie geht es inzwischen dem Landgrafen?«

»Ei, gut«, antwortete Primus. »An diesem Abend in Bari, das war nur ein kurzer Schwächeanfall. Gestern hat er schon wieder den Schwertkampf geübt.«

»Ah.« Ortwin lehnte sich neben Primus an die Reling. »Wo ist er eigentlich untergebracht?«

»Na, in den Holzhütten auf dem Heck, gleich in der Nähe des Kaisers, die Koje mit dem hellen Sonnensegel davor. Wieso willst du das wissen?«

»Och, nur so.« Ortwin spielte mit einem Stück Seil.

»Du willst doch nichts klauen, oder?«

»Blödsinn. Und wenn, dann nur von den anderen«, grinste Ortwin und schlenderte davon.

Primus sah ihm mit gerunzelter Stirn nach.

Einen Tag später, am zehnten September, erreichten sie Otranto. Raimund von Kaulberg stand mit den anderen Rittern am Ufer Spalier, als die kleine Kaiserin und ihr Gefolge das Schiff verließen. Sie reckten die Schwerter in die Höhe, ließen sie als Königin von Jerusalem hochleben und schworen, ihr die Schlüssel der Heiligen Stadt bald zu Füßen zu legen.

Am Abend gingen die Edlen ein letztes Mal von Bord, um auf Einladung der Stadtoberen an einem kleinen Festmahl teilzunehmen. Ludwig war auch beim Feiern und aß mit gutem Appetit. Alle waren erleichtert, dass es jetzt endlich ins Heilige Land ging; das lange Warten hatte so manchen Ritter mürbe gemacht. Man riss Witze über die Muselmanen, erzählte sich Geschichten von Kämpfen und Abenteuern. Der Kaiser brachte nach dem Essen einen fröhlichen Trinkspruch auf den bevorstehenden Sieg über die Heiden aus, worauf Ludwig, wie alle anderen, seinen Pokal auf einen Zug leerte. »Wir alle brennen darauf, das Heilige Grab zu befreien«, rief er, und die Ritter brachen in Hochrufe auf den Kaiser aus.

Doch auf dem Weg zurück zum Schiff taumelte er plötzlich. Raimund von Kaulberg war mit einem Schritt bei ihm und fasste ihn unter dem Arm. »Hierher«, rief er dem jungen Schlotheimer zu. Der eilte herbei und stützte seinen Herrn auf der anderen Seite. »Was ist Euch, Liebden?«, fragte er besorgt. Ludwig keuchte nur: »Bringt mich aufs Schiff.«

Zwei Stunden später setzte das Fieber ein.

»Holt mir den Arzt«, sagte er, »er soll mir von dem Aufguss bringen, der dem Kaiser so gut geholfen hat. Und kein Wort zu irgendjemandem. Ich will nicht, dass wir morgen um meinetwillen nicht auslaufen. Unterwegs ist genügend Zeit, um gesund zu werden.«

Der Arzt kam, ließ Ludwig zur Ader und verabreichte ihm die verlangte Medizin. »Euer Schwächeanfall kürzlich war wohl doch ein erster Anflug der Seuche«, meinte er besorgt. »Ihr solltet wieder an Land, Herr.«

»Auf keinen Fall«, widersprach Ludwig. »Ich werde dieses Fieber auch ein zweites Mal besiegen. Wir stechen in See.«

Der Arzt ging kopfschüttelnd; danach schlief der Landgraf ein. Und am nächsten Morgen bei Sonnenaufgang legten die Schiffe ab und glitten mit geblähten Segeln aus dem Hafen.

Doch auf See verschlechterte sich Ludwigs Zustand innerhalb von kürzester Zeit. Das Schlimmste stand zu befürchten; Patriarch Gerold von Jerusalem und Jakob von Vitry, Bischof vom Heiligen Kreuz, erteilten ihm vorsorglich die Sterbesakramente.

Ortwin, der alle Vorgänge um die Landgrafenkoje mit Argusaugen beobachtet hatte, jubilierte innerlich. War es jetzt endlich doch so weit! Er saß auf einer Seilrolle vor dem hintersten Mast, von wo aus er den Eingang des Landgrafenquartiers gut im Blickfeld hatte. Er sah Ärzte ein- und ausgehen, den Kaiser und schließlich die Geistlichen. Auch die Thüringer Edlen besuchten ihren kranken Herrn einer nach dem andern. Sie nehmen Abschied, dachte Ortwin, das ist gut. Er erkannte Raimund von Kaulberg, der am Nachmittag mit Tränen in den Augen wieder herauskam, kurz mit Primus sprach und dann unter Deck ging. Langsam schlenderte er zu Primus hinüber.

»Der Landgraf stirbt, was?«

Primus nickte bedrückt. »Sie sagen, das Fieber hat seinen Höhepunkt erreicht. Entweder es bricht jetzt, oder er ist heute Abend tot.«

»Tja, früher oder später holt uns alle der Teufel.« Ortwin spuckte über die Reling. »Aber halt! Als Kreuzfahrer kommt unser lieber Landgraf ja geradewegs ins Paradies, da kann er sich immerhin freuen.«

»Du bist widerlich«, sagte Primus. »Vor dem Tod sollten wir alle Ehrfurcht haben, auch du.«

»Wenn du meinst.« Leise pfeifend ging Ortwin davon. Er überlegte, wo das Schiff nach Ludwigs Tod wohl als Erstes anlegen würde und wie er den jungen Schlotheimer am besten überzeugen konnte, von dort aus nach Hause zurückzukehren.

Doch gegen Abend kam wider alles Erwarten die Nachricht von den Ärzten, Ludwig habe die Krisis überstanden und sei außer Lebensgefahr.

Auf dem ganzen Schiff brandete Jubel auf. Nur Ortwin ballte die Fäuste, trat in seiner Wut gegen ein Weinfass. Das durfte doch nicht wahr sein! Schlug der Landgraf dem Tod doch tatsächlich ein Schnippchen, verdammt! Düster blickend hockte Ortwin sich wieder auf seine Seilrolle und grübelte. Er sah zu, wie vor Sonnenuntergang die Segel für die Nacht eingeholt wurden, verspeiste seine Ration Brot und Hartkäse, die zur Abendmahlzeit verteilt worden war, beobachtete die Dienerschaft beim Laternenanzünden. Verdammt! Dieser Landgraf hatte das ewige Leben! Und er, Ortwin, durfte jetzt deswegen nach Akko übersetzen, um sich dort mit den Sarazenen herumzuschlagen. Es war zum Kotzen. Dort drüben, nur ein paar Schritte entfernt, lag Ludwig in seiner Koje, schwach und krank. Wer wusste schon, dachte Ortwin, ob sich in Outremer noch einmal die Gelegenheit ergäbe, so nah an ihn heranzukommen. Leichter als jetzt konnte es eigentlich nicht mehr werden.

Ortwin sprang auf und ging unruhig an der Reling auf und ab. Ja, dachte er, ich muss es heute Nacht versuchen. Ich muss.

Überall an Bord brannten erst noch kleine Talglämpchen, aber dann legten sich die Männer nach und nach zum Schlafen auf die Planken nieder. Ein Arzt sah noch einmal zum Landgrafen hinein und kam bald wieder heraus, eine Schüssel in der Hand. In den Kojen der hohen Herren regte sich bald auch nichts mehr, alles wurde still. Ortwin wartete noch, bis der Mond ein Stückchen am Himmel hochgestiegen war. Dann beschloss er, alles auf eine Karte zu setzen.

Er stand auf, ging leise zur Tür der Landgrafenkoje und hob den Riegel. Langsam drückte er die Tür einen Spalt auf und spähte hinein. Drinnen brannten gleich fünf dicke Kerzen, zwei auf einem Tischchen neben der Bettstatt, drei andere steckten auf eisernen Wandhaltern. Es roch nach Kräutern und Essig. Ludwig lag halb aufrecht auf seinem Bett, dicke Kissen im Rücken und ein leichtes Laken über dem Leib. Er hatte die Augen geschlossen, seine Brust hob und senkte sich regelmäßig. Das Haar hing ihm wirr und strähnig ums Gesicht; seine Wangen waren eingefallen und hohl. Ortwin konnte hören, wie er im Schlaf leise etwas murmelte.

Lautlos drückte er die Tür weiter auf und tappte auf Zehenspitzen zum Bett. Noch zögerte er. Konnte er es wagen? Würde man nicht Verdacht schöpfen? Er sah sich im Raum um, nach einer Decke oder etwas Ähnlichem. Doch da war nichts. Er würde einen anderen Weg finden müssen. Langsam streckte er die Hand aus und zog ganz vorsichtig eines der dicken Federkissen hinter dem Rücken des Landgrafen heraus.

Ludwig träumte. Es war Frühling, und er ritt, seinen Falken auf der Faust, über die grünen Wiesen an der Unstrut. Ein laues Lüftchen wehte, und die Luft duftete nach frisch von Pflugscharen aufgebrochener Erde und den ersten Blüten. Neben ihm trabte Elisabeth auf ihrem grauen Lieblingszelter, sie lachte und rief ihm etwas zu. »Schwesterchen«, rief er zurück, »lass uns absteigen und im Gras sitzen.« Er band den Falken an den Sattelständer, und sie legten sich nebeneinander ins warme Grün. Sein Kopf ruhte an ihrer Schulter. Am Himmel standen lauter kleine, weiße Schäfchenwolken, die zur Neuenburg hin zogen. Er wurde angenehm schläfrig und entspannte sich. Etwas bewegte sich unter seinem Rücken. Er öffnete die Augen. Da war Elisabeths Gesicht. Sie beugte sich über ihn, ihr Gesicht kam dem seinen immer näher. Er lächelte, freute sich auf den Kuss. Aber – das war gar nicht Elisabeth. Ihre Züge verschwammen, und stattdessen war da ein fremdes Gesicht, riesig groß, mit dunklen Augen und einem verzerrten Mund. Ludwig fuhr hoch, wollte schreien. Doch dann drückte ihn eine unbändige Gewalt in die Kissen zurück. Etwas Weiches, Schwarzes legte sich über Augen, Mund und Nase. Er bekam keine Luft mehr. Seine Hände suchten verzweifelt nach Halt, seine Füße scharrten hilflos auf dem Strohsack. Ach, keine Kraft. Keine Kraft. Das Fieber. Und Jerusalem! Er wollte doch nach Jerusalem! So endet es also?, dachte er. Dann wurde alles dunkel.

Ortwin hörte auf zu pressen. Der Landgraf bewegte sich nicht mehr. Es war so einfach gewesen, beinahe lächerlich einfach! Ludwig war ja so schwach, dass er sich kaum hatte wehren können, nicht mehr als ein Kind. Er hob das Kissen hoch: Das Gesicht des Toten war ganz entspannt, fast friedlich. Ein Auge war nicht richtig geschlossen; sanft drückte er es zu. Dann steckte er das Kissen wieder an seinen Platz zurück. Er richtete den Landgrafen schön hin, zupfte das Laken zurecht. Dann verließ er die Mordstatt.

Primus war aufgewacht, weil er pinkeln musste. Er rappelte sich hoch, stieg und stolperte über Leiber, Arme und Beine, um die Reling zu erreichen. Es war ein längerer Hindernislauf, denn er schlief in der Mitte des Schiffes, ziemlich weit hinten beim Heck, wo die Ritter lagen. Ratz folgte ihm, froh über die nächtliche Abwechslung. An der hölzernen Reling hingen in regelmäßigen Abständen Pisspötte, deren Inhalt man gleich nach dem Benutzen ins Meer schütten konnte. Primus schnappte sich den nächstbesten und erleichterte sich. Dann lehnte er sich an und betrachtete den Sternenhimmel. Lauter kleine Lämpchen, die am Firmament hingen, so wie der Mond auch, dessen Sichel genau über dem Hauptmast stand. Ob man die Anzahl der Sterne wohl in arabischen Zahlen ausdrücken konnte? Wie viele Nullen das wohl geben würde? Morgen würde er seinen Herrn fragen, der bei den Fürstenkojen am Heck schlief, um in der Nähe des Landgrafen zu sein. Hoffentlich verbrachte Ludwig eine ruhige Nacht. Einem Impuls folgend ging Primus ein Stück an der Reling entlang. Er wollte nur kurz an der Tür horchen, ob Ludwig auch gut schlief. Und dann sah er, wie die Tür der Landgrafenkoje aufging und eine Gestalt herauskam.

Einer der Ärzte, vermutlich. Aber nein, ein Arzt würde nicht so merkwürdig schleichen, und außerdem trug er normalerweise ein langes Gewand. Die Gestalt bewegte sich geschmeidig in Richtung Heckmast. Primus kniff die Augen zusammen. An der Leiter, die zum Dachaufbau der Fürstenkojen hinaufführte, wo die edlen Herren speisten, hing eine Laterne. Und in ihrem fahlen Licht erkannte Primus, wer da aus der Landgrafenkammer gekommen war: Ortwin.

Er wurde so zornig, dass er nach Luft schnappen musste. Da lag der Landgraf schwer krank, und Ortwin nutzte die Gelegenheit, um zu klauen! Widerlich. Aber es würde wohl wenig Sinn haben, ihn zur Rede zu stellen. Ortwin war so viel stärker als er, er würde ihn bestenfalls auslachen.

Eine Stunde später entdeckte der landgräfliche Leibarzt Ludwig tot auf seinem Lager. Man schrieb den elften September des Jahres 1227.

Wartburg, Oktober 1227

Der Bote beeilte sich nicht, als er durch das Nikolaitor in Eisenach einritt. Er freute sich weiß Gott nicht darauf, seine Nachricht zu überbringen. Am Beginn des steilen Wegs zur Wartburg hinauf war er einem der Eselsführer begegnet; der hatte ihm erzählt, der Bruder des Landgrafen sei gerade beim Schultheiß, um die Rechnungslegung zu hören. Also lenkte der Bote nun sein müdes Ross zum Rathaus, stieg steifbeinig ab und band das Tier an das Pferdegeländer beim Sauftrog. Dann betrat er den Vorraum im Erdgeschoss und ließ sich melden. Er brächte eine Botschaft über Leben und Tod, erklärte er.

Eine Stunde später ritten Heinrich Raspe und die alte Landgräfin Sophia, die man eilends aus dem Kloster geholt hatte, in den Burghof. Mit versteinerten Gesichtern betraten sie den Palas, wo Heinrich sofort in der Ritterstube verschwand, während Sophia ihre Schritte Richtung Frauenkemenate lenkte. Ihr Gang war gebeugt, und das war nicht dem Alter geschuldet, denn sonst hielt sie sich aufrecht, und ihr Rücken war immer noch kerzengerade. Wie viel hatte sie schon ertragen müssen? Den furchtbaren Tod ihres Mannes, den ihres ältesten Sohnes, und jetzt? Der Herr prüft mich wie Hiob, dachte sie, der Wille des Herrn sei gelobt. Vor dem Eingang zum Frauenzimmer döste auf einem Hocker ein junger Türsteher, der bei ihrem Anblick erschrocken aufsprang. »Bitte die Landgräfin Elisabeth, mich zu empfangen«, sagte sie mit belegter Stimme und zupfte ihren Schleier zurecht. Dann trat sie in die Empfangsstube.

Elisabeths Lächeln gefror, als sie Sophias Gesicht sah. Etwas in ihrer Brust krampfte sich zusammen. »Mutter«, sagte sie, »Mutter, was ist Euch?«

»Ich bringe Nachricht darüber, was deinem Gemahl widerfahren ist«, sagte Sophia und kam zwei Schritte näher.

Der Knoten in Elisabeths Brust zog sich fester. Aber Gott liebte sie doch, es konnte nicht das Schlimmste sein! Nein, bestimmt nicht. »Ist er gefangen?«, fragte sie. Ein kleines Lachen entfloh ihrer Kehle, das ihr selber Mut machen sollte. »Ei, wir haben einflussreiche Freunde, die werden ihn wohl bald auslösen, oder? Wir wollen auch Boten nach Ungarn zu meinem Vater senden, der könnte zum Lösegeld beisteuern, nicht wahr? Nicht wahr, Mutter?« Flehend sah sie Sophia an, hob beschwörend die Hände.

Sophia blieb stumm.

Elisabeth wich zurück. »Nein«, flüsterte sie.

Sophia schloss die Augen. Dann nahm sie Elisabeths Hand und legte etwas hinein.

»Nein!«, keuchte Elisabeth, »nein!«

Auf ihrer Handfläche lag Ludwigs Ring. Das Lamm Gottes, eingeritzt in einen funkelnden Rubin.

Sie ließ den Goldreif fallen, als habe sie sich an ihm verbrannt. Taumelte rückwärts, die Hände gegen die Schläfen gepresst. Floh aus dem Zimmer, lief wie von Sinnen aus der Frauenkemenate, über den Gang bis zur gegenüberliegenden Wand, vor der sie schluchzend zusammenbrach. Ein-, zwei-, dreimal schlug sie die

Stirn gegen den rauen Stein, bis ihr das Blut über die Augen rann. Dann war Sophia bei ihr, hielt sie fest, wiegte sie in ihren Armen. Isentrud kam gelaufen, die kleine Gertrud schlafend in der Ellbeuge. Guda und Gislind stürzten herbei.

»Ludwig ist tot«, sagte Sophia zu ihnen, ohne Elisabeth loszulassen. »Holt den Arzt.«

Später lag Elisabeth in ihrem Himmelbett, fest eingepackt in Decken und Laken, gewärmt von einer kohlegefüllten Bettpfanne. Der Arzt hatte ihr einen Beruhigungstrank aus Mohnsaft, Johanniskraut und Hopfen eingeflößt, der ihren Körper seltsam gefühllos machte – aber nicht ihre Seele. Sie hielt die Augen mühsam halb offen, sie konnte nicht einschlafen, der Schmerz war zu groß. Immer wieder flüsterte sie denselben Satz vor sich hin, halblaut, mit schwerer Zunge: »Jetzt ist mir alle Welt tot.«

Sophia und die Zofen wichen nicht von ihrer Seite. Sie aß nicht, sie trank nicht, sie schlief nicht. Man brachte ihr die Kinder. Sie sah durch die kleinen Gesichtchen hindurch wie durch Glas. Vier Tage ging das so. Dann fand Isentrud, es sei genug. Sie ließ einen großen hölzernen Badezuber herbeischaffen und mit heißem Wasser füllen. Entschlossen wickelte sie Elisabeth aus ihrem Bettzeug und stellte sie nackt in das Schaff. Mit einem in Rosenöl getauchten Waschlappen aus geflochtenem Binsengras rieb sie ihre Herrin ab, bis deren Haut am ganzen Körper krebsrot war. »Ah, da fließt doch noch Blut in den Adern«, stellte sie fest und half Elisabeth aus dem Wasser. »Du musst nämlich weiterleben, Kind. Für dich selber. Und für deine Kinder.«

Guda zog ihr ein schlichtes, graues Witwenkleid an und Gislind steckte ihr das Haar auf. »Und vergiss nicht, die Armen!«, sagte sie eindringlich, während sie die Haube festband. »Und die Kranken drunten im Hospital. Die brauchen dich.«

Elisabeth hatte alles mit sich geschehen lassen. Erst bei der Erwähnung des Hospitals blickte sie auf. Isentrud stieß Gislind an. »Ja«, sagte sie eifrig, »alle fragen nach dir! Sie vermissen dich, vor allem die Kleinen. Und sie haben Angst, wie es jetzt weitergehen soll mit ihnen und mit allem überhaupt.«

Sophia war hereingekommen, einen Napf mit Hühnerbrühe in

der Hand. »Wie soll es nun überhaupt mit dir weitergehen, Elisabeth?«, ergänzte sie. »Das ist doch die Frage.«

Isentrud nahm ihr mit einem vorwurfsvollen Blick die Schüssel weg und setzte sich zu Elisabeth an den Tisch. »Erst einmal wird gegessen«, sagte sie. »Wenn man über die Zukunft nachdenken soll, muss man den Magen voll haben. Dann sieht man alles nicht mehr so schwarz.« Energisch tauchte sie den Löffel in die Suppe und hielt ihn Elisabeth so lange unter die Nase, bis sie nachgab und den Mund öffnete.

Nachdem der Napf leergegessen war, stand Elisabeth auf und tat einen tiefen Atemzug. »Ich bitt Euch, geht nun«, sagte sie zu Sophia und den Dienerinnen. »Ich möchte eine Weile allein sein.«

Sie kniete sich vor das Kruzifix in der Ecke der Bohlenstube und faltete die Hände. Und mit einem Mal lockerte sich der Knoten in ihrer Brust, barst die eiserne Klammer, die sich um ihr Herz gelegt hatte. Unablässig strömten die Tränen über ihr Gesicht, während sie die ganze Nacht lang stumme Zwiesprache mit Gott hielt.

Am nächsten Morgen verließ Elisabeth blass, aber gefasst die Bohlenstube. Eine Veränderung war mit ihr vorgegangen. Mitten im tiefsten Kummer spürte man ihre Entschlossenheit weiterzuleben. In den folgenden Tagen kehrte nach und nach ihre alte Tatkraft zurück. Sie sprach mit Hermann und der kleinen Sophie über Ludwigs Tod, ließ sich selber von dem Boten alles schildern, was sich auf dem Kreuzzug zugetragen hatte. Sie ging in die Kapelle zum Beten, entzündete Kerzen auf dem Altar, ordnete an, dass im ganzen Land Totenmessen gelesen werden sollten. Sie diktierte dem Hofgeistlichen einen Brief an Konrad von Marburg mit der Bitte, nach Thüringen zu kommen. Und sie begann, sich wieder um die Menschen im Hospital zu kümmern.

»Ich bin so froh, dass es dir wieder bessergeht«, sagte Gislind am Tag vor Allerheiligen zu ihr. »Wir haben schon gefürchtet, du wolltest deinem Ludwig nachsterben.«

Elisabeth schüttelte mit einem traurigen Lächeln den Kopf. »Das kann ich nicht. Noch nicht. Ich habe noch eine Aufgabe zu erfüllen, Gislind. Das ist mir neulich Nacht klargeworden.«

In diesem Augenblick schraken sie hoch. Heinrich Raspe war

lautlos ins Zimmer getreten; der Türsteher hatte ihn nicht angekündigt. Jetzt stand er breitbeinig vor Elisabeth, die Hände in die Hüften gestützt.

»Du hast dich wieder einmal nicht melden lassen, Schwager«, bemerkte Elisabeth mit gerunzelter Stirn. »Deine schlechten Gewohnheiten werden nicht besser.«

Heinrich grinste. »In meiner eigenen Hofhaltung ist das auch nicht nötig, meine Liebe«, entgegnete er.

»Du meinst die Hofhaltung meines Sohnes«, gab Elisabeth zurück.

»Dessen Vormund ich als nächster männlicher Verwandter bin.« Heinrich nahm sich eine kandierte Kirsche vom Beistelltisch, kaute sie und spuckte dann den Kern auf den Boden. »Du solltest also besser nicht mit mir streiten, Elisabeth. Sei lieber froh, dass ich dir erlaube, hier auf der Wartburg zu bleiben, anstatt dich ins Hinterland auf irgendeinen Witwensitz zu schicken.«

Elisabeth stand auf. »Ich bin die Mutter des kleinen Landgrafen«, erwiderte sie mit fester Stimme. »Mir gebührt auch von deiner Seite die nötige Achtung, Heinrich, nicht zuletzt als Witwe deines Bruders.«

»Nun gut.« Heinrich Raspe nickte knapp. »Die sollst du bekommen, Elisabeth. Natürlich bist du weiterhin im fürstlichen Haushalt aufgenommen und du speist an meiner Tafel. Du erhältst genügend Mittel für Kleidung und Unterhalt. Es wird dir an nichts fehlen. Du lebst von nun an in der Gemeinschaft unserer Familie. Das dürfte dir wohl genügen.«

Sie fuhr hoch. »Das ist nicht rechtens! Die Verwaltung meiner Eigengüter und das, was sie hergeben, steht mir zu. Ebenso mein Brautschatz.«

Er lächelte. »Wenn du etwas brauchst, kannst du jederzeit zu mir kommen. Ich werde dir dann geben, was nötig ist.«

»Du weißt genau, ich will nichts für mich. Es geht mir um die Armen und das Hospital.« Elisabeth zog den kleinen Hermann an sich. »Bedenke, dass du nur als Vormund meines Sohnes handelst!«

»Und das für die nächsten dreizehn Jahre, meine Liebe.« Heinrich Raspe konnte ein Grinsen nicht unterdrücken. »So lange biete ich dir ein standesgemäßes Leben bei Hof. Wenn du annimmst, werden wir gut miteinander auskommen.«

»Und wenn nicht?«

Er zuckte die Schultern. »Dann steht dir ein Kloster deiner Wahl frei.« Er wandte sich mit süßer Stimme an den kleinen Hermann, der den Streit wohl verfolgt, aber nur wenig davon verstanden hatte. »Komm, Kleiner. Die Ritter sind versammelt, sie wollen dich sehen. Du musst dich als ein tapferer Junge vor den Männern zeigen.«

Hermann sah unsicher zu seiner Mutter auf. Elisabeth nickte. »Geh mit Onkel Heinrich«, sagte sie. »Es ist gut.«

»Das kann er nicht machen!« Isentrud war so wütend, dass sie eines von Hermanns Holztierchen zu Boden warf. »Als Frau eines Kreuzritters stehst du unter Schutz und Schirm des Papstes! Was glaubt Heinrich, wer er ist?«

Elisabeth ließ sich auf einen Sessel sinken. »Er weiß genau, was er tut. Der Schutz des Papstes erlischt mit dem Tod des Kreuzfahrers. Und Konrad von Marburg, der als mein Vormund meine Rechte wahren könnte, ist irgendwo im Reich unterwegs. Ich kann mich nicht wehren, jedenfalls jetzt nicht.«

»Willst du denn ins Kloster?«, fragte Guda.

»Nein.« Elisabeth ballte die Faust. »Das wäre das Letzte, was ich tue.«

»Dann willst du also nachgeben? Deine Speiseregeln brechen? Kein Geld mehr für dein Hospital aufwenden?« Gisa war ebenso wütend wie Isentrud. »Verlang doch die Abschichtung!«

»Was meinst du?« Guda sah Gisa fragend an.

»Eine Witwe kann von der Familie ihres Mannes verlangen, alle Witwengüter für die Zeit ihres Lebens als Eigenbesitz zu übernehmen. Sie scheidet damit aus der Familie aus und ist für sich selbst verantwortlich. Und nach ihrem Tod fällt alles wieder an die Familie zurück«, erklärte Gisa.

Isentrud schüttelte den Kopf. »Ich hab noch nie gehört, dass eine Witwe das gefordert hätte. Es käme einem offenen Erbschaftsstreit gleich.«

»Rechtlich ist es möglich«, sagte Elisabeth. »Ich habe auch

schon daran gedacht.« Müde rieb sie sich die vom vielen Weinen geröteten Augen. »Aber ich will ohne Konrad von Marburg nichts unternehmen, kann es auch gar nicht. Ich muss einfach abwarten, so schwer es mir fällt. Noch haben wir im Frauenzimmer genug Wertsachen, dass ich die Kosten des Hospitals eine Zeitlang tragen kann. Die Lebensmittel aus meinen Gütern reichen auch noch eine Weile. Und Meister Konrad ist schon verständigt, er wird sicherlich bald kommen. Dann sehen wir weiter.«

Die Zofen nickten. Konrad von Marburg würde kommen, und er würde eine Lösung wissen.

Primus

Seit der arme Landgraf gestorben ist, mache ich mir so meine Gedanken. Die Sache mit Ortwin kommt mir merkwürdig vor. Ich erinnere mich, dass ihm der Bruder des Landgrafen zu Schmalkalden Geld gegeben hat. Wofür wohl? Und dann war Ortwin in der Landgrafenkoje, kurz bevor sie Ludwig tot gefunden haben! Und danach hatte er dermaßen gute Laune, dass es kaum auszuhalten war. Das ganze Schiff hat getrauert, alle waren erschüttert, nur Ortwin hat Witze gerissen und sich's wohl sein lassen. Es schien, als wäre er glücklich über den Tod des Landgrafen. Passt da was zusammen? Ein furchtbarer Verdacht beschleicht mich. Aber ich erzähle niemandem, was ich denke. Das wäre ja ungeheuerlich, unfassbar, unglaublich! Und was könnte ich schon beweisen? Außerdem, wer würde mir schon glauben? Schließlich bin ich ein Niemand, ein Mückenschiss vor Gottes Angesicht!

Jedenfalls kehrte unser Schiff nach Ludwigs Tod sofort um, und wir segelten nach Otranto zurück. Sie setzten den Landgrafen in einem einfachen steinernen Sarkophag bei, der Kaiser stand am Kopfende und hielt eine ergreifende Leichenrede. Danach ließ er verkünden, er sei über die Maßen erschüttert und fühle sich doch noch arg geschwächt vom Fieber. Darum wolle er sich auf Anraten seiner Ärzte erst in den Bädern von Pozzuoli erholen, bevor er ins Heilige Land reiste. Also segelten wir am Tag nach Ludwigs Beerdigung ohne ihn wieder ab. Mein Herr Raimund sprach das aus, was alle befürchteten: »Der Kaiser will sich nun doch noch vor dem Kreuzzug drücken!«

Und rat mal, wer auch nicht mehr auf dem Schiff ist: Ortwin und der kleine Schlotheimer. Sie haben beschlossen, nach Hause zurückzukehren. Vielleicht, weil Ortwin seinen Auftrag schon erfüllt hat? Ich bin jedenfalls froh, dass er nicht mehr bei uns ist. Einen richtigen Hass hab ich auf ihn. Und Angst vor ihm hab ich auch.

Jetzt endlich sind wir in Akko angekommen. Manche haben vor Glück den Boden geküsst, ich auch. Hatten wir doch allen Unbilden getrotzt! Wir waren übers Meer gesegelt, das die Weltenscheibe wie ein Gürtel umschließt, ohne an seinen Rändern abzustürzen. Wir hatten keine mörderischen Seeschlangen oder andere Ungeheuer getroffen, keine gefährlichen Meerfrauen, die die Männer ins Unglück locken. Auch der Magnetberg hatte uns nichts anhaben können, der irgendwo weit im Meer wie eine schwarze Insel aus den Fluten ragt und mit seiner geheimnisvollen Kraft alle Schiffe anzieht, die in seine Nähe kommen. Die zerschellen dann; der ganze Berg ist von einer Unzahl toter Schiffsleiber umgeben. Die Besatzung ertrinkt jämmerlich oder rettet sich ans öde Land, um dort zu verderben. Ja, all das konnten wir mit Gottes Hilfe vermeiden, und jetzt haben wir unseren Fuß auf heilige Erde gesetzt, um Jerusalem zu befreien!

Akko ist eine Stadt, wie ich sie kaum beschreiben kann! »Die Hauptstadt des Königreichs Jerusalem«, erklärt mir mein Herr Raimund, »seit Jerusalem selbst wieder in die Hände der Muselmanen gefallen ist.«

»Wie kommt das alles, Herr?«, frage ich. »Die Kreuzzüge, meine ich. Warum sind wir hier?«

»Nun, vor über hundert Jahren rief als erstes Papst Urban zum Krieg gegen die Ungläubigen auf, die die heiligen Stätten der Christenheit besetzt hielten. Daraufhin zogen Zehntausende unter Entbehrungen ins Heilige Land und erkämpften die Freiheit Jerusalems. Dabei muss man gestehen, dass sie nach der Eroberung der

Stadt ein ungeheures Blutbad unter den Bewohnern anrichteten, das war schändlich und unehrenhaft. Ein Franzose wurde dann zum ersten König von Jerusalem. Es gründeten sich die glorreichen und berühmten Ritterorden: die Templer, die Hospitaliter, der Deutsche Orden. Und die Ritter errichteten reiche Fürstentümer, bauten Städte und Burgen, beherrschten ganz Palästina.«

»Aber die Heiden haben immer versucht, alles zurückzuerobern, oder?«

»Ja, deshalb gab es danach auch mehrere Kreuzzüge. Viele berühmte christliche Fürsten und Könige nahmen mit Freuden das Kreuz. Man musste den bedrängten Kreuzfahrerstaaten ja zu Hilfe kommen. Aber es half nichts, sie wurden immer weiter geschwächt und zurückgedrängt. Und im Jahr des Herrn 1187, also vor inzwischen vierzig Jahren, haben die Muselmanen unter ihrem mächtigen Sultan Saladin die Schlacht bei Hattin gewonnen. Jerusalem fiel wieder in die Hände der Heiden.«

»Und wir werden es jetzt wieder befreien!«, rief ich.

Raimund wurde ernst. »Möge es uns gelingen«, sagte er, »mit Gottes Hilfe. Ich bin mir da nicht so sicher. Wir haben starke Gegner, und es ist nicht leicht, einen Krieg in der Fremde zu gewinnen.«

Hei, ich freue mich schon auf den Kampf. Denen werden wir es zeigen! Aber erst einmal heißt es warten. Warten, bis der Kaiser nachkommt. Wir richten uns also derweil in der Stadt Akko ein. Mein Herr Raimund und ich finden zusammen mit dem Ritter von Nebra und seinem Knappen ein gutes Quartier in der Nähe der Hospitaliter-Schanze. Es ist ein schönes, weißgetünchtes Haus, von dessem flachen Dach man über ein ganzes Häusermeer bis zum Hafen schauen kann, wo unsere Schiffe liegen. Das ist wunderschön. Ich schlafe im Stall bei Brun, damit ihn keiner klaut. Auf dem Stroh liegt sich's gut, und mir gefällt's.

Weil der Krieg ohne den Kaiser noch nicht anfangen kann, haben etliche von den Kreuzrittern beschlossen, in der Zwischenzeit die besten Vorkehrungen zu treffen. Ein Teil von der Truppe zieht nach Caesarea, ein anderer nach Jaffa, um dort die Befestigungen zu verstärken. Ein dritter Teil hilft beim Bau einer neuen Festung, die Montfort heißen soll. Die Thüringer haben sich allerdings dazu entschlossen, in Akko zu bleiben. Irgendwie fühlen sich alle immer noch wie gelähmt durch den Tod des Landgrafen. Keiner will so recht die Führung übernehmen.

Wochenlang schlagen wir einfach so die Zeit tot. Ich hab gar nichts dagegen, denn Akko ist für mich wie der Garten Eden. Es gibt so viele fremdartige Früchte, verlockend wie die Sünde. Und mannshohe grüne Stängel, die sind süß wie das Paradies, man nennt sie Zuckerrohr! In den Läden verkaufen sie Perlen, die in Muscheln auf dem Meeresgrund wachsen. Es duftet nach tausend Wohlgerüchen, Sandel, Ambra, Rosenöl, Moschus, dazu kommt noch der Weihrauch, den ich aus der Kirche kenne. Und dann die Stoffe: Damast, Seide, Musselin, Atlas und Samt, alles wird in großen Rollen auf dem Markt feilgeboten. Am besten gefallen mir aber die gekrümmten Dolche und die herrlichen Schwerter aus Damaszenerstahl mit ihrem schimmernden Wellenschliff. Die sind so scharf, dass sie ein Seidentuch in der Luft zerschneiden! Wenn ich dran denke, dass wir gegen solche Waffen kämpfen sollen, wird mir himmelangst.

In den heißesten Stunden des Tages bleibe ich daheim. Ratz geht auf seinen Lieblingsplatz, die kühlste Ecke im Vorratskeller, und schnarcht dort vor sich hin. Vor unserem Haus ist ein kleiner Platz mit einem Brunnen. Daneben steht ein Feigenbaum, in dessen Schatten sich's gut dösen lässt. Ich beobachte den Töpfer, der seine Werkstatt gegenüber hat. Er hat immer blutunterlaufene Augen und sieht grimmig aus, wenn er so mit den Füßen die Scheibe dreht und mit nassen Händen aus Lehm alle möglichen Gefäße zaubert. Irgendwann frage ich ihn mit Gesten, ob ich einen Batzen Lehm haben kann, und er wirft mir unter viel Gebrumm was zu. Ich forme daraus kleine Figürchen, Tiere, Männlein, alles, was mir so einfällt. Die stelle ich dann in die Sonne zum Trocknen.

Ein paarmal am Tag kommt ein barfüßiges Mädchen aus der Töpferwerkstatt und holt Wasser vom Brunnen. Sie trägt einen langen, einfachen Kittel und einen Schleier, und sie hält immer sittsam den Kopf gesenkt und schaut mich nicht an. Manchmal habe ich das Gefühl, sie beobachtet mich vom Fenster aus.

Als ich neulich wieder zu meinem Baum gehen will, sehe ich eine

Gestalt, die sich über meine Figürchen beugt. Es ist das Mädchen. Sie trägt heute keinen Schleier. Ihr Haar ist schwarz wie Rabenflügel, es reicht ihr fast bis zu den Knien. Noch nie hab ich solches Haar gesehen! Ich gehe von hinten auf sie zu und sage »Salam!«, das ist hier der übliche Gruß. Sie zuckt zusammen und dreht sich zu mir um. Fast so groß wie ich ist sie, und vielleicht auch so alt wie ich. Und sie hat in ihrem dunklen Gesicht unglaublich helle Augen, die schimmern so grün wie das Meer. Noch bevor ich etwas sagen kann, lässt sie das Pferdchen fallen, das sie gerade in der Hand hatte, und nimmt Reißaus.

Seitdem geht mir ihr Gesicht nicht aus dem Sinn. Wie sie wohl heißt? Am nächsten Tag warte ich, bis sie zum Wasserholen kommt, und dann laufe ich aus dem Haus, um ihr zu helfen. Ich nehme ihr den ledernen Eimer ab, lasse ihn hinunter und hole ihn wieder herauf. Sie nimmt ihn und nickt ihren Dank. »Wie heißt du?«, frage ich. Dann tippe ich mir auf die Brust und sage: »Primus.« Sie sieht mich einen Augenblick lang an, schüttelt den Kopf, nimmt den Eimer und geht eilig weg. Ich sehe, dass der Töpfer ihr eine Ohrfeige verpasst, als sie in die Werkstatt kommt. Mistkerl!

Den ganzen Tag warte ich, dass sie wieder herauskommt, aber umsonst. Doch am nächsten Morgen geht sie wieder zum Brunnen, und ich winke ihr von meinem Baum aus zu.

»Die Kleine gefällt dir, was?«, grinst mein Herr.

Ich nicke. »Ich wüsste gern ihren Namen«, sage ich. »Aber sie verrät ihn mir nicht.«

Herr Raimund lächelt. »Das glaube ich gern. Sie kann nämlich nicht sprechen.«

»Oh!« Ich bin enttäuscht.

»Sie heißt Miriam«, berichtet mein Herr weiter, »und ist das Mündel unseres Töpfers Ischkander dort drüben. Sie hat als Kind ihre ganze Familie verloren, beim letzten Kreuzzug. Die Waschfrau hat mir das erzählt«, ergänzt er auf meinen fragenden Blick hin. Natürlich, er kann sich mit den Leuten hier unterhalten. Er spricht ja Arabisch, weil er es zu Damietta gelernt hat.

»Ist sie Christin?«

»Ein Pullanenmädchen. Pullanen, so nennt man seit dem ersten Kreuzzug die Abkömmlinge aus Ehen von Kreuzfahrern mit getauften Musliminnen oder mit maronitischen Christinnen. Es soll ein paar Tausend von ihnen geben. Die Männer sind als tapfere Fußkämpfer bekannt.«

Miriam. Das klingt irgendwie schön. Armes Ding, dass sie keine Eltern mehr hat und bei diesem griesgrämigen Töpfer leben muss. Und dass sie stumm ist. Sie ist das hübscheste Mädchen, das ich je gesehen hab.

Tags darauf geht sie mittags zum Wasserholen, genau zu der Zeit, als der Töpfer seinen Mittagsschlaf hält. Ich traue mich und gehe zu ihr hin. »Miriam«, sage ich und bringe ein schiefes Lächeln zustande. Das Herz klopft mir bis zum Hals. Ihre Augen leuchten hellgrün, und sie lächelt zurück.

Ab da setzt sie sich immer während des Mittagsschlafs des Alten ein Weilchen zu mir und schaut zu, wie ich meine Tierchen aus Ton forme. Natürlich redet sie nicht, aber ich dafür umso mehr. Ich erzähle ihr von daheim, von Mutter und Ida, vom Irmel und vom Hannolein. Und dass es so schlimm war, wie der Michel gestorben ist, und dass ich wegen ihm auf Kreuzfahrt bin. Es ist schön, mit ihr zu sprechen. Ich hab das Gefühl, sie versteht mich, was natürlich Unsinn ist. Schließlich kann sie kein Deutsch.

Nachts träume ich von ihr. Verbotene Sachen. Und dann, wenn ich aufwache, ist meine Bruoche nass. Das kenn ich schon, aber noch nie hab ich dabei an ein bestimmtes Mädchen gedacht. Solche Sehnsucht spür ich nach ihr, dass es beinahe weh tut.

Und heute kommt sie zu mir unter den Baum, und sie hält mir etwas hin. Etwas Blaues, Glänzendes. Ich erkenne es erst beim zweiten Hinsehen: Sie hat ein kleines Schäfchen, das ich geformt habe, heimlich mitgenommen und im Töpferofen glasiert. Es sieht wunderschön aus. Ich nehme es vorsichtig und drehe es nach allen Seiten. »Danke«, sage ich, »du Liebe, Gute.« Soll ich mich trauen? Ich strecke langsam die Hand aus und streiche ihr über die Wange. Sie legt ihre Finger sanft auf meine.

Dann dreht sie sich um und läuft weg.

Allmächtiger. Sie hat mich gern, oder? Ich bin ganz durcheinander. Und in meinem Magen kribbelt es wie tausend kleine Käfer.

Wartburg, Dezember 1227

Meister Konrad kam nicht. Entweder hatte ihn der Bote nicht gefunden, oder er war unabkömmlich. Nicht einmal ein Brief erreichte die Wartburg, und auch keine mündliche Botschaft. Die Wochen vergingen, und Elisabeths Lage wurde immer schwieriger. Der Hofadel feindete sie ganz offen an. Die Fronfuhren aus ihren Eigengütern blieben aus; Heinrich Raspe hatte sie entweder verboten oder er ließ sie einfach abfangen und den allgemeinen Küchenvorräten beifügen. Der Tag kam, an dem Elisabeth das Speisegebot nicht mehr einhalten konnte. Sie fühlte sich in die Enge getrieben wie ein Tier. Wie sollte sie sich wehren? Sie hatte kein Druckmittel, um ihren Schwager zu irgendwelchen Zugeständnissen zu zwingen. All ihre Gebete, er möge doch zur Vernunft kommen, hatten nichts geholfen. Und immer noch keine Nachricht von Konrad.

Dann, kurz vor Weihnachten, erschien ein hoher Gast auf der Wartburg. Markgraf Albrecht von Brandenburg machte Heinrich Raspe seine Aufwartung, in Familienangelegenheiten, hieß es. Heinrich Raspe empfing den Markgrafen mit allen Ehren und veranstaltete ein Bankett, zu dem er auch Elisabeth laden ließ.

Sie sagte ab.

Wutentbrannt bestellte er sie daraufhin zu sich. Er stand bereits am Fenster der Grünen Stube und sah in den Burghof hinunter, als sie eintrat.

»Du wolltest mich sprechen, Schwager?«

Er drehte sich um. »Ich habe dir mitteilen lassen, dass ich dich heute Abend beim Festmahl sehen will«, sagte er. »Welchen Grund magst du wohl haben, nicht zu erscheinen?«

Sie sah ihn an. »Den gleichen Grund, den du hast, mir mein Leben schwer zu machen, Heinrich. Gar keinen.«

In einer abwehrenden Geste hob er die Hände. »Schau, Elisabeth, es macht mir wenig Vergnügen, mit dir zu streiten. Aber es ist nun einmal so – und das weißt du ganz genau –, dass du Unruhe an den Hof bringst. Der Adel will sich nicht täglich von dir vorwerfen lassen, gottlos und schändlich zu leben. Vielleicht ist dir gar nicht klar, wie sehr du die Leute mit deinem Verhalten vor den

Kopf stößt, aber du siehst ja, wie sie dich inzwischen behandeln. Keine der adeligen Damen mag mehr mit dir im Frauenzimmer leben. Niemand außer den Vargulas spricht noch mit dir. Unter Ludwig haben sie das noch nicht gewagt, aber jetzt ist die Lage anders. Und ich will keinen Ärger an meinem Hof haben. Deshalb möchte ich, dass du dich einfügst.«

»Ich habe ein Gelübde abgelegt, Heinrich, vergiss das nicht.«

»Dein Gelübde ist idiotisch!« Heinrich Raspe hieb mit der geballten Faust auf den Tisch. Dann seufzte er. »Du bist eine harte Nuss, Schwägerin. Aber nun gut – ich werde darüber nachdenken, dir die Lebensmittel aus deinen Eigengütern wieder zukommen zu lassen. Meine Bedingung ist, dass du heute Abend am Bankett teilnimmst, in ordentlichen Witwenkleidern und mit allen Zeichen deiner Würde als ehemaliger Landgräfin. Du isst und trinkst mit uns und erweist dem Markgrafen von Brandenburg alle Ehren. Was sagst du?«

Elisabeth dachte kurz nach. Dann nickte sie. »So sei es.«

Am Abend erschien Elisabeth im grauen Samtsurkot, angetan mit einem einfachen Goldreif, einem kostbaren Gürtel und ihrem Ehering. Als erste Dame des Hauses legte sie dem hohen Gast vor, sprach und scherzte mit ihm. Der Markgraf und Heinrich Raspe verstanden sich prächtig, das Bankett wurde ein voller Erfolg. Als nach dem Essen die Musikanten und Spielleute in den Saal kamen, verabschiedete sich Elisabeth mit dem Hinweis darauf, dass sie als Witwe in der Trauerzeit solch fröhliches Treiben nicht genießen wolle, wofür Markgraf Albrecht jedes Verständnis aufbrachte. Sie hatte ihren Teil der Abmachung mit Heinrich Raspe erfüllt.

Doch als sie am nächsten Tag ihren Schwager zu sprechen begehrte, ließ er sie vertrösten. Auch am Tag darauf fand er keine Zeit für sie. Erst nach der Abreise des Markgrafen ließ er sie auf ihre Bitten hin wieder in die Grüne Stube kommen.

»Wie nun, Heinrich«, begann Elisabeth, »ich habe meine Zusage erfüllt. Wirst du jetzt auch deine einhalten?«

Heinrich Raspe tat einen tiefen Atemzug. »Das wird schwierig werden, Elisabeth.«

»Was soll das heißen?«

»Es hat sich so ergeben«, sagte Heinrich lächelnd, »dass wir eine Heiratsabsprache getroffen haben, der Markgraf und ich. Er gibt mir seine jüngste Tochter – sie heißt übrigens wie du. In spätestens zwei Monaten ist Hochzeit. Du begreifst sicherlich, was das bedeutet? Nein? Ei, dann wird eine neue Herrin im Frauenzimmer einziehen. Nicht mehr du wirst dort bestimmen, sondern mein Eheweib. Und das heißt, du kannst für dich und deine Dienerinnen kein Eigenleben mehr beanspruchen. Du wirst dich der Landgräfin unterordnen in allen Dingen, so wie es seit alters her Brauch ist. Und selbstverständlich wirst du essen und trinken, was sie auf ihrer Tafel haben möchte.«

Elisabeth war blass geworden. »Du hast es versprochen, Heinrich!«

»Gar nichts habe ich!« Zornig funkelte er sie an. »Begreif endlich, dass du hier nichts mehr zu sagen hast, Elisabeth. Du warst immer ein Störenfried, jetzt wirst du dich anpassen müssen. Dein Ludwig kann dir nicht mehr helfen.«

Sie sah ihn an, die Erwähnung ihres toten Gatten hatte sie tief getroffen. »Warum bist du so, Heinrich? Es macht dir Vergnügen, mich im Staub zu sehen, nicht wahr? Hast du gar keine Angst vor der Strafe Gottes?«

Er lachte schrill. »Angst vor Gott? Deinetwegen? Du hältst dich für so wichtig, dass Gott sich an mir rächt, nur weil ich mich nicht von deiner Sturheit beeindrucken lasse? Wohlan, sein Zorn komme über mich und meine Kinder!«

Elisabeth prallte vor ihm zurück. Nein, am Hof dieses Menschen würde sie nicht mehr leben können. »Ich will die Abschichtung«, flüsterte sie.

»Bist du völlig verrückt geworden?« Seine Augen wurden zu zwei schmalen Schlitzen. »Nie, niemals werde ich dir ludowingische Güter überlassen, nur damit du alles verschleuderst.«

Sie hob bittend die Hände. »Tu's im Andenken an deinen Bruder, Heinrich. Lass mir mein eigenes Leben, um seinetwillen. Er hätte es so gewollt.«

»Mein Bruder ist tot.« Heinrichs Worte fielen wie Schläge auf Elisabeth herab. »Ich bin ihm nichts schuldig. Dir und deinen Zofen lasse ich ab morgen im Obergeschoss des Palas einen Raum zuweisen, wo ihr bleiben könnt. Das Frauenzimmer wird neu ausgestattet. Ich hoffe«, fügte er höhnisch hinzu, »dass der Umzug nicht deinem Gelübde widerspricht.«

Elisabeth schüttelte den Kopf. Sie wusste nicht mehr, was sie sagen sollte. Es wäre ohnehin sinnlos.

Heinrich tat einen tiefen Atemzug und breitete die Arme aus. »Das hätten wir nun wohl geklärt, Schwägerin.« Er ging zur Tür, öffnete sie. Doch dann drehte er sich noch einmal um. »Ach, beinahe hätt ich's vergessen: Ich habe heute früh Befehl gegeben, das Hospital zu schließen. Wenn meine Braut auf die Wartburg kommt, soll sie nicht vom abstoßenden Anblick der Siechen empfangen werden.«

Elisabeth stand stumm, hilflos, verzweifelt. Doch dann stieg ein unbändiger, glühender Zorn in ihr hoch. Dieser Mann zerstörte ihren Lebenstraum, machte alles zunichte, wofür sie gearbeitet hatte, ihren ganzen Stolz und ihre ganze Hoffnung! Mit drei Schritten war sie bei Heinrich, schrie ihn an: »Wer bist du, dich zwischen mich und meinen Gott zu stellen?«

Da hob er die Hand und schlug zu.

Elisabeth taumelte gegen die Wand. Die Haube war ihr vom Kopf gerutscht, und das Haar hing ihr wirr ums Gesicht. Auf ihrer Unterlippe bildete sich langsam ein kleiner Blutstropfen. Ungläubig starrte sie ihren Schwager an.

»Ich bin der Landgraf von Thüringen«, fauchte er, »und hier geschieht, was ich sage.«

Sie richtete sich auf, immer noch zitternd vor Zorn. »Dann werde ich gehen.«

Er legte den Kopf schief. »Ist das dein Ernst?«

»Ja«, sagte sie. »Ich verlasse die Burg.« In ihren Augen stand die blanke Entschlossenheit.

»Nun, ich sagte ja schon, du kannst dir ein Kloster aussuchen. Das ist ohnehin für alle das Beste.«

»Kein Kloster«, erwiderte sie und ging an ihm vorbei zur Tür.

»Wohin dann? Und wovon willst du leben?« Spöttisch zog er eine Augenbraue hoch.

»Gott wird für mich sorgen.«

Heinrich Raspe nickte. »Na, dann ist ja alles wunderbar.« Er lächelte. Und dann brüllte er: »Gut! Wenn du das willst, nur zu! Verschwinde, ganz gleich wohin! Keiner wird dich vermissen! Aber eins sage ich dir: Falls du gehst, gehst du für immer. Dann brauchst du dich nie wieder hier blicken zu lassen!«

»Das werde ich auch nicht«, gab Elisabeth mit bebender Stimme zurück, »du kannst dich darauf verlassen! Und mein Wittum fordere ich ein, sobald Konrad von Marburg hier ist.«

Mit einem Schrei stürzte sich Heinrich Raspe auf sie. Er zerrte sie am Handgelenk aus dem Zimmer, die Treppen hinunter bis in den Hof, wo dichtes Schneetreiben herrschte. »Dort geht's hinaus!«, zischte er und schleuderte sie auf das Tor zu. »Willst du wirklich fort, du elendes Weibstück? Dann mach dich davon! Jetzt sofort!«

Elisabeth stürzte hin und schürfte sich auf den vereisten Pflastersteinen die Hände auf. Einen Augenblick blieb sie benommen liegen. Dann raffte sie sich auf und stolperte zum Tor. »Öffne!«, befahl sie dem Wächter. Der sah erst sie an, dann Heinrich Raspe, dann wieder sie. »Öffne!«, sagte sie noch einmal. Da schob er den großen Riegel hoch und drückte beide Torflügel mit einem hässlichen Knarren auseinander.

Elisabeth zog ihren Mantel fester, straffte den Rücken und schritt entschlossen durch den steinernen Bogen. Der Wind wirbelte ihr Schnee ins Gesicht, es stach wie Nadeln, und sie rutschte immer wieder auf den glatten Sohlen ihrer Lederschuhe aus. Die Dezemberluft war bitterkalt, aber sie spürte es nicht. In ihrem Kopf war eine merkwürdige Leere, sie konnte keinen klaren Gedanken fassen. Aber sie wusste: Die Entscheidung war gefallen. Ihr Leben würde nie mehr so sein wie vorher. Sie war jetzt auf sich allein gestellt. Ein Gefühl der Endgültigkeit stieg in ihr auf, und dann, langsam, fühlte sie eine seltsame Erleichterung. Sie hatte ihre Wahl getroffen. Gott würde ihr beistehen.

Sie drehte sich kein einziges Mal um auf ihrem Weg hinunter nach Eisenach.

Gisa

»Sie ist was?« Ich traute meinen Ohren nicht. Gerade war Guda völlig aufgelöst ins Frauenzimmer gestürzt, gefolgt von Isentrud.

»Weg! Aus der Burg! Einfach so, vor einer Stunde!«, keuchte Guda.

»Sie hatte Streit mit Heinrich Raspe«, ergänzte Isentrud. »Und da ist sie gegangen. Der Torwart hat's uns erzählt.«

Ich musste mich auf einen Scherenstuhl setzen. Das durfte doch nicht wahr sein! Wie konnte sie so etwas Unvernünftiges tun? Hier waren ihre Kinder, das jüngste kaum drei Monate alt! Die konnte sie doch nicht einfach zurücklassen! Und was war mit uns Zofen? Wie konnte sie glauben, da draußen alleine zurechtzukommen, wo sie doch in ihrem ganzen Leben noch nie ohne uns gewesen war? Was wollte sie tun ohne Geld, ohne Unterkunft, ohne Hilfe? Wo wollte sie hin, mitten im Winter, in der Eiseskälte? »Sie ist verrückt geworden«, sagte ich.

»Wir müssen ihr nach!«, rief Guda. »Sie hat doch nichts dabei. Und sie ist ganz alleine!«

»Herrgott, wenn sie auch solchen Unsinn macht!«, schimpfte Isentrud. »Wie kann man nur so dickköpfig sein!«

»Trotzdem«, beharrte Guda. »Wir müssen ihr helfen. Wer weiß, was ihr da draußen geschieht!«

Ich stand auf. »Du hast recht, Guda. Du und ich, wir gehen. Du, Isentrud, passt auf die Kinder auf. Vielleicht können wir Elisabeth überreden zurückzukommen. Eine Mutter kann doch nicht einfach ihre Kleinen verlassen. Sie kommt bestimmt zur Besinnung, wenn wir mit ihr sprechen.«

Ich ging zu Elisabeths Truhe und packte zur Sicherheit das bisschen einfachen Schmuck und die paar Geldstücke, die wir noch darin hatten, in ein Bündel. Guda raffte derweil Decken und Mäntel zusammen. Dann zogen wir unsere wärmsten Sachen an, mehrere Schichten übereinander, damit wir Elisabeth etwas abgeben konnten. Isentrud packte ein paar Wecken in einen Henkelkorb und drückte ihn mir in die Hand. »Viel Glück«, sagte sie. »Bringt sie wieder.«

So machten wir uns kurz vor Sonnenuntergang durch Schnee und Wind auf den Weg in die Stadt.

Wir schafften es gerade noch vor Toresschluss, der Wächter ließ uns durch die Schlupfpforte. »Habt Ihr die Landgräfin gesehen, Thomas?«, fragte ich ihn.

»Und ob«, antwortete er und schüttelte den Kopf. »Ganz allein ist sie gekommen, zu Fuß, mitten im größten Schneetreiben. Und ausgesehen hat sie wie ein Gespenst!«

»Wo ist sie hin?«

»Woher soll ich das wissen?«, brummte Thomas. »Vielleicht zur alten Landgräfin ins Kloster?«

Wir liefen weiter. Ich glaubte nicht, dass Elisabeth zu Sophia gegangen war. »Wir versuchen's beim Hellgrevenhof«, sagte ich zu Guda. »Sie braucht schließlich einen Platz zum Schlafen.«

Doch im Hellgrevenhof hatte man sie nicht gesehen. Auch in den anderen Wirtshäusern war sie nicht. Während unserer Suche war es dunkel geworden. Wir baten einen Wirtsknecht, er möge uns leuchten, und suchten verzweifelt weiter. Inzwischen war bald Mitternacht.

»Vielleicht ist sie im Nikolaikloster?«, überlegte Guda.

»Das kann ich mir nicht vorstellen. Sie hat immer gesagt, dass sie das Klosterdasein verachtet. Das man dort kein Leben in der Nachfolge Christi führen kann. Und es war ihre größte Sorge, dass Heinrich sie zu den Zisterzienserinnen nach St. Katharina steckt und nicht mehr fortlässt. Nein, sie würde nie freiwillig ins Kloster gehen.« Ich war mir sicher.

»Und zu den Franziskanern?« Guda sah mich an.

Es fiel mir wie Schuppen von den Augen. Natürlich! In ein Frauenkloster wollte sie nicht, aber zu ihrem ehemaligen Beichtvater Rodeger konnte sie gehen, um ihn um Rat und Hilfe zu bitten. »Das ist es!«, rief ich und stieß den Wirtsknecht in die Seite. »Zu den Minderbrüdern!«

Die Franziskaner hatten auf landgräfliche Erlaubnis hin vor zwei Jahren die ehemalige, zu klein gewordene Pfarrkirche St. Michael übernommen, die am Hang oberhalb des Steinhofs stand. Einfache

Holzhütten hatten sie dort gebaut, in denen sie wohnten, umgeben von einem Flechtwerkzaun.

Schon von weitem sahen wir in dem Kirchlein noch Licht. Wir betraten es durch die Hauptpforte, die stets offenstand. Und dann atmeten wir auf. Wir hatten Elisabeth gefunden, endlich! Da lag sie, die Arme weit ausgestreckt, auf den eiskalten Steinfliesen vor dem Altar. Jemand hatte eine Decke über sie gebreitet. An den Seitenwänden der Apsis flackerten rußend zwei kleine Talglichter.

»Gott sei Dank«, flüsterte Guda.

Langsam gingen wir durch das dunkle Kirchenschiff nach vorne. Guda kniete sich neben Elisabeth und legte ihr die Hand auf die Schulter. »Erszi«, sagte sie leise, »Erszi, wir sind's. Steh auf und sprich mit uns.«

Sie regte sich nicht.

Im Halbdunkel des Chorgestühls sah ich Vater Rodeger sitzen, der uns zu sich winkte. »Lasst sie«, sagte er. »Sie hält Zwiesprache, seit Stunden schon.«

»Vater, was sollen wir tun?«, fragte ich. »Sie muss doch wieder mit nach Hause.«

Er schüttelte mit einem müden Lächeln den Kopf. »Dort droben ist nicht mehr ihr Zuhause, Gisa. Sie sagt, sie lässt ihrem Gewissen nicht länger Gewalt antun.«

Plötzlich stand Elisabeth bei uns, lautlos war sie herangekommen. »Ich will frei sein«, sagte sie mit fester Stimme. »Mein Platz ist nicht mehr bei denen, die Gott lästern.«

»Frei?«, rief ich. »Und was ist mit deinen Kindern?«

»Das Evangelium sagt: Wer Vater oder Mutter mehr liebt denn mich, der ist mein nicht wert, und wer Sohn oder Tochter mehr liebt denn mich, der ist mein nicht wert.«

Ihr Gesicht hatte einen verklärten Ausdruck angenommen. Mich überkam ein solcher Zorn auf sie, dass ich sie packte und schüttelte. »Ja, wo willst du denn hin? Du hast doch nichts! Was willst du tun? Und wie willst du leben?«

»Nackt sollst du dich deinem Heiland in die Arme werfen.« Sie lächelte selig. »Das hat Meister Konrad gesagt. Verstehst du nicht? Ich will nicht mehr mit Raub und Plünderung meinen Unterhalt bestreiten. Ich werde sein wie die Armen, eine von ihnen.«

»Du meinst, du willst betteln gehen?«, fragte Guda ungläubig.

Elisabeths Augen leuchteten. »Ich will die Geringste sein unter den Menschen. Das ist die wahre Nachfolge Jesu. Guda, denk doch nur, sie werden mich mit Freuden aufnehmen, all diejenigen, denen ich geholfen und gegeben habe! Ich werde äußerlich arm sein, ja, aber in der Seele reich!«

Ich schob Rodeger nach vorn. »Vater, sagt ihr, das das nicht sein kann.«

»Ach, Gisa!« Sie umarmte mich, strahlend vor Freude. »Lass mich meinen Weg gehen! Ich hätte das längst tun sollen; es ist alles, was ich je wollte. Alles, was früher war, ist Streu und Dreck für mich. Incipit vita nova – ich fange ein neues Leben an!«

Ich erkannte sie nicht mehr. Sie war wie entrückt. Ein letztes Mal versuchte ich es noch: »Aber wenn du in Armut lebst, kannst du niemandem mehr helfen!«

Sie nickte. »Vielleicht. Wenn der Herr will, dass ich trotzdem weiter gute Werke tue, dann wird er mir die Mittel dazu schon geben. Es liegt ab nun alles in seiner Hand.« Sie sah auf zum Gekreuzigten, der, in Lindenholz geschnitzt, über dem Altar hing. »Er hält mich und führt mich zu den Toren des Himmels.« Tränen liefen ihr über die Wangen, und sie lächelte dabei.

Ich sah Guda an und sie mich. Dann gaben wir auf. »Können wir heute Nacht hierbleiben?«, fragte ich Rodeger.

Er nickte.

Elisabeth kniete inzwischen wieder vor dem Altar. Guda und ich machten es uns in einer Nische so bequem wie möglich, aber wir konnten vor lauter Kälte nicht schlafen. Es dauerte eine Ewigkeit, bis sich draußen das erste Licht der Dämmerung zeigte. Die ersten Mönche kamen in die Kirche, um das Morgengebet zu entrichten. Sie nahmen ihre Plätze im Chorgestühl ein.

Als der erste Sonnenstrahl durch das Rundfenster der Apsis auf den Altar fiel, erhob sich Elisabeth von den Knien. »Singt mir das Te Deum!«, bat sie die Minderbrüder. »Ich will den Herrn loben und ihm danken dafür, dass er mich hierhergeführt hat.«

Rodeger begann, und nach und nach fielen die Mönche mit ein. Es lag ein unbändiger Jubel in diesem Lied, etwas, dem sich niemand im Raum entziehen konnte. Selbst ich spürte, wie mich eine

Kraft ergriff, die nicht von dieser Welt war. Tränen stiegen mir in die Augen.

Durch die Kirche erscholl der große, altehrwürdige Lobgesang:
»Te Deum laudamus.
Te Dominum confitemur.
Te aeternum patrem omnis terra veneratur.
Tibi omnes Angeli, tibi caeli et universae potestates.
Tibi cherubim et seraphim incessabili voce proclamant.
Sanctus, sanctus, sanctus Dominus Deus Sabaoth.«
Heilig, heilig, heilig ... Es war ein heiliger Augenblick. Und als das Lied endete, wusste ich, dass ich, ganz gleich, wohin es mich führen würde, bei Elisabeth bleiben musste.

Und dass tatsächlich nun auch für mich ein neues Leben begann.

Primus

Der Kaiser kommt und kommt nicht! Es heißt, der Papst habe ihn aus lauter Wut exkommuniziert. Kann ich gut verstehen. Schließlich hat er sich erst jahrelang geziert, auf Kreuzfahrt zu gehen, und jetzt hat er wohl endgültig seinen Eid gebrochen. In Akko wissen die Kreuzritter langsam nicht mehr, was sie machen sollen. Herumsitzen und noch länger warten? Oder die Sache abbrechen und nach Hause ziehen? Eins ist jedenfalls klar: »Ohne den Kaiser wird der Kampf nicht geführt.« Das sagt mein Herr Raimund.

Wenn ich dann zurück zu unserem Haus komme, wartet mittags schon Miriam auf mich. Jedes Mal, wenn ich sie anschaue, möchte ich dem Kaiser am liebsten dafür um den Hals fallen, dass er noch nicht übergesetzt ist, denn sonst wären wir längst auf dem Weg nach Jerusalem. Sie ist das liebenswerteste, hübscheste Mädchen auf der ganzen Welt. Inzwischen können wir uns ganz gut mit den Händen unterhalten. Ich weiß jetzt, dass sie nicht gern bei dem Töpfer lebt. Er schlägt sie oft, das macht mich so zornig, ich kann's gar nicht beschreiben! Der Gedanke, dass jemand ihr Schmerzen zufügt, bringt mich fast um! Das hab ich ihr neulich mit Gesten gesagt, und sie hat meinen Arm gestreichelt.

Mittags, wenn Ischkander schläft, sitzen wir unter dem Feigenbaum, und ich halte ihre Hand. An ihrem linken Ohrläppchen ist ein Muttermal, das sehe ich immer dann, wenn sie keinen Schleier trägt. Und sie hat kleine Grübchen in den Wangen, die sehen hübsch aus, wenn sie lacht. Ritter Raimund grinst jedes Mal, wenn er uns so sieht. »Vergiss mir nur nicht Brun!«, sagt er zu mir und hebt den Zeigefinger. »Und lasst Euch nicht von dem Alten erwischen!«

Und dann, als sie wieder einmal Wasser vom Brunnen holt, wage ich es: Ich hole den vollen Eimer herauf und gieße Wasser in ihren Krug. Als sie ihn nehmen will, kommt sie mir so nah, dass ich ihr unvermutet einen Kuss aufdrücken kann. Sie ist so verwirrt, dass sie mir den Krug lässt und ins Haus rennt. Und ich könnte hüpfen und springen vor Glück! Wie weich ihre Lippen waren!

Und jetzt ist bald alles vorbei.

Die Thüringer Ritter haben eine Versammlung abgehalten, in der sie beschlossen haben abzureisen, falls der Kaiser nicht spätestens bis Oculi kommt. Das sind genau noch vier Wochen! Ich bin so unglücklich, ich könnte heulen. »Du hast doch noch ein bisschen Zeit«, tröstet mich Herr Raimund. »Und außerdem bist du noch so jung! Es gibt viele hübsche Mädchen, und wenn du wieder daheim bist, findest du bestimmt eine, die dir gefällt.«

»Wie könnt Ihr das sagen, Herr?«, empöre ich mich. »Wart Ihr niemals verliebt?«

Da verdunkelt sich sein Gesicht, und er wendet sich ab. Oh, verdammt, ich hätte wohl lieber den Mund halten sollen.

Traurig gehe ich zum Brunnen, um Miriam zu sagen, dass wir bald abziehen. Mit Händen und Füßen fuchtele ich, bis sie versteht. Und dann steht sie da, mit hängenden Schultern, und weint. Es ist ein stummes Weinen, und es zerreißt mir das Herz. Ich nehme sie in die Arme, streiche ihr übers Haar, versuche sie zu trösten, obwohl ich doch selber am liebsten mitheulen würde. Ich will keinen Abschied von ihr.

Mitten in der Nacht wache ich plötzlich auf. Es raschelt. Brun schnobert leise und scharrt mit dem Vorderhuf. Mist, wo ist mein Messer? Ich will aufspringen und »Wer da?«, rufen, aber da spüre ich schon eine Hand. Himmel, sie ist es! Miriam! Ich sehe sie ganz deutlich im Mondlicht, das durchs Stallfenster scheint. Mahnend legt sie einen Finger vor den Mund. Sie trägt das Haar offen und hat nur ein Leinenhemd an. Unter dem dünnen Stoff zeichnen sich ihre Brüste ab. Sie kniet sich neben mich, und dann – dann zieht sie das Hemd über ihren Kopf. O Gott, sie ist so schön! Ihre Haut schimmert silbern im Mondlicht. Das Haar fällt ihr über die Schultern wie ein schwarzer Schleier. Ihr Nabel ist wie ein kleiner Blütenkelch, und drunter hat sie einen Busch dunkler Löckchen. Mein Schwengel ist schon so fest, dass meine Hose gleich platzt, aber ich wage mich nicht zu bewegen, aus Angst, dass sie dann davonläuft. Ich schlucke, als sie auf einmal meine Hand nimmt und auf ihre rechte Brust legt. Ganz vorsichtig beginne ich, sie zu streicheln, da wird das kleine Röschen fest. Ich ziehe sie zu mir ins Stroh und küsse sie zum ersten Mal richtig. Ihre Zunge schmeckt nach Honig und Zimt. Ich glaube, das ist alles gar nicht wahr. Irgendwie gelingt es mir, Hemd und Hose auszuziehen, und dann mache ich mit ihr, was wir nicht dürfen. Sie wehrt sich nicht, sie will es ja auch, sonst wäre sie nicht hier mit mir im Stroh! Ich bin unsicher, aber ich hab schließlich schon so oft daheim im Badehaus durch das Astloch zugeschaut, dass ich ungefähr weiß, wie's geht. Sie lässt mich gewähren, spreizt die Schenkel, lächelt mich an. Und dann, nach ein paar Versuchen, bin ich in ihr drin, o Mariamuttergottes! Dass es so schön sein kann! Ich bewege mich in ihr, vor, zurück, o Heiland, hilf, ich kann's nicht länger aushalten. Viel zu schnell ist alles vorbei.

Dann liegt sie still neben mir, und ich liebe sie. Ich liebe überhaupt die ganze Welt.

Als ich am Morgen aufwache, ist sie fort. Beim Töpfer ist alles verrammelt, er hat die Werkstatt geschlossen. Ich muss unsere Sachen herrichten für die Heimreise; wie im Traum tue ich meine Arbeit. Zwischendurch schaue ich immer wieder hinüber, aber im Haus rührt sich nichts. Schließlich ist alles gepackt, und Brun und meine Dicke stehen gesattelt da. Mein Herr Raimund merkt, dass ich ganz unruhig bin, und er deutet mit dem Kinn zu Ischkander hinüber. »Geh dich ruhig verabschieden«, sagt er.

Ich schleiche ein paarmal ums Haus, aber die Fensterläden sind zu. Dann fasse ich mir ein Herz und klopfe an die Hintertür. Niemand öffnet. Sie will mich vielleicht nicht mehr sehen, oder ihr Ziehvater will's nicht. Ganz gleich warum, ich muss jetzt gehen. Todunglücklich besteige ich die Dicke und lasse sie hinter meinem Ritter hertrotten.

Am Hafen gibt es großes Gedränge. Wir müssen den ganzen Tag warten, bis wir auf die Schiffe können, aber bei Sonnenuntergang ist alles verladen, Pferde, Gepäck und Menschen. Mir geht's hundsmiserabel. Ich muss dauernd an gestern Nacht denken. »Warum tut es so weh?«, frage ich meinen Herrn.

Er lächelt ein bisschen traurig. »Wenn du jemanden in dein Herz geschlossen hast und ihn wieder herausreißen musst, dann macht das Schmerzen. So ist die Liebe. Glück und Leid liegen manchmal nah beieinander.«

»Dann will ich gar nicht mehr verliebt sein, nie mehr.«

»Ja, so was Ähnliches hab ich mir auch schon geschworen, Junge.« Er legt die Hand auf meine Schulter. »Aber ob das hilft, weiß ich auch nicht.«

Wir gehen bald nach Einbruch der Dunkelheit an unseren zugewiesenen Platz und lassen uns von den plätschernden Wellen in den Schlaf wiegen. Und als die Sonne aufgeht, werden die Anker gelichtet. Wir segeln aus dem ummauerten Hafenbecken in die offene See hinaus. In ein paar Wochen, wenn Gott will, werden wir daheim sein.

Nach dem Morgenessen sehe ich nach Brun. Drunten im Schiffsbauch ist es dunkel und stickig, und Brun gefällt es dort diesmal genauso wenig wie auf der Herfahrt. Er ist aufgeregt, keilt mit den Hinterbeinen und legt die Ohren an. Fressen will er nichts, aber ich hole ihm wenigstens was zu saufen. Das große Wasserschaff steht bei der hinteren Treppe, und als ich den Eimer hineintauchen will, sehe ich hinter dem Bottich eine kleine Bewegung. Ich schaue genauer hin. Da ist jemand. »Heda!«, rufe ich.

Und dann steht sie auf und sieht mich einfach nur an.

Ich bin so überrascht, ich kann gar nichts sagen. Aber es überkommt mich ein solches Glücksgefühl, dass ich schreien könnte. Wir fallen uns in die Arme und halten uns ganz fest.

Es hilft nichts, ich muss es meinem Ritter sagen. Ich kann Miriam ja nicht dauernd verstecken. Also nehme ich sie an die Hand und gehe mit ihr die schmale Treppe hoch. Draußen im Hellen sehe ich es erst: Sie ist am ganzen Körper grün und blau geschlagen. Ein Auge ist fast völlig zugeschwollen, und die Lippen sind aufgeplatzt. O Gott, bestimmt alles meinetwegen. Sie tut mir so leid.

So wie sie ist, ziehe ich sie vor meinen Herrn, der gerade unter einem Sonnensegel döst. Er schaut erst Miriam an, dann ganz wütend mich. »Hast du sie aufs Schiff geschmuggelt?«, fragt er.

»N… nein, Herr«, stammle ich, »ich hab sie grad eben gefunden, unten bei den Pferden. Ehrlich, ich schwör's!« Ich hebe drei Finger.

Er seufzt, und dann spricht er mit Miriam auf Arabisch. Sie nickt, schüttelt den Kopf, macht erklärende Gesten. Ritter Raimund runzelt die Brauen, fragt, deutet auf mich. Sie nickt wieder, er stellt noch mehr Fragen. Irgendwann senkt sie den Kopf. Als sie wieder aufschaut, stehen Tränen in ihren Augen.

»Was sagt sie, Herr?«, will ich wissen. »Wer hat ihr das angetan?«

»Ischkander«, antwortet er. »Er hat euer kleines Techtelmechtel bemerkt. Wenn ich sie richtig verstehe, hat er sie verprügelt und eingesperrt. Offenbar ist sie entwischt und hat uns im Hafen gesucht. Sie hat beobachtet, wie wir uns eingeschifft haben, und sich anschließend an Bord geschlichen und versteckt. Und jetzt, mein Lieber, hast du sie am Hals.«

Ich weiß nicht, was ich sagen soll. »Und was machen wir jetzt?«

Ritter Raimund breitet die Arme aus. »Wir nehmen sie mit, was sonst? Das Schiff wird ihretwegen wohl kaum umkehren. Du wirst dich um sie kümmern müssen.« Er lacht und verpasst mir eine Kopfnuss. »So schnell kommt man zu einem Weib, mein Freund. Offensichtlich liebt sie dich.«

Ich bin zu allem bereit. »Ich will sie auch gern zur Frau nehmen, Herr. Ich liebe sie ja auch.«

Mein Herr wird wieder ernst. »Nur, um Missverständnissen vorzubeugen: Dir ist hoffentlich klar, Junge, dass du nicht der Erste bist?«

»Wie?« Ich verstehe nicht. Oder will nicht verstehen.

»Der Töpfer.«

Ich schlucke und balle die Fäuste. Das Schwein!

»Sie konnte sich wohl kaum gegen ihn wehren. Du siehst ja, was er ihr angetan hat.«

Ich nicke. Natürlich.

»Willst du sie trotzdem noch?«

Ich sehe Miriam an, wie klein und verloren sie da steht, das geschundene Gesicht mir zugewandt. Aus ihren Augen lese ich Angst. Und Liebe. O Gott, es ist mir völlig gleich, ob sie vor mir mit Ischkander oder sonstwem zusammen war. Vorsichtig lege ich den Arm um sie, um ihr nicht weh zu tun. Sie lehnt ihren Kopf sacht an meine Schulter, und ich sehe meinen Herrn trotzig an.

»Verstehe.« Ritter Raimund nickt. »Na dann, viel Glück, ihr beiden.«

Gisa

Wir brauchen einen ordentlichen Platz zum Schlafen!« Guda nahm mir das Wort aus dem Mund. Nach dem Te Deum standen wir zu dritt vor dem Michelskirchlein, und guter Rat war teuer.

»Gehen wir zum Hellgrevenhof«, schlug ich vor, obwohl ich schon ahnte, was kommen würde. Und natürlich, Elisabeth weigerte sich.

»Vielleicht kann uns der Schultheiß ein Quartier zuweisen«, überlegte ich. »So eines, wo man die Armen unterbringt«, beschwichtigte ich Elisabeth.

Also gingen wir im bitteren Morgenfrost zum Rathaus. Die beißende Kälte ließ mich meine Füße schon nach ein paar Schritten nicht mehr spüren, und auch Guda zitterte am ganzen Körper. Nur Elisabeth schien die Kälte nichts auszumachen. Als wir an der Georgskirche vorbeikamen, sah sie schon die ersten Bettler vor dem Portal kauern und ging zu ihnen. »Ihr guten Leute«, sprach sie die zerlumpten Gestalten an, »wisst ihr einen Platz, wo drei Frauen unterkommen können?«

Die Bettler sahen sie misstrauisch an. Ich kannte etliche von ihnen, zwei Schemeler, die wir schon im Hospital gepflegt hatten, ein blindes Weib und einen alten Mann mit verstümmelten Armen. »Seid Ihr nicht die Landgräfin?«, fragte einer.

Elisabeth schüttelte den Kopf. »Ich war die Landgräfin«, erwiderte sie. »Jetzt will ich eine von euch sein.«

Einer der Handgänger hob den Kopf. »Warum solltet Ihr wohl so sein wollen wie wir? Seid Ihr irre?«

Elisabeth runzelte die Brauen. »Ich möchte in Demut auf all meinen Reichtum verzichten, um Gott zu gefallen«, sagte sie.

»Heißt das, Ihr wollt uns keine Almosen mehr geben?«, fragte die Blinde.

»Ich fürchte, das kann ich nun nicht mehr, ja.« Elisabeth wurde unsicher. »Ab heute muss auch ich um mein Brot bitten.«

Ein Raunen ging durch den Haufen. Der alte Krüppel knurrte böse. »Es gibt schon nicht genug für uns«, sagte er mit heiserer Stimme, »wir brauchen hier niemand, der uns unser Essen wegnimmt.«

Elisabeth versuchte zu beschwichtigen. »Aber ich will euch doch nichts wegnehmen ...«

»Geht wieder zurück in Eure warme Kemenate, Frau Landgräfin. Da habt Ihr's schön gemütlich, und hungern müsst Ihr auch nicht.«

Das war die einbeinige Margret mit der Kopfräude. Elisabeth hatte der Alten noch vor zwei Wochen den nässenden Schädel mit Salbe bestrichen.

Die anderen pflichteten Margret bei. »Lasst uns unser Brot«, schrie einer. »Wir wollen nicht mit noch jemandem teilen.«

»Ja, geht wieder zurück!«

»Packt euch!«

»Verschwindet!«

Ein Stein flog.

In diesem Augenblick näherte sich ein kleines Grüppchen dick eingemummter Gestalten dem Marktplatz. Und aus dem Grüppchen schoss ein wolliges, schwarz-weißes Etwas auf mich zu und sprang kläffend an mir hoch: Fitz.

»Jesusmariaundjosef«, entfuhr es mir. Da kam Isentrud, die kleine Gertrud auf dem Arm, gefolgt von Hermann, Sophie und der Amme.

»Heinrich Raspe schickt dir die Kinder«, sagte Isentrud zu Elisabeth. Ihr Atem bildete kleine, weiße Wölkchen vor ihrem Gesicht. »Er lässt dir ausrichten, wenn du schon gehst, sollst du deine Brut gefälligst mitnehmen.«

Die beiden Kleinen rissen sich von der Amme los und rannten in die ausgebreiteten Arme ihrer Mutter.

Fast hätte ich laut aufgelacht. Ja, das war Heinrich! Fürwahr, ein geschickter Schachzug! Jetzt blieb Elisabeth gar nichts anderes übrig, als wieder in die Burg zurückzukehren. Sie würde sich vor ihm erniedrigen müssen, ihn bitten müssen, sie wieder aufzunehmen – und er würde das selbstverständlich tun. Zu seinen Bedingungen. »Kommt«, seufzte ich, »lasst uns wieder hinaufgehen. Damit das Spiel ein Ende hat.«

Elisabeth fuhr hoch. »Ein Spiel nennst du das? O nein, Gisa, das ist Ernst. Mein bitterer Ernst. Ich jedenfalls werde hierbleiben, mit Gottes Hilfe.«

Ich wollte es nicht glauben. »Elisabeth, du kannst doch nicht die Kinder mit in die Armut zwingen! Gertrud ist kaum drei Monate alt! Sollen die Kleinen mit dir hungern? Mit dir auf Speichern oder unter Treppen schlafen? Soll der zukünftige Landgraf mit dir betteln gehen?« Ich zeigte auf Hermann. »Bei allen Heiligen, sei doch vernünftig!«

Die anderen nickten. »Schau, wie sie jetzt schon frieren«, meinte Isentrud.

Als Antwort nahm Elisabeth ihren Mantel ab und legte ihn den beiden Kleinen um. Trotzig blickte sie uns an. »Wenn ich wählen muss zwischen der Gewalt meines Schwagers und dem Willen des Allmächtigen, dann weiß ich, wie ich mich entscheide. Und was ist mit euch?«

Ich wusste nicht mehr, wie ich ihr Verhalten deuten sollte. War es einfach Sturheit, Verbissenheit, Glaubensverblendung? Oder gab ihr Jesus diese Kraft? »Wer bist du?«, schrie ich sie an. »Bist du einfach nur ein trotziges Weib, oder lenkt dich ein himmlischer Geist? Bist du irre, wie die Bettler glauben, oder hat Gott dich erleuchtet? Ich kenne dich nicht mehr!«

Sie breitete die Arme aus. »Schau mich doch an, Gisa«, sagte sie mit einem Lächeln. »Ich bin deine Schwester. Diejenige, der du geschworen hast, sie nie zu verlassen. Vertrau mir!«

»Du stellst meine Treue auf eine harte Probe«, entgegnete ich.

Sie nickte. »So ist es wohl.«

Ich fühlte mich so zerrissen. Himmel, was geschah hier mit mir? Innerhalb von ein paar Stunden hatte sich mein Leben völlig verändert. Immer hatte ich es gut gehabt, hatte im Überfluss gelebt, mir nie um etwas Sorgen machen müssen. Sollte ich jetzt alles hinter mir lassen und mit Elisabeth ins Ungewisse gehen? Oder sollte ich auf die Burg zurückkehren? Hatte ich überhaupt noch eine Wahl? Würde Heinrich Raspe mich wieder aufnehmen, ausgerechnet mich, nach allem, was zwischen uns gewesen war? Und was würde ich dann sein, wenn nicht mehr die Zofe der Landgräfin? Lange hatte ich geglaubt, einen Platz zu haben, an den ich gehörte. Wo ich daheim war. Und jetzt fiel es mir mit einem Mal wie Schuppen von den Augen: Dieser Platz war kein Ort, keine Burg, kein Haus, keine Stube. Elisabeth – sie war mein Platz, war es immer gewesen. Ich gehörte zu ihr, ganz gleich, wo sie hinging oder was sie tat.

Ich schämte mich, dass ich überhaupt daran gedacht hatte, sie alleine zu lassen. »Kommt«, sagte ich und nahm den kleinen Hermann bei der Hand, »wir müssen eine Bleibe finden.«

Zuerst fragten wir im Rathaus. Der Schultheiß war ein anständiger Mann, den wir seit vielen Jahren kannten, er würde uns sicherlich helfen. Doch er winkte schon ab, als wir seine Amtsstube betraten. Ein Bote sei vom neuen Landgrafen gekommen, sagte er, der habe ihm bei Androhung von Leibstrafe verboten, uns eine Unterkunft zu beschaffen. Er dürfe uns auch sonst nichts geben. Auch die Pfarrer, so wüsste er, hätten dieselbe Botschaft erhalten, der Stadtadel und die Wirtshäuser.

Also blieb uns nichts weiter übrig, als loszuziehen und an die Türen der Leute zu klopfen. Inzwischen hatte sich überall herumgesprochen, dass wir wohl aus der Burg vertrieben worden waren. Kaum einer öffnete uns, und die wenigen, die es taten, weigerten sich, uns aufzunehmen. »Ihr müsst verstehen«, sagten sie, »wir wagen es nicht, uns den Unmut des Landgrafen zuziehen.«

Sie hatten ja recht. Wir verstanden das sehr gut.

Mittlerweile war es Nachmittag. Die Kinder quengelten. »Ich hab Hunger«, jammerte Sophie, »und meine Füße sind so kalt. Ich will wieder heim.«

»Nur noch ein bisschen«, tröstete Elisabeth, »es dauert nicht mehr lang.«

Wir gingen weiter von Haus zu Haus, umsonst. Die kleine Gertrud begann zu brüllen und hörte nicht mehr auf. Es begann, wieder stärker zu schneien. Bald würde es dunkel werden, und was konnten wir dann tun? Auch Sophie weinte jetzt, während Guda Hermann und Fitz mit Schneeballwerfen beschäftigte. Wir waren alle erschöpft, hungrig und durchgefroren. Lange konnte das nicht mehr so weitergehen. Noch eine Nacht bei den Franziskanern? Mit den Kindern auf dem nackten Steinboden der Kirche? Da schoss mir auf einmal ein Gedanke durch den Kopf. »Ich weiß, wo wir vielleicht hinkönnen!«, rief ich. Und stapfte schon voran durch die verschneiten Gassen.

Schließlich standen wir vor dem Wirtshaus zum »Wilden Mann«. In den letzten Monaten war ich mehrere Male hier gewesen, um das Versprechen einzulösen, das ich Primus zu Schmalkalden gegeben hatte. Geld hatte ich gebracht, ein paar Ellen Stoff für Kleidung, manchmal etwas zu essen. Mechtel hatte bald nach Abreise der Kreuzfahrer entdeckt, dass sie wieder schwanger war, und so hatte ich ihr auch noch Heilkräuter gegen Wasser in den Beinen und später für gute Milchbildung gebracht. Als das Kind auf der Welt war, ein Söhnchen, bezahlte ich die Taufe und übernahm das Patenamt. Mechtel hatte sich überglücklich gezeigt. Vielleicht konnte sie uns jetzt wenigstens für kurze Zeit unterbringen.

Ich führte die anderen ums Haus herum in den Hof und klopfte an die Tür des Schweinestalls. Irmel öffnete, zerlumpt und schmutzig wie immer, aber als sie mich erkannte, strahlten ihre Augen. »Mama!«, schrie sie, »Jungfer Gislind ist wieder da!«

Primus' Mutter kam, einen schlafenden Säugling im Arm. Sie

hatte den Kleinen erst vor einigen Wochen auf die Welt gebracht, den Vater wollte sie nicht nennen, oder vielleicht wusste sie auch nicht, wer. »Gott grüß Euch«, sagte sie, doch ihr Lächeln erstarb, als sie die anderen sah, die sich hinter mir zusammendrängten.

»Mechtel«, sagte ich, »heute brauch ich einmal deine Hilfe. Wir suchen eine Bleibe für die Nacht.«

»Wer ist das, die Ihr da bei Euch habt?«, fragte sie misstrauisch.

»Die Landgräfin, ihre Zofen und ihre drei Kinder. Und die Amme. Wir können nicht auf die Burg zurück.«

Mechtel sah mich ungläubig an. »Du lieber Gott. Warum geht ihr nicht zum Hellgreven oder zu den reichen Leuten?«

»Der neue Landgraf hat's verboten.«

»Aber wir haben doch kaum selber Platz hier drin«, erwiderte Mechtel. »Und Essen ist auch nicht da.«

»Essen für alle können wir besorgen«, sagte ich. »Wir haben noch ein bisschen Geld. Und wir rücken ganz eng zusammen. Ich bitt dich, Mechtel, ich würde nicht fragen, wenn wir eine Wahl hätten.«

Sie sah die anderen an, warf dann einen Blick über die Schulter in ihre elende Behausung. Schließlich schüttelte sie den Kopf. »Ich schäme mich«, flüsterte sie. »Wir haben Läuse und Flöhe, es stinkt, es ist modrig und kalt. Nachts kommen die Ratten. Niemand kann hier freiwillig bleiben wollen.«

»Mechtel«, sagte da Elisabeth und schlug ihren Schleier zurück. »Die Kinder erfrieren uns draußen. Lass uns ein, Gott wird's dir vergelten.«

Mechtel tat einen tiefen Atemzug. Dann öffnete sie ihre Tür weit. »Kommt herein«, sagte sie, »um Gottes willen. Und seid willkommen.«

An diesem Abend ging es uns gut. Isentrud erzählte den Kindern, wir spielten jetzt alle zusammen »arme Leute«, worauf Hermann und Sophie Hunger und Kälte vergaßen und begeistert mitmachten. Ich gab Ida Geld und schickte sie und Hannolein Essen holen. Wir brauchten jetzt etwas Ordentliches in den Magen. Die beiden kamen mit Krautsköpfen, Würsten, Brot und Schmalz zurück, Mechtel schürte das Feuer hoch und machte sich ans Kochen. Derweil hatten Guda und ich vom Wirt des »Wilden Mannes« Stroh,

Decken und alte Säcke besorgt und richteten uns ein notdürftiges Lager. Im trüben Licht eines Talglämpchens aßen wir gemeinsam den Eintopf, den Mechtel zubereitet hatte. Dann legten wir uns in der zugigen Ecke hinter der Tür schlafen. »Siehst du, der liebe Gott hat heute Abend schon für uns gesorgt«, flüsterte Elisabeth mir zu. »Alles wird gut.«

Ich war mir da nicht so sicher. Bei Mechtel konnten wir nur vorübergehend bleiben. Und unser Geld und die paar Ringe, die wir noch hatten, würden höchstens für drei oder vier Wochen reichen. Was dann? Noch bis spät in die Nacht hinein lag ich wach und dachte nach. Schließlich tröstete ich mich mit dem Gedanken, dass dieser Zustand ohnehin nicht lange anhalten würde. Denn Elisabeths Beichtvater war ja schon benachrichtigt. Er würde über kurz oder lang herkommen und entscheiden, was geschehen sollte. Und wenn man auch viel Böses über ihn sagen konnte – er war ein kluger Mann. Er würde wissen, was zu tun war. Ich zog meine Decke fester um mich und kroch tiefer ins Stroh. Mein Gott, immer hatte ich Konrad von Marburg gehasst – jetzt war er meine große Hoffnung. Ich beschloss, am Morgen noch einen Boten nach ihm zu schicken. Ja, Konrad von Marburg würde uns aus dieser schlimmen Lage befreien! Es war nur eine Frage der Zeit.

Eisenach, Februar 1228

Ich will Hühnchen!« Hermann spuckte wütend den faden Brei aus, den ihm Guda gerade in den Mund gelöffelt hatte.

»Ich auch! Und Butterstriezel!« Das war Sophie. Die Kleine zog einen Flunsch und strebte von Isentruds Schoß herunter.

»Schscht!«, sagte Elisabeth. »Die armen Kinder müssen heute Graupen essen, weil kein Geld für Hühnchen und Butter da ist.«

Hermann stampfte trotzig mit dem Fuß auf. »Ich will nicht mehr ›arme Leute‹ spielen. Das ist blöd.«

»Sei lieb und iss deinen Brei.« Guda bot ihm noch einen Löffel an.

Der Junge schlug ihre Hand weg, und die Graupen landeten auf Gudas Kittel. »Will nicht, will nicht!«

Sophie heulte. Guda bekam einen Hustenanfall. Elisabeths Augen füllten sich mit Tränen. Jetzt war auch ihre Gleichmut dahin. Über vier Wochen lebten sie nun schon so. Die Kleinen fieberten seit zwei Tagen und klagten beide über Bauchweh. Guda wurde vom Lungenfluss geplagt, sie hatte Kälte noch nie gut vertragen. Alle waren sie von Flöhen zerstochen, konnten vor Jucken und Kratzen kaum schlafen. Die Kinder stritten fast den ganzen Tag, sie vermissten ihre Spielkameraden auf der Burg, ihre weichen Betten, das feine Essen, die wärmenden Kohlebecken überall. Anfangs hatten sie das Ganze noch als Abenteuer gesehen, aber jetzt wollten sie nur noch nach Hause. Oft hatten sie Wutanfälle, aber manchmal verkrochen sie sich einfach nur frierend ins Stroh und sahen mit traurigen Augen den anderen zu. Die kleine Gertrud greinte auch ständig. Vor zwei Wochen war die Amme gegangen. »Das kann keiner von mir verlangen«, hatte sie gesagt, »in diesem elenden Loch zu hausen.«

Von ihrem letzten Geld hatten sie eine Ziege gekauft, mit deren Milch sie Gertrud fütterten. Anfangs hatte sich die Kleine Stein und Bein geweigert, dann war der Hunger stärker gewesen. Seitdem plagte sie der Durchfall und außerdem litt sie unter nässendem Ausschlag am ganzen Körper, es war ein Jammer, sie anzusehen. Elisabeth fragte sich immer öfter, ob sie das Richtige tat, aber ihr Gottvertrauen hatte bisher jedes Mal über die Zweifel gesiegt.

»Kinder«, sagte sie jetzt mit einem gezwungenen Lächeln und stand auf, »wir wollen spazierengehen. Draußen scheint so schön die Sonne! Und ich muss nach den Kranken vor der Georgskirche sehen.«

Sie fasste Hermann bei der Hand und wollte ihm den dicken Winterumhang anziehen. Der Junge kreischte und schlug nach ihr, kratzte und biss. Dann warf er sich auf den Boden und strampelte mit Händen und Füßen. Sie kämpfte mit ihm, umsonst, sie hatte nicht genug Kraft, um mit dem Tobenden fertigzuwerden. Am Ende stand sie da und ließ müde die Arme hängen. Alles war so schwer.

»Lass«, sagte Guda. »Er beruhigt sich schon wieder. Ich komme mit zur Kirche.«

Als die beiden weg waren, setzten sich Gislind und Isentrud vor die Feuerstelle zum Aufwärmen.

»So kann's nicht mehr weitergehen«, sagte Isentrud. »Wenn der Prediger nicht in den nächsten Tagen kommt, dann nehme ich die Kinder und bringe sie zur alten Landgräfin ins Kloster. Und wenn sie sich hundertmal weigert. Ich lasse sie einfach dort.« Sie war vor einer Woche heimlich zu Elisabeths Schwiegermutter gegangen und hatte um Hilfe gebeten. Doch Sophia war hart geblieben. »Sie muss zurück auf die Burg«, hatte sie gesagt. »Das ist die einzige Lösung. Ich werde nichts mehr tun, um ihren Trotz und ihre Verrücktheiten zu unterstützen. Wir haben Elisabeth viel zu lange alles nachgesehen.« Also hatte Isentrud das Kloster unverrichteter Dinge wieder verlassen. Von Sophia war nichts zu erwarten.

Gislind schaukelte die wimmernde Gertrud auf den Knien. »Du armes Wurm«, seufzte sie. »Könntest es gut haben. Und deine Geschwister auch.« Sie sah hinüber zu Hermann und Sophie, die inzwischen wieder friedlich auf der Bettstatt saßen und mit Irmels Lumpenpuppen spielten.

Wütend stocherte Isentrud mit dem Schürstab in der Glut. »Ich begreife sie nicht mehr«, sagte sie. »Wenn sie selber in Not und Elend leben will, ist es ihre Entscheidung. Aber sie mutet uns und vor allem den Kindern zu, für ihre Sache mitzuleiden. Wir sollen Hunger und Kälte und Elend ertragen, damit sie ihrem Gott näher ist. Das ist nicht richtig.«

»Willst du gehen?«, fragte Gisa.

Isentrud schüttelte den Kopf. Ihr Zorn war so schnell verflogen, wie er gekommen war. »Herrje, sie braucht uns doch. Was will sie denn ohne uns tun, ganz allein? Manchmal kommt sie mir vor wie eins meiner eigenen Kinder.«

Gisa nahm Isentruds Hand. »Wir müssen zu ihr halten. Sie hat sonst niemanden auf der Welt. Und es wird bestimmt bald vorbei sein.«

Guda und Elisabeth kamen zurück. Sie hingen ihre Mäntel übers Reck und stellten sich vors Feuer, um sich aufzuwärmen.

»Elisabeth«, begann Gisa vorsichtig und warf dabei Isentrud einen Blick zu, »glaubst du denn immer noch, dass du das Richtige tust?«

Sie wandte sich um, und ihre Augen füllten sich mit Tränen. »Warum zweifelt ihr alle an mir? Ich versuche doch nur, den Willen des Herrn zu erfüllen.«

Gisa breitete lächelnd die Arme aus. »Das weiß ich doch. Aber wie kannst du so genau wissen, was dieser Wille ist? Vielleicht täuschst du dich ja auch. Schließlich bist du auch nur ein Mensch, wie wir alle. Und Menschen können Fehler machen.«

Elisabeth schüttelte so wild und trotzig den Kopf, dass die Locken flogen. »Gisa, denk doch daran, was in der Bibel steht. Denk an Hiob! Ja, es geht uns schlecht. Aber ich weiß, Gott will mich nur prüfen.«

»Will Gott deine Kinder auch prüfen?« Isentrud stemmte die Hände in die Hüften und stellte sich neben Gislind.

»Ich weiß es doch nicht, Isa!« Elisabeths Selbstsicherheit war plötzlich dahin. Verzweifelt sah sie die anderen Frauen an. Und dann trat selbst Guda, die immer unterwürfige Guda, zu den beiden Zofen und verschränkte die Arme. Elisabeth hatte ihre letzte Verbündete verloren.

»Aber ich kann die Kinder doch nicht auf die Wartburg zurückschicken. Heinrich Raspe wird das nicht zulassen.« Sie begann zu schluchzen.

»Dann eben woanders hin. Zu Verwandten. Ganz egal.« Isentrud suchte einen Ausweg.

Gisa nahm den Gedanken auf. »Was ist mit deiner Tante Mechthild, der Äbtissin von Kitzingen?«

»Oder Markgräfin Jutta von Meißen?« Das war Guda.

»Die wird sich nicht mit Heinrich überwerfen wollen«, meinte Isentrud.

»Oder dein Onkel Ekbert in Bamberg?« Gisa ließ nicht locker.

Elisabeth sträubte sich immer noch. »Ich will die Kinder nicht verlieren«, weinte sie.

»Es ist doch nur vorübergehend. Bis dein Beichtvater da ist und wir wissen, wie es weitergeht.« Gisas Stimme war eindringlich. »Denk doch nur, Elisabeth, was wäre, wenn eines von den Kleinen ernsthaft krank würde! Das Fieber rafft zur Zeit so viele dahin ...«.

Mit einem Aufschrei presste Elisabeth die Fäuste gegen die Schläfen. »Lasst mich! Lasst mich doch alle in Ruhe! Ich will doch nichts Böses! Ich liebe meine Kinder! Warum versteht mich niemand?« Sie sprang auf, raffte die Decke um sich und floh zur Tür hinaus. Gisa lief ihr nach und versuchte, sie zurückzuhalten. »Bleib!«, rief sie, während sie draußen in der Kälte mit Elisabeth rang. Isentrud kam ihr zu Hilfe, und beiden gelang es, sie wieder ins Haus zu zerren.

Und dann, unvermutet, trat Mechtel vor Elisabeth hin. Sie hatte die ganze Zeit stumm neben dem Feuer gesessen und zugehört. Noch nie hatte sie gewagt, sich an den Gesprächen der Frauen zu beteiligen, dafür hatte sie viel zu viel Ehrfurcht vor der Landgräfin und ihren Zofen. Aber jetzt, fand sie, war es an der Zeit, dass auch sie ihr Schweigen brach. »Frau Elisabeth«, sagte sie einfach, »schickt Eure Kinder weg. Das ist wohl recht, denn der Herrgott liebt die Kleinsten und will nicht, dass sie leiden. Seht Euch um – dies hier ist kein Ort für sie.«

Elisabeth starrte Mechtel überrascht an. Dann, langsam, öffneten sich ihre geballten Fäuste. »Tut, wie ihr wollt«, sagte sie. Ohne weitere Worte legte sie sich auf den Bettsack und drehte das Gesicht zur Wand.

Am nächsten Tag sandte Gisa eine Botschaft an die Brüder Vargula.

Otranto, Februar 1228

Das Schiff, mit dem die Thüringer Kreuzfahrer nach Hause segelten, näherte sich dem Hafen von Otranto. Die Überfahrt war nicht einfach gewesen. Nun aber war das Meer überwunden, und der zweite Abschnitt der Heimreise konnte bald beginnen.

Raimund von Kaulberg stand an der Reling und beobachtete die Schiffsleute bei ihren letzten Vorbereitungen für die Einfahrt ins Hafenbecken. Er schickte ein stummes Dankgebet zum Himmel dafür, dass alles gutgegangen war. Aber richtige Freude konnte er nicht empfinden. In den letzten Wochen hatte er viel zu viel Zeit zum Nachdenken gehabt. Er fühlte sich bedrückt. Der Kreuzzug war ein kompletter Fehlschlag gewesen, ein Trauerspiel, nicht nur für die gesamte christliche Ritterschaft, die voller Zuversicht ausgezogen war, Jerusalem zu befreien. Sondern vor allem für die Thüringer, die ihren hoffnungsfrohen jungen Landgrafen viel zu früh verloren hatten. Und noch mehr für ihn, dem mit Ludwig auch ein guter Freund gestorben war. Alles umsonst. Gott war ihnen nicht gnädig gewesen. Raimund fühlte sich müde und ausgelaugt. Er war Mitte der Vierzig und spürte zum ersten Mal im Leben das Alter kommen. Ein Gefühl, das sich jedes Mal verstärkte, wenn er den jungen Primus ansah.

Mein Sohn könnte er sein, dachte Raimund wehmütig. Ja, solch einen Sohn hatte er sich immer gewünscht – klug, mit schneller Auffassungsgabe, eine gehörige Portion Mutterwitz und das Herz am rechten Fleck. Wäre Primus als Kind von Adel auf die Welt gekommen, wäre er längst Knappe, es stünde ihm bald die Schwertleite bevor. Oder man hätte in angesichts seines guten Verstandes für die geistliche Laufbahn bestimmt. Er hätte es weit bringen können. So aber hatte er noch verdammt viel Glück gehabt, wenigstens der Pferdeknecht eines Ritters geworden zu sein. Das war weit mehr, als einer wie er sich je hätte erträumen können.

Und er selber, Raimund von Kaulberg? Ja, die Welt hatte er gesehen! Das Welschland, das Heilige Land, Rom, Akko, Damietta! Und Glück hatte er auch gehabt, überhaupt noch am Leben zu sein, wenn er nur an seine Verletzung in Ägypten dachte. Aber auch das Unglück hatte ihn nicht verschont, weiß Gott. Wie anders wäre sein Leben verlaufen, hätte seine Ehe nicht ein so furchtbares Ende genommen. Ein beschauliches Leben als Vogt oder Burggraf hätte er führen können, sorgenfrei, mit einer liebreizenden Frau und einem ganzen Sack voller Kinder. Oh, dies alles war einmal sein großer Traum gewesen. Und nun?

Er hatte es sich lange nicht eingestehen wollen, aber inzwischen fühlte er es so stark, dass es nicht mehr zu unterdrücken war: Er war einsam. Irgendwann würde er alt und grau sein, und niemand wäre da. Mit ihm würde die Linie der jüngeren Kaulberger zu Ende gehen.

Raimund warf einen Blick hinüber zum Hauptmast, wo Primus und sein Mädchen standen. Der Junge hatte seinen Arm um ihre Schultern gelegt, und die hübsche Kleine schmiegte sich an ihn. Ja, die Liebe konnte so schön sein! Raimund spürte dem Gefühl nach, das er beim Anblick der beiden empfand. Wie lange war es her, dass er so verliebt war? Es kam ihm vor, als sei das in einem anderen Leben gewesen. Eilika, dachte er, meine stolze, schöne Eilika. Überglücklich war er gewesen, damals, als er geglaubt hatte, sie würde für immer ihm gehören! Manchmal hatte er nichts anderes denken können als ihren Namen, keinen anderen Wunsch gehabt, als bei ihr zu sein. Und dann? War alles zerbrochen wie Glas. Raimund schloss die Augen. Nein, die Erinnerung tat nicht mehr wirklich weh. Es war so lange her, und diese Frau hatte seinen Schmerz nicht verdient.

Doch was ihn schmerzte, was ihn traurig und müde machte, war die Erkenntnis, dass es in seinem Leben seither keine Liebe mehr gab. Er war zum Einzelgänger geworden. Oh, hier und da eine Frau – ein kurzes Vergnügen, die schnelle Befriedigung von körperlichen Bedürfnissen. Und dann? Er hatte keine mehr getroffen, die ihn tiefer berührt hätte. Und wenn er ehrlich war, dann hatte er beinahe Angst davor. Was, wenn er wieder verlassen würde oder betrogen? Würde er wieder die Beherrschung verlieren? Könnte er ein zweites Mal ertragen, was Eilika ihm angetan hatte? Nein, hatte er sich oft gesagt, nie wieder werde ich mein Innerstes preisgeben, werde schwach sein, werde mein Glück von einem anderen Menschen abhängig machen. Ich brauche niemanden.

Und doch – er schaute die Männer an, die nun alle an Deck waren und ungeduldig darauf warteten, endlich wieder Land zu betreten. Sie alle kehrten zu irgendjemandem heim. Sie hatten Frauen, Kinder, Eltern, vielleicht auch nur eine Liebste, die auf sie wartete. Aber er? Zu wem wollte er heimkommen? Sein Vater war lange tot, Eilika fristete ihr Leben im Kloster, seinen Herrn hatte das Fieber geholt. Es gab niemanden. Ein rechtes Zuhause hatte er auch nicht. Der Familiensitz gehörte schon seit zwei Generationen der älteren Linie. Er und sein Vater hatten immer am Landgrafenhof gelebt. Aber nun, so wusste er, würde Heinrich Raspe als Vormund des kleinen Hermann regieren, und mit Heinrich hatte er sich nie wirklich verstanden. Nein, er hatte keine Heimat. Er versuchte, sich den Landgrafenhof vorzustellen, den er so lange nicht mehr gesehen hatte. Gab es etwas, gab es jemanden, der sich freuen würde, ihn wiederzusehen? Den er gern wiedergesehen hätte?

Und dann, langsam, ganz langsam, entstand ein Bild vor seinen Augen, erst undeutlich, dann immer klarer. Ein Gesicht, schmal und hellhäutig, Haar wie flüssiges Silber, Lippen rot wie Blut. Ein vorwitziges Lächeln, das eine Reihe perlweißer Zähne enthüllte. Die freche kleine Lücke in der Mitte zwischen ihren Schneidezähnen. Runde Ohrläppchen, an denen goldene Ringlein baumelten. Die zarte Halsbeuge mit dem kleinen Muttermal. Raimund hörte sogar die Stimme, die zu diesem Gesicht gehörte, klar und rein, und er erkannte das alte Lied, das sie sang. Er sah den schlanken Körper in dem blauen Kleid, die Veilchen im ovalen Ausschnitt. Die zartgliedrige Hand, deren Finger an den Saiten der Laute zupften. Er roch den Duft der Veilchen, schmeckte das Salzige ihrer Haut. Und dann wurde das verschwommene Bild scharf und deutlich. Sie war da, ganz nah in seiner Vorstellung, fast glaubte er, sie greifen zu können: Gisa.

Er schüttelte den Kopf. Wie kam es nur, dass er ihre Schönheit die ganze Zeit nicht erkannt hatte? Verwirrt gab er sich einen Ruck, verließ seinen Platz an der Reling und ging zu den anderen zurück. Das Anlanden stand bevor.

Gleich bei Sonnenaufgang begaben sich die vornehmsten Ritter und Adeligen in die Kathedrale von Otranto. Ihre Mienen waren ernst, die Schritte schwer. Keiner tat gern, was nun getan werden musste, aber sie würden ihre Pflicht erfüllen. Voller Ehrfurcht umringten sie den hellen Marmorschrein, die Träger stellten ihre Holzbahre auf den Fliesen ab. Vater Berthold ließ sie zum Gebet niederknien und erteilte ihnen zusammen mit dem Segen die göttliche Erlaubnis für ihre traurige Aufgabe.

Auf ein Zeichen des Grafen von Gleichen packten die vier stärksten Ritter an den Ecken an und verschoben unter Aufwendung all ihrer Kräfte den steinernen Deckel des Katafalks mit lautem Knirschen. Kaum hatte sich eine schmale Öffnung gebildet, entwich jäh der Pesthauch der Fäulnis und legte sich wie ein bleiernes Tuch über die Männer. Der Geruch war so unerträglich, dass einige aufstöhnten. Raimund versuchte, seinen Würgereiz zu unterdrücken und die aufsteigende Übelkeit nicht zuzulassen. Die Männer, die den Deckel bewegt hatten, waren zurückgeprallt und schnappten nach Luft. Jetzt griffen sie erneut an den Stein, schoben ihn weiter zur Seite. Der Ritter am Kopfende warf einen Blick ins Innere, taumelte vom Schrein fort und erbrach sich auf den Boden. Ein anderer nahm seine Stelle ein, die Augen abgewandt, um nicht hinsehen zu müssen.

Endlich lag der Sarkophag offen. Raimund versuchte, möglichst flach zu atmen, als er näher trat. Er nahm all seine Willenskraft zusammen und wappnete sich für die Begegnung, die ihm nun bevorstand. In seiner Erinnerung sah er Ludwig vor sich: Die blonden, schulterlangen Locken, die ihm weich ums Gesicht fielen, die hellblau blitzenden Augen, das bartlose Kinn mit der kleinen Narbe. Kräftige Schultern, ein Körper voller Spannkraft. Wie oft hatte er dem jungen Landgrafen Unterricht mit dem Schwert gegeben, hatte gegen ihn gekämpft und am Ende so manches Mal verloren. Wie oft hatten sie zusammen an der Tafel gesessen, getrunken und gelacht. Einzelheiten, Kleinigkeiten fielen Raimund wieder ein: dass Ludwig zeitlebens Bier verabscheut hatte, und Heringe. Dass er einmal als Junge in die Rossschwemme gefallen und beinahe ertrunken war. Wie er sich auf dem Turnieranger der Neuenburg mit seinem Bruder geprügelt hatte. Seine schöne, hohe Singstimme. Die lustigen Fältchen in seinen Augenwinkeln, wenn er lachte. Und die sichtbare Liebe, die er für seine Frau empfand, Elisabeth. Was für ein Unglück, dass dieser Mensch so jung hatte sterben müssen. Manchmal war es schwer, Gottes Ratschlüsse zu verstehen.

Vater Berthold schlug die beiden wachsgetränkten Tücher zurück, in die der Landgraf vor seiner Beisetzung eingewickelt worden war. Raimund schluckte. Und dann zwang er sich hinzusehen. Dort im Sarg lag ein aufgedunsenes, schwärzliches Etwas, das einmal Ludwig gewesen war. Die Gärung hatte das Körperinnere schon zersetzt, die Leiche lag in einer widerlich grünlichen Flüssigkeit. Dort, wo die Haut ins Dunkelgrüne verfärbt und aufgeplatzt war, wimmelten winzige Würmer. Die über der Brust gefalteten

Hände des Landgrafen hatten sich voneinander gelöst, ein Arm war zur Seite gefallen. Seine Lippen hatten sich geöffnet und zurückgezogen, es sah aus, als ob Ludwig die Zähne fletschte. Nur das Haar war so blond und lockig wie im Leben, es schien das Einzige zu sein, dem der Tod nichts hatte anhaben können.

Raimund schloss die Augen. Er wollte nicht, dass sich dieser Anblick in seiner Erinnerung festsetzte, er wollte an Ludwig denken so, wie er im Leben gewesen war.

Dennoch blieb er und sah mit an, wie die Männer Ludwigs Leichnam aus dem Sarkophag hoben und auf die bereitgestellte Bahre legten. Der Kaplan besprenkelte den Toten mit Weihwasser und begrüßte ihn wieder auf der Erde. Dann endlich warf er ein Leintuch über die schwärzliche Masse.

Stumm zogen die Kreuzfahrer mit ihrer kostbaren Last zur Stadt hinaus. Vor dem Tor hatten Primus und die anderen Knechte schon das Feuer hochgeschürt. Sie hatten sich außerdem von einem Färber einen großen Kupferkessel ausgeliehen, der nun mit Wasser gefüllt über den Flammen hing. Raimund packte mit an, als sie den toten Landgrafen von der Bahre hoben und ins kochende Wasser gleiten ließen.

Einen halben Tag und eine Nacht lang schürten sie das Feuer, bis alles Fleisch von den Knochen abgefallen war. Dann schütteten sie den Inhalt des Kessels in eine flache Grube, ließen die Flüssigkeit absickern und trennten dann behutsam die Gebeine von den zerkochten Resten des Leichnams. Vater Berthold legte das Skelett sorgfältig auf Leintüchern aus, um es drei Tage lang in der Sonne trocknen zu lassen. Schließlich fanden die weißgebleichten Gebeine Aufnahme in zwei schweren, metallbeschlagenen Kisten.

Am Dienstag nach Oculi brachen die Thüringer Kreuzfahrer von Otranto auf. Sie hatten ihre Route so berechnet, dass sie am Ende jeder Tagesetappe eine Ortschaft mit Kirche oder ein Kloster erreichten, damit Ludwigs Gebeine an heiliger Stätte die Nacht verbringen konnten.

Es war ein trauriger Zug, der sich da von der südlichsten Spitze Italiens auf den langen Weg nach Norden machte. Die Männer ritten mit ernsten Mienen und trüben Gedanken los, ohne Wiedersehensfreude, ohne Erleichterung darüber, dass dieser Kreuzzug für sie vorbei war. Sie brachten ihren Landgrafen heim.

Und Raimund graute die ganze lange Reise über vor dem Augenblick, in dem sie Elisabeth die sterblichen Überreste ihres geliebten Ehemannes übergeben würden.

Gisa

»Auf bald!«

»Seid schön brav!«

»Gebt gut aufeinander acht!«

Winkend standen wir vor dem »Wilden Mann« und sahen der kleinen Reisekutsche nach, die ratternd auf dem hartgefrorenen Schlammboden davonholperte. Voran ritten die Brüder Vargula, in der Kutsche saß Guda mit den beiden Kindern. Gertrud hatten wir nicht mitgeschickt; wir hatten Angst, als Wickelkind sei sie noch zu klein für die lange Reise zu den Benediktinerinnen nach Kitzingen. Es war keine Zeit mehr gewesen, um Elisabeths Tante Mechthild, einer jüngeren Schwester ihrer Mutter, Nachricht zu schicken. Aber Elisabeth war sich sicher, dass die Äbtissin ihre Kinder aufnehmen würde.

Für uns alle war es eine Erleichterung, dass Hermann und Sophie fort waren, gerade weil wir die Kinder liebten. Trotzdem blieb weiterhin die Frage, wie lange wir das Leben im Schweinestall noch aushalten sollten? Warum kam Konrad nicht? Hatte er Elisabeth am Ende schon aufgegeben, weil sie nicht mehr Landgräfin war? Oder war er zornig, weil sie die Entscheidung, in die Armut zu gehen, ohne ihn getroffen hatte? Unsere Unsicherheit wuchs mit jedem Tag. Wir – oder zumindest Guda, Isentrud und ich wussten, dass wir in spätestens zwei oder drei Wochen am Ende sein würden.

Und dann kam Elisabeth eines Tages vom Markt nach Hause – barfuß! Sie hatte ihre Schuhe gegen Essensvorräte eingetauscht. »Ihr sollt doch um meinetwegen nicht verhungern«, krächzte sie heiser, »ich kann auch ohne Schuhe sein, das macht mir nichts aus. Viele können sich keine Schuhe kaufen.«

Es stimmte schon; die meisten Armen umwickelten ihre Füße lediglich mit Lumpen, auch Mechtel und ihre Kinder. Aber sie waren durch die Gewohnheit abgehärtet und Elisabeth nicht. Sie bekam Husten; es wurde immer ärger, und dann kamen auch noch Gliederschmerzen dazu. Eigentlich hätte sie im Bett bleiben müssen, dem einzigen Ort, wo es einigermaßen warm war, aber als die Glocke der Georgskirche zur Sonntagsmesse läutete, hielt sie trotz ihrer Erschöpfung nichts, sie musste hin. Seufzend nahmen Isentrud und ich sie in die Mitte und gingen mit ihr zum Gottesdienst.

Schon bei der Wandlung spürte ich, dass etwas nicht so war wie sonst. Elisabeth kniete da und blickte hingebungsvoll auf die Hostie, die der Pfarrer hochhielt. Ein merkwürdiges Lächeln huschte über ihr Gesicht, und gleichzeitig rollten zwei große Tränen über ihre Wangen. Als die Gemeinde sich nach der Wandlung wieder erhob, blieb sie als Einzige auf den Knien, es schien, als ob sie um sich herum nichts mehr wahrnähme. Völlig versunken war sie. Wir mussten sie fest an der Schulter rütteln, damit sie am Schluss aufstand und mit uns die Kirche verließ.

Als wir vor dem Portal standen, schüttelte sie unsere Hände ab. »Lasst nur, ich kann alleine gehen«, meinte sie und tat ein paar Schritte. Plötzlich wurde ihre Haltung unsicher, sie wankte, die Knie knickten unter ihr weg. Noch bevor wir ihr zu Hilfe eilen konnten, schlug sie hart aufs Pflaster. Mir blieb fast das Herz stehen.

Wir stürzten sofort zu Elisabeth; Isentrud nahm ihren Kopf in den Schoß und nestelte ihr Kleid am Hals auf. Ich versuchte derweil festzustellen, ob sie sich verletzt hatte. Gott sei Dank schien dem nicht so zu sein, und sie war auch bei Bewusstsein. »Bringt mich heim«, flüsterte sie schwach und richtete sich halb auf. Wir stützten sie beim Aufstehen, so gut wir konnten, aber da trat auch schon ein kräftiger junger Mann herzu, der alles beobachtet hatte. »Wohin?«, fragte er knapp. »In die Hengersgasse«, sagte ich. Da hob er Elisabeth kurzerhand hoch und trug sie wie ein Kind auf seinen Armen heim.

Wir packten sie sofort ins Bett. »Du musst etwas essen«, sagte Isentrud und setzte sich mit einem Napf Hirsemus neben Elisabeth. Folgsam ließ sie sich füttern, aber sie brachte kaum zwei, drei Mundvoll hinunter. Dann sank ihr Kopf zurück und sie sagte: »Mir ist so wunderlich.«

Ich legte ihr die Hand auf die Wange. »Du glühst ja«, stellte ich erschrocken fest. Sofort ging ich los, um vom Brunnen kaltes Wasser für einen Wickel zu holen. Als ich zurückkam, stand auf Elisabeths Stirn schon der Fieberschweiß, und sie hatte Schüttelfrost. Ihr Blick schweifte zu dem Fensterloch, als ob sie draußen etwas sehen könnte, und plötzlich lächelte sie wieder so merkwürdig wie vorher in der Kirche. Dann schloss sie die Augen, und Tränen quollen unter ihren Wimpern hervor. Sie murmelte Worte, die wir nicht verstehen konnten. Es war ganz eigenartig, aber als ich mit dem nassen Lumpen für den kalten Wickel vor ihr stand, brachte ich es nicht fertig, sie anzufassen oder sonst irgendwie zu stören. Ich sah Isentrud an und sie mich. Beide spürten wir, dass irgendetwas mit Elisabeth geschah. So blieben wir, obwohl wir wegen des hohen Fiebers Angst um sie hatten, eine Weile und sahen zu, wie sie abwechselnd lachte und weinte.

Plötzlich richtete sie sich mühsam auf und sagte laut und klar die Worte: »Lieber, süßer Herr Jesus, wenn du mit mir sein willst, so will auch ich mit dir sein, und niemals mehr soll uns etwas trennen.«

Dann sank sie auf das Lager zurück und schlief ein. Endlich konnte ich ihr den Wickel anlegen, um das Fieber zu senken.

Als sie Stunden später erwachte, ging es ihr ein wenig besser. Wir setzten uns zu ihr, und Isentrud fragte: »Du hast im Traum gesprochen, Liebes. Erinnerst du dich?«

Elisabeth nickte. »Es war kein Traum«, erwiderte sie und horchte ihren Worten nach, als sei sie selber darüber verwundert.

»Was dann?«, wollte ich wissen. »Mit wem hast du geredet?«

Sie gab keine Antwort, lag nur da.

Mechtel und ihre Kinder waren inzwischen heimgekommen und gesellten sich ebenfalls zu uns. »Was hast du träumt, sag?«, fragte Hannolein. Er war der einzige aus Primus' Familie, der keine Scheu vor Elisabeth hatte. Jetzt kletterte er zu ihr auf die Bettstatt und kuschelte sich an sie.

»Ich hab die Tore des Himmels gesehen«, sagte sie einfach.

Später, als das Fieber ganz gefallen war, erzählte uns Elisabeth, was ihr während des Fieberschubs widerfahren war. »Ich habe den Himmel offen gesehen«, sagte sie mit glückseliger Miene, »und meinen süßen Herrn Jesus, wie er sich zu mir neigte und mich tröstete. Alle meine Ängste nahm er mir und erleichterte mir die Last der Bedrängnisse, die mich allsamt umgeben. Wenn ich ihn sah, war ich froh und lachte, wenn er aber sein Antlitz abwandte, als ob er mich verlassen wollte, weinte ich. Er erbarmte sich aber meiner, wandte mir sein strahlend helles Gesicht zu und sagte: ›Wenn du mir nachfolgen willst, werde ich mit dir sein bis ans Ende deiner Tage und darüber hinaus.‹«

Ich bin mir bis heute nicht sicher, ob dieses Erlebnis wirklich eine heilige Erfahrung war oder ob einfach nur das Fieber Elisabeth einen Streich gespielt hat. Aber Elisabeth selber war zutiefst von ihrem Gnadenerlebnis überzeugt, genauso wie Isentrud. »Was Elisabeth gesehen hat, war wahr und echt«, antwortete sie mir, als ich vorsichtig meine Zweifel äußerte. »Hast du nicht selber bemerkt, dass etwas ganz Besonderes in ihr vorging? Du hast es doch auch gespürt!«

Ja, ich hatte es gespürt. Und ich wollte daran glauben, ganz fest. Diese Christusbegegnung war alles, was sich Elisabeth jemals gewünscht hatte. Es war für sie die Bestätigung dafür, dass sie richtig gehandelt hatte. Dass es recht gewesen war, die Wartburg zu verlassen und niederzusteigen zu den Ärmsten. Dass all das Elend sich gelohnt hatte. Dass der Weg, den sie gewählt hatte, ins Himmelreich führte. Und die Tatsache, dass Elisabeth innerhalb von zwei Tagen wieder völlig gesund war, machte sie und uns alle umso sicherer. »Jetzt werde ich auch noch den letzten Schritt tun«, sagte sie.

»Was meinst du?«, fragte ich zurück.

Sie lächelte wissend. »Du wirst schon sehen.«

Dann kam der Karfreitag. In diesem Jahr fiel er, ich erinnere mich genau, auf den 28. März. Es war ein wunderschöner himmelblauer Frühlingstag, die Winterlinge und die Schneesternchen blühten, die Luft war mild und klar. Elisabeth hatte diesen Tag gewählt, um der Welt den Entschluss mitzuteilen, den sie nach ihrer Vision gefasst hatte.

Inzwischen waren wir so ausgehungert, dass unsere Knochen an allen Ecken und Enden unseres Körpers hervorstachen. Blass wie die Geister waren wir, das Haar stumpf, die Lippen aufgesprungen, die Füße voller Frostbeulen, die Hände rissig und rau. Aber Isentrud und auch die inzwischen heimgekehrte Guda glaubten fest an Elisabeth und ihre Sache. Und ich schluckte meine Zweifel und Ängste hinunter und hielt zu ihnen.

Das Michelskirchlein der Franziskaner war an diesem Leidenstag Christi bis auf den letzten Platz gefüllt. Es waren lauter arme Leute da, die Reichen gingen nicht zu den Franziskanern. Also fielen wir in unserer schäbigen Kleidung nicht weiter auf. Der Altar stand nackt und bloß; man hatte, wie es der alte Brauch war, die Altardecken abgenommen in Erinnerung an die Entblößung Jesu am Kreuz. Elisabeth deutete auf die blanke Steinplatte. »Heute werde ich nackt dem nackten Christus nachfolgen«, lächelte sie, und wir fragten uns, was das wohl zu bedeuten hatte.

Die Messe begann. Wir standen bis zum Schluss ganz hinten auf der Frauenseite, es war kalt und zugig und wir froren die ganze Zeit. Der Gottesdienst verlief ergreifend und traurig wie an allen Karfreitagen; die Menschen waren aufgewühlt und erschüttert über Passion und Kreuzigung des Herrn. Und dann, gerade als Vater Rodeger die Gemeinde entlassen wollte, drängte sich plötzlich Elisabeth durch die Mittelgasse, die Frauen und Männer voneinander trennte. Erst jetzt sahen wir, dass sie barfuß war. Aufrecht schritt sie auf nackten Sohlen bis ganz nach vorne, stellte sich neben den Altar und legte ihre rechte Hand auf den kalten Stein. Dann hob sie die Linke zum Schwur.

Es wurde mucksmäuschenstill, und die Leute reckten die Köpfe, als Elisabeths helle Stimme durch die Kirche schallte: »Männer und Frauen von Eisenach, ehrwürdige Patres vom Orden des heiligen Franziskus und du, geliebte himmlische Dreieinigkeit, Vater, Sohn und Heiliger Geist, ihr Heerscharen der Engel und alle Heiligen, hört, was ich zu sagen habe!«

Wir stellten uns auf die Zehenspitzen, um sie besser sehen zu können. Ganz alleine stand sie dort vorn, bleich und verhärmt, eine elende, vom Hunger gezeichnete Gestalt. Aber um ihr Gesicht lag ein wundersames Strahlen, ihre Augen waren voller Erwartung in die Ferne gerichtet, und in ihrer Stimme vibrierte Jubel.

»Ich habe mit Königen gespeist und unter Fürsten gelebt. Ich trug Geschmeide und seidene Kleider. Ich hatte Diener, die mir jeden Wunsch erfüllten, und musste nie von meiner Hände Arbeit leben. Mir mangelte es an nichts; was ich brauchte, besaß ich im Überfluss. Und dennoch hungerte und dürstete, fror und litt meine Seele. Trotz meines Reichtums habe ich all die Jahre versucht, demütig nach Gottes Willen zu leben. Ich habe gegeben, was ich besaß, habe Entsagung geübt in vielen Dingen. Ich habe getan, was ich tun konnte, um meinen heiligen Ahnen, die über mich wachen, gerecht zu werden. Ich habe mich erniedrigt und bin in die Hütten der Ärmsten gegangen. Ich habe meinen Ekel überwunden und die Schwären der Aussätzigen geküsst. Ich habe meine Jungfräulichkeit geopfert, meinem geliebten Ehewirt Gehorsam geleistet und ihm unter Schmerzen drei Kinder geboren. Er war der Freund meiner Seele, die Liebe meines Herzens, das Teuerste, was ich hatte. Jetzt, da er dort droben im Himmel ist und das Antlitz des Allmächtigen schauen darf, ist mir alle Welt mit ihm gestorben. Seither kann ich nicht mehr leben, wie es mir mein Gewissen aufträgt. Ich darf euch, den Bedürftigen, den Kranken, den Alten, nichts mehr geben. Ich darf mein Gelübde nicht mehr einhalten. Man hat versucht, mich von meinem Erlöser fortzureißen. Aber ich kann und will mich der schnöden, gottlosen Macht nicht beugen. Deshalb bin ich heruntergestiegen von meinem Platz dort droben auf der Burg und bin ins Elend gegangen. Denn mir gebührt kein anderer Ort auf Erden als dieser, ich bin die Geringste unter den Geringen. Wenn ich, aller Menschen Ärmste, zum Gebet gehe, so schmücke ich mich selber mit dem Unedlen meines Wesens und kleide mich mit dem Abschaum, der ich selber bin. Dann beschuhe ich mich mit der edlen Zeit, die ich verloren habe, alle meine Tage und gürte mich mit der Pein, deren ich schuldig worden bin, und hülle mich in den Mantel der Verderbnis, deren ich voll bin. Mein Haupt kröne ich mit einer Krone heimlicher Schande, durch die ich mich wider Gott vergangen. Dann nehme ich in meine Hand den Spiegel wahrhafter Erkenntnis und sehe darin, wer ich selber sei, und sehe darin leider nichts anderes denn alles, o weh.«

Die Leute sahen sich betroffen an. Was hatte das alles zu bedeuten? Was wollte die Landgräfin, diese seltsame Frau, die da in Lumpen vor ihnen stand und von der dennoch ein Leuchten ausging, als trüge sie am ganzen Leib Gold und Geschmeide?

Elisabeth sprach weiter: »Unser Erlöser sagt: ›Wenn jemand zu mir kommt und nicht Vater und Mutter, Frau und Kinder, Brüder und Schwestern, ja sogar sein Leben gering achtet, dann kann er nicht mein Jünger sein.‹ Ja, das ist der Wille des Herrn; nackt sollen wir unserem Erlöser nachfolgen. So soll es sein. Und darum will ich heute, vor euch allen und im Angesicht des Gekreuzigten, der über diesem Altar hängt, ein Gelübde tun. Hört: Ich schwöre der Welt ab. Ich sage mich los von allem, was mich ans Irdische bindet. Ich verzichte auf meine Familie, meine Verwandtschaft, meine Kinder, denn ich will niemanden mehr lieben als Gott allein. Ich verzichte auf meinen Stand, meine Würden und Titel. Ich verzichte …«

»Halt!«

Alle Köpfe fuhren herum. Das Kirchenportal war aufgerissen worden, und ein Mann stand wie ein schwarzer Geist im Gegenlicht, den Arm hoch erhoben. Nochmals rief er: »Halt!«

Ich hätte gar nicht hinsehen zu brauchen. Diese Stimme hätte ich unter tausend anderen erkannt. Aber ich drehte mich dennoch um. Ja, da stand er, in seiner dunklen Kutte, deren Kapuze er sich jetzt vom Kopf streifte. Obwohl ich ihn selber benachrichtigt hatte, traf es mich wie ein Schlag.

Konrad von Marburg war zurückgekommen.

Der Prediger ging mit festen Schritten durch das Mittelschiff zu Elisabeth, die wie erstarrt vor dem Altar stand. »Ich verbiete dir, deinen Besitzungen zu entsagen!«, donnerte er.

Eisenach, Karfreitag 1228

»Was hast du dir dabei gedacht, du törichtes Weib? Auf alles zu verzichten? Wovon hättest du denn leben wollen, wovon den Armen geben? Wie kannst du einen solchen Schritt tun, ohne mich zu fragen? Du hast mir Gehorsam in allen Dingen geschworen!« Konrad war weiß vor Wut.

Wir saßen in der Bohlenstube des Hellgrevenhofs, wohin der Prediger Elisabeth gebracht hatte. Ein Kachelofen verbreitete wohlige Wärme, und auf dem Tisch standen Becher mit heißem Würzwein. Es war das erste Mal seit zwei Monaten, dass wir nicht froren. Dennoch zitterte Elisabeth am ganzen Leib. »Ihr wart nicht da, Meister. Ich durfte mein Gelübde nicht mehr einhalten. Ich musste meine Entscheidung alleine treffen«, wagte sie zu erwidern.

»Du hättest warten müssen, mit allem!«, dröhnte Konrad. »Strenge Züchtigung hättest du verdient für deinen Eigensinn! Aber ich sehe, dass du dich kaum auf den Beinen halten kannst, also will ich Gnade vor Recht ergehen lassen.«

Sie neigte den Kopf. »Ich danke Euch, Vater.«

Er nickte knapp. »Von nun an werde ich mich um all deine Angelegenheiten kümmern. Ich habe deinetwegen an den Papst geschrieben und von ihm einen Schutzbrief erwirkt. Seine Heiligkeit nimmt dich und all deine Güter in seinen Schutz und bestimmt mich zum Konservator. Das heißt, ich nehme all deine Rechte für dich wahr.«

Ah, jetzt verstand ich. Natürlich kam es Konrad da nicht zupass, dass Elisabeth all ihren Besitztümern hatte entsagen wollen. Vermutlich hatte er irgendetwas damit vor. Schon jetzt verursachte mir des Predigers Gegenwart beinahe körperliche Übelkeit. Sah er denn nicht, wie es wirklich um Elisabeth stand? Erkannte er nicht, dass eine Veränderung mit ihr vorgegangen war? Ich konnte mich nicht zurückhalten. »Magister Konrad«, sagte ich, »die Landgräfin hatte eine Vision. Sie hat den Heiland gesehen und mit ihm gesprochen. Gott selber hat sie dahingeführt. Sie hat nichts Falsches getan.«

Er sah mich an, als wolle er mich mit Blicken durchbohren. »Stimmt das?«, fragte er Elisabeth.

Sie nickte. »Der Herr Jesus ist mir erschienen und hat mir versprochen, auf immer bei mir zu bleiben. Ich schwöre es. Meine Zofen waren Zeugen.«

Ich sah, wie Konrad nachdachte. »Darum wollte sie der Welt entsagen«, fügte ich hinzu.

»Und anschließend wäre sie verhungert«, knurrte Konrad. Aber sein Zorn war augenscheinlich verraucht. »Das wäre vor der Zeit«, murmelte er in sich hinein. Was um Himmels willen meinte er damit? Dass es passender wäre, wenn sie später stürbe?

»Meister«, wandte sich nun Isentrud an Konrad. »Was sollen wir nun tun?«

»Auf die Burg führt wohl kein Weg zurück«, sagte der Prediger. »Also bleiben nur drei Möglichkeiten: Die eine ist, bei Verwandten unterzukommen. Die andere, ins Kloster zu gehen. Und die dritte ist ein zurückgezogenes Leben als Klausnerin. Ich muss mich bedenken, was am besten ist. Schließlich ...«

»Ich will betteln gehen.« Elisabeths Stimme war klar und hell.

Konrad kniff die Augen zusammen: »Du willst was?«

Sie straffte den Rücken. »Ich will leben wie mein Herr Jesus.«

»Du bist ja verrückt!«, fauchte er. »Das ist Narrheit um Christi willen.«

»Was sonst soll der Heiland gemeint haben, als er zu mir gesagt hat, ich solle bei ihm sein?« Elisabeths alter Trotz erwachte wieder zum Leben.

Konrad von Marburg bemühte sich, seinen Zorn zu beherrschen. »Dies zu deuten solltest du mir überlassen. Ja, der Herr ist besitzlos umhergezogen. Aber die Nachfolge Christi kann auch im übertragenen Sinn gemeint sein!«

»Das verstehe ich nicht.«

Mit lautem Krachen ließ er die Faust auf den Tisch fallen. »Du willst nicht verstehen! Aber heilig werden, das willst du! Ich werde dir etwas sagen: Ohne mich und meine Hilfe wirst du das niemals erreichen, niemals! Wenn du jetzt bettelnd umherziehst und hungers stirbst, wird in einem Jahr keiner mehr nach dir fragen. Dieses Schicksal teilst du nämlich mit Tausenden. Allein ich kann dich zu deinem Ziel führen. Ich kann dich geistig anleiten, damit du nicht ins Ketzertum abgleitest – denn bedenke, dass auch die teuflischen

Katharer an die Armut glauben! Und ich kann dein Vermögen so einsetzen, dass du damit wirklich etwas für die Menschen bewirken kannst. Der päpstliche Schutzbrief ist der erste Schritt dazu. Wenn du mir nicht folgst, wirst du untergehen, sei gewiss! Und vergiss nicht, du hast mir Gehorsam in allen Dingen geschworen. Wenn du diesen Schwur brichst, indem du ohne meine Erlaubnis betteln gehst, kommt das einem Verbrechen gegen Gott gleich. Entscheide dich!«

Elisabeth saß da wie ein geprügelter Hund. Sie war sich so sicher gewesen. Gefreut hatte sie sich darauf, so zu leben wie Jesus Christus. Sie hatte geglaubt, sie habe ihren Weg endlich gefunden. Und nun kam ihr Beichtvater und zerstörte alles. »Warum nur glaubt mir niemand, dass auch ich weiß, was meine Bestimmung ist?« Sie ballte die Fäuste. »Immer habe ich die Wünsche und Befehle anderer befolgt. Meine Eltern, Zieheltern, mein Ehemann, mein Schwager, Ihr – hat jemals einer gefragt, was ich möchte? Keiner von euch hat mich jemals ernst genommen. Aber Gott nimmt mich ernst. Er hat sich mir offenbart, hat mich gerufen. Und Ihr wollt nun verhindern, dass ich tue, was er von mir verlangt?«

Der Prediger ließ ihren Ausbruch ruhig über sich ergehen. Dann antwortete er: »Wie kannst du an Gottes Willen zweifeln, der den Mann als Muntwalt über das Weib gesetzt hat? Er selber hat mich gesandt, dir zu helfen und dich zu erheben.« Mit einem Kopfschütteln stand er auf; wie ein schwarzes Tuch fiel sein Schatten über Elisabeth, die auf ihrem Stuhl zusammengesunken war. »Nun gut, Frau Elisabeth. Ihr habt die Wahl. Entweder Ihr folgt Eurem Gehorsamsschwur, oder Ihr löst ihn hier.«

Es war einen Augenblick ganz still im Raum. Von draußen hörte man die ersten Vogelstimmen des Frühlings. Jemand sang ein Kinderlied. Guda und Isentrud saßen mit angespannten Mienen da. Ich weiß nicht, was ich mir damals erhoffte oder wünschte. Ich nahm einfach Elisabeths Hand und wartete auf ihre Entscheidung.

Ihre Stimme zitterte, als sie zu Konrad aufsah und sagte: »Aber Ihr schickt mich nicht ins Kloster?«

Konrad wusste, dass er gewonnen hatte. »Vertrau mir«, sagte er süßlich, »ich werde alles regeln. Zuerst muss ich mit deinem Schwager verhandeln. Du brauchst eine Abscheidung. Und dann können wir in aller Ruhe überlegen, was wir damit tun. Hör auf nachzudenken. Ich bin ja nun da.«

Unsicher sah Elisabeth den Prediger an. »Lasst Ihr mich dann wenigstens in Armut leben?«

»Ich werde so handeln, wie es am besten für dich ist, das verspreche ich.«

Da nickte sie. »Dann, Meister, will ich Euch folgen, so wie ich es geschworen habe.«

Er wandte sich zur Tür. »Gut. Geh jetzt in deine Behausung und warte auf meine Nachricht.«

Langsam gingen wir heim. Elisabeth sprach kein Wort, sie wirkte müde und kraftlos. Konrad hatte sie wieder völlig in seine Hand bekommen. Es war beängstigend, wie mühelos es ihm wieder einmal gelungen war, sie seinem Willen zu unterwerfen. Ich hatte das Gefühl, er konnte sie zu allem bringen – wenn er ihr befohlen hätte, vom Kirchturm zu springen, hätte sie es wohl auch getan. Dennoch fühlte ich mich erleichtert, denn jetzt würde wenigstens eine Lösung kommen. Schließlich konnte es nicht so weitergehen wie bisher. Alles, was Konrad seinem Mündel nun vorschlagen würde, konnte nur besser sein als das elende Leben in einem schmutzigen Schweinestall oder auf der Straße.

Als wir zu Hause ankamen, wartete dort eine weitere Überraschung auf uns. Mechtel und ihre Kinder hockten am Tisch und stopften süße Wecken in sich hinein. Bei ihnen saß eine fremde Frau in der Tracht der Benediktinerinnen. Als sie uns hereinkommen sah, erhob sie sich zu stattlicher Größe und Leibesfülle und fragte mit tiefer Stimme: »Welche von euch ist Elisabeth?«

Elisabeth trat vor. »Tante Mechthild?«, fragte sie ungläubig.

»Wer sonst?«, brummte die Äbtissin und schüttelte beim Anblick ihrer Nichte angewidert den Kopf. »Du meine Güte, es ist ja noch schlimmer, als man mir berichtet hat. Nur noch Haut und Knochen.« Sie zog eine Strähne von Elisabeths Haar durch ihre Finger. »Und Läuse. Heilige Einfalt!«

Elisabeth schämte sich sichtlich. »Tante, ich …«

»Schweig! Ich will gar nichts hören.« Mechthild von Andechs erhob sich ächzend. »Hier kannst du jedenfalls nicht bleiben. Das ist ja eine Schande für die ganze Familie. Weißt du, dass man an allen Höfen im Reich über dich redet? Sie zerreißen sich das Maul über dich! Ganz und gar verrückt seist du geworden, sagen sie! Und wenn ich dich so sehe, dann weiß ich nicht, ob sie nicht recht haben.« Die Äbtissin winkte ab. Dann wandte sie sich an mich und die anderen beiden Dienerinnen. »Sputet euch, packt eure Sachen, wir fahren!«

»Wohin?«, wagte Elisabeth zu fragen.

»Nach Kitzingen«, antwortete Mechthild und stemmte die Arme in die Hüften. »Und zwar sofort. Und vergesst nicht die Ziege für die Kleine.«

Elisabeth war nun endgültig so erschöpft und verwirrt, dass sie gar nichts mehr sagen konnte. Konrad, das gescheiterte Gelöbnis, ihre Tante, das war zu viel. »Ich …«, stotterte sie, »ich … weiß nicht … was soll ich …«

Isentrud kam ihr zu Hilfe. »Wir müssen erst ihren Beichtvater fragen, dem sie zu Gehorsam verpflichtet ist.«

Mechthild wedelte mit der Hand. »Schon gut, macht das.«

Isentrud rannte los.

Eine Stunde später saßen wir im Reisewagen der Äbtissin und waren unterwegs nach Kitzingen. Nun würden andere sich um uns kümmern.

Drittes Buch

Soror in Saeculo

Gisa

Keine drei Wochen später saßen wir wieder in der Kutsche. Elisabeth hatte es innerhalb kürzester Zeit fertiggebracht, sich im Kloster unmöglich zu machen. Ihr Widerstand gegen das angenehme Leben, das ihr die Tante bot, hatte schon damit begonnen, dass sie sich geweigert hatte zu baden. »Die Armen können sich auch kein Bad leisten!« Das waren ihre Worte gewesen. Danach war sie weiterhin schmutzig und verlaust in ihren alten Lumpen herumgelaufen und hatte die Nonnen damit vor den Kopf gestoßen. Natürlich lehnte sie auch sämtliche ihr angebotenen Speisen ab, nachdem diese ausnahmslos von Abgaben der Hintersassen stammten.

Die wütende Äbtissin hatte Elisabeth am Ende vor die Wahl gestellt, entweder den Schleier zu nehmen, sich anzupassen und bei den Benediktinerinnen zu bleiben, oder das Kloster zu verlassen. »Wir können keinen Störenfried hier brauchen.« Das waren ihre knappen Worte.

»Dann muss ich gehen«, hatte Elisabeth geantwortet. Sie war schon so weit gegangen, sie ließ sich nicht mehr beugen. Und nun waren wir auf dem Weg nach Bamberg zu ihrem Onkel Ekbert. Sophie ließen wir bei ihrer Großtante, hier würde sie gut aufgehoben sein. Hermann dagegen hatten wir dabei – sein sechster Geburtstag, ab dem er nicht mehr bei den Nonnen würde bleiben können, stand ja unmittelbar bevor.

Bischof Ekbert von Bamberg war ein weitberühmter Mann und einer der mächtigsten Geistlichen im Reich. Er hatte im letzten Jahr die Kreuzfahrer bis nach Süditalien begleitet, war aber vor Ludwigs Tod wieder umgekehrt. Seine größte Unternehmung, an der sein ganzes Herz hing, war der Bau eines neuen Doms in seiner Stadt Bamberg, nachdem der altehrwürdige Heinrichsbau abgebrannt war.

Ekbert empfing uns in vollem Ornat und mit allen Ehren an seinem Bischofssitz. Er war ein ehrfurchtgebietender Mann von bald sechzig Jahren, mit dichtem, schlohweißem Haar und rundlichem Gesicht. Auf den ersten Eindruck hin wirkte er freundlich und einnehmend, aber seine harten, stechend grauen Augen verrieten den Machtmenschen. Wie erwartet, war auch er über Elisabeths Aufzug entsetzt, aber er behielt dennoch seine anfängliche Liebenswürdigkeit: »Hat man dir zu Kitzingen denn nichts zum Anziehen gegeben, Kind?«, fragte er besorgt. »Was möchtest du? Eine schöne graue Witwentracht oder lieber einen dunklen Surkot? Ich lasse dir gleich alles bringen!«

»Dank dir, Onkel«, antwortete Elisabeth, »aber ich bleibe gern so, wie ich bin.«

Er runzelte die Stirn, ließ uns aber dann ohne Erwiderung in unsere Gemächer bringen. Dabei hörte ich, wie er zu seinem Secretarius sagte: »Armes Ding, es steht schlimmer um sie, als ich geglaubt habe. Der Tod ihres Gatten hat sie wohl schrecklich getroffen. Nun, wir werden sie schon auf andere Gedanken bringen.«

Er sollte sich täuschen.

Nachdem die Hofhaltung in Bamberg damals nicht bewohnbar war, weil diese eben umgebaut und erweitert wurde – man hatte die Verbindung der Bischofsresidenz zum Dom abgebrochen und alles war eine einzige Baustelle –, brachte Ekbert uns im alten Herzogshof in der Domgasse unter. Wie früher saßen wir vor dem flackernden Kaminfeuer, erzählten uns Geschichten, sangen und machten Handarbeiten. Nach der entbehrungsreichen Zeit im Elend war uns jetzt erst bewusst, wie gut es uns immer gegangen war, und wir kosteten das fürstliche Leben und die Bequemlichkeit aus. Dies umso mehr, als wir fürchteten, dass es nicht lange dauern würde. Früher oder später würde sich Elisabeth auch mit ihrem Onkel überwerfen. Und dann war da ja noch Konrad von Marburg, der in Thüringen mit Heinrich Raspe über Elisabeths Abschichtung verhandelte und irgendwann endgültig darüber Nachricht geben würde, wie es weiterging.

In den ersten Tagen lief Elisabeth unruhig im Frauenzimmer auf und ab. »Wie soll ich es hier aushalten?«, fragte sie.

»Sieh es als Zeit des Übergangs an«, riet ich ihr. »Warte ab, bis Konrad von Marburg kommt und endgültig entscheidet, wie alles weitergeht. Bis dahin lass es doch einfach gut sein, iss und trink und erhol dich.«

Aber das konnte sie nicht. Sie weigerte sich, in ihrem Himmelbett zu schlafen, und verbrachte die Nächte mit einer Decke auf dem Boden. Sie aß nicht vom edlen Teller, sondern erbat sich altbackene Brotscheiben als Unterlage, wie sie die einfachen Leute benutzten. Und sie erbat sich von ihrem Onkel eine kleine Summe Geldes, um ihren Unterhalt selber bestreiten zu können und nicht von der bischöflichen Tafel speisen zu müssen. Der schüttelte zwar den Kopf, ließ ihr aber in Gottes Namen eine Schatulle mit Münzen bringen, die bei unserem kärglichen Lebenswandel für mindestens fünf Jahre gereicht hätten. Sie behielt einen kleinen Teil davon, den Rest verteilte sie in der Domgasse an Bettler, wir konnten es nicht verhindern.

Bischof Ekbert war ein Mensch, dem seine Familie über alles ging; er besuchte uns jeden Tag und brachte immer kleine Geschenke oder Näschereien mit. Er versuchte, Elisabeth über den Verlust ihres Gatten hinwegzutrösten, sprach mit ihr über Glaubensdinge und irgendwann auch ganz vorsichtig über ihre Zukunft. »Wie soll es nun mir dir weitergehen, meine Liebe?«, fragte er eines Tages. »Du bist noch so jung, überlege dir doch, ob es nicht das Beste wäre, du würdest wieder heiraten. Du kennst doch den Brief des Timotheus? Dort steht: ›Deshalb will ich, dass jüngere Witwen heiraten, Kinder zur Welt bringen, den Haushalt versorgen und den Übelwollenden keinen Anlass zu böser Nachrede geben‹. Du bist aus dem edlen Hause Andechs, eine Königstochter gar! Und weißt du, ich habe ja damals schon deine Ehe mit Ludwig von Thüringen in die Wege geleitet, da werde ich bestimmt einen guten zweiten Ehewirt für dich finden.«

Elisabeth saß stocksteif da. »Ich habe gelobt, nach Ludwig keinen Mann mehr zu nehmen, das weißt du doch, Onkel.«

Ekbert machte eine wegwerfende Handbewegung. »Papperlapapp, Kindchen. Ein derartiges Gelübde stand dir nie zu. Schließlich bestimmt bei uns schon immer die Familie über solche Dinge, und das zu Recht.« Er zwinkerte seiner Nichte zu. »Ei, man sagt, dass ihr beide ein, äh, reges eheliches Leben gepflegt habt. Das ist recht, dafür hat Gott Mann und Frau geschaffen. Und ich glaube, das fehlt dir. Deshalb hast du vielleicht manchmal wirre Vorstellungen über deine Zukunft. Es heißt ja, dass aus einer ausgetrockneten Gebärmutter schlechte Säfte ins Hirn aufsteigen und die Weiber schwierig machen. Nein, sag jetzt nichts, Kleines, du musst dich dessen nicht schämen. Aber ich denke, es ist an der Zeit, dass ich mich nach einer guten Verbindung für dich umsehe, damit du gleich nach Ende des Trauerjahres heiraten kannst. Und ich wüsste da schon einige sehr ordentliche Bewerber …«

Es hielt Elisabeth nicht mehr auf ihrem Stuhl. »Nein«, rief sie und sprang auf. »Das ist völlig unmöglich! Außerdem bin ich dem Willen des Konrad von Marburg unterworfen, er muss darüber entscheiden, was geschehen soll.«

Ekbert hob den Zeigefinger. »Ich bin dein nächster männlicher Verwandter, nicht der Marburger. Wenn, dann stehst du unter meiner Munt.«

»Trotzdem werde ich nicht heiraten!«

»Aber warum denn um Himmels willen?« Der Bischof war jetzt sichtlich beleidigt, eine tiefe senkrechte Falte hatte sich auf seiner Stirn gebildet.

»Weil ich mir meine Keuschheit bewahren will.«

Ekbert breitete die Arme aus. »Aber Nichte, mit Verlaub, du hast deine Keuschheit doch längst verloren. Und bedenke, du hast auch eine Verpflichtung gegenüber deiner Familie, die dich liebt und nur das Beste für dich will.« Er zog Elisabeth wieder auf den Stuhl neben sich und beugte sich vertraulich zu ihr hinüber. »Ganz im Vertrauen, aus Italien hört man, dass die kleine Isabella, das arme Ding, von der Schwangerschaft so geschwächt und krank ist, dass sie die Geburt wohl nicht überleben wird. Den Brief an Herrn Friedrich habe ich schon aufgesetzt; sobald die Nachricht uns erreicht, schicke ich einen Eilboten los …«

»Den Kaiser soll ich heiraten? Diesen gottlosen Menschen, der an nichts glaubt? Der den Kreuzzug verweigert hat und deshalb in Bann ist? Der so viele Weiber hat wie andere Flöhe am Leib?« Elisabeth schrie fast. »Das kann nicht Euer Ernst sein, Onkel!«

»Du stellst meine Geduld auf eine harte Probe, Elisabeth.« Ekbert war nun richtig zornig. »Was um alle Welt kann sich eine Frau noch wünschen, als Kaiserin zu sein?« Er stand auf. »Nun, denke darüber nach. Ich werde dich bei meinem nächsten Besuch noch einmal fragen.«

Elisabeth erhob sich ebenfalls. »Das brauchst du nicht, Onkel«, sagte sie ganz ruhig. »Mein Glaube an Gott, der mein Gelübde über die Enthaltsamkeit kennt, ist so fest, dass ich es im Vertrauen auf seine Barmherzigkeit für unmöglich halte, dass er nicht meine Keuschheit gegen alle menschliche Absicht und Gewalt bewahren würde. Selbst wenn Ihr mich gegen meinen Willen jemandem übergeben würdet, würde ich mit aller Kraft widerstehen. Und wenn ich keinen anderen Ausweg hätte, würde ich mir die Nase abschneiden, dann wollte mich keiner mehr haben.« Ihre Augen blitzten, während sie so dastand und ihrem Onkel die Stirn bot.

War es also wieder einmal so weit. Ich konnte mir nicht helfen, in mir stieg der Zorn hoch. Warum konnte Elisabeth nicht wenigstens ein klein bisschen versöhnlich sein? Dass sie ihren eigenen Weg gehen wollte, konnte ich ja verstehen, aber musste sie sich deshalb mit allen Menschen überwerfen? Ihr Onkel hatte ihr bisher nur Gutes getan, er meinte es nicht schlecht. Mit ein wenig Freundlichkeit hätte man ihn vielleicht zu einer anderen Lösung überreden können. Aber so?

»Musst du denn immer alle vor den Kopf stoßen?«, fragte ich Elisabeth.

Und da fuhr sie mich an: »Es kommt dir nicht zu, über mich zu urteilen, Gisa. Was ich sage und tue, ist meine Sache und die meines Beichtigers. Und die des Allmächtigen. Wenn dir das nicht recht ist, steht es dir jederzeit frei zu gehen.«

So hatte sie noch nie mit mir geredet. Ich war so erschrocken, dass mir die Tränen in die Augen stiegen. »Heißt das, du willst mich nicht mehr haben, weil ich dir nicht nach dem Mund rede?« Ich konnte es nicht fassen.

Sie sah mich an, und plötzlich wurde ihr Blick wieder weich. Jetzt erst wurde ihr wohl bewusst, was sie gesagt hatte. Mit einem kleinen Aufschrei zog sie mich in ihre Arme, küsste und herzte mich. »Verzeih mir, Gisa«, stammelte sie, »ich wollte dir nicht weh tun. Und du musst bei mir bleiben. Ich brauch dich doch!«

Jetzt weinten wir beide.

Wo ging es nur mit uns hin?

Eine Woche später erschien der Bischof ohne Vorankündigung in unserer Kemenate und teilte Elisabeth seine Entscheidung mit: »Ihr werdet noch heute aus Bamberg abreisen, Frau Elisabeth«, fauchte er. »Mein Reisewagen wird Euch auf die Burg Pottenstein bringen, wo ihr genügend Zeit haben werdet, über Euer Verhalten und Eure Zukunft nachzudenken. Und wenn Ihr dann zur Vernunft gekommen seid und bereit seid, der Familie keine Schande mehr zu machen, lasst es mich wissen. Bis dahin gehabt Euch wohl.« Er wandte sich brüsk ab, drehte sich aber noch einmal um. »Ach ja, Euren Sohn werde ich in meiner Obhut behalten, das ist besser für den Jungen.« Dann war er fort.

Wir rafften unsere wenigen Habseligkeiten zusammen, und eine Stunde später saßen wir schon in der Kutsche. Elisabeth sprach wenig, sie sah die meiste Zeit aus dem Fenster und hing ihren Gedanken nach. Ich war ratlos und niedergeschlagen, Isentrud ebenso, und selbst Guda machte ein düsteres Gesicht. Überall schickte man uns fort. Unser Schicksal wurde immer ungewisser.

Burg Pottenstein, Mai 1228

Die Burg hockte auf dem nackten Felsblock wie ein Raubvogel auf seinem Nest. Hoch über dem Tal thronte sie, nur über einen schmalen, steilen Aufstieg zu erreichen. Von hier aus überwachten die Burgmannen des Bischofs gleich zwei Täler, der Blick reichte weit über die Hügel ins Land hinein.

Raimund von Kaulberg beschattete seine Augen mit der Hand gegen die untergehende Sonne. Dort droben also. Dort hielt sich Elisabeth von Thüringen auf, angeblich auf eigenen Wunsch. Sie habe die Stille eines abgelegenen Ortes gesucht, hatte ihr Onkel, der Bischof, ihm zu Bamberg erzählt. Hier waren die Kreuzfahrer nach zweimonatigem Ritt angekommen, nachdem sie bereits in Nürnberg die Kunde ereilt hatte, die Landgrafenwitwe hielte sich in der Domstadt auf. Verstoßen habe man sie, behaupteten die einen. Sie habe ihre Krone abgelegt und sei herabgestiegen in den Staub zu den Armen, erzählten die anderen. Raimund wusste nicht, was er glauben sollte. Aber ganz gleich, was nun die Wahrheit war, die Gebeine des Landgrafen mussten zuerst seiner Witwe übergeben werden, nicht seinem Bruder Heinrich Raspe.

Die anderen Ritter waren mit den beiden Kisten in Bamberg geblieben, während er nach Pottenstein aufgebrochen war, um die Nachricht von ihrer Ankunft zu überbringen. Er hatte sich nicht um diese Aufgabe gerissen, aber einer musste es schließlich tun, und man hatte ihn gewählt, weil Elisabeth ihn immer gemocht hatte. Jetzt trieb er seinen Hengst den steinigen Steig zur Burg hoch, gefolgt von Primus auf seiner dicken Stute und Miriam auf einem gutmütigen, kleinen Fuchswallach, den sie zu Otranto für sie gekauft hatten.

Der Torwart ließ sie ein, sobald er das weiße Kreuz auf Raimunds Umhang erkannt hatte. Noch im Hof empfing sie Heiner von Pottenstein, der bärbeißige alte Burgvogt, mit einer höflichen Verbeugung. Die Landgrafenwitwe bewohne zusammen mit ihren Zofen eine Kemenate im Turm, erklärte er. Nur auf Befehl des Bischofs könne er Besucher vorlassen.

Raimund überreichte ihm ein gesiegeltes Schreiben, das sich der Vogt von seinem Kaplan vorlesen ließ. Danach atmete der Pottensteiner sichtlich auf. »Ah, Ihr nehmt sie wieder mit nach Bamberg, eine gute Nachricht«, meinte er. »Dies hier ist schließlich eine Amtsburg, keine Verwahrstätte für störrische Verwandte. Und erst recht kein Kloster! Lieber Himmel, die ständige Beterei, und Weiber machen immer so viele Umstände! Nur zu, Herr Raimund, Ihr findet Frau Elisabeth in der Kapelle dort drüben.« Er deutete auf ein winziges Kirchlein in der Südostecke des Hofs.

Raimund schickte Primus mit den Pferden zur Zisterne und sah hinüber zur Kapelle. Von weitem beobachtete er, wie sich die kleine Spitzpforte öffnete und eine Frau mit einem Bündel in der

Hand heraustrat. Sie trug ein blaues Kopftuch und ein einfaches hellgrünes Kleid, das sich im warmen Maiwind blähte. Ohne aufzuschauen lenkte sie ihre Schritte zum Turm. Noch konnte Raimund ihr Gesicht nicht erkennen – aber dann fiel sie ihm auf, diese winzige, kaum wahrnehmbare Unregelmäßigkeit beim Gehen, den kleinen, ausgleichenden Schwung der Hüfte, und er wusste, wen er vor sich hatte. Sein Herz tat einen kleinen Sprung. Ausgerechnet sie war es, sie traf er als Erste!

»Gisa!«, rief er, und dann noch einmal, lauter: »Gisa!«

Sie blieb stehen und wandte sich ihm zu. Er sah, wie sie zögerte. Dann hob sie die Hand über die Augen, um genauer hinzuschauen. War er es wirklich? Konnte es wahr sein? Ihre Augen weiteten sich. Sie machte ein paar Schritte, nur um erneut ungläubig blinzelnd stehen zu bleiben. Und dann, mit einem kleinen Freudenschrei, warf sie ihr Bündel weg und rannte ihm entgegen. Lachend fing er sie in seinen Armen auf, ihr Kopftuch rutschte nach hinten und gab eine Woge hellblonder Haare frei. »Lieber Gott, seid Ihr's wirklich?«, rief Gisa. »Ach, ich bin so froh, so froh! Euch schickt der Himmel!«

Raimund schnürte es die Kehle zusammen vor lauter Glück! Das Gefühl, sie in den Armen zu halten, erfüllte ihn mit einer Seligkeit, die er vergessen geglaubt hatte. Er genoss es, sie zu spüren, den Duft ihres Haars zu riechen. »Gisa, meine Kleine!«, flüsterte er rau. Einen kurzen Augenblick kostete er die Berührung noch aus, dann erschrak er, wie mager sie sich unter dem Kleid anfühlte. Er hielt sie ein Stück von sich weg. »Du lieber Gott, dünn seid Ihr geworden!«

Sie sah ihn mit gespielter Entrüstung an. »Ist das alles, was Euch bei unserem Wiedersehen nach so langer Zeit einfällt, Herr Ritter?«

Er grinste verlegen und versuchte vergeblich, sich dem Zauber ihres Blicks zu entziehen. »Verzeiht, Gisa. Natürlich wollte ich sagen, dass Ihr noch schöner geworden seid, als ich Euch in Erinnerung hatte.« Das meinte er wirklich. Ihr schlanker Körper hatte endgültig alles Kindliche verloren, das dichte Haar fiel ihr wie schimmernde Seide über die Schultern, ihre Lippen glänzten rot und lockend. »Und ich bin froh und glücklich, Euch wiederzusehen«, fügte er hinzu.

Sie nahm seine Hände. »Ich danke Gott, dass Ihr wohlbehalten wieder da seid. Ei du lieber Gott, und da ist ja Primus!«

Mit einem kleinen Juchzer fiel sie dem schlaksigen Jungen um den Hals, der sie inzwischen um mehr als Haupteslänge überragte. Primus lief rot an, dann schob er verlegen Miriam nach vorn. »Jungfer Gisa – das ist Miriam aus Akko. Vater Berthold hat uns in Italien zusammengegeben.«

Gisa umarmte auch Miriam. »Ach, ist das ein Glück, ich kann's kaum fassen! Kommt schnell, wir müssen gleich zu den anderen! Wie werden sie sich freuen!«

Sie zog die drei energisch zur Kapelle und öffnete das Pförtchen. »Elisabeth, Guda, Isa – ihr glaubt nicht, wer da ist!«

Später saßen sie vertraut in der Kemenate zusammen, fast so wie in alten Zeiten. Raimund hatte die schmerzliche Botschaft überbracht, und Elisabeth hatte in seinem Arm geweint. Den ganzen Abend redeten sie. Raimund sprach über den Kreuzzug und die letzten Tage des Landgrafen, und die Frauen schilderten ihm ihr Schicksal der vergangenen Monate. Als schließlich das Feuer im Kamin niedergebrannt war, gingen sie zu Bett. Am nächsten Morgen wollten sie in aller Frühe nach Bamberg aufbrechen, wo Ludwigs sterbliche Überreste auf Elisabeth warteten.

Raimund konnte lange nicht einschlafen. Ihm war immer noch, als hielte er Gisa in den Armen. Den ganzen Abend hatte er den Blick kaum von ihr wenden können. Jeden Augenblick ihres Zusammenseins hatte er genossen. Und doch hatte er sich innerlich zerrissen gefühlt. Wie konnte er an diesem Abend glücklich sein im Schatten von Elisabeths Trauer? Wie konnte er verliebt sein, wo zu Bamberg Ludwigs Knochen in zwei Kisten verteilt auf seine Witwe warteten? Die Freude über seine Heimkehr, das Glück, Gisa wiederzusehen – beides schmeckte bitter angesichts der Totenrückkehr seines Herrn.

Diesmal nahmen sie nicht den Reisewagen, sondern ließen sich vom Burgvogt Pferde satteln. Es wurde ein beschwerlicher Ritt, aber sie schafften es in anderthalb Tagen bis nach Bamberg, wo sie müde und staubig ankamen. Man brachte sie auf Anweisung

Ekberts wieder in den Herzogshof; hier konnte sich Elisabeth am Abend noch einmal fassen und auf die schwere Stunde am nächsten Morgen vorbereiten. Die Frauen begaben sich deshalb gleich nach der Ankunft in ihre Gemächer, während Raimund nach einem ordentlichen Abendmahl eine Kammer im Seitentrakt bezog. Primus und Miriam richteten sich wie immer bei den Pferden ein.

Die Nacht war windig und mondhell. Über der Stadt strahlte ein klarer, funkelnder Sternenhimmel und goss sein milchiges Licht über die Dächer. Das Lied des Nachtwächters klang durch die Gassen.

Raimund lag mit offenen Augen auf seiner Bettstatt und dachte an den kommenden Tag. Nachdem er sich vergeblich von einer Seite auf die andere gewälzt hatte, stand er mit einem Seufzer auf, ging zum Fenster und sah in den Garten hinunter. Er schnupperte: Es roch nach frischem Grün und Maiglöckchen. Die Zweige der alten Linde bewegten sich im Wind, und auf der Gartenmauer leuchteten gelb die Augen einer Katze. Ein Rascheln lenkte seinen Blick zu der steinernen Säule beim Rosenbeet.

Da stand sie, reglos, fröstelnd, den Umhang eng um sich gezogen. Das Haar hing ihr wie ein Schleier bis zu den Hüften, im Mondlicht glänzte es wie blankes Silber. Raimund konnte sich kaum sattsehen an ihrem Anblick, es zog ihn mit aller Macht zu ihr hinunter. Hastig schlüpfte er in Hemd und Hosen, griff sich eine Decke und lief suchend durch die Gänge, bis er die Gartenpforte gefunden hatte.

Er näherte sich Gisa auf leisen Sohlen. Als er nur noch ein paar Schritte entfernt war, rief er sie an, um sie nicht zu erschrecken. Sie drehte den Kopf und lächelte, schien gar nicht überrascht. Er trat näher und legte ihr von hinten die Decke um die Schultern. »Ich hab Euch vom Fenster aus gesehen«, sagte er sanft. »Was macht Ihr denn so spät noch hier draußen? Seid Ihr gar nicht müde?«

Sie blickte nach oben. »Ich schaue den Mond an. Heute scheint er so nah.«

Er lächelte. »Es sieht aus, als ob er genau auf der Turmspitze des Michelsklosters säße.«

Eine Weile standen sie still da. Fledermäuse schossen auf der nächtlichen Jagd über ihren Köpfen hin und her, irgendwo rief ein Käuzchen.

»Ich habe oft an Euch gedacht auf der Kreuzfahrt«, sagte Raimund. »Obwohl Ihr mir diesmal keine Schneekugel mitgegeben habt.«

Gisa bückte sich und pflückte ein Maiglöckchen. »Ich habe für Euch gebetet«, erwiderte sie. »Für euch alle. Aber Ludwig hat es nicht geholfen.«

Er senkte den Kopf. »Nein.«

Sie drehte sich zu ihm um. »Ach, Raimund, was soll nur aus Elisabeth werden, jetzt, wo er tot ist?«

»Heinrich Raspe würde sie wohl am liebsten im Kloster sehen. Aber wie ist es mit Euch? Würdet Ihr Eurer Herrin dorthin folgen?«

»Nein!« Das kam aus tiefstem Herzen. »Ich will nicht hinter Mauern verrotten. Ich will keine Gebete und Langeweile bis zu meinem Ende. Ich will leben. Versteht Ihr das, Raimund?«

Er holte tief Atem, dann wagte er es. Langsam hob er die rechte Hand und strich mit dem Zeigefinger über ihre Wange. »Ja«, flüsterte er, »das verstehe ich gut. Ihr seid jung und schön und lebendig. So lebendig, dass Ihr auch mich wieder zum Leben erweckt.«

Sein Finger glitt ihren Hals hinab. Sie hielt still, beinahe andächtig spürte sie seiner Berührung nach.

Und dann küsste er sie.

Alles hatte er erwartet, nur nicht die Leidenschaft, mit der sie seinen Kuss erwiderte. Es dauerte lange, bis sie sich atemlos voneinander lösten.

»Darauf habe ich gewartet, seit ich ein kleines Mädchen war«, sagte sie und strich ihm eine Haarsträhne aus der Stirn.

Er lachte. »Und ich Narr habe mir so lange Zeit gelassen. Komm her.« Er küsste sie noch einmal. Dann hörten sie eine Stimme vom Haus her. »Gisa? Bist du da draußen?«

Es war Isentrud.

»Ich muss hinein«, flüsterte Gisa und rannte los.

Raimund erwachte, als die Tür knarrend aufging. Im Dunkeln konnte er nichts sehen, aber er hörte das leise Tappen von Füßen. Es war ihr Schritt. Ein leises Rascheln von zu Boden gleitendem Stoff.

Dann war sie bei ihm. Ihr Körper war warm und fest und roch nach süßem Honig. Er spürte ihre Lippen auf seiner Haut und erschauerte. »Willst du das wirklich?«, fragte er heiser.

Sie nahm seine Hand und legte sie auf ihre nackte Brust. »Haben wir nicht schon genug Zeit verloren?«

Er zog sie an sich. »Dann lass uns heute Nacht alles nachholen, was wir je versäumt haben.«

Als er bei Sonnenaufgang aufwachte, war sie fort. Raimund war körperlich müde, aber er spürte eine innere Kraft, eine Zukunftsfreude, die er längst verloren geglaubt hatte. Jetzt konnte ihn nicht einmal mehr der Gedanke an Ludwigs Tod wirklich betrüben. Als er zusammen mit den Frauen den Herzogshof verließ, um zur Dombaustelle zu gehen, zwinkerte ihm Gisa heimlich zu. Er hatte nicht geträumt! Er lächelte zurück, doch dieses Lächeln wich sofort, als er Elisabeth im Dom vor Ludwigs Gebeinen knien sah. Die Zeremonie begann.

Noch am selben Tag brachen Raimund und die Thüringer Ritter auf. Der Landgraf sollte in der ludowingischen Grablege Reinhardsbrunn bestattet werden, wie es der Brauch war. An der Spitze des traurigen Zuges ritten Elisabeth und ihre Zofen. Die Beisetzung konnte schließlich nicht ohne die Witwe stattfinden.

Wie würde Heinrich Raspe sie empfangen?

Gebet Elisabeths von Thüringen bei der Weisung der Gebeine ihres toten Gatten, aus der Erinnerung Isentruds zitiert im »Libellus de dictis quattuor ancillarum«

»Herr, ich danke dir, dass du mir mit den so ersehnten Gebeinen meines Gatten barmherzig zum Tröster geworden bist. Du weißt: So sehr ich ihn auch liebte, ich will ihn, den Geliebtesten, dir nicht

neiden. Er hat sich auf seinen und meinen Wunsch zum Schutz des Heiligen Landes geopfert. Könnte ich ihn wiederhaben, so wollte ich ihn gegen die ganze Welt eintauschen, selbst wenn ich mit ihm betteln gehen müsste. Aber gegen deinen Willen möchte ich ihn – dafür bist du Zeuge – nicht um ein einziges Haar zurückkaufen. Nun empfehle ich ihn und mich deiner Gnade. An uns geschehe dein Wille.«

Gisa

Ich war glücklich wie noch nie in meinem Leben! Die Liebe meiner Kindertage, der Mann, von dem ich immer geträumt hatte, gehörte endlich mir! Am liebsten hätte ich gesungen und gejauchzt, getanzt und gelacht – stattdessen ritt ich mit Elisabeth, Guda und Isentrud an der Spitze des Trauerzugs hinter dem Katafalk.

In der Woche, die wir bis nach Thüringen brauchten, hatte ich viel Gelegenheit zum Nachdenken. Mein Ritter hielt sich bei den Männern auf, nur manchmal erhaschte ich einen liebevollen Blick von ihm oder konnte ihm von fern zuwinken. Noch in der ersten Nacht hatte er mich gefragt, ob ich seine Frau werden wollte. Fast hätte ich mein Ja herausgeschrien.

Nun aber begann mich mein Gewissen zu plagen. Bis jetzt hatte ich das Versprechen gehalten, das ich Elisabeth als Kind gegeben hatte. Doch unsere gemeinsame Zeit würde vorbei sein, wenn ich Raimund heiratete. Denn in ihrem Leben, ganz gleich wie es in Zukunft aussehen würde, war kein Platz für eine verheiratete Frau. Ich würde nicht bei ihr bleiben können. Dennoch – ich hatte meine Wahl längst getroffen. Ich wollte zu Raimund gehören, wollte Kinder, wollte ein eigenes Leben. Ich liebte Raimund. Elisabeth dagegen war mir in den letzten Jahren und Monaten immer fremder geworden. Dass sie bis auf das Jüngste ihre Kinder hergegeben hatte, konnte ich nicht begreifen. Auch ihre Rücksichtslosigkeit uns Zofen gegenüber machte mich zornig. Kein einziges Mal wurden wir gefragt, sie traf ihre Entscheidungen alleine, aber wir mussten ganz selbstverständlich mit. Spätestens seit ihrem Entsagungsschwur in der Eisenacher Michelskirche hatte ich das Gefühl, es ginge ihr nur noch um sich selbst. Eine beinahe gespenstische Ruhe hatte Besitz von ihr ergriffen, besonders stark empfand ich das bei der Öffnung der Schreine mit Ludwigs Gebeinen im Dom. Ja, sie hatte alles Weltliche aufgegeben. Würde es sie da überhaupt noch treffen, wenn sie auch mich an die Welt verlieren würde? Ich litt unter der Vorstellung, sie zu enttäuschen, ihr weh zu tun. Aber ich wusste auch eines: Ich wollte nicht mit Elisabeth in Armut und Elend bis zu den Toren des Himmels wandeln.

Am Pfingstsonntag kamen wir im Kloster Reinhardsbrunn an, wo schon Heinrich Raspe, die Landgrafenmutter Sophia und der daheimgebliebene thüringische Adel warteten. Es waren wirklich alle Getreuen da, um ihrem toten Landgrafen die letzte Ehre zu erweisen.

Und noch jemand war gekommen: Konrad von Marburg.

Ich sah ihn stets in der Nähe von Heinrich Raspe, mit dem er offenbar immer noch über Elisabeths Abschichtung verhandelte. Heinrich selbst würdigte mich immer noch keines Blickes, obwohl er mit seiner jungen Frau, die ebenfalls Elisabeth hieß, recht glücklich wirkte. Sie sprachen vertraulich miteinander, oft legte er seinen Arm um sie, und sie strahlte ihn an. Ich gönnte es ihm. Vielleicht würde ihn ja die Liebe zu einem besseren Menschen machen und ihn von seinem unseligen Weg abbringen, dem Ketzertum. Aber dann, als ich bei der großen Beisetzungsfeier zufällig in seine Nähe kam, sah ich den Ring an seiner Hand. Und wieder jagte mir der silberne Reif einen Schauer über den Rücken. Die ganze Zeremonie über konnte ich an nichts anderes denken als an die Luziferianer, Wido und das nächtliche Treffen, das ich zu Eisenach beobachtet hatte. Und da fiel mir auch wieder ein, wie Heinrich und dieser Galgenvogel Ortwin zu Schmalkalden verstohlen miteinander geredet hatten. Wofür hatte Heinrich Raspe damals bezahlt? Ich sah, wie er während der Feierlichkeiten mehrmals zu Elisabeth hinüberblickte, mit zusammengekniffenen Augen, in denen der blanke Hass stand. Es machte mir Angst.

Und als ich dann am Abend bemerkte, wie Konrad von Marburg ins landgräfliche Gemach ging – man hatte Heinrich die Räume des Abtes hergerichtet –, da schlich ich einfach hinterher. Ich traute weder Heinrich noch Konrad. Wer weiß, was sie gemeinsam ausbrüteten.

Natürlich stand ich vor verschlossener Tür. Drinnen hörte ich die Stimmen der beiden Männer, erst leise, dann lauter. Dem Tonfall nach stritten sie, aber ich konnte nichts verstehen. Dann, plötzlich, wurde die Tür aufgerissen; ich hatte gerade noch Zeit, in die nächste Wandnische hinter eine lebensgroße steinerne Figur zu huschen.

»Das kommt überhaupt nicht in Frage!«, brüllte Heinrich.

Vorsichtig lugte ich über die Schulter des Heiligen Johannes. Konrad von Marburg war hinter Heinrich hergerannt und hatte ihn am Arm gepackt. »Denkt doch einmal darüber nach«, sagte er in schmeichelndem Tonfall. »Wenn Ihr Frau Elisabeth die Abschichtung verweigert, wird das Euren Ruf im Reich schwer beschädigen. Schon jetzt erzählt man sich, Ihr hättet die Witwe Eures Bruders mit Gewalt vertrieben. Ihr kennt sie, sie hat sich vorgenommen, betteln zu gehen. Ich werde sie nicht daran hindern können. Und wie steht Ihr dann da?«

Heinrich schüttelte Konrads Arm ab. »Jeder weiß, dass sie verrückt ist.«

»Jeder weiß, dass sie die trauernde Witwe eines Kreuzfahrers ist. Was man ihr antut, tut man der heiligen Sache an! Sie steht unter dem Schutz des Heiligen Vaters in Rom! Wollt Ihr Euch mit den gottlosen Heiden auf eine Stufe stellen? Soll man von Euch sagen, Ihr habet keine Achtung vor dem Papst und der heiligen Mutter Kirche?«

Ich sah, wie Heinrich Raspe leicht zusammenzuckte. Ah, damit hatte der Prediger ihn unwissentlich gepackt! Das musste er natürlich unbedingt vermeiden. Er durfte auf keinen Fall in den Ruch kommen, unchristlich zu handeln oder den Glauben geringzuachten. Sonst brachte er sich und seine Katharerbrüder womöglich in tödliche Gefahr! Ich wartete gespannt auf seine Antwort.

»Niemand darf so etwas von mir behaupten!«, schnaubte er wütend. »Ich bin ein gut christlicher Fürst und stehe treu zu beiden, Kaiser und Papst. Aber das heißt doch nicht, dass ich unseren

Familienbesitz verschleudern muss! Schließlich habe ich auch eine Verantwortung als Oberhaupt der Ludowinger.«

Konrad nickte. »Das verstehe ich, Liebden. Aber wenn Ihr Frau Elisabeth ihr Wittum überlasst, so bedeutet das doch nicht, dass die Güter der landgräflichen Familie verlorengehen. Nach Elisabeths Tod wird alles wieder an Euch zurückfallen, wie Recht und Gesetz es vorschreiben.«

»Und was ist mit den zweitausend Pfund Silber, die Ihr fordert? Das entspricht dem Wert einer kleinen Grundherrschaft!«

»Die gehören zu Elisabeths Brautschatz, wie Ihr sehr wohl wisst. Und der Brautschatz steht einer Witwe zu. Sie kann ihn jederzeit öffentlich einfordern.«

»Ach, und das würde sie tun?«

Konrad breitete bedauernd die Arme aus. »Wenn es sein muss. Das heißt, ich als ihr vom Papst bestellter Defensor würde das tun. Als ihr Vormund.«

Heinrichs Kiefer mahlten. Ich sah ihm an, dass es ihm klargeworden war: Ihm blieb keine Wahl. Er ballte die Fäuste und zischte: »Ihr habt gewonnen, Magister Konrad. Es sei. Nur eines noch: Elisabeths Witwengüter liegen fast alle in Thüringen. Die möchte ich nicht aus der Hand geben. Ich biete ihr stattdessen Grundbesitz in Hessen an, der genauso viel wert ist. In Marburg beispielsweise.«

»Darüber können wir reden.«

»Und ich will von Euch die Garantie, dass Elisabeth der Familie keine Schande mehr macht. Dass sie weder betteln geht noch sonst irgendwie auffällig wird. Dass sie im Reich nicht schlecht von der Familie spricht. Und dass sie nie mehr Ansprüche gegen uns erhebt.«

Konrad nickte. »Ich gebe Euch mein Wort, Liebden. Mein Mündel wird sich tadellos verhalten, dafür sorge ich.«

»Gut. Ich baue auf Euch, Herr Magister«, antwortete Heinrich frostig.

»Wann wollen wir den Vertrag unterschreiben?« Konrad konnte nur schwer seine Befriedigung verbergen, ein kleines Lächeln spielte um seine Mundwinkel.

»Ich lasse ihn sofort aufsetzen; morgen früh können wir alles besiegeln.«

Konrad verbeugte sich. »Ich danke Euch, Herr Heinrich. Ihr seid wahrlich ein vernünftiger, kluger Mensch. Thüringen darf sich glücklich schätzen, einen solchen Landgrafen zu besitzen.«

»Eure Schmeicheleien könnt Ihr Euch sparen«, knurrte Heinrich Raspe und wedelte mit der Hand. »Geht jetzt, bevor ich es mir anders überlege.«

Konrad wandte sich um und ging ohne Eile den Gang entlang und die Treppe hinunter. Heinrich sah ihm noch nach, dann stapfte er in sein Gemach zurück und warf mit lautem Krachen die Tür zu.

Ich atmete erst einmal tief durch. Drinnen in Heinrichs Kammer blieb alles ruhig, also schlüpfte ich hinter dem Heiligen Johannes hervor und beeilte mich, zurück ins Frauenzimmer zu kommen. Ich lief zu Elisabeth und nahm ihre Hände. »Du bekommst die Abschichtung!«, rief ich.

Alles würde gut werden.

Noch am selben Abend besuchte uns Konrad von Marburg und teilte Elisabeth das Ergebnis seiner Verhandlungen mit. Selbstzufrieden saß er ihr gegenüber vor dem Kohlebecken und tätschelte ihr sogar einmal den Arm.

»Was soll ich aber nun mit all dem anfangen, Meister?«, fragte Elisabeth. »Ich habe meinem Besitz zwar nicht entsagt, aber ich will ihn auch nicht genießen. Ich will trotzdem in Armut leben, das wisst Ihr.«

»Das habe ich alles schon bedacht. Ich denke, ich habe eine gute Lösung gefunden«, entgegnete der Prediger, und ich spitzte die Ohren. Was war sein Plan? Er stocherte erst ein bisschen mit dem Schürhaken in den Kohlen, um uns auf die Folter zu spannen. Dann sagte er beiläufig: »Du wirst in Hessen ein Hospital bauen.«

»Ein Hospital?« Elisabeths Augenbrauen schnellten in die Höhe.

»Ein Haus für die Armen, die Alten, die Kranken. Dort wirst du leben wie eine Laienschwester – du wolltest ja schließlich nicht ins Kloster, nicht wahr? Aber außerhalb eines Klosters in Keuschheit eine Braut Christi in der Welt zu sein, das kommt dir entgegen. Du kannst zusammen mit deinen Schützlingen in völliger Armut leben, nicht besser gestellt als sie. Du kannst arbeiten und Gutes tun. Du kannst in Demut mit deinen Werken Gott gefällig sein.

Und mit den zweitausend Silbermark deiner Aussteuer lässt sich das Hospital über viele Jahre hinweg erhalten.«

Elisabeths Augen wurden weit. Das war besser, als den Schleier zu nehmen, besser als wieder verheiratet zu werden, besser als am Hof ihres Schwagers ein unchristliches Leben zu führen. Ihren größten Wunsch, Gott zuliebe Not zu leiden und bettelnd durch die Lande zu ziehen, würde sie nicht erfüllt bekommen, das hatte Konrad klargestellt. Ein Leben im Dienst der Bedürftigen kam dem, was sie sich erhoffte, noch am nächsten. Und sie hätte wieder ein Zuhause. Aber würde sie damit ihr Ziel der Heiligkeit erreichen?

»Nun, was sagst du, Elisabeth?« Konrad wurde ungeduldig.

Sie suchte nach Worten. »Meister, ich ... Ihr kennt doch meine höchste Hoffnung ... glaubt Ihr, dass Christus dann an meiner Seite bleiben wird? Dass er mich einmal erhöhen wird?«

Der Prediger schürzte die Lippen. »Ich glaube, dass es dem Herrn besser gefällt, wenn du dein Leben in tätiger Nächstenliebe verbringst. Ob und wie der Herr es dir lohnt, wird auch von dir abhängen. Davon, wie weit du bereit bist, dich im Dienst für die Menschen zu erniedrigen, wie weit du bereit bist, deine eigenen Bedürfnisse geringzuachten, wie weit du bereit bist, dich zu unterwerfen. Aber so wie ich dich kenne, wird es daran wohl nicht scheitern. Wenn du mir gehorchst, dann verspreche ich dir: Ich will dich zu Gott führen.«

Da glitt Elisabeth von ihrem Stuhl auf die Knie und küsste den Saum seines Gewandes. »Ich danke Euch, Meister Konrad. Ihr seid mein guter Engel.«

Am nächsten Morgen unterzeichnete Heinrich Raspe die Abschichtungsurkunde. Damit erhielt Elisabeth ein Grundstück und mehrere Äcker außerhalb von Marburg zur lebenslangen Nutzung sowie zweitausend Mark Silber, die in vier Teilbeträgen ausbezahlt werden sollten. Zwölf bedeutende Thüringer Adelige zeugten mit ihren anhangenden Siegeln.

Wir waren alle erleichtert, ich am allermeisten. Wenn ich Elisabeth gut versorgt wusste, wenn sie eine Aufgabe hatte, mit der sie glücklich war, dann konnte ich sie guten Gewissens alleine lassen.

Dann stand meinem Glück mit Raimund nichts mehr im Wege. Ich würde gar nicht mehr erst mit nach Marburg ziehen, sondern Elisabeth noch in Thüringen meinen Entschluss mitteilen. Zwar machte mich der Gedanke an dieses bevorstehende Gespräch und an die Trennung von den Freundinnen meiner Kindertage traurig, aber die Aussicht auf ein Leben mit Raimund ließ mich die Trauer vergessen.

Gleich nach der Unterzeichnung der Urkunde suchte ich meinen Liebsten, um ihm alles zu erzählen. Ich traf ihn im Hof und berichtete ihm aufgeregt die guten Neuigkeiten. Er war genauso glücklich wie ich, umarmte mich stürmisch, und wir küssten uns lange und innig. Auf einmal erschien uns die Zukunft hell und zum Greifen nah. Wir würden miteinander leben!

Ich bemerkte nicht, dass uns aus dem Fenster der Abtswohnung ein Augenpaar hasserfüllt beobachtete – das von Heinrich Raspe.

Wartburg, Mai 1228

Ein verspäteter Aprilsturm setzte ein, als sich der Zug aus Reinhardsbrunn der Stadt Eisenach näherte. Der wirbelnde Graupelschauer hatte sie in Farnroda zu einer kurzen Rast gezwungen, aber danach blieb es trocken, und in zwei Stunden würden sie am Ziel sein. Raimund ließ sich den Wind um die Nase blasen und hing seinen Gedanken nach. Seine Zukunft schien gesichert. Der neue Landgraf hatte ihn gleich zu Anfang in Reinhardsbrunn gefragt, ob er auch unter ihm Waffenmeister bleiben und die Jugend des Thüringer Adels im Schwertkampf unterrichten wolle – und vielleicht auch seine eigenen Söhne, hatte er scherzhaft angemerkt. Gisa würde wohl dann als Zofe der jungen Landgräfin unterkommen, und später konnte man daran denken, Heinrich Raspe um ein Amt als Burgvogt zu bitten. Die Zukunft schien so rosig wie Gisas Wangen.

»Ei, guter Herr Raimund, so weltvergessen wie Ihr sieht nur ein Mann aus, der an ein Mädchen denkt!«

Raimund fuhr leicht zusammen und nahm die Zügel wieder auf,

die er hatte schleifen lassen. Der Landgraf selber war zu ihm aufgeritten und hatte ihn angesprochen! Vielleicht war dies eine gute Gelegenheit, ihn um die Erlaubnis zur Vermählung zu bitten. »Ihr habt gute Menschenkenntnis«, grinste Raimund. »Ja, tatsächlich, ich war mit meinen Gedanken bei Frau Minne.«

Heinrich Raspes Gesichtsausdruck wurde lauernd. »Wer ist denn die Glückliche?«, fragte er, obwohl er die Antwort schon kannte.

»Gislind von Tenneberg, Liebden. Ihr kennt sie, es ist eine der Zofen der Landgrafenwitwe.«

»Potztausend! Da habt Ihr einen schönen Fang gemacht!« Der Landgraf lachte schallend.

»Wie meint Ihr das, Liebden?«

Heinrich schürzte die Lippen. »Nun, ich weiß nicht recht, wie ich es sagen soll … Aber Ihr seid nicht ihr erster Verehrer, mein Freund. Ich hoffe, das trifft Euch nicht allzusehr, aber die hübsche Gisa war noch nie ein Kind von Traurigkeit.«

Raimund spürte die Kälte im Rücken aufsteigen. »Ihr wollt sagen, dass sie schon einen Liebhaber hatte?«

»Einen?« Der Landgraf klatschte sich auf die Schenkel. »Den halben Hof! Wisst Ihr das denn nicht? Ach ja, Ihr wart zwischendurch ja lange fort. Da habt ihr wohl die Zeit verpasst, als alle dieses Spottlied auf sie gesungen haben, wie ging es noch gleich? Oh, da fällt's mir wieder ein, es handelte von ihrem Leberfleck. ›Jungfer Gislind ist bei Hofe – lange schon der Fürstin Zofe‹. So ähnlich. ›Nächtens bleibt sie gerne weg – zeigt dir ihren Leberfleck‹. Ja, genau, so ging's.«

Raimund konnte nichts erwidern. Es saß wie versteinert auf seinem Pferd, während Heinrich Raspe ungerührt weiterplauderte.

»Und der Leberfleck hat tatsächlich die Form eines Halbmonds. Ich hab ihn schließlich selber gesehen«, bekräftigte Heinrich und schnalzte genüsslich mit der Zunge. Ein rascher Seitenblick auf Raimund von Kaulberg zeigte ihm, dass er ins Schwarze getroffen hatte. Großmütig schlug er seinem Waffenmeister auf die Schulter. »Na, genießt die Kleine. Gut eingeritten ist sie ja, meiner Treu. Ein bisschen Erfahrung tut der Leidenschaft schließlich keinen Abbruch, was? Und noch ein kleiner Rat, von Mann zu Mann: Wenn Ihr den Leberfleck berührt, dann …«

Raimund hielt es nicht mehr aus. Er gab seinem Hengst die Sporen und sprengte davon, als sei die wilde Jagd hinter ihm her.

Erst kurz vor Eisenach zügelte er seinen schweißbedeckten Braunen. Er kannte den Leberfleck, weiß Gott. Er lag auf der Innenseite ihres rechten Oberschenkels.

Eine Windbö fegte ihm den verzweifelten Schrei von den Lippen, der aus seiner Kehle drängte.

Beim Absteigen im Hof der Wartburg ging Gisa mit zwei Körben im Arm an ihm vorbei. »Heute Abend im Garten, bei der Mispelhecke«, flüsterte sie. Er starrte sie nur an, konnte nichts sagen. Sie erwiderte seinen Blick mit einem verwunderten Stirnrunzeln, aber dann hörte sie, wie Elisabeth nach ihr rief, und musste weiter.

Raimund hielt sich den Rest des Tages von allen abseits, auch am gemeinsamen Essen in der Hofstube nahm er nicht teil – er hätte ohnehin keinen Bissen hinuntergebracht. Schon bald nach Sonnenuntergang wartete er ungeduldig im Burggarten, bis er endlich Gisas Schritt hörte. Als sie von hinten an ihn herantrat, stand er da, die Hände auf die Mauerbrüstung gestemmt, und sah ins Abendrot hinein. Er brachte es nicht fertig, sich zu ihr umzudrehen. Sie schmiegte sich mit einem kleinen Seufzer an seinen Rücken, und alles an ihm verkrampfte sich. Da ließ sie ihn los.

»Was ist mit dir?«, fragte sie. »Du hast mich schon heute Mittag angesehen, als sei ich ein Tier mit zwei Köpfen.«

Jetzt endlich drehte er sich um. »Ach, und das wundert dich?«

Sie schien wirklich verwirrt. »Kannst du wohl aufhören, in Rätseln zu sprechen? Sag mir einfach, was los ist.«

Er lachte auf, ein kurzes, freudloses Lachen. »Man hat mir die Augen über dich geöffnet, das ist los!«

Gisa schüttelte den Kopf. »Ich verstehe nicht, was du meinst.«

Da packte er sie an den Schultern. »Dass du jedermanns Liebchen warst, hier am Hof. Dass du es mit allen getrieben hast. Dass sie Lieder gesungen haben über dich. Das meine ich!«

In ihren Augen stand der Schrecken. »Das stimmt nicht! Raimund, das ist nicht wahr!«

Er ließ sie los. Schwer atmend starrte er sie an. »Lüg mich nicht auch noch an«, sagte er müde.

»Ich dachte, du liebst mich.« Gisa zog fröstelnd ihren Umhang enger. »Vertraust du mir denn gar nicht?«

»Dann schwör mir, dass es nicht wahr ist!«, schrie er. »Schwör mir, dass du nicht die Hofhure für alle warst! Schwör mir, dass du nicht mit dem Landgrafen geschlafen hast!«

»O Gott!« Sie schlug die Hände vors Gesicht. »Hat *er* dir das erzählt?«

»Stimmt es, oder stimmt es nicht?«

Tonlos sagte sie: »Ja, es ist wahr.«

Er wandte sich ab und wollte gehen.

»Aber es ist nicht so, wie du denkst, Raimund.« Verzweifelt hielt sie ihn am Wams zurück. »Er hat mir die Ehe versprochen, damals. Ich war dumm. Ich hatte mich in ihn verliebt. Ich …«

»Oh, natürlich«, unterbrach er sie. »Und all die anderen?«

Sie nahm seine Hand. »Glaubst du das wirklich?«

Er sah auf ihre Finger, die sich um seine legten. »Fass mich nicht an«, sagte er kalt.

Sie ließ ihn los. Die Tränen liefen ihr übers Gesicht.

»Mein Gott«, sagte er. »Wie man sich doch in Menschen täuschen kann.«

»Du täuschst dich nicht«, schluchzte sie. »Ich liebe dich doch! Ich hab dich mein Leben lang geliebt!«

»Wie gut du lügst«, erwiderte er voll Abscheu.

»Raimund …« Sie hob ein letztes Mal bittend die Hände.

Er wich zurück. »Ich habe einmal eine Hure geheiratet«, sagte er leise. »Ein zweites Mal werde ich diesen Fehler nicht machen.« Dann drehte er sich um und ging.

Gisa glitt mit dem Rücken an der Brüstung zu Boden und kauerte sich zusammen wie ein Kind. Sie weinte die halbe Nacht, bis sie vor Erschöpfung einschlief.

Am nächsten Morgen ritten die Frauen mit dem Prediger und der ersten Rate des Brautschatzes ab nach Marburg. Raimund von Kaulberg sah ihnen vom Wehrgang aus nach, bis sie in der Ferne nur noch als winzige Pünktchen erkennbar waren. Ihm war, als sei alles Leben in ihm erloschen.

Primus

Wie hab ich nur jemals glauben können, Eisenach sei der Nabel der Welt? Warum ist mir nie aufgefallen, wie klein und unansehnlich die Stadt ist und wie krumm und armselig ihre Häuser? Nicht einmal die Hauptstraße ist gepflastert, alles nur Dreck und Schlamm! Und die Stadtmauer, auf die alle Eisenacher so stolz sind – die sollen erst mal nach Italien ziehen, da können sie dann sehen, was eine Stadtmauer ist!

Wie ein heimkehrender Held bin ich eingeritten durchs Georgentor! Alle sollten sehen, dass ich jetzt wer bin! Einer, der die Welt bereist hat, der furchtlos ins Heilige Land gezogen ist. Und ich hab aus Akko das schönste Mädchen auf der ganzen Welt mitgebracht. Hinter mir ist sie durch die Gassen getrabt, in ihrem sarazenischen Gewand. Ich hätte platzen können vor Stolz!

Als wir dann in die Gasse vom »Wilden Mann« eingebogen sind, ist mir doch ein bisschen mulmig geworden. Hoffentlich geht es allen gut, hab ich gedacht. Aber da ist mir vor der Taverne schon das Hannolein über den Weg gelaufen. Er hat mich gesehen, die Augen ganz weit aufgerissen, sich stracks umgedreht und ist wie ein geölter Blitz in den Hinterhof geschossen. Dann ein großes Geschrei, und Ida und Irmel stürmen um die Ecke. Ich freu mich so, ich kann's gar nicht sagen. Ratz überschlägt sich fast, er japst und bellt und jault, und beinahe fällt ihm vor lauter Wedeln der Schwanz ab.

Wir sind gleich abgestiegen und haben die Pferde in den Hof geführt. »Und die Mutter?«, hab ich gefragt.

»Die liegt mit dem Stickhusten im Bett«, sagt Ida. »Geh nur schnell hinein.«

Als ich den alten Schweinestall betrete, kommt er mir viel enger und kleiner vor als früher. Und da liegt die Mutter, blass und dünn, aber sie lacht übers ganze Gesicht. Ich werfe mich in ihre Arme, und da weint sie ein bisschen, vor Glück, sagt sie. »Dass du wieder da bist, mein Großer!«, ruft sie ein ums andere Mal, und »Danke, Gott!« Zwischendurch hustet sie wie verrückt. Plötzlich hebt sie einen Zipfel ihrer Decke an, und da schläft ein Kindchen. »Das ist dein neuer Bruder!« Sie schaut mich an. »Ich hab ihn Michel genannt.«

Jetzt kommen mir die Tränen. Ich heb den Kleinen hoch, davon wacht er auf und lacht mich an. Zwei Zähne hat er schon, und obwohl er bestimmt vom Wirt ist, dem Schweinearsch, sieht er dem armen Michel mit seinen blonden Haaren so ähnlich, dass es richtig weh tut. Er blubbert mit Spucke und patscht nach meiner Nase.

»Mutter«, sag ich, »ich war nicht am Heiligen Grab. Aber ich hab in der Kathedrale von Akko für den Michel gebetet und eine Kerze angezündet. Vater Berthold von der Burg droben hat gemeint, der liebe Gott lässt das auch gelten.«

Sie nickt unter Tränen.

Da fällt mir ein, dass ich Miriam ganz vergessen hab. Sie steht noch draußen, ganz schüchtern, also hole ich sie herein. Ich schäme mich für den elenden Schweinestall, in dem meine Familie leben muss, aber sie macht mir ein Zeichen, dass alles gut ist. Immer weiß sie, was ich denke!

Ich nehme sie bei der Hand und ziehe sie zu Mutters Lager. »Das ist Miriam aus Akko«, sage ich stolz, »meine Frau.«

Mutter fragt vorsichtig: »Ist sie denn eine Christin?«

»Genau wie wir«, sage ich.

Da setzt Mutter sich auf und umarmt Miriam. »Sei mir willkommen, Kind. Jetzt hab ich eine Tochter mehr!«

Miriam legt die Hände zusammen und neigt den Kopf. Sie hat verstanden; inzwischen versteht sie eine ganze Menge in unserer Sprache, sie ist klug.

»Sie kann nicht sprechen«, erkläre ich. »Aber wir reden mit den Händen.«

Auch meine Schwestern und das Hannolein nehmen Miriam in den Arm. Dann leckt das Hannolein zwei Finger an und reibt damit über ihre Backe. Erstaunt guckt er auf seine Finger und sagt: »Nix!«

Ich muss grinsen. »Die Farbe geht nicht ab! Im Heiligen Land sind alle so dunkel. Das kommt, weil dort die Sonne so brennt.«

Stundenlang erzähle ich vom Kreuzzug. Ida hat Feuer geschürt und einen Kessel Gerstengrütze gekocht, und Miriam hat ihr dabei geholfen. Die zwei verstehen sich, das macht mich froh. Der

Körnerbrei schmeckt zwar nach gar nichts, wenn man ihn mit den scharf gewürzten Speisen im Heiligen Land vergleicht, aber wenigstens war überhaupt was zu essen da.

Die beste Nachricht spare ich mir für den Schluss auf: dass ich ein Auskommen habe. Mein Herr Raimund hat nämlich beschlossen, mich zu behalten, auch nach dem Kreuzzug. Ich bleibe Diener und Pferdeknecht des landgräflichen Waffenmeisters. Das ist doch was! Die Kost bekomme ich bei Hof am letzten Gesindetisch, aber das ist immer noch tausendmal besser als alles, was ich vorher gewohnt war. Und ein paar Pfennige gibt's obendrein. Für mich und Miriam reicht es wohl, und vielleicht bleibt auch ein bisschen was für die anderen.

Als wir an diesem Abend schlafen gehen, sind eigentlich alle froh und zufrieden, sogar Miriam. Nur ich mache mir Sorgen. Mutters Husten gefällt mir gar nicht.

So leben wir jetzt also alle zusammen im alten Schweinestall in der Hengersgasse. Miriam kommt gut mit den anderen zurecht, und sie kümmert sich liebevoll um den kleinen Michel, wenn es Mutter nicht gutgeht, und das ist meistens. Und nachts, wenn wir dann ganz eng aneinandergeschmiegt daliegen, dann sind wir glücklich. Mutter hat ein paar alte Decken und Lumpen aneinandergenäht und uns ein kleines Stückchen Raum damit abgeteilt, in dem wir unser Lager gerichtet haben. Und wenn alle schlafen, dann lieben wir uns ganz, ganz leise.

Manche haben das Paradies, andere halt nur einen Schweinestall.

Und noch andere ein Fachwerkhaus hinter der Münze! Ich bin fast umgefallen, als ich es erfahren hab: Ortwin hat sich das Haus gekauft, in dem die Ketzer ihre Zusammenkünfte abhalten! Da fragt man sich doch, wovon? Ganz Eisenach zerreißt sich das Maul. »Bei dem ist wohl der Reichtum ausgebrochen!«, heißt es. Und ganz Mutige, die keine Angst haben, von ihm aufs Maul zu kriegen, fragen spöttisch, wie viele reiche Kaufleute man kaltmachen muss, um so viel Geld auf die Seite zu bringen. Die wissen ja nicht, so wie ich, dass Ortwin am Anfang des Kreuzzugs einen gefüllten Beutel vom neuen Landgrafen bekommen hat. Inzwischen ist er sogar so was wie sein Leibwächter und stolziert auf der Burg herum, als ob ganz Thüringen ihm gehören würde. Der glaubt, ihm scheint die Sonne aus dem Arsch! Neulich gibt er mir doch tatsächlich im »Wilden Mann« einen Krug Bier aus. Da ist er schon ziemlich besoffen. Und ich frag ihn einfach, wie er sich das Haus hat leisten können.

»Pssst«, macht er und legt den Finger auf die Lippen. »Weißt du, der Landgraf ist mein Freund! Mein guter Freund!«

»Da kannst du dich glücklich schätzen«, sage ich und mache ihm seinen Daubenbecher noch mal richtig voll.

Er trinkt fast alles in einem Zug aus und beugt sich dann zu mir herüber. »Er ist mir was schuldig«, sabbert er mir ins Ohr. »Was Großes!«

Und rutscht langsam unter den Tisch.

Was Großes! Mein Gott! Ich sitze da und bin ganz starr. Ich hatte doch recht! Es war ja zuerst nur ein Verdacht, aber jetzt bin ich endgültig sicher: Ortwin hat den Landgrafen auf dem Gewissen! Darum war er in der Nacht seines Todes bei ihm in der Koje. Heinrich Raspe hat ihn mit auf den Kreuzzug geschickt, damit er ihn umbringt. Weil er selber Landgraf werden wollte. Der Beutel mit Geld war Judaslohn. O Himmelherrgott! Und jetzt gehört Ortwin das Ketzerhaus, wo sie sich immer noch treffen. Es passt alles zusammen.

Mich packt eine Scheißangst. Hoffentlich hat er morgen früh vergessen, dass er gerade zu viel geredet hat. Denn wenn er nur den geringsten Verdacht hat, dass ich was ahne, dann murkst er mich ab, und zwar kaltlächelnd. Ich ziehe ihn unter dem Tisch vor und schüttle ihn wach. Mit viel gutem Zureden flöße ich ihm noch zwei Becher Bier ein, bis er endgültig wegkippt.

Lieber Gott, lass ihn morgen von nichts mehr was wissen!

Gisa

Anfang Juni erreichten wir Marburg, eine unansehnliche Ansammlung von Burgmannenhäusern und Holzhütten unter einer trutzigen Burg. Ich habe kaum Erinnerungen an die Reise, die Trauer um meine verlorene Liebe war so frisch und so groß, dass ich nur wenig von meiner Umwelt wahrnahm. Wir Frauen fuhren mit der kleinen Gertrud im Reisewagen, begleitet von dem Prediger mit seinem einäugigen Diener und einem Trupp Bewaffneter. Die Männer waren nicht nur zu unserem Schutz da – unser Wohl und Wehe waren Heinrich Raspe herzlich gleich –, sondern zur Bewachung der hundertzwanzig Silbermark, die wir als erste Rate des vereinbarten Abschichtungsgeldes mit uns führten. Mehr hatte Heinrich in der Kürze der Zeit nicht in Münzen aufbringen können.

Nördlich unterhalb der kleinen Stadt ließ Konrad von Marburg anhalten. Er zeigte auf ein weites, grasbewachsenes Stück Land zwischen zwei Bächen: »Das muss es sein! Die Landzunge zwischen dem Schwarzen Wasser und der Ketzerbach.«

Wir stiegen alle aus und nahmen das Gelände in Augenschein. Es war einigermaßen eben, nur vereinzelt wuchsen Haselnusssträuche und kleinere Bäume im hohen Gras. Bis zum nördlichen Stadttor war es vielleicht eine knappe Meile Wegs. Nicht weit entfernt stand am Lahnufer eine alte Mühle. Und am Rand des Grundstücks, wo ein Grüppchen Kopfweiden sich zusammendrängte, sprudelte sogar klares Quellwasser. Es war perfekt. Dies alles schien nur darauf gewartet zu haben, dass jemand hier ein Hospital baute. Als die Sonne zwischen den dichten Wolken hervorbrach und alles Grün um uns herum zum Leuchten brachte, erfasste sogar mich so etwas wie Vorfreude. Hier würden wir in Zukunft unsere Heimat haben.

Obwohl wir uns natürlich ein Quartier in der Stadt hätten leisten können, bestand Elisabeth darauf, eine einfache Unterkunft zu suchen, in der wir bleiben konnten, bis das Hospital gebaut war. Der einäugige Johannes schlug daraufhin vor, uns zu seiner Schwester zu bringen. Die hatte einen Freibauern geheiratet und bewirtschaftete mit ihm ein kleines Gut in dem nahen Dorf Wehrda. Konrad war einverstanden, und so nahmen wir schließlich Wohnung in zwei Knechtskammern unter dem Dach eines Bauernhauses. Später hieß es, wir hätten zu Wehrda in einer halbzerfallenen Ruine gewohnt, die kaum genug Schutz vor dem Regen geboten habe, aber das stimmt nicht, wie so viele Geschichten, die man sich heute über Elisabeth erzählt. Wir hatten es sogar recht bequem, was Elisabeth gleich in der ersten Nacht dazu veranlasste, nicht in der Bettstatt zu schlafen, sondern im Stroh unter der Treppe, die auf den Trockenboden führte. Sie wollte sich so wenig Annehmlichkeiten wie nötig gönnen. Wir hatten inzwischen aufgegeben, ihr dreinzureden, und gingen müde zu Bett.

Am nächsten Morgen in aller Frühe verließen uns Konrad und sein Gehilfe. Der Prediger musste in den Norden ziehen und ließ uns mit der Aufgabe, möglichst schnell ein Hospital aus dem Boden zu stampfen, alleine. Ich war froh, dass er ging; unterwegs hatte er Elisabeth und uns ständig mit seinen Regeln und Vorschriften gequält. Seine Anwesenheit und die seines gehässigen Dieners hatte sich uns allen wie eine dunkle Wolke aufs Gemüt gelegt. Mich hasste er spätestens, seit ich ihm auf der Creuzburg meine Meinung gesagt hatte, und das ließ er mich ausgiebig spüren. »Wir schaffen es auch ohne ihn«, meinte Elisabeth voller Tatendrang. Seit Ludwigs Tod sah ich sie in dieser Zeit zum ersten Mal wieder lachen.

Wir hatten alle Hände voll zu tun. Endlich! Auch mir tat es unendlich gut, mit einem Mal wieder eine Aufgabe zu haben. Es brachte mich auf andere Gedanken. In den letzten Wochen hatte ich an nichts anderes denken können als an meine zerbrochene Liebe. Ich hatte gegrübelt, hatte mir Vorwürfe gemacht, hatte mit mir selber und mit Raimund gehadert. Warum hatte er mir nicht vertraut? Ich fühlte mich so furchtbar verlassen, so enttäuscht. Und doch, es war alles meine Schuld gewesen. Niemals hätte ich mich auf Heinrich Raspe einlassen dürfen. Ich hatte einen Fehler gemacht, für den ich nun bitter bezahlen musste, und ich hasste mich selber dafür. Aber nun galt es, nicht mehr an die Vergangenheit zu denken, sondern für die Zukunft anzupacken. Wir gingen also mit Feuereifer an die Arbeit.

Gleich am ersten Tag ritten wir nach Marburg und stellten uns beim Schultheiß vor. Er war hocherfreut, als er von unserem Vorhaben erfuhr, und versicherte uns seiner Unterstützung. Bis zum Nachmittag war es ihm gelungen, für uns Zimmerleute und Taglöhner anzuheuern; sie kamen gleich mit uns zum Hospitalgrundstück und ließen sich erklären, was zu tun sei. Unterwegs hatten sich Elisabeth und Konrad schon Gedanken über Bau und Aussehen des Hospitals gemacht, und so war alles schnell gesagt. In der Mitte des Geländes sollte ein quadratisches Haus aus unverputztem Fachwerk entstehen, in dem wir Frauen wohnen konnten und das die Hospitalküche beherbergen würde. Dies sollte zuerst fertiggestellt sein, damit wir möglichst schnell einziehen konnten. Danach sollte ebenfalls aus Lehm, Holz und Flechtwerk ein flacher Hospitalbau kommen, an dessen Stirnseite sich eine kleine Kapelle anschloss. So würden die Kranken täglich an der Messe teilnehmen können. Noch ein kleiner Holzbau für den Wirtschafter – Konrad hatte darauf bestanden, dass ein Mann in den Zeiten seiner eigenen Abwesenheit die Geschäfte führte. Und eine weitere Hütte für Vorräte und Gerätschaften. Dann musste noch die Quelle ordentlich gefasst werden. Ein einfacher Zaun sollte alles umschließen.

Die Männer machten sich gleich am nächsten Tag an die Arbeit. Während sie rodeten und gruben, Fundamente setzten, Holz und anderes Baumaterial herbeischafften und zurechtzimmerten, halfen wir dabei, das Grundstück mit einem mannshohen Flechtwerkzaun zu umgeben, und wir legten auch schon einen kleinen Garten an, in dem wir heilende Kräuter anbauen wollten. Manchmal schleppten wir auch Holz und Lehm für den Bau. Die viele Anstrengung tat mir gut. Nachts fiel ich todmüde ins Bett und schlief tief und traumlos. Ich fand mich mit jedem Tag mehr damit ab, dass mein Lebenstraum eben nicht in Erfüllung gehen würde. Dafür aber würde ich hier, zu Marburg, eine Heimat haben, und eine Aufgabe. Ich würde zusammen mit den anderen ein Hospital führen. Hier war ich erwünscht, hier wurde ich gebraucht, niemand lehnte mich ab oder verurteilte mich. Das machte mich froh. Wir alle bauten uns hier etwas Gemeinsames auf, etwas Eigenes, auf das wir stolz sein konnten. Elisabeth und die anderen sangen und lachten bei der Arbeit. Und eines Tages ertappte auch ich mich dabei, dass ich voller Freude auf das halbfertige Haus, die kleine Quelle und den frisch angepflanzten Garten blickte und es gar nicht erwarten konnte einzuziehen.

Die Marburger kamen und staunten. Dies also war die verrückte Landgräfin, von der man so viel gehört hatte! Nun, wenn sie der Stadt ein Hospital schenkte, dann mochte sie ruhig närrisch sein. Nur diese Fröhlichkeit, die sie an den Tag legte – nun ja, offensichtlich hatte sie sich recht schnell über den Tod ihres Mannes hinweggetröstet! Eine trauernde Witwe sah nämlich anders aus!

Eines Tages bekamen wir dann hohen Besuch: Graf Widukind von Battenberg, Burgherr auf der Marburg, kam auf seinem edlen Schimmel geritten, um uns und den Fortschritt des Hospitalbaus in Augenschein zu nehmen. »Wer von euch ist Frau Elisabeth?«, herrschte er uns an.

Elisabeth trat vor.

»Ich habe Anweisung des Landgrafen, darauf zu achten, dass Euer Leben und Benehmen hier in Marburg schicklich und ohne Tadel ist. Mein Auftrag ist, ihm regelmäßig zu berichten. Ansonsten hat er befohlen, Euch weder zu behindern noch zu helfen und Euch auch nicht als Landgräfinwitwe zu behandeln. Denn Ihr seid ja aus der Gemeinderschaft der Familie ausgeschieden.«

»Ich habe nichts anderes erwartet«, antwortete Elisabeth. »Seid bedankt für Eure Freundlichkeit.«

Er schnaubte, riss die Zügel herum und galoppierte davon.

Isentrud stemmte die Arme in die Hüften. »Was für ein grober Klotz!«, schimpfte sie.

Zumindest wussten wir nun, wie der Herr über Burg und Stadt zu uns stand. Elisabeth kümmerte es wenig. Sie kaufte unermüdlich Werkzeug und Hausrat, bestellte bei den Schreinern Kästen, Tische und Bänke, bei den Webern Laken und Decken. Sie sandte Isentrud nach Frankfurt, um Messgerät für den Gottesdienst zu kaufen. Und als die Bauleute den Grundstein für die Kapelle legten, ging sie zum Stadtpfarrer und ließ ihn ein Schreiben an den Papst aufsetzen, in dem sie ihn um seinen persönlichen Segen für sich selbst, ihr Werk und ihr Streben bat. Und um eine Reliquie des Heiligen Franz, nach dem sie das Hospital benennen wollte.

Und sie erhielt Antwort. Eine Woche nach Mariä Himmelfahrt

erreichte uns ein Schreiben seiner Heiligkeit, in dem er Elisabeth seine liebe Tochter nannte und ihr Mut zusprach. Wir alle waren tief berührt, und im Wissen um die päpstliche Unterstützung zogen wir frohgemut in unser neues Haus ein.

Noch bevor der erste Schnee fiel, war das Hospital so gut wie fertiggestellt. Und als ob er es geahnt hätte, stand eines Tages Konrad vor unserer Tür. Er bezog das kleine Häuschen, das für den Hospitalschaffer gedacht war. Und nachdem er alles in Augenschein genommen und für gut befunden hatte, wies er uns an, am Abend in die Kapelle zu kommen.

Wir warteten bei Sonnenuntergang vor dem steinernen Altar, als er hereinkam, einen Packen grauen, ungefärbten Wollstoff unter dem Arm.

»Es ist nun an der Zeit, die Hospitalgemeinschaft zu gründen und eure Einkleidung vorzunehmen«, sagte er. »Ihr werdet Schwestern in der Welt sein. Wie wahre Bräute Christi werdet ihr das Gelübde der Armut, der Keuschheit, des Gehorsams und des Dienstes an den Kranken und Armen ablegen. Ihr werdet Gott geweiht sein, aber ihr seid keine Nonnen. Ihr werdet nach der Regel des Heiligen Augustinus leben, die keinen festen Tagesablauf vorschreibt, damit ihr eurer Arbeit nachgehen könnt. Ihr werdet regelmäßig an den Gottesdiensten teilnehmen und die Sakramente empfangen. Aber ihr lebt in keiner klösterlichen Gemeinschaft, ihr dürft das Hospital verlassen, wie es euch gefällt. Die Verantwortung für euch und das Hospital obliegt mir, ich werde das Vermögen verwalten und alle wirtschaftlichen Entscheidungen treffen. Nun lasst uns beginnen.«

Ich war völlig überrascht. Immer noch fühlte ich mich nicht bereit, ein Gelübde abzulegen. Nicht, weil ich noch erwartete, einmal zu heiraten. Aber alles in mir widerstrebte der Vorstellung, mich diesem Prediger unterwerfen, dem ich zutiefst misstraute und der mich verabscheute. Ich wollte mich einfach nicht in seine Hände begeben. Aber konnte ich es wagen, mich ein zweites Mal zu widersetzen? Ich hatte Angst vor Konrads Zorn. Stumm beobachtete ich, wie er die Messe hielt und dann zuerst Guda und Isentrud zu sich bat. Gegenseitig zogen sie sich das Obergewand aus und standen im langen Hemd vor ihm. Er ließ sie die Formel nachsprechen, dann streifte er ihnen das grobe Kleid über, das sie in Zukunft zum Zeichen ihrer Schwesternschaft tragen würden.

Als Nächstes kam Elisabeth. Sie zog lächelnd ihr Unterkleid und den alten braunen Surkot aus, nahm das Kopftuch ab und drückte mir alles in die Hand. »Hebt die Sachen gut auf«, sagte sie zu mir, »weil ihr sie dann nach meinem Tod nicht erst suchen müsst, wenn ich einmal heilig sein werde und Gott durch mich Wunder wirken wird.«

Ich legte mir das löchrige Gewand über den Arm und staunte wieder einmal über die Selbstverständlichkeit, mit der sie annahm, von Gott unter die Heiligen aufgenommen zu werden. War das nicht Hoffart? Eine lästerliche Anmaßung? Aber Konrad schwieg zu ihren Worten. Er nahm ihr den Eid ab und zog ihr das graue Kleid über den Kopf. Es war ihr viel zu kurz, aber das machte ihr nichts aus. Für sie war an diesem Abend allein wichtig, dass sie einen weiteren Schritt zur Heiligkeit getan hatte.

Dann kam ich an die Reihe. Ich sah zu den anderen hin, die nebeneinander standen in ihrer grauen Tracht. Elisabeth gab mir ein aufmunterndes Zeichen. Ich trat einen Schritt vor. Dann noch einen Schritt. Ich sah Konrads rötliches Gesicht mit den stechenden Augen dicht vor mir, und alles in mir sträubte sich. »Nein«, hörte ich mich sagen. »Ich kann nicht.«

Konrads Blick schien mich zu durchbohren. Aus seinen Augen schoss blanker Hass. Seine Lippen waren zu einem schmalen Strich geworden. Seine Hand zuckte; für einen Augenblick sah es so aus, als wolle er mich schlagen. Aber dann beherrschte er sich. »Wie du willst«, fauchte er mich an und drehte sich brüsk um.

»Warum nur hast du dich zum zweiten Mal verweigert?«, fragte mich Elisabeth später traurig. »Ist dein Glaube so gering?«

Ich fühlte mich schlecht, so als ob ich sie im Stich gelassen hätte. »Ja«, sagte ich, »verglichen mit deinem ist mein Glaube wohl zu klein. Bist du mir jetzt gram?«

Sie schüttelte den Kopf.

»Und ich habe Angst vor diesem Menschen«, fügte ich hinzu. »Er ist böse, ich weiß es.«

»Bleibst du trotzdem bei uns?«, fragte sie. »Oder willst du gehen?«

»Ach, Elisabeth, wo sollte ich denn hin? Ihr drei seid doch alles, was ich auf der Welt habe.«

Da umarmte sie mich innig.

»Ich hab auch Angst um dich«, flüsterte ich ihr ins Ohr. »Es macht ihm Freude, Menschen zu quälen.«

»Du verstehst nicht«, erwiderte sie. »Er muss mich manchmal züchtigen, damit ich Gehorsam und Demut lerne. Denn ich bin immer noch voll der Sünde. Er tut es nur für mich.«

Am selben Abend kam der einäugige Johannes zu uns herein und drückte Elisabeth etwas in die Hand. Sie verbarg es hinter ihrem Rücken. »Was hast du da?«, wollte ich wissen.

Sie lächelte. »Einen guten Freund für die Nacht.«

Es war eine Geißel.

Auszüge aus dem Brief des Papstes Gregor IX. an Elisabeth, ohne Datierung, vermutlich verfasst zwischen Herbst 1228 und Frühjahr 1229. Übersetzung aus dem Lateinischen.

Bischof Gregor, Knecht der Knechte Gottes, bietet der in Christus geliebten Tochter, der Landgräfin von Thüringen, Gruß und apostolischen Segen. Wir haben sehr oft durch Erfahrung gelernt, dass die Liebe stark ist wie der Tod und es nichts gibt, was die Liebe besiegen kann … Daher kommt es, dass unser Geist ganz ergriffen wird durch die Erinnerung an deine Reinheit und Tugend, die Reinheit des Herzens und des Fleisches, in der du mit solcher Hingabe die Wundmale der Passion des Herrn zu ertragen ersehnst. Deshalb haben wir auf dem Erdreich deines Geistes den Samen des Wortes des Herrn mit Tränen ausgesät, damit du später in frohem Jubel … die reiche Ernte der Glückseligkeit empfangest. Die An-

fänge deines Wandels werden mit der Hilfe Gottes glückliche Fortschritte machen, was den Engeln zur Freude, dir zum Verdienst und vielen zum Vorbild gereichen wird. Wir freuen uns auch, dass wir so glühende Zeichen der Liebe im Glauben und der Lebensführung an einem Menschen von solch hohem Stand, gebrechlichem Geschlecht, zartem Alter und hartem Schicksal finden. … Auf also, Tochter, eile deinem Bräutigam zu folgen, wohin er geht, bis er dich in das Schlafgemach seines Hauses führt! … Prüfe deine geistigen Wünsche, damit sich nichts Sündhaftes unter dem Mantel der Tugend verberge. Und was deinem Gewissen und deinem Ruf entgegenstehen kann, das schließe sofort aus deinen Gedanken aus. Deine Tränen mögen dein Brot sein Tag und Nacht, bis dein Bräutigam deine Seele mit himmlischer Tröstung und dem Geist der Heilsgnade erquickt. Mit dem Gebet höre nicht auf und lasse die Füße des Herrn nicht los … Verehre mit ganzem Herzen die unter allen Frauen gebenedeite und glorreiche Jungfrau Maria, die dir aus dem Schatz des königlichen Sohnes eine Krone bereitet, und höre nicht auf, in allen deinen Nöten und Schwierigkeiten wie eine Magd besonders seinen Namen anzurufen.

Gisa

Isentrud! Gisa! Guda!« Elisabeth stand mitten im Hof des Hospitals und winkte zu uns herüber. »Kommt!«

Ein Trupp Reiter war angekommen, unschlüssig saßen sie auf ihren Pferden und sahen ein wenig ratlos aus.

»Bezeugt doch den guten Herren hier, dass ich die Landgrafenwitwe Elisabeth bin.«

Ich konnte wohl begreifen, dass die Männer ihr nicht glaubten. Sie sah kaum anders aus als die niederste Hilfsmagd des Hospitals: schmutzig, hager, das Gesicht eingefallen, dunkle Ringe unter den Augen. Das graue Gewand reichte ihr nur bis kurz unter die Knie, sie hatte einfach ein paar Flicken und Stofffetzen angestückelt, damit es wenigstens noch über die Waden fiel. Ein fleckiger Schleier verdeckte ihr Haar, nur ein paar wirre Strähnen hingen ihr in die Stirn. Sie sah eher einer Vogelscheuche gleich als einer Fürstin.

Ich kannte einen der Reiter, einen früheren Wachmann der Neuenburg. »Albrecht, erinnerst du dich an mich? Gisa von Tenneberg! Weißt du noch, du hast mich zu Freystadt einmal beim Einkauf begleitet!«

Er grüßte mich freundlich. »Jungfer Gisa, natürlich! Ja, wenn Ihr bezeugt, dass dies die Herrin Elisabeth ist, dann haben wir natürlich keine Zweifel mehr!«

»Was führt euch denn her?«

Er stieg ab und verbeugte sich vor Elisabeth. »Der Landgraf Heinrich Raspe schickt Euch weitere fünfhundert Silbermark aus Eurem Brautschatz, Herrin. Es ist die zweite der vereinbarten fünf Abschlagszahlungen. Ich habe hier einen Revers, den ich unterschrieben zurückbringen muss.«

Er gab den anderen ein Zeichen, worauf sie vier große Kisten von den mitgeführten Eseln abluden und ins Haus trugen.

Ich war überrascht, dass Heinrich Raspe sich so strikt an die Abmachungen hielt. Er hatte wohl doch mehr Respekt vor Konrad von Marburg, als ich geglaubt hatte.

An diesem Nachmittag kamen wir nicht mehr dazu, über das Geld zu reden. Das Hospital war völlig überfüllt, und zu allem Überfluss war am Morgen eine kranke Schwangere mit vier zerlumpten und halbverhungerten Kindern angekommen, die inzwischen in den Wehen lag.

Ja, unser Hospital war vom ersten Tag an zum Bersten voll mit Hilfsbedürftigen. Sie lagen und hockten überall. Im Spitalbau selber hatten wir die Bettstätten doppelt belegt; wenn einer starb, hatten wir kaum Zeit, die Laken zu wechseln, bevor der Nächste seinen noch leibwarmen Platz einnahm. Hier lagen die von Brand und Abszessen Befallenen, die Fiebernden, die Lungenkranken und die schwächsten Alten, die nicht mehr aufstehen konnten. Stetes Stöhnen und Jammern erfüllten den länglichen Raum, manche schrien im Traum oder wälzten sich vor Schmerzen. Der Mittelgang sollte eigentlich Frauen von Männern trennen, aber das ließ sich in dem Durcheinander meistens nicht durchhalten. Wir achteten nur darauf, dass in den Betten alles züchtig zuging. Es stank hier drinnen wie im hintersten Hof der Hölle, nach Eiter, Erbrochenem, Exkrementen, Fäulnis und Verwesung. Da half auch nicht, dass wir mehrmals am Tag mit Wacholderzweigen räucherten. Fliegen schwärmten überall und setzten sich auf die offenen Wunden der Kranken, in die Augenwinkel, auf die Lippen. Wir Dienerinnen – Zofen waren wir längst nicht mehr – mussten uns jedes Mal überwinden, bevor wir das Spital betraten, wir banden uns gegen den entsetzlichen Gestank Tücher mit Kräuteröl vor Mund und Nase. Vielen konnten wir nicht mehr helfen, nur noch das Sterben erleichtern. Aber sie verbrachten ihre letzten Tage wenigstens menschenwürdig und mit Gebeten. Denn auch und vor allem dafür sorgte Elisabeth. »Gott ist der letzte Arzt«, sagte sie stets, »ohne ihn kann es kein Leben geben und keinen Tod.« So mancher starb mit einem Lächeln auf den Lippen.

Am Tag nach der Ankunft des Geldes sah ich zufällig, wie Elisabeth beim Brunnen mit ein paar Eisenacher Burschen sprach, jedem ein Geldstück in die Hand drückte und sie fortschickte. »Was hast du den Buben denn aufgetragen?«, fragte ich sie.

Da ergriff sie meine Hände und wirbelte mich fröhlich im Kreis herum. »Sie rufen alle Armen im Umkreis von sieben Meilen zusammen. Morgen Mittag sollen sie da sein. Und dann, dann will ich sie beschenken!«

Mir schwante schon, was sie vorhatte. »Du willst ihnen von dem Geld geben?«

»Alles! Alles sollen sie haben! Schau, es ist doch noch so viel von der ersten Zahlung übrig, der Hospitalbau war ja nicht teuer. Wir brauchen doch die fünfhundert Mark Silber gar nicht.«

Ich konnte es nicht fassen! Dieses Geld musste für lange Zeit reichen – wer wusste schon, ob Heinrich Raspe den Rest überhaupt noch schicken würde. »Bist du wahnsinnig?«, rief ich wütend. »Du willst alles verschenken? Wir brauchen das Geld, um unser Hospital auch in zehn Jahren noch zu unterhalten! Unsere Einnahmen aus deinen anderen Gütern reichen doch längst nicht aus! Und was wird Konrad dazu sagen?« Konrad war unglücklicherweise wieder einmal auf Reisen, wie so oft.

Elisabeth war nicht zu bremsen. »Jesus sagt: ›Was du dem Geringsten unter deinen Nächsten tust, das tust du mir selbst‹. Gisa, wir müssen die Menschen glücklich machen! Ach, wie freue ich mich.« Sie breitete die Arme aus und drehte sich einmal um sich selbst.

Ich kannte das. Solche rauschhaften Zustände hatte sie schon öfters gehabt. Dabei steigerte sie sich in ein Hochgefühl hinein, aus dem man sie mit keiner noch so guten Begründung und den schönsten Überredungskünsten nicht herausholen konnte. Da war dann aller Widerspruch sinnlos. Ich redete zwar noch eine Weile auf Elisabeth ein, aber dann gab ich auf. Vielleicht würden ja nicht so viele Leute kommen.

Ich hatte mich getäuscht.

Schon am späten Nachmittag lungerten die ersten zerfledderten Gestalten am Eingang herum, und im Lauf des Abends gesellten sich immer mehr dazu. Kinder, Alte, Frauen und Männer, denen man die Mühsal des Lebens und die bittere Not ansah. Isentrud lief noch kurz vor Einbruch der Nacht zur Mühle hinüber, um weitere Säcke Mehl für den nächsten Tag zu bestellen. Ich lief in die Stadt zum Viehhändler und kaufte ihm drei fette Schafe ab.

Als wir am nächsten Morgen mit dem ersten Sonnenstrahl aufstanden, lagerten schon über hundert Menschen im Hof. Und es strömten immer mehr herbei, von nah und fern. Die Gesunden gingen, die Lahmen schleppten sich auf Krücken und Handschemeln herbei, die Kränksten wurden getragen. Elisabeth klatschte vor Freude in die Hände, während Guda, Isa und ich uns immer größere Sorgen machten. Isa rannte noch einmal nach Marburg, um alles an Essbarem zu kaufen, was noch aufzutreiben war. Wir entzündeten vor dem kleinen Schuppen drei Feuer, über denen wir die Schafe brieten, und kochten im Haus töpfeweise Milchgrütze für die Kleinsten.

Und dann, am Mittag, war es so weit. Der Hof quoll über vor lauter Gabenheischern, es mussten mehr als dreihundert sein. Elisabeth ließ sich den Küchentisch nach draußen tragen, stellte die erste Geldkiste darauf und sprach zu den Leuten, unter denen sich jetzt die helle Aufregung breitmachte. Alle sollten auf eine Seite des Hofs treten. Sofort brach ein heilloses Durcheinander aus, ein Drängeln und Schieben, Stoßen und Drücken. Mir wurde himmelangst bei dem Gerangel, aber wie durch ein Wunder fiel niemand hin, es gab keine Handgreiflichkeiten, sondern es bildete sich wie durch Zauberhand eine lange, vielfach gewundene Schlange. Jedem, der an ihr vorbeiging, drückte Elisabeth einen Silberschilling in die Hand. Das war mehr Geld, als die meisten in ihrem ganzen Leben jemals verdienen konnten. Die Leute waren überwältigt, sprachlos. Aber dann brach ein unglaublicher Jubel aus. Ich glaube, es gab keinen Fleck an Elisabeths Rock, den sie an diesem Tag nicht geküsst hätten.

Nach der Geldverteilung ließ Elisabeth die Menschen fromme Lieder singen und Gebete sprechen, was sie mit Freude und Begeisterung taten. Danach gab es Speis und Trank für alle. Es war ein großes Fest. Ein Buckliger hatte seine Fiedel dabei, ein anderer eine kleine Drehleier. Wer gesunde Beine hatte, der sprang und tanzte, man erzählte fröhliche Geschichten und ließ es sich wohl sein. Ich glaube bestimmt, dass diese Stunden im Hospitalhof die schönsten waren, die diese Menschen je verbracht hatten. Und Elisabeth war mittendrin! Ich beobachtete sie, wie sie an die Kinder kleine Geschenke verteilte, Hände drückte, Kranken Mut zusprach, den Dank der Leute annahm. Ja, sie war nicht weniger glücklich als ihre Schützlinge. Genau so wollte sie sich sehen: Im Mittelpunkt einer Menge, die sie liebte und verehrte, als Geberin, als Helfende. Hier bekam sie die Anerkennung, die ihr stets von Ihresgleichen verweigert wurde, hier wurde sie gebraucht, hier konnte sie tun, was ihr tiefstes Bedürfnis war. In ihrem Überschwang vergaß sie alles um sich herum, sie vergaß sogar, zu essen und zu trinken. Sie ließ sich einfach von der Woge der Begeisterung tragen. Ich sah, wie erschöpft sie war, als der Abend kam, aber ihre Augen strahlten vor Glück, sie war wie in einem Taumel, wie im Rausch.

Als die Sonne unterging, hatte sich der Hof geleert, nur ein Grüppchen saß noch beim Feuer. Der Alte mit der Fiedel war auch noch da, er spielte unermüdlich, und einige tanzten auch noch. Ich setzte mich müde auf den Brunnenrand und sah zu. Ein Mädchen fiel mir auf, vielleicht vierzehn oder fünfzehn Jahre alt und offenbar im Kopf nicht ganz richtig. Sie war wunderhübsch, hatte tiefblaue

Augen und einen Kirschmund; ihr schmutziges Gewand konnte vor lauter Rissen und Löchern die üppigen Brüste und Hüften kaum verbergen. Ihr Haar erinnerte an Elisabeths; es war genauso wild gelockt und kaum zu bändigen. Aber es war feuerrot wie die Sünde. Wie ein Wasserfall rieselten die Löckchen über Brust und Rücken. Der einzige körperliche Makel dieses Mädchens war ein Klumpfuß, der sie aber nicht vom Tanz abhielt. Sie sprang und hüpfte, stampfte und drehte sich, wog ihren Körper lustvoll zu den fröhlichen Melodien. Immer wieder drückte und schmiegte sie sich an den jungen Mann, der mit ihr tanzte, einen Krätzigen, dem man die linke Hand abgehackt hatte. Im flackernden Schein der Flammen warf sie ihr Haar, raffte die Röcke, lachte und juchzte. Es war ein Bild völliger Unschuld, einfacher Körperlichkeit und blanker Verführung. Mich erinnerte es in seiner Natürlichkeit an das Liebesspiel zweier wunderschöner Tiere. Es war eine Freude zuzusehen, auch wenn man es anstößig und unzüchtig finden konnte, wie sie die Beine spreizte und die Brüste wogen ließ. Aber das Mädchen war sich dessen nicht bewusst.

Alle standen herum, klatschten und genossen das Schauspiel. Doch plötzlich, aus heiterem Himmel, stürzte Elisabeth herbei und fuhr zwischen die beiden Tänzer wie eine Rachegöttin. »Hure!«, kreischte sie. »Billiges Weibstück! Du sollst nicht lachen und springen! Der Herr will keine Frauen, die sich benehmen wie läufige Hündinnen! Die das Haar werfen und eitel sind wie Jesabel!«

Grob zerrte sie das Mädchen vom Feuer fort. Das arme Ding wusste gar nicht, wie ihr geschah, sie stolperte, fiel auf die Knie und begann zu jammern. Und plötzlich hatte Elisabeth ein Messer in der Hand. Ohne Erbarmen griff sie in das herrliche rote Haar, wickelte eine Strähne um ihr Handgelenk und schnitt sie mit einer schnellen Bewegung ab. Dann noch eine und noch eine. Das Mädchen heulte auf, wehrte sich aber nicht. Auch wir anderen waren unfähig einzugreifen. Wir standen einfach da und sahen Elisabeths Raserei voller Entsetzen zu. »So, so und so!«, kreischte sie bei jedem Schnitt. »Jetzt wirst du nicht mehr tanzen und keinen Mann mehr zur Unzucht verführen. Vorbei ist es mit deiner roten Schönheit! Geh und bitte Gott den Herrn um Verzeihung, elende Sünderin!«

Schwer atmend ließ sie endlich von dem Mädchen ab. Mit einem Schritt war ich bei der Kleinen und half ihr hoch. Sie war völlig durcheinander und verzweifelt. Rotz, Speichel und Tränen liefen ihr übers Gesicht. »Warum, warum?«, greinte sie. Ich führte sie ins Haus und überließ sie Guda, bevor ich voller Zorn wieder nach draußen ging und Elisabeth suchte.

Ich fand sie hinter der Kapelle am Ufer des kleinen Baches. Sie stand da und starrte in die Dunkelheit, ihre Schultern zuckten.

»Was hast du getan?«, rief ich. »Das arme Ding kann doch nichts dafür, sie ist einfältig, ein Narrenkind! Nur Huren und Ehebrecherinnen schert man die Haare! Und Ketzern! Du hast sie entehrt! Wie soll sie jetzt nach Hause gehen? Wer wird mit ihr noch Umgang haben wollen? Wer gibt ihr so noch Almosen? Herrgott, Elisabeth, was ist nur los mit dir? Du hast unrecht getan!«

Sie drehte sich ruckartig zu mir um, ihre Augen flackerten, Tränen liefen ihr übers Gesicht. »Gisa«, schluchzte sie, »Gisa, hilf mir! Ich weiß nicht mehr, wer ich bin. Alles ist so schlimm. Ich bin so unglücklich!«

»Ich weiß.« Ich nahm sie in die Arme. Jedes Mal, wenn sie solche Anfälle von Überschwang gehabt hatte, war der Katzenjammer auf den Fuß gefolgt. So schlimm wie heute war es allerdings noch nie gewesen, und noch nie hatte sie dabei jemandem etwas Derartiges angetan. »Das war alles zu viel für dich«, tröstete ich sie. »Du bist zu schwach, um solch eine Anspannung auszuhalten. Und dann verkehrt sich deine Freude ins Gegenteil.«

Sie weinte lange an meiner Schulter, dann löste sie sich von mir. »Ich habe mich selber in diesem Mädchen gesehen, Gisa. Meine Lust, mein Begehren, meine Leidenschaft. All das, was ich nicht mehr haben darf. All das, was ich mit Ludwig verloren habe. Ich bin ausgetrocknet, Gisa, ich kann meinen Körper nicht mehr fühlen.«

Sie war zweiundzwanzig Jahre alt damals.

An diesem Abend bat sie mich, sie in den Schlaf zu wiegen. Ich legte ihr die kleine Gertrud in den Arm und deckte sie zu. »Verlass mich nicht, Gisa«, sagte sie. »Ich weiß nicht, was ich ohne dich tun würde. Du bist so klug, und du bist stark. Und ich habe oft so große Angst. Manchmal gibt mir nur der Glaube daran, dass ich meinen Ludwig einst im Himmel wiedersehen werde, die Kraft zum Leben.«

»Und du hast noch dein Kind, vergiss das nicht«, entgegnete ich.

Sie schüttelte den Kopf. »Morgen früh bringe ich Gertrud zu den Nonnen nach Altenberg.«

Ich fuhr hoch. »Was?«

»Ich habe es mit Magister Konrad besprochen, bevor er fortgezogen ist. Gott soll mein Zeuge sein, dass ich für meine Kinder nicht besser und nicht schlechter sorge als für andere Nächste. Ich übergebe dem Herrn nun mein drittes Kind, er mache mit ihm, was ihm gefällt. Dies soll auch meine Sühne für das Unrecht sein, das ich heute Abend getan habe.«

Ich war wie vor den Kopf geschlagen. »Elisabeth, das kannst du nicht machen! Sie ist grade mal anderthalb Jahre alt. Sie braucht noch die Mutter!«

Da sagte sie fast träumerisch: »Ich bin so sehr die Mutter aller, dass ich die meiner Kinder nicht mehr sein kann.«

Ich stand auf und ging.

Ich verstand diese Frau nicht mehr.

Primus

Seit Weihnachten liege ich Konrad, dem Töpfer, in den Ohren, dass er Miriam bei sich arbeiten lässt. Jetzt endlich hat er sich weichklopfen lassen. Ich gehe also mit meiner Frau in die Salzgasse, und als sie die ganzen Gefäße sieht und die Töpferscheibe und alles andere Zeug, da strahlt sie übers ganze Gesicht. Sie schnappt sich einen Krug, befeuchtet die Oberfläche mit Wasser und bepudert sie mit Bleipulver. Sie findet auch gleich andere Zutaten, mischt Kupfer und dann auch Bronze mit dem Blei und gibt alles auf die irdenen Oberflächen. Und als ich abends wiederkomme, ist der Krug schön gelb gebrannt, und die anderen Sachen leuchten in verschiedenen Grüntönen. Konrad freut sich. So schön glasierte Gefäße hatte der noch nie! »Also«, sagt er, »wenn sie will, kann sie bei mir anfangen. Für zehn glasierte Gefäße gebe ich ihr einen Viertelpfennig.«

Das ist zwar unverschämt wenig, aber Miriam will unbedingt arbeiten. Ach, und auf dem Heimweg gibt sie mir einen Kuss nach dem anderen, so froh ist sie. Außerdem brauchen wir den Zuverdienst dringend. Denn der Mutter geht es immer schlechter; seit Michaeli spuckt sie Blut. Vielleicht können wir ihr jetzt beim Bader einen Balsam machen lassen oder eine andere Medizin. Sie ist so schwach, dass ich gar nicht drüber nachdenken will. Den zweiten Michel kann sie längst nicht mehr stillen. Miriam kaut Gemüse, Brot und Grütze klein und füttert ihm alles von Mund zu Mund. Aber er verträgt das nicht gut, oft muss er schrecklich kotzen und kriegt den Dünnschiss. Manchmal haben wir Angst, dass wir ihn nicht durchbringen.

Mir selber geht es gut bei meinem Herrn Raimund. Seit ein paar Monaten lebt der kleine Hermann bei uns, der Neffe des Landgrafen. Der Fürstbischof hat ihn aus Bamberg hergesandt. Und die vom Adel und alle Hochwohlgeborenen schicken nun ihre Söhne, damit sie zusammen mit dem kleinen Landgrafen erzogen werden, wie es Brauch ist. Vormittags haben sie alle bei Ritter Raimund Unterricht im Schwertkampf und machen Waffenübungen, und nachmittags lernen sie reiten. Ich kümmere mich jetzt auch um ihre Pferde und das ganze Sattelzeug.

Um meinen Herrn steht es nicht so gut. Ich sage, er hat die Melancholei. Er sagt, er hat gar nichts. Aber das stimmt nicht. Zwischen ihm und meinem Engel, der Jungfer Gisa, ist nämlich was gewesen. Ich hab's genau gemerkt, ich bin ja nicht blöd. Und dann haben sie sich gestritten – das weiß ich von der Hühner-Els, die hat zufällig gesehen, wie sie sich im Garten der Wartburg angeschrien haben. Jungfer Gisa ist dann zusammen mit der Landgräfin nach Marburg gegangen. Das ist jetzt schon über ein Jahr her. Und seitdem hat Herr Raimund die Traurigkeit. Ich würde ihm ja gern helfen, aber ich weiß nicht, wie.

Von der Landgräfin und ihren Dienerinnen hört man so manches. Die Leute erzählen, dass sie das Geld verschenkt, das sie von Heinrich Raspe als Wittumsgeld bekommen hat. Den Landgrafen hat's vor Wut fast zerrissen, als er die Nachricht bekam, und er hat gebrüllt, sie kriegt nichts mehr von ihm. Und der Prediger Konrad muss auch getobt haben, weil sie ja eigentlich nichts ohne ihn entscheiden darf. Es heißt, er prügelt sie regelmäßig. Das macht mich ganz wütend. Wie kann er das wagen? Sie steht doch himmelhoch über ihm! Aber die Leute sagen, Frau Elisabeth hat jetzt für alle sichtbar die Armut gewählt und ist von ihrem Platz hinuntergestiegen. Sie hat jetzt keinen hohen Rang mehr und nichts zu bestimmen, das ist allein ihre Schuld. Wenn sie jetzt Prügel kriegt, soll sie sich nicht beschweren. Aber ich mache mir Sorgen um Jungfer Gisa! Ob sie auch Schläge kriegt? Als sie nach Marburg abgereist ist, hat sie ganz traurig ausgesehen, die Ärmste. Man fragt sich, warum sich die Leute überhaupt verlieben, wenn sie doch davon gemütskrank werden.

Von Ortwin halte ich mich möglichst fern. Gott sei Dank hat er vergessen, dass er im Suff beinahe sein Geheimnis preisgegeben hätte, und ich werde den Teufel tun, ihn daran zu erinnern. Er schwirrt immer um den Landgrafen herum und tut so, als sei er sein bester Freund. Jedes Mal wenn ich die beiden zusammen sehe, wird mir mulmig. Wer weiß, welche Missetat die noch aushecken! Da vorne sehe ich sie reiten. Ich weiß, dass sie in Eisenach immer noch zu den Treffen der Luziferianer gehen. Ortwin hat mich nämlich gefragt, ob ich wieder Schmiere stehen will. Aber ich hab abgelehnt, hab gesagt, jetzt wo ich der Diener des Waffenmeisters bin, brauche ich mich nachts nicht mehr herumzutreiben. Was führen die wohl noch im Schilde, frag ich mich. Manchmal sehe ich diesen unheimlichen Ketzerpriester, wenn er in seiner dunklen Kutte auf der Burg oder in der Stadt umherschleicht. Der Mensch macht mir Angst. Er wirkt auf seine Weise genauso böse wie dieser Konrad von Marburg, der die Landgräfin unter seiner Fuchtel hat.

Wir sind gerade auf der Rückreise von der Neuenburg, wo sich der Hof zwei Monate aufgehalten hat. Dass ich so lang von daheim fort bin, gefällt mir weniger, aber es gehört eben dazu, ich bin jetzt ein Teil des landgräflichen Hofgesindes. Vorhin hab ich meinen Herrn gebeten, mich zuerst zu meiner Familie nach Eisenach zu lassen, und er hat mir einen Tag freigegeben. Also trenne ich mich vom landgräflichen Zug und reite durchs Nikolaitor in die Stadt ein.

Als ich in unsere Gasse einbiege, kriege ich gleich so ein mulmiges Gefühl im Bauch. Ich öffne die Tür zu unserem Schweinestall; es riecht nach Räucherwerk, nach Krankenkräutern. Miriam stürzt mir entgegen und fällt mir um den Hals. Aber sie lacht nicht, sie weint. »Um Gottes willen, was ist los?«, frage ich. Sie deutet nach drinnen auf die Bettstatt.

Ach, und da liegt die Mutter. Ihre Augen sind geschlossen, ihre Brust hebt und senkt sich mühsam. Ihr Gesicht ist das einer Greisin, die Haut hat einen bläulichen Schatten. So sieht ein Mensch aus, wenn der Tod ihm schon das Zeichen aufgedrückt hat.

Ich setze mich auf den Rand der Bettstatt. Mutters Hand liegt wie ein welkes Blatt auf der löchrigen Decke. Ich streichle sie vorsichtig. »Mutter«, sage ich, »ich bin's, Primus. Hörst du mich?«

Sie schlägt die Augen auf, ihre Finger verschlingen sich mit meinen. »Mein Großer«, flüstert sie so leise, dass ich es kaum verstehen kann. »Der Herrgott holt mich zu sich.«

Ich muss weinen, meine Tränen tropfen auf ihren nackten Arm. »Nicht traurig sein«, sagt sie. »Schau, ich geh zum Michel, der wartet schon lang auf mich.« Ein Hustenkrampf schüttelt sie; sie drückt sich einen Lumpen vor den Mund, und als sie ihn wegnimmt, ist er voller Blut.

»Ich hab ein bisschen Geld«, sage ich verzweifelt, »ich lauf ganz schnell zum Doktor und hole neue Medizin.«

Sie lächelt und schüttelt den Kopf. »Lass«, flüstert sie. »Mir hilft niemand mehr. Es ist nicht schlimm, Primus, ich hab keine Schmerzen. Wir müssen alle gehen, wenn unsere Zeit gekommen ist.« Wieder hustet sie. Diesmal kommt ein ganzer Schwall Blut. Ich gebe Miriam ein Zeichen, dass sie mit dem Hannolein und der Irmel hinausgehen soll. Sie sollen das nicht sehen.

»Mutter«, sage ich, »soll ich den Priester holen?«

Wieder schüttelt sie den Kopf. »Keine … Zeit.«

Mir laufen die Tränen nur so über die Backen. Ihre Lippen bewegen sich. Ich beuge mich ganz nah zu ihr herunter, um zu verstehen. »Der kleine Michel … versprich mir … du und Miriam … sorgt für … ihn.«

»Ich versprech's«, sage ich. »Wir ziehen ihn groß. Er soll's gut haben bei uns.«

Sie schließt die Augen. Jeder ihrer mühsamen Atemzüge tut mir weh. Ich wische einen Blutstropfen weg, der aus ihrem Mundwinkel dringt. Miriam steht hinter mir und hat die Hände auf meinen Schultern. Sie hält mich ganz fest. Auf der anderen Seite des Lagers sitzt Ida und weint.

Und dann hebt die Mutter den Kopf und schaut an Ida vorbei zum rechten Fußende des Lagers, als ob sie dort etwas sehen könnte. Ihre Augen werden ganz groß. Ich kann nichts erkennen, aber es stimmt also doch: Der Tod tritt immer von rechts ans Bett. Und dann fällt ihr Kopf zurück, ein Schleier legt sich über ihren Blick. Der Griff ihrer Finger um meine Hand wird locker. Ganz langsam entweicht ihr letzter Atem.

Dann ist sie tot.

Jetzt muss ich für alle sorgen.

Gisa

Es gibt ein ungeschriebenes Gesetz, das für alle Hospitäler gilt, ganz gleich, ob sie in Outremer liegen oder im Welschland, in Brabant oder in Hessen. Das Gesetz heißt: keine Aussätzigen! Die Angst vor einer Ansteckung mit dieser schrecklichen Krankheit ist zu groß, es ist einfach zu gefährlich. Jeder weiß das, auch Elisabeth. Und Konrad von Marburg, der ihre Schwäche für die Leprösen nur zu gut kennt, hat ihr das auch strengstens eingeschärft.

Es war eine Woche nach Ostern im Jahr 1229, als die Frau plötzlich am Tor kauerte. Die Finger der rechten Hand waren abgefault, sie konnte kaum noch gehen, und in ihrem Gesicht zeigten sich schon die furchtbaren Merkmale der Facies leonina. Die Frau bat unter Tränen um Einlass, sagte, sie wolle nicht irgendwo im Wald verrecken wie ein Tier. Elisabeth sprach mit ihr, und wir alle dachten, sie hätte die Ärmste fortgeschickt. Erst zwei Wochen später kam ich dahinter, dass sie die Frau in dem kleinen Anbau des Holzschuppens versteckt hatte, wo wir Stroh und Decken für die Kranken lagerten. »Du musst sie wegschicken«, redete ich eindringlich auf sie ein. »Ja, es ist schlimm, aber sie steckt uns die anderen an, und dich zu allererst. Du weißt, es ist bloß eine Frage der Zeit.«

»Wenn Gott will, dass ich am Aussatz sterbe, dann möge es so sein«, erwiderte sie nur.

Auch Isentrud und Guda versuchten ihr Glück, aber Elisabeth blieb stur. Wir wussten, dass Konrad die Lepröse früher oder später entdecken würde; es war ohnehin ein Wunder, dass er sie auf seinen ständigen Kontrollgängen noch nicht bemerkt hatte. Dann würde es Elisabeth schlecht ergehen. Er schlug sie ohnehin bei jedem noch so kleinen Anlass, um sie zu besserem Gehorsam zu erziehen, wie er sagte.

Am Freitag vor Cantate war es dann so weit. Wir sahen ihn mit hochrotem Kopf um die Ecke des Holzschuppens biegen und auf Elisabeth zustürmen. Er packte sie und zerrte sie grob zu seiner Unterkunft, dem kleinen Häuschen, in dem sonst der Hospitalschaffer arbeitete. Wir drei Dienerinnen eilten hinterdrein, um das Schlimmste zu verhindern, und drängten uns mit ins Innere der Hütte, gefolgt von Konrads Gehilfen Johannes.

»Hinaus!«, herrschte der Prediger uns an, während Elisabeth dastand wie eine arme Sünderin.

Guda und Isentrud senkten die Köpfe. Auch sie hatten Konrad Gehorsam geschworen. Also verließen sie widerstrebend den Raum. Nun war nur noch ich übrig.

»Lass uns allein!«, knurrte Konrad.

»Ich bleibe«, widersetzte ich mich. »Ihr könnt mir nichts befehlen, Magister Konrad. Ich bin ein freier Christenmensch und kann tun und lassen, was ich will.«

Elisabeth hatte sich schon hinter ihm zu Boden geworfen. »Straft mich, Meister«, jammerte sie, »ich weiß, ich war ungehorsam.«

Das lenkte ihn von mir ab. Er fuhr herum, wie ein schwarzer Racheengel stand er vor seiner Schutzbefohlenen. »Was maßt du dir an?«, brüllte er. »Du gehorchst nicht meinen Befehlen! Aufsässig bist du und bringst alle in Gefahr mit deiner unsäglichen Unvernunft!«

»Verzeiht mir«, bat sie und versuchte den Saum seines Gewandes zu ergreifen, doch er riss seine Kutte aus ihrer Hand.

»Wer bist du, dir das zu erlauben? Gott und der Papst haben dich unter meine Obhut gestellt! Wie oft willst du mir noch zuwiderhandeln in deiner grenzenlosen Sturheit?«

»Sie war so arm«, wimmerte Elisabeth. »Ich konnte nicht ...«

»Schweig!«, donnerte Konrad. »Du hirnloses Stück Dreck! Du bockiges, gottvergessenes Weib! Du hast es immer noch nicht gelernt! Demut heißt, sich selber aufgeben, die eigenen Wünsche und Begehrnisse zu verneinen! Aber du tust nur, was du willst! Ja, wirf dich nur in den Staub, es wird dir nichts helfen! Gott hasst dich! Und da willst du heilig werden?« Er lachte schrill und böse.

Elisabeth schluchzte auf. »Straft mich, Meister! Macht mich zu einem besseren Menschen, ich bitte Euch! Lasst mich spüren, dass ich die niedrigste Magd des Herrn bin.«

»Was bist du?«

»Ein hirnloses Stück Dreck, Meister!«

»Was bist du noch?«

»Ein bockiges, gottvergessenes Weib!«

»Du verstehst nichts, gar nichts! Diese Frau ist mit dem Aussatz gesegnet! Gott hat sie ausgezeichnet vor allen Menschen! Er hat ihr diese Heimsuchung geschickt, auf dass sie schon im Leben die Leiden erfährt, die andere erst im Fegefeuer erdulden müssen. Sie fährt dereinst in den Himmel auf, während Elende wie du noch Tausende von Jahren brennen werden! Und du willst heilig werden?«

Elisabeth kroch auf Händen und Knien in die Ecke des Raumes, wo Konrads Wanderstab stand. Schluchzend griff sie sich den Knüppel und hielt ihn dem Prediger hin. »Schlagt mich, Herr Konrad! Erspart mir die ewigen Qualen des Fegefeuers, lasst mich jetzt büßen, ich fleh Euch an!«

Da zog er seine eigene blutverkrustete Geißel aus dem Mantel und warf sie ihr hin. »Tu es selbst, Elisabeth. Ich bin es satt!«

Mich hielt es kaum noch in meiner Ecke. Der einäugige Johannes hatte es bemerkt und stellte sich breitbeinig neben mich. Ich roch seinen Schweiß.

Elisabeth kniete im Zustand höchster Verzweiflung da. Sie war nicht mehr bei sich, als sie mit einem Ruck ihr Gewand über der

Brust aufriss und bis zu den Hüften abstreifte. Ich sah, was ich bisher noch nie gesehen hatte: Ihr Rücken war voller Narben! Alte, längst verheilte weiße und dunkle Striemen und ganz frische, die noch hellrot aufleuchteten. Es war ein schrecklicher Anblick, ich schrie auf und schlug die Hände vors Gesicht.

Und dann klatschten die Schnüre der Geißel auf die geschundene Haut. Ich wollte zu Elisabeth, ihr das Marterinstrument aus den Händen reißen, aber Johannes hielt mich fest. Immer und immer wieder ließ Elisabeth die Geißel fliegen. Winzige Blutströpfchen sprühten, benetzten die Wände, den Tisch und Konrad, der mit verschränkten Armen dastand und ungerührt zusah. Nach endloser Zeit, so schien es mir, erlahmten ihre Kräfte, sie brachte keinen Schlag mehr zustande.

Konrad nahm ihr die Geißel ab. »So, und nun glaubst du, es sei alles gesühnt?«

»Ich … ich weiß nicht, Meister«, presste sie unter Schmerzen hervor. Immer noch kniete sie mit nacktem Oberkörper da, ich sah genau, dass Johannes seinen Blick nicht von ihren Brüsten abwenden konnte. Er hielt mich immer noch fest.

Konrad schien unsere Gegenwart völlig vergessen zu haben. »Gibt es noch etwas, was du beichten willst, Weib? Dann ist jetzt die Zeit.«

Elisabeth zog sich das zerrissene Gewand vor die Brüste. »Ja, Herr, ich will beichten. Ich will Euch gestehen, dass ich ehrgeizig und selbstsüchtig bin, und hoffärtig. Dass ich den eitlen Wunsch habe, die Stigmata des Herrn zu tragen. Dass ich jeden Tag danach trachte, wieder dem Erlöser zu begegnen, obwohl ich seiner Gegenwart nicht würdig bin. Dass ich versuche, eine Begegnung, wie ich sie zu Eisenach hatte, wieder heraufzubeschwören.«

»Du versuchst willentlich, eine Vision herbeizuführen?«, fragte Konrad mit gerunzelten Brauen.

Sie nickte und fuhr stockend fort. »Ja. Ich weiß, dass es falsch ist. Ich muss es dem Herrn überlassen, ob er noch einmal zu mir sprechen will. Aber ich sehne mich doch so danach. Meine Liebe zu ihm ist so unendlich groß. Und dann …« Sie hielt inne.

»Was ist dann?«

Elisabeth schloss die Augen. »Und dann, wenn ich so mit aller

Hingabe an ihn denke, dann … dann bekomme ich solche Gefühle … Gefühle, die …«

Konrad schien zu erstarren. »Du meinst, du empfindest fleischliche Lust? Willst du das sagen?«

Sie nickte, und dabei liefen ihr die Tränen über die Wangen.

»Du stellst dir vor, der Herr würde dir beiliegen?«, donnerte der Prediger.

»O Gott, ja«, stöhnte Elisabeth.

»Du glaubst, Jesus Christus würde seine heilige Männlichkeit mit deiner schmutzigen Kloake vereinigen?«, brüllte Konrad; seine Stimme überschlug sich. »Unersättliches, geiles Weib! Du machst den Erlöser der Christenheit in Gedanken zum Hurenbock! Das ist ungeheuerlich! Das ist widerlich!«

»Meister, Meister, ich bitte Euch, heilt mich!« Elisabeth schluchzte haltlos und griff verzweifelt nach seiner Hand. »Reiniget mich von diesen Gedanken. Ich bin das schlechteste Wesen auf der ganzen Welt. So helft mir doch! Es kommt sonst wieder!«

Der Prediger war außer sich. Er schüttelte Elisabeth ab, als sei sie ein ekles Insekt. »Ich werde dir diesen Teufel austreiben«, schrie er. Seine Augen waren nur noch schmale Schlitze. »Nie mehr sollst du sündige Wünsche haben. Mit Stumpf und Stiel muss dieses Übel ausgerottet werden! Du sollst keusch werden und züchtig, rein wie ein Engel.«

»Ja, o ja, das will ich!« Elisabeth zitterte am ganzen Körper. »Macht mit mir, was Ihr wollt, Meister! Schlagt mich, lasst mich hungern, lasst mich leiden, ich will jede Strafe freudig annehmen.«

Da sagte er voller Verachtung: »Du sollst deine Strafe bekommen, Elisabeth. Ich werde dir geben, was du dir so heftig ersehnst.«

Er sah zu mir herüber, und plötzlich war er mit drei Schritten bei mir, legte seine Finger wie ein Schraubstock um mein Handgelenk und zog mich zur Tür. Unsanft stieß er mich ins Freie. Bevor er mir folgte, sagte er einen Satz zu dem Einäugigen, den ich in meinem Leben nie vergessen werde. Er sagte: »Du kannst sie haben, Johannes!«

Das Letzte, was ich sah, war, wie Johannes sich die Lippen leckte. Dann fiel die Tür ins Schloss. Ich brachte vor Entsetzen kein Wort heraus.

Draußen stellte sich Konrad von Marburg vor den Eingang. Ich warf mich gegen ihn, schrie, trommelte mit den Fäusten gegen seine Brust, aber er stand eisern da, wie der Wächter des Höllentores. Und mit einem Mal schlug er ohne Vorwarnung zu. Er traf mich hart an der Schläfe, ich fiel benommen hin. Und dann gab ich auf, ich blieb einfach liegen. »Ihr seid der Teufel«, keuchte ich. Es störte ihn nicht. Er stand einfach nur da, mit dem Rücken zur Hütte, und sah stumm in die Ferne. Von drinnen kamen gedämpfte Laute. Es schien kein Ende zu nehmen. Es war furchtbar.

Als Elisabeth herauskam, sah sie aus wie ein Geist. Ich stürzte zu ihr hin, doch sie nahm mich gar nicht wahr. Langsam ging sie auf Konrad von Marburg zu, nahm seine Hände und küsste sie voll Inbrunst. »Danke, Meister«, sagte sie leise. »Jetzt weiß ich, wie groß meine Sünde war.«

Am nächsten Tag befahl er ihr, uns fortzuschicken.

Marburg, Herbst 1229

Der Samstag Allerheiligen hatte den ersten starken Frost gebracht; die Sonne schien kraftlos aus einem eisblauen Himmel, alle Dächer waren mit weißglitzerndem Raureif bedeckt. Ganz Marburg war auf den Beinen, dick eingemummte Menschen säumten die Gassen vom Tor bis zum Kirchplatz. Es war ein großer Tag, denn zum ersten Mal würde der neue Landgraf die Stadt besuchen und vor der Marienkirche öffentlich Recht sprechen.

Gisa stand ganz vorne in der Menge, eingequetscht zwischen dem Stadtfischer und zwei vornehm gekleideten Bürgersfrauen. Seit über drei Monaten lebte sie nun schon innerhalb der Mauern, in einer kleinen Kammer am Hirschberg unterhalb der Burg. Isentrud und Guda waren längst nach Hörselgau zurückgekehrt, wo Isentrud ein Haus als Witwensitz besaß, aber Gisa hatte in Elisabeths Nähe bleiben wollen. Ein Auskommen hatte sie nach ihrem Weggang aus dem Hospital überraschend schnell gefunden: Sie brachte den Söhnen und Töchtern der Marburger Bürgerschaft Lesen und Schreiben bei, dazu noch ein wenig höfisches Benehmen und Tischmanieren. Die Aufgabe gefiel ihr, sie mochte Kinder gern. Reich würde sie zwar von den paar Pfennigen nicht werden, die sie dafür bekam, aber sie konnte davon immerhin besser leben als im Hospital.

Jetzt gerieten die Leute in Bewegung. Hochrufe erschollen. Gisa reckte den Kopf, und da sah sie ihn auch schon: Heinrich Raspe. Ganz in Blau gekleidet saß er auf seinem Lieblingsschimmel und winkte lässig seinen hessischen Untertanen zu. Er hatte sich nicht verändert in den anderthalb Jahren, die Gisa nun schon fern von Thüringen lebte. Hinter ihm, und das war wohl der eigentliche Grund für den überschäumenden Jubel der Menschen, ritt auf einem hübschen Schecken der kleine Hermann. Ganz gerade hielt sich der siebenjährige Blondschopf auf dem Pferderücken und warf sich vor Stolz in die Brust. Gisas erster Impuls war überschäumende Freude – wie war ihr Liebling gewachsen! Richtige Pausbacken hatte er bekommen, und er strahlte von einem Ohr zum anderen. Aber dann kam der Schreck: Was hatte Hermann bei Heinrich Raspe verloren? Er sollte doch in Bamberg erzogen werden, bei seinem Großonkel Ekbert! Gisa spürte eisige Kälte ihren Rücken hinaufkriechen. Elisabeth hatte damals eigens diese Regelung getroffen, weil sie ihrem Schwager nicht vertraute. Und Gisa hatte sie in ihrem Entschluss bestärkt. Sie kannte schließlich Heinrich Raspe und seinen unbändigen Ehrgeiz. Sein kleiner Neffe stand zwischen ihm und der Macht – zwar jetzt noch nicht, aber im Augenblick seiner Volljährigkeit. Dann würde Heinrich ihm die Landgrafenwürde überlassen müssen. Und Gisa fürchtete, dass er nicht warten würde, bis es so weit kam.

Zu allem Überfluss erkannte sie in dem Reiter hinter Hermann das Narbengesicht von Ortwin, dem Eisenacher Galgenvogel. Und dahinter, auf seinem altgedienten Braunen, trabte mitten im Pulk der Höflinge Raimund von Kaulberg. Gisa gab es einen Stich im Herzen. Sie sah sein schmales Gesicht, das dunkle Haar, das an den Schläfen erste Strähnen von Grau zeigte, die breite Brust, an die sie sich einst so glücklich geschmiegt hatte. Er sah sie nicht, sah nicht, wie sich der Schatten der Wehmut über ihre Züge legte.

Dann waren der Landgraf und sein Gefolge vorüber, sie bogen in die Rittergasse ein, um den steilen Weg zur Burg hinauf zu nehmen. Erst für den nächsten Morgen war die Gerichtssitzung geplant.

Gisa ging nach Hause, sie fühlte sich wie vor den Kopf geschlagen. Nicht nur, dass der Anblick Raimunds sie viel tiefer getroffen hatte, als ihr lieb war, sondern die Anwesenheit des kleinen Hermann beunruhigte sie. Und je mehr sie darüber nachdachte, desto stärker wuchs ihre Angst. Heinrich würde dem Jungen früher oder später etwas antun, dessen war sie gewiss. Er würde sich den Landgrafentitel nicht mehr nehmen lassen. Zudem war er ja nun verheiratet, eigene Kinder würden kommen, und denen wollte er ganz bestimmt die Herrschaft sichern.

In dieser Nacht schlief Gisa kaum. So viele Gedanken wälzten sich in ihrem Kopf. Und am Morgen hatte sie einen Entschluss gefasst: Sie musste etwas unternehmen. Und es gab nur einen einzigen Menschen im Gefolge des Landgrafen, mit dem sie reden konnte, dem es möglich sein würde, Elisabeths Sohn zu schützen: Raimund.

Sie würde mit ihm sprechen – auch wenn es weh tat.

Nach langer Suche fand sie ihn mitten im Trubel des Gerichtstags; er lehnte am Portal der Marienkirche und beobachtete, wie die Schöffen ihren Platz einnahmen und die Bittsteller sich in einer Reihe formierten. Nach den ersten Schritten verließ sie fast der Mut, aber dann riss sie sich zusammen und ging auf ihn zu. »Gott zum Gruß, Raimund«, sagte sie mit bebender Stimme.

Er drehte sich zu ihr um. Einen Augenblick lang glaubte sie, so etwas wie Freude in seinem Blick zu erkennen, doch dann wurden seine Augen wieder hart. »Was willst du?«, fragte er brüsk.

»Ich … es tut mir leid, wenn ich dich belästige, Raimund, aber ich muss mit dir reden.« Ihr Mund wurde trocken. »Bitte! Es geht um Hermann.«

Er runzelte die Stirn. »Was ist mit ihm?«

»Nicht hier! Lass uns hinter die Kirche gehen.«

Auf der Seite der Apsis war eine Mauernische; dort standen sie einander schließlich gegenüber.

»Also?« Raimunds Stimme war hart. Er hatte Gisa nicht verziehen und ließ sie das deutlich spüren.

Sie holte tief Luft. »Raimund, ich habe solche Angst. Wieso ist Hermann bei euch?«

»Er lebt seit kurzem wieder am Hof. Heinrich Raspe wollte seine Erziehung selber übernehmen. Und schließlich hielten wir es alle für gut und richtig, dass der zukünftige Landgraf in Thüringen aufwächst und nicht in Bamberg. Ich verstehe deine Aufregung nicht.«

Gisa hob mit flehentlicher Miene die Hände. »Ich kenne Heinrich Raspe ... ja, sieh mich nur verächtlich an. Ich war einmal verliebt in ihn und wollte ihn heiraten. Und in dieser Zeit habe ich vieles über ihn gelernt. Raimund, er ist von Ehrgeiz zerfressen, er giert nach Macht. Er hat damals geschäumt vor Wut, als Ludwig nicht ihn, sondern Elisabeth zu seiner Stellvertreterin ernannt hat, zweimal, für den Reichstag und später für die Kreuzfahrt. Du hättest ihn sehen sollen. Und dann, beim Abritt von Schmalkalden, da habe ich beobachtet, wie er diesem Ortwin, der jetzt bei ihm ist, heimlich Geld gegeben hat. Ich weiß nicht, wofür, aber ich weiß eines: Ludwig ist nicht heimgekehrt.«

»Was redest du da?« Raimund war entsetzt. »Weißt du, wie ungeheuerlich diese Verdächtigung ist? Abgesehen davon, dass Ludwig am Fieber gestorben ist. Ich war doch dabei!«

»Raimund, ich kann nichts beweisen. Aber ich bitte dich, hör mir weiter zu: Ich weiß, dass Heinrich Raspe den Luziferianern angehört ...«

»Bist du denn ganz närrisch geworden?«, fiel ihr Raimund ins Wort.

Sie nahm seine Hand. »Hör mich einfach an: Schon als Kind habe ich ihn bei heimlichen Messen gesehen. Und dann, vor zwei Jahren, habe ich herausgefunden, dass es in Eisenach Ketzer gibt, die sich ›die Reinen‹ nennen und um ihren Priester Wido scharen. Du kennst ihn doch von früher, diesen unheimlichen kahlköpfigen Alten mit der Brandnarbe. Ortwin gehört auch zu seinen Anhängern.« Sie holte tief Luft. »Ist dir schon einmal der silberne Ring aufgefallen, den Heinrich trägt? Er gehörte früher seinem Vater. Dieser Ring ist ein Zeichen der Ketzer. Ich habe ihn mehr als einmal berührt, und jedes Mal brannte er wie Feuer. Bitte, Raimund, halte mich nicht für verrückt! Ich bin bei klarstem Verstand. Und ich habe furchtbare Angst. Du bist der Einzige, an den ich mich wenden kann! Glaub mir, Heinrich ist böse! Er wird Elisabeths Sohn nicht erwachsen werden lassen!«

Raimund schüttelte Gisas Hand ab. »Du bist ja von Sinnen!«, zischte er. »Ich rate dir eines, Gisa: Erzähle niemand anderem von diesen Hirngespinsten, denn sonst endest du wegen Hochverrats auf dem Richtplatz – oder in einem Narrenkäfig an der Stadtmauer von Marburg! Heinrich Raspe macht seine Sache als Landgraf gut. Und er versteht sich prächtig mit seinem Neffen. Er besucht regelmäßig die Messe und hat erst im letzten Monat dem Kloster Reinhardsbrunn eine Zustiftung gemacht. Du bist ja irre, solche Dinge von ihm zu behaupten. Und jetzt lass mich in Ruhe!« Er wandte sich zum Gehen.

»Raimund!«

»Was noch?« Gereizt drehte er sich um.

»Frag Primus!«, rief sie.

Er glaubte ihr nicht! Gisa war grenzenlos enttäuscht. Es tat so weh, dass er ihr zum zweiten Mal nicht vertraute. Voller Unruhe ging sie zurück auf den Kirchplatz. Sie konnte es Raimund nicht verdenken, es war wirklich ungeheuerlich, was sie gerade gesagt hatte. Aber wenn er ihr schon nicht glaubte, wer sollte ihr dann die Wahrheit abnehmen? Es gab einfach keine Beweise. Gisa zermarterte sich das Hirn. Was konnte sie jetzt noch tun? Sie versuchte, unter dem landgräflichen Gefolgsleuten Primus zu entdecken – vergeblich. Vielleicht war er nicht mitgekommen. Verzweifelt suchte sie die Brüder Vargula, doch auch sie waren augenscheinlich in Thüringen geblieben. Währenddessen überreichten zwei blumenbekränzte junge Mädchen dem kleinen Hermann ein Geschenk der Bürgerschaft, ein wunderschön bunt bemaltes Schaukelpferd. Heinrich Raspe verfolgte die Szene mit verkniffener Miene. Gisa stand nicht weit abseits, sie sah den Blick, den Heinrich seinem Neffen zuwarf. Und wenn sie jemals an ihrer Befürchtung gezweifelt hatte – nun zweifelte sie nicht mehr: In diesem Blick stand kalter Hass. Sie schnappte nach Luft. Aber da hörte sie schon eine helle, klare Kinderstimme ihren Namen rufen. Hermann hatte sie erkannt. Er riss sich von der Hand seines Onkels los und wühlte sich durch die Menge zu ihr durch. Juchzend fiel er ihr um den Hals. »Mein süßer kleiner Schatz«, rief Gisa und drückte den Jungen an sich, so fest sie konnte. »Geht's dir gut?« Eine Woge der Liebe erfasste sie. Wie hatte sie den Buben vermisst!

»Onkel Heinrich bringt mir das Reiten bei, das ist schön!«, plapperte der Kleine übermütig. »Und nächstes Jahr nimmt er mich mit auf die Jagd! Und ich hab ein eigenes Zimmer, das ist ganz grün angestrichen, und auf den Wänden sind Hunde gemalt!« Er sah sich um. »Wo ist Mutter?«

Gisa strich Hermann über die blonden Locken. »Sie ist im Hospital. Vielleicht darfst du sie besuchen?«

»Nein«, sagte eine altbekannte tiefe Stimme. »Das darf er nicht.« Gisa zuckte zusammen. Heinrich Raspe war herangekommen und nahm ihr den Kleinen unsanft ab. Hermanns Augen füllten sich mit Tränen. Und da ließ sie alle Bedenken fahren. Sie würde nicht zulassen, dass er ihrem Liebling etwas antat. »Auf ein Wort, Heinrich«, sagte sie.

Er sah sie ungnädig an. »Jetzt nicht! Was willst du, Gisa?«

Sie schluckte. »Mit dir über Ludwig reden. Und Ortwin. Und Wido. Ein Haus in Eisenach hinter der Münze. Einen …«

»Still!« Er war bleich geworden und sah sich hastig nach allen Seiten um. Aber niemand hatte ihre Unterhaltung verfolgt. »Komm nach dem Gericht ins Wirtshaus zum Bären, da ist Gerichtsmahl«, sagte er leise. »Und komm allein.«

Gegen Abend wartete sie mit klopfendem Herzen in einer Nebenstube der Wirtschaft. Eine Schankmagd hatte sie eingelassen und holte nun den Landgrafen. Sie hatte Angst. Mit diesem Treffen brachte sie sich selber in Gefahr, das war ihr bewusst. Aber sie konnte einfach nicht anders. Sie öffnete ein Fenster, ließ sich dann auf einen Scherenstuhl sinken und versuchte, das Zittern ihrer Hände unter Kontrolle zu bringen.

Dann sprang die Tür auf, und Heinrich Raspe stand vor ihr. »Was willst du also?«, fragte er und setzte sich ihr gegenüber.

»Ich will Sicherheit für den kleinen Hermann.« Gisa brachte es fertig, Heinrich direkt in die Augen zu sehen. Der lachte. »Was soll das, Gisa? Mein Neffe ist an meinem Hof sicher wie in Abrahams Schoß!«

Sie schüttelte den Kopf. »Du kannst mir nichts vormachen. Ich habe gesehen, wie du ihn anschaust, Heinrich. Ich kenne dich zu gut. Und ich weiß zu viel von dir.«

Er lehnte sich zurück. »Was kannst du schon von mir wissen, hm?« Er tat so, als sei er ganz entspannt, aber sein Blick wurde lauernd.

Gisa atmete einmal kurz durch. Dann sagte sie mit fester Stimme. »Ich weiß, dass du einer von den ›Reinen‹ bist. Du gehst regelmäßig zu ihren Treffen in Eisenach. Wido ist euer ketzerischer Priester, und er hält im Haus hinter der Münze Messen ab.«

»Lüge«, schnaubte Heinrich, »alles Lüge.«

Sie fuhr ungerührt fort: »Einer deiner Glaubensgenossen ist Ortwin, der Mann mit der Narbe im Gesicht. Du hast ihn mit auf den Kreuzzug geschickt und ihm vorher Geld zugesteckt. Wofür, Heinrich? Ich kenne deine Machtgier! Sollte er dafür sorgen, dass Ludwig nicht zurückkehrt? Sollte er ihn umbringen?«

Mit einem Wutschrei fuhr der Landgraf hoch. »Du wagst es, mich zu bezichtigen?«

»Seit dieser Ortwin aus dem Heiligen Land zurück ist, gilt er als dein bevorzugter Leibwächter. Ihr beide seid schier unzertrennlich. Er hat sich das Haus hinter der Münze gekauft, welch ein Zufall!«

Sie sah, wie seine Kiefer mahlten, aber noch beherrschte er sich. »Selbst wenn das alles wahr wäre – wie willst du es beweisen?«

»Ich muss es gar nicht beweisen«, erwiderte sie ruhig. »Ich muss es nur Konrad von Marburg erzählen. Er ist päpstlich bestellter Inquisitor, das weißt du. Und du weißt auch, dass er keine Ruhe geben würde, bis du vom Ketzergericht verurteilt worden bist.«

Heinrich stand auf und sah eine ganze Weile aus dem Fenster. Dann drehte er sich um. »Was willst du, Gisa?«

Sie stand ebenfalls auf. »Ich will Hermanns Leben.«

Er hob die Augenbrauen. »Ich verstehe nicht ganz.«

»Du verstehst sehr gut, Heinrich. Vielleicht tust du ihm jetzt noch nichts, er ist ja noch ein Kind. Aber ich weiß, du wirst ihn nicht am Leben lassen, weil er als Ludwigs Sohn Landgraf würde, sobald er volljährig ist. Und das wirst du niemals zulassen.«

»Gesetzt den Fall, das sei so – wie soll ich dir seine Sicherheit garantieren? Willst du, dass ich einen Eid ablege?«

»Das brauchst du gar nicht«, sagte sie. »Du musst nur wissen, dass ich all deine Geheimnisse verraten werde, falls Hermann etwas zustößt. Solange ihm nichts geschieht, geschieht auch dir nichts.«

Er grinste. Dann zog er seinen Dolch und prüfte die Schärfe seiner Spitze mit dem Daumen »Kleine, dumme Gisa! Wer sagt dir, dass ich dich nicht gleich hier auf der Stelle umbringe?«

Gisa ging zum offenen Fenster und winkte Heinrich zu sich. »Da drüben auf der anderen Seite der Gasse steht Vater Seyfried, der Stadtpfarrer, mit dem ich hergekommen bin. Er kann uns zwar nicht hören, aber er sieht uns beide von dort aus schon die ganze Zeit. Ich habe ihn gebeten zu warten, bis unser Gespräch zu Ende ist und ich wieder bei ihm bin.«

Tatsächlich stand da ein älterer Mann in schwarzer Kutte. Heinrich lachte gezwungen, steckte seinen Dolch weg und deutete eine kleine Verbeugung an. »Meine Hochachtung, Gisa, du bist ganz schön durchtrieben.« Langsam setzte er sich wieder hin. Er kratzte sich am Kinn und überlegte. Und dann blitzte etwas auf in seinen Augen. »Aber ich glaube nicht, dass du irgendjemandem etwas erzählen wirst«, sagte er lächelnd. »Denn du kennst nicht die ganze Wahrheit. Siehst du, ich bin nämlich nicht der Einzige in der Familie, der dem Glauben der ›Reinen‹ zugeneigt ist. Vor mir waren schon mein Vater dabei, mein ältester Bruder, und natürlich auch Ludwig. Der brave, freundliche Ludwig, der ein so gut christlicher Fürst war, vielgeliebt und vielbeweint! Der Vater des lieben Kleinen, den du so gern vor mir schützen möchtest! Das kann im Übrigen nicht nur Wido bestätigen, sondern alle Katharer in Thüringen.« Er hob spöttisch die Brauen. »Was sagst du nun, hm? Was glaubst du, würde geschehen, wenn alle Welt die Wahrheit über Ludwig erführe? Was würde Elisabeth sagen, die ach so tiefgläubige Elisabeth? Was würde sie sagen, wenn sie wüsste, dass sie mit einem Ketzer verheiratet war? Sie will doch heilig werden, nicht wahr? Eine Vision soll sie schon gehabt haben, hört man. Tja, ich kann mir nicht vorstellen, dass der liebe Gott sie unter diesen Umständen erhöht.« Gisa stand da wie vom Blitz getroffen. Ludwig ein Abtrünniger? Es war unvorstellbar! Aber sie spürte, sie wusste, dass Heinrich die Wahrheit gesagt hatte.

Heinrich sprach weiter. »Schau, ich kenne dich nämlich auch, meine Hübsche. Es gibt einen Menschen, der dir noch wichtiger ist als der kleine Hermann, einen Menschen, den du noch mehr liebst: Elisabeth.«

Gisa schwankte.

»Und du weißt ganz genau, dass die Wahrheit über Ludwig Elisabeth umbringen würde. Ich habe sie heute früh im Hospital gesehen. Sie isst kaum noch etwas, und sie schuftet sich langsam zu Tode. An ihr ist kein Gran Fleisch mehr, nur noch Haut und Knochen. Sie sieht aus wie eine alte Frau. Sie hustet. Der kleinste Windstoß würde sie umwerfen. Ihr geliebter Ehemann, der Vater ihrer Kinder, ein Teufelsanbeter? Den Tag, an dem sie das erführe, würde sie nicht überleben.«

Gisa schloss die Augen. Er hatte recht. Niemals würde sie das zulassen. Mit schwankenden Schritten ging sie zu ihrem Stuhl zurück und hielt sich an der Lehne fest.

»Nun«, sagte Heinrich, »wir beide könnten uns gegenseitig ziemlichen Ärger machen, was?« Er zuckte die Schultern. »Ich denke, wir sollten uns einigen, meine Liebe. Ich bin ja kein Unmensch. Ob du's glaubst oder nicht, ich mag meinen kleinen Neffen gern und ich habe nicht vor, ihn in nächster Zeit umzubringen. Wer weiß außerdem, was in zehn Jahren sein wird. Also, ich schlage vor, du versprichst mir, Stillschweigen zu bewahren. Dafür verspreche ich dir, Hermann ein wunderbarer Onkel zu sein und ihm nichts Böses zu tun. Du bleibst am Leben, dein kleiner Liebling und Elisabeth auch. Und ich bleibe, was ich bin, nämlich Landgraf von Thüringen. Was meinst du?«

Gisa ließ sich auf den Stuhl sinken. Lange barg sie das Gesicht in den Händen. Ihre Stimme bebte, als sie schließlich sagte. »Nur um Elisabeths Willen willige ich ein, Heinrich. Ich will nicht schuld sein an ihrem Unglück. Ich gebe dir also das Versprechen, das du von mir haben willst.«

»Ich wusste, du siehst es ein. Und ich verspreche dir im Gegenzug, dass ich weder dir noch meinem Neffen nach dem Leben trachten werde.« Er streckte ihr die Hand hin. »Du kannst mir vertrauen, Gisa. Ich bin ein Mann, der sein Wort hält.«

»Würdest du jemandem vertrauen, der einen Teufelsring trägt?« Gisa deutete auf den Silberreif an seinem Finger. Da lachte er, zog ihn ab und legte ihn auf den Tisch. Es kostete sie dennoch grenzenlose Überwindung, seine Hand zu schütteln. Danach verließ sie fluchtartig das Haus.

Würde Hermann nun sicher sein?

Heinrich wartete, bis Gisa fort war. Dann ging er in die große Stube zu Widukind von Battenberg, dem Burgherren der Marburg. Er zog ihn zur Seite. »Kennst du Gislind von Tenneberg, die Dienerin der früheren Landgräfin?«

Der Graf runzelte die Stirn. »Die mit den blonden Haaren?«

Heinrich nickte. »Falls Elisabeth im Hospital einmal das Zeitliche segnen sollte, ganz gleich wann, greifst du dir sofort die Jungfer. Und dann schmeißt du sie in das tiefste Loch, das sich auf deiner Burg finden lässt.«

Primus

Mein Herr Raimund war im letzten Jahr mit dem Landgrafen auf Umritt in Hessen und am Königshof. Mich hat er nicht mitgenommen, weil er mich nicht unbedingt braucht, hat er gesagt, aber ich glaube, er wollte mich nach Mutters Tod nicht so lang von meiner Familie trennen. Er ist ein feiner Mensch.

Als er zurückkam, wirkte er noch trauriger als vorher. Ich hab ihn gefragt, ob er zu Marburg Jungfer Gisa getroffen hat, da hat er nur was in seinen Bart gebrummt und sich gleich verdrückt. Ha! Er liebt sie also immer noch.

Bei Hof hört man inzwischen die schrecklichsten Dinge über die Landgräfin Elisabeth. Das Schlimmste davon ist das unzüchtige Gerede über sie und den Prediger. Beiliegen soll sie ihm! Und dabei soll er sie schlagen und quälen, was ihre Lust angeblich noch steigert! Herr Jesus, das mag ich mir gar nicht vorstellen!

Aber es gibt auch andere Nachrichten über sie. Berichte darüber, wie sie Todgeweihte geheilt hat, indem sie ihre Wunden mit ihren Tränen netzte. Darüber, dass die Leute mit kranken Kindern von nah und fern zu ihr kommen, weil bei ihr im Hospital noch nie ein Kind gestorben ist. Sie hat einen Pakt mit dem Allmächtigen geschlossen, heißt es: Ihm hat sie ihr Töchterlein gegeben, dafür schenkt er ihr die Seelen der Kleinsten, die sterben sollten. Und neulich ist sogar ein Händler aus Hessen nach Eisenach gekommen, der hat allen Ernstes behauptet, ein paar Schäferskinder zu Wehrda hätten die Landgräfin gesehen, wie sie nachts übers Feld gelaufen sei, und dabei sei um ihren Kopf etwas Helles gewabert, ein Flackern und Schimmern, das habe geleuchtet wie ein Heiligenschein.

All das hört man bei Hof gar nicht gern. Heinrich Raspe wäre es wohl am liebsten, Frau Elisabeth würde schnellstens vom Erdboden verschluckt.

Seit der Rückkehr vom Umritt ist mir aufgefallen, dass Herr Raimund seinem Herrn und Fürsten manchmal seltsame Blicke zuwirft. Meistens dann, wenn der Landgraf mit dem kleinen Hermann spricht oder ihm Reitunterricht gibt. In diesen Blicken liegt Misstrauen, glaube ich. Auch Ortwin guckt er in letzter Zeit so an. Und irgendwann hat er mich sogar gefragt: »Sag einmal, Primus, was reden die Leute eigentlich über den neuen Landgrafen?«

Ha, so einiges, hab ich mir gedacht. Natürlich lästern sie über ihn, weil er hart ist und hochmütig. Und sie sind wütend, weil die Abgaben zu hoch sind. Lieben tun sie Heinrich Raspe bestimmt nicht. Und dennoch – die Leute haben ja keine Ahnung! Im Gegensatz zu mir. Aber ich schweige schön still. Ich bin ja nicht lebensmüde. »Woran denkt Ihr, Herr?«, hab ich ganz unschuldig zurückgefragt.

Er hat sich ein bisschen gewunden, aber dann ist er damit rausgerückt: »Es gibt Gerüchte, er sei nicht fest im Glauben.«

Einen Augenblick lang hab ich wirklich überlegt, ob ich ihm was sagen soll. Aber da geht gerade Ortwin über den Hof, das blanke Kurzschwert an der Seite, und winkt zu mir herüber. Da hab ich mir gedacht, Mund halten und länger leben.

Herr Raimund hat Ortwin auch gesehen. »Und was weißt du über den da?«

»Ortwin? Der war früher der schlimmste Halsabschneider von ganz Eisenach! Hat alles gemacht, was Geld eingebracht hat, geklaut, betrogen, Leute überfallen und abgestochen, so was in der Art.«

»Hm. Und jetzt ist er der Leibwächter des Landgrafen.« Herr Raimund hat sich lange am Kinn gekratzt.

»Ja, und ganz dick mit ihm.«

Mein Ritter hat die Backen aufgeblasen. Und danach hat er noch finsterer dreingeblickt als vorher. Ob er irgendwas ahnt?

Und dann haben die Sorgen um den zweiten Michel angefangen. Es war, glaub ich, um Egidi herum, als er auf der Nase ein winziges rotes Pünktchen bekam. Anfangs haben wir geglaubt, es sei ein Flohbiss. Aber dann ist das Pünktchen größer geworden und aufgegangen und hat angefangen zu nässen. Die Hausmännin hat Miriam geraten, die Wunde zweimal täglich mit Essig abzutupfen, aber das hat nichts geholfen. Immer größer ist die offene Stelle geworden, die halbe Nase war ohne Haut, und bald hat alles angefangen zu eitern. Merkwürdigerweise tat es aber anfangs nicht weh. Nur, wenn der Michel dran gekratzt hat, haben sich Grinde gebildet, und dann hat es auch geblutet.

Als sich die Wunde über die linke Backe gezogen hat bis zum Hals, haben wir den Michel zum Arzt gebracht. Der hat grimmig geschaut, klug dahergeredet, hmhm und aha gemacht und uns dann eine Salbe mitgegeben. All unsere Ersparnisse hat uns das gekostet, aber mit der Wunde ist es nicht besser geworden. Im Gegenteil, sie hat sich über den Hals hinunter bis auf die Brust ausgeweitet, sich dann über Oberarm und Schulter gefressen. Blankes, offenes Fleisch. Der Michel konnte inzwischen kein Hemdchen mehr anziehen, weil der faserige Wollstoff an ihm festgeklebt wäre. Wir wussten kaum noch, wie wir ihn anfassen sollten. Und inzwischen war es auch so, dass eine Entzündung dazukam und der Michel doch Schmerzen hatte, dauernd hat er gejammert und gegreint, dass sich einem das Herz zusammengekrampft hat. Er hat uns so leidgetan. Und wir hatten solche Angst, dass es immer schlimmer wird, dass die offene Wunde mit der Zeit die ganze Haut wegfrisst. Und ohne Haut kann ein Mensch nicht leben, sagt die Hausmännin. Der Bader, bei dem wir auch mit Michel waren, hat sogar gesagt, man stirbt, sobald bloß noch die Hälfte des Körpers mit Haut bedeckt ist. Das hat er schon erlebt.

Miriam war ganz außer sich vor Kummer und Sorge. Sie liebt den Michel wie ihr eigenes Kind. Und mich hat die blanke Angst gepackt. Der Kleine ist doch mein Ein und Alles, verrückt würde ich werden, wenn er sterben müsste. Der liebe Gott hat ihn uns doch geschickt für meinen toten Bruder. Da kann er uns den Michel doch nicht zum zweiten Mal nehmen!

Und dann, eine Woche vor Allerseelen, haben wir ein zweites Pünktchen entdeckt, am rechten Oberschenkel. Es war gerade dabei aufzugehen. Inzwischen hat der Michel Tag und Nacht ununterbrochen gewimmert. Er hat sich auch nicht mehr trösten und ablenken lassen, und er wollte kaum mehr was essen. Keinen Rat haben wir uns mehr gewusst. Miriam ist nur noch mit rotgeweinten Augen herumgelaufen. Und dann ist sie eines Abends zu mir gekommen und hat mir mit ihren Handzeichen gesagt: Elisabeth.

Ich hab sofort gewusst, sie ist unsere letzte Hoffnung.

Und jetzt sind wir in Marburg, Miriam, Michel und ich. Ich habe meinen Herrn Raimund um die Entlassung gebeten, und er hat mich ziehen lassen. Schwer ist es mir schon gefallen, aber wenn es um Michels Leben geht, hab ich keine Wahl. Wir haben einen Eselskorb gebastelt, in den wir Michel legen können. Den dazugehörigen Esel hab ich in der Nacht vor unserer Abreise aus dem Pferch hinterm Hellgrevenhof geklaut. Mir war klar, bis die das merken, sind wir schon über alle Berge.

Der Weg war länger, als ich gedacht hatte, und dem Michel ist es unterwegs immer schlechter gegangen. Am Ende hat er auch noch Fieber gekriegt. Da haben wir gedacht, wir bringen ihn nicht lebend nach Marburg. Aber jetzt endlich sind wir da.

Wir finden das Hospital auch gleich, es liegt ja nicht weit vor dem nördlichen Stadttor. Du meine Güte, überall Gewimmel. Eine

Traube Menschen steht vor dem Hospitaleingang, jemand verteilt gerade Brot über das Weidengatter. Ich quetsche mich durch, mit Michel auf dem Arm. »Lasst uns ein, in Gottes Namen«, sage ich zu der älteren Magd, die sich gerade über den Brotkorb bückt, »ich habe ein todkrankes Bübchen.«

Sie schaut mit zusammengekniffenen Augen auf. »Wir haben keinen Platz mehr«, brummt sie. »Sieh doch selbst!«

Ja, sie hat recht. Drinnen im Hospitalhof drängen sich Alte, Kranke und Krüppel, überall lagern Menschen, kein Fleckchen, das nicht besetzt wäre. »Aber Frau Elisabeth kennt mich«, versuche ich es noch einmal, »aus Eisenach. Sie würde es erlauben! Und der Michel lebt sonst nicht mehr lang, schaut doch nur!«

»Da ist er nicht der Einzige«, entgegnet sie ungerührt und wirft einen kurzen Blick auf Michel. Sein erbarmungswürdiger Anblick würde einen Stein erweichen, aber nicht diese Frau. »Wir dürfen niemanden mehr aufnehmen«, sagt sie. »Befehl von Herrn Konrad, unserem Provisor. Das Spital kann nicht alle Kranken der Welt beherbergen. Ihr müsst warten, bis einer stirbt.«

»Geh jetzt und frag morgen wieder!« Ein Stadtknecht, der vor dem Hospitaleingang für Ordnung sorgt, schiebt mich zur Seite. Michel weint, und ich könnte auch heulen.

Langsam gehe ich zu unserem Karren zurück. Ich bin ganz verzweifelt. »Sie lassen uns nicht hinein«, sage ich. Miriam nimmt mir den Kleinen ab. Da sehe ich von weitem eine Gestalt von Marburg her kommen mit einem großen Bündel unter dem Arm. Irgendetwas an ihr kommt mir bekannt vor. Und dann weiß ich plötzlich, wer es ist.

»Jungfer Gisa!«, brülle ich aus Leibeskräften, »Jungfer Gisa!«

Sie fängt an zu rennen, wirft ihr Bündel hin und fällt mir um den Hals. »Primus, mein Gott, was tust du denn hier?«, fragt sie.

Ich erzähle ihr alles und zeige ihr Michel, der in Miriams Armen vor Schwäche und Erschöpfung in einen tiefen Schlaf gefallen ist. »Er stirbt, Gisa«, sage ich. »Wir glauben, dass Frau Elisabeth seine letzte Hoffnung ist. Nur sie kann ihn noch retten!«

»Der arme kleine Kerl«, sagt sie.

Und dann erzählt sie, dass sie eigentlich nicht mehr bei Elisabeth sein darf. Aber weil das Hospital inzwischen zum Bersten voll mit Kranken ist, wird ihre Hilfe so dringend gebraucht, dass der Prediger ihr erlaubt hat, täglich ein paar Stunden zu kommen, solange sie sich von Elisabeth fernhält und nicht mit ihr spricht.

»Kann sie wirklich Menschen heilen und Kinder vor dem Tod retten?«, will ich wissen.

»Manche vielleicht«, erwidert Gisa. »Sie hat eine Gabe. Ich weiß nicht, wie sie es macht. Die Leute sagen, der Allmächtige wirkt durch ihre Hände.«

Miriam gibt mir Zeichen, und ich übersetze: »Hilf uns! Bring Michel zu Frau Elisabeth!«

Da zurrt Gisa ihr Bündel auf. Die Leintücher, die ganz innen sind, legt sie weg, bis auf eines. »Gebt mir den Kleinen«, sagt sie. Vorsichtig wickelt sie Michel in das Tuch. Am Schluss den Sackstoff wieder drumherum gebunden, und von Michel ist nichts mehr zu sehen. Gisa nimmt das Bündel wieder unter den Arm und geht damit auf den Spitaleingang zu. Miriam und ich halten den Atem an; hoffentlich wacht Michel nicht auf und schreit.

Aber alles geht gut. Gisa ist drin.

Gisa

Der Tag, an dem ich Michel ins Hospital brachte, war der Mittwoch nach Allerheiligen. Gegen das Verbot Konrads hatte ich mich in einem unbeobachteten Augenblick zu Elisabeth geschlichen und ihr das Kind in den Arm gedrückt. »Es ist Primus' Bruder«, flüsterte ich. »Erinnerst du dich noch an Primus?« Elisabeth hatte genickt. Sie wagte nicht, mit mir zu sprechen oder sich länger in meiner Nähe aufzuhalten. Aber sie drückte Michel sofort an sich und strich ihm liebevoll übers nassgeschwitzte Köpfchen. Dann trug sie ihn ins Haus.

Ich warf einen Blick durchs Fenster nach drinnen. Ursprünglich war das Wohnhaus nicht als Krankenstätte gedacht gewesen, aber das hatte sich längst geändert. In halbdunklen Winkeln stöhnten und jammerten zusammengekrümmte Gestalten. Hildegund, das

Mädchen, dem Elisabeth so rücksichtslos die Haare abgeschnitten hatte, saß auf der Bank, ein krankes Kind auf dem Schoß. Mit geschlossenen Augen wiegte sie das Kleine und summte eine Melodie dabei. Hildegund war seit dem Tag der Geldvergabe im Hospital geblieben; überall sonst hatte man sie wegen ihres geschorenen Kopfs weggejagt. Und es hatte sich erwiesen, dass keiner so gut mit Kindern umgehen konnte wie sie, vielleicht weil sie selber im Kopf noch eines war. Vor einer Woche hatte Konrad sie eingekleidet und ihr den Eid der Hospitalschwestern abgenommen.

Ich wandte mich ab und ging mit schwerem Herzen hinaus zu Primus und Miriam. Ich hatte bis dahin viele schwerkranke Kinder gesehen, aber selten eines, das in einem schlimmeren Zustand war. Es gab nicht viel Hoffnung, der kleine Junge war dem Tod ganz nah. Aber von nun an würde sich Elisabeth um Michel kümmern. Und vielleicht würde ihr ja das Wunder gelingen.

Ob es ein Wunder war? Die Menschen im Hospital glaubten es jedenfalls. Alle hatten sie Michel gesehen, dieses rohe Stück Fleisch, in dem kaum mehr Leben war. Jeder wusste, dass Elisabeth außer Gebeten und einer einfachen Salbe aus Gänsefett nichts hatte, um der Krankheit zu begegnen. Und dennoch: Eine Woche später begannen die Wundränder auf Michels Brust und Rücken einzutrocknen. Neue Haut bildete sich.

Noch eine Woche später war das Fieber gesunken und Michel öffnete erstmals die verklebten Augen und verlangte zu essen. An Weihnachten begann auch die erste Stelle in seinem Gesicht zu heilen. Es ging unendlich langsam, aber Kleine war über den Berg.

Das ganze Hospital brach in Jubel aus, als Michel zwei Tage vor Oculi erstmals wieder auf seinen eigenen Beinchen stand. Alle hatten ihn liebgewonnen, den tapferen kleinen Kerl, der so zäh mit Gevatter Tod gerungen und ihn schließlich besiegt hatte. Und für viele, die bis jetzt noch an Elisabeth gezweifelt hatten, war die Genesung des Buben der letzte Anlass, endlich zu glauben, was für andere längst offensichtlich war: Elisabeth konnte Wunder wirken. Es schien, als ob sie ihre Kraft auf die Kranken übertrüge.

Und dass dem so war, konnte jeder sehen. Mit jedem Tag wurde Elisabeth weniger. Hatte sie anfangs noch vor lauter Arbeit die

Mahlzeiten vergessen, so aß sie jetzt fast gar nichts mehr, selbst wenn sie Zeit hatte. Anfangs war dieses Hungern ein Mittel der Selbstkasteiung gewesen, mit dem sie Gott beweisen wollte, wie gering sie sich selbst und ihre weltliche Hülle schätzte. So hatte Konrad es sie gelehrt; das Speisegebot war hierfür der erste Schritt gewesen. Sie sollte die Erlösung ihrer Seele durch die Vernachlässigung ihrer körperlichen Bedürfnisse erreichen. Askese nannte er das. Aber seit langem schon hatte sich diese Askese ins Gegenteil verkehrt: Elisabeth konnte nicht mehr essen, selbst wenn sie gewollt hätte. Was sie einst freiwillig getan hatte, war ihr zum Zwang geworden. Sie spürte keinen Hunger mehr. Allein der Anblick von Nahrung verursachte ihr zuweilen solchen Ekel, dass sie würgen musste. Kein Stückchen Brot brachte sie mehr hinunter. Das Einzige, was sie noch zu sich nahm, war eine Wasserbrühe mit wenig Gemüse, die sie sich selber auf dem Herdfeuer braute. Die konnte ja gar nicht schmecken; wir wussten ja alle, wie miserabel Elisabeth kochte. Isentrud hatte zu Wehrda, als sie damit angefangen hatte, immer gesagt, Elisabeth sei der einzige Mensch, der es fertigbrächte, Wasser anbrennen zu lassen.

Anfang des Jahres 1231 hatte selbst Konrad Bedenken bekommen: War nicht diese Nahrungsverweigerung eine Art langsamer Selbstmord? Das durfte nicht sein, denn Selbstmord war eine Todsünde und würde eine spätere Heiligsprechung niemals zulassen. Und das war schließlich nicht nur Elisabeths erklärtes Ziel, sondern auch seines. Also holte Konrad einen reisenden Medicus ins Hospital, den er fragte, wie wenig ein Mensch gerade noch essen konnte, um nicht zu sterben. Der Arzt schrieb Elisabeth auf, was sie täglich zu sich nehmen sollte, aber es war müßig. Sie war nicht mehr in der Lage, seinen Rat zu befolgen.

Nach dem Winter hatte Konrad für alle Hospitalinsassen einen Badetag angeordnet, auch Elisabeth durfte keine Ausnahme machen. Eigentlich hätte ich ihr nicht beim Baden helfen dürfen, aber ich wollte ihr so gern diesen alten Dienst erweisen, so wie früher. Also überredete ich ihre neuen Mägde Lisbeth und Irmengard, dabei sein zu dürfen.

Als Elisabeth nackt im Zuber stand, sah ich zum ersten Mal

das ganze Ausmaß ihrer Auszehrung. Ich erschrak zu Tode. Zum Skelett war sie abgemagert. Sie hatte Arme und Beine, dürr wie trockene Zweige. Rippen, Schlüsselbeine, Schulterblätter standen hervor, Brüste und Hinterbacken hingen faltig und welk am Körper. »Bitte«, sagte Elisabeth leise, »ich will, dass Gisa mich wäscht. Allein.«

»Das müssen wir Meister Konrad sagen«, wandte Irmengard ein. Aber Lisbeth winkte ab. Elisabeths Anblick hatte sie genauso erschüttert wie mich. Also schwiegen sie und gingen.

Wir weinten beide stumm, während ich mit einem Lappen vorsichtig Elisabeths vernarbten Rücken wusch. Danach schlüpfte sie in eine frisch gewaschene graue Kotte.

»Du musst essen«, sagte ich verzweifelt. »Körper wie den deinen habe ich zuletzt bei der Hungersnot von 1226 gesehen. Diese Menschen sind gestorben, Elisabeth. Willst du denn sterben?«

Elisabeth lächelte. »Ach, Gisa, Dummchen. Mach dir doch keine Sorgen um mich. Der Herrgott passt doch auf mich auf.«

»Aber es ist doch bald nichts mehr von dir übrig!«

»Soll ich dir etwas verraten, Gisa?« Elisabeths Blick nahm einen träumerischen Ausdruck an. »Wir haben eine Abmachung getroffen, der Herrgott und ich. Ich gebe ihm täglich ein Stück mehr von mir, und er schenkt mir dafür das Leben meiner Lieblinge.«

»So wie das von Michel?«

Elisabeth nickte ernst. »Dafür, dass er gesund geworden ist, hab ich gelobt, nie mehr in einem Bett zu schlafen.«

»Du meinst, du schläfst schon den ganzen Winter über auf dem nackten Boden?«

»Ja! Ohne Decken und Kissen. Und der Kleine ist nicht gestorben. Siehst du, so hält der Herr sein Wort!«

Ich strich ihr mit Schaudern über den misshandelten Rücken. »Wie kannst du das nur alles aushalten?«, entfuhr es mir.

»Für Gott und das Wohl meiner Seele«, antwortete sie ruhig. Und dann sagte sie etwas, das mir in alle Glieder fuhr. Sie sagte: »Es wird nicht mehr lange dauern.«

Danach lief ich so aufgewühlt zu Konrad, dass ich ihn anschrie: »Sie muss essen! Tut etwas! Oder wollt Ihr, dass sie verhungert?«

Konrad sah mich grimmig an. »Ich bin der Letzte, der das will!«, knurrte er.

»Dann lasst mich wieder ganz zu ihr! Und die anderen. Und gebt ihr das Kind zurück. Wer will denn noch leben, wenn er von allem getrennt ist, was er liebt?«

Der Prediger schnaubte. »Wann begreifst du es endlich? Nur wer an nichts gebunden ist, kann sich mit Gott eins fühlen. Elisabeth hat das verstanden, euer Weggang war auch ihr Wunsch. Sie hat schließlich ein höheres Ziel.«

»So wie Ihr, nicht wahr? Sie will im Himmel erhöht werden, aber Ihr, Ihr sucht den Lohn im Diesseits. Ihr wollt einmal das Verdienst für Euch in Anspruch nehmen, eine Heilige geformt zu haben, die erste weibliche Heilige dieser neuen Armutsbewegung, die überall um sich greift. Eine Schwester des Franz von Assisi! Damit lässt sich ein glorreicher Ruf erwerben, nicht wahr? Damit bringt man sich ins Spiel für höhere Weihen!«

Er starrte mich an. »Gib acht, was du sagst!«, fauchte er.

Ich hätte ihn am liebsten ins Gesicht geschlagen. »Ach, habe ich etwa nicht recht?«, schrie ich ihn an. »Dann ist es wohl etwas anderes. Vielleicht die klammheimliche Freude und die unkeusche Lust, die Ihr dabei empfindet, anderen Schmerzen zuzufügen? Die unselige Befriedigung, einen anderen Menschen zu Eurer Kreatur gemacht zu haben? Ihn bedingungslos zu unterwerfen? Zuzusehen, wie er Euretwegen immer mehr verfällt? Ihr habt einen kranken Geist, Meister Konrad, der Euch dazu bringt, dem Bösen in Euch das Mäntelchen der Frömmigkeit umzulegen!«

Er stand nur da, zitternd vor Wut. Meine Worte hatten so sehr die Wahrheit getroffen, dass er nichts erwidern konnte.

»Lasst Elisabeth gehen!«, schrie ich. »Ihr bringt sie um!«

Da verzerrte sich sein Gesicht zur Fratze, und er brüllte zurück: »Niemals!«

»Konrad von Marburg, ich sage Euch, Gott wird Euch dies nicht verzeihen!«

Von diesem Zeitpunkt an ließ mich der Prediger nicht mehr ins Hospital. Ich weinte tagelang; Primus und Miriam, die während Michels Genesung bei mir wohnten, konnten mich nicht trösten.

Ich weinte um ein kleines Mädchen, das mutterseelenallein in ein fremdes Land geschickt wurde und mir seine Lieblingspuppe schenkte. Um ein pummeliges junges Ding, das zusammen mit mir Honigtortelli aus der Burgküche stibitzte und für sein Leben gern Zuckernüsse naschte. Eine junge Ehefrau, die aufblühte aus lauter Liebe zu ihrem Mann. Eine Frau, die so sehr mit anderen litt, dass sie am Ende kein Gefühl mehr für sich selber hatte. In diesen Tagen trauerte ich, weil ich wusste, dass ich sie verloren hatte.

Marburg, Herbst 1231

Der Herbst kam früh in diesem Jahr 1231. Schon im September gab es den ersten Frost; der Wein auf den Hängen um die Lahn erfror vor der Lese. Die Menschen stellten sich auf einen langen Winter ein, brachten Brennholz in Vorrat, dichteten Hütten und Häuser ab. Eine gute Getreideernte hatte für gefüllte Scheunen und Keller gesorgt, man würde bis zum Frühjahr keinen Hunger leiden müssen. Das letzte Stück Stadtmauer war auch fertiggestellt, so dass in diesem Winter weder frierende Bettler noch Wölfe die friedlichen Bürger heimsuchen würden. Alles schien gut zu sein. Doch dann kam die Seuche.

Es war eigentlich keine besondere Krankheit, nur das, was man immer schon in der kalten Jahreszeit gewohnt war. Es kam von Frankfurt her und griff um sich wie der Wind, befiel Kinder und Alte, Frauen und Männer gleichermaßen. Schon Anfang Oktober waren so viele krank, dass der Michaelimarkt abgesagt werden musste. Tag und Nacht lag der beißende Geruch von Räucherwerk über der Stadt, aber weder Wacholder noch andere Kräuter konnten die Ausbreitung der Seuche verhindern. Die Zahl der Opfer stieg unaufhörlich.

Gisa war gleich zu Beginn der Epidemie krank geworden, hatte sich aber dank Miriams und Primus' Pflege schnell wieder erholt. Die beiden wohnten inzwischen in einem zugigen Dachstübchen in der Aulgasse; Primus schlug sich als Tagelöhner durch, und Miriam half im Spital, wo man in letzter Zeit jede Hand gebrauchen konnte. Die Kranken lagen zu dritt in den Betten; in allen Ecken und Winkeln hatte man Stroh aufgeschüttet, um Neuankömmlinge unterzubringen, die zu schwach waren, als dass man sie hätte abweisen können.

Am letzten Oktobertag kam Miriam kurz vor Sonnenaufgang nach Hause und redete ganz aufgeregt mit den Händen auf Primus ein.

»Du meinst, Konrad von Marburg ist krank geworden?«, fragte Primus zur Sicherheit nach. »Schwer?«

Sie nickte.

Primus atmete tief durch. »O heiliger Strohsack, vielleicht befreit uns der Herrgott von diesem Scheusal.« Er hatte von Gisa alles über Konrad und sein Verhältnis zu Elisabeth erfahren. »Wer kümmert sich um ihn?«, fragte er Miriam, »Elisabeth?«

Sie nickte wieder. Natürlich hatte Elisabeth darauf bestanden; sie wollte die Einzige sein, die ihn pflegte.

Vier Tage und Nächte saß sie an seinem Lager, flößte ihm Aufguss aus Lindenblüten und Schafgarbe ein, machte ihm kalte Wickel und wechselte seine nassgeschwitzten Laken. Es ging ihm schlecht, sogar so schlecht, dass er mit Elisabeth darüber sprach, wie es ohne ihn weitergehen sollte. »Du musst im Falle meines Todes das Hospital sofort dem Johanniterorden überantworten«, keuchte er heiser. »Im letzten Jahr hat der Graf von Battenberg ihnen in Wiesenfeld ein Kloster gestiftet. Das ist nicht weit von hier, und die Johanniter als Kreuzritterorden wissen, wie man ein Spital führt.«

»Schscht«, machte Elisabeth und drückte seinen Oberkörper sanft in die Polster zurück. Er wehrte sich und sprach weiter: »Wir müssen auf jeden Fall verhindern, dass deine Besitzungen wieder an die Ludowinger zurückfallen.« Ein Hustenanfall schüttelte ihn, dann sprach er mühsam weiter. »Und ich lege dir ans Herz, einen neuen Beichtvater zu nehmen, der in meinem Sinne mit dir weiterarbeiten wird, nämlich …«

Elisabeth fiel ihm ins Wort. »Ihr müsst Euch keine Sorgen machen, Meister. Denn Ihr werdet am Leben bleiben.«

Er richtete sich auf. »Wie meinst du das?«

Ihre Augen verdunkelten sich. »Ihr werdet mich überleben, Herr Konrad. Denn nicht Ihr werdet sterben, sondern ich.«

In diesem Satz und der Art, wie sie ihn sagte, lag etwas so Endgültiges, dass selbst Konrad es spüren konnte. Die Erkenntnis, dass Elisabeth ihr Ende tatsächlich kommen sah, überwältigte ihn und machte ihn sprachlos. Lange sah er Elisabeth an. Dieses Geschöpf – sein Geschöpf! Mit seinen vierundzwanzig Jahren halb Kind, halb Greisin. Diesen Körper, ausgezehrt, schwach, eine papierene Hülle. Dieses Gesicht, blass und eingefallen. Diese Augen, dunkel, müde, tief in den Höhlen liegend. War es an der Zeit? Hatte sie ihr Ziel denn schon erreicht? Wollte sie nicht mehr leiden? Oder war einfach all ihre Kraft verbraucht? Langsam, ganz langsam ließ er sich zurück in die Kissen sinken und schloss die Augen. Er wusste, er konnte nichts mehr tun. Sie würde nicht mehr auf ihn hören. »Der Wille des Herrn geschehe jetzt und in Ewigkeit«, flüsterte er.

Dann fiel er in einen tiefen Schlaf.

Als er am Morgen des fünften Tages seiner Krankheit erwachte, war das Fieber fort, und er fühlte sich mit neuer Kraft erfüllt. Er wartete darauf, dass Elisabeth die Frühsuppe bringen würde. Aber sie kam nicht.

Gisa

Es war der Dienstag nach Allerseelen. Primus kam abends vorbei, als ich gerade zu Bett gehen wollte.

»So spät?«, fragte ich ihn besorgt. »Ist etwas mit Michel?« Der Bub hatte seine schlimme Krankheit zwar längst überwunden, aber er war immer noch zu klein und zu schwach für einen Dreijährigen.

Primus redete nicht lange herum. »Elisabeth hat sich angesteckt. Miriam sagt, es hat sie schlimm erwischt.«

Warum nur hatte ich das kommen sehen? Wie viele inbrünstige Gebete hatte ich zum Himmel geschickt, als man überall in der Stadt davon sprach, Konrad sei auf den Tod erkrankt! Lass ihn sterben, Herr, hatte ich gefleht, und rette Elisabeth! Aber der Allmächtige hat wohl andere Pläne. Es steht mir nicht zu zu urteilen. Kein Christenmensch darf die göttliche Vorsehung in Frage stellen.

Aber als ich erfuhr, dass Elisabeth krank war und Konrad über den Berg, da packte mich eine solch unendliche Wut, solch ein hilfloser Zorn über die Ungerechtigkeit der Welt, dass ich Gott innerlich anschrie: »Du bist wie Konrad! Du weidest dich an der Not derer, die am meisten an dich glauben!«

Gleich bei Sonnenaufgang am nächsten Morgen eilte ich mit Miriam zum Hospital. Wie immer stand der einäugige Johannes am Weidentor, um nötigenfalls Leute abzuweisen. Miriam ließ er ohne Einwände in den Hof, mich packte er am Arm. »Du nicht!«

»Johannes, ich bitte dich in Gottes Namen, erbarm dich und lass mich hinein! Elisabeth braucht mich jetzt!«

Er grinste nur und spuckte den Grashalm aus, auf dem er herumgekaut hatte.

»Sag wenigstens, wie es ihr geht!«

»Verschwinde«, zischte er.

Ich hätte heulen können vor Wut, Enttäuschung und Hilflosigkeit, aber ich gönnte ihm nicht, meine Verzweiflung zu sehen. Also wandte ich mich ab und ging unverrichteter Dinge wieder zurück in die Stadt.

Die nächsten zehn Tage waren eine Qual. Jeden Abend kamen Primus und Miriam und erzählten, wie Elisabeth schwächer und schwächer wurde. Inzwischen hatte man sie in den Nebenraum des Wohnhauses verlegt – bis dahin hatte sie darauf bestanden, weiterhin in der Kapelle auf dem nackten Boden zu schlafen. In der Wohnstube gab es wenigstens eine Bettstatt und einen Kachelofen, der ein bisschen Wärme spendete. Miriam berichtete, dass viele Menschen, die von Elisabeths Zustand gehört hatten, ins Spital pilgerten, um sie zu sehen. Die Äbtissin Lukardis von den Altenburger Schwestern war gekommen, um ihr ein Püppchen zu schenken, das die kleine Gertrud gebastelt hatte. Ehemalige Kranke brachten ihr, was sie entbehren konnten, ein paar Eier, ein Töpfchen Butter, ein Huhn. Die Schar der Besucher nahm kein

Ende, und Elisabeth, so schwach sie auch war, bestand darauf, jeden zu empfangen.

Und dann, zwei Tage nach Martini, berichtete Miriam weinend, Elisabeth habe die Beichte abgelegt und von Konrad die Letzte Ölung erhalten. Ab jetzt dürfe niemand mehr zu ihr. »Sie liegt im Sterben«, sagte Primus.

Ich war verzweifelt. Ich musste zu ihr! Sie war doch immer der wichtigste Mensch in meinem Leben gewesen, hatte mir alles ersetzt, Schwester, Freundin, Kind und Mutter. Ich konnte sie doch nicht gehen lassen ohne Abschied! Ich konnte sie ihren letzten Gang doch nicht alleine tun lassen! »Primus, Miriam, ihr müsst mir helfen! Ich muss einfach ins Hospital!«, flehte ich.

Primus umarmte mich. »Wir finden einen Weg.«

Als am nächsten Morgen die Sonne aufging, zog ich Miriams Kleider an. Ich steckte mein blondes Haar mit langen beinernen Nadeln auf und warf Miriams blaugestreiften Kopfschleier über. Vorher hatte sie sich eine lange schwarze Haarsträhne abgeschnitten, die wir mit ein paar Stichen seitlich am Schleier befestigten und heraushängen ließen. Dann hängte ich mir Miriams Weidenkorb an den Arm und nahm den kleinen Michel an die Hand. So machten wir uns zusammen mit Primus auf den Weg.

Vor dem Spitaleingang standen viele Menschen, die aufgeregt redeten und gestikulierten. Man hatte sie nicht mehr zu Elisabeth vorgelassen. Eine Frau schluchzte, Kinder brüllten, es war ein großes Durcheinander. Wie immer verstellte Johannes mit seinem Eichenknüppel das Weidentor und wies ungerührt alle Besucher ab. Bei seinem Anblick begann ich zu schwitzen, ein kleines Rinnsal lief kitzelnd mein Rückgrat hinab. Aber Primus nahm mich fest an der Hand und stapfte entschlossen auf den Einäugigen zu; Michel trippelte brav mit.

Johannes verhandelte gerade mit einem vornehm gekleideten Bürger, der einen Krug Würzwein als Geschenk zu Elisabeth bringen wollte. Der Mann bestand auf Einlass, er war sichtlich wütend und wollte sich nicht so einfach abspeisen lassen. Das war die Gelegenheit. Wir gingen betont ruhig zum Tor und stellten uns so hin, dass Johannes mich nur von hinten sah. Er warf einen kurzen

Blick herüber, erkannte Primus und den Kleinen und wandte sich wieder dem aufgebrachten Besucher zu. Primus küsste mich noch zum Abschied auf die Wange und sagte: »Bis heute Abend, es kann ein bisschen später werden, sorg dich nicht.«

Dann nahm ich all meinen Mut zusammen. Ich senkte den Kopf und ging langsam, ganz langsam an Johannes vorbei in den Spitalhof.

Drinnen herrschte bedrücktes Schweigen. Keiner wusste, wie es weitergehen sollte, wenn Elisabeth starb. Nur hie und da stöhnte ein Kranker, schrie ein Kind. Ich nahm Michel auf den Arm und ging auf das Wohnhaus zu. Niemand war zu sehen. Schon streckte ich die Hand aus, als die Tür von innen geöffnet wurde und Konrad von Marburg herausstürmte. Mein Herz setzte einen Augenblick aus, aber er sah mich gar nicht an, sondern ging mit großen Schritten an mir vorbei auf den Hospitalbau zu. Ich stieß den Atem aus, den ich angehalten hatte, und trat ins Haus.

Eine der neuen Mägde, Irmengard, stand am Herdfeuer und stocherte in der Glut. »Was willst du denn hier, Miriam?«, fragte sie.

Ich schob den Kopfschleier nach hinten. »Ich bin's, Irmengard. Wie geht's ihr?«

Die Magd machte große Augen. »Du weißt genau, dass du nicht hier sein darfst! Ich muss es Meister Konrad sagen!«

»Irmengard«, flehte ich, »ich bin mit ihr aufgewachsen. Lass mich wenigstens von ihr Abschied nehmen. Das kannst du mir nicht verweigern!«

Da kam aus der Nebenstube eine schwache Stimme. »Gisa? Gisa, bist du's?«

Ich sah Irmengard an. »Geh«, sagte sie nur.

Sie lag auf einer Strohschicht in der Nische beim Kachelofen – die Bequemlichkeit des Betts, das im Zimmer stand, hatte sie verweigert. Man hatte dicke Polster unter ihren Rücken geschoben, damit sie erhöht liegen und besser atmen konnte. Unter der Decke zeichneten sich die Konturen ihres zum Skelett abgemagerten Körpers ab. Sie schien geschrumpft zu sein.

Ein Blick genügte mir, und ich wusste, dass all meine Hoffnung umsonst gewesen war. In den letzten Jahren hatte ich so viele in den Tod begleitet. In ihren Gesichtern war stets etwas gewesen, was ich ganz für mich »den Engel« genannt hatte. Ein Ausdruck des Wissens um die Dinge der Welt, des Loslassens, des Gehenwollens. Ich kann es nicht so recht beschreiben. Ihre Gesichter hatten gesagt: Eigentlich bin ich schon fort, nur mein Körper existiert noch für kurze Zeit. Und jetzt sah ich ihn in Elisabeths Miene, den »Engel«. Er lächelte mich an.

»Gisa«, flüsterte sie, »ich hatte schon Angst, du kommst nicht mehr. Viel Zeit bleibt mir nicht.«

Ich kniete mich neben sie und nahm ihre Hand, sie war knochig und wächsern. »Jetzt bin ich ja hier, Liebes. Hast du Schmerzen?«

Sie schüttelte den Kopf und hustete schwach. »Gott schenkt mir einen sanften Tod.«

Ich wollte nicht weinen, aber die Tränen stiegen mir in die Augen. »Schau«, sagte ich mit zittriger Stimme und schob Michel vor, »schau, wen ich dir mitgebracht habe!«

Sie drehte mühsam den Kopf. »Mein Bübchen! Komm zu mir, du Süßer!« Michel krabbelte auf ihren Schoß und legte seine dünnen Ärmchen um ihren Hals. Während seiner Krankheit war sie zu seiner zweiten Mutter geworden. »Lisabeth, bist du krank?«, fragte er. »Ja«, erwiderte sie. »Dann bleib ich bei dir, bis du wieder gesund bist«, versprach Michel treuherzig und kuschelte sich an sie.

Ich hob mit der einen Hand ihren Kopf an und gab ihr mit der anderen Hand aus einem Becher zu trinken, der neben ihrem Lager stand. Sie schluckte folgsam.

»Du bleibst doch auch bei mir?«, fragte sie dann und sah mich bittend an mit ihren großen schwarzen Augen, die jetzt so stumpf und tief in den Höhlen lagen. Ich erinnerte mich, wie diese Augen einst blitzen und leuchten konnten, als sie noch ein Kind war, und schwärzeste Trauer schlug über mir zusammen wie eine Welle.

Sie wartete gar nicht erst auf meine Antwort, sondern drehte mit einem erleichterten Seufzer den Kopf zur Wand und schlief ein. Um ihre bleichen Lippen spielte ein leises Lächeln. Und ich wusste, wenn Konrad versuchen würde, mich wegzuholen, würde ich mich mit Zähnen und Krallen wehren.

Ich drehte mich um und sah Irmengard in der Tür stehen. »Ich habe gehört, was sie gesagt hat«, sagte sie leise, um Elisabeth nicht zu wecken. »Sei unbesorgt. Ich werde dafür sorgen, dass du bis zum Schluss bleiben kannst.«

Und sie hielt ihr Versprechen. Jedes Mal, wenn sie Konrad aufs Haus zukommen sah, warnte sie mich und ich kletterte mit Michel aus dem rückwärtigen Fenster. Der Prediger blieb nie lange, manchmal sprachen sie gemeinsam ein Gebet, manchmal redeten sie über den Tod und das Jenseits. »Meister«, hörte ich sie einmal fragen, »glaubt Ihr, dass mein größter Wunsch in Erfüllung gehen wird?«

»Ich werde natürlich das Meinige dazu tun«, antwortete er. »Der Rest liegt in der Hand des Allmächtigen.«

»Meister«, sagte sie nach einer Weile. »Ich habe Angst. Dass es nicht gereicht hat.«

Er sagte: »Gott gibt jedem, was er verdient.«

Dann muss er dir einmal einen Platz am heißesten Ort der Hölle zuweisen, dachte ich hasserfüllt.

In den nächsten beiden Tagen stieg das Fieber langsam, aber stetig. Irmengard und ich kamen mit den kalten Wickeln kaum mehr nach. Elisabeth hatte Fieberträume, in denen sie wieder auf der Wartburg war. Manches Mal sprach sie mit ihrem geliebten Ludwig, dann sah sie so glücklich aus, dass mir das Herz brechen wollte. Dann wieder warf sie sich auf ihrem Lager hin und her, schrie: »Hinweg, Satan!« und Ähnliches. Wenn es ganz schlimm war, rief der kleine Michel ihren Namen und drückte sich eng an sie, dann wurde sie ruhig.

Am ersten Montag nach Martini empfing Elisabeth von Konrad noch einmal den Leib Christi. Da konnte sie schon nicht mehr sprechen. Ihr Atem ging rasselnd, manchmal stockte er. Wir betteten sie noch höher, um ihr das Luftholen zu erleichtern, aber es half nicht viel. Das Ende war nah.

Am Abend befahl Konrad Irmengard, ihn rufen zu lassen, wenn es so weit sei. Ein einziger Blick in ihr Gesicht genügte mir, um zu wissen, dass sie es nicht tun würde. Sie war ein guter Mensch, auch wenn man sich hinterher erzählte, dass sie Konrads Geschöpf gewesen sei und Elisabeth für ihn bespitzelt hätte. Das stimmte nur für die zweite Magd, Lisbeth, und auch nur für den Anfang, denn dann hatten beide Frauen so wie ich gelernt, den Prediger zu verabscheuen. Später würde er Geschichten über Elisabeths letzte Tage und Stunden verbreiten lassen, die mit der Wahrheit wenig zu tun hatten. Dabei können Irmengard und ich bezeugen, dass er bis auf drei, vier kurze Besuche gar nicht bei ihr war. Nur wir beiden Dienerinnen waren die letzte Zeit über bei ihr, und Michel.

Michel, der zu ihren Füßen schlief, spürte es zuerst. Er stupste mich wach; ich war auf meinem Stuhl eingeschlafen. »Komm, Gisa«, sagte er. Irmengard eilte aus der Küche herbei, wo sie neben der Herdstelle ihr Bett hatte.

Elisabeth lag ruhig da, die Augen geschlossen. Im schwach flackernden Licht des Talglämpchens sah ich, dass ein Lächeln um ihren Mund spielte. An ihrem Hals pochte ganz sacht eine Ader. Michel legte den Finger auf seine Lippen. Und da hörte ich es: ein leises Summen, fein wie Spinnweb. Es war kein Lied, das ich kannte, aber es klang berührend schön, in den Tönen schwang etwas Wundersames, Liebliches. Es lagen Hoffnung und Sehnsucht darin, Heiterkeit und Frieden. Noch heute, nach so vielen Jahren, kann ich diese Melodie singen, sie hat mich immer begleitet, ein letztes Geschenk von ihr.

Und dann, ganz plötzlich, als die ersten Strahlen der Morgensonne durchs Fenster fielen, brach das Lied unvermittelt ab.

Gisa

Ich konnte nicht mehr weinen. Ich hatte das Gefühl, auch mein Leben sei irgendwie vorbei. Am Ende hatte ich Elisabeth nicht mehr verstanden, doch sie war immer ein Teil von mir gewesen. Nun war er weggerissen. Ich fühlte mich so allein wie noch nie in meinem Leben. Aber man sagt ja, die Lebenden dürfen die Toten nicht festhalten, sonst finden sie im Grab keine Ruhe. Also versuchte ich, sie in Liebe gehen zu lassen. Sie hatte sterben wollen, das war ein Teil ihres Weges zur Seligkeit. In meiner Phantasie malte ich mir aus, wie sie im Glanz eines überirdischen Lichtes die Tore des Himmels durchschritt, so, wie sie es sich immer gewünscht hatte.

Wir wuschen Elisabeth und salbten ihren Körper mit Öl, dann zogen wir ihr eine saubere graue Kotte an, kämmten ihr Haar und banden ihr das Kinn mit Tüchern auf.

Danach ging ich heim. Ich war unendlich müde, fühlte mich erschöpft, bleischwer und ausgelaugt. Mein Kopf war einfach nur leer. Kaum war ich in meiner Kammer angekommen, warf ich mich aufs Bett und fiel in einen tiefen, traumlosen Schlaf.

Konrad ließ Elisabeth zwei Tage lang in der Hospitalkapelle aufbahren, gleich vor dem Altar. Die Nachricht von ihrem Tod verbreitete sich wie ein Lauffeuer in Stadt und Land; viele Menschen strömten herbei, um von ihr Abschied zu nehmen. Und sie taten es auf ihre Weise. Hatte Elisabeth ihnen schon im Leben gehört, so nahmen sie sie nach ihrem Tod erst recht in Besitz. Wie im Wahn fielen sie unter Heulen und Wehklagen über sie her. Erst rissen sie Streifen aus ihrem Gewand und den Tüchern, dann schnitten sie ihr Haare und Nägel ab. Danach stritten sie sich um Finger und Zehen, am Ende kämpften sie verzweifelt um Nase, Ohren und Brustwarzen. Keiner wollte ohne ein Teilchen von ihr gehen, es war wie ein furchtbarer Rausch. So grausam dies klingen mag, es war doch Zeichen ihrer Liebe und ihrer Verehrung. Jeder wollte etwas von ihr behalten. Und Konrad duldete es. Schließlich war dies der erste Schritt zur Heiligkeit.

Zwei Tage lang holten sich also die Menschen noch von Elisabeth, was sie haben wollten, dann ließ Konrad eine Totenmesse in der Marburger Pfarrkirche lesen. Elisabeth wurde in der Hospitalkapelle beigesetzt, an der Stelle, wo man sie aufgebahrt hatte. Man bedeckte das Grab mit einer einfachen Steinplatte.

Und in dem Augenblick, als die Platte das offene Grab schloss, da kam mir ein entsetzlicher Gedanke. Heinrich Raspe! Unsere Abmachung! Ich hatte ihm geschworen, sein Geheimnis zu bewahren, um Elisabeths Willen. Aber nun war sie tot. Er konnte sich meiner nicht mehr sicher sein. Die Angst sprang mich an wie ein Tier, schnürte mir die Kehle zu, packte mich an und schüttelte mich. In diesem Augenblick wurde mir klar: Elisabeth war tot, aber ich, ich wollte weiterleben. Wie von Furien gejagt rannte ich aus der Kapelle, es war mir ganz gleich, dass alle Köpfe sich nach mir drehten.

Atemlos, keuchend, erreichte ich meine Kammer und riss die Tür auf. Ich ging zum Tisch und ließ mich auf den einzigen Hocker sinken, den ich besaß. Und da sah ich sie. Die Katze. Sie gehörte der Hausfrau. Zufrieden blinzelnd hockte sie auf dem Fenstersims und maunzte mich an. Die Kälte legte sich wie ein Stein auf meine Brust. Ich hatte die Katze aus der Stube gescheucht, bevor ich gegangen war. Jetzt war sie wieder da. Das konnte nur eines bedeuten: Jemand war hier gewesen. Er war hereingekommen, und die Katze hatte sich lautlos mit eingeschlichen, so wie sie es immer tat. Und jetzt bemerkte ich auch die Schmutzspuren auf den Holzdielen. Die waren nicht von mir!

Ein Zittern überfiel mich. Ich musste hier weg, bevor sie wiederkamen. In Windeseile raffte ich meine wichtigsten Habseligkeiten zusammen, schnürte ein Bündel und verließ das Haus. Ich nahm mir nicht einmal mehr die Zeit, die Türe zu schließen.

Vorsichtig sah ich mich um. In der Gasse war nicht mehr viel los, schließlich war gleich Sonnenuntergang. Nichts kam mir verdächtig vor, also lief ich los. Bis zum Tor war es nicht weit, der Wächter war gerade dabei zuzusperren. Unter Murren und Brummen machte er die Schlupfpforte noch einmal für mich auf und sah mir kopfschüttelnd nach, wie ich davonstürmte.

Erst als das Hospital ein gutes Stück hinter mir lag, blieb ich stehen. Mein Gott, wo wollte ich denn überhaupt hin? Wo konnte ich sicher sein? Wer würde mir helfen?

Wehrda, schoss es mir durch den Kopf. Die Leute, bei denen wir vor drei Jahren ein paar Wochen untergekommen waren. Die würden mir zumindest ein Dach über dem Kopf bieten. Ich warf mir mein Bündel wieder über den Rücken und marschierte weiter, während es immer dunkler wurde.

Ich hörte ihn zuerst am Wegkreuz. Meine Schuhe waren aus weichem Ziegenleder, sie machten auf dem gut festgestampften

Weg kaum Geräusche. Aber hinter mir, da knackte es. Erst hoffte ich, es sei nur ein Tier gewesen. Aber dann war da wieder dieses Knacken. So, als ob ein schwerer Stiefel auf einen Zweig treten würde. Und ein drittes Mal, aber da rannte ich schon. Ich warf mein Bündel weg und schlug einen Haken. Wenn ich es bis zum Wald schaffte, würde er mich in der Finsternis vielleicht nicht mehr finden.

Ich lief mir die Lunge aus dem Leib, fiel hin, aber vor lauter Angst spürte ich keinen Schmerz. Ich rappelte mich hoch, und während ich auf die dunklen Schatten der Bäume zustolperte, hörte ich meinen Verfolger keuchen. Mit letzter Kraft erreichte ich den Wald, flüchtete in die schützende Schwärze. Ich konnte nicht mehr. Ich versteckte mich hinter einen dicken Stamm. Alles, was ich noch tun konnte, war Anschmiegen, Atem anhalten und beten!

Mein Herz klopfte so laut, dass ich glaubte, es müsse mich verraten. Jeder Muskel an mir war zum Bersten gespannt. Dann hörte ich sie kommen, es waren mindestens zwei. Einer ging an meinem Baum vorbei. Wo war der andere? Ich konnte nur noch beten. Vater unser im Himmel dein Wille geschehe wie im Himmel so auf … Plötzlich packten mich Hände, zerrten an mir. Eine Männerstimme knurrte: »Hab ich dich, Weibstück!«

Ich riss mich los, schrie, rannte blindlings davon. Jemand sprang mich von hinten an, erwischte mich an den Beinen; ich fiel der Länge nach hin. Mein Kopf schlug auf einen Stein oder eine Wurzel. Jetzt stirbst du, dachte ich. Alles wurde dunkel.

Primus

Jetzt ist sie also da, wo sie schon so lang hinwollte. Wenn die Pfaffen recht haben mit dem, was sie uns erzählen. Eine merkwürdige Frau war sie schon, Elisabeth, meine ich. Wirklich verstanden hat sie wohl keiner. Aber eins muss man ihr lassen: Ein guter Mensch war sie, der beste! Ohne sie würde Michel nicht mehr leben, das weiß ich so gewiss wie die Sonne jeden Morgen aufgeht. Und wenn es einer verdient, verehrt und geliebt zu werden, dann sie.

Als man sie in das ausgehobene Grab gelegt hat, vor dem Altar in der Kapelle, hab ich geweint wie ein Kind. Auch Miriam konnte die Tränen nicht zurückhalten, obwohl sie sie doch erst am Schluss gekannt hat. Und dann, als sie die Grabplatte über das längliche Loch legten, geschah etwas, das wohl keiner, der dabei war, je vergessen wird: Ein Lahmer schleppte sich heran, auf hölzernen Handständern, die Unterschenkel auf ein rollendes Brett geschnallt. Mühevoll kroch er herbei, die Leute bildeten eine Gasse für ihn wie das Meer, das sich für Moses und die Kinder Israels geteilt hat. Als der Krüppel die Grabplatte erreicht hatte, warf er seine Handschemel zur Seite und legte sich mit ausgebreiteten Armen über den Schieferstein. »Sancta Elisabeth, heile mich!«, rief er immer wieder. Und dann, ich schwöre es, erhob er sich, löste die Seile, die seine Beine auf dem Rollbrett hielten, und wankte von dannen!

Danach brach die Hölle los. Konrad von Marburg hob die Arme und sagte etwas, um die Menge zu beruhigen, aber er wurde einfach überrannt. Und dann kreischte eine Frau, laut und durchdringend: »Er kann sehen! Er kann sehen!« Sie hatte kurz vorher neben der Steinplatte ein wenig Erde aufgenommen und auf die Augen ihres kleinen Jungen gelegt. »Blind geboren ist er! O Sancta Elisabeth, Mutter aller Kinder, wir danken dir!«

Es waren Wunder, ganz gleich, was andere sagen werden. Es waren Wunder!

Weil ich Jungfer Gisa in dem ganzen Durcheinander nach der Grablege nicht mehr getroffen hatte, zog es mich nach dem Nachtessen noch zu ihr. Ihre beiden kleinen Fenster waren schon dunkel, drinnen brannte kein Licht mehr. Ob sie schon schlafen gegangen war? Ich stieg die Außentreppe zu ihrer Stube hinauf und stutzte: Die Tür stand offen. Drinnen sah ich im Mondlicht das Talglämpchen auf dem Tisch stehen, also ging ich hinein und schlug erst mal Feuer mit meinem Schlagring und dem Zunderschwamm. Es machte mich ganz unruhig, dass Gisa nach Einbruch der Dunkelheit noch nicht zu Hause war, das sah ihr gar nicht ähnlich. Misstrauisch schaute ich mich um. Der kleine Hocker, auf dem sie immer saß, lag auf dem Boden. Irgendetwas stimmte da nicht, das sagte mir mein Bauch, und der hat meistens recht. Ich öffnete die rissige alte Truhe, in der sie ihre Sachen aufbewahrte – das mausfarbene Umschlagtuch fehlte und auch der wollene Kittel. Alles andere war noch da. Das Stück Schinkenspeck, das gestern noch am Haken beim Herd hing, fehlte auch. Das hatte sie eigentlich bis Weihnachten aufheben wollen. Und dann entdeckte ich auf dem Boden die Spuren von schmutzigen Männerstiefeln. Was hatte das verdammt nochmal zu bedeuten?

Unverrichteter Dinge tappte ich heim und machte mir die ganze Nacht lang Sorgen. Gleich in der Frühe lief ich wieder hin – Gisas Stube war immer noch leer, und in dem Bett hatte auch niemand geschlafen. Da war mir endgültig klar: Sie ist in Gefahr, und zwar in schrecklicher! Mir war nämlich in der Nacht eingefallen, was sie mir schon vor einiger Zeit erzählt hatte: Heinrich Raspe weiß, dass sie sein Geheimnis kennt. »Aber solange Elisabeth lebt, kann er mir nichts anhaben.« Das waren ihre Worte gewesen.

Und nun lebt Elisabeth nicht mehr.

Ich hab plötzlich eine Scheißangst um Gisa.

Was mach ich nur?

Gisa

Mir war übel, zum Sterben übel. In meinem Kopf bohrte und hämmerte es. Ich versuchte, tief zu atmen, ein und aus, ein und aus. Meine Atemzüge waren das einzige, leise Geräusch an einem Ort unendlicher Stille. Nein, das stimmt nicht. Da war noch mein Herzschlag, ich konnte ihn hören, dadamm, da-damm, da-damm. Und spüren. Also lebte ich noch. Ich bewegte meine Hände und Füße, sie waren noch da. Aber wo war ich? Was war mit mir geschehen?

Undeutliche Erinnerungsfetzen tauchten auf, huschten durch mein Hirn, flackerten auf wie kleine Flämmchen. Eine Katze.

Gehetztes Laufen. Flucht. Schritte hinter mir. Bäume. Und dann wusste ich es wieder: Sie hatten mich gefangen. Heinrich Raspes Männer. Wo hatten sie mich hingebracht? Ich musste mich umsehen.

Und plötzlich wurde mir bewusst, dass meine Augen schon die ganze Zeit über offen waren. Nur dass ich nichts sehen konnte. Nichts. Schwärzeste Dunkelheit umfing mich wie eine ewige Nacht. Die Finsternis war so vollkommen, dass ich sie körperlich spüren konnte, sie lastete auf mir wie ein Stein, drückte mich nieder, drohte mich zu ersticken. Ich rang nach Luft. Sie war kühl und feucht und faulig. Es roch nach Moder.

Langsam richtete ich mich auf. Meine Finger griffen in Stroh.

»Ist hier jemand?«, hörte ich mich flüstern. Dann lauter: »Ist hier jemand?«

Niemand gab Antwort. Mitten in die Stille hinein hörte ich einen Tropfen fallen. Vorsichtig stand ich auf, mich schwindelte, aber ich hielt mich auf den Beinen. Mit ausgestreckten Armen tastete ich mich vorwärts, Schritt für Schritt. Seltsam, wie man in der völligen Dunkelheit das Gefühl für oben und unten, links und rechts verliert. Nach drei Schritten wusste ich nicht mehr, wo ich war. Meine Augen traten fast aus den Höhlen beim Versuch, etwas zu erkennen. Und dann stieß ich mit den Händen gegen eine Wand. Kalter Stein, rau und feucht, mit Pelzchen von Schimmel überzogen. Ich entschied mich für eine Richtung und tastete mich an der Mauer entlang weiter. Immer vorwärts ging ich, immer weiter. Es hörte nicht auf. Ich weiß nicht, wie lang es dauerte, bis ich erkannte, dass ich im Kreis ging. Mein Gefängnis war rund. Ein Brunnenschacht? Ein kreisförmig gemauertes Verlies?

Ich blieb stehen. Kopfschmerz und Übelkeit hatten nachgelassen, aber dafür befiel mich nun Angst. Wilde, unbändige, verzweifelte Angst. Wollten sie mich hier verfaulen lassen? Langsam und elendiglich verhungern und verdursten? In diesem winzigen Kerkerloch? Mir war, als müsse ich zerspringen. Mein Kopf würde bersten, ich würde wahnsinnig werden, wenn ich nicht sofort, in diesem Augenblick, aus dieser entsetzlichen Finsternis herauskäme. Es brach aus mir heraus, ich konnte nichts anderes tun als schreien. Ich schrie und schrie, heulte wie ein Tier, bis ich heiser war, bis es nicht mehr ging. Dann fiel ich ins Stroh und weinte stumm.

Irgendwann wich die Angst der Verzweiflung, und die Verzweiflung machte der Hoffnungslosigkeit Platz. Ich wollte nicht mehr denken, nicht mehr da sein. Ich wollte gleich tot sein.

Da öffnete sich über mir, wer weiß wie viele Fuß hoch, eine Luke. »Hilfe! Zu Hilfe!«, krächzte ich. Droben lachte jemand, und meine Hoffnungen zerplatzten. Es war niemand, der kam, um mich zu retten, es waren nur meine Kerkermeister. Dann wurde etwas heruntergelassen und landete genau vor mir in dem kleinen hellen Viereck, den der Lichtstrahl von oben auf den Boden zeichnete. Ich griff danach: Es war ein lederner Eimer, darin befanden sich ein Laib Brot und ein großer Deckelkrug mit Wasser. Mit zitternden Händen löste ich das Seil vom Henkel. Sie zogen es wieder hoch, und ich versank wieder in völliger Dunkelheit.

Sie wollten mich also weder verhungern noch verdursten lassen. Ich sollte einfach nur langsam verrotten. Ich kauerte mich im Stroh zusammen wie ein Kind, wiegte mich selber vor und zurück, immer wieder. Das Gleichmaß der Bewegung tat gut, beruhigte mich. Machte mich müde und gleichgültig. Ich verspürte einen unwiderstehlichen Drang zu lachen. Jemand kicherte. Das war ich.

Fängt es so an, wenn man den Verstand verliert?

Wie lange dauert es, bis ein Mensch stirbt, wenn er im Dunkeln sitzt und jeden Tag nur Brot und Wasser bekommt?

Nachricht des Primus von Eisenach an den Ritter Raimund von Kaulberg nach Thüringen

Ich, Seufried Meulmann, erster Pfarrer der Pfarrkirche zu Marburg, entbiethe Euch, Raimund von Kaullberg, meinen Grusz und wünsch Euch Gottes Hülff und Segen allezeyt. Ich schreib an Euch im Namen des Primuß von Eysenach allhie, der deß Schreibens nit kundig.

Eilt! Eilt! Eilt! Die Jungkfer Gißlind befindt sich in hoechster Gefahr. Seit zwey Tagk ist sie verschwunden, ich weiß nit, ob entfüeret oder gar todt. Sie hat bishero ein Geheymniß bewahret, das jemanden, den wir beyde gut kennen, Macht und Leben kosthen kann. Ich weiß nit, was mit ihr ist, oder ob es villeicht schon zu späth, aber wenn einer helffen kann, dann Ihr, Herr Ritter. Ich bitt Euch, eillet herbey, wenn Euch am Leben der Jungkfer etwas liegt.

Gebt dem Überpringer dißer Nachrichtt ein Bothen Lohn, ich hab's ime versprochen.

Es warthet auff Euch voll Ungeduldt Euer unterthänigster Knechtt und Diener

Primuß von Eißenach, zu Marburgk dahier in der Aullgass im Hauß des Schußters Hanß Kissel unterm Dach.

Marburg, Januar 1232

Ein Reiter galoppierte mitten im wildesten Schneegestöber über die Lahnbrücke; beinahe hätte er den alten Stadtwächter über den Haufen geritten; der Alte konnte gerade noch einen Fluch ausstoßen und zur Seite springen. Der Fremde trieb sein Ross durch die Gassen, fragte ohne abzusteigen ein paar Leute nach dem Weg und sprang schließlich vor einem windschiefen Häuschen in der Aulgasse ab. Sein Haar glitzerte weiß vom Reif, der Atem war ihm im Bart gefroren. Mit jedem Schritt nahm er drei Stufen auf der Treppe, die unters Dach führte, und platzte in die kleine Kammer.

»Was ist mit ihr? Wo ist sie? Sag mir bitte, dass sie noch lebt!«

Primus sprang auf. »Dem Herrgott sei Dank, dass Ihr da seid, Herr! Kommt, ich erzähle Euch alles.«

Raimund warf den Mantel ab und setzte sich an den Tisch. Dort barg er voller Verzweiflung das Gesicht in den Händen. »Ich bin schuld, Primus. Ich habe ihr nicht geglaubt.«

Primus setzte sich neben ihn. »Sie hat es Euch erzählt, nicht wahr? Dass der Landgraf ein Ketzer ist.«

Raimund hob den Kopf. »Es stimmt also wirklich? Und das mit Ortwin?«

»Er hat den Landgrafen umgebracht, darauf würde ich mein Leben verwetten. Ich hab's Euch nie gesagt, Herr, aber er war kurz vor Herrn Ludwigs Tod bei ihm, damals auf dem Schiff. Und ich hab vorher zusammen mit Jungfer Gisa gesehen, wie Heinrich Raspe ihm Geld gegeben hat. Ortwin ist auch einer von den Teufelsanbetern! Und zu mir hat er letztes Jahr im Suff gesagt, der Landgraf schulde ihm was, eine große Sache!«

»Allmächtiger!« Raimund schloss die Augen. »Das ist ungeheuerlich!«

Miriam kam herein und umarmte Raimund stumm zur Begrüßung. Sie brachte ihm ein Schälchen mit Sauermilch und einen Brotkanten, während Primus weitersprach: »Herr, ich glaube, Jungfer Gisa lebt noch. Und ich denke, ich weiß auch, wo sie ist.«

»Wo?« Raimund schob Brot und Milch von sich weg. Er konnte jetzt nichts essen.

»Die Leute munkeln, dass seit ein paar Wochen wieder jemand im Kerker der Burg sitzt. Keiner weiß was Genaues, aber die Wächter lassen offenbar täglich Wasser und Brot hinunter.«

»Wir müssen herausfinden, ob sie es ist.« Raimund stand schon wieder.

»Was wollt Ihr tun?«, fragte Primus.

»Ich reite auf die Burg. Und du kommst mit.«

Zwei Stunden später, es wurde bald Nacht, hatten sie für Primus ein Pferd besorgt und trabten auf das Burgtor zu. Der Wächter, ein schlaksiger Bursche mit pickeligem Kinn, verstellte ihnen den Weg. »Wer seid Ihr, und was ist Euer Begehr?«

»Raimund von Kaulberg, Waffenmeister des Landgrafen«, antwortete Raimund in schroffem Tonfall. »Ich bin auf dem Durchritt und brauche Quartier für mich und meinen Diener.«

Der Torwart erkannte das thüringische Wappen auf der Satteldecke und gab den Weg frei.

Es dauerte ein Nachtmahl und ein paar Gespräche mit dem Burggesinde, bis sie herausgefunden hatten, dass der Kerker unter dem alten Bergfried an der Südwestecke des Palas lag. Dann wies ihnen der Kämmerer eine Schlafkammer über dem Marstall zu, wo Raimund den ganzen Abend unruhig auf und ab ging. Primus hielt es nicht in der Stube; er versuchte derweil auszukundschaften, wie man in den Turm hineingelangte. Und tatsächlich: Es gelang ihm, dem jungen Torwart in einem Winkel der Hofstube mit ein paar Stübchen Wein die Zunge zu lösen.

»Also«, erzählte Primus aufgeregt, als er von seinem abendlichen Plausch zurückkam. »Vom Wehrgang der südlichen Mauer her führt eine hölzerne Schlupfpforte in das erste Stockwerk des Turms. Den Schlüssel hat der Nachtwächter auf seinen Rundgängen dabei, zwischendurch hält er sich für gewöhnlich auf dem kleinen Ausguck neben dem Tor auf, wo er meistens pennt. Wir müssen ihm nur den Schlüsselring klauen, dann sind wir drin.«

Raimund klopfte ihm anerkennend auf die Schulter. »Gut. Morgen besorgst du in der Stadt Frauenkleider und ein paar große Decken. Außerdem Kerzen, und zur Sicherheit vielleicht auch noch ein langes Seil. Dann erkunden wir den besten Weg. In der Nacht geht's dann los.«

Primus nickte eifrig. »Wir schaffen das!«, sagte er und ballte die Fäuste.

»Wenn da drunten im Loch überhaupt Gisa sitzt«, dämpfte Raimund seine Erwartungen. »Und wenn ja, dann wissen wir nicht, in welchem Zustand sie ist. Es wird nicht so leicht werden, mein Junge. Aber es muss einfach gutgehen, mit Gottes Hilfe.«

Raimunds Zuversicht hätte sich in noch engeren Grenzen gehalten, hätte er gewusst, dass der Torwart kurz nach ihnen einen weiteren Besucher eingelassen hatte. Auf die Frage nach Namen und Begehr hatte der ganz in Schwarz gekleidete Mann ihm einen Ring mit dem Ludowingersiegel unter die Nase gehalten und geantwortet: »Lass mich durch, Bürschchen, der Landgraf schickt mich.«

»Euer Begehr?«, hatte der Torwart störrisch beharrt.

Der Schwarze beugte sich von seinem Pferd herunter, bis sein Gesicht dicht an dem des jungen Mannes war. Dann bleckte er die Zähne und raunte: »Ich bringe eine wichtige Nachricht aus Thüringen, Kleiner.«

Der junge Torwart prallte zurück und ließ den Mann ungehindert einreiten.

Der folgende Tag verging wie im Flug mit den Vorbereitungen. Mittags beobachteten sie, wie zwei Wachleute mit Brot und einem Wasserkrug im Eckturm verschwanden und mit leeren Händen wieder herauskamen. Primus machte sich später an die beiden heran und fing ein belangloses Gespräch an. »Wer hockt denn da drunten im Loch?«, fragte er irgendwann ganz beiläufig.

»Keine Ahnung«, erwiderte der Ältere der beiden. »Aber der Stimme nach ist es ein Weib, das ist mal sicher.«

Primus stürmte in die Schlafkammer. »Es ist Gisa!«, rief er triumphierend.

Raimund ließ sich auf den Bettkasten sinken. »Danke, Gott«, flüsterte er.

Als der Mond schon hoch am wolkenlosen Nachthimmel stand, schlichen sich Raimund und Primus aus ihrer Kammer. Draußen war es bitterkalt, silberglänzender Reif überzog die Dächer der Burggebäude. Von der niedrigen Mauer des Burghofs aus konnte man auf Marburg blicken. Das Städtchen schlief; die Häuser und Gassen in milchigweißes Mondlicht getaucht. Der Turm der Marienkirche ragte wie ein mahnender schwarzer Finger hinauf in die Nacht. Alles war still, nur die Stiefelabsätze des Wächters klackten vernehmlich auf den Holzbohlen des Wehrgangs. Raimund und Primus huschten an der Wand des Palas entlang über den Hof und kauerten sich in eine Nische in der Nähe des Tores. Dort warteten sie voller Ungeduld, bis der Wächter seinen Rundgang beendet und Stellung im Ausguck bezogen hatte. Nach schier endloser Zeit war ein feines, regelmäßiges Schnarchen zu vernehmen.

»Los!«, zischte Raimund.

Auf Zehenspitzen stiegen sie die Treppe zum Wehrgang hoch. Der Wächter saß in seinem Ausguck, die Beine weit von sich gestreckt, den Rücken gegen die Mauer gelehnt. Primus bedeutete Raimund zurückzubleiben. Dann schlich er an der Wand entlang zu dem Schlafenden hin. Was er dort sah, hätte ihn fast aufjubeln lassen: Der Schlüsselring hing nicht am Gürtel des Schnarchers, sondern lag auf dem steinernen Sims der Schießscharte. Vorsichtig langte Primus an dem Schläfer vorbei, schnappte sich lautlos die Schlüssel und glitt geschmeidig wieder zu Raimund zurück.

Wenige Augenblicke später waren sie an der Turmpforte angelangt. Der dritte Schlüssel sperrte, und dann waren sie im Inneren des Bergfrieds.

Mit dem mitgebrachten Metallring, dem Zunder und dem Feuerstein schlugen sie Funken und entzündeten eine der Kerzen, die sie einstecken hatten. Raimund leuchtete, während sie in das Erdgeschoss hinunterstiegen.

»Hier ist es!«, flüsterte er und deutete auf die Falltür in der Mitte des Raumes, die mit einem großen Stein beschwert war. Genau über der Luke hing eine große Winde an der Decke; am Ende des aufgewickelten Seiles baumelte in Hüfthöhe über dem Loch ein massiver eiserner Haken.

Raimund stellte die Kerze auf den Boden, hob den Stein zur Seite und zog am Griff der Falltür; mit leisem Knarzen klappte sie auf. »Gisa?«, rief er halblaut ins Dunkel. »Bist du da drunten?«

Er horchte angespannt. Nichts.

Und dann antwortete eine schwache Stimme: »Wer ist da?«

Primus hätte fast einen Luftsprung gemacht vor Freude. »Ritter Raimund ist hier, und ich, Primus. Wir holen dich hier raus!«

Ein unterdrückter Schrei kam von unten.

Raimund hatte inzwischen die Strickleiter entdeckt, die zusammengerollt in der Ecke lag, und machte sie am Balken der Winde fest. Dann warf er sie ins Loch hinunter. »Kannst du alleine hochsteigen?«, fragte er.

Die Seile strafften sich, und von drunten kam ein verzweifeltes Keuchen. Dann hing die Leiter wieder locker. Sie schaffte es nicht.

»Ich geh runter!« Raimund schnallte sein Schwert ab und legte es auf den Boden, aber Primus war schneller. Schon hatte er sich über den Rand der Öffnung geschwungen. Raimund stellte derweil die Kerze ganz nah an das Loch und versuchte, die Strickleiter möglichst stabil zu halten. Seine Nerven waren zum Zerreißen gespannt, aber gleichzeitig stieg Hoffnung in ihm auf. Gisa lebte! Gleich würde er sie in seinen Armen halten, und dann wäre dieser Albtraum vorbei.

»Das habt Ihr Euch fein ausgedacht, Raimund von Kaulberg!«

Raimund ließ die Leiter los und fuhr herum. Seine Hand zuckte zum Griff des Dolches an seiner rechten Hüfte. Aber er hatte keine Zeit mehr. Die scharfe Spitze eines Kampfschwerts befand sich genau unter seinem Kinn.

»Wäre aber auch zu schön gewesen, um wahr zu sein!« Ortwin grinste. »Macht nicht so ein erschrockenes Gesicht, Herr Ritter! Freut Euch lieber, dass Ihr, wenn schon nicht im Leben, dann wenigstens im Tod mit Eurem Liebchen vereint sein könnt.«

Raimund schielte zu seiner Waffe hinunter und ballte die Fäuste. Er überlegte fieberhaft, suchte nach einem Ausweg. Herrgott, was konnte er tun? »Ortwin der Galgenstrick«, sagte er, um Zeit zu gewinnen. »Ich hätte es wissen müssen. Hat dich der Landgraf geschickt, um einen weiteren Mord zu begehen? Wollte er sicher sein, dass Gisa auch wirklich tot ist?«

Ortwin grinste. Im flackernden Schein der Kerze sah sein Gesicht mit der Narbe gespenstisch aus. »Erraten«, gab er zurück.

»Und wenn du uns umgebracht hast, steigst du dann auf in der Rangordnung deiner widerwärtigen Ketzerbrüder? Belohnt dich der Satan dafür mit einem besonders wohlriechenden Furz aus seinem Bockshintern?«

»Lasst es gut sein, Herr Raimund«, lachte Ortwin. »Ihr werdet mich zu keiner Unvorsichtigkeit reizen. Und nun tut mir den Gefallen und tretet einen kleinen Schritt zurück, wenn's recht ist.« Die Spitze des Schwerts bohrte sich in Raimunds Haut, ein Blutstropfen lief an seinem Hals hinunter.

Raimund drehte den Kopf. Genau hinter seinem Absatz gähnte das Loch. Er holte tief Luft und ging leicht in die Knie. Dann nickte er und bekreuzigte sich. »In Gottes Namen«, sagte er, »du hast gewonnen, Ortwin.« Und dann, mit einer schnellen, ansatzlosen Bewegung, schleuderte er den schweren Haken, der an der Seilwinde über der Kerkeröffnung geschwebt hatte, mitten in Ortwins Gesicht. Gleichzeitig sprang er rückwärts über die Luke, dorthin, wo er seine Waffe abgelegt hatte.

Mit einem Wutschrei stürzte sich Ortwin auf seinen Gegner. In dem Augenblick, als Raimund sich bückte, trat er ihm das Schwert unter den Fingern weg. Raimund rollte zur Seite ab und kam wieder auf die Beine. Er wich bis zur Wand zurück und riss seinen Dolch aus der Scheide. Dann traf Ortwins erster Hieb das Mauerwerk neben seinem linken Ohr. Funken stoben. Raimund drehte sich geschmeidig und duckte sich unter dem nächsten Schlag weg. Schon stand er wieder auf der anderen Seite des Lochs. Ortwin verfolgte ihn mit gestreckter Waffe, die Klinge blitzte im Kerzenschein. »Du bist nicht besonders geschickt mit dem Schwert«, zischte Raimund. »Ich hätte dich längst erwischt!«

Ortwin machte einen Ausfallschritt vorwärts und riss dabei gleichzeitig seinen Arm von unten nach oben. Die Schwertspitze schlitzte Raimunds Hemd auf, er spürte einen stechenden Schmerz. Mit der Hand fasste er sich an die Brust – es war nur ein Ritzer. Ortwin setzte nach, Raimund wich weiter zurück. Er stolperte über den schweren Stein, der auf der Falltür gelegen hatte, taumelte nach hinten und fiel mit einem Aufschrei hin. Sofort stand Ortwin mit gespreizten Beinen über ihm, schwer atmend, das Schwert senkrecht in beiden Händen, zum tödlichen Stoß bereit. »Das ist dein Ende, Kaulberg«, keuchte er und holte mit dem Schwert aus.

Dann brach er plötzlich zusammen, wie vom Blitz gefällt.

Hinter ihm stand Primus, den Stein immer noch in den hocherhobenen Händen.

Sie brauchten nicht lange, um Gisa heraufzuholen, die zu schwach war, um auch nur einen einzigen Schritt zu tun. Ohnmächtig sank sie in Raimunds Arme.

Er legte sie vorsichtig auf dem Boden ab. Dann trat er zu Ortwin, der inzwischen wieder zu sich gekommen war. »Na los, bring mich um«, fauchte er.

Raimund schüttelte den Kopf. »Ich liebe dich nicht genug, um dich jetzt schon zu deinem Herrn in die Hölle zu schicken.« Er kniete sich über den Gefesselten. »Primus, komm her. Gib mir dein Messer. Und dann halt ihn fest.«

Ortwins Augen weiteten sich in Todesangst. Er trat mit den Beinen, wehrte sich verzweifelt gegen Primus' eisernen Griff, doch es half ihm nichts. Mit Primus' Messer zwang ihm Raimund die Zähne auseinander, dann nahm er seinen eigenen Dolch und trennte mit zwei energischen Schnitten Ortwins Zunge ab. Ein Blutstrom schoss aus Ortwins Mund und erstickte seinen Schrei in einem Gurgeln.

Aber es war noch nicht vorbei. Schnell und entschlossen stach Raimund seine Klinge einen halben Finger tief in Ortwins Adamsapfel hinein und drehte sie einmal nach links und einmal nach rechts, bevor er sie wieder zurückzog. »Hab ich von den Sarazenen gelernt, vor Damiette«, knurrte er, als er Primus' entsetzten Blick sah. Dann löste er Ortwins Fesseln, schleppte ihn zum Rand des Loches, zog ihm den Strick unter den Armen durch und band ihn fest. Langsam, Fuß um Fuß, ließ er den Bewusstlosen mit der Winde ins Verlies hinunter. Am Schluss durchschnitt er den Strick und hängte den Haken wieder an das freie Ende.

»Jetzt versteh ich«, sagte Primus.

Kurz nach Sonnenaufgang öffnete der junge Torwart dem landgräflichen Waffenmeister Raimund von Kaulberg und seinem Diener das Tor der Marburg. Sie hatten ein Packpferd bei sich, über dessen Rücken ein längliches Bündel geschnallt war. Gemächlich und ohne jede Eile ritten sie in die Stadt hinunter.

Gisa

Ich wollte nicht, dass er mich so sieht. Ein Mensch nach sechs Wochen Kerker ist kein schöner Anblick. Mein Haar war voller Läuse, sie saßen in meinen Wimpern, meinen Augenbrauen, meiner Scham. Ich stank nach meinen eigenen Exkrementen, war bis auf die Knochen abgemagert. Ich konnte mich kaum aufrecht halten, geschweige denn stehen oder gehen. Sie mussten mich in Decken einwickeln und auf Ortwins Pferd binden, um mich aus der Burg zu schaffen. Jedes Geräusch bohrte sich dabei in meine Ohren wie tausend Nadeln. Aber noch schlimmer war der maßlose, der unerträglich stechende Schmerz, der meine Augen traf, als sie mich am Morgen meiner Befreiung nach draußen brachten. Ich hatte zu lange in vollkommener Finsternis gelebt. Nun war da eine unglaubliche, blendende Helligkeit, ein alles umfassendes Licht wie von tausend Sonnen, nichts als weißes, gleißendes Leuchten. Ich war blind.

Sie brachten mich in Primus' und Miriams Dachkammer. Miriam wusch mich, kämmte mir das Ungeziefer aus den Haaren, rieb meine schlaffen Glieder mit Essig und Wein ab. Ich lag da und ließ alles mit mir anstellen; ich war kaum fähig, etwas zu fühlen oder zu wollen. War dies Wirklichkeit? War ich gerettet? Ich hatte längst mit allem abgeschlossen, dort unten in der Dunkelheit. Und nun sollte ich plötzlich leben? Das schien mir seltsam, ja grotesk. Ich konnte es nicht glauben. Aber da waren die Stimmen der anderen, ihre liebevollen Berührungen. Miriams Duft nach den Kräuterölen, die sie im Hospital benutzten. Primus' aufmunternde Witzchen. Michels helles Kinderlachen. Und da war Raimunds Liebe, die mich umfing wie eine sanfte Hülle, die ich tief in mir spürte, sobald er an mein Lager trat. Er fütterte mich löffelweise mit Brühe, denn ich erbrach alles außer in Wasser eingeweichtem Brot. Er saß stundenlang bei mir und erzählte Geschichten, nur um mich irgendwie wieder zum Leben zu erwecken. Er wiegte mich in seinen Armen. Er bat mich tausendmal um Verzeihung, bis ich es ihm verbot.

Langsam, ganz langsam, begriff ich, dass es vorbei war. Ich würde leben!

Und als sich meine Augen nach vielen Tagen endlich von der Kerkerfinsternis erholten, als ich wieder die Welt mit all ihren Farben und Gestalten wahrnehmen konnte, da weinte ich vor lauter Freude und Dankbarkeit. Ich würde wieder glücklich sein! O Himmel, da war noch so viel, was ich tun wollte! So viele Wünsche, die in Erfüllung gehen konnten! So viele Träume, die wahr werden durften!

Und da war Raimund, meine Liebe!

Wartburg, Februar 1232

»Onkel Heinrich, zeigst du mir die neuen Hellebarden in der Waffenkammer?« Der inzwischen fast zehnjährige Hermann zupfte an Heinrich Raspes Ärmel.

»Jetzt nicht, mein Junge. Frag den Schlotheimer, der geht mit.«

Der Landgraf sah seinem Neffen nach, wie er das Turmzimmer verließ. Der Bub wurde seinem Vater immer ähnlicher, eine stete Erinnerung an die Schuld, die er auf sich geladen hatte. Vielleicht war es das, was ihn bisher davon abgehalten hatte, ihn umbringen zu lassen. Oder es war die bedingungslose Zuneigung des Knaben, seine Unschuld, das Vertrauen, das Hermann ihm schenkte. Nun ja, man durfte sich nicht zu sehr von seinen Gefühlen leiten lassen. Obwohl er das in letzter Zeit viel zu oft tat. Heinrich kratzte sich am Kinn. Wer hätte je gedacht, dass er sich einmal in eine Frau verlieben würde? Und ausgerechnet in seine eigene? Elisabeth war keine Schönheit, eher ein wenig plump und unscheinbar, und im Bett war sie wie alle anderen, aber ihre grenzenlose Hingabe, die Liebe, die sie ihm entgegenbrachte, hatten in ihm ungewohnte Gefühle geweckt. Er war glücklich mit ihr. Und seit sie schwanger war, vergötterte er sie geradezu.

Jetzt lag sie im Frauenzimmer in den Wehen, es würde nicht mehr lange dauern. Heinrich war unruhig, aber er spürte auch eine unbändige Freude. Er würde einen Sohn haben, bestimmt würde es ein Sohn werden! Und dieser Sohn würde nach ihm in Thüringen herrschen, und danach seine Enkel und Urenkel. Eine Dynastie würde er gründen, die seinen Namen trug! Die Zukunft schien verheißungsvoll.

»Herr! Herr!« Eine Dienerin seiner Frau stürzte herein. »Es sind Zwillinge! Zwei Buben! Alle sind wohlauf.«

Der Landgraf packte das Mädchen und wirbelte es herum. Dann rannte er in die Kemenate, wo Elisabeth erschöpft und blass in den Kissen saß. Die Hebamme legte ihm ein gewickeltes Kind in den Arm. »Das ist der Erstgeborene, Herr.«

Voll Staunen sah Heinrich Raspe auf das winzige Gesichtchen herab. Der Säugling hatte die Augen geschlossen, aus seinem Mundwinkel floss ein wenig Speichel. »Heinrich«, sagte er, »er wird meinen Namen tragen. Und du«, er trat an die Wiege, in der der andere Zwilling schlief, »sollst Hermann heißen, nach deinem Großvater.«

Dann trat er ans Bett. »Wie fühlst du dich?«

Elisabeth lächelte. »Müde. Aber stolz und froh.«

Er neigte sich über sie und küsste ihre Stirn. Dann nahm er die Hebamme zur Seite: »Sind die Buben gesund? Und hat die Landgräfin alles gut überstanden?«

Die Hebamme nickte lächelnd. Heinrich drückte der Frau ein Geldstück in die Hand. »Dank Euch für Eure Dienste. Und holt gleich die Amme!«

Die Wehfrau knickste, und Heinrich verließ das Wöchnerinnenzimmer. Der Erste, dem er die freudige Nachricht mitteilen wollte, war Wido. Der Perfectus war inzwischen zu alt, um im Land umherzuziehen, und lebte in Eisenach, im Haus hinter der Münze. Tagsüber war er meistens auf der Burg, wo er sein Essen bekam. Heinrich suchte ihn im Arkadengang, wo er sich bei schönem Wetter am liebsten aufhielt. »Meister, segnet mich«, bat er und ließ sich vor Wido auf die Knie sinken.

»Benedictus«, antwortete der Alte und hob beide Hände über den gesenkten Kopf des Landgrafen. »Du bringst Neuigkeiten? Ich sehe es deinem Gesicht an.«

»Ich bin Vater zweier gesunder Söhne«, jubelte Heinrich. »Und ich bin Landgraf von Thüringen! Alle meine Wünsche sind in Erfüllung gegangen, Meister!«

»Alle?« Wido runzelte die Stirn. »Wir hatten noch größere Pläne, weißt du nicht mehr? Gemeinsam mit dem stauferfeindlichen Adel wollten wir den König stürzen, die Krone für dich erobern. Den Bayernherzog, der in der Rangordnung der Umstürzler als Einziger vor dir stand, haben wir zu Kelheim bereits aus dem Weg geräumt. Jetzt fehlt nicht mehr viel. Und dann, als König …«

»… werde ich die Verfolgung der Reinen im Reich beenden, ja. Ich habe es nicht vergessen. Lasst mir noch ein wenig Zeit, Meister. Eins nach dem anderen. Als Nächstes werde ich mich meines kleinen Neffen annehmen. Er muss sterben, aber unverdächtig. Danach, wenn meine Herrschaft endgültig unangefochten und unbegrenzt ist, können wir uns dem Reich zuwenden.«

Der Perfectus lächelte. »Ich sage dir: All dein Streben wird gesegnet sein, mein Sohn. Deine Familie wird blühen, deine Macht wird wachsen.«

»Versprecht Ihr mir das aus Eurem Wissen als heilige Seele heraus?«

»Ich schwöre, es ist die Wahrheit. Die Engel haben es mir verkündet. Und ihr oberster Gebieter, Luzifer.«

Heinrich verbeugte sich tief. »Ich danke Euch, Meister. Vereint in unserem Glauben werden wir siegen.« Dann machte er sich auf den Weg in den großen Saal, wo er die Ritterschaft hatte zusammenrufen lassen. Dieser Abend würde ein Fest werden! Und danach würde er sich um seinen Neffen kümmern …

Wido sah ihm lange nach und rieb sich dabei gedankenverloren die alte Brandnarbe im faltigen Gesicht.

Da war eine Wiese. Gelber Löwenzahn blühte, Krokusse und Gänseblümchen, dazwischen ein paar Schlüsselblumen. Wasser plätscherte, Hummeln und Bienen brummten von Blüte zu Blüte. Damen tanzten am Bachufer den Reigen, sie schienen zu schweben, ihre bunten Kleider bauschten sich im Frühlingswind. Helles Lachen klang zu ihm herüber. Er spürte die Kraft der Sonne auf seiner nackten Haut. Merkwürdigerweise war er nackt. Er konnte sich nicht erinnern, wie er hierhergekommen war. Zu Pferd? Zu Fuß? Und wo war er überhaupt? Er kannte diese Wiese nicht, sie lag unter keiner seiner Burgen. Verwundert lief er weiter, seine Füße wurden nass vom Tau, der noch im hohen Gras nistete. Da löste sich eine der Frauen aus dem Reigen und lief geradewegs auf ihn zu. Sie trug ein leuchtendblaues Kleid aus glänzender Seide, auf ihrem Haar glitzerte ein herrliches Diadem, nein, eine Krone aus Gold, besetzt mit Perlen und Edelsteinen. Die Frau kam ihm bekannt vor, er hatte sie schon einmal gesehen. Sie war so schön. Verzweifelt zermarterte er sich den Kopf. Wer war sie? Immer näher kam sie, und seltsam – mit jedem Schritt, den sie tat, veränderte sie sich. Ihre Krone schien undeutlicher zu werden, das Gold schien zu zerfließen, sich aufzulösen. Das kunstvoll aufgesteckte Haar fiel herab, wurde wirr und lockig, zerzaust und stumpf. Und das Kleid – die Farbe verblasste, verschwamm, wurde schmutziggrau und fleckig. Am Ende war da nur noch eine einfache Kotte, in der Taille zusammengerafft von einem dünnen Strick. Die herrliche Weiblichkeit, die sie anfangs ausgestrahlt hatte, verlor sich, von üppigen Brüsten, Hüften und Schenkeln blieben nichts als Haut und Knochen. Das Gesicht, anfangs noch fröhlich vom Tanz gerötet, schrumpfte, fiel ein, wurde blass und fahl, die Augen verschwanden tief in dunklen Höhlen. Es war gespenstisch. Plötzlich sah er nichts mehr außer dieser bleichen Frauengestalt; die Wiese war verschwunden, der Himmel fort, kein Wind, kein Laut. Unsäglicher Schrecken erfasste ihn. Er wich zurück, aber die hagere Frau winkte ihn mit einer langsamen, lockenden Geste zu sich. Er versuchte, dagegen anzukämpfen, aber alles zog ihn hin, er konnte sich nicht wehren, bis er schließlich ganz nah vor ihr stand. Riesengroß und unheimlich erschien sie ihm nun; ihre Füße berührten merkwürdigerweise nicht den Boden, die Luft schien sie zu tragen. »Heinrich!«, rief die Gestalt mit heller, hallender Stimme. »Heinrich!« Und ein drittes Mal: »Heinrich!« Der düstere, traurige Blick des Geistes ging ihm durch und durch. In ihm stand stummer Vorwurf. »Erkennst du mich denn nicht?«

Wie Schuppen fiel es ihm von den Augen. »Elisabeth!«, entfuhr es ihm. »Du?«

»Ja, ich bin es«, antwortete die Gestalt. »Die du stets gehasst und verabscheut hast.«

Heinrich überlief es eisigkalt. Er wollte weglaufen, nur fort von hier, aber er konnte sich nicht bewegen, seine Füße waren wie festgewachsen. Und Elisabeth sprach weiter. »Du hast mir den Gatten genommen!«

Wie? Was? Woher konnte sie das wissen?

»Umbringen hast du ihn lassen!« In der Stimme des Geistes schwangen Zorn und unendlicher Jammer. »Und nun willst du seinen einzigen Sohn morden!«

Er fing an zu stottern. »Aber nein, das … das …«

Die Gestalt bewegte sich noch ein Stückchen weiter auf ihn zu. Aus dem linken Auge löste sich eine Träne und rollte langsam ihre Wange herab: »Heinrich, um der Liebe Gottes willen bitt ich dich: Lass unseren Sohn leben.«

Gerade noch hatte er seiner Furcht vor der überirdischen Erscheinung nachgeben wollen, hatte Elisabeth zugestehen wollen, Hermann zu verschonen – da regte sich in ihm der Widerstand. Ha! Ein Geist, der um etwas bat! Der weinte! Was war das denn für ein jämmerlicher Spuk? Trotzig schüttelte er die Angst ab. »Was willst du von mir, Elisabeth?«, fragte er. »Ich hatte nie die Absicht, dem Jungen etwas anzutun. Ehrlich!«

Der Geist schüttelte betrübt den Kopf. »Sprichst du auch die Wahrheit, Heinrich? Dann schwöre nun, meinen Sohn zu verschonen, jetzt und allezeit.«

Das war zu viel! Er stellte sich breitbeinig hin und lachte frech. »Ei, soll der Landgraf von Thüringen wohl vor Gespenstern Eide ablegen?«

»Du willst nicht?«

»Nein!« Er schüttelte den Kopf.

»Geh in dich, Heinrich, ich bitt dich. Lass ab von Machtgier und Starrsinn. Schwöre!«

Wieder weigerte er sich mit einem heftigen Kopfschütteln.

Da hob die Gestalt langsam, langsam den rechten Arm. Mit spitzem Finger deutete sie anklagend mitten auf seine Brust. Er spürte, wie ihm der Schweiß ausbrach. Ein stechender Schmerz schoss ihm durchs Herz und raubte ihm den Atem. Er schrie auf, ging in die Knie. Und während Heinrich sich krümmte und wand, sprach der Geist laut und deutlich zu ihm: »Dann sage ich dir, Heinrich von Thüringen: Heute noch wirst du erfahren, wie groß der Schmerz ist, wenn man sein Liebstes verliert!«

Er rappelte sich hoch, warf sich herum und rannte, rannte wie um sein Leben. Den schützenden Wald wollte er erreichen, aber die Wiese nahm kein Ende, dehnte sich aus ins Unendliche. Plötzlich stolperte er, fiel …

Mit einem Schrei wurde er wach, fuhr aus den Kissen hoch. Er keuchte, sein Laken war schweißnass. Himmel, er hatte nur geträumt! Er stieß einen befreiten Seufzer aus und ließ sich zurückfallen. Erst lachte er leise in sich hinein, dann immer lauter, bis er schließlich vor Erleichterung ein paarmal tief ein- und ausatmete. Bei Luzifer! Es war alles in bester Ordnung! Nur ein Albtraum, der ihn geplagt hatte, pah, was auch sonst! In der Dunkelheit tastete er nach dem gefüllten Weinbecher, der nachts immer neben seinem Bett stand, und leerte ihn auf einen Zug. Dann drehte er sich mit wohligem Grunzen um und fiel in tiefen, ruhigen Schlaf.

Viel später in dieser Nacht, in der dunkelsten Stunde kurz vor Sonnenaufgang, betrat die Kammerzofe die Wöchnerinnenstube. Sie trug in der einen Hand eine Kerze, in der anderen eine Schale mit Kohlen. Die junge Landgräfin hatte abends gefröstelt, und die Hebamme hatte gemeint, mehr Wärme könne nicht schaden, auch für die beiden Neugeborenen. Also hatte man ein Kohlebecken zwischen Bett und Wiege aufgestellt, das regelmäßig aufgefüllt wurde.

Das Mädchen näherte sich leise der Bettstatt und versicherte sich, dass die Wöchnerin schlief – gut sogar, denn ihre Wangen waren rosig und die Atemzüge ruhig und gleichmäßig. Die Zofe nickte lächelnd, stellte die Kerze auf einen Wandsims und legte vorsichtig frische Kohlestückchen auf. Dann nahm sie den kurzen Schürstab, der unter dem gusseisernen Becken lag, und stocherte ein bisschen in der Glut, bis die Kohlen rot aufglommen. Ein letzter Blick in die Wiege sagte ihr, dass auch die beiden Bübchen schön schliefen. Zufrieden griff sie nach ihrer Kerze und verließ leise den Raum.

Sie hatte nicht bemerkt, dass ein winziges Stückchen glimmender Kohle ganz an den Rand des Beckens gerutscht war. Und der Windhauch, der dadurch entstand, dass sie die Türe schloss, wehte es zu Boden.

Das Kohlestückchen, kaum größer als eine Erbse, fiel in die Binsenstreu, die um Bett und Wiege ausgebreitet lag. Lautlos glomm es dort weiter und entzündete einen der trockenen Halme. Ein kleines, bläuliches Flämmchen züngelte empor, erfasste weitere Binsenstengel, leckte an einer getrockneten Rosenblüte. Die Blüte entflammte mit einem kaum hörbaren Zischen. Langsam fraß sich das kleine Feuer weiter, fand neue Nahrung in den Fransen des bauschigen Wiegenvorhangs, der das Ungeziefer von den Säuglingen fernhalten sollte. Fauchend ging der Stoff in Flammen auf.

Niemand wagte Heinrich Raspe die Nachricht zu überbringen, dass seine Frau und seine beiden neugeborenen Kinder im Feuer umgekommen waren. Schließlich schickten sie den alten Rudolf von Vargula, den Landgrafen zu wecken. Später hieß es, sein Gebrüll sei bis nach Eisenach hinunter zu hören gewesen. Und man erzählte sich, in seinem Schmerz habe er tagelang immer wieder den einen Namen gerufen: Elisabeth.

Keiner wusste, dass er damit nicht seine Ehefrau meinte, sondern seine tote Schwägerin.

Und es wusste auch niemand, dass er in der Nacht nach der Bestattung von Frau und Kindern den Sarkophag noch einmal öffnen ließ, um die Zwillinge herauszuholen. Er legte die kleinen verkohlten Körper in eine Kiste und ritt damit nach Marburg, wo man inzwischen über Elisabeths Grab eine Steinkirche gebaut hatte. Dort, wo das Regenwasser vom Dach der Apsis auf die Erde tropfte, zwei Fuß von der Mauer entfernt, schaufelte er alleine und verzweifelt seinen Söhnen ein dunkles Grab. Ihre unschuldigen Seelen sollten nicht zur Hölle verdammt sein. Als er fertig war, kniete er sich vor den frisch aufgeworfenen Hügel und barg das Gesicht in den Händen. »Sieh mich an, Elisabeth«, flüsterte er in den fallenden Regen hinein. »Ich bin der Elendste meines Geschlechtes. Meine Sünden sind größer, als ich je abbüßen könnte. Verzeih mir, wenn du kannst, und bitt für mich bei deinem Herrgott, dem du immer treu warst und den ich so furchtbar verleugnet habe. Mir bleibt nur die Hölle, aber du, das weiß ich, wirst einmal zur Rechten Gottes sitzen.«

Er wandte sich ab, ging mit schleppenden Schritten zu seinem Pferd und ritt fort.

Fragment aus einem Eisenacher Gerichtsbuch

Am Sambstag nach Remygii des Jahrs 32 wurdt aufm Richtplatz vor der Stadt in Gots Namen gehenkt Conradt Thietz von Eysenach, Lumppensamler, genant der Narren-Contz. Er hat bey der peynlichen Befragungk zugeben, das grosz Hauß hintter der Müntz anzunden zu habn. In dem schröcklichen Brandt fanden

den Todt zwelff Menner und Fraun, die sich dortten deß Abendts versammelt hatten, darunther ein ehrwirdiger Greiß mit Namen Wido, der zuletzt in dem Hauß gewohnt, der war ein Wander-Mönch. Dieweiln der Brandt-Stiffter behaupthet hat, der Landtgraf höchstselbstsen hett ihn zu der bößen That angestifft und auch nit von dießer Lüge laßen wollt, hat man ihn zur Straff vor dem Hängken zu fünff Maln mit glühenden Zangen gezwickt.

Epilog: Fünf Jahre später

Bericht Ulrichs von Dürn, Prior des Deutschen Ordens zu Marburg, über die Bergung der Leiche Elisabeths

In der Nacht Cantate des Jars 1236 betrath ich, Ullricus, mit achtt weitern Brüdern deß Ordens die Kirche der Heyligen Elißabeth, und wir holten voll Ehr-Erbietungk undt unther feyerlichen Gesängen ihre sterblichen Überreste hervor. Wir erwartteten den Leychnam frisch und dufthend und reyn vorzufinden, doch er war halb verweßt und mit Ungetzieffer behafthet wie ander tothe Leyber auch. Sodann verprachten wir den Körpper ins Hauß des Hospital-Schaffers. Überm Fewer kochten wir ihn, solang biß sich alles Fleysch vom Gebein lößte, das darnach weißer war als neu gefallner Schnee. Wir trennten den Schedel ab und richteten ihn her, damit er bey der Krönungk der Heyligen sauber und schön anzusehn sey. Am Endt hüllten wir die Knochen in edeln purpurnen Stoff mit Lilyen und Löwn, dann thaten wir alleß in ein bleyern Sargk und brachthen dießen zwey Tagk späther zurück in die Kirchen, wo man den newen Sarkophagk schon auff gestellt hatt. Der enthelt nunmehro, waß von der heyligen Landtgrefin von Thüring übrig ist. Dieß geschah vor der Erhebungk ihrer Gebeine durch Kaiser Friderich den zweitten dises Namens.
Auffgezeychent mit eigner Handt am Montag nach Cantate ao. 36
Ulricus de Thuern, etc.

Gisa, Marburg, 30. April und 1. Mai 1236

Unser Zug näherte sich Marburg langsam von Süden her. Ganz vorne ritt der Kaiser, das »Staunen der Welt«, auf seinem Lieblingshengst, einem zierlichen Araberschimmel. Ihm folgten seine welschen Ritter, deren geputzte Brustharnische grell die Sonnenstrahlen widerspiegelten. Dann ein Elefant, der bedächtig einen Fuß vor den anderen setzte; auf seinen buckligen Rücken hatte man eine Art Sänfte geschnallt, in der fünf Musiker mit Businen und Trommeln saßen und ihre Instrumente erklingen ließen. Zwei riesige rabenschwarze Nubier folgten; jeder von ihnen führte einen Leoparden an einem Lederband. Sarazenische Bogenschützen waren dabei; auch apulische Tierpfleger mit dem halben Tierpark des Kaisers. Die meisten von ihnen trugen morgenländische Gewänder, wie sie bunter und auffälliger nicht sein konnten. Den Bauern, die uns auf dem Weg begegneten, blieben die Mäuler offen stehen. Man sah Falken, Pfauen, Bussarde, Adler, Schleiereulen und Uhus. Fünf Mohren lachten breit von Ohr zu Ohr und hatten dabei jeder einen Affen auf der Schulter. Löwen und Bären wurden in Käfigen mitgerollt. Kamele trugen würdevoll ihre Lasten. Knaben in pludrigen Seidenhosen bliesen mit geblähten Backen auf silbernen Trompeten. Sogar arabische Schönheiten waren im Zug dabei, begleitet von Eunuchen, saßen sie in offenen Prachtwägen und winkten huldvoll.

Wir, Raimund und ich, ritten ganz hinten im Zug. Beide waren wir froh und aufgeregt, schließlich hatten wir unsere Heimat lange nicht mehr gesehen. Und – im Damenkarren vor uns fuhr unser großes Glück mit und unser ganzer Stolz: unsere zweijährige Tochter. Ja, nach meiner Befreiung aus dem Marburger Kerkerloch waren wir nach Sizilien an den Kaiserhof gezogen, eine Entscheidung, die wir nie bereut haben. Es war Raimunds Vorschlag gewesen, so weit fortzugehen – wir hatten beide die Befürchtung, dass man meine Flucht doch noch entdeckte und Heinrich Raspe mich verfolgen lassen würde, wenn ich im Reich bliebe. Herr Friedrich hat uns in Gnaden aufgenommen; mein Raimund ist seither einer von fünf Waffenmeistern, er und der Kaiser hatten sich ja schon vom Kreuzzug her gekannt. Ich bin nun eine von vielen Hofdamen, die der Favoritin des Kaisers aufwarten, der schönen Bianca Lancia – und zuweilen auch, im Vertrauen, den zahlreichen kaiserlichen Liebschaften. Es ist ein angenehmes, freies und leichtes Leben, so ganz anders als an deutschen Höfen. Raimund und ich kosten unsere Liebe an jedem Tag aus, den Gott uns schenkt. Wir sind so dankbar, dass uns das Leben endlich, nach so vielen Schicksalsschlägen und Widrigkeiten, zusammengeführt hat. Und als Segen unseres Bundes kam im Sommer vor zwei Jahren unsere Kleine zur Welt, gesund und hübsch, dunkel wie ihr Vater, aber mit meinen blauen Augen. Im Andenken an meine liebe Elisabeth haben wir sie nach ihr benannt, und wir erziehen sie im christlichen Glauben, auch wenn am Hof zu Palermo bald mehr Muselmanen leben als Christen. Elschen, wie wir sie nennen, ist ein echter Sonnenschein, sie wickelt ihren Vater täglich um den Finger, er hängt abgöttisch an ihr. Wir haben es nicht übers Herz gebracht, sie in Sizilien zurückzulassen, also reist sie mit, und es macht ihr sichtlich Vergnügen.

Als wir in Marburg einritten, sah ich gleich, dass sich hier vieles verändert hatte. Straßen und Gassen, die vorher nur aus gestampfter Erde waren, hatte man gepflastert, Brunnen standen da, wo es früher noch keine gab. Das alte, windschiefe Häuschen, in dem ich meine Kammer hatte, fand ich nicht mehr, an seiner Stelle stand ein ganz aus Stein errichtetes Gebäude, das recht herrschaftlich aussah. Und überall gab es nun Tavernen und Wirtshäuser, eines am anderen. Die ganze Stadt wimmelte vor Menschen. Die Marburger Bürger waren reicher gekleidet als früher, und ich entdeckte viele neue Kramläden und Geschäfte. Ja, das alles hatte man Elisabeth zu verdanken. Denn seit ihrem Tod vor fünf Jahren hatte ein nie versiegender Strom von Pilgern zu ihrem Grab eingesetzt. Die immer wiederkehrenden Wunderheilungen taten das Ihrige, um täglich mehr Hilfesuchende in die Stadt zu bringen. Marburg war dadurch aufgeblüht und reich geworden.

Ich fürchtete schon, unter all diesen Menschen würde ich diejenigen, auf die ich mich so sehr freute, gar nicht finden. Nachdem der Kaiser mit seinen engsten Vertrauten zur Burg hinaufgeritten war, quartierten wir uns in einem der neuen Wirtshäuser ein, dem

»Haus zum Weißen Kreuz« am Hirschberg. Und dann machten wir uns eilig auf, um nach Primus und Miriam zu suchen. Die Kleine nahmen wir mit, sie musste nach der langen Fahrt im Wagen unbedingt noch ein bisschen rennen. Wir fassten sie zwischen uns an den Händen und ließen sie immer wieder nach ein paar Schritten hoch in die Luft fliegen.

Das Haus in der Aulgasse stand noch. Ich klopfte an und fragte nach Primus und seiner kleinen Familie, aber die dicke Frau, die mir geöffnet hatte, schüttelte den Kopf. »Wir haben das Haus erst im letzten Jahr gekauft, edle Frau«, erklärte sie mir. »Und da hat oben in der Kammer schon keiner mehr gewohnt.«

Unverrichteter Dinge begaben wir uns davon, fragten hier und fragten da, bis Raimund schließlich meinte, dass die Leute im Spital vielleicht am ehesten Bescheid wüssten. Also gingen wir zum Hospitaltor hinaus, Zeit genug bis zum Sonnenuntergang blieb uns ja.

»Du meine Güte! Was hat sich hier alles verändert!« Ich war wirklich verblüfft. Kaum etwas erinnerte mehr an das kleine, alte Hospital, das ich noch gekannt hatte. Das alte Krankengebäude mit der Kapelle, in der wir Elisabeth damals bestattet hatten, stand nicht mehr. Stattdessen erhob sich an seiner Stelle eine viel größere Kirche aus Stein, die man über dem Grab errichtet hatte. Und auf der Südseite dieser Kirche standen große Gerüste; man konnte schon Seitenmauern und die Umrisse einer Apsis erkennen. Offenbar sollte hier eine noch prächtigere, geradezu riesige Kirche entstehen, die geeignet war, eine große Menge Pilger und Wallfahrer aufzunehmen. Ein neuer Krankensaal stand an anderer Stelle, ebenso wie etliche größere Nebengebäude. Von den alten Hütten und Schuppen war nichts mehr übrig außer dem kleinen quadratischen Häuschen, in dem wir gewohnt hatten. Und vor dem Häuschen auf der Schwelle saß – einen kleinen Jungen auf dem Schoß – Primus!

Er sah uns im selben Augenblick wie wir ihn, setzte das Kind auf den Boden und sprang auf. »Gisa?«, rief er. »Raimund? Himmel, das gibt's doch nicht!«

Und dann lagen wir uns schon in den Armen. Ich konnte die Tränen kaum zurückhalten, so glücklich war ich, meinen alten

Freund und Retter wiederzusehen. Da kam auch schon Miriam aus dem Haus gelaufen, freudestrahlend, und bedeutete uns mit sanften Gesten hereinzukommen. Und drinnen am Feuer saß Michel und schnitzte an einem Stück Holz, die Zunge vor lauter Eifer zwischen die Zähne geklemmt! Seine Narben an den Armen und im Gesicht waren kaum mehr zu sehen. Er erkannte uns erst auf den zweiten Blick, aber dann rannte er quietschend auf Raimund zu und ließ sich von ihm herumschwenken.

Als ich eintrat, spürte ich einen Kloß im Hals. Dort drüben hatten wir abends immer gesessen, Elisabeth, Guda, Isentrud und ich. Ich sah alles vor mir, die wackligen Hocker, das Sidelbänkchen, den schweren Holztisch, auf dem immer Verbände und Stofftücher lagen. Mein Blick fiel durch die offene Tür in die Nebenstube. Dort drinnen war sie gestorben. Raimund drückte meine Hand, er erriet meine Gedanken. Und dann wurde ich schon wieder abgelenkt. Primus schob den kleinen Buben zu mir hin, den er auf dem Schoß gehalten hatte. »Das ist unser Jakob.« Ich herzte den Kleinen und schob Elschen zu ihm hin, damit sie zusammen spielen konnten. Miriam brachte derweil voller Stolz ein Körbchen, in dem ein Wickelkind schlummerte. »Und hier ist Maria, unser Kleinstes.« Primus platzte fast vor Stolz. Gegenseitig bewunderten wir unsere Kinder gebührend, ach, was für ein Glück!

Miriam hatte inzwischen Apfelmost, Brot und Käse auf den Tisch gebracht; wir setzten uns und langten kräftig zu. »Wie kommt es, dass ihr hier im Hospital wohnt?«, wollte Raimund wissen.

Primus breitete lächelnd die Arme aus. »Hier seht ihr den neuen Hospitalschaffer!«, sagte er. »Ihr wisst ja bestimmt, dass nach Elisabeths Tod die Deutschordensritter das Spital übernommen haben. Es kamen immer mehr Pilger, die auch hier übernachten wollten, und natürlich immer mehr Kranke, die sich Heilung erhofften. Dem alten Verwalter war das alles zu viel, und anfangs hab ich ihm nur geholfen. Alles Nötige in Vorrat bringen, überlegen, wie viele Sümmer Korn man fürs Jahr einkaufen muss, wie viele Schock Eier, was man an Stroh braucht, ob noch ein paar Klafter Holz über den Winter nötig sind. Und dann noch den Überblick über das Geschäft mit dem Geld, den Almosen und den Spenden behalten. Im letzten Jahr ist der alte Bernward dann gestorben, und man hat einen Nachfolger gesucht. Die Ordensmänner wollten mich erst nicht, aber dann haben sie gesehen, dass ich rechnen kann – hab ich doch von Euch gelernt, Herr Raimund, wisst Ihr noch? Ich hab ihnen das mit dieser neuen Zahl erklärt, der Null, und ein bisschen was vorgerechnet, und das hat sie so verblüfft, dass sie mich angestellt haben. Ja, und seitdem geht es uns gut! Miriam arbeitet im Spital mit, und Michel fängt nächstes Jahr eine Lehre beim Sattler an. Und schaut, wer noch hier ist!«

Wir blickten zur Tür, wo ein großer blonder, schlaksiger Kerl stand, ein Bündel Reisig im Arm. »Das ist doch nicht …«, fragte ich.

»Doch«, grinste Primus. »Das ist Hanno!« Er wandte sich an seinen Bruder. »Kennst du denn die Jungfer Gisa nicht mehr?«

»Liebe Güte, Hannolein, du bist ja ein richtiges Mannsbild geworden!«, rief ich.

Hanno ließ aus lauter Verlegenheit sein Bündel fallen. Aber dann grinste er über beide Backen; sein Auge rollte vor Begeisterung so weit nach hinten, dass man nur noch das Weiße sah. »Groß un' stark«, lachte er, »groß un' stark, kein Hannolein mehr!«

»Meine zwei Schwestern hab ich auch nachkommen lassen«, berichtete Primus weiter. »Ida ist inzwischen verheiratet, mit einem Lohgerber in Weidenhausen. Das Irmel lebt mit den beiden und hat, glaub ich, auch schon einen Freier.« Er grinste und zwinkerte uns zu.

»Bloß einer ist nicht mehr da«, warf Michel ein und machte ein trauriges Gesicht. »Ratz ist gestorben. Er war halt schon so alt.«

»Und Ortwin?«, fragte Raimund schließlich. »Wisst ihr, was aus ihm geworden ist?«

»Kommt«, sagte Primus nur.

Er führte uns über den Hof zur Bleichwiese hinter dem neuen Hospitalgebäude. Kittel, Laken und Verbände lagen dort mit Steinen beschwert im Gras, um an der Sonne zu trocknen; auf der Flussseite stand immer noch der frühere Hasenstall. Wir gingen um den Stall herum – und da saß ein Mann mit schlohweißem Haar, den Rücken an einen Holzstoß gelehnt. Uralt sah er aus, mit hohlen Augen, das fahle Gesicht ausdruckslos. Er spielte gedankenverloren mit einem Stöckchen, auf dem ein großer Käfer krabbelte.

»Ja«, sagte Primus und deutete mit dem Finger auf den Sitzenden. »Das ist aus ihm geworden. Er wird nie wieder jemandem etwas zuleide tun.«

Dennoch lief es mir kalt über den Rücken. Um mich zu retten, mir Zeit zur Flucht zu verschaffen, hatten wir ihn im Kerker zurückgelassen. An Zunge und Kehlkopf verstümmelt, damit er nicht rufen oder reden konnte. »Ein dreiviertel Jahr später war der Landgraf in Marburg und hat wissen wollen, ob die Gefangene wirklich tot sei – Ortwin war schließlich nach seinem Auftrag nicht mehr bei ihm aufgetaucht, um Bericht zu erstatten. Man hat dann jemanden ins Loch hinuntergelassen, und der hat ihn gefunden. Da war er schon nicht mehr richtig im Kopf. Seither lebt er in dem kleinen Schuppen, wo wir die Kornvorräte lagern. Er kennt sich selber nicht mehr und kann keinen Schaden mehr anrichten.«

Raimund sah mich an. »Er braucht dir nicht leidzutun«, sagte er und streichelte zärtlich meine Wange. »Er war böse. Wer weiß, wie viele er noch umgebracht hätte.«

Er hatte ja recht. Trotzdem fühlte ich mich irgendwie schuldig. Mit gemischten Gefühlen betrachtete ich Ortwin noch eine Weile, dann wandte ich mich ab und folgte den anderen zurück zum Haus. Bis tief in die Nacht saßen wir noch beisammen und erzählten, schließlich übernachteten wir in der Wohnstube auf einer Strohschütte, weil die Stadttore natürlich längst geschlossen waren.

Der nächste Morgen begann mit einem heftigen Gewitterguss, doch danach brach die Sonne aus den Wolken hervor, und der Himmel wurde blau. Es war kühl, die Luft roch frisch nach Regen und nassem Gras. Am Mittag sollte die Erhebung der Gebeine stattfinden. Endlich erfüllte sich Elisabeths sehnlichster Wunsch.

Schon kurz nach Sonnenaufgang versammelte sich eine Menschenmenge im Hospital und auf dem umliegenden Gelände. Von überallher waren Pilger gekommen, man hörte Böhmisch und Ungarisch, Französisch und Flämisch. Auffällig viele Kinder waren unter den Gläubigen, viele von ihnen verkrüppelt oder sichtbar krank. Wie im Leben war Elisabeth auch im Tod für die Kleinsten da.

Raimund und ich ließen Elschen bei Miriam und betraten schon ganz früh die Kirche, um einen guten Platz zu finden. Doch auch hier drinnen drängten sich schon die Menschen. Nur der Mittelgang wurde von bewaffneten Wachen freigehalten, damit die Würdenträger später frei und unbehelligt bis nach vorne zum Sarkophag gelangen konnten. Wir versuchten, uns am Rand weiter nach vorne zu schieben, wurden jedoch abgedrängt und standen schließlich in einer Nische im vorderen Bereich der Nordwand. Ich wurde mit der Hüfte gegen die unangenehm spitze Ecke eines einfachen Steinsarkophags gedrückt und versuchte, ein Stück weit davon wegzukommen, als mein Blick auf die Inschrift fiel.

Meine Knie wurden weich. Da stand in großen Buchstaben ein Name, tief eingemeißelt in den weichen Marmor: CHUNRADUS DE MARBURGK. Mein Gott! Er war tot! Eine unglaubliche, tiefe Erleichterung überfiel mich. Dieser Teufel in Menschengestalt, dieser Unmensch, der Elisabeth auf dem Gewissen hatte, er lebte nicht mehr! »Raimund«, flüsterte ich und wies auf die Inschrift.

Er legte stumm den Arm um meine Schultern. Und dann zeigte er mir jemanden. An der Stirnseite des Sarkophags standen Hand in Hand zwei Frauen, grau gekleidet und mit hellen Schleiern. Guda und Isentrud!

Wir drängten uns zu ihnen durch. Himmel, was war das für ein wunderbares Gefühl, die beiden Gefährtinnen meiner Kindheit und Jugend wiederzusehen! Wir weinten und lachten; viel hätte nicht gefehlt und wir hätten mitten in der Kirche zu tanzen angefangen. »Wir wussten nicht, was mit dir geschehen war«, erzählte Guda. »Es hieß, du seist einfach verschwunden. Wo hätten wir denn suchen sollen?«

Die beiden lebten immer noch in Hörselgau, wo Isentrud nach dem Tod ihres Mannes ein Haus als Witwensitz erhalten hatte. Immer noch hielten sie sich an ihr Gelübde, das sie zusammen mit Elisabeth abgelegt hatten, und kümmerten sich um Arme und Kranke im Hörseltal. »Wir waren genauso erleichtert wie du, als wir von Konrads Tod erfuhren«, erzählte Isentrud und drückte meine Hand. »Es war, als ob eine Last von unseren Schultern abgefallen wäre.«

»Wie ist er gestorben?«, wollte ich wissen.

»Erschlagen haben sie ihn! Wie einen Hund, zusammen mit dem einäugigen Johannes. Keiner weiß, warum, und die Mörder hat man nie gefasst.« Guda zog ihr Tuch enger um die Schultern, als ob sie fröstelte. »Bis zu seinem Tod hat er Elisabeths Heiligsprechung beim Papst vorangetrieben. Aber er hat den großen Triumph nicht mehr erleben dürfen. Das war Gottes Strafe für seine Schlechtigkeit.«

In diesem Augenblick ertönten Trompetenfanfaren. Überall, in der Kirche und draußen vor dem Hospital, verstummten die Menschen. Der Kaiser zog ein.

Nicht in großer Pracht, nicht im vollen kaiserlichen Ornat betrat Friedrich die Kirche, sondern im fahlfarbenen Büßergewand, barfuß und barhäuptig. Langsam schritt er durch den Mittelgang, geradewegs auf Elisabeths steinernes Grab zu.

Friedrich kniete demütig vor dem Sarkophag, während die Erzbischöfe von Trier und Mainz zusammen mit einigen Ordensbrüdern der Deutschherren den Deckel abhoben. Dann erhob sich der Kaiser feierlich und griff in den Sarg hinein. Vorsichtig holte er etwas heraus und hielt es hoch, hoch über seinen Kopf, damit alle Anwesenden es sehen konnten. Es war Elisabeths Totenschädel.

Mir wurde schlecht.

Bischof Konrad von Hildesheim brachte ein herrliches Reliquiar in Form eines Turmes, der das heilige Jerusalem symbolisieren sollte. Ein Mönch hob die obere Hälfte ab, und der Kaiser setzte den Schädel behutsam auf den Sockel des goldenen Behälters. Dann reichte ihm einer seiner Höflinge eine glänzende, juwelengeschmückte Krone. »Dir, Elisabeth, Heilige unserer Zeit, gebührt dieser Schmuck«, rief Friedrich mit hallender Stimme, so dass man ihn bis in den letzten Winkel der Kirche hinein hören konnte. »Ehren will ich dich als eine Königin in Gottes Reich. Sancta Elisabeth, bitt für mich und bitt für uns alle in der Stunde unseres Todes.« Er drückte die Krone sanft, aber bestimmt, auf den knöchernen Schädel.

Die Mönche in der Apsis stimmten das Tedeum an, gewaltig hallten ihre Stimmen durch das Kirchenschiff. Mir, Guda und Isentrud liefen die Tränen über die Wangen. Das letzte Mal, als wir dieses Lied gemeinsam gehört hatten, war es von den Franziskanern in Eisenach angestimmt worden, in jener schicksalhaften Nacht, als Elisabeth die Wartburg verließ.

War es das wert gewesen? Das ganze Leid, die Schmerzen, die Tränen? Die bedingungslose Unterwerfung, die grenzenlose Erniedrigung? Ich kann es nicht sagen. Elisabeths Weg von Eisenach bis nach Marburg war ein einziger Gang der Selbstzerstörung gewesen. War dies alles wirklich aus freiem Willen heraus geschehen? Oder hat ein böser Geist in Gestalt Konrads von Marburg ihr Leben zerstört? Nein, ihr Schicksal hat mich nicht im Glauben bestärkt – eher hat es mich zum Zweifeln gebracht. Warum muss jemand, der Gott so liebt wie kein anderer, so früh sterben? Warum muss jemand, der niemandem je etwas zuleide tat, der immer nur half und liebte, alles verlieren, alles lassen? Ist das die Vorstellung von christlicher Gerechtigkeit? Liebt Gott nur den, der in der Nachfolge Christi alles hingibt und das Schlimmste erduldet? Hat nicht Christus damals für uns Menschen alles auf sich genommen, für die Schlechtesten, aber auch für die Besten? Muss denn ein einfacher Mensch noch einmal durchleiden, was er erduldete, nur um der Heiligkeit willen? Oder war Elisabeths Weg ein Irrweg, eingeschlagen aus Verblendung und Hochmut? Mag dereinst ein anderer Antwort auf meine Fragen finden, ich kann es nicht.

Der Mensch Elisabeth war gestorben – aber ihr größter, sehnlichster, verzweifeltster Wunsch hatte sich erfüllt. Sancta, sancta, sancta, sangen die Mönche. Die Krone, die Elisabeth im Leben nie hatte tragen wollen – nun saß sie auf ihrem toten Haupt.

Sie hatte die Tore des Himmels durchschritten.

Ungeheurer Jubel brandete auf. Und inmitten der Begeisterung, als der Kaiser das Reliquiar mit Elisabeths gekröntem Haupt auf den Altar stellte, traf mein Blick auf ein zweites Augenpaar.

Er stand auf der Stufe, die die Apsis vom Kirchensaal trennte. Grau waren seine Schläfen geworden, ein bitterer Zug lag um seinen Mund. Nichts war mehr geblieben von seiner einstigen männlichen Schönheit. Er sah aus wie ein Mensch, den das Leben furchtbar gestraft hatte, der sich nichts mehr erhoffte. Heinrich Raspe.

Ich erschrak zu Tode. Es war zu spät, mein Gesicht zu verhüllen. Er hatte mich erkannt, so wie ich ihn. Nun wusste er, dass ich noch am Leben war. Ich begann zu zittern. Wollte er mich immer noch töten?

Sein Blick saugte sich fest an mir, er starrte mich an, erst fassungslos, dann schicksalsergeben. Und schließlich nickte er mir zu.

Am Tag danach brachte mir ein Bote ein kleines Päckchen. Lange Zeit brachte ich es nicht über mich, es zu öffnen. Ich legte es vor mich auf den Tisch und saß davor, die Hände im Schoß. Als ich endlich den Mut fand und die Schnur löste, rollte mir der silberne Reif entgegen. Der Ketzerring.

Ich nahm ihn – er brannte mir nicht mehr in die Haut.

Es war vorbei.

Nachwort

Die heilige Elisabeth von Thüringen ist eine der am besten dokumentierten Frauen des deutschen Mittelalters. Das liegt vor allem daran, dass man der Kurie für ihre Heiligsprechung Zeugnisse und Aussagen ihrer Weggefährten vorlegen musste. Dank dieser Akten sind wir ungewöhnlich gut informiert. Es liegt aber auch an der frühen Legendenbildung und dem großen Interesse der Zeitgenossen an ihrer Person. Wenn wir diese Quellen lesen, erfahren wir viel über ihr Leben und Handeln. Gleichzeitig gilt es aber vorsichtig zu sein, denn diese Dokumente haben entweder das Ziel, Elisabeth möglichst schnell als Heilige etabliert zu sehen, oder aber sie sind schlicht und ergreifend Hagiographie. Nur mit einer gehörigen Portion Quellenkritik lässt sich aus der frühen Elisabeth-Literatur ein Bild ihrer Persönlichkeit herausarbeiten, das – vielleicht – der Wahrheit nahe kommt.

Wer war diese Elisabeth von Thüringen? Störenfried, Rebellin, Heilige? Für ihre adeligen Zeitgenossen: eine überspannte Verrückte, eine Querulantin, heute würde man sagen: eine »Spaßbremse«? Worin lag der Antrieb ihres Tuns, woraus nährte sich ihre Frömmigkeit? Vieles an ihrem Handeln bleibt für uns Heutige schwer verständlich.

Ich habe versucht, bei der Interpretation Elisabeths – und mehr kann ein Roman über ihr Leben nicht sein – meine eigenen Wege zu gehen. Ich habe versucht, mich von gängigen Vorstellungen zu befreien und sie in erster Linie als Persönlichkeit zu sehen. Das hat zu einer eher psychologisch geprägten Sichtweise geführt, wenn sich das mit der Wahrnehmung der Kirche auch manchmal brechen mag. Ich wollte den Menschen hinter der Legende finden.

Die Charakterkunde der mittelalterlichen Heiligen ist in vielen Fällen ein klinisches Lehrbuch für Gemütszustände, die wir heute im Allgemeinen als unnormal empfinden. Oder finden Sie, liebe

Leserin, lieber Leser, den Wunsch normal, einem Leprösen die schwärenden Füße zu küssen? Ist es für Sie vernünftig, dass ein Mensch blutige Selbstzüchtigungen ausübt, um Demut vor Gott zu bezeugen? Finden Sie es unbedenklich, wenn jemand so lange hungert, bis ihn schließlich eine einfache Grippe umbringt? Religiöse Anorexie, also Magersucht im Namen des Glaubens, ist im Übrigen eine gängige Diagnose auch für andere Heilige, wie zum Beispiel Katharina von Siena. Die Befriedigung des Bedürfnisses zur Selbsterniedrigung gehört bei solchen Menschen zu ihren seelischen Lusterlebnissen. So sieht es die Psychologie. Nachzulesen ist dies in der damals aufsehenerregenden Monographie »Das Leben der Heiligen Elisabeth von Thüringen« von Elisabeth Busse-Wilson (München 1931).

Man kann Elisabeths Leben als neurotisch bewerten, ein hartes Urteil. Mangelnder Wirklichkeitssinn, fehlende Kompromissbereitschaft, religiöser Wahn, der zu völliger Selbstaufgabe führt – das sind Kennzeichnen von Radikalismus, egal auf welchem Gebiet. Elisabeth schwankt offenbar zwischen Hochgefühlen – wie bei der Gabenverteilung oder bei der Krankenpflege – und Verzweiflung oder Aggression, wenn sie, wie belegt ist, einem lebensfrohen Mädchen die Haare schert oder eine alte Frau zur Strafe schlägt. Elisabeth lebte in extremer Zerrissenheit. Hier das Befehlen als Fürstin – dort die bedingungslose Hörigkeit Konrad von Marburg gegenüber. Hier die Liebe zu den Kindern der Ärmsten – dort die vermeintliche Gefühlskälte gegenüber ihren eigenen Kindern. Hier die lustvolle Liebe zu ihrem Ehemann – dort der Wunsch nach Jungfräulichkeit. Was dem einen als revolutionär erscheint, nämlich dass eine Reichsfürstin Rang und Reichtum aufgibt, um in völliger Armut ihrem Glauben zu leben, kommt dem anderen vielleicht merkwürdig oder gar dumm vor.

Ich habe meiner oft zwiespältigen Haltung zu Elisabeth einen Namen gegeben: Gisa. Sie ist, anders als Isentrud und Guda, keine historische Figur, sondern allein meiner Phantasie entsprungen. Ich wollte sie als Beobachterin, als Freundin und als Zweiflerin. Sie kann im Roman formulieren, dass Elisabeths Vision zu Eisenach genauso gut ein Fiebertraum hätte sein können. Sie kann um ihre Beziehung zu Elisabeth ringen, kann versuchen, sie zu begreifen.

Und dabei findet auch sie keine letzte Gewissheit, keine endgültige Antwort auf ihre Fragen.

Wir besitzen von Elisabeth selbst keine einzige Zeile. Sie konnte sicherlich lesen und vermutlich auch schreiben, das gehörte zur Ausbildung einer adeligen Dame. Aber sie war ganz offensichtlich keine Intellektuelle. Von ihr stammt kein literarisches Werk, wie es etwa Mechthild von Magdeburg schuf, sie hat nicht mit außergewöhnlichem Wissen geglänzt wie Hildegard von Bingen, die Kranke medizinisch sinnvoll behandelte, anstatt ihre Wunden zu küssen. Es gelang Elisabeth nicht, Anhängerinnen um sich zu versammeln, ein Kloster oder einen Orden zu gründen wie es eine Clara von Assisi getan hat. Die meisten ihrer Aktionen und Denkungsweisen scheinen Nachahmungen zu sein, von der Hospitalgründung über den Wunsch, betteln zu gehen, der von Franz von Assisi inspiriert war, bis hin zu Kleinigkeiten wie der Drohung, im Falle einer Zwangsverheiratung würde sie sich die Nase abschneiden. Selbst diese Idee stammt von Oda von Xanten, deren Geschichte ihr sicherlich bekannt war. Vieles an Elisabeth wirkt epigonenhaft.

Mir erscheint tragisch, dass sie bis zu ihrem frühen Tod ihren Platz im Leben nicht gefunden hat. Viele Biographen schreiben, sie habe im Hospital zu Marburg ihren Ort an der Grenze zwischen Kloster und Welt, zwischen Laien und Ordensleuten eingenommen. Als *soror in saeculo* war sie eine Frau am Rand aller Institutionen. Sie gehörte nirgendwohin. Aber ihr größter Wunsch war doch ganz eindeutig gewesen: Sie wollte einfach nur betteln gehen wie Jesus und wie ihr Vorbild Franz von Assisi. Das hat ihr Beichtvater Konrad von Marburg nie erlaubt. Er hat sie, die sich Kompromissen stets verweigert hatte, am Ende gezwungen, einen Kompromiss zu leben.

Der große Wunsch, der Elisabeth allerdings erfüllt wurde, war ihr Aufstieg in den Rang einer Heiligen. Wenn man einer Stelle in den Quellen Glauben schenken darf, war dies ihr erklärtes Ziel. Uns Heutigen scheint das vermessen, aber in der damaligen Zeit war eine Heiligsprechung nichts Außergewöhnliches. Und Elisabeth stammte aus dem Geschlecht der Arpaden, drei ihrer Vorväter hatten ihr bewiesen, dass es möglich war. Dieses Streben nach Heiligkeit hat vielleicht dazu geführt, dass Elisabeths Caritas nicht so sehr den leidenden Menschen zum Ziel hatte, sondern eher die eigene mystische Annäherung an Christus und die eigene Erhöhung. Der in den Quellen belegte Vorwurf an sie: »Ihr wollt auf unserem Rücken in den Himmel steigen!« hat sicherlich eine gewisse Berechtigung.

Elisabeths Dilemma bestand darin, dass sie eine Frau war. Heilig sein konnten entweder Jungfrauen oder Märtyrerinnen. Doch mit Jungfräulichkeit konnte sie als dreifache Mutter nicht dienen. Vielleicht ist dies einer der Gründe für ihre strenge Askese – Selbstbestrafung für als sündhaft empfundene Geschlechtlichkeit. Die Hagiographie entschärft die Tatsache, dass sie eine »unkeusche« Frau war, indem ihre Beziehung zu Ludwig IV. als außergewöhnlich glücklich, als Liebesehe beschrieben wird. Dies ist damals im Hochadel die absolute Ausnahme; Verbindungen wurden aus dynastischen und politischen Gründen geschlossen. Elisabeths Ehe hingegen erhält durch den Faktor Liebe quasi eine moralisch-emotionale Rechtfertigung und Überhöhung.

Und Märtyrertum? Vielleicht sah Elisabeth darin ihren Weg. Doch die Zeit, in der man Menschen wegen ihres christlichen Glaubens umbrachte, war vorbei. Vielleicht deshalb ihre langsame Selbstzerstörung durch Hungern und Überarbeitung? Suchte Elisabeth den Tod? Selbstmord war Todsünde, Sterben an Entkräftung nicht.

Hier mag jeder sich sein Urteil bilden.

Oftmals bin ich in der Literatur auf den Vorwurf gestoßen, Elisabeth habe nur Symptome geheilt. Nie sei sie die Ursachen des Elends angegangen. Sie hätte doch, so wirft man ihr vor, als Fürstin alle Möglichkeiten gehabt: im Land die Steuern senken, in den Städten für soziale Maßnahmen sorgen, mehr Hospitäler gründen, Abgaben gerechter verteilen. Damit hätte sie mehr Menschen geholfen als nur den wenigen, die sie persönlich im Hospital betreut hat. Doch dies ist eine ganz und gar moderne, rationale Sichtweise. Um Elisabeth gerecht zu werden, muss man sie mit den Augen des Hochmittelalters sehen. Als Kind ihrer Zeit lag jedwede Logik ihren karitativen Handlungen fern. Der Arme hat seinen Platz in der Welt genauso wie der Reiche. Gott hat das so gewollt. Man kann Not lindern, aber man darf sie nicht abschaffen. Das wäre eine Störung der Weltordnung, die einem Menschen nicht zusteht.

Insgesamt müssen wir Elisabeth bei aller Interpretation stets im Kontext ihrer Zeit sehen. Sie lebte in einer Epoche politischer, sozialer und religiöser Neuerungen. Wir haben zum einen die neu entstehenden Territorialstaaten, wie auch Elisabeths Mann Ludwig einen schaffen wollte. Wir haben zum anderen eine immer untertanenfeindlichere Finanzwirtschaft, deren verschärfter Abgabendruck nicht nur bei den Betroffenen auf scharfe Kritik stieß. Wir haben eine Phase des Bevölkerungswachstums, ja, der Überbevölkerung, die Hungersnöte geradezu unvermeidlich werden ließ. Man nimmt an, dass sich in Mitteleuropa die Bevölkerung zwischen dem 10. und 14. Jahrhundert mindestens verdoppelt hat. Wir haben eine Gründungswelle und ein schnelles Wachstum der Städte mit allen damit verbundenen sozialen Problemen. Und wir haben als Reaktion auf dies alles eine religiöse Radikalisierung, die sich oftmals im »Ketzertum« äußert. In und außerhalb der Kirche entsteht eine Armutsbewegung, die Ausdruck einer elementaren Not ist und zu einer gewaltigen geistigen Umwälzung führt. Innerhalb der Kirche sind das die Bettelorden, also die Franziskaner und Dominikaner; Erstere standen anfangs durchaus in der Gefahr, als häretisch eingeordnet zu werden. Außerhalb der dogmatischen Lehre sind das bedeutende religiöse Bewegungen wie die Katharer oder die Waldenser. Sie alle sind Reaktion auf eine reiche, in weltliche Dinge verstrickte Kirche, die sich längst vom Evangelium entfernt hat und sich nicht mehr um die Belange der Menschen kümmert. In diese Zeit der religiösen Unsicherheit ist Elisabeth hineingeboren und sucht ihren Weg in der Nachfolge Christi. Und gerade weil ihr Denken gar nicht so weit von den Idealen der häretischen Bewegungen entfernt war, habe ich ganz bewusst die Katharer in den Roman geholt. Natürlich hatten weder Landgraf Hermann I. noch seine Söhne mit diesem Glauben zu tun – hier habe ich mir die Freiheit des Romanciers genommen.

Zu den prägenden Faktoren der Zeit gehören unbedingt auch die Kreuzzüge, nicht zuletzt weil sie die kritische Situation der Menschen noch verschärften. Denn die finanziellen Lasten des

Krieges wurden im Normalfall auf die Unterschicht abgewälzt. Der fünfte Kreuzzug, auf dem Landgraf Ludwig starb und an dem ich Raimund von Kaulberg und Primus teilnehmen lasse, war allerdings ein kompletter Fehlschlag, nicht zuletzt weil Friedrich II. sich klug taktierend immer wieder seinen Verpflichtungen entzog. Schließlich erreichte er 1228/29 auf dem Verhandlungsweg, was mit militärischen Mitteln nicht möglich gewesen war: die Rückgabe Jerusalems und freien Zutritt für Christen zu allen heiligen Stätten. Zum Lohn dafür und wegen seines freundschaftlichen Umgangs mit dem Sultan al Kamil bewarfen ihn die christlichen Metzger von Akkon mit Kaldaunen.

Ich habe bei der Schilderung von Elisabeths Lebensgeschichte versucht, möglichst alles einzuarbeiten, was die Quellen berichten, von den Kinderspielen bis hin zu ihrer letzten Stunde. Allerdings nur dann, wenn es mir glaubhaft erschien, und manchmal in abgewandelter Form. Manches, was über Elisabeth im Rahmen der Legenden bekannt ist, habe ich auch bewusst weggelassen oder nur indirekt erwähnt. So zum Beispiel das berühmte »Rosenwunder«, das ihr fälschlicherweise zugeschrieben wird. In Wirklichkeit entstand diese Legende erst später um Elisabeth von Portugal (1271–1336, Kanonisation im 17. Jh.). Die meisten Elisabeth-Szenen im Roman bauen auf direkt aus den Quellen überlieferten Handlungen auf, wenn ich sie auch manchmal aus anderer Perspektive schildere. Die Überlieferungsdichte ist hier so groß, dass ich aus dem Vollen schöpfen konnte.

Viele der eingefügten zeitgenössischen Passagen sind Originaltexte bzw. Übersetzungen aus den lateinischen Quellen, so z. B. der Papstbrief an Elisabeth, die Dokumentausschnitte zur Ketzerverfolgung oder die hie und da eingewobenen Minnelieder. Dazu gehört nicht das fiktive Kreuzzugstagebuch von Raimund von Kaulberg. Allerdings sind auch darin sehr viele Versatzstücke enthalten, die direkt den Quellen entnommen sind, um größtmögliche Authentizität zu wahren.

Die Heiligsprechung Elisabeths betrieb Konrad von Marburg bis zu seinem Tod. Viel wichtiger war allerdings der Druck des Deutschen Ordens auf den Papst. Elisabeths jüngster Schwager Konrad saß inzwischen dort an führender Stelle und setzte sich massiv für eine Kanonisierung ein. Das entsprang der neuen ludowingischen Familienräson. Im Leben war Elisabeth für die Dynastie eine einzige Peinlichkeit gewesen, aber als die ersten Wunder einsetzten, erkannte man schnell die Vorteile. Eine tote Heilige war ein besseres Aushängeschild für die Familie als eine lebende Querulantin.

Noch ein Wort zu Konrad von Marburg. Als Kreuzzugsprediger und Inquisitor hatte er innerhalb der kirchlichen Hierarchie einen hohen Rang inne und gehörte sicherlich zu den gebildetsten und erfolgreichsten Klerikern im Reich. Vermutlich stammte er aus einer Marburger Burgmannenfamilie. Zu seinen Aufgaben als Inquisitor gehörte zuallererst die Vernichtung der Katharer, die man damals auch als Luziferianer bezeichnete. Er wurde am 30. Juli 1233 ermordet, weil er sich dabei auch an den Adel heranwagte und die Familie eines von ihm verurteilten Fürsten sich an ihm rächte. Über seine Persönlichkeit ist viel geschrieben worden. Man hat ihn als gnadenlosen Sadisten gezeichnet, er war asketisch, fanatisch, dämonisch, ehrgeizig. Ihm geben viele die Schuld an Elisabeths gesundheitlichem Verfall, an all ihrem seelischen Elend und nicht zuletzt an ihrem Tod. Aber man sollte dabei nicht vergessen: Zu einer sado-masochistischen Beziehung gehören meistens zwei. Oft sucht und findet sich eine solche Paarung, weil beide darin etwas bekommen.

Landgraf Ludwig IV. war nie ein Katharer. Wenn man die Quellen über ihn betrachtet, dann erscheint er nicht einmal als besonders milder Herrscher, eher als ehrgeizig kalkulierender Machtpolitiker. Aber er hatte offensichtlich Verständnis für die Armutsbewegung und das Handeln seiner Frau. Es ist ziemlich wahrscheinlich, und so habe ich es auch im Roman geschildert, dass nicht Ludwig der ursprüngliche Verlobte Elisabeths war, sondern sein älterer Bruder. Das ungarische Königspaar hätte seine Tochter ohne Not niemals einem Zweitgeborenen versprochen. Ludwig hat Elisabeth nach Hermanns plötzlichem Tod »übernommen«, und nach allem, was sich den Quellen entnehmen lässt, haben die beiden eine harmonische, wenn auch kurze Ehe geführt. Der junge Landgraf starb tatsächlich auf dem Kreuzzug an einer Seuche; das Mordkomplott ist reine Fiktion. Keine Fiktion ist dagegen, dass Heinrich Raspe damals als Bedrohung für sein Mündel gesehen wurde und dass der kleine Hermann zwar das Erwachsenenalter erreicht hat, aber schon mit 19 Jahren starb, drei Jahre nachdem er als 16jähriger die Herrschaft in Hessen übernommen hatte. Damals munkelten viele, Heinrich Raspe habe seine Hand im Spiel gehabt.

Heinrich Raspes erste Frau starb tatsächlich um die angegebene Zeit. Er hat später noch zweimal geheiratet, blieb aber kinderlos. Sein Ehrgeiz ging so weit, dass er sich 1246 zum deutschen Gegenkönig wählen ließ. Er starb im Februar 1247, wohl an den Folgen einer Verletzung, die er sich im Kampf um die Krone zugezogen hatte.

Elisabeths erste Tochter Sophie heiratete 1239/40 den Herzog von Brabant und wurde Stammmutter des hessischen Fürstenhauses. Die jüngere Tochter Gertrud wuchs im Kloster Altenberg auf und stand dem Konvent bis zu ihrem Tod im Jahr 1297 vor. Später wurde sie seliggesprochen.

Nun zu Primus und seiner Familie. Sie alle sind natürlich keine historischen Personen, über Menschen der Unterschicht gibt es nur in den seltensten Fällen schriftliche Dokumente. Aber sie stehen für das Heer von Armen und Bedürftigen, das damals lebenslang um seine Existenz kämpfen musste. Sie stehen stellvertretend für all diejenigen, denen Elisabeth helfen wollte und die ihr wichtig waren. An ihrem Alltag wollte ich die Verelendung der Menschen aufzeigen und ihr Leben nachvollziehbar machen. Und an Elisabeths Totenbett saß tatsächlich ein kleiner Junge, den sie ins Hospital aufgenommen und gepflegt hatte.

Wenn ich im Roman – und auch im Nachwort – religiöse Gefühle verletzt haben sollte, so lag das nicht in meiner Absicht und es täte mir aufrichtig leid. Es ging mir nicht darum, eine Heilige vom Sockel zu reißen. Es ging mir vielmehr um eine Annäherung an eine Frau, deren Handeln nicht so ohne weiteres begreifbar war und ist. In der Marburger Elisabethkirche, die als erster hochgotischer Kirchenbau Deutschlands gilt, steht immer noch der Schrein, der einmal ihre Gebeine enthielt (bis sie der zur Reformation übergewechselte Landgraf Philipp von Hessen 1539 entfernen ließ). Ein Meisterwerk rheinischer Goldschmiedekunst, unglaublich prachtvoll gearbeitet und übersät mit Edelsteinen. Sein Wert ist unschätzbar. Als ich vor diesem Schrein stand, überfiel mich plötzlich tiefe Bestürzung. Das konnte Elisabeth nicht gewollt haben. Die Elisabeth, die in Lumpen ging. Die alles, was sie besaß, herschenkte. Die nichts für sich selber wollte. Wenn ich Elisabeth je auch nur ein bisschen verstanden habe, dann haben ihre sterblichen Überreste hier niemals hineingepasst. Ja, heilig wollte sie werden. Den Menschen wollte sie Gutes tun, auch nach ihrem Tod. Aber ihr hätte ein einfaches Armengrab genügt.

Zuletzt wie immer Hinweise zur Literatur. Am umfassendsten, historisch sorgfältig recherchiert und schön zu lesen: Ortrud Reber: Elisabeth von Thüringen. Landgräfin und Heilige. Regensburg 2006. Einen guten Blick auf Elisabeth hat auch Norbert Ohler: Elisabeth von Thüringen. Fürstin im Dienst der Niedrigsten. Zürich 1992.

Wer in die Quellen gehen möchte: Hier ist als Erstes der sogenannte »Libellus« zu nennen. Genauer der »Libellus de dictis quattuor ancillarum sanctae Elisabeth«. Er ist das Ergebnis der Zeugenverhöre, die über das Leben Elisabeths durchgeführt wurden, um ihre Heiligsprechung zu ermöglichen. Im Jahr 1235 fand diese Befragung der Dienerinnen Elisabeths statt. Zwei davon, Guda und Isentrud, habe ich in den Roman aufgenommen, die beiden anderen, Hildegard und Hedwig, haben erst auf Geheiß Konrads in Marburg die letzten Jahre mit ihr verbracht. Natürlich wollten diese Frauen die Heiligsprechung und haben ihre Aussagen demgemäß ausgerichtet.

Älteste Quelle zu Elisabeth ist die »Summa vitae«, geschrieben 1232 von Konrad von Marburg. Er beschränkt sich in seinem Bericht auf die Zeit von 1226 bis 1231, in der er Elisabeth persönlich gekannt hat. Man muss auch hier große Vorsicht walten lassen: Er wollte Elisabeths Kanonisation wohl mehr als jeder andere. Am Ende appelliert er an den Papst: »Wir bitten Euch, wenn Ihr dies gelesen habt, zur Stützung der gesamten Kirche und zur Widerlegung der Schlechtigkeit der Ketzer, Elisabeth für würdig zu erachten, dass sie dem Verzeichnis der Heiligen eingereiht wird.« So zeigt sich also zumindest eines seiner Motive: Er sah Elisabeth als wirksame Hilfe bei der Ketzerbekämpfung an. Darüber hinaus erhoffte er sich wohl als »Seelenführer« einer Heiligen Prestige und Rangerhöhung. Und sein sadistisches Naturell zeigt sich nicht nur in der Behandlung seines Beichtkindes, sondern auch in seinem Umgang mit vermeintlichen Ketzern.

Anzuführen als direkte Quelle sind auch die »Gesta Ludowici« des Kaplans Berthold. Berthold, der auch als Figur im Roman auftaucht, verfasst damit 1228 eine Lebensbeschreibung des Landgrafen, in der auch Elisabeth vorkommt.

Alle weiteren Quellen stammen aus späterer Zeit und von Menschen, die Elisabeth nicht mehr persönlich kannten. Das früheste dieser Werke ist die »Vita sancte Elisabeth Lantgravie« des Zisterzienserpriors Cäsarius von Heisterbach, geschrieben 1236/37. Wichtig ebenfalls die Elisabeth-Vita des Dietrich von Apolda, die 1289/90 verfasst wurde und auf ältere Quellen zurückgreift.

Nicht im Einzelnen erwähnen kann ich die Vielzahl an neueren Elisabeth-Biographien, von wissenschaftlichen Studien bis hin zur religiösen Erbauungsliteratur.

Was bleibt, ist die Tatsache, dass sämtliche Quellen und Vorlagen dem Historiker wie auch dem Romanschreiber lediglich als Anhaltspunkte dienen können. Ihr Wahrheitsgehalt wird nie genau abzuschätzen sein. Deshalb habe ich mir die Freiheit genommen, die Inhalte so zu interpretieren, wie sie mir logisch oder glaubhaft erschienen. Getreu der Romance-Theorie meines großen Vorbilds Nathaniel Hawthorne habe ich versucht, Fiktion und Wirklichkeit so zu verweben, dass eine Zwischenwelt entsteht, in der beides nicht mehr zu trennen ist. Ich wollte dabei ein Bild von Elisabeth zeichnen, das sie ein wenig greifbarer macht, als es bloße Heiligenlegenden können. Wenn Sie, liebe Leserinnen und Leser, mir in meiner Darstellung folgen mögen, ist mir das Dank und Lohn zugleich. Vielleicht spüren Sie beim Lesen, dass ich oftmals hart darum gerungen habe, Elisabeth zu verstehen und die Wahrheit unter all den vielen Geschichten und Legenden zu finden. Denn sie war trotz ihrer späteren religiösen Überhöhung zuallererst und nichts anderes als – ein Mensch.

Personenverzeichnis

Elisabeth, Landgräfin von Thüringen*

Gisa von Tenneberg Guda* Isentrud*	ihre drei Dienerinnen

Hermann, Sophie und Gertrud, Elisabeths Kinder*

Hermann I., Landgraf von Thüringen*
Sophia, Landgräfin von Thüringen*

Hermann* Ludwig IV. (Elisabeths Ehemann)* Heinrich Raspe* Konrad*	ihre vier Söhne
Agnes* Jutta von Meißen*	ihre Töchter

Konrad von Marburg, Inquisitor und Kreuzprediger, Elisabeths Beichtvater*
Johannes, sein einäugiger und einhändiger Gehilfe*
Wido, Perfectus der Katharer
Magister Berthold, Hofkaplan und Ludwigs Beichtvater*
Vater Rodeger, Franziskaner zu Eisenach*
Mechthild von Andechs, Äbtissin zu Kitzingen, Elisabeths Tante*
Ekbert von Andechs, Fürstbischof zu Bamberg, Elisabeths Onkel*
Franz von Assisi, Begründer des Franziskanerordens*

Primus, Armenjunge
Mechtel, seine Mutter

Eberolf, sein Ziehvater

<table>
<tr><td>Ida</td><td rowspan="5">Primus' Geschwister</td></tr>
<tr><td>Michel</td></tr>
<tr><td>Irmel</td></tr>
<tr><td>Hannolein</td></tr>
<tr><td>der zweite Michel</td></tr>
</table>

Lutprant, Irmels Vater
Ortwin, Galgenvogel

<table>
<tr><td>Wolfram von Eschenbach*</td><td rowspan="4">Dichter und Minnesänger</td></tr>
<tr><td>Walther von der Vogelweide*</td></tr>
<tr><td>Neithart vom Reuental*</td></tr>
<tr><td>Heinrich von Morungen*</td></tr>
</table>

Raimund von Kaulberg, Waffenmeister des Landgrafen
Rudolf von Vargula, Mundschenk*
Hermann von Schlotheim, Truchsess*
Heinrich von Fahner, Kämmerer*
Heinrich von Ebersburg, Marschall*
Walter von Vargula*
Hermann von Treffurt*
Hermann von Furra*
Eilika von Fahner, Raimunds Frau
Herzog Ludwig von Bayern*
Graf Widukind von Battenberg*
Kaiser Friedrich II.*
Isabella von Brienne, seine Frau*
König Heinrich VII.*, sein Sohn

Mit * gekennzeichnete Personen sind historisch.

Glossar

Aquamanile	Wasserbehälter zur Handwaschung, benutzt entweder bei liturgischen Handlungen oder bei Banketten. Meist Tiergestalten und Fabelwesen.
Barchent	Von arab. Barrakan = Stoff aus Kamelhaar. Mischgewebe aus Baumwolle und Leinen.
Bibergeil	Sekret aus den Drüsensäcken des Bibers; im Mittelalter bezeichnet der Begriff meist die getrockneten Drüsensäcke selbst. Man sagte ihnen eine aphrodisische Wirkung nach.
Broschat	Brokatstoff aus Seide mit eingewebten Silber- und Goldfäden.
Bruoche	Mittelalterliche Herrenunterhose, den Boxershorts nicht unähnlich. Daran konnten die Beinlinge angenestelt werden.
Büttel	Mittelalterlicher Stadtknecht, ähnlich einem Polizisten oder Gerichtsdiener.
Busine	Trompetenähnliches Instrument, von ihm leitet sich die Bezeichnung »Posaune« ab.
Daube	Hölzernes Gefäß, in der Herstellung ähnlich wie bei einem Fass. Im Mittelalter vermutlich das am weitesten verbreitete hölzerne Trinkgefäß.
Fazenettlein	Stofftaschentuch oder -serviette.
Gebende	Kopfbedeckung für Damen: die Kinnbinde, die vom Oberkopf aus straff über die Ohren und um das Kinn gewunden wurde, sowie ein oft hoher oder am Rand gekräuselter Stirnring.

Gestech – Form des Turniers, bei der zwei Ritter mit Lanzen aufeinander zureiten und versuchen, sich gegenseitig aus dem Sattel zu stoßen.

habibi – Arab. »Liebling«.

Karnöffel – Eines der ältesten überlieferten Kartenspiele; wie es genau gespielt wurde, ist nicht bekannt.

Kotte – Langärmeliges Schlupfkleid, ähnlich einer Tunika. Man trug die Kotte über dem Unterkleid und unter dem Surkot.

Kruselhaube – Kopfbedeckung für Frauen, ähnlich einem Schleier mit gekräuselten Rändern.

Latwerge – Stark eingekochtes Obstmus; beliebte Süßigkeit im Mittelalter.

Noppenbecher – Verbreitete Trinkglasform im Mittelalter mit vielen kleinen aufgesetzten Nuppen oder Noppen auf der Gefäßwand.

Outremer – Von altfranzös. outre/oltre mer = jenseits des Meeres. Der Begriff bezeichnet ursprünglich die Kreuzfahrerstaaten und wurde später zum Synonym für das »Heilige Land«.

Paternoster – Lat. für »Vaterunser«.

Sadebusch – Im Mittelalter verbreiteter Strauch in Hausgärten, einem Rosmarinstrauch nicht unähnlich. Seine Nadeln haben fruchtaustreibende Wirkung und wurden für Abtreibungen benutzt.

Sator-arepo-Quadrat – Satzpalindrom, das man als magisches Quadrat horizontal und vertikal, vorwärts und rückwärts lesen kann. Es gehört zu den meistverbreiteten Zauberformeln des Mittelalters. Die Bedeutung des Textes ist nicht geklärt, am häufigsten wird als Übersetzung aus dem Lateinischen angenommen:

»Der Sämann Arepo hält mit Mühe die Räder / den Pflug«.

Schabracke — Rechteckige Satteldecke.

Schapel — Reifenförmiger Kopfschmuck aus Metall oder Blumen.

Schemeler — Gelähmter, der sich nur mit Hilfe der Arme vorwärtsziehen kann. Um die Hände zu schonen, benutzte er dazu kleine Holzständer, die wie Schemel aussahen.

Sondersieche — Mittelalterliche Bezeichnung für Menschen mit ansteckenden Krankheiten, meist für Aussätzige verwendet.

Soror in saeculo — Lat. »Schwester in der Welt«. Bezeichnung für eine Frau, die zwar wie eine Nonne ein Gelübde abgelegt hat, aber nicht unter strengen Regeln in einem Kloster lebt, sondern tätig einer weltlichen Aufgabe nachgeht.

Spannbett — Mobile Bettstatt zum Herumtragen.

Stilus — Fingerlanger Griffel mit Hornstiel und Metallspitze. Man schrieb damit auf kleinen Buchenholztäfelchen, auf die Wachs gestrichen war.

Surkot — Eine Art Ärmeltunika, die über der Kotte getragen wurde. Entwickelte sich im 13. Jahrhundert zu einem Kleid mit engen Ärmeln und Schleppe. Man trug den Surkot meist gegürtet.

Truchsess — Eines der vier mittelalterlichen Hofämter (Truchsess, Kämmerer, Mundschenk und Marschall). Es handelte sich dabei um Ehrendienste. Der Truchsess war der oberste Aufseher über die fürstliche Tafel.

Wocken — Stange, die beim Flachsspinnen dazu dient, Fasern daran festzubinden, damit sie sich nicht verwirren.